TARA DUNCAN

Dragons contre Démons

# 타라 덩컨

**⑩ 드래곤 대 악마**

TARA DUNCAN, Dragons contre Démons

by SOPHIE AUDOUIN-MAMIKONIAN

Copyright©XO EDITIONS (Paris), 2012
Korean Translation Copyright © Sodam&Taeil Publishing Co., Ltd., 2013
All rights reserved.

This Korean edition was published by arrangement with XO EDITIONS (Paris)
through Bestun Korea Agency Co., Seoul

TARA DUNCAN
Dragons contre Démons

# 타라 덩컨

⑩ 드래곤 대 악마

펴 낸 날 | 2014년 5월 15일 초판 1쇄

지 은 이 | 소피 오두인 마미코니안
옮 긴 이 | 이원희
펴 낸 이 | 이태권
펴 낸 곳 | (주)태일소담
　　　　　서울시 성북구 성북동 178-2 (우)136-020
　　　　　전화 | 745-8566~7 팩스 | 747-3235
　　　　　e-mail | sodam@dreamsodam.co.kr
　　　　　등록번호 | 제2-42호(1979년 11월 14일)

ISBN 978-89-7381-953-9 04860
　　　 978-89-7381-830-3 (세트)

● 책값은 뒤표지에 있습니다.
● 잘못된 책은 구입하신 곳에서 교환해드립니다.
● 이 도서의 국립중앙도서관 출판시도서목록(CIP)은 서지정보유통지원시스템 홈페이지
　(http://seoji.nl.go.kr)와 국가자료공동목록시스템(http://www.nl.go.kr/kolisnet)에서
　이용하실 수 있습니다.(CIP제어번호: CIP2014013908)

www.dreamsodam.co.kr

TARA DUNCAN
Dragons contre Démons

# 타라 덩컨

⑩ 드래곤 대 악마

소피 오두인 마미코니안 지음 | 이원희 옮김

소담출판사

열 번째『타라 덩컨』을 내기까지
긴 시간 동안 내게 용기를 주고 힘을 실어준 가족들,
내가 얼마나 사랑하는지 이 마음을 형언할 수 있을까.
사랑하는 남편 필리프, 나의 원더걸스 디안과 마린, 엄마, 세실,
정말 고맙습니다.


― 소피 오두인 마미코니안

북극
방원

남극
방원

금지된 대륙
타루렌쉬바트

렌베르그섬

축척 1:52 500 000

0                    1417,5 km

아더월드
등록판

이전 줄거리

:: 『타라 덩컨 1』, 「아더월드와 마법사들」::

타라 덩컨은 자신의 탄생에 관한 비밀을 모른 채 프랑스의 타공 마을에서 할머니와 평화롭게 살고 있다. 어느 날 갑자기 나타난 마지스터의 공격으로 할머니 이사벨라가 중상을 입으면서 타라는 자신이 마법사라는 것과 아마존 정글에서 바이러스에 감염되어 죽은 줄 알았던 어머니 셀레나가 살아 있다는 사실을 알게 된다.

한편 마법의 세계를 지배하고, 마법 능력이 없는 인간들을 노예로 만들겠다는 야망에 불타는 마지스터는 악마의 힘을 지닌 사물들을 얻기 위해 타라를 납치하려고 혈안이다. 영문도 모른 채 마지스터의 끈질긴 추격을 받는 12세 소녀 타라는 영생하는 마법을 사용하다 잘못되어 사냥개로 변한 증조할아버지 마니투와 마법의 행성 아더월드로 피신한다.

아더월드의 랑코비트라는 나라에서 살게 된 타라는 페가수스와 정신적으로 결합되는 놀라운 경험을 한다. 아더월드는 수많은 종족의 마법사들과 수시로 풍경을 바꾸는 살아 있는 궁전, 뱀파이어, 키마이라, 하르퀴아, 유니콘 같은 전설의 동물들, 악마…… 등이 버젓이 활개를 치는 무시무시한 세계지만, 다행히 타라는 지구의 친구 파브리스, 공주의 신분인 무아노, 어린 도둑 칼리반 달 살란, 난쟁이 파프니르, 하프엘프 로빈 등을 만나면서 신기하기 이를 데 없는 마법의 세계에 빠져든다.

데미데루스의 직계 후손인 타라와 오무아 제국의 여제 리스베스만 악마의 힘을 지닌 사물에 접근할 수 있기 때문에 마지스터는 타라를 납치한다. 그러나 소녀 마법사는 친구들의 도움으로 억류되어 있던 어머니를 구하고, '실루르의 옥좌'를 파괴한다.

마지스터는 사라지기 직전 죽은 것으로 알고 있는 타라의 아버지가 사실은 오무아의 황제 단비우 탈 바르미 압 산타 압 마루이며, 따라서 타라가 아더월드의 오무아 제국을 계승할 후계자라고 밝히는데…….

:: 『타라 덩컨 2』, 「비밀의 책」::

칼이 살인죄로 고소되어 감옥에 갇히자 타라는 하는 수 없이 아더월드로 돌아간다. 땅신령들이 흉악한 마법사에게 억류된 식구들을 구해달라는 조건으로 칼을 탈옥시킨다. 그러나 땅신령들의 함정에 걸려든 칼이 치명적인 벌레에 감염되었기 때문에 타라와 친구들은 악당 마법사와 맞서 싸울 수밖에 없다. 마침내 문제의 마법사를 굴복시키고 땅신령들을 구하지만 칼의 무죄를 증명하기 위해서는 악마들의 세계 림보에 있는 조각상 재판관이 있어야 한다. 죽음을 무릅쓴 모험 끝에 그들은 목적을 달성하고 무사히 아더월드로 돌아온다.

그러나 이번에는 불과 며칠 사이에 아더월드를 정복한 영혼 약탈자의 기상천외한 공격에 맞서야 한다. 타라의 목숨이 위험해지자 마지스터가 그 싸움에 개입하게 되고, 드래곤으로 변신한 타라와 마지스터는 서로 협력하여 영혼 약탈자를 물리치기에 이른다. 일단 영혼 약탈자를 제거한 뒤에 마지스터는 림보로 홀연히 사라지고, 타라는 마지스터가 죽었다고 생각한다.

한편 자식이 없는 오무아의 여제는 타라가 자신의 후계자라는 걸 알게 되고, 타라를 아더월드로 데려가겠다고 주장한다. 거절하면 지구가 위험에 처하게 되는데…….

### :: 『타라 덩컨 3』, 「저주받은 왕홀」 ::

폭탄 테러로 어머니가 부상당했다는 소식을 듣고 황급히 아더월드로 돌아간 타라는 림보로 영원히 사라졌다고 믿었던 상그라브들의 보스 마지스터가 돌아왔음을 알게 된다.

공간이동의 문 폭발 사고, 도서관의 좀비 살해 사건 등 테러 행위와 이상한 사건이 잇달아 발생하는 가운데 타라는 오무아의 궁전에서 공식적으로 여제 후계자 수업을 받기 시작한다.

여제를 함정에 빠뜨려서 악마의 힘을 지닌 사물들 중 '저주받은 왕홀'을 손에 넣은 마지스터는 아더월드에 있는 모든 마법사의 능력을 빼앗아버린 데 이어서 악마 군단을 앞세워 오무아 제국을 침략하고 드래곤들을 몰살하겠다고 선전포고한다.

여제와 황제가 포로로 잡혀 있기 때문에 타라는 여제 후계자로서 오무아 제국과 아더월드를 지키기 위해 또다시 온갖 위험을 무릅써야 한다. 하는 수 없이 타라는 각자의 조국으로 돌아가 있는 친구들을 오무아로 불러들이고 의문의 사건들에 얽힌 미스터리를 하나씩 풀어나간다. 그리고 마지스터가 심복인 여자 뱀파이어와 스파이를 궁전에 심어놓았음을 알게 된다.

타라는 이번에도 하프엘프 로빈, 지구 소년 파브리스, 면허 받은 도둑 칼리반, 난쟁이 파프니르, 개로 둔갑한 증조할아버지 마니투, 특히 놀라운 기지를 발휘한 '야수'

무아노의 도움, 그리고 상그라브들의 감옥에서 탈출한 스너피가 전해준 정보 덕분에 마지스터와 가공할 만한 악마 군단을 물리치기에 이른다.

한편 타라는 자신의 열네 번째 생일파티를 엉망으로 만드는 것을 시작으로 말썽을 일으키고 다니는 쌍둥이 남매가 놀랍게도 친동생들이라는 사실을 알게 된다.

여러 가지 이유로 타라의 유전자가 조작되었을 거란 의혹이 제기되면서 여제는 정밀분석을 지시한다. 로빈은 마침내 사랑을 고백하기 위해 타라를 만나러 가지만 소녀의 방은 텅 비어 있다. 후계자가 사라진 것이다…….

### :: 『타라 덩컨 4』, 「드래곤의 배반」 ::

아더월드 오무아 제국의 실험실에서 드래곤과 유전학자가 맞서고 있다. 이 싸움의 결과에 지구의 미래와 어린 마법사들의 운명이 달려 있다. 그러나 학자가 사망하면서 사건은 오리무중에 빠진다.

한편 아더월드를 몰래 빠져나온 타라는 이집트의 한 박물관에서 양피지 문서를 훔치는 데 성공하지만, 유전자 조작으로 너무 강력해진 마법 능력 때문에 목숨이 위태롭다. 게다가 로빈을 공격한 하르퀴아들에게서 알아낸 정보 때문에 초능력 있는 지구 소녀를 구하러 가지 않을 수 없는 상황에 처한다.

두렵지만 단호하게 결정을 내린 타라는 영국 스톤헨지 유적지로 향한다. 증조할아버지 마니투와 하프엘프 로빈, 난쟁이 파프니르, 야수 무아노, 파브리스, 칼의 도움을 받아 타라는 스톤헨지에 얽힌 비밀로 최대 위기를 맞는 지구를 구하고, 유전자 조작으로 인한 마법 능력의 수수께끼를 풀 수 있을까?

### :: 『타라 덩컨 5』, 「금지된 대륙」 ::

마지스터가 지구에 사는 타라의 친구 베티를 납치하는 사건이 발생한다. 그런데 베티가 억류되어 있는 곳은 드래곤들이 접근을 금하고 있어서 아무도 들어갈 수 없는 대륙이다. 그러나 마지스터는 마법의 장벽을 넘어 베티를 가둬놓는 데 성공한다. 게다가 하르퀴아의 독에 감염된 베티를 살리려면 후계자의 피가 있어야 한다는데…….

마법 능력을 잃고 모처에서 비밀리에 요양하고 있던 타라는 지구의 친구를 구하기 위해 오무아의 황궁으로 돌아가고, 랑코비트에 있는 친구들을 소집한다. 그러나 오무아 여제의 음모에 걸려든 로빈이 행방불명된 상태다.

우여곡절 끝에 마법 능력을 되찾은 타라가 엘프 군단을 이끌고 마침내 금지된 대륙을 향해 출발한다. 그런데 거기서 발견한 것은 붉은 여왕이 지배하는 무시무시한 세계……. 그리고 드래곤들이 비밀에 부치던 끔찍한 비밀을 알게 되는데…….

타라는 흉악한 붉은 여왕에게서 베티를 구해내고 철천지원수 마지스터를 궁지에 몰아넣을 수 있을까?

## :: 『타라 덩컨 6』, 「마지스터의 함정」::

셀레나에게 접근하는 자는 누구든 죽이겠다고 선포하는 마지스터. 그 협박 때문에 타라는 마지스터가 유일하게 접근하지 못하는 드래곤들의 행성으로 어머니 셀레나를 피신시킨다.

그러나 뱀파이어들이 악마의 마법을 연구한다는 이유로 젠드라의 별과 크라에토비르의 반지를 보관하고 있다는 사실을 알게 된 타라는 크라살비로 향한다. 공식적으로는 약혼녀를 구해달라는 드라고쉬 선생님의 청을 받아들여서 셀렌바를 변호하러 가는 것이지만, 실은 크라에토비르의 반지를 훔쳐 마지스터를 제압하기 위해서다.

우여곡절 끝에 타라는 반지를 손에 넣지만, 이번에는 드래곤들의 여왕으로 선출된 샤름(셈 선생님의 약혼녀)의 대관식에 초청을 받는다. 타라는 오무아 제국의 사절단을 이끌고 드란보우글리스펜쉬르 행성에 도착하지만 쿠데타의 소용돌이에 휘말리게된다. 위기 상황을 맞은 타라와 친구들은 드래곤들의 행성에 지금까지 알려진 열세개의 악마의 사물 외에 두 개가 더 있다는 것과 일부 드래곤들이 지구를 정복하려는엄청난 음모를 꾸미고 있었다는 사실에 경악한다.

타라에게서 멀리 떠나보내려는 속셈으로 위험천만한 해적 소탕 작전에 로빈을 들러리로 이용하는 여제 리스베스, 티라니크 수상과 마지스터의 관계를 밝히려다 살해당하는 엘레아노라, 짝사랑하던 엘레아노라를 잃은 칼의 슬픔, 마법의 힘이 약해 패밀리어를 잃고 실의에 빠져 있다가 돌연 마지스터와 함께 사라지는 파브리스…… 등우정과 사랑, 모험과 배신이 얽히고설킨다.

한편 아버지의 유령을 소생시키겠다는 일념으로 타라는 양피지에 적힌 조제법에 따라 묘약을 만들지만, 중요한 실수를 저지르는 바람에 저승의 문이 열리고 수많은 유령이 분노의 고함을 지르면서 쏟아져 나오는데…….

### ::『타라 덩컨 7』, 「유령들의 습격」::

아버지를 소생시키는 묘약을 만들던 타라의 실수로 수많은 유령들이 습격해오면서 파멸의 위기에 처하는 아더월드.

순식간에 여제, 장관들, 모든 권력자들이 유령에 들리면서 아더월드는 유령들의 세상이 된다. 타라는 화를 면하지만, 타라가 보는 앞에서 로빈이 유령에 의해 죽고 만다.

유령들을 피해서 살아 있는 궁전에 숨어 있는 타라는 자포자기에 빠지고, 칼은 그런 친구에게 삶의 의욕을 불어넣기 위해 온갖 노력을 한다.

유령이 리스베스 여제를 장악하고 있는데 제국의 후계자까지 없다면, 타라의 강력한 마법이 없다면 아더월드를 구할 희망이 사라지는 것이다.

엘프족, 난쟁이족, 뱀파이어족, 인간족은 무자비한 침략자들에 대항하기 위해 레지스탕스를 조직하기에 이른다.

수배령이 내려지고 목에 현상금까지 걸린 타라는 유령들을 퇴치할 방법을 찾아 모험을 떠나는데…….

타라는 아더월드를 구해내고, 살아갈 의욕을 찾을 수 있을까?

### ::『타라 덩컨 8』, 「사악한 여제」::

유령들의 습격으로 아더월드를 위험에 빠뜨린 잘못 때문에 지구로 추방된 타라는 아더월드와 완전히 단절된다. 사랑하는 친구들과도 연락이 끊긴 채 무료하게 지내던 중, 열여섯 살이 되는 생일날 끔찍한 소식을 접한다.

마지스터의 상그라브들이 아더월드의 여러 나라 정부들과 심지어 타라와 절친한 친구들의 집을 동시다발로 공격하면서 부상자들이 속출하고 있다고…….

타라는 마지스터가 자신의 친구들을 없애려는 것이 목적임을 깨닫고 아연실색하지만 사실 범인은 마지스터가 아니었다. 그리고 밝혀지는 진실은 훨씬 최악인데…….

분노와 불안에 사로잡힌 타라는 위험에 빠진 아더월드를 구하기 위해 비밀리에 마법의 행성으로 들어가기로 작정한다. 그러나 공간이동의 문이 모두 봉쇄되어 있기 때문에 악마들의 세계, 림보를 경유해야 아더월드로 갈 수 있다.

림보에 도착한 타라 일행은 지구처럼 변한 악마의 행성에 이어 인간 모습의 악마들을 보며 경악하는데…….

타라와 마지스터를 없애려는 자는 과연 누구인가? 타라는 아더월드를 구할 수 있을까?


### ::『타라 덩컨 9』, 「검은 여왕」::

리스베스 여제가 황위를 물려주겠다고 선언하지만 타라는 이를 단호하게 거절한다.

그러던 중 마지스터가 나타나 악마의 사물들을 이용해 타라의 어머니를 살리자는 제안을 한다. 이에 악마의 사물을 어떻게 할지에 대한 회의가 열리고, 그 와중에 림보에서 타라가 마법을 사용한 뒤로 타라 몸속 어딘가에 웅크린 채 권력을 잡을 기회를 노리고 있던 검은 여왕이 불쑥 나타난다.

검은 여왕의 공격을 차단하기 위해 떨어진 체포령 때문에 아더월드에서 도망친 타라는 악마의 사물들에 접근하기 위해 지구의 아틀란티스로 떠나는데…….

타라를 위협하는 마지스터도 막아야 하지만, 동시에 몸속 어딘가에 살고 있는 검은 여왕과도 싸워야 한다.

검은 여왕은 악마의 힘을 지닌 존재일까, 아니면 타라 자신의 가장 어두운 내면일까? 그 어느 때보다 결연히 운명에 맞서야 하는 타라는 과연 검은 여왕을 제압할 수 있을까?


### ::『타라 덩컨 10』, 「드래곤 대 악마」::

이 이야기는 이제부터 읽어야지요. 그럼 친애하는 독자 여러분, 재미있게 읽기 바랍니다. 준비하시고…… 읽기 시작!

TARA DUNCAN
Dragons contre Démons

# 타라 덩컨

⑩ 드래곤 대 악마 | 차례

**일러두기**
이 책의 본문에 표시된 *부분은 부록 '아더월드의 용어 해설'에 자세히 소개되어 있습니다.

# ⑩ 드래곤 대 악마

# 프롤로그

*

영리한 킬러였다. 킬러의 세계에서 멍청하면 자격 상실이다. 의뢰를 받고 죽여야 할 대상들이 대체로 죽기는커녕 불쾌할 정도로 주도면밀한 유형의 존재들, 이를테면 '완전 무장한 보디가드'나 '움직이는 것이라면 무작정 달려드는 샤트릭스' 또는 '치명적인 함정 2.0'(치명적인 함정 1.0으로는 통하지 않기 때문이다) 같은 것들에 둘러싸여 있기 때문이다.

아무도 알아보지 못하게 한밤중에 두건 달린 망토를 걸치고 약속 장소로 가야 한다는 걸 알았을 때 킬러는 신경질적으로 입술을 실룩거렸다.

누군가가 어디선가 불쑥 튀어나와 발각되거나 표적의 목숨이 완전히 끊어지지 않아서 들통 날 위험이 있어서였다.

그는 억지스러운 것도 싫고, 자신의 존재를 드러내는 것도 좋아하지 않았다. 하지만 의뢰인이 암살단 길드에 엄청난 자금을 대는 거물이기 때문에 킬러는 그 뜻에 따라야 했다. 그래서 양모 망토보다 움직이기 편하고 눈에 띄지 않는 시기민 실크 망토를 걸치고 약속 장소로 향했다.

킬러는 가는 도중에 망토 자락에 발이 걸려 넘어질 뻔해 구시렁거렸다. 수련 시절에는 그도 아주 헐렁한 검은색 망토를 뒤집어쓰고 다녔다. 하지만 영리한 사람일수록 쫓기게 되는 위기의 순간이 닥치면 큰 옷 때문에 붙잡히기 십상이라는 걸 이내 깨달았다. 물론, 멍청한 사람은 그걸 깨닫기까지 시간이 걸렸다. 뒤늦게 깨닫고 며칠 후 비참한 죽음을 맞는 동료들에 비해 이틀이나 빨리 깨달았으니 그는 꽤 영리한 축에 속했다.

길드 내에서는 경쟁이 치열했다. 이때 두각을 나타내면 크게 애쓰지 않고 좋은 평가를 받을 수 있었다.

그가 전달받은 크리스털 판에 홀로그래피 기술을 사용한 지시 사항이 있었다. 길드를 지휘하는 보스 고어의 모습이 메시지에 나타났다. 이것부터 예사롭지 않았다. 보스는 길드 소속의 킬러들에게 임무를 알리는 것 말고도 할 일이 아주 많기 때문이다.

메시지의 내용은 간략했다. 의뢰인이 제시한 날짜, 장소, 망토 착용과 주의 사항 그리고 제시한 금액뿐이었다.

이것 말고는 다른 요구가 전혀 없어서 다행이었다. 킬러는 크리스털 판을 들고 화장실에 들어가서 메시지를 봤다. 메시지를 다 보고 나자 자동파괴 장치가 되어 있는지 마치 고장이 난 듯 지지직거리더니 화장실을 미처 나가기도 전에 크리스털 판이 폭발했다. 킬러는 한참 동안 침을 계속 뱉어내면서 그야말로 입에 담기도 힘든 욕설을 쏟아냈다. 지구의 첩보 시리즈 〈미션 임파서블〉[1]에 위험한 메시지를 파괴하는 장면이 나오더니 암살단 길드에서도 이 자동파괴 장치가 유행하는 추세였다. 이런 빌어먹을 생각을 해낸 시나리오 작가를 찾아낼 수만 있다면 후회막심하게 해줄 텐데.

킬러는 제거해야 할 대상이 누군지 아직 모르지만, 그 대가는 최고 금액이었다. 보스의 반응으로 보아 표적은 접근하기 아주 힘든 존재가 틀림없었다.

킬러는 입술을 삐죽거렸다. 엘프들의 여왕을 암살하는 5등급 킬러가 받는 금액과 맞먹는 액수였다. 가장 수월한 살인이 1등급에 해당한다는 걸 참고하면 킬러가 살아남을 가능성이 그만큼 희박하다는 의미이기도 했다.

엘프들의 여왕 타빌라를 공격할 때 가장 걱정되는 것은 일이 끝난 뒤에 살아남는다 해도—절대 불가능한 일이지만—여간해선 죽지도 않고 복수심이 아주 강한 엘프 수백만에게 쫓기며 살아야 하는 문제가 있었다. 따라서 킬러는 이번 살인이 그런 경우라면 거절하겠다고 단단히 마음먹고 있었다. 부글부글 끓는 은 위에 거꾸로 매달려 살가죽이 벗겨진 채 죽을 바에야[2] 부자가 된들 뭐하겠는가.

. . . . . . . . . . . . .

1. 〈미션 임파서블〉에 '이 메시지는 5초 후 저절로 파손된다'는 파괴장치를 아주 즐기는 킬러가 등장한다. 그런데 이 킬러는 어처구니없게도 수상쩍은 사람과 마주칠 때마다 "뭐?" 하고 묻는 것으로 제 발이 저린 티를 내는 바람에 도망칠 타임을 놓쳐버렸다.
2. 엘프족이 흔히 행하는 고문 행위이며, 이 방식으로 아주 아름다운 은 조각상을 만든다는 소문이 있지만 약간 과장된 것이다.

그렇지만 한편으로는 호기심이 동했다. 크리스털 판이 자동으로 파괴되었을 때 그는 좀 더 자세히 알아보기로 했다. 일단 의뢰인을 만나본 뒤에 결정해도 늦지 않을 거라 생각했다.

그래서 며칠 후, 킬리는 정해진 날짜에 약속 장소로 가는 중이었다. 교묘히 빠져나가는 기술은 암살 학교에서 배웠기 때문에 식은 죽 먹기였다. 그보다는 미행이 훨씬 어려웠다. 그는 유리창 앞에서 서성거리다 레스토랑으로 들어갔고 잠시 후 다른 문을 통해 군중 속으로 사라졌다.

오무아 제국의 수도 팅가푸르는 밤에도 요란한 도시였다. 새벽 2시에 아침 식사를 위해 암소의 피를 찾아다니는 뱀파이어를 비롯하여 야행성 종족이 많기 때문이기도 하고, 다른 한편으로는 오무아의 상인들이 잠을 덜 자더라도 손님을 한 명이라도 놓치지 않으려는 장삿속 때문이기도 했다.

아래위에서 지그재그로 날아다니는 양탄자며 침대, 욕조 같은 비행기구들, 교통정리를 하는 붉은 에프리트 경찰들. 거리 곳곳의 공원에는 빨간색 발로르키데와 흰색 꽃들이 푸른 잔디를 수놓고 있었다. 술집과 식당에서는 손님들이 음식을 게걸스레 먹고 있었다.

아더월드의 온갖 종족이 몰려와 있는 것 같았다. 엘프, 뱀파이어, 땅신령, 진실의 입, 요정, 유니콘, 자이언트 거미, 썩은 내를 풍기는 하르퀴아, 트롤, 켄타우로스, 웃고 떠들어대는 인간들로 시끌벅적했다. 시커먼 하늘에서 두 개의 달 타딕스와 마딕스가 밝게 빛나고 있었다.

약속 장소는 아주 이상한 곳이었다. 커다란 물방울 안에서 둥둥 떠다니는 사이렌과 트리톤들이 운영하는 스파 건물의 지하실이었다.

의뢰인이 바다와 친근한 존재라고 추측되는 대목이었다. 킬러는 한 걸음 떼는 것도 조심하며 냉정함을 잃지 않았다.

거대한 인공 동굴 같은 지하실로 들어가자 김이 피어오르는 물 벽 때문에 시야가 흐릿했다. 수영장 같은 못에는 발로르키데, 미모사, 색색가지 로우스* 들이 어우러져서 아름다웠다. 습기가 실크 망토에 스며들기 시작해서 킬러는 기분이 별로였다. 갑자기 인기척이 나서 킬러는 바짝 긴장했다. 1초 전만 해도 아무도 없었는데 지금은 예민한 감각들이 신호를 보내고 있었다. 그는 여차하면 빼어들 기세로 단도를 움켜잡았다. 이따금 킬러에게 희생된 자의 가족들이 복수하려고 유감스러운 일을 벌이는 경우가 있어서 함정은 늘 도사리고 있었다.

하지만 눈앞의 그림자는 더 이상 다가오지 않았다. 그림자는 마치 안개 위에 둥둥 떠 있는 것 같았다. 꽤 아름다운 연출이지만 킬러는 감동받지 않았다.

의뢰인은 몇 시간 동안 목이 찢어져라 고성이라도 질러댔는지 알아듣기 힘든 쉰 목소리로 미션을 말했다.

알겠다고 태연하게 대답했지만 킬러는 내심 놀랐다. 흔히 있는 미션이 아니었다. 킬러는 쿵쾅쿵쾅 뛰는 심장을 애써 진정시켰다. 심장 뛰는 소리까지 듣는 종족도 있다는데 의뢰인에게 흥분된 감정을 들키고 싶지는 않았다.

이번 건은 킬러의 도전 의식에 불을 지르는 미션이었다.

한 명이 아니라 세 명…… 엄밀하게 말하면 '인간 두 명과 반쪽 인간'을 암살하라는 지시였다. 정해진 날, 정해진 시간에……. 킬러는 온몸에 소름이 돋을 정도의 희열을 느꼈다. 그에게는 길드에서도 모르는 비밀이 있었다. 길드에서 엄격하게 금하는 것이라서 알려지면 제명될 수도 있는 비밀이었다.

하지만 그는 길드의 규칙을 자신에게 유리하게 돌려놓았다. 오늘날 그가 뛰어난 킬러 중 하나가 될 수 있었던 것도 그 때문이었다.

그는 알겠다는 표시를 했다. 프로 킬러는 조건이 마음에 들지 않으면 거절할 권리가 있었다. 하지만 암살하라는 세 명의 대상에 구미가 당겼다.

로빈 망질. 세 명 중 하프엘프에 대한 지시 내용은 호기심이 좀 떨어졌다.

칼리반 달 살란. 그 유명한 면허 받은 도둑에 대한 지시 내용은 이상했다.

하지만 마지막 한 명에 대해 의뢰인이 제시한 금액은 작은 나라의 연소득과 맞먹을 정도로 엄청났다. 정말 포기하기 쉽지 않은 돈이었다.

여제의 후계자 타라 덩컨을 암살하라는 것이었다.

# 사막의 지하 신전

보물을 지키려고
온갖 기발한 상상력을 동원한 조상들이
얼마나 유감스러운지

\*

칼은 조용히 한숨을 내쉬면서 빨간 안경을 고쳐 쓰고는 검은 머리털을 헝클어뜨렸다. 빌어먹을 조각상이 마법에 걸려 있었다. 새삼 놀랄 일은 아니었다. 지구에 올 때마다 유감스럽게도 마법사들이 보물을 지키겠다고 온갖 치명적인 함정을 걸어놓았다는 걸 확인하지 않았던가. 따라서 의외의 일은 아니었다.

그렇지만 타라와 제레미 덕분에, 아니 둘 때문에 지구에서의 마법이 훨씬 강력해진 뒤로 마법사들은 여러 가지 장치로 보물을 지키고 있었다.

자칼 머리에 인간의 몸을 한, 죽은 자들의 신 아누비스 형상의 흑요석 조각상 주위에 푸르스름하고 끈적거리는 뼈다귀들이 널린 것만 봐도 알 수 있었다.

24

슬루르크!

"이제 어떡하지?" 칼의 왼쪽 귀 가까이에서 한 목소리가 말했다.

칼은 소스라치게 놀랐다. 조각상에 정신을 집중하다가 로빈이 바로 옆에 있다는 걸 까맣게 잊고 있었던 것이다.

오무아 제국 리스베스 여제의 명(칼과 로빈은 오무아 국적이 아니기 때문에 명령이라기보다 집요한 요청이었다)을 받고 칼과 로빈은 몇 주 전부터 양피지, 문서, 서류, 서판 같은 것들을 찾아다니고 있었다. 악마와 인간의 지각단층 전쟁에 대해 자세히 기록되어 있는 것들이었다.

대이동이 시작되면서 모든 마법사가 아더월드로 떠났을 때 수많은 문서가 지구에 남겨졌다. 시간이 부족해서 그 많은 문서를 가져갈 겨를이 없었다. 전쟁이 끝난 뒤에는 악마들에게 파괴된―싸울 때 악마들은 인간들의 생활 따위는 안중에도 없기 때문이다―아더월드와 지구를 재건하는 데만 전력을 기울인 탓에 악마들과 벌인 전쟁에 대한 기록은 거의 정리가 되지 않은 상태였다. 리스베스 여제는 악마들이 평화 협상을 제의할 경우를 대비해 악마들에 관한 모든 기록을 읽어 보려다 수많은 중요 문서들이 아직 지구에 남아 있다는 걸 깨달았다.

그래서 칼이 지금 사막의 모래 속 100미터 아래 어디인가에 매몰된 거대한 신전에 와 있는 것이었다. 로빈의 어머니이자 지각단층 전쟁을 연구하는 전문가인 메보라의 정보 덕분에 찾아냈고, 마법과 트란스미투스를 아주 조심스럽게 사용하여 이동했다.

신전의 내부도 모래가 가득할 텐데 사전에 확인하지 않고 들어갔다가는 공간이동으로 인한 마법 에너지와의 충돌로 폭발 사고가 일어날 위험이 있었다. 더군다나 칼과 로빈이 동시에 같은 공간으로 들어가는 모험은 하지 말아야 했다.

일명 모우르무르의 폭발.[3]

그런데 트란스미투스로 여러 스쿠프들을 침투시켜서 확인한 결과 모래에 묻혀 있을 거라 예상한 신전에 모래는 거의 없었다.(지구의 영화에 푹 빠진 칼은 〈스타게이트〉에서 행성을 살피기 위해 무인 정찰기들을 보내는 장면과 약간 비슷하다고 말했지만, 로빈은 전혀 이해하지 못했다).

그래서 칼은 무사히 신전 안에 유형화될 수 있었고, 여러 가지 임무를 위해 동행한 로빈도 무사히 들어왔다. 물론 이런 방면에 단련이 잘된 칼만큼 능숙하지는 않지만 로빈 역시 엘프의 타고난 능력으로 몰래 이동하는 것에 어려움이 없었다. 그래서 칼은 로빈이 기척도 없이 들어온 걸 알아차리지 못하고 있다가 깜짝 놀랐던 것이다.

칼과 로빈은 조각상을 살피기 좋은 곳으로 올라갔다. 칼은 올라가는 속도가 워낙 빨라서 로빈이 올라오는 동안 특수 안경을 끼고 조각상에 걸어놓은 방어 마법을 알아내는 데 정신을 집중했다.

"이번에는 피라미드가 아니라서 다행이다." 칼이 말했다. "피라미드의 복잡하게 얽힌 미로는 곳곳이 함정이라 돌로 만든 창자 속에서 으스러지는 느낌이잖아."

"5000년 전에는 피라미드가 없었지." 로빈이 의젓하게 말했다. "지

· · · · · · · · · · · · · ·

3. 매직갱은 모우르무르와 가까이 지내면서부터 아주 강력한 폭발을 일컬어 모우르무르의 폭발이라고 표현하고 있다. 파브리스는 약한 폭발을 '작은 모우르무르', 강력한 폭발은 '큰 모우르무르'라고 말한다.

구에서 발견된 최초의 피라미드는 기원전 2660년 고대 이집트의 도시 사카라에 건축된 피라미드라고 타라한테 들었어. 지각단층 전쟁이 일어난 지 38년 후쯤이야. 그리고 피라미드를 만든 이유는 순전히 마법 때문이었어. 인간 마법사들이 드래곤과 악마들이 다시 지구를 침략해올 경우를 대비해 마법 에너지를 피라미드 안에 저장해놨으니까."

"피라미드가 일종의 저장고였다고?" 칼이 깜짝 놀랐다. "근데 네가 그걸 어떻게 알아?"

로빈이 미소를 지었다.

"너 우리 어머니가 누군지 또 잊어버렸구나. 우리가 첫 번째 조사를 하고 난 뒤에 어머니가 고대 이집트의 피라미드와 신전에 관계되는 것은 거의 다 읽게 했어."

"내가 알고 싶은 건 그렇다면 왜 피라미드를 사막 한가운데에 세웠느냐는 거야." 자존심이 상한 칼은 빨개진 얼굴을 닦으면서 못마땅한 어조로 말했다.

"아아! 그거야 여기는 사막이 아니었으니까." 로빈이 대답했다. "여긴 비옥한 들판과 물이 많았는데 기후 조건이 변한 거야. 가뭄이 시작되면서 나일 강 주변 지역만 살아남고 사막화되었어. 물이 없으면 식물은 사막에서 버틸 수 없어. 결국은 사막으로 변해버렸고, 이 신전도 매몰된 거야."

"그래서 말인데 이 신전을 다 살펴봤어? 살을 파먹는 좀비나 벌레, 미라 같은 게 없는지?"

로빈이 키득키득 웃었다.

"살 파먹는 것들에 관심 있어?"

"응, 걔들과 나는 목적이 완전 달라. 걔들은 지키는 게 목적이고, 나는 훔치는 게 목적이니까. 내가 누구냐? 미라의 배 속에서 끝장나려고 그 힘든 도둑이란 직업을 선택한 게 아니란 말이지."

로빈은 싸움을 대비해서 긴 은발을 질끈 묶고 대답했다.

"아니, 살아 있는 거라곤 없어." 로빈은 빈정거리는 칼의 눈초리와 마주치자 얼른 말을 고쳤다. "움직이는 거라곤 전혀 없는 것 같아. 아무도 나를 잡아먹으려고 하진 않았어. 근데 저 밑에 있는 뼈다귀들에 이빨 자국이 있는데……."

칼은 눈살을 찌푸렸다. 너무 멀어서 알아보지 못했는데 엘프의 시력은 인간보다 훨씬 좋기 때문에 칼은 로빈의 말을 믿었다.

"그렇다면 이 방에 뭔가를 잡아먹는 파수꾼이 있다는 건데, 고로……."

"우리를 잡아먹으려고 달려들겠지." 로빈이 말을 이었다.

"내 말이 그 말이야."

로빈은 한숨을 내쉬었다.

"잡아먹힐 뻔한 게 몇 번째지?"

칼은 손가락으로 셌다.

"다섯 번째인가? 다른 것들은 우리를 죽이려고만 했고."

"흠, 아까도 말했는데 이제 우리 어떡하지?"

칼은 조각상의 손에 있는 상자를 가리켰다.

"상자 안에 문서가 있는 게 분명해. 상자에 문서 보존을 위한 주문을 걸어놓은 걸 보면. 이 특수 안경 덕분에 초록빛 광채도 보이고. 송곳니와 갈퀴발톱이 있는 괴물에게 신호를 보내는 게 틀림없어. 파수꾼을 깨우지 않고 상자를 훔치는 게 최상인데…….”

“지난번 작전도 그랬잖아? 아니, 지지난번이었나?”

“아, 그렇지. 침! 우리가 해냈었지?”

“호랑이처럼 생긴 두 발 달린 놈이 내 엉덩이를 절반이나 와작와작 씹어 먹을 때 말이야. 네가 반구형 천장을 무너뜨렸잖아. 그래서 놈이 돌무더기에 깔린 틈에 우리는 도망쳤어. 쏟아지는 돌덩어리 속을 헤치고.”

“작전을 수정하자.” 칼이 손가락을 세우고 말했다. “놈의 머리 위로 천장을 무너져 내리게 했는데 네 말대로 우리도 돌덩어리에 깔릴 뻔했어. 이번에도 천장을 무너뜨리면 엄청난 모래에 파묻힐 테니 그건 안 되겠고, 가장 좋은 방법은…….”

이때 칼의 호주머니가 진동했다. 칼은 로빈에게 움직이지 말라고 손짓하며 크리스털 볼을 꺼내 들고는 입술을 깨물었다. 칼은 통화를 거부하는 타라에게 계속해서 메시지를 보내고 있었다.

똑같은 메시지가 다시 나타났다.

**지금은 통화를 원치 않으니 다시 거는 걸 삼가기 바람. 나중에 연락하겠음.**

칼은 미칠 지경이었다. 바보 같은 짓이라는 걸 잘 알고 있었다. 타라가 통화를 거부한다면 그럴 만한 이유가 있기 때문인데. 이 빌어먹을 미션 때문에 칼은 당장 타라를 만나러 팅가푸르로 갈 수 없었다. 아니, 더 정확하게 말하면 두 번이나 팅가푸르로 날아갔지만 연락이 되지 않아 타라를 만날 수 없었다.

게다가 계속 옆에 붙어 다니는 로빈과 함께 미션을 빨리 완수해야 했다. 크리스털 볼을 통해 타라와 사랑 이야기를 하는 것이 불편하고 pmm⁴을 통해 메시지를 보내도 답이 없어서 칼은 초조했다. 아르칸즈가 며칠 후에 아더월드로 온다는데…….

타라가 로빈과 어떻게 정리하는지 똑똑히 지켜봤던 칼은 자기에게도 똑같이 하게 내버려둘 생각이 전혀 없었다. 그래서 어떻게든 만나려고 가슴 졸이며 타라에게 계속 메시지를 보내고 있었다.

**다시 연락할게.**

칼은 재빨리 문자메시지를 보낸 다음 크리스털 볼을 끊었다.

상황도 상황이지만 로빈이 옆에 있는데 타라라는 걸 눈치채게 할 수는 없었다.

로빈은 아무것도 묻지 않았다. 크리스털 눈이 호기심으로 반짝였지만 하프엘프는 너무 점잖아서 누구에게 연락한 건지 묻지 않았다. 물론 로빈이 아무리 캐물어도 타라에게 연락한 거라고 고백하지 않겠지만 칼의 마음은 무거웠다. 이렇게 멋진 로빈과 비교하는 것이 두려웠다. 게다가 로빈은 바보가 아니었다. 기사도 정신이 투철한 데다 엘프의 카리스마와 인간적인 면을 동시에 지니고 있었다.

로빈은 여러모로 한 수 위였다. 하지만 타라에 대한 속마음을 들킨 칼은 솔직하게 사랑을 고백했고, 로빈보다 훨씬 영리하다는 것에 기대를 걸고 있었다.

친구의 생각을 모르는 로빈이 일어나서 릴란드릴의 활에 시위를

........

**4.** 지구의 SMS와 같은 아더월드의 문자메시지.

메기면서 중얼거렸다.

"오른쪽 두 번째 기둥, 우리 정면에 보이는 돌 속이 약간 밝은 것 같아."

이런 성부가 처음은 아니지만, 칼은 이럴 때마다 로빈의 능력에 감탄했다. 그리고 하프엘프가 왜 활에게 말을 거는지 잘 몰랐다. 하지만 뭐, 그럴 수도 있지. 칼은 양탄자에게 말을 걸고,5 모우르무르는 매직컴과 대화를 나누기까지 하는데.

화살 깃에 가는 밧줄을 단 화살이 날아가서 조각상의 시커먼 귀에서 1미터쯤 위의 기둥에 박혔다.

완벽.

로빈은 밧줄의 다른 쪽 끝을 등 뒤에 있는 기둥에 묶었다. 마법의 밧줄이라 칼의 체중에도 끄떡없을 정도로 팽팽했다. 제작자의 설명서에 무슨 일이 일어나도 끄떡없다고 적혀 있었고, 칼은 불안해할 이유가 없었다. 몸무게가 그리 무겁지 않기 때문이었다.

칼은 장비를 갖추고 머리 위의 밧줄에 잘 미끄러지도록 도르래를 달았다. 로빈은 먼지투성이의 덥고 건조한 신전에서 뭔가 움직이는 것이 있을 경우를 대비해 시위를 메겼다.

100미터 아래 땅속이라 시원한 게 정상인데 너무 더워서 땀이 줄줄 흘렀다. 잔뜩 묻은 모래 때문에 얼굴은 황토색으로 얼룩져 있었다.

"지난번에는 호랑이 파수꾼 다음에 뭐가 나타났었지?"

. . . . . . . . . . . . . . .

5. 대부분 욕설을 내뱉는 경우이다. 칼이 양탄자 엔진에 마법 에너지를 주입하는 걸 까먹는 바람에 움직이길 거부하기 때문이다.

"흡혈귀." 로빈이 음울한 목소리로 대답했다. "흡혈귀는 정말 싫은데……. 야아, 팔 아프니까 빨리 올라가."

로빈의 말이 끝나기가 무섭게 칼은 조각상을 향해 올라갔다.

신전은 정말 거대했다. 그들이 본의 아니게 깨웠던, 잊혀진 신 에테벨리에르의 조각상이 있던 신전보다 훨씬 컸지만, 지나치게 꾸민 흔적이 없어서 수수해 보였다. 신전은 바위를 깎아서 만든 것인데 마법을 사용한 것이 틀림없었다. 그 시대 마법사들의 작업은 섬세함과는 거리가 멀었다. 이집트의 무덤에서 흔히 볼 수 있는 정교하게 조각하거나 화려하게 채색한 원기둥이 아니라 천연의 돌로 투박하게 세운 사각기둥들이었다. 이 신전의 가장 특이한 점은 굉장히 오래된 것처럼 보인다는 것이었다. 로빈은 이 신전의 역사를 5000년 전 이상으로 추정했다. 칼은 고양이처럼 소리 없이 올라가다 아누비스 조각상 바로 위에서 멈췄다.

칼은 지금까지 옛날 마법사들의 기발함에 한두 번 놀란 게 아니었다. 눈독 들인 보물을 훔치는 데는 늘 성공했지만, 한두 개의 함정을 해결할 때마다 결과는 좋지 않았다. 보물이 있던 방을 박살 내버렸으니. 어느 날은 세 번째로 깔려 죽을 뻔하다 가까스로 빠져나왔을 때 로빈이 숨넘어갈 정도로 기침하면서 말했다. 그들이 지금 고고학적으로 아주 귀중한 보물을 파괴하는 아주 끔찍한 짓을 저질렀다고. 칼은 입안의 흙먼지를 뱉어내면서 사람이 죽는 것보다는 고고학적 보물이 파괴되는 것이 낫다고 받아쳤고, 로빈은 할 말을 잃었다.

칼은 조각상을 살폈다. 선사시대 이전부터 자칼 머리를 한 아누비스 조각상이 있었다는 걸 모르고 있었는데 흥미로웠다. 칼은 거꾸로 매달려서 조각상의 상자가 있는 데까지 내려갔다. 일단 머리가 상자가 있는 데까지 이르자 스캐너로 살폈다. 원하는 것이 들어 있지 않다면 위험을 무릅쓸 필요는 없었다. 하지만 문서가 들어 있었다. 스캐너에 상사의 정확한 무게가 표시되있나. 칼은 마법복 호주머니에서 무게와 모양이 거의 비슷한 상자를 꺼내더니 번개같이 조각상의 상자와 바꿔치기했다.

조각상의 팔이 약간 움직였다. 하지만 칼은 조심스럽게 다시 올라갔고, 아무 일도 일어나지 않았다. 칼은 원래 있던 데로 돌아갔다가 로빈을 향해 내려가기 시작했다.

그때 뒤쪽에서 우지끈거리는 소리가 들렸다.

칼은 얼굴을 찡그렸다.

이런 일은 늘 우지끈거리는 소리로 시작됐다. 이렇게 긴장해 있는 상황에서는 누가 옆에서 호두를 깨도 아마 심장마비를 일으킬 판인데.

칼은 어깨 너머로 힐끔 눈길을 던졌다. 대개는 질겁한 도둑이 허둥거리다 함정에 빠지는 데 필요한 시간을 주는 것이 일반적이었다. 그런데 이 신전에 함정을 놓은 마법사는 화끈하게 한 방에 끝내는 걸 좋아하는 모양이었다.

아누비스 조각상이 폭발했다.

칼이 바닥에 발을 내디뎠거나 밧줄이 조금만 더 아래에 있었다면 박살이 났을 텐데. 우지끈거리는 소리가 들리는 순간 불러낸 방패 덕분에 살아남은 것이었다. 그런데 방패에 부딪힌 것이 돌덩어리가 아니라서 깜짝 놀랐다. 돌이 아니라…… 물이었다. 아니, 칼은 처음에 물이라고 생각했다.

그런데 그 물이 모래에 닿기 무섭게 연기가 나는 걸 보면서 알아차렸다. 신전의 마법사는 문서가 다른 사람의 손에 들어가는 걸 정말 원치 않는 모양이었다.

그건 물이 아니라 산(酸)이었다. 그것도 아주 치명적인 산! 산이 점점 불어나고 있었다.

칼이 옆에 착지하자 로빈이 빨리 도망치자는 손짓을 했다. 산이 석회석을 빠른 속도로 부식시키고 있었다. 둘은 서둘러서 빠져나가야 했다.

로빈이 마스크를 불러냈고, 칼은 하나를 받아 얼른 코에 씌웠다. 숨을 쉬기 힘든 공기 속에 우지끈거리는 소리가 울려 퍼졌다. 반구형 천장에 균열이 일어나더니 돌 조각들이 떨어지기 시작했다.

"나는 왜 이번에는 잘될 거라고 생각했을까?" 로빈이 탄식했다.

"그야 네가 심하게 낙관적이니까." 칼이 말했다. "뼈도 못 추리기 전에 빨리 도망치자."

"그래도 난 이해가 안 돼. 뼈다귀에 왜 이빨 자국이 있는지……."

로빈은 가까스로 옆으로 피했다. 그때였다. 두꺼비처럼 생긴 괴물이 강물처럼 불어난 산 속에서 불쑥 튀어나오더니 송곳니들을 드러내고 물어뜯을 기세였다.

"오, 젤리소르의 충치여!" 로빈이 외쳤다. "이건 또 뭐야?"

"산이 강물처럼 불어난 속에 살면서 인간의 살을 아주 좋아하는 괴물!" 칼이 대꾸하면서 두꺼비를 향해 단도를 던졌다. 맙소사! 산을 견뎌낼 수 있게 강화된 탓일까. 두꺼운 살을 맞고 단도가 튀어나갔다.

"트란스미투스의 이름으로 지상으로 돌아갈지어다!"

마법이 손가락 끝에서 찌지직거릴 때 또 다른 두꺼비가 펄쩍 뛰어올랐는데 그들에게 닿을 정도로 높이 오르지 못했다.

"마법이 작동하지 않아!" 로빈이 외쳤다.

사마의 무게 때문에 신전이 신음하고 있었다.

"빨리 방법을 찾아야 하는데 큰일이다." 칼이 말했다. "천장은 무너져 내리고 점점 불어나는 산에다 두꺼비까지. 이러다 우리 정말 죽겠어."

로빈이 두꺼비를 향해 시위를 당겼는데 어이없는 일이 일어났다.

로빈이 맞히지 못한 것이었다. 날아간 화살은 기둥에 박혀버렸다. 릴란드릴의 활과 로빈이 거의 동시에 분개하는 소리를 냈다. 이런 상황만 아니라면 칼이 골려먹었을 텐데.

칼은 주위의 두꺼비들을 관찰했다. 이놈들이 왜 뛰어오르지 않는 거지? 갑자기 이미 쩍쩍 갈라진 반구형 천장을 향해 고개를 들던 칼이 중얼거렸다.

"모래…… 5000년 전에는 여기 모래가 없었어!"

칼은 쭈그리고 앉아서 외쳤다.

"로빈, 나를 엄호해. 생각 좀 하게!"

로빈은 이유를 묻지 않았다. 칼이 이렇게 말할 때는 토를 달 필요가 없었다. 신전이 허물어지고 있는 때에 책상다리를 하고 앉아 눈을 감는다는 건 다 그럴 만한 이유가 있는 것이었다.

로빈은 친구가 묘안을 찾아내길 바랄 뿐이었다.

칼은 머릿속이 하얘졌다. 바로 옆에서 화살 날아가는 소리, 릴란드릴의 활이 짜증 내는 소리에 이어지는 로빈의 욕설, 와장창 무너져 내리기 직전의 천장, 산에 부식된 기둥이 삐걱거리는 소리. 이럴 수는 없는데…….

불청객이 침입했을 때마다 똑같은 시나리오가 전개되었다면 신전은 벌써 오래전에 부식된 모래더미로 변했을 텐데 이상했다.

칼과 로빈이 신전 안에서 꼼짝 못하게 되길 바라는 누군가가 있는 것이었다. 너무 얼이 빠져서 둘이 현실을 보지 못하기를 바라는 누군가가 있는 것이었다.

누군가 둘의 머리를 가지고 장난치고 있는 것이었다.

칼은 정신을 집중하고 주문을 읊으면서 서두르지도 두려워하지도 않았다.

"일루시우스의 이름으로 그림이 찢어지듯 현실은 드러날지어다!"

손가락 끝에 모인 마법의 에너지가 퍼져나가 신전 전체를 건드리는 사이에 로빈의 화살이 빗발치듯 날아갔다. 칼은 미소를 지었다. 그럼 그렇지, 영리한 주문이었다. 하지만 너무 급했는지 두려움이나 고통을 주는 주문이 걸려 있지 않았다. 게다가 신전의 마법사가 비상구까지 남겨놓았다. 필요할 경우 마법사 자신이 이용하기 위한 출구가 틀림없었다.

언제 무슨 일이 있었냐는 듯 균열도 모래도 없이 반들거리는 천장, 멀쩡한 상태의 조각상, 갈퀴가 달린 양손에 들고 있는 가짜 상자 그리고 강물처럼 불어나던 액체마저 온데간데없이 사라지자 로빈은 눈이 휘둥그레졌다. 도둑에게 덤벼들기에는 그리 높이 뛰어오르지 못한 두꺼비들만 남아 있었다. 칼은 그 점이 의문이었다. 저렇게 다리가 길면 아무런 문제 없이 달려들 수 있는데…….

칼과 로빈은 마법에 걸려 있다 방금 본래의 모습을 드러낸 흉측한 것들을 쳐다봤다. 정체가 드러났는지도 모르고 전진해오는 일루전 두꺼비들을 보면서 칼은 단도를 던졌다. 그런데 단도에 찔린 두꺼비의 모습에 둘은 경악했다.

"흡혈귀!" 둘은 동시에 외쳤다.

거의 인간 모습의 괴물, 검은 털에 핏빛 눈, 강철 같은 갈퀴손톱, 상어 이빨처럼 날카로운 송곳니의 흡혈귀는 실험이 잘못되어 실수로 만들어진 생명체 같았다. 죽은 좀비와는 전혀 달랐다.

"옛날 마법사들은 흡혈귀가 비용이 제일 적게 들었나?" 칼이 비아냥거렸다. "자주 써먹는 걸 보면."

"근데 일루전인지 어떻게 알았어?"

"신전의 마법사는 기본적으로 5000년 전 자기가 살던 때의 조건에서 함정을 만들었을 게 틀림없어. 그런데 이 신전은 100미터 지하의 모래 속에 매장된 게 아니었어. 모래도 거의 없잖아. 그렇다면 반구형 천장이 빠른 속도로 허물어졌어야 하는데 모래가 흘러내리지 않았다는 것도 논리적으로 맞지 않아. 게다가 두꺼비들은 높이 뛰어오르지도 못했어. 두꺼비는 우리에게 너무 가까이 다가오면 안 될 이유가 있었던 거야. 그랬다간 우리가 일루전이라는 걸 금방 알아채니까."

로빈은 냉소를 날리면서 화살을 쏘았다. 화살을 맞은 흡혈귀가 비명을 내질렀다.

"아, 드디어!" 로빈이 흡족하게 말했다. "나도 이상하다고 생각했어. 내 화살이 그렇게 빗나가다니, 있을 수 없는 일이거든. 그러니까 이게 다 흡혈귀들이 여기까지 올라와서 순식간에 우리를 잡아먹기 위해 주위를 산만하게 한 거였어. 근데 저것들이 피라미드를 쌓듯 서로의 어깨에 올라서는 걸 보면 곧 달려들 모양이야. 칼, 여길 빠져나갈 궁리를 하고 있다면 빨리 좀 해, 제발."

그러고는 덧붙였다.

"릴란드릴! 화살!"

땅바닥과 돌 더미에 쓰러진 흡혈귀들(아직 생명이 붙어 있는)에 박혔던 화살들이 일제히 빠져나와 가지런히 화살통으로 들어갔다.

이런 상황에서는 마법을 사용하는 것이 쉽지 않았다. 칼은 호흡을 가다듬고 괴물들에 대한 혐오감을 억제해야 했다. 굶주린 괴물들이 소름 끼치는 소리를 질러대며 한 발 한 발 올라오고 있었다.

칼은 트란스미투스 주문을 읊었지만 일루시우스만큼 순순히 듣지 않았다.

"이제는 정말 서둘러야 해." 로빈이 현란한 속도로 화살을 쏘아대면서 소리쳤다. "내가 죽이는 속도보다 더 빠르게 저것들이 올라오고 있어. 얼마나 많은지 우글우글해!"

갈퀴가 달린 손 하나가 불쾌하게 그들 앞을 더듬었다. 로빈이 화살로 손을 뚫어버리자 비명을 질러댔다. 두 번째 화살은 꺅꺅, 울부짖는 아가리를 다물게 했다. 정신을 집중하는 로빈의 얼굴이 공포로 일그러졌다. 이제 곧 놈들의 밥이 되게 생겼는데……

칼이 다시 시도했지만 이번에도 주문은 작동하지 않았다.

"슬루르크!" 칼이 단도 몇 개를 꺼내 들면서 말했다. "할 게 없어. 마법이 들질 않아. 이상해, 5000년 전의 마법사는 우리에게 겁을 줄 것 같지 않은데……"

"데미데루스!" 로빈이 외쳤다.

"뭐?" 칼이 돌아서서 사방을 둘러봤다. "어디?"

"아니, 여기 있다는 게 아니라⋯⋯ 5000년 전이잖아! 그러니까 '트란스미투스의 이름으로 다음에 목적시를 말할 때 난 한마디로 아주 짧게 해봐. 나는 흡혈귀들을 해치울 테니까!"

그렇게 말하면서 로빈은 돌아섰다. 어느새 그들을 포위한 흡혈귀들이 갈퀴손으로 다리를 잡으려고 할 때였다.

"*트란스미투스의 이름으로 다른 데로!*" 칼이 단호하게 외쳤다.

칼과 로빈이 사라졌다. 눈앞에서 밥을 놓쳐버린 흡혈귀들은 허망한 얼굴이 되었다.

그들은 신전 위의 사막에 유형화되었다. 로빈은 활을 사라지게 했다.

"다른 데?" 로빈이 믿기지 않는 어조로 물었다. "너 '다른 데'라고 했어?"

"한마디로 아주 짧게 하라며. 그래서 생각한 거야."

로빈은 칼을 빤히 쳐다봤고, 둘은 웃음을 터뜨렸다. 두려움, 더위, 폭력, 모든 것이 둘의 웃음과 함께 무너졌다.

"이번에는 내가 물어볼 차례야. 주문을 짧게 해야 된다는 걸 어떻게 알았어?" 웃음이 진정되자 칼이 물었다.

"겁을 줄 것 같지 않다는 말에서 힌트를 얻었어. 그리고 주문을 짧게 하는 건 배운 거야. 타라도 그렇게 하잖아. 우리 어머니처럼 나도 책과 역사를 좋아해. 5000년 전 데미데루스와 최고 마구스들은 오늘날처럼 긴 주문을 사용하지 않았어. 드래곤들은 우리가 마법을 잘 조절해서 영리하고 능숙하게 사용할 수 있게 가르쳤지. 하지만 이 신전의 마법사가 걸어놓은 마법은 신전과 닮았을 거란 생각이 들었어. 영악한 일루전이었지만 단순했잖아. 흡혈귀들도 단순했고. 그래서 빠져나가려면 아주 단순한 주문이 필요할 거라고 생각했어."

칼은 로빈의 어깨를 토닥였다.

"어이, 친구, 네가 도서관의 쥐라서 정말 기쁘다."

로빈의 얼굴이 일그러졌다.

"난 도서관의 쥐가 아냐! 전사라고! 도서관의 쥐가 어떻게 이 신전에서 네 목숨을 구해줄 수 있겠어? 나 없었으면 너는 흡혈귀들한테 산 채로 뜯어 먹혔을 거야!"

칼은 깔깔대고 웃다가 트란스미투스 주문을 읊었다. 카이로로 가서 이집트에 있는 공간이동의 문을 통해 아더월드로 돌아가기 위해서였다.

사막의 바람이 칼과 로빈의 대화를 날려버리는 동안 지하의 흡혈귀들은 하프엘프의 화살을 맞고 쓰러진 동족의 살을 뜯어 먹으며 씩씩거렸다. 안타깝게 놓쳐버린 두 도둑놈들을 후추와 소금만 살살 뿌려서 구워 먹는 맛을 상상하면서.

# 2

# 파프니르

선사를 연인으로 선택하면
잘 때도 갑옷에 검까지 찬다는 걸 받아들여야 한다,
심지어는 타고 다니는 말까지도……

*

장검이 윙윙 소리를 내며 파프니르의 빨간 머리 한 타래를 싹둑 잘라버렸다. 난쟁이의 얼굴이 일그러졌다. 난쟁이들이 대개 그렇듯 파프니르도 온갖 장신구로 머리를 치장하고 정성스레 매만지길 좋아하지만 어머니와는 달리 수염을 기르지는 않았다.

파프니르는 머리 손질을 하는 데 많은 시간이 걸렸다. 긴 머리가 땅에 끌리지 않게 촘촘히 땋아 톨리스 기름을 발라주고, 보석에 꽃, 리본으로 예쁘게 단장했다. 그러고는 치렁치렁한 머리를 끈으로 동여매 짧게 만들었다. 그런데 상대가 방금 그렇게 공들인 머리를 망쳐놓은 것이다.

마법으로 손질한 머리는 자르는 게 당연히 힘들기 때문에 엘프 스타일러들이 인기가 많았다. 하지만 히믈리아의 난쟁이들은 엘프 스타일러에게 머리를 맡기는 일이 없어서 그만큼 머리에 공을 많이 들였다.

그런 머리를 잘렸으니, 파프니르는 화가 치밀어 도끼 두 개를 휘두르며 반격했다. 하지만 상대는 바보가 아니었다. 그는 난쟁이가 도끼를 가지고 어떻게 할지 잘 알기 때문에 멀찍이 떨어져 있었다. 검이 길다는 장점을 이용해 난쟁이에게 약간 따끔한 상처를 주는 정도로 만족했다. 파프니르가 제때에 방어를 잘하기 때문에 위험하지는 않았다.

그런데 상대가 상체를 벗고 싸운다는 점이 파프니르에게 불리했다. 멋진 근육질 몸에 자꾸 시선을 빼앗기는 바람에 정신을 집중할 수 없었다.

상대는 파프니르가 산만한 틈을 타서 번개같이 목에 검을 들이댔다. 난쟁이는 꼼짝하지 못했다.

"항복하시지, 난쟁이 전사?" 상대가 속삭였다.

파프니르는 입술을 꽉 깨물면서 도끼를 내렸다.

"이건 반칙이야, 실버!" 파프니르는 미소를 흘리면서 쳐다보는 애인을 비난했다. "그렇게 알몸으로 싸우면 내가 방심한다는 걸 알고서. 정정당당하게 맞서야지 이런 법이 어딨어?"

실버는 웃음을 터뜨리면서 몸을 숙이고 난쟁이의 입술에 뜨거운 입맞춤을 했다.

"하지만 도끼에 찍히지 않으려면 이 방법밖에 없어. 그리고 네 친구 칼의 말대로 전쟁이든 사랑이든 할 수 있는 방법은 다 동원해야 되는 거잖아!"

파프니르와 실버가 난쟁이들의 눈에 띄지 않게 멀리 떨어진 곳에서 훈련하고 있어서 다행이었다. 하프드래곤인 실버가 난쟁이 파프니르를 애인으로 삼은 것에 난쟁이들이 격분해 있기 때문이었다. 난쟁이들이 그토록 혐오하는 마법 능력을 사용했다는 이유로 파프니르는 추방당했다가 대장장이 종족에게로 돌아왔는데 이번에는 또 하프인간이자 하프드래곤과 사랑에 빠졌기에 많은 난쟁이들이 곱지 않은 시선으로 보고 있었다.

그리 간단하게 이해해줄 일이 아니었다.

인간도 아니고 드래곤도 아니고 반반씩 섞였다는데.

게다가 아버지는 아더월드 공공의 적 1위인 마지스터이고, 어머니는 드래곤 왕의 여동생인 화이트 드래곤 아마바쉬로우쉬바였다.

종족의 명예를 중요하게 여기는 난쟁이들은 실버를 상대도 하지 않으려고 했다. 난쟁이족의 교육을 받고 자랐다고는 하지만 180센티미터의 큰 키에 생모에게서 물려받은 은빛 비늘로 반짝이는 피부를 가진 실버는 분명히 난쟁이는 아니기 때문이었다.

파프니르와 실버의 결혼을 반대하기 위해 난쟁이족은 머리를 쓰기보다 상대를 두들겨 패는 성향의 난쟁이들을 내세워 본때를 보여주기로 작전을 짰다.

공격적 성향의 난쟁이들이 나서기 앞서 잘생긴 난쟁이들이 서로 파프니르의 마음에 들려고 경쟁을 벌였다. 파프니르가 사랑에 빠져 있지 않았다면 어쩌면 넘어갔을지도 몰랐다. 하지만 이런 술책에 넘어갈 파프니르가 아니었다. 너무 집요한 구애에 질린 파프니르는 공격적으로 대응했고, 몇몇이 들것에 실려나갔다.

난쟁이들은 마법 치료를 거부하기 때문에 이 일로 파프니르는 족히 한 달 동안은 그들이 귀찮게 하지 않을 거라 생각했다. 하지만 크게 다치지 않게 하는 기술이 필요했다.

파프니르가 좀 더 기술을 연마했더라면 기블루르 폰브라시에의 두 다리를 부러뜨리는 일은 없었을 텐데. 기블루르는 파프니르에게 키스하면 당연히 둘이 기절할 테니[6] 그것으로 실버는 파프니르의 천생연분이 아님이 증명될 거라고 믿었다. 그리고 정말로 기블루르는 기절했다.

그런데 사실은 파프니르가 난쟁이들이 귀찮게 한 나머지 본보기로 삼고자 기블루르의 머리와 다리를 동시에 내리쳤고 그가 의식을 잃은 것이었다.

이 일로 어느 정도 효과를 보았다.

들러붙는 미남 난쟁이들이 확 줄었다.

그다음 난쟁이들은 갑옷 차림으로 나타났다.

파프니르가 가장 짜증 나는 건 자신이 모든 면에서 특출하다는 것이었다. 자신은 너무 어리고 너무 예쁘고[7] 너무 빼어난 전사이자 마법사이고 너무 대담하고 너무 개성이 강하고……. 간단히 말해 모든 면에서 너무 비범했다. 본래 난쟁이들은 싸움하기 좋아하는 종족이

. . . . . . . . . . . . .

**6.** 사랑을 느끼는 난쟁이 커플이 입을 맞출 때 진정한 사랑일 경우 정신을 잃는다. 그래서 히믈리아 도처에 아주 부드러운 잔디, 편안한 떨기나무들, 푹신한 양탄자들이 있다. 문제는 몇몇 난쟁이들이 이따금 속임수를 써서 기절한 체하는 것이다. 그래서 난쟁이들은 실버가 속이는 거라고 의심하면서 하프드래곤이 정직하지 않다는 걸 밝혀내려는 것이다. PS: 실버는 마지스터와 달리 아주 정직하다.

**7.** 난쟁이들의 기준에 따른 것이다.

라 비범한 자들을 좋아하는데 드래곤에 대한 혐오감 때문에 파프니르와 실버의 사랑을 방해하는 것이었다.

파프니르는 그들이 귀머거리라면 귓구멍이라도 뚫어주고 싶었다.

필요하면 도끼를 휘둘러서라도.

손뼉 치는 소리에 파프니르와 실버는 떨어졌다. 파프니르는 조롱하는 자들을 짓이겨버릴 기세로 돌아섰는데 어머니 벨리르가 서 있었다.

난쟁이들은 부족, 아니 더 정확하게 말하면 씨족으로 이뤄져 있었다. 어떤 면에서 씨족의 족장은 왕이나 다름없었다. 따라서 벨리르는 왕비, 파프니르는 공주인 셈이었다. 사실, 파프니르는 친구들이 마법을 사용할 때마다 '또 그놈의 마법' 하면서 거칠게 쏘아붙였다. 그러던 중 파프니르 자신에게 마법 능력이 있다는 걸 알았지만 생각을 바꾸지 않았었다.

결국에는 파프니르도 자신의 마법에 만족했다. 마법을 거의 사용하지 않지만 마법 능력이 없었다면 타라를 알게 되지도, 흥미진진한 모험을 경험하지도, 무엇보다도 눈부시게 멋진 실버를 만나지 못했을 것이다. 실버는 자신이 얼마나 잘생겼는지 전혀 모르는 듯 행동했는데 파프니르는 그게 마음에 쏙 들었다. 하지만 난쟁이들은 파프니르가 그렇게 죽고 못 살겠다는 실버를 좋은 눈으로 보려고 하지 않았다.

파프니르의 어머니 벨리르는 딸의 어깨와 팔에 난 작은 상처들을 보면서 말했다.

"흠, 싸움깨나 하는군."

실버는 정중하게 허리를 굽혔다. 실버는 늘 사람들에게 예의 바르게 행동했지만 파프니르의 어머니는 대하기가 쉽지 않았다. 인사말을 꺼낼 때마다 머리를 쥐어짜서 단어를 선택하는 것조차 거의 고역이었다.

"고맙습니다, 대장장이 부인." 실버는 조심스럽게 말했다. "따님에게 방어하는 기술을 가르치려고 노력하고 있습니다. 물불을 가리지 않고 무작정 밀어붙이는 성향이 있습니다. 따님은 제게 아주 소중합니다. 이 작은 상처들이 앞으로 훨씬 심각한 부상을 막아주길 바랍니다."

벨리르는 딸과 같은 빨간 머리를 끄덕이며 오르키데와 블루르꽃* 그리고 금 구슬로 장식한 예쁜 수염을 가다듬었다.

"점잖은 것 못지않게 지혜롭군." 벨리르가 인정했다. "하지만 난쟁이 이족은 지혜에 대해서는 별로 관심이 없어."

실버는 눈살을 찌푸렸다.

"하지만 저와 파프니르는 서로 사랑합니다. 왜 그걸 이해해주지 않는지 모르겠습니다."

벨리르는 실버를 뚫어져라 쳐다보다 이맛살을 찌푸렸다.

"우리가 종족이 다르다는 건 인정합니다." 실버가 말을 이었다. "그래도 제가 드래곤의 피가 섞였다는 건 사과하지 않겠습니다. 그건 제 책임이 아니니까요."

"사과해? 뭘 사과해?" 파프니르는 발끈했다. "넌 내 남자야. 떠나야 하는 거면 우리 둘이 떠나면 돼. 고리타분한 늙은이들이 너와 나를 갈라놓게 두지 않을 거야."

"어허, 나는 고리타분하지도 널 떠나게 두지도 않을 거야!" 어머니

46

가 나무랐다.

"왜요?" 파프니르는 자신도 깜짝 놀랄 정도로 신랄하게 항변했다. "나에게 그 빌어먹을 마법 능력이 있다는 걸 알고 추방할 때는 언제고 이젠 왜 떠나면 안 되는데요?"

벨리르는 오만상을 찌푸렸다.

"다시 상기시키는데 네 아버지와 나는 그 어리석은 결정에 찬성하지 않았어. 드래곤과 악마가 판을 치던 시대에 우리 난쟁이족을 파멸시킨 마법을 싫어하는 건 당연한 거야. 그렇지만 5000년이 지난 오늘날에도 그러는 건 멍청한 짓이라고 생각해."

어머니의 말에 놀란 파프니르는 초록빛 눈이 동그래졌다.

"네? 대장장이 부족의 족장 부인인 어머니가 마법을 받아들여야 한다고 생각한단 말이에요? 그런데 왜 내가 추방됐을 때 그런 말을 하지 않았어요?"

벨리르는 엷은 미소를 지었다.

"난쟁이족은 영웅이 필요했고, 네 아버지와 나는 네가 그 역할을 완벽하게 해낼 거라고 생각했으니까."

파프니르는 화가 치밀어서 잠시 아무 말도 하지 못했다. 파프니르의 얼굴이 뻘게지자 실버는 걱정하는 얼굴로 몸을 숙이고 괜찮은지 물었다.

"오, 내 조상들의 수염이여! 그 추방이 엄포였단 말이에요?" 파프니르가 어찌나 고함을 질러대는지 실버는 고막이 터질 것 같아 고통스러워하는 표정으로 뒷걸음칠 정도였다.

벨리르가 이번에는 미소를 짓지 않았다. 딸과 똑같은 초록빛 눈에 슬픔이 있었다.

"뭐, 그런 셈이지. 네가 마법을 떼어낼 방법을 찾겠다고 했지만 우리는 이미 방법이 없다는 걸 알고 있었어. 마법 능력은 핏속의 유전자에 있는 거니까. 마법을 억제하려고 했던 모든 난쟁이들이 실패했어. 아직은 네가 아더월드와 정치, 함정, 수많은 종족을 잘 몰라서 그래. 넌 앞으로 그 모든 것과 맞서야 하는데 마법은 아주 중요해."

파프니르는 차츰 진정되었다. 벨리르가 진지한 목소리로 말하자 모두 귀를 기울였다.

"그게 왜 중요한 일인데요?" 파프니르가 차분하게 물었다.

"앞으로는 광산의 어두운 세계에 갇혀 있지 않고 바깥 세계를 향해 열려 있는 젊은 난쟁이들이 필요하니까. 마법은 우리를 파멸시키는 게 아니라 도와준다는 걸 아는 난쟁이들, 싸우는 것 못지않게 협상할 줄 아는 난쟁이들 말이다. 네가 데려온 실버는 마법을 무조건 반대만 하는 꽉 막힌 난쟁이 전사들의 절반을 쓰러뜨릴 정도로 아주 빼어난 전사일 뿐만 아니라 드래곤의 자손이기도 해. 그리고 절반은 인간이니까 인간들에게 우리를 대변해줄 수 있고. 자랑스러운 내 딸아, 네가 우리 모두의 소원을 기대 이상으로 이뤄주었어."

이 말에 감동한 파프니르는 촉촉해진 눈으로 어머니에게 미소를 지어 보였다.

"네, 잘 알아들었어요." 파프니르는 애써 태연한 체하면서 쫑알거렸다. "근데 나는 그런 것 때문에 실버를 선택한 게 아니에요. 너무 잘생겨서 홀딱 반한 거예요."

실버가 싱긋 웃었다. 실버는 자기가 건장한 난쟁이에 비해 아주 못 생겼다고 생각하는데 사랑에 빠진 파프니르가 눈에 콩깍지가 씌어 있는 것이었다.

하지만 실버는 벨리르가 한 말이 다가 아니라는 생각이 들었다. 파프니르의 어머니는 무슨 꿍꿍이가 있는 게 분명했다. 실버의 예감은 맞았다. 벨리르는 딸만큼이나 솔직하고 야무졌다.

"실버, 자네는 난쟁이들과 싸우면 안 돼. 그중 절반이 우리 사촌이니까. 자네가 아더월드를 위해 아무리 훌륭한 일을 했어도 난쟁이들 눈에 자네는 하프드래곤에 불과해. 하지만 한순간에 바뀔 수도 있지, 매수를 하면."

실버와 파프니르는 입을 멍하니 벌린 채 동시에 벨리르를 처다봤다.

"그게 음, 죄송하지만 저는…… 부자가 아닙니다." 실버가 어물어물 말했다. "불굴의 전사[8]로서 연금을 받지만 그리 많지 않습니다."

"발리베른느와 그로녜리!" 벨리르가 난쟁이 언어로 외쳤다. "자네가 나보다 훨씬 부자인데!"

벨리르의 말에 어찌할 바를 몰라 실버는 들고 있던 훈련용 장검을 칼집에 집어넣었다. 훈련할 때는 혈검을 사용한 적이 없었다. 실버가 혈검을 이따금 꺼내 들 경우는 너무 굶주려 있는 혈검에게 피를 먹여

----

8. 법을 어기는 난쟁이들(드물게 일어나는 일이지만 법을 어긴 난쟁이는 참수형을 받는다)을 추적하거나 훈련시키는 일 이외의 다른 일이 금지되어 있기 때문에 불굴의 전사들은 모든 난쟁이들이 갹출한 공공 기금으로 보수를 받고 있다. 법을 몰라서 어긴 경우는 살려준다.

야 하기 때문이었다. 파프니르가 다치는 게 싫기 때문에 피를 먹인다는 사실만으로도 두려움을 주는 무기를 가급적 사용하지 않는 편이 나았다. 사실 다혈질인 파프니르를 격분하게 만든다면 모를까 겁을 주는 것으로는 혈검의 굶주림을 해결하지 못할 것이었다.

"무슨 말씀인지 이해가 안 됩니다." 실버가 말했다.

벨리르는 실버를 빤히 처다보다 금빛 눈을 가진 젊은이의 당황하는 얼굴에서 정직함을 읽었다. 벨리르는 거짓말이 아니라는 걸 대번에 알 수 있었다.

"자네는 아마바쉬로우쉬바의 아들 아닌가?" 벨리르는 부드러운 목소리로 말했다. 드래곤 어머니의 참혹한 죽음을 떠올리게 하는 말에 실버가 예민하게 반응한다는 걸 알기 때문이었다.

"네, 그렇습니다." 실버는 짤막하게 대답했다.

"외아들이잖아."

"제가 아는 바로는 그렇습니다." 실버는 어깨를 약간 으쓱하면서 대답했다.

"그 경우 어머니의 재산에 대해서는 자네가 유일한 상속자이지." 벨리르는 만족스러운 얼굴로 말했다. "드래곤 왕은 엄청난 부자였어. 그 왕의 딸이자 현재 드래곤들의 여왕인 샤르맘니쉬라쉬바가 자네 어머니의 것까지 보물을 상속받았네. 하지만 그 보물의 절반은 자네 것이야. 이제 상속권을 주장할 때가 됐어."

파프니르와 실버는 얼빠진 표정으로 벨리르를 처다봤다.

"하지만 드래곤들은 절대로……." 혼란에 빠진 실버는 캐러멜빛과 금빛, 붉은빛이 섞인 머리털을 가다듬으면서 말했다.

"흥! 그들은 어쩔 수 없이 내주어야 해!" 벨리르가 경멸하듯 말했다. "보물을 회수하려면 싸워야지. 자네가 히플리아 산에 있는 것보다 많은 금을 가지고 돌아오면 햇볕에 눈이 녹듯 반대는 없어질 거야."

벨리르가 벨벳 돈주머니를 흔들었다. 도둑이 쉽게 훔쳐가지 못하게 강철로 보강한 주머니인데, 짤그랑거리는 소리로 보아 꽤 많은 금이 들어 있는 것 같았다.

"실력 있는 드래곤 변호사를 찾아야 해. 괴팍하면서 별난 변호사가 좋겠지. 공짜로 일하려고 하지 않을 테니 자네 어머니의 보물을 회수해오는 총액의 2퍼센트, 아니 1.5퍼센트를 주면 될 거야. 실버 클라쿠에투알, 드래곤들은 난쟁이들 못지않게 금을 좋아해. 행복해지려면 기회가 왔을 때 할 수 있는 건 뭐든 해야 되는 거야."

파프니르와 실버는 세 번이나 함박미소를 지었다. 실버는 정중하게 허리를 굽히면서 말했다.

"뭐라고 감사의 말씀을 드려야 할지 모르겠습니다. 하지만 성공하지 못하면……."

"그럼 내가 투자하는 이 금을 날려버리는 거겠지. 하지만 그건 문제가 아냐. 머지않아 아더월드를 방문하는 악마들과 전쟁이 일어나면 이 금을 회수하는 것 말고도 여러 가지 문제들이 생길 텐데. 그래도 나는 걱정하지 않아. 적어도 내 금에 대해서는."

파프니르가 다가와서 어머니를 끌어안았다.

"고마워요, 엄마."

벨리르는 깜짝 놀랐다.

"엄마? 엄마라는 소리를 얼마 만에 듣는 건지. 네가 추방되었던 뒤로는 그저 타라밖에 모르더니…….”

"내가 잘못 생각했어요." 파프니르는 말했다. "하지만 아무도 설명해주질 않았으니 나도 화가 날 만하잖아요."

벨리르는 미소를 지어 보였고, 파프니르는 모든 걸 용서했다. 역시 어머니였다. 모든 통치자들이 그렇듯 벨리르도 먼저 국민을 위한 선택을 하고 그다음에 가족을 생각했다. 파프니르는 마음에 안 들었지만 어쨌거나 이번에는 좋게 끝났기 때문에 용서했다.

# 3
# 비밀 계획

때로는 맞서느니 도망치는 것이 훨씬 나은데

*

타라는 전속력으로 도망, 아니 정확하게 말해 걸음아 날 살려라 줄
행랑치고 있었다. 그들은 쫓기는 중이었다. 숨을 헐떡이며 달리다 타
라는 벽장을 발견해 후닥닥 들어갔고, 축소한 페가수스의 갈기가 문
짝에 끼지 않게 조심하면서 아슬아슬하게 문을 닫았다. 타라의 어깨
에 앉은 갈랑이 불안한 울음소리를 냈다.

"쉬이잇." 타라가 속삭였다. "간신히 따돌렸지만 아직은 소리를 내
면 안 돼!"

금발 소녀는 벽장 깊숙한 곳에 웅크렸다. 벽장 앞을 지나치는 추적
자들의 발소리와 고함소리가 잇달았다. 요란하던 발소리가 점점 작
아지다 잠잠해졌다.

타라는 긴장이 풀렸다.

"휴, 이제 됐어. 저자들을 떨쳐낸 것 같아. 아까는 진짜 무서웠는데. 지하를 통해 랑코비트로 피해야겠다."

"그건 안 돼." 등 뒤에서 지친 목소리가 말했다. "랑코비트로 가도 그들이 쫓아올 거야."

"누구냐!" 소스라치게 놀란 타라가 돌아보는 것과 동시에 손에서 마법의 빛이 번쩍였다. 그 바람에 한쪽 구석에 숨어 있는 실루엣이 드러났다.

타라의 먼 친척이자 오무아의 여제 리스베스의 공식적인 약혼자 바리우스 덩컨이었다.

"워워. 나를 태워 죽이지는 마!" 움찔움찔하는 빗자루들과 걸레 더미 속에 숨은 바리우스가 몸을 뒤로 빼고 방어를 하듯 두 손을 내밀었다.

"오, 흉측한 벤드룩의 내장이여!" 타라가 말하면서 마법을 끄자 다시 어두컴컴해졌다. "깜짝 놀랐잖아요! 여기서 뭐하세요?"

바리우스는 손을 내리면서 싱긋 웃었다.

"너랑 같은 이유겠지."

그리고는 눈살을 찌푸렸다.

"그런데 너는 왜 도망치는 거니? 이게 다 웃기는 결혼 풍습 때문에 그러는 건데."

타라는 웃음을 참으면서 말했다.

"'웃기는 결혼 풍습'이요? 고모 앞에서는 그렇게 말하지 않았잖아요?"

바리우스는 양미간에 주름을 잡았다.

"그렇지 않아. 나는 네 고모를 열정적으로 대했어. 결혼을 앞둔 여자들이 어떤지 너도 잘 알잖아. 모든 게 완벽해야 하지. 그런데 내 몸에 핀을 어찌나 많이 꽂는지 고슴도치가 되기 싫어서 도망친 거야."

비리우스는 윙킹을 지었다.

고슴도치? 타라는 다시 웃음이 터질 뻔했지만 가까스로 참았다. 벽장에서 웃음소리가 나면 추적자들에게 들킬 위험이 있었다.

"예비 고모부에게만 그러는 게 아니에요. 고모는 내 인생도 마음대로 하려고 아주 작정한 것 같아요." 타라가 말했다. "고모가 날마다 작성하는 구혼자 명단이 얼마나 긴지 몰라서 그래요. 명단의 길이가 아마 몇 킬로미터는 되어야 직성이 풀릴 거예요. 구혼자들의 장점과 단점을 아주 구체적으로 적어놓고 이용 가치에 대해 매겨놓은 점수를 더 봤다가는 토해버릴 것 같았어요."

바리우스는 안쓰러워하는 표정을 지었다. 하지만 타라는 바리우스가 내심 재미있어하고 있음을 느꼈다.

"네 고모는 우리 둘의 결혼을 동시에 준비하는 걸 아주 로맨틱하다고 생각하는 모양이다."

타라가 질겁하는 표정을 짓자 바리우스도 터져 나오려는 웃음을 가까스로 참았다. 타라가 다시 마법의 빛을 반짝였다. 타라는 몹시 화가 나서 냉정함을 잃었을 때 마법이 엄청나게 강렬해졌다. 리스베스는 벽장에서 핵폭발이 일어나는 걸 좋아하지 않을 텐데……

"'로맨틱'과 '오무아 제국의 여제'는 너무 안 어울리는데……." 타라는 짜증 섞인 한숨을 내쉬었다. "고모의 관심은 오직 제국이 초강력 동맹 관계를 맺는 거예요. 초강력 악마 아르칸즈와 초강력 드래곤 셈 선생님이 동시에 청혼했다는 것은 고모가 한 달 전부터 돈 계산을 했다는 거예요."

'초강력'이란 표현이 너무 많았다. 이번에는 도저히 웃음을 참지 못하겠는지 바리우스는 소매로 입을 틀어막았다. 푸른빛 소매 색깔 때문에 타라는 그제야 바리우스의 옷차림이 눈에 들어왔다.

얼룩덜룩. 그게 딱 맞는 표현이었다. 색이 너무 요란해서 속이 메슥거릴 정도였으니.

게다가 곳곳에 꽂힌 마법의 핀 덕분에 천 조각들이 간신히 붙어 있는 상태였다. 아, 그래서 '고슴도치'라고 했구나. 타라는 혼자만 곤경에 처한 게 아니라고 생각하자 짜증이 좀 가시는 것 같았다.

"흠흠." 터져 나올 것 같은 웃음을 억누르면서 타라가 말했다. "가봉하는 중에 도망쳤어요?"

"그래." 바리우스가 대답했다. "무슨 이유인지 리스베스가 자기 증조모의 수석 재단사 메둘라를 고집했어. 메둘라가 가봉해주고 있었는데 내 살과 천을 도무지 구분을 못해. 늙어서 눈이 어두운 건지, 원."

"메둘라 부인……(타라는 바리우스의 유감스러워하는 시선과 마주치자 얼른 고쳤다) 음, 실력은 최고였죠. 지금은 일어서는 데만 주문을 여섯 개쯤 걸어야 하지만. 핀에 마법을 걸어놓은 사람이 메둘라 부인이에요?"

"응."

"그럼 정확하게 시간이 얼마나 됐어요?"

"30분쯤, 왜?"

타라는 얼른 고개를 돌렸다.

"왜 그러는데?" 바리우스가 의아해했다.

"메둘라 부인이 내 옷도 몇 번 가봉해준 적이 있었어요." 타라는 도 저히 웃음을 참을 수 없었다.

"그런데?"

"그게, 메둘라 부인의 마법 핀이 좀 재미있거든요."

바리우스가 갑자기 불신하는 어조로 물었다.

"뭐가 재미있는데?"

"30분 이상 가는 경우가 아주 드문데……."

"뭐라고?"

그때였다. 찰그랑! 하는 소리가 나더니 핀들이 한꺼번에 빠졌다. 이크, 예비 고모부의 알몸을 보게 되는 불상사가 일어날까 봐 걱정했 던 건데.

"슬루르크! 브롤크 드 슬루르크!" 바리우스가 욕설을 내뱉었다.

웃음이 터진 타라의 머릿속으로 페가수스가 바리우스의 모습을 보 내주었다. 바리우스가 웅크린 채 천 조각으로 몸을 가려보려고 진땀 을 빼고 있었다. 타라는 배꼽 빠지기 전에 벽장을 나가야 했다.

"좋은 하루 되세요." 타라는 벽장문을 열면서 말했다. 나가도 되는 지 확인한 다음 로미네트[9]보다 빠르게 자신의 거처를 향해 달려갔다.

오무아 황궁의 복도는 북적거렸다. 리스베스와 바리우스의 결혼식 은 여섯 달 후로 예정되어 있는데도 벌써부터 준비를 하느라 팅가푸

........................

9. 털북숭이라는 것만 어렴풋이 알 수 있을 뿐 어찌나 빠른지 제대로 보기가 힘든 동물이다. 그래서 아더월드에서는 '와, 로미네트를 본 줄 알았네' '로미네트보다 더 빠르네'와 같은 표현을 쓴다. 약간 히스테릭한 카나리아만 로미네트를 발견할 수 있다.

르 전체가 들썩거렸다. 궁정에서 결혼식 전야제를 위한 무도회 초대장을 전 세계에 발송하기 시작했는데 초대받지 못한 이들이 자살하는 사태가 벌어지고 있다는 소문까지 돌았다. 그래서인지 오무아 여제 후계자인 타라가 지나가면 마치 눈도장이라도 찍으려는 듯 다정한 눈길을 보냈다. 잘못 보이면 초대를 받지 못할까 봐 걱정하는 것이었다. 타라는 끊임없이 수많은 종족(땅신령, 거인, 유니콘, 요정, 인간, 엘프, 타트리스, 켄타우로스, 자이언트 거미, 트롤 등)의 인사를 받았다. '이렇게 만나 뵈어 기쁩니다, 마마', '그런데 제가 아직까지 무도회에 초대를 받지 못했다는 것이 정말 이해가 안 됩니다. 옥시아 부인 부서에서 실수를 한 것 같은데 정말 유감스럽습니다. 옥시아 부인에게 한마디만 해주시면 정말 고맙겠습니다'.

황궁의 초대에 관련된 일은 여제의 친척인 옥시아 부인이 맡고 있었다. 갈색 머리에 얼굴이 창백한 옥시아는 외유내강형인데 사실 부드럽기보다 매우 엄격한 편이었다. 그래서 아주 특별한 명단에 이름을 올릴 만큼 요직에 있지 않은 이들은 초대를 받기가 힘들었다.

솔직히 팅가푸르의 황궁은 어마어마하게 커서 수도의 절반에 이르는 주민을 수용할 수 있었다. 하지만 옥시아 부인도 여제 못지않게 하객을 선별하는 것이 얼마나 중요한 일인지 잘 알고 있었다. 따라서 타라가 간섭할 수 있는 일이 아니었다. 게다가 타라는 구혼자 명단을 넘기고 약속을 정하기 위해 쫓아다니는 고모의 조수들 때문에 미쳐버릴 것 같았다. 그래서 도망치는 것이 상책이라고 생각했다. 황궁의 모든 비밀 통로를 알고 있는 타라였다. 친위대원들이 후계자를 번번이 놓치는 바람에 크산디아르는 죽을 맛이었다.

미친 듯이 거처로 뛰어 들어간 타라는 헐레벌떡 쫓아온 친위대원들의 코앞에서 문을 걸어 잠갔다. 그런데 방의 벽이 달라져 있어서 깜짝 놀랐다. 이상하게 번쩍거리고 있었다. 벽에 박힌 보석, 금빛 돌 속에서 살아 있는 혈관처럼 움직이는 황금과 은, 백금 줄무늬. 요란한 장식이라면 질색하는 타라는 궁전의 매직컴에게 실내장식을 바꾸라고 지시하기 위해 돌아섰다.

그러다 눈이 동그래져서 쳐다보는 한 남자와 마주쳤다. 타라는 벽에 기대고 본능적으로 마법을 작동했다.

남자가 파랗게 질려 뒷걸음쳤다. 이상하지만, 아니 당연한 건가? 아무튼 타라의 강렬한 마법 앞에서 사람들은 대부분 이렇게 반응했다.

"누구세요?" 타라가 신경질적으로 묻는 사이에 갈랑이 침입자를 찢어발길 기세로 어깨 위로 날아올랐다. "내 방에서 뭐 하는 거죠?"

"브론타뉴를대표해서왔습니다." 남자가 어찌나 빠르게 말하는지 낱말이 달라붙어서 나오는 것 같았다. "안녕하십니까마마오늘예정된시간에만나게되어영광입니다."

빌어먹을! 타라의 기억이 맞는다면 56번째 구혼자였다. 타라는 까맣게 잊고 있었고, 공포에 떠는 남자 역시 자신의 이름을 말하는 걸 빼먹었다. 타라의 기분에 민감한 체인지라인이 재빨리 청바지와 간편한 셔츠를 예쁜 옷차림으로 바꿔놓았다. 구릿빛의 긴 다리가 드러나는 원피스에 금빛 샌들, 허리까지 내려오는 머리에 씌운 황금 왕관.

타라는 별로 좋아하지 않는 차림새지만 그냥 내버려두었다. 자기를 잡아먹으려는 괴물이라도 되는 듯 쳐다보는 남자 앞에서 좋으니 싫으니 체인지라인과 말다툼할 때가 아니었다.

오케이. 타라는 벽의 실내장식이 바뀐 이유를 알아차렸다. 랑코비트의 살아 있는 궁전과는 다르지만 실내장식 디자이너들이 방을 화려하거나 인상적으로, 또는 그저 평범하게 꾸며야 할 때를 잘 알고 있는 것이었다. 대사이자 구혼자를 맞이할 때는 오무아 제국이 얼마나 부유하고 강력한지 보여줄 필요가 있었다. 휴!

타라가 마법을 끄자 갈랑이 섬세하게 조각된 구리 장식이 있는 나무 장식장에 날아가 앉았다.

남자는 안도의 숨을 내쉬며 긴장을 풀었다.

여러 왕국 또는 행성에서 보내는 구혼자들과 마찬가지로 남자는 매력적인 용모였다. 키 174센티미터의 타라보다 약간 큰 180센티미터가 조금 안 되는 키에 파란 눈, 최근 유행하는 헤어스타일로 뾰족이 세운 금빛과 붉은빛이 도는 숱진 머리털, 황금 체인을 늘어뜨린 은빛과 붉은빛의 딱 붙는 바지는 꽤 비싼 옷이 분명했다. 타라가 알 정도로 아더월드에서 아주 유명한 디자이너 K의 작품으로 지구에서도 C라는 상점에서 판매하는 제품이었다.

상당한 재력가가 겁에 질려 있는 모습이라니.

타라는 속으로 한숨을 내쉬고 구혼자를 기절시키는 유감스러운 일이 일어나지 않도록 가능한 한 동작을 줄이면서 우아하게 앉았다.

"미안합니다." 타라는 신중하게 말했다. "오전에 할 일이 많았거든요. 아무튼 만나서 반갑습니다. 브론타뉴 왕국은 어떻습니까?"

남자는 고마워하면서 타라의 거실 곳곳에 놓인 편안한 의자 중 하나에 조심스럽게 앉았다.

"아주 좋습니다, 마마. 브론타뉴 국민의 이름으로 내 사랑을 드립니다. 아울러 오무아 제국과의 동맹을⋯⋯."

타라는 다른 생각을 하고 있었다. 첫 번째 구혼자를 만나면서부터 타라는 별로 중요하지도 않은 말을 마치 열심히 듣고 있는 것처럼 적 당한 때에 고개를 끄덕이더 이따금 미소도 지어 보이면서 머릿속으로는 보다 중요한 문제를 생각했다.

아르칸즈.

그리고 지금은 일부러 멀리하고 있는 친구들을 생각했다.

리스베스 여제가 아드월드에 악마들을 초청하기로 결정했을 때 타라는 격분하여 고함을 질러도 보고 간청도 하면서 고모의 생각을 돌리려고 쿠데타(실은 심각하게 고민했었다)를 제외하고 할 수 있는 모든 걸 시도했었다.

하지만 오무아 정부의 눈에 타라는 아직 미성년에 불과했다. 물론 아더월드를 여러 번 위기에서 구한 타라지만 너무 어리게만 보고 말을 귀담아들으려고 하지 않았다.

일찍이 타라처럼 검은 여왕으로 변한 마법사는 없었다. 그리고 잔혹하고 위험하고 파괴적이기까지 한 악마의 마법을 그렇게 잘 다룰 줄 아는 마법사도 없었다. 아르칸즈가 아무리 친절하고 매력적인 인간의 모습을 지녔어도 악마의 마법을 사용하면 마지스터처럼 괴물로 변할 수밖에 없었다.

타라는 인간들이 파멸로 가는 실수를 저지르고 있다는 걸 뼛속 깊이 알고 있었다.

그래서 선택의 여지가 없었다. 타라가 그처럼 도망치는 것은 구혼자들을 만나고 싶지 않아서가 아니었다. 눈앞의 이 남자처럼 진부한 말을 늘어놓는 구혼자들이 짜증스러운 건 사실이지만 그게 다는 아니었다. 중요한 계획이 있는데 시간이 없어서였다. 자멸을 초래하는 아주 어리석은 계획일 수도 있지만 고모와 아르칸즈에게 맞서기 위해 타라가 생각할 수 있는 유일한 방법이었다.

타라는 여러 번 궁전을 나갔다. 그때마다 타라가 어디로 갔는지, 뭘 하는지도 모르고, 보호할 수도 없기 때문에 친위대는 발칵 뒤집혔다.

타라가 하는 일은 굉장히 위험천만한 일이었다.

그동안 타라는 또 다른 악마의 사물들을 찾아다니고 있었다. 아티팩트 다섯 개는 지구에 감춰져 있었다. 가장 강력한 '실루르의 옥좌', '그루이그의 검', '드레쿠스의 왕관', '크라에토비르의 반지'(시제품은 아르칸즈가 파괴했다), '브뤽스의 왕홀, 일명 저주받은 왕홀'. 타라는 실루르의 옥좌와 브뤽스의 왕홀을 파괴했는데 사물에서 해방된 악마의 영혼들이 림보로 되돌아가는 걸 몰랐을 때였다. 그루이그의 검과 크라에토비르의 반지는 모우르무르의 도움을 받아 무력화시킨 다음 그 누구도 찾을 수 없는 우주 공간으로 보내버렸다. 그리고 타라는 격분한 상태에서 검은 여왕이 악마의 마법을 고갈시킨 드레쿠스의 왕관을 파괴해버렸다.

실루르의 옥좌와 거의 맞먹을 정도로 강력하다는 '라오르의 창'과 '브롱스의 갑옷 일부'는 지구의 달에 있었다. 타라는 최고 마구스들이 왜 악마의 사물들을 지각단층에 있는 지구의 달에 숨겨놓았는지 아직도 의문이었다. 악마들이 접근하기 쉬운 곳인데…….

최고 마구스들은 당시 지구 외에도 행성이 많다는 생각을 하지 못한 것이 틀림없었다. 그래서 드래곤들의 도움을 받아 나머지 악마의 사물들을 여러 은하계로 분산시켰다.

'즈셀의 방패'와 '크뢰의 이중 도끼'는 다보르 행성에 있었다. 생명체가 살 수 있지만 인식 능력이 있는 존재는 없는 다보르 행성은 인산들이 아직 발견하지 못한 프뵐 은하계에 위치해 있어서 드래곤들이 최고 마구스들을 우주선에 태워 데려간 것이었다. '센티르의 피리'와 '멘타르의 볼'(타라는 마지스터의 보고서를 읽어볼 기회가 있었는데 끝에 가시가 있는 일종의 도리깨 모양의 사물이었다)은 환을 이루는 행성 넓은 곳에 떠다니는 생명 없는 위성의 페가수스 별자리에 있었다.

셈 선생님은 데미데루스와 최고 마구스들 그리고 드래곤들만 악마의 사물들을 감춰놓은 장소를 알고 있는데 마지스터가 그 위치를 다 알고 있다는 건 드래곤 중에 배신자가 있는 거라고 추정했다. 악마를 너무 두려워하는 최고 마구스들은 악마의 사물에 대해 말한 적이 없었다. 리스베스 여제도 지구에 있는 악마의 사물들의 위치는 알아도 다른 사물들의 위치는 전혀 모르고 있었다.

타라는 마지스터의 잿빛 요새를 장악한 뒤에 셈 선생님과 함께 발견한 목록을 기억하고 있었다. 당시 타라는 만일을 대비해 악마의 사물들이 있는 위치를 기계적으로 암기했다가 지구로 돌아갔을 때 종이에 적어서 책갈피에 감춰놓았었다. 그런데 이상하게도 그 목록의 내용이 머릿속에서 지워지지 않았다. 그래서 꺼내볼 필요가 없게 된 종이는 이사벨라의 저택에 얌전히 숨겨져 있었다.

타라는 계획을 달성하는 데 필요한 악마의 사물 중 두 개가 가까운 데 있는 것에 만족했다.

타라는 지구의 달을 향해 떠났다. 은밀하게 이동하는 마법사답게 공간이동의 문을 이용했기 때문에 타라는 우주선을 '훔칠' 필요가 없었다. 그다음은 트란스미투스 마법으로 이동했고, 시커먼 하늘에서 내려다보이는 파란색 구형의 커다란 지구에 감탄했다. 모우르무르가 발명한 일종의 우주복을 입고, 만일을 대비해 마법 장막으로 몸을 감싼 타라는 함정을 피해 악마의 사물들을 찾았다. 이곳 달에도 눈에 보이지 않지만 치명적으로 위험한 지킴이들이 있었다. 이번에는 물고기가 아니라 우주의 광선을 먹고 사는 지킴이들이었다. 한 번도 방해를 받아본 적이 없는 지킴이들이라 하마터면 타라를 죽일 뻔했다. 우주복이 데미데루스의 후손이라는 표시를 가려버렸기 때문이다. 악마가 아니라는 걸 확인시켜주려면 타라는 우주복을 벗어야 했다. 그러면 우주의 빈 공간에서 체온을 유지해주고 진공 폭발을 막아주는 마법의 얇은 장막만 달랑 맨살에 걸친 셈이라 아주 난감한 상황이었다.

타라는 이렇게 목숨을 걸고 미친 도박을 하고 있었다. 타라는 너무 민망하니까[10] 지킴이들에게 다른 데 가 있으라고 부탁했다. 그러고는 라오르의 창과 브롱스의 갑옷을 마주하고 앉아 사물 속에 갇힌 악마의 영혼들과 대화를 시도했었다. 이유를 설명하면 영혼들이 이해할 거라고 믿으면서.

잘못 생각한 것이었다.

타라는 악마의 영혼들이 어찌나 광기에 차 있는지 구원해줘도 될

---

10. 지킴이들은 민망하다는 타라의 표현이 생소해서 어리둥절했다.

지 의문이 들었다.

하지만 타라는 집요했다. 일찍이 이런 일을 시도한 사람이 아무도 없었지만 타라는 포기하지 않았다.

이디월드로 들어온 타라는 다음 날 달의 어둡고 추운 동굴에서 필요한 공기와 빛, 편안한 방석을 준비하고, 그림과 책, 공기를 따뜻하게 해줄 난방 기구를 챙겨서 갔다. 달에 도착한 타라는 동굴의 벽면을 온통 인간들의 역사를 이야기하는 벽화로 장식했다(타라는 그림에 소질이 전혀 없기 때문에 이럴 때는 마법이 아주 만족스러웠다. 타라가 사람을 그리면 동그라미 하나에 Y를 거꾸로 그리는 수준이었으니). 그리고 비디오크리스털도 몇 대 설치해놓고 아더월드의 여러 방송을 틀어놓았다.

타라는 악마의 영혼들이 지켜보고 있다는 걸 계산에 넣고 벌인 일이었다.

아더월드가 어떤지 보여줄 필요가 있었다. 악마들을 노예로 만들고 멋대로 가둬버린 보울리미-레마[11]족과 아더월드의 종족들이 얼마나 다른지 알려줄 필요가 있기 때문이었다.

타라는 찾아갈 때마다 악마의 영혼들 앞에 앉아 말을 거는 것으로 만족했다. 사물들의 계속되는 공격에도 불구하고 타라는 악마의 영혼들을 건드리지도 마법을 사용해서 해치지도 않았다. 그렇지만 실루르의 옥좌와 브룩스의 왕홀, 드레쿠스의 왕관을 파괴했다고 분명히 언급했었다. 그리고 몇몇 사물들을 '소용돌이 쓰레기통'에 넣어

· · · · · · · · · · · · · ·
**11.** 흉측하고 잔혹한 악마 종족은 '보울리미-레마'라는 이름이 웃기다고 생각할 것이다.

아무도 찾지 못하는 곳, 우주 공간 깊은 곳으로 보내버렸으니 시커먼 철통 속에 영원히 갇혀 있게 되었다는 말도 빠뜨리지 않았다.

악마의 사물들은 타라가 손가락 하나 까딱하는 것으로 자기들을 시커멓게 태워 죽이거나 무력화시킬 수 있다는 걸 잘 알고 있었다. 그런데 타라가 특별한 행동을 전혀 하지 않는 걸 보면서 공격이 줄어들기 시작했다.

타라는 얘기를 하면서 기다려주는 것, 그게 다였다.

타라는 성난 악마의 영혼들이 원하는 것이 평화가 아니라는 걸 차츰 깨닫고 작전을 바꿨다.

타라는 복수와 앙갚음에 대해 말했고, 악마의 영혼들은 더 이상 타라를 공격하지 않았다. 연신 찌르려고 하면서 가장 공격적인 사물은 라오르의 창이었다. 브롱스의 갑옷은 의식 있는 존재가 입어주길 바라고 있었다. 갑옷은 미완성품('속바지'는 드래곤들이 가지고 있고, '투구'도 어딘가에 있다)이지만 라오르의 창보다는 좀 더 이성적인 것 같았다.

타라가 찾아갈수록 사물들이 드디어 귀를 기울이기 시작했다. 그리고 살기를 품은 광기에서 고통스럽지만 천천히 나오고 있는 것도 느껴졌다. 타라는 그것이 열기와 빛, 그것도 아니면 고통받는 이 영혼들 주위에 만들어놓은 평화로운 이미지의 영향인지 알 수 없었다.

그래서 타라는 역시 미친 짓이지만 또 다른 도박을 했다. 타라는 아르칸즈보다 강력하지 않다는 걸 잘 알고 있었다. 자기 자신을 해치는 위험을 감수하지 않고서는 악마의 마법을 사용할 수 없다는 것도 알고 있었다. 하지만 타라는 이 악마의 영혼들과 결합하면, 완전히 파괴되지 않고 해방된다는 조건으로 사물에서 빠져나온 영혼들이 도움을 준다면, 열망하는 것을 함께 해낼 수 있을 거란 자신감이 있었다.

타라는 악마의 영혼들에게 그들을 가두고 고통스럽게 하는 난난한 금속을 파괴하는 것은 해결책이 아니라고 설명했다. 그리고 아르칸즈가 크라에토비르의 반지 시제품을 파괴했을 때 일어난 일에 대해서도 얘기해주었다. 영혼들은 해방된 것이 아니라 림보의 악마들에게 돌아가 속박을 받는 것이라고, 마법의 에너지가 완전히 고갈될 때까지 또다시 이용되는 것이라고 말해주었다.

타라는 비욘드월드에 대해서도 얘기했다. 보울리미-레마족도 거기서는 평온하게 지낼 수 있다고 장담했다. 하지만 악마의 영혼들이 원하는 것은 자기들을 위한 천국도 비욘드월드도 기쁨이나 의식이 아니었다.

타라가 추위와 공허감, 죽음을 말했을 때는 영혼들이 야유했다. 영혼들은 죽음에 대한 두려움이 없었다. 악마의 영혼들이 광분하는 것은 이미 당한 것보다 훨씬 더 많이 이용된다는 것이었다.

악마의 영혼들과의 대화에 진전이 거의 없을 때도 있었다. 타라는 시간을 아껴야 하기 때문에 달에서 지내지 않을 때는 몸과 마법을 가공할 무기로 만들기 위해 체력 단련을 하면서 보냈다. 이따금 갇혀 있는 악마의 영혼들에게서 아무런 성과도 얻지 못하는 것에 낙심하고 고함을 지르기도 했다.

어느 날은 타라가 내지르는 분노의 고함소리에 얼마나 놀랐던지 거울이 깨지고 말았다. 타라는 거울이 모습을 비춰주기까지 꽤 오랜 시간 미안하다고 사과해야 했다. 그런데 그 뒤로는 거울을 볼 때마다 타라의 코가 약간 비뚤어져 있었다. 거울의 귀여운 앙갚음이었다.

치러야 할 대가는 물리적인 것만은 아니었다. 타라는 또다시 자신이 악마의 마법에 장악되거나 검은 여왕이 되는 생각만으로도 끔찍했기에 사랑하는 모든 이들과 거리를 두어야 했다.

그래서 친구들과 완전히 연락을 끊었고, 친구들은 대체 타라가 뭐가 그렇게 바빠서 만날 시간도 없다는 건지 이해하지 못하고 있었다. 그나마 칼과 로빈보다 무아노와 파프니르, 파브리스와 연락을 끊는 것이 수월했다.

무아노는 엄청난 상속으로 유명 인사가 된 제레미와 파티를 열면서 팔짱 끼고 사진이나 찍는 생활에 흠뻑 빠져 있기 때문이었다. 타라와 마찬가지로 지구에서 자란 제레미는 갑부가 되자 아더월드에서 흥청망청 쾌락을 즐기고 있었다. 타라는 제레미가 무아노를 끌고 다니는 것이 아주 마음에 들지 않았다. 타라는 '악마의 사물들과 친구가 되기로 한 계획'을 시작하기에 앞서 무아노에게 연락했었다. 오후 2시였는데 무아노는 자다가 받는지 서너 마디 알아들을 수도 없는 말을 어물어물하다 '나중에 내가 걸게'라는 말을 남기고 끊어버렸다.

파프니르는 실버와 변함없는 사랑을 나누며 행복에 젖어 있었다. 타라가 기술적인 정보가 필요해서 둘을 만나려고 했을 때 문자메시지만 달랑 날아왔다.

**우리는 지금 너무 바빠서 만날 수가 없어. 아주 귀찮아하는 것 같았다.**

디리는 하는 수 없이 궁정에 있는 한 난쟁이에게서 정보를 얻었다. 파프니르에게서 다시 연락이 온 건 새벽 4시였다.

하지만 타라가 깊이 잠들어 있을 때였고, 컴폰(컴퓨터폰)은 급한 일이 아니라 타라를 깨우지 않은 것이었다. 음성 메시지는 짧았다.

"실버와 나는 잘 지내고 있어." 파프니르는 행복한 목소리로 말했다. "실버와 나는 방금 산책하고 돌아왔어. 아! 그 전에 실버와 나는 광산으로 내려갔는데 실버는 일하지 않았어. 불굴의 전사라서 그냥 구경만 했지. 그다음 실버와 나는 물놀이하러 갔는데 멋진 호수에서 실버가 내 옷을 벗겨주고……."

타라는 그 순간 얼굴이 빨개져서 컴폰을 끊어버렸다. 난쟁이들은 말주변이 없어서 곧이곧대로 말하는 데다 타라는 무엇보다 한 번만 더 '실버와 나는'을 들으면 토할 것 같았다.

파브리스는 지구에서 아버지 대신 공간이동의 문을 지키고 있었다. 파브리스가 이따금 연락은 하지만 아더월드보다는 지구의 일에 열중하는 것 같았다. 그리고 걸핏하면 목숨이 위태로운 일이 벌어지는 친구의 곁을 떠나 지내는 것에 너무 티 나게 안도하는 파브리스를 보는 것이 타라도 그리 기분이 좋지는 않았다.

하지만 죽이려는 사람이 없는 데서 살고 싶은 마음이야 타라도 마찬가지이기 때문에 파브리스에게 서운한 마음을 접었다.

매직갱의 세 친구들을 생각하다 보니 타라는 자연스럽게 칼과 있었던 일이 떠올랐다. 절대로 생각하지 않으려고 하지만 여전히 머릿속을 맴돌았다.

타라는 집요하게 연락하는 칼과 로빈 때문에 미칠 지경이었다. 칼과 로빈을 피하는 것은 정말 괴로운 일이었다.

'오, 흉측한 벤드룩의 내장이여! 대체 칼은 왜 그런 키스를 했을까? 트실에게 물렸을 때 나의 레파루스 치료를 받고 칼이 황홀경에 빠졌다고 했던 말도 그렇고, 검은 여왕의 몸속에 갇힌 나를 구하기 위해 칼이 스스로 장검에 찔렸던 것도 그렇고, 그게 다 사랑을 고백한 것이었을까?'

무엇보다 신경이 쓰이는 것은 뜨거운 키스라는 걸 느꼈고 마음이 몹시 흔들렸다는 점이었다. 하지만 타라는 칼에 대해 그런 감정이 전혀 없었다. 물론 칼을 좋아하는 건 분명했다. 하지만 아주 영리하고 재미있다고 생각할 뿐 사랑하는 건 아니었다.

아무튼 칼을 사랑하는 느낌이 전혀 없었다.

사실, 타라는 사랑이 뭔지도 몰랐다. 칼에게 이유를 묻고 싶은 마음은 간절했지만 차마 꺼낼 수가 없었다.

타라는 아더월드 마법의 저장소이자 친구인 살아있는 돌에게 스무 번쯤 칼과 통화하게 해달라고 부탁했지만 악마의 사물들 때문에 살아있는 돌은 번번이 거부했다. 몇 달 전 로빈의 경우에도 그랬던 걸 보면 살아있는 돌은 악마와 관련된 것에는 유독 예민하게 반응했다.

갈랑은 무조건적으로 타라를 지지해주는 반면, 살아있는 돌은 기쁨을 느낄 수 있어야 행동 개시를 하는 편이었다. 타라는 지금은 살아있는 돌이 기뻐할 만한 상황이 아니라는 걸 깨달았다. 이럴 때는 친구들의 의견이 필요한데 물어볼 수가 없었다. 지금 정말 힘든데……

오무아 사람들은 대부분 친절하게 대해주지만, 매직갱의 친구들처럼 마리의 생사고락을 나눌 사람은 전혀 없었다. 사람들이 타라와 친구가 되고 싶어 하는 것은 오무아 제국의 후계자이기 때문이거나 열세 살이라는 어린 나이에 이미 초강력 마법사로 이름을 떨친 타라 덩컨이기 때문이라는 걸 모르지 않았다.

그때 고개가 약간 비딱해진 자세로 쳐다보는 남자가 눈에 들어왔다. 자기 말을 끝내고 대답을 기다리고 있는 것이었다. 타라가 얼른 생각을 멈추고 미소를 지어 보이자 남자는 약간 걱정이 되는 얼굴로 미소를 지었다.

진저리가 난 타라는 용단을 내렸다. 타라가 갑자기 일어나자 남자도 따라 벌떡 일어서다 의자를 넘어뜨렸다. 열두 개의 나무다리를 삐걱거리며 의자가 바로 서려고 버둥거렸다.[12]

"나를 무서워하는군요." 타라는 차분한 어조로 말했다. "나를 무서워하는 남자와의 결혼은 바람직하지 않다고 생각해요. 하지만 나처럼 보잘것없는 사람에게 관심을 보여준 브론타뉴에 감사드리며, 내 거절을 귀국의 국민에 대한 모독으로 생각하지 않기 바랍니다. 그대가 후보로 나선 것은 신중하지 못한 결정입니다. 그대는 이제 떠나서

· · · · · · · · · · · ·

12. 혹시 아더월드의 사물들이 살아 움직인다는 걸 잊은 독자들에게 다시 한 번 상기시킨다. 타라와 파브리스도 마법의 행성에 머물던 초기에는 여러 번 놀라서 심장마비를 일으킬 뻔했다. PS: 오무아 사람들은 무조건 많이 만드는 걸 좋아하는 경향이 있다. 그래서 가구들에도 대체로 다리가 많이 달려 있다.

도 좋습니다. 그래도 오무아 제국은 그대가 이렇게 와준 것에 대해 고맙게 생각해요."

질겁한 남자가 어찌할 바를 모르면서 두 손을 비비 틀었다.

"나는…… 그런 말 하지 않았습니다." 남자는 목멘 소리로 말했다. "나는 무섭다고 말하지 않았습니다…… 그게 사실이긴 하지만. 내가 이런 답변을 갖고 브론타뉴로 돌아가면 몰매를 맞을 겁니다!"

아, 타라는 거기까지는 생각하지 못했다.

"그럼 돌아가서 이렇게 말하세요. 아주 강력한 후보 둘에게 우선권이 있기 때문에 받아들여지지 않았다고요." 타라가 제안했다.

구혼자 명단을 공개하지 않기 때문에 남자는 두 후보가 누구인지 알 수 없어 파란 눈을 찡그렸다.

"어떤 후보자들입니까? 이름도 모르고 돌아가면 내 말을 믿지 않을 겁니다."

"아니, 그들이 곧 도착한다는 공식 발표가 있을 테니 그렇지는 않을 겁니다. 마왕 아르칸즈와 강력한 블루 드래곤 셈나샤오비로다인 트라쉬부인데 그대와 경쟁 상대가 되겠습니까?"

남자는 침을 꼴깍 삼켰다.

"악마들의 왕이 마마와 결혼하고 싶어 한단 말입니까?"

타라의 방에 들어오면서부터 이미 두려움에 떨던 남자는 완전히 공포에 질린 것 같았다.

"네." 타라는 짧게 대답했다. "미쳤죠?"

"네, 맞습니다." 남자는 진심으로 대답했다. "완전히 미친 겁니다!"

비웃음을 흘리는 타라와 눈이 마주친 남자는 얼른 고쳐 말했다.

"그게 아니라 내 말은 마마와 결혼하려는 것이 미쳤다는 것이 아니라……."

"이제 그만 가셔도 됩니다. 브론타뉴와 그대에 대한 내 마음은 우호적이니 염려 마시고요."

남자는 정중하게 인사를 하고 허리를 굽힌 자세로 문까지 뒷걸음쳤다. 타라는 신기한 눈으로 쳐다봤다. 내가 저렇게 뒷걸음질로 갔으면 몇 번은 가구에 부딪쳤을 텐데.

안도와 두려움이 반반쯤 섞인 남자의 얼굴을 뒤로하고 문이 닫히자 타라는 한숨을 내쉬었다. 타라는 얼굴을 비볐다.

"맙소사, 내가 무슨 짓을 한 거야. 내가 이럴 만한 자격이 있나?"

위로를 해주듯 페가수스가 날아와 타라의 어깨에 앉았다. 갈랑이 있어서 그나마 위안이 되었다. 갈랑은 타라가 건강한 정신을 유지하게 해주는 유일한 친구였다. 아더월드라는 미치광이들의 소굴에서 이것이 건강한 정신이라면.

갈랑은 공원에서 산책하다 알게 된 예쁜 페가수스를 떠올리며 장밋빛 상상에 빠져 있었다.

"에잇!" 타라는 손등으로 갈랑을 쫓아내면서 소리쳤다. "너희들 다 머리가 어떻게 된 거 아냐?"

오늘은 할 일이 너무 많아 타라는 달에 갈 수 없었다. 하지만 내일은 무슨 일이 있어도 가야 했다. 타라는 아르칸즈가 아더월드에 오기까지 얼마나 걸릴지 모르고 있었다. 전 세계의 모든 정부가 오무아의 결정에 동의하는지 여부를 묻기 위한 회의가 열리고 있는데 협의가 늦어지고 있어서였다. 하지만 타라는 며칠 내에 결정될 문제라는 걸 알고 있었다.

타라는 침을 삼켰다. 달에서 겪을 일은 짧은 인생에서 가장 힘든 일 중 하나일 것이다. 타라는 너무 고통을 받아 미쳐버린 영혼들의 신뢰를 얻고 자신의 계획에 대한 동의를 받아야 했다. 영혼들이 조금씩 믿어주는 것 같지만 검은 여왕의 지배를 받으면서 경험한 악몽 때문에 악마의 사물을 만질 생각만 해도 아직은 많이 불안했다.

타라는 검은 여왕과 관련된 기억을 떨쳐내기로 했다. 그렇지 않으면 계획에 전혀 도움이 되지 않을 것이었다. 타라는 책상 쪽으로 눈길을 돌렸다. 책상에 서류 더미와 급한 메시지와 문서가 입력된 크리스털 볼들이 잔뜩 쌓여 있었다.

의심이 많은 고모가 타라를 놓아주지 않으려고 보낸 구혼자들의 프로필 파일과 급한 서류들이었다.

타라는 투덜거리면서 매직컴에 크리스털 볼 하나를 꽂아놓고 오무아의 일상에 관한 보고서를 살펴보기 시작했다.

눈앞에서 반짝거리는 도표와 곡선들. 타라는 이민 가는 사람들이 갑자기 늘어나고 있는 것에 놀랐다. 관련된 사람들을 보고는 더 놀랐다.

비마들이 왜 오무아를 떠나는 걸까? 악마들이 두려워서? 침략은 아더월드 행성 전체에서 일어나는데 왜 유독 오무아를 떠나는 사람이 많을까? 타라가 곰곰이 생각에 빠져 있을 때 문이 손님이 왔다고 알렸다. 타라는 한숨을 내쉬면서 일어났다. 57번째 구혼자겠지.

체인지라인이 재빨리 의상을 바꿔주었다. 면담할 때마다 똑같은 옷을 입고 있으면 안 되기 때문이었다. 눈 주위가 따끔거리는 것으로 보아 코디네이터이자 무기고이고 보디가드인 체인지라인이 화장을 다시 해주고 있는 모양이었다. 타라는 한숨이 나오려는 걸 참았다. 청바지에 티셔츠, 스웨터, 운동화를 즐겼는데 몸에 꼭 맞춘 드레스에 불편하기 짝이 없는 하이힐 등 유명 디자이너의 의상을 맞춰 입어야 하는 일이 많아졌다. 이제는 더 이상 청바지에 티셔츠 같은 간편한 차림을 할 수 없었다.

타라가 손님을 맞으러 걸어가는 사이에 문이 열렸다.

남자가 아니라 여자였다.

눈물로 얼룩진 얼굴이라 흐느끼면서 달려와 품에 안길 때까지 타라는 누군지 금방 알아보지 못했다.

글로리아 다아빌 공주이자 랑코비트의 야수라고도 불리고, 제레미에게 빠져서 타라를 저버리기 전까지는 절친했던 친구 무아노였다.

물에 빠져 죽을 결심이라도 한 것 같은 무아노를 안아주면서 타라는 가슴이 쿵쿵 뛰었다. 무아노의 패밀리어인 은빛 표범 쉬바도 주인 못지않게 충격을 받은 몰골이었다. 송곳니를 드러낸 표범의 털이 헝클어지고 귀는 젖혀져 있었다.

"무아노, 무슨 일이야?" 타라는 친구들을 멀리하기로 결심한 걸 잊고 말했다.

무아노는 알아들을 수 없는 말을 중얼거렸다.

"무아노, 미안한데 무슨 말인지 하나도 못 알아듣겠어."

무아노는 너무 울어서 빨개진 얼굴을 들고 타라의 쪽빛 눈을 쳐다보면서 이번에는 명확하게 발음했다.

"나 결혼해야 돼."

# 무아노

어떻게 해야 아주 많이 후회하지 않을 남자를
제대로 고를 수 있을까

*

"뭐?"

타라는 그렇게 툭 뱉어놓고 이내 후회했다. 무아노는 슬픈 눈으로
몸을 떨었다.

"나 결혼해야 돼." 무아노는 마치 자신이 뭐라고 말했는지 깨닫지
못한 것처럼 반복했다.

"뭐?" 타라는 머리가 안 돌아가는 것처럼 다시 물었다.

"내 결혼은…… 돌이킬 수 없는 결정이 되고 말았어." 무아노는 담
담한 목소리로 어름어름 말했다. "나도 불가능한 일이라고 생각했
어. 그런데 나는 죽을 거야. 아버지와 어머니가 나를 죽일 테니까. 하
지만 부모님은 그럴 필요도 없어. 그 전에 내가 죽을 거니까. 결혼 소
식을 듣고 부모님이 가까운 공간이동의 문을 통해 곧 들이닥쳐. 결혼

파기로 인한 내 소멸식 추도사…… 그건…… 네가 해줘.”

계속 헛돌던 타라의 머리가 처음으로 맞물리기 시작했다. 무아노가 지금 뭐라는 거야?

“결혼한다면서…… 왜 ~~죽어~~?”

충격 속에 튀어나온 말이지만 타라는 말을 하고 나서야 방금 얼마나 바보 같은 말을 했는지 깨달았다.

무아노는 아무 말도 하지 않았지만 눈빛이 대신 말했다. ‘무슨 그런 바보 같은 질문이 있어.’

타라는 뒤로 한 걸음 물러서면서 친구를 놓아주었다. 타라는 무아노가 죽고 싶을 정도로 괴로워하는 이유를 불현듯 알아차렸다. 오, 아더월드의 모든 신이여, 무아노가 임신? 이제는 정말 앉을 필요가 있었다. 뒷걸음질로 가서 빨간 소파에 앉은 타라는 무아노에게 앉으라고 손짓했다. 구불구불한 갈색 머리의 예쁜 소녀는 얌전하게 앉아 금발 친구를 쳐다봤다. 무아노가 파란빛과 은빛 마법복 차림이라는 것은 방금 랑코비트에서 왔다는 걸 알려주었다.

무아노는 자신의 문제만으로도 할 말이 많았지만 타라도 행복해 보이지 않다는 걸 알아차렸다. 죄책감까지 더해지자 무아노는 다시 울음을 터뜨렸다.

타라가 다가앉아서 안아주자 울음소리가 더 커졌다.

울음소리가 잦아들자 타라는 침착한 어조로 물었다.

“이제 무슨 일인지 말해줄래?”

무아노는 타라의 품에서 빠져나와 마법복이 더럽혀지는 것에 개의치 않고 소매로 코를 닦았다. 그러고는 눈살을 찌푸렸다.

"사실은 나도 잘 모르겠어."

이건 또 무슨 소리지? 타라에게는 아주 명확해 보이는데. 남녀가 만나 사랑했으니 아홉 달 후에 아기가 태어나는 거야 당연한 일이고, 그래서 지금 곤경에 처한 거 아닌가?

"오케이." 타라는 인내심을 갖고 말했다. "그럼 처음부터 시작해 봐. 누구와 결혼하는데……?"

"내가 말 안 했어?"

"응."

타라는 상대가 누군지 짐작하면서도 제레미가 아니길 진심으로 바랐다.

"당연히 제레미지! 몇 주 동안 계속 붙어 다녔는데. 제레미가 청혼했어. 어제저녁에."

쯧쯧.

"네가 그 말을 하니까 청혼했어?"

무아노는 어리둥절한 표정으로 타라를 쳐다봤다.

"무슨 말?"

갈랑이 주의를 주었지만, 뇌가 붙잡아둘 겨를도 없이 타라의 입에서 말이 튀어나갔다.

"임신했다고?"

털북숭이 트라둑이 달려든들 무아노가 그렇게 놀라는 표정을 지었을까.

"……임신? 누가? 내가?" 무아노는 떨리는 목소리로 말했다. 방금 눈물을 펑펑 쏟아내던 무아노가 웃음을 터뜨리고 말았다. "너 내가 그랬다고 생각한 기야?"

타라와 갈랑, 쉬바의 놀란 눈길을 받으면서 무아노는 숨넘어갈 듯 웃었다. 딸꾹질까지 하던 무아노는 간신히 호흡을 가다듬었다. 화가 난 타라는 팔짱을 꼈다. 실수한 건 알겠는데 그렇다고 이렇게 웃을 일인가.

타라는 속으로 말했다.

'좋아, 너무 앞서갔으니까 그냥 넘어가주자.'

무아노가 마침내 진정이 되었다.

"네가 지구에서 자랐다는 걸 자꾸 잊어버려. 지구에서는 남녀 관계의 일반적인 개념이 그렇지? 하지만 아더월드에서는 원치 않으면 임신할 가능성이 없어. 임신이 좀 복잡하거든. 마법의 흐름이 강력해서 임신을 방해하니까. 우리가 평범한 인간보다 훨씬 오래 살기 때문에 아마 인구 과잉을 막기 위해서일 거야. 나도 잘은 모르지만. 그리고 내가 임신했다면 내 의지에 따른 것인데 그것 때문에 억지로 결혼하는 일은 없겠지. 제레미는 나를 사랑하기 때문에 청혼한 거야. 그런데 우리 주위에 스쿠프들이 있었는데 내가 조심하지 않았어. 내가 불라즈**13**를 많이 마시는 바람에 방심해서 그만……."

. . . . . . . . . . . . . .

**13.** 알코올 도수가 아주 약하다는 착각을 주는 탄산음료라서 속이 거북해질 때까지 마시게 된다. 새떼가 혀에 오줌을 싸는 느낌이 들고 머리가 많이 아프다. 가능한 한 멀리하는 것이 좋다.

타라는 고개를 갸우뚱했다. 방심? 불라즈가 탄산음료라고는 해도 알코올 도수를 모를 무아노가 아닌데 방심이라고? 아무튼 타라는 잠자코 들었다.

"스쿠프들이 놓치지 않고 우리를 촬영했어." 무아노는 타라의 체인지라인이 마지못해서 건네준 손수건으로 눈물을 닦으며 말했다. "그 빌어먹을 말을 끝내기가 무섭게 우리의 컴폰과 크리스털 볼이 울려댔거든. 제레미의 가족들은 모두 축하하면서 벌써 전문가 열 명에게 연락해서 결혼식 준비를 의뢰했어. 우리가 금지된 대륙에서 해방시켜준 뒤로 그 집에서는 제레미가 우리 중 한 사람과 맺어지길 꿈꿔왔으니까. 그리고 그 영순위가 너였다는 걸 내가 알아."

타라는 한숨을 내쉬었다.

"나는 오무아의 후계자니까 뭐, 그럴 수 있겠지. 하지만 나는 그런 말을 들을 때마다 상품으로 팔려가는 느낌이 들어."

이 말에 무아노가 또 한 번 웃었다. 아무튼 무아노가 더는 울지 않아 다행이었다.

"결혼하기에는 좀 어린 거 아냐?" 타라는 이렇게 말하면서도 같은 말을 늘어놓는 노인이 된 것 같았다.

"당연히 어리지." 무아노가 일어나서 왔다갔다 걸어 다녔다.

안락의자가 어서 앉아주길 바라면서 졸졸 따라다녔지만 무아노는 너무 흥분한 상태라 걸음이 빨랐다. 타라가 어지러울 정도였다.

"내가 파브리스와 헤어진 건 자유롭고 더는 괴로워하고 싶지 않기 때문이었어. 그런데 내가 이렇게 되다니! 난 정말 이런 상황에 빠지게 될 거라고는 생각도 못 했어."

타라는 고개를 끄덕였다. 무아노의 상황이 어떻다는 건지 전혀 이해가 안 되지만 자신도 구혼자들에게 '노'라고 대답하는 데 시간을 보내고 있는 형편이었다. 아 참, 구혼자들……! 타라는 팔뚝에 찬 컴폰을 치나보면서 이맛살을 찌푸렸다.

"무아노, 나랑 같이 나가자." 타라가 일어나면서 말했다. "구혼자들을 만나러 접견실로 가야 해." 타라는 목소리를 높였다. "문! 57번째 구혼자가 오기로 되어 있는데 접견실에서 만나자고 전해."

타라는 무아노를 돌아보면서 미소를 지었다.

"가면서 작전을 짜보자."

"작전? 정말 무슨 방법이 있을까? 내가 언약을 번복해도 제레미와 그의 가족이 기분 상하면 안 되는데……."

무아노는 잠시 뜸을 들이다 미심쩍은 얼굴로 덧붙였다.

"'시간을 되돌리자' 같은 모우르무르식의 술수라면 그만둬. 나는 네 삼촌할아버지의 발명품을 조금도 신뢰하지 않으니까. 발명품이 폭발하거나 네가 폭발하기 일쑤인데."

타라는 까르르 웃었다.

"아니, 모우르무르 삼촌할아버지는 아무 상관 없어. 하지만 교활한 것으로 따지면 오무아에서 손에 꼽히는 고모에게 한 방에 좌절시키는 '신의 한 수'를 꽤 많이 배웠거든. 네 문제에 적용할 수 있는 걸 찾아보려고."

무아노는 몇 주일 만에 처음으로 어깨가 가벼워지는 것 같았다. 어떤 면에서는 타라를 배신하는 것 같은 죄책감 때문에 숨겼는데, 진작 제레미와 있었던 일을 털어놓았다면 지금 이렇게 곤경에 처하지는 않았을 거라고 생각했다.

무아노는 지금이라도 다 털어놓고 싶지만 그럴 수 없는 몇 가지 사정이 있었다. 타라를 신뢰할 수 없어서가 아니라 절친한 친구라는 것 말고도 오무아 제국의 후계자였고, 무아노의 문제는 조국 랑코비트의 국가이익을 전제로 하는 것이었다. 그건 곧 오무아의 국가이익과 배치된다는 걸 의미했다. 무아노는 자신이 곤경에 처해 있다고 해서 국가 재정과 정치, 마법과 관련된 이면공작에 타라를 끌어들일 수는 없었다. 아무튼 지금 당장은 말할 수 없었다. 가능한 한 말하지 말아야 했다. 무아노의 부모도 모르고 있는 일이었다.

무아노의 몸속에서 야수가 포효했다. 야수는 함정을 싫어하는데 무아노가 함정에 빠져 있다는 걸 잘 알고 있는 것이다. 야수는 뛰쳐나가서 모조리 갈가리 찢어버리고 싶은 욕망밖에 없었다. 무아노가 랑코비트의 왕을 그렇게 만드는 건 좋은 생각이 아니라고 아무리 말해도 화가 나 있을 때 야수는 제정신이 아니었다. 무아노가 불라즈를 그렇게 많이 마신 것은 바로 그 때문이었다. 정말 엄청난 실수였다.

무아노는 타라를 따라 제일 가까운 공간이동의 문까지 복도를 걸어갔다. 오무아 황궁은 거대했다. 새 황제나 여제가 즉위할 때마다 취향에 따라 변화를 주기 때문에 오래된 것과 현대적인 것이 뒤섞여 조화를 이루지 못했고, 궁인들이 화장실을 찾는 데도 디리구스 주문이 필요할 정도였다.

황궁에 워낙 많은 마법의 주문이 걸려 있어서 이따금 이상한 일이 일어났다. 엘리베이터가 있던 자리에서는 레비투스 주문 때문에 사람들이 붕 떠오르질 않나, 영문도 모른 채 천장에 붙어 있을 때도 있었다. 부분적으로 메운 오래된 배관이 있던 자리는 구멍이 뻥 뚫려 있었다. 그래서 황궁 곳곳에 수리가 필요하다는 경고문이 붙어 있었다. 하지만 황궁이 워낙 넓은 데다 여기저기서 아우성치는 바람에 일이 너무 많았다. 아주 깊은 구멍에 빠졌다, 이디가 부러진 것 같다, 너무 많이 다쳐서 마법을 사용할 수가 없다, 제발 누가 와서 구해달라…….

수리를 담당하는 부서 외에도 새로 온 사람들을 안내해주는 부서가 생겨났다. 여제의 조직도에서 '비밀정보부'와 더불어 일이 가장 많은 부서였다.

팅가푸르 황궁에 대해 떠도는 많은 소문 중 황궁에 들어갈 수는 있어도 나가는 건 확신할 수 없다는 말은 그래서 나온 얘기였다.

무아노는 랑코비트를 사랑했다. 수도 트라비아의 살아 있는 궁전은 건축의 극치였다. 하지만 오무아에 올 때마다 팅가푸르의 황궁도 아주 인상적인 건축물이라고 생각했다. 금빛 대리석 밑으로 뿌리를 내린 나무들, 웅장한 벽화들, 투명하거나 섬세하게 조각된 원기둥들, 도처에서 찬란하게 빛나는 색깔들.

아더월드의 수많은 종족이 랑코비트보다는 권력의 중심인 팅가푸르로 몰려들었다. 무아노의 야수도 팅가푸르에서 풍겨 나오는 에너지와 힘에 민감하게 반응했다.

타라는 무아노에게 크리스털 전광판 중 하나를 가리켰다. 규칙적인 간격으로 벽면을 장식하고 있는데 그 정면에 섰을 때만 소리가 들리는 전광판들이었다. 방송을 듣고 싶지 않은 이들을 방해하지 않기 위해서였다.

무아노는 '피플'에서 내보내는 방송을 보면서 혼란에 빠졌다. 무아노가 거창하게 제레미와 결혼을 선언하는 모습이 담겨 있었다.

"슬루르크, 슬루르크, 슬루르크." 무아노가 중얼거렸다. "내가 봐도 정말 가관이다."

친구들과 어울려 제레미와 파티를 즐기는 모습, 야수의 발에는 너무 작아 보이는 불라즈 두 병을 흔들어대는 자신의 모습에 무아노는 온몸이 떨렸다. 타라가 안타까운 눈길을 보냈다.

그나마 옛 금지된 대륙 타투말렌쉬바르를 선전하는 광고로 장면이 빠르게 넘어가서 다행이었다. 암컷 늑대인간이 등장해서 자신은 며칠 전만 해도 따분한 삶을 살아오던 정상적인 인간이었는데 지금은 믿기지 않는 힘과 민첩성을 가진 불멸의 늑대인간이 되었다고 설명했다. 이어서 늑대인간이 가구를 번쩍번쩍 들어서 먼지를 쓸어내는(가구 밑에 머리카락이 수북했다) 등 집 청소를 하고, 도둑질하러 들어온 몹쓸 마법사의 목을 비틀어버리는 모습이 보였다. 그렇게 살림하면서 아이들을 학교에 보내고 뭔가를 잡아먹는 아더월드의 일상을 소개하고 있었다.

무아노와 타라는 눈길을 주고받았다. 늑대인간들의 대통령 틸이 무슨 이유로 인간들을 모집하는 걸까?

그리고 리스베스 여제는 왜 그걸 내버려두고 있을까? 암컷 늑대인간에게 마법사가 살해되는 장면까지 담고 있는데.

"너무 이상해." 머리가 부글부글 끓어오르는 타라가 중얼거렸다. "정말 충격적이야."

무아노는 어깨를 으쓱했다. 타라는 아더월드에서 뭔가 심상치 않은 일이 일어나고 있다고 생각했지만, 무아노는 마법사가 아니었던 인간이 건강한 상태로 훨씬 오래 살 기회를 얻는다면 어떤 것도 마다하지 않을 거라고 생각했다.

무아노는 좀 전의 치욕적인 방송으로 들어가서 유감스러운 목소리로 말했다.

"방송이 제레미와 나에 대해 말하면서 최악의 상황으로 만들고 있어. 난 이제 정말 죽었다."

생각에 잠겨 있던 타라는 무아노의 말에 단언했다.

"아니야. 아까도 말했지만 분명히 방법이 있을 거야. 우리 둘이 방법을 찾아보자. 우리는 이것보다 훨씬 위험한 함정에서 번번이 빠져나왔잖아!"

무아노는 자신이 없지만 접견실까지 타라를 따라갔다. 접견실 문이 열리고 후계자가 왔음을 알리는 트럼펫 소리가 울리자 꽤 많은 남자들이 일제히 고개를 들었다. 그러고는 마치 세상에서 가장 맛있는 샌드위치를 기다리고 있던 눈빛으로 타라를 뚫어져라 쳐다봤다.

아, 무아노는 친구가 왜 그리 불행해 보였는지 이제 좀 이해가 되었다. 그리고 좀 더 죄책감을 느꼈다. 무아노가 다가서서 팔을 잡아주자 타라는 고맙다는 눈길을 보냈다. 타라와 무아노가 대기하는 양탄자에 올라서자 양탄자는 층계 밑까지 데려다 주었다.

무아노는 펑펑 우느라 엉망이 된 얼굴을 매만지지 않은 걸 후회했다. 그래서 타라를 두고 잠시 자리를 떴다.

무아노가 돌아왔을 때 타라는 샤트릭스 떼에게 쫓기는 불쌍한 샤포트\* 같은 얼굴을 하고 있었다. 파란색 가죽옷 차림의 남자가 헐레벌떡 뛰어오더니 타라 앞에서 허리를 굽혔다. 타라의 거처로 찾아갔다가 달려오는 게 틀림없었다.

무아노는 입술을 깨물었다. 친구에게 아무런 도움도 줄 수 없다니! 그때 갑자기 누군가가 팔을 잡아서 무아노는 소스라치게 놀랐다. 무아노가 돌아보니 구불구불한 갈색 머리에 파란 눈을 지닌 키 큰 남자가 쳐다보고 있었다. 접견실에 모인 근육질 어깨의 다른 남자들과 대조적으로 아주 호리호리한 남자였다. 하얀 치아, 반질거리는 머리털. 구혼자들이 대체로 보디빌더 같은 건장한 체격이라서 그런지 앞에 있는 남자는 신선하다고 할까, 아무튼 돋보였다.

무아노는 남자의 피부에서 나는 파란빛 광채를 보면서 아름답다고 생각했다. 엘프족 조상이 있나? 하지만 엘프의 신체적 특성이 전혀 없었다. 무아노는 남자를 뚫어져라 쳐다봤다.

"아가씨가 누군지 알고 있습니다." 남자가 부드러운 목소리로 말했다. "예전에 본 적이 있거든요. 랑코비트의 글로리아 다아빌 공주님!"

"네, 맞아요. 랑코비트의 수많은 공주 중 한 명이고, 왕위 계승을 위한 직계 혈통은 아니죠." 무아노는 예쁜 미소를 지으면서 말했다. "나보다 순위가 앞서는 후계자가 수십 명은 되니까요. 랑코비트 왕족은 생식력이 강해서……."

왕권에 대한 야심 때문에 접근하는 남자들의 헛된 희망을 사전에 꺾어버리기 위해서였다. 그래야 쓸데없는 만남을 피할 수 있었다.

남자는 빙긋이 웃었다.

"아가씨가 공주든 아니든 그건 나한테 중요하지 않아요. 아가씨는 여러 번 우리의 행성을 구해준 매직갱의 일원이기 때문에 고맙다는 말을 하려는 겁니다. 그리고 무엇보다 아가씨는 우리 집안의 많은 가족을 구해주셨고요."

무아노의 얼굴이 빨개졌다. 나서는 것에 익숙하지 않은 데다 제레미와의 일로 미디어의 관심을 받은 것 때문에 몹시 예민해 있었다. 그래서 누군지도 모르는 남자의 칭찬이 조금은 고마웠다.

"누구세요?"

이번에는 남자의 얼굴이 빨개졌다.

"아, 죄송합니다. 나는 땅신령입니다."

무아노의 눈이 동그래졌다. 이자가 뭐라는 거지? 땅신령들은 키가 기껏해야 30센티미터에다 파란색인데…… 아무리 살펴봐도 땅신령과는 닮은 데가 전혀 없었다. 타춤꽃을 유니콘이랑 닮았다고 하는 격이지, 이건.

"내 이름은 글루블 굴블루블입니다. 산티보르에서 '진실의 입' 대사를 수행하고……."

갑자기 글루블이 무아노 뒤쪽을 쳐다보면서 웃음을 터뜨렸다.

"저런 아가씨의 친구가 우리 대사에게 술잔을 엎질렀네요."

무아노는 깜짝 놀라서 돌아봤다. 글루블이 푸른 가지가 무성한 커다란 화분을 가리켰다. 구혼자 중 한 사람이 직접 담근 아주 귀한 술이라며 권했는데, 술을 싫어하는 타라가 몰래 버리려다 일어난 사고였다.

하필이면 진실의 입이라 불리는 식물들만 사는 행성 산티보르 대사의 화분에 쏟아버렸으니. 진실의 입이라고는 하지만 입 모양과는 전혀 닮은 데가 없었다. 타라는 화분에 심은 식물이 산티보르 대사일 줄은 꿈에도 생각 못 했을 것이다.

식물이 윙윙거리자 글루블이 뛰어갔다. 입이 없어서 빛과 물로 영양을 섭취하는 진실의 입들은 모두 텔레파시 능력이 있었다. 그리고 코의 기능을 하는 작은 구멍들을 통해 휘파람 같은 소리를 낼 수 있었다. 무아노도 어떻게 하는 건지 잘 몰랐다. 지금 식물이 소리를 내고 있는데 화가 많이 난 것 같았다.

무아노는 글루블을 뒤따라갔다. 파란 땅신령들만 산티보르족의 생각을 '들을' 수 있는데 글루블이 정말 인간 모습으로 변신한 땅신령이면 그에게도 그런 능력이 있는 게 분명했다.

전혀 땅신령 같지 않은 키다리 글루블이 앞에 와서 정중하게 자신이 산티보르 대사를 수행하고 있다고 소개하자 그제야 무슨 상황인지 알아차린 타라의 얼굴이 새빨개지고 눈이 동그래졌다.

외교적 마찰을 일으킬 수도 있는 문제였다.

갑자기 커다란 화분이 밤색 자이언트 벌처럼 윙윙거리더니 벌렁 자빠졌다. 질겁한 타라가 어찌할 바를 모르는 사이에 무아노는 터져 나오려는 웃음을 참느라고 이를 악물었다. 글루블과 무아노의 도움을 받아 타라는 화분을 세웠다. 성난 진실의 입이 나뭇가지들을 흔들어댔다.

갑자기 글루블이 웃음을 터뜨리자 타라가 어리둥절해서 돌아보며 말했다.

"오, 정말 미안해요. 미안하다고 전해주세요. 정말, 정말 미안하다고. 어떻게 된 거죠? 산티보르 행성의 대사께서 뭐라고 해요?"

"완전히 취했다고 합니다. 뿌리가 마비되고, 잎들이 황홀경에 빠져 윙윙거리는 거라고 말합니다. 통역하자면 한마디로 술에 취했다는 뜻입니다."

"네?"

"하지만 대사는 술이 아주 마음에 든답니다."

"뭐라고요?"

"산티보르에는 술이 없습니다. 열매로 술을 빚는다는 생각은 전혀 하지 못하니까요. 아주 똑똑하지만 식물은 식물이니까요. 술이란 걸 맛보거나, 아니 뿌리로 흡수해볼 기회도 없었고요. 마마께서는 방금 한 문명 전체를 알코올의 환희에 빠져들게 하신 겁니다!"

타라는 파랗게 질렸다. 얼굴빛이 황홀경에 윙윙거리는 대사의 나뭇잎 색깔과 아주 비슷했다.

"오, 본의 아니게…… 정말 미안합니다." 타라는 난처한 얼굴로 거듭 사과했다. "대사께서 오해하시면 절대 안 되는데 난 정말 고의로……."

글루블은 정중하게 말을 끊었다.

"마마께서는 한 가지 잊으신 게 있습니다."

"그래요, 그게 뭐죠?"

"산티보르족에게 텔레파시 능력이 있다는 걸 잊으셨습니다."

타라는 무슨 말을 하려다가…… 다물었다. 머릿속에서 생각이 휘몰아쳤다. 타라는 결국 한마디 묻고야 말았다.

"전부 다요?"

진실의 입에게 텔레파시 능력이 있다는 건 모두가 다 아는 사실인데 정말 바보 같은 질문이었다. 하지만 이미 내뱉었으니 엎질러진 물이었다.

글루블은 고개를 끄덕였다.

"하지만 현재 우리 아더월드 행성에는 진실의 입이 그리 많지 않으니까……." 타라는 글루블의 심각한 얼굴을 보고 기겁했다. "설마 산티보르 행성에 있는 종족과도 접속되었다는 말은 아니겠죠?"

"오, 마마, 저도 아니라고 말씀드리면 좋겠지만 애석하게도 그럴 수가 없습니다. 그들 모두에게 접속되었습니다. 생각의 속도는 거리를 무색하게 만들지요."

무거운 침묵이 흐르는 가운데 술에 취해서 비틀거리는 식물이 윙윙거리는 소리만 간간이 들렸다.

무아노는 결국 참지 못하고 웃음을 터뜨렸다.

"타라, 한 문명 전체를 취하게 만들다니 이건 좀 심했다."

글루블이 안타까운 얼굴로 쳐다보자 후계자의 표정이 일그러졌다.

"너무 걱정 마십시오, 마마. 산티보르족은 현명해서 뜻밖의 황홀감이 사라지고 나면……."

타라는 글루블의 말을 가로막고 여기저기 떠다니는 테이블을 향해 이동하는 대사를 가리켰다. 테이블마다 술병이 잔뜩 놓여 있었다.

"내 생각에는 대사가 다시 경험하고 싶어 하는 것 같네요." 타라가 씁쓸하게 말했다.

사실이었다. 어느새 사람들이 산티보르 대사 주위에 몰려들어 화분의 뿌리와 시커먼 흙에 술을 부어주었고, 산티보르 대사는 그 황홀한 기분을 텔레파시로 동족들과 나누고 있었다.

타도르 산 지맥 자락에 위치한 간디스에서 온 거인이 부어준 독한 알코올이 지능을 갖춘 식물에게 가장 효과적이라는 것이 이내 드러났다. 산티보르 대사가 즉석에서 수출 독점 계약을 맺자고 제안하자 간디스의 거인이 환호성을 내질렀고, 이에 타라는 그나마 약간 위안이 되었다. 적어도 구혼자 중 한 사람은 만족해서 돌아가는 거니까······.

이 모든 것은 타라가 진짜 화분인 줄 알고 술을 부었기 때문이었다. 결과적으로 산티보르족에게는 정말 고마운 일이었다. 산티보르의 식물들은 하얀 껍질의 몸통에 밤색 양파를 닮은 머리, 지성의 빛을 반짝이는 초록빛 커다란 두 눈, 작은 구멍 같은 코 여러 개를 가지고 있었다. 그런데 산티보르 대사의 몸통에는 아무런 특징이 없어서 그저 평범한 식물이 담긴 화분처럼 보였다. 타라는 지능 있는 존재들을 대할 때는 두 번 다시 이런 실수를 하지 않으리라 다짐했다.

아무튼 타라는 아더월드에서 벌레라도 죽이지 않으려고 노력했다. 벌레로 변신한 마법사이거나 마법을 부리던 중 유감스러운 사고로 둔갑한 개구리들과 대화한 적도 여러 번 있었기 때문이다. 이제는 주의해야 할 목록에 식물까지 올라가게 되었다.

타라는 마법 때문에 아더월드 전체가 미치광이들의 소굴이라는 느낌이 자주 들었다. 무아노는 자칫 외교적 갈등으로 이어질 수 있는 상황을 용케 모면하는 친구를 보면서 웃음이 나왔다. 본의 아니게 빠져든 함정에서 벗어날 방법을 모색하는 동안 타라와 함께하는 생활이 얼마나 역동적이었는지 새삼 깨달았다.

제레미가 끌고 다니는 수많은 파티에서 무아노는 따분해서 미칠 지경이었다. 불라즈를 너무 많이 마시고 깜빡 잠들었다가 야수의 몸으로 깨어나는 바람에 손님들을 벌벌 떨게 만든 적도 있었다. 무아노는 씁쓸한 미소를 지었다. 그래도 재미있는 일도 있었다. 무엇보다 야수가 포효했을 때 사람들의 비명소리가 요란했으니까.

이윽고 타라가 끈질긴 구혼자들을 아주 세련되게 떼어내는 걸 보면서 무아노의 얼굴에서 미소가 사라졌다. 혼자만 곤경에 처해 있던 게 아니라 타라도 마찬가지였다.

무아노는 아더월드에 처음 왔을 때보다 놀라울 정도로 발전한 타라의 모습을 지켜봤다. 타라는 구혼자마다 훌륭한 배우자임에 틀림없지만 이런저런 이유를 들어 애석하게도 결혼이 이루어질 수 없다는 걸 납득시켰다. 각국의 왕이나 왕자, 대통령, 수상 또는 장관, 대사 등 청혼하러 온 이들이 모욕감이나 거부당했다고 느낀다면 외교적으로 아주 민감한 문제가 일어날 수 있었다.

게다가 타라는 성격이 고약하고 위험하다는 평판이 나 있어서 구혼자들은 거의 이의를 제기하지 못했다. 아직도 타라가 누군가를 개구리나 지렁이로 둔갑시켰다는 소문이 자자하게 돌고 있는데.

그때였다. 타라를 둘러싸고 있는 사람들을 헤집고 나오며 누군가가 인사를 했다. 무아노도 아는 얼굴이었다.

뱀파이어 사피르 드라고쉬. 무아노는 눈살을 찌푸렸다. 랑코비트에 있어야 할 드라고쉬가 오무아에는 무슨 일이지? 무아노는 물어볼 겨를이 없었다. 드라고쉬는 타라와 아주 잠깐 몇 마디를 나누고는 바람같이 사라져버렸다.

몇 시간 후, 타라와 무아노는 기진맥진해서 거처로 돌아갔다. 호위대는 적당한 거리를 두고 뒤따르고 있었다. 호위대가 바짝 따라붙지 않는 것은 타라의 지시가 있었던 게 틀림없었다.

글루블은 떠나기에 앞서 무아노의 컴폰에 자신의 연락처를 보내주었다. 무아노는 텔레파시로 연락이 가능하지 않느냐고 다시 한 번 확인하려다 말았다. 글루블이 산티보르족의 생각은 텔레파시로 가능하지만 인간들의 생각은 읽을 수 없다고 밝혔던 걸 믿기로 했다. 진실의 입이 없다면 마법의 행성이 훨씬 위험해진다는 것은 모두 인정하면서도 아더월드에서는 아무도 그들을 좋아하지 않았다.

재판이나 판결 없이 진실을 밝힐 수 있는 것은 진실의 입밖에 없었다. 그 능력 덕분에 진실의 입은 소중한 존재가 되었고, 얼음 행성의 주요 수출 자원이 되었다. 무아노는 진실의 입에 대해 말했고, 듣고 있던 타라는 엉뚱한 생각이 떠올랐다. 생각을 읽을 수 있는 식물들은 위험한 비밀을 알고 있다는 거잖아……. 타라는 자기가 비뚤어진 인간이라면(오케이, 이 미친 행성 때문에 나도 비뚤어져 있다는 건 인정) 마법이나 무기에 맞설 수 없는 통치자들을 납치한 다음 진실의 입들에게 세상을 지배하는 데 필요한 모든 것을 알아내게 하면 될 거란 생각이 들었던 것이다.

길을 터주는 호위대를 따라 지나갈 때 정중하게 허리를 굽히는 이들을 보면서(사실, 타라는 유니콘이나 켄타우로스, 네 발 동물에게는 이런 관습을 적용하지 않으려고 노력했지만 어쩔 도리가 없었다) 타라는 미소를 머금다가 흠칫 놀랐다. 검은 여왕으로 변하게 된 뒤로 이런 대우를 이따금 은근히 즐기고 있는 것이었다. 이러면 안 되는데.

후계자에게 어떻게든 눈도장이라도 찍으려고 줄줄 따라오던 궁인들을 뒤로하고 방문이 닫히자 타라가 말했다.

"더는 못 참겠어. 빌어먹을! 정말 지긋지긋해서……."

"스톱!" 무아노가 말을 가로막았다. "그 말은 하지 마!"

"뭘 말하지 말라는 거야?"

"'한바탕 싸움판을 벌이고 싶다'는 말 하려는 거 아니었어?"

"응, 뭐, 비슷해. 근데 왜?"

"너랑 있으면 그런 일이 좀 지나치게 자주 일어나니까. 네가 원할 때는 특히. 우리 웬만하면 '한바탕 싸움판을 벌이고 싶다' 또는 '빌어먹을, 스릴 넘치는 모험이 그립다', '배신을 어떻게 갚아줘야 할지 모르겠어' 같은 말은 하지 말자."

타라가 뭐라고 항변하려고 할 때 갑자기 쾅, 하고 문 닫히는 소리에 두 소녀는 물론 방 안의 가구들까지 깜짝 놀랐다.

타라의 삼촌할아버지 모우르무르가 나타났다. 하얀 후광이 머리를 에워싸는 것 같은 머리 모양을 한 발명가는 몹시 흥분해 있었다.

"타라!" 모우르무르가 고함쳤다. "우리 배신당했어!"

무아노와 타라는 눈길을 주고받았다.

무아노는 한숨을 내쉬었다.

모우르무르는 늘 그렇듯 몇 안 되는 머리털이 헝클어져 있고, 파란 삭업복은 그을음이 얹거나 군데군데 얼룩져 있었다. 아까 부아노가 말한 대로 모우르무르의 발명품들은 대부분 폭발하는 경향이 있으니 새삼스러울 것도 없었다.

　모우르무르가 유리병을 흔들어대는데 움직임에 따라 유리병 안의 붉은 액체가 뱅뱅 돌고 있었다.

　"그 증거를 갖고 있어. 제국에 대한 반역죄야!"

　모우르무르는 질겁해서 쳐다보기만 할 뿐 꿈쩍도 하지 않는 타라와 무아노를 보면서 어이가 없다는 듯 말을 이었다. 목소리는 약간 진정이 되어 있었다.

　"내가 이렇게 드라마틱한 모습으로 등장하면 너희들은 적어도 무슨 반응을 보일 줄 알았더니! 하다 못해 '세상에! 무슨 일인데요? 우리를 배신한 게 누군데요? 왜요? 뭘 어떻게 배신했는데요?' 뭐, 이런 정도는 물어봐 줘야 되는 거 아니니?"

　타라는 차분하게 설명했다.

　"드라마틱한 등장에 대해서는 내가 경험이 좀 있거든요. 한 번은 내 방에 불쑥 들이닥쳐서 나를 죽이려고 했던 드래곤, 또 한 번은 떼거리로 습격해온 유령들. 삼촌할아버지, 드라마틱한 등장에 무감각하다고 나를 너무 원망하지 마세요."

　모우르무르는 입을 멍하니 벌리고 있다가 침착함을 되찾았다.

　"흐흠, 막강한 경쟁 상대가 있었군. 그건 그렇고……(발명가는 위엄 있는 자세를 취했다) 이건 제국을 상대로 저지른 범죄야!"

"무슨 책 제목 같아요." 무아노가 미소를 지었다. "『제국을 상대로 한 범죄』, 부제 「미스터리한 범인들의 정체는 밝혀질까?」."

"그럴 필요 없다." 모우르무르는 윙크를 보내면서 말했다. "내가 범인을 아니까."

"아, 그래요?" 타라가 놀란 얼굴로 말했다. "수사치고는 엄청 빠르네요. 누가 무슨 짓을 저질렀는데요?"

"범인은 뱀파이어들이야."

재미가 확 없어진 타라는 자세를 바로 했다. 뱀파이어는 아더월드에서 가장 위험한 종족이었다. 예측 불능의 가장 위험한 종족.

"뱀파이어들이 무슨 짓을 했는데요?"

모우르무르는 액체가 든 유리병을 흔들었다.

"차마 말로 할 수 없는 헤아릴 수 없이 많은 짓!"

타라는 인내심에 한계를 느꼈다. 극적 효과라는 것도 다 때가 있는건데.

타라가 강제로라도 삼촌할아버지의 입을 열게 하려는 순간 모우르무르가 폭탄 발언을 내뱉었다.

"오무아의 여제를 중독되게 만들었어!"

타라는 벌떡 일어나다가 의자를 자빠뜨릴 뻔했다. 무아노도 마찬가지였다. 이번에야말로 정말 드라마틱한 소식이었다.

"삼촌할아버지? 확실한 거예요?"

모우르무르는 헝클어진 머리를 크게 끄덕였다.

그러고는 유리병을 가리키면서 말했다.

"이게 여제의 피야. 내가 고모의 불임 이유를 알아야겠다면서 성분 분석을 부탁했을 때 나는 다른 과학자들이 건드리지 않는 데를 분석했지. 생식기관의 중심부가 아니라 기관의 세포를 분석했다는 얘기야. 거기서 생각지도 못한 것을 발견했어."

타라는 숨을 죽였다. 모우르무르는 지구에 있는 이사벨라의 저택에서 텔레비전 앞에 죽치고 앉아 셜록 홈즈에게 푹 빠져 지낼 정도로 탐정 시리즈 '광팬'이었다.

"그래서요?" 무아노가 물었다.

"그래서 찾아냈지!" 모우르무르는 의기양양하게 외쳤다.

"네, 그건 알아들었고요. 그래서 뭘 찾아낸 거냐고요?"

"여제를 불임으로 만들기 위해 그놈들이 무슨 짓을 했는지 찾아냈지. 매달 누군가가 여제에게 뱀파이어의 피를 먹인 게 분명해. 검출이 불가능했기 때문에 아무도 눈치채지 못했던 거고. 고기 요리에 섞은 게 틀림없어. 그래서 주방 담당 마법사들이 알아차리지 못했던 거야. 그게 바로 여제의 생식기관이 배란을 멈춘 이유야."

타라가 읽은 아더월드의 매뉴얼에는 전혀 언급되지 않은 내용이었다.

"뱀파이어의 피라면 남성, 여성 상관없어요?"

"아니." 모우르무르는 심각하게 대답했다. "바로 그게 문제야. 여성 뱀파이어의 피만 흡수시켰어. 그런데 더 놀라운 사실은 인간의 피를 빨아 먹은 여성 뱀파이어의 피만 그런 결과를 준다는 거야."

타라와 무아노, 모우르무르 세 사람의 눈이 마주쳤다.

"맙소사, 어떻게 그런 일이……." 타라는 마치 방음벽이 들을까 조심하듯 속삭였다. "내가 아는 뱀파이어 중에 인간의 피를 먹은 여성 뱀파이어는……."

"마지스터의 사냥꾼 셀렌바." 모우르무르가 대신 말했다. "나도 그렇게 결론을 내렸는데…… 생각보다 심각한 상황이야. 그것은 마지스터가 여제에게 자식이 있는 걸 원치 않는다는 의미니까!"

타라는 방을 서성거리기 시작했고, 모우르무르와 무아노의 눈이 타라를 따라 움직였다.

"빌어먹을!" 타라가 내뱉었다. "그것은 마지스터가 마음만 먹으면 여제에게 접근할 수 있다는 의미예요. 그렇다면 무슨 계획을 꾸미고 있다는 거고, 그 계획은 오무아의 황위 계승과 관련 있다는 건데……. 하지만 리스베스 여제에게는 이미 나 이외에도 차기 후계자가 둘이나 있는데 그 미친 마지스터가 왜 계속 아기를 갖지 못하게 하는 걸까요? 삼촌할아버지, 마지막으로 그 더러운 피를 먹인 게 언제였어요?"

좋은 질문이었다. 모우르무르는 고개를 끄덕끄덕이며 대답했다.

"불과 며칠 전."

타라는 소스라쳤다. 이유는 모르겠지만 타라는 모우르무르가 '몇 달 전 또는 일이 년 전'이라고 대답할 거라고 생각했다. 그렇다면 우리가 전혀 모르는 어떤 계획이 장기적으로 꾸며지고 있다는 건데.

"지금은 자르와 마라, 나까지 후계자가 셋이나 있는데 마지스터가 아직도 리스베스 여제에게 그런 짓을 하고 있다…… 그건 리스베스를 두려워하고 있다는 거예요. 하지만 왜? 상그라브들의 강력한 보스에게 리스베스의 자식이 뭘 할 수 있다고?"

그들은 곰곰이 생각했지만 실마리조차 집히지 않았다. 이해할 수가 없었다.

"마지스터는 권력을 원해." 모우르무르가 말했다. "옥좌에 오르고 싶은 거겠지."

"하지만 마지스터는 이미 시도했어요." 이번에는 무아노가 나섰다. "가짜 악마 군단을 이끌고 팅가푸르를 포위하면서 리스베스의 황위를 찬탈하려고 했어요. 타라가 그 악마 군단의 환영을 사라지게 해서 무산됐지만. 그리고 유령들이 습격했을 때는 리스베스 여제의 몸을 장악했었고, 데미데루스의 직계 후손만 옥좌에 오를 수 있다는 헌법 때문에 마지스터가 뜻을 이루지 못했지만."

타라는 너무 따라다니다 골이 난 의자가 미쳐버리기 직전에 의자에 앉으면서 말했다.

"마지스터는 헌법에 개의치 않아. 권력이 보이면 장악해버리는 작자니까. 아무 거리낌 없이."

이번에는 모우르무르가 안락의자에 앉았다가 등에 뭔가가 걸리는 느낌 때문에 돌아봤다.

벌떡 일어난 타라와 무아노는 하얗게 질렸다.

모우르무르가 앉은 안락의자의 등받이에는 아무것도 없었다.

대신 발명가의 등에 짧은 금속 화살 세 개가 박혀 있었다.

얼이 빠진 얼굴로 일어난 모우르무르가 등을 보려고 몸을 뒤틀었다.

"움직이지 마세요!" 타라가 소리쳤다. "우리가 볼 테니까."

타라와 무아노가 유심히 살피는 동안 모우르무르는 꼼짝도 하지 않았다.

무아노는 화살들을 살피다 조심스럽게 그중 하나를 건드려봤다. 그러고는 호주머니에서 작은 병을 꺼내더니 액체를 화살에 살살 부었다. 잠시 후, 일련의 숫자가 나타나자 뚫어지게 보고 있다가 말했다.

"독화살은 아니에요. 강철과 은을 합금한 건데 이상하네요. 은은 늘어나는 성질이 있어서 화살 만드는 데는 적합하지 않은 금속이잖아요. 그리고 이건 쇠뇌로 쏜 화살이에요. 꿰뚫을 정도로 세게 쏜 거예요."

그렇게 말하면서 무아노는 모우르무르 앞에 가서 섰다.

"어떤 충격이나 따끔한 느낌 없었어요?"

모우르무르는 고개를 저었다.

"피를 분석하는 데 너무 열중해 있어서 무슨 일이 일어났는지 전혀 모르겠는데, 음…… 한순간 몸이 흔들리는 느낌 같은 건 있었어. 하지만 내가 입은 작업복은 온갖 종류의 폭발이나 충격으로부터 보호해주기 때문에 신경 쓰지 않았다. 실험실을 나오기 전에 옷을 갈아입어야 하는데 너무 바빠서 그냥 뛰어나온 거야."

무아노와 타라는 고개를 끄덕였다.

"그 작업복이 목숨을 구해준 거예요, 덩컨 선생님. 누군가가 선생님이 여제가 중독된 사실을 발설하지 못하게 막으려고 했던 게 분명해요."

"그리고 그 누군가는 삼촌할아버지가 늑대인간이라고 생각한 거예요." 타라가 덧붙였다. "늑대인간을 죽일 수 있는 금속은 은밖에 없으니까요. 목을 자르는 것 말고는……."

타라는 모우르무르의 멍한 표정을 보면서 말을 멈췄다. 발명가가 허공을 응시하다 바닥을 쳐다보고 사방을 두리번거렸다.

"삼촌할아버지?"

"으응?"

"왜 그러세요?"

모우르무르는 몸을 비틀다가 한숨을 내쉬었다.

"너도 알다시피 나는 날마다 아주 위험한 실험을 하고 있잖아. 그래서 늑대인간들의 대통령을 찾아가서 말했지. 아더월드의 행복을 위해서는 나 같은 천재가 폭발 사고로 죽는 것은 아주 유감스러운 일이라고. 이유는 모르겠지만 내 말에 한참을 웃더니 청을 들어주더군. 그가 나를 깨물었거든."

모우르무르는 부르르 떨었다.

"물릴 때의 그 느낌은 정말이지 유쾌하지 않았어."

타라는 고개를 설레설레 저었다. 이 상황에 늑대인간에게 물린 얘기를 왜 하는 거지? 모우르무르의 결정은 충분히 이해할 수 있었다. 천재 발명가는 끊임없이 목숨이 위태로우니까.

"그렇다면 삼촌할아버지가 늑대인간으로 변환한 걸 누군가 알고 있는 거네요." 타라가 말했다. "그러니까 늑대인간을 죽일 수 있는 은을 사용했겠죠. 삼촌할아버지의 목숨을 노리는 자가 누군지 찾을 수 있을지……."

모우르무르는 냉소를 지었지만, 무아노는 깔깔대고 웃었다.

타라와 무아노는 신중하게 장갑을 끼고 화살을 뽑아 봉지에 넣어 밀봉했다. 나중에 분석하기 위해서였다. 어쩌면 그것이 단서를 줄지도 몰랐다. 궁전 안에서 일어난 테러는 전문적인 킬러의 소행일 가능성이 높았다.

모우르무르는 모든 실험실을 마음대로 사용할 수 있었다. 화가 난 발명가는 화살 봉지를 빼앗아서 호주머니에 쑤셔 넣었다. 작업복 등판이 물결치듯 일렁이다 화살에 뚫렸던 구멍이 사라졌다. 작업복의 성능이 뛰어났다. 타라는 만약을 대비해 모우르무르에게 작업복을 하나 부탁해야겠다고 마음먹었다. 파란 작업복 차림으로 온종일 돌아다니면 멋은 좀 없겠지만 걸핏하면 목숨이 위태로운데 패션이 뭔 소용이야? 체인지라인이 보디가드 역할을 해주지만 언제나 제때에 지켜줄 수는 없었다. 크라에토비르의 반지가 공격했을 때 확인하지 않았던가. 발명가가 달에 갈 때 만들어준 우주복도 같은 재질로 만든 것이지만 대기 압력을 견딜 수 있도록 아주 뻣뻣해서 마음에 들지 않았다. 그리고 지금 준비하고 있는 계획을 생각하면 더 좋은 작업복을 확보해둘 필요가 있었다.

"지금까지의 정황으로 보아 가장 의심이 가는 용의자는 마지스터예요." 타라는 본론으로 돌아갔다. "우리 셋이 마지스터의 동기가 무엇인지 알아낸 다음에 고모에게 모든 사실을 밝히는 거예요. 그러면 킬러가 더 이상 삼촌할아버지를 공격할 이유는 없을 테고."

그들은 여러 가지 가정을 들어봤지만 확인할 수 없는 것들이었다. 모우르무르가 뱀파이어의 피에 관해 알아내서 그나마 타라에게 좋은 점은 접견실에서 기다리는 또 다른 구혼자들과의 만남을 취소할 수 있다는 것이었다. 타라는 무아노와 모우르무르와 함께 황궁 안보 체계에 큰 문제가 생겼다는 걸 알리기 위해 곧장 여제를 만나야 하기 때문이었다.

발명가가 황궁 안에서 압실당힐 뻔했다는 사실만으로도 리스베스는 노발대발할 것이 틀림없었다.

타라는 매직컴을 켰고 보좌관에게 구혼자들과의 약속을 취소하라고 지시했다. 여제로부터 타라의 결혼 준비를 전담하라고 임명된 타트리스족 테오드리스 샌디와 브랜디 부인은 한숨을 내쉬었다.

"모든 약속을 취소합니까?" 첫째 머리 샌디가 탄식하듯 물었다.

"그러면 구혼자들이⋯⋯." 둘째 머리 브랜디가 말을 이었다.

"⋯⋯불쾌하게 생각할 겁니다. 벌써 여섯 번째로⋯⋯."

"⋯⋯약속을 취소하셨습니다, 마마."

"다 취소해요." 타라는 단호하게 대꾸했다. "국가 안보상의 긴급 상황이에요!"

타라는 테오드리스 부인이 항변하기 전에 매직컴을 꺼버렸다. 크리스털 볼에 이어 컴폰이 즉시 울려댔지만 타라는 살아있는 돌에게 테오드리스 부인 쪽에서 걸려오는 것은 모른 척하라고 지시했다.

"예쁜 타라 타트리스족에게 화났어?" 평소에도 타라가 통화하길 꺼리는 이들의 연락을 차단해버리는 살아있는 돌이 물었다. 외교술에 대한 이해력이 부족하기 때문에 타라가 거부하는 이들은 모두 적이라고 생각했다. 타라가 특별히 부탁하지 않는 한 매직갱만 예외였다.

호주머니에서 튀어나온 살아있는 돌이 번쩍거리면서 눈앞으로 떠오르자 타라가 얼른 대답했다.

"아니, 그건 아냐! 구혼자들을 만나는 것보다 훨씬 급한 일이 있어서 그래. 그러니까 테오드리스 부인을 차단하는 것은 일시적이야. 그 부인은 자기가 해야 할 의무를 하는 것뿐이고. 고마워, 살아있는 돌."

타라는 오랫동안 안부도 묻지 않았다는 걸 깨닫고 덧붙였다.

"오늘은 어때?"

"살아있는 돌, 무아노가 돌아와서 기뻐." 살아있는 돌이 신이 나서 대답했다. "곧 한바탕 싸움판이 벌어질 거지?"

타라는 혀를 끌끌 찼다. 쯧쯧! 살아있는 돌마저!

무아노는 또다시 웃음을 터뜨렸다.

"오, 불쌍한 타라! 어쩌면 좋아, 네 주위에는 온통 피에 굶주린 이들뿐이니!"

타라는 번쩍거리는 돌을 잡아 호주머니에 집어넣으면서 단호하게 말했다.

"고마워, 살아있는 돌. 지금은 싸움판을 벌이지 않을 거야. 피할 수만 있다면."

타라는 그렇게 말하면서도 마지스터가 무슨 일을 꾸미고 있는 건지 생각했다.

이번에도 마지스터의 계획을 좌절시킬 수 있을까?

덤으로 아르칸즈의 계획도? 그렇게 되면 한꺼번에 너무 많은 적을 만드는 건데……

# 5
# 뱀파이어의 피,
# 최악의 경우를 기대하라!

(아더월드의 오래된 속담)

*

마지스터는 비틀거리다 털북숭이 엉덩이를 바닥에 대고 앉았다. 꼬리가 엉덩이 밑에 깔리자 구시렁거렸다. 꼬리가 문에 끼거나 잘못 깔고 앉았을 때 얼마나 불편한지 알면서도 꼬리가 있다는 걸 자꾸 잊어버렸다.

셀렌바는 비웃음을 흘리면서 마지스터를 지켜보고 있었다. 빨간 눈에 새하얀 긴 머리, 허리를 졸라맨 빨간색 가죽옷 차림의 얼음처럼 차가운 뱀파이어는 즐기고 있었다. 셀렌바는 마지스터가 자기를 방에서 쫓아낼지언정 가죽옷을 갈가리 찢어 피투성이로 만들지 않으리라는 걸 알고 있었다. 마지스터에게는 아직 셀렌바가 필요하기 때문이었다.

"다른 모습으로 변신할 때는 이렇게 힘들어 보이지 않았어요, 나리." 셀렌바가 진지하지만 부드러운 목소리로 말했다.

마지스터는 늑대[14] 모습이라도 말하는 데는 아무 문제 없다는 걸 알고 있었다. 마지스터는 아주 조심스럽게 네 발로 일어났다.

"형질 변환은 마법으로 이루어지는 게 아니니까. 순전히 생리적인 거지. 두 발로 걷는 것과 네 발로 걷는 것은 완전히 달라. 무게 중심도 다르고, 전진도 달라서……(마지스터는 근육 조절하기가 힘들다고 말하려다 이런 고백은 할 필요가 없어 생각을 바꿨다) 시간이 좀 걸려."

마지스터는 새 잿빛 요새 중앙에 있는 커다란 방을 걸어 다니기 시작했다. 발바닥에 닿는 고급 양탄자는 부드러웠다. 방에서 나는 모든 냄새를 맡았다. 가죽, 나무, 접착제, 니스, 셀렌바의 향수(마지스터는 셀렌바가 향수를 뿌린다는 생각을 왜 한 번도 하지 않았는지 이상했다)……. 후각이 아주 예민해져 있었다. 시력도 훨씬 좋아져 있었다. 마지스터는 늑대가 후각이나 청각 못지않게 시력이 좋을 거란 생각을 하지 않았기 때문에 놀라웠다. 셀렌바의 얼굴에서 늑대 모습을 싫어하는 표정을 읽을 수 있었기 때문이다. 뿐만 아니라 마지스터가 늑대로 변형된 것도 좋아하지 않았다.

마지스터는 셀렌바의 반응이 흥미로웠다. 뱀파이어와 늑대 사이에 그가 모르는 대립이 있었던가? 붉은 여왕이 늑대인간들을 만들어서

· · · · · · · · · · · · · · ·

**14.** 주의 깊게 읽지 않은 독자를 위해 상기시킨다. 마지스터는 늑대인간에게 감염된 타라의 어머니(여섯 살 아이 영혼이 들어가 있는 셀레나)에게 물렸다. 따라서 마지스터도 늑대인간이 되어 있었다. 마지스터를 물리쳐야 하는 타라에게는 아주 좋지 않은 소식이었다. 이제는 마지스터를 죽이는 게 훨씬 힘들어졌다는 의미니까. 은을 사용하거나 목을 베는 방법밖에 없으니 마지스터와 싸우는 게 점점 더 어려워지는 것이다.

수백 년 동안 금지된 대륙에 가둬놓았던 걸 생각하면 이상한 일이었다. 이미 늑대인간들을 만난 셀렌바가 유난히 경계하는 것도 그렇고. 뭔가 있는 것 같은데…….

그런데 마시스터만 상대의 표정을 읽을 수 있는 게 아니었다. 보스의 시선을 알아차린 셀렌바는 말로 표현되지 않은 질문에 대답했다.

"뱀파이어들은 아주 적응력이 뛰어난 한 종족과 대립하고 있어요. 샹즐랭이란 종족인데 원하는 대로 변신하는 능력이 있죠. 하지만 붉은 여왕이 만든 종족이나 아더월드에 존재하는 종족처럼 한 가지 모습으로만 나타나는 게 아니에요. 샹즐랭족은 동물이나 곤충 모습으로도 나타날 수 있어요. 그 위험한 종족의 정체를 알아내기까지 오랜 시간이 걸렸어요. 사고 덕분이었죠. 머리에 피아노를 얹은 모습15의 뱀파이어가 있었는데……."

셀렌바는 어리둥절한 늑대의 눈빛을 보고 말했다.

"왜 피아노인지는 나도 몰라요. 피아노 치는 걸 좋아하는 애인과 싸우다 무슨 일이 생겨서 그랬는지 모르지만…… 아무튼 그 뱀파이어가 죽었을 때 비로소 알게 되었죠. 그가 죽으면서 신체의 일부가 본래의 모습을 드러냈거든요. 우리는 그 뱀파이어가 DNA에 문제가 있어서 요절했을 것으로 생각했는데, 맙소사, 이제껏 한 번도 없었던 일이 일어난 거예요. 뱀파이어가 아니라 우리가 전혀 모르는 종족이었거든요. 최고의 전문가들이 연구한 끝에 아더월드와 지구, 드란보

• • • • • • • • • • • • •

**15.** 텍스 에이버리(할리우드 애니메이션의 황금기 동안 가장 유명했던 미국 만화 제작자이자 만화가)의 작품 속에 등장하는 머리에 피아노를 얹은 캐릭터는 창작이 아닐 수도…….

우글리스펜쉬르에서 그 종족의 흔적을 찾아내기에 이르렀죠."

마지스터는 다리가 아파서 다시 앉았는데 이번에는 꼬리를 깔고 앉지 않으려고 조심했다.

"그래서 그 종족이 뱀파이어들에게 어떤 위협을 가했는데?"

호기심이 동한 마지스터가 물었다.

"그 종족은 우리 뱀파이어의 얼굴과 특성을 다 갖추고 있는데 어찌나 완벽한지 강력한 심문을 하지 않는 한 진짜와 가짜를 구별하는 것이 불가능했어요. 혈액을 분석해도 동일할 정도로 수준이 높았으니. 머리에 피아노를 얹은 뱀파이어만 예외로 본래의 모습을 드러냈죠. 병이 난 건지 알 수 없지만. 아무튼 샹즐랭족은 죽었을 때도 복제한 모습을 그대로 유지했으니까요. 피아니스트의 죽음이 없었다면 우리는 알지 못했을 거예요. 그래서 샹즐랭족은 사람들의 머릿속을 읽고 어떤 의혹이든 잠재우는 능력까지 있는 거라고 결론을 내렸죠. 아주 무서운 적이었어요."

"뭐라고?" 깜짝 놀란 마지스터가 물었다. "난 뱀파이어들과 그 샹즐랭족이 전쟁을 벌였다는 말을 한 번도 들어본 적 없는데."

"뱀파이어들이 이 행성을 통치하려고 했을 때 다른 종족들이 받아들이지 않으면서 세계 전쟁이 일어났지요. 이때 샹즐랭족은 뱀파이어들을 감시해달라는 랑코비트의 청을 받아들였어요. 샹즐랭이 뱀파이어 장군으로 잠입해서 뱀파이어들을 참패하게 만들었죠. 그 뒤로 뱀파이어들은 샹즐랭족에 대한 악몽 때문에 두려워서 당연히 가져야 할 것을 손에 넣지 못하고 있는 거예요. 뱀파이어들의 것이 될 행성인데⋯⋯. 머지않아 뱀파이어의 지배를 받게 될 날이 반드시 올 거예요."

마지스터는 셀렌바가 마치 자기는 뱀파이어가 아닌 것처럼 말하는 것이 재미있다는 듯 혀를 길게 늘어뜨린 채 듣고 있다가 말했다.

"네가 알아맞혀 보지. 그래서 복수하기 위해 그 종족을 모조리 제거했다 그건가?"

셀렌바는 환한 미소를 지어 보였다.

"우리를 정말 잘 아시네요, 나리. 맞아요, 우리는 그 종족을 이 행성에서 제거해버렸죠. 말살했는데도 용케 살아남은 놈들이 몇몇 있다지만 아주 적은 수예요. 아직도 불안과 두려움을 느끼는 뱀파이어들이 있어요. 샹즐랭이 언제 어디서 나타날지 몰라서. 늑대인간들은 인위적이든, 타고난 것이든, 늑대 이외의 다른 모습을 가질 수 없다는걸 알지만 그래도 불안한 건 어쩔 수 없어요."

늑대/마지스터가 생각에 잠긴 듯 머리를 숙였다.

"그건 정말 편리하겠군. 마법을 사용하지 않는데도 감지할 수 없게 내가 원하는 모습으로 바꿀 수 있으니. 어디서든 누군가의 자리를 차지해도 아무도 알아채지 못한단 말이잖아."

셀렌바가 일어서는데 얼굴에서 미소가 사라졌다.

"안 돼요. 그건 절대로." 셀렌바가 냉랭하게 말했다.

늑대에게 눈살이 있었다면 틀림없이 치켜 올렸을 것이다.

"안 돼?"

"금지된 인간의 피를 먹었다는 이유로 동족들은 나를 배척하지만 내가 뱀파이어인 것은 변하지 않아요. 우리의 입장이나 상황이 어떻든 꼭 행하기로 맹세한 것이 있어요."

"뭔데?" 늑대가 물었다.

대화가 점점 흥미로워진 마지스터가 셀렌바 주위를 맴돌자 뱀파이어도 눈으로 좇느라고 빙빙 돌아야 했다.

"샹즐랭을 제거한다. 눈에 띄는 즉시 없애버리기로 했죠. 만약 나리가 샹즐랭이 되면 나는 주저하지 않을 거예요."

셀렌바는 핏빛 눈으로 늑대를 응시하면서 말을 맺었다.

"나리를 죽일 거예요."

오래 살고 싶으면 마지스터를 위협하지 말아야 하는데……. 흠칫 놀란 늑대는 다리가 얽히며 앞으로 넘어지다 코를 박고 고통스러운 소리를 냈다.

눈물이 글썽해서(마지스터는 늑대의 코가 이렇게 민감한지 몰랐다) 일어난 늑대는 송곳니를 드러냈다. 강력하고 악독하기로 소문난 상그라브들의 보스가 이게 무슨 망신이야. 마지스터의 사전에 없는 일이었다.

셀렌바는 무표정한 얼굴로 아무 말도 하지 않고 있지만, 마지스터는 뱀파이어가 속으로 비웃고 있음을 느꼈다.

셀렌바는 운이 좋았다. 아무리 강력한 마지스터라도 늑대 모습으로는 마법을 사용하기가 쉽지 않았다. 마지스터는 벌거벗은 느낌이 들었다. 늑대인간이기는 해도 털가죽만 걸치고 있어서 공격받기 쉬울 것 같았다.

게다가 셀렌바는 만만한 상대가 아니었다. 마지스터가 늑대 모습으로 있는 틈을 이용해서 감히 주저 없이 죽이겠다고 말할 정도로 약아빠진 뱀파이어였다.

마지스터는 변신했다. 인간으로 돌아오기 바로 전에 이미 마스크가 얼굴을 가리는 사이 가슴에 빨간색 원이 찍힌 상그라브의 잿빛 마법복이 나타났다. 늑대 모습으로는 마법을 사용하기 힘들어도 인간 모습을 되찾는 즉시 주문을 읊는 것은 어렵지 않았다. 아무도 마지스터의 정체를 몰랐고, 절대로 알 수도, 알아서도 안 되었다. 적어도 살아 있는 사람은 그 누구도.

마지스터는 마스크 안에서 인상을 썼다. 아야! 코가 아팠다. 오늘은 더 이상 변신하지 말아야 했다.

마지스터는 약간 비틀거리며 셀렌바에게 다가가서 두 손으로 뱀파이어의 얼굴을 움켜잡았다.

"네가 나를 죽여, 셀렌바? 전쟁을 패하게 만든 샹즐랭족이 두렵다는 이유로?"

셀렌바는 눈썹 하나 까딱하지 않았다. 새빨간 눈빛은 죽음을 두려워하지 않고 있었다. 셀렌바는 이따금 다 멈추고 싶었다. 정말 잘 선택한 길인지 불안에 떨며 악몽 속에서 깨어나고 싶지 않았다. 인간의 피를 먹은 죄로 동족에게 배척받고 마지스터를 따라나선 셀렌바는 정상적인 삶과 단절되었다. 처음에는 아무렇지도 않았는데 얼마 전부터 지치는 걸 느꼈다. 아더월드를 지배하고 드래곤들을 몰아내겠다는 그들의 계획은 실패를 거듭했고, 지금은 작은 것이라도 성공하길 바라는 정도에 이르렀다.

가령 타라 덩컨을 죽인다면 그것으로 '대박'인데.

턱뼈에 힘을 주는 마지스터를 보면서 셀렌바는 속내를 드러내지 않고 본론으로 돌아갔다.

"네, 주저 없이 죽일 거예요, 나리."

마지스터는 셸렌바의 얼굴을 놓아주었다. 마지스터의 마스크가 파란색으로 변했다. 기분이 좋다는 의미였다.

"나는 맹세를 깨뜨리는 걸 좋아하지 않아."

그렇게 말하고는 잠시 침묵하다 덧붙였다.

"맹세를 깨뜨리는 놈들은 나한테 필요하지 않으니까. 그렇지만 안심해. 늑대인간이 되는 것도 여러 가지로 불편, 아니 너무 복잡해서 악마의 마법을 사용해도 샹즐랭 같은 상위 단계에 이르는 건 어려울 테니까. 내 생각에 늑대인간과 샹즐랭은 완전히 다른 종족이야. 늑대인간은 붉은 여왕이 침을 통해 감염시키는 바이러스로 형질 변형이 일어나게 만든 창조물이지. 그리고 늑대의 모습으로만 변형이 가능해. 그렇지 않다면 늑대인간들은 벌써 오래전에 그 대륙을 발전시켰겠지."

셸렌바는 무릎까지 치렁치렁 내려오는 하얀 머리를 쓸어 넘기면서 회의적인 표정으로 입을 삐죽거렸다. 셸렌바는 마지스터를 가까이에서 지켜보겠다는 굳은 의지를 갖고 있었다. 아주 가까이에서.

셸렌바의 크리스털 볼이 울렸다. 모우르무르 덩컨 암살 시도가 실패했다는 문자메시지였다. 짜증이 난 뱀파이어가 이맛살을 찌푸렸다. 또 실패하다니, 이젠 진절머리가 났다. 셸렌바는 답을 보내지 않았다. 킬러와 계약 조건은 리스베스 여제에게 불임의 이유를 밝히기 전에 모우르무르를 제거하는 것이었다. 그런데 실패했으니 셸렌바는 킬러에게 보낸 돈의 두 배를 돌려받으면 그만이었다. 암살에 실패하면 두 배의 돈으로 갚아야 한다는 것이 킬러들에게는 동기부여가 되었다.

셀렌바는 오히려 돈을 번 셈이니 손해 보는 장사는 아니었다. 금액이 크지 않은 것은 과학자 암살이 별로 인기가 없기 때문이었다.

셀렌바는 몸에 꼭 끼는 빨간색 스킬댄디딜 사옷의 주머니에 크리스털 볼을 집어넣었다.

"말 다 한 거지?" 마지스터가 물었다.

"네." 여전히 떨떠름한 얼굴로 셀렌바가 대답했다.

"좋아."

마지스터는 뱀파이어를 후려쳤다.

얼마나 세게 쳤는지 뱀파이어는 잿빛 벽 쪽으로 나가동그라졌다.

벽에 머리를 부딪치는 순간 셀렌바는 영감이 스쳤다.

'타라 덩컨은 죽으면 안 돼. 아니, 뭔가를 하기 전에는 죽으면 안돼.' 벽을 따라 미끄러지는 셀렌바의 머리에서 피가 흘러내렸다. 뱀파이어는 또 한 얼굴이 떠올랐다. 어떻게든 도와주려고 할 뱀파이어.

"그러게 왜 대드나? 새로운 힘을 조절하는 법을 배워야 안 되겠군." 마지스터가 다가와서 약간 미안한 얼굴로 말했다. "아무튼 결정적으로 타라의 어머니, 내 사랑 셀레나가 나를 도와준 거야. 아마 후회하고 있을걸. 내가 만나러 가면 셀레나가 어떤 얼굴을 할지 정말기대가 돼. 언젠가는 꼭 다시 만날 거니까."

마지스터는 혼잣말을 멈추고 셀렌바에게 몸을 숙였는데 마스크가 미소를 짓는 것 같았다.

"피에 굶주린 뱀파이어, 한 번만 더 나를 위협하면 그땐 내가 가차없이 죽여줄 테다, 알았나?"

"네, 알겠습니다." 셀렌바는 어쩌나 빙글빙글 도는지 머리가 아직 붙어 있는지, 아니면 조금 있다 툭 떨어질지 알 수가 없었다.

"나를 죽이지 않겠다고 했으니 이제 업무에 대해 묻겠다." 마지스터의 목소리가 경쾌했다. "오무아 여제의 일은 어떻게 되어가나?"

셀렌바는 움직이려다가 그냥 바닥에 주저앉아 있기로 했다. 그게 더 편했다.

"여제에게 평소의 분량대로 내 피를 먹이고 있어요." 셀렌바는 머릿속에서 울리는 종소리를 억제하면서 천천히 대답했다. "그런데 발명가의 조수 두 명을 통해 타라 덩컨이 모우르무르 덩컨을 불러들였다는 걸 알았어요. 여제의 불임 이유를 연구하기 위해서죠. 그 늙은 미치광이는 하여튼 마음에 들지 않아요. 정말 괴상망측하고 불쾌한 인간이에요. 그래서 모우르무르가 무슨 일인지 알아내기 전에 발명가를 제거하라는 위한 조치를 취해놨어요."

셀렌바는 암살이 실패했다는 걸 말하지 않았다. 킬러가 실패했다는 걸 보고하러 셀렌바를 찾아오는 일은 없기 때문에 다행이었다. 그리고 괜히 실패한 것까지 일일이 보고해서 마지스터를 자극할 필요는 없었다.

"사람들이 우리의 계획을 알아채면 안 돼."

사실 셀렌바는 그 계획이란 것에 대해 아는 게 별로 없었다. 마지스터가 계획에 대해 말했지만 수년 전부터 왜 오무아의 여제를 셀렌바의 피에 중독되게 하는지 그 이유를 말해주지 않았다. 셀렌바는 딱 한 번 물어봤다가 무례하다는 이유로 호되게 채찍을 맞은 뒤로 알려고도 하지 않았다.

오, 젤리소르의 충치여! 도대체 무엇이 마지스터에게 그런 생각을 하게 만들었을까? 어떻게 감히 데미데루스의 후손에게서 오무아를 빼앗을 수 있다고 생각하는 걸까? 복수심? 상당히 복잡했다. 리스베스를 죽이려는 것이 아니라 단지 자식을 갖지 못하게 하는 것뿐이었다. 오무아에서 권력을 잡기 위한 계획이라면 리스베스를 일시적 불임으로 만드는 것이 마지스터에게 무슨 도움이 될까? 셀렌바가 리스베스를 영원한 불임으로 만들자고 제안했을 때 마지스터는 거부했었다.

그건 아주 이상했다. 마지스터는 리스베스가 임신할 수 있는 일말의 가능성은 남겨두고 싶어 했다. 만약의 경우를 대비하여. 만약의 경우라니, 무슨 일이 생길 거라고?

이빨 사이에 뭔가가 낀 것처럼 불편했다. 뽑아낼 수는 없고 그냥 놔두자니 신경에 거슬렸다.

셀레나의 몸속에 들어앉은 여섯 살 아이의 영혼을 돌봐준 뒤로 셀렌바는 자신이 아이들을 얼마나 좋아하는지 알았다.

이건 정말 뜻밖이었다. 셀렌바는 이 약점을 비밀에 부쳐야 했다. 뱀파이어는 마지스터를 잘 알고 있었다. 마지스터가 알면 언제고 이용하려고 들 것이었다. 그리고 마지스터가 좀 전에 주먹 한 방으로 나가동그라지게 한 이유를 잘 알고 있었다. 정신적으로나 육체적으로나 자신이 뱀파이어보다 우위에 있다는 걸 보여주기 위해서였다. 마지스터는 뱀파이어가 유일하게 인정하는 것이 힘이라는 걸 알기 때문이었다.

셀렌바는 마지스터를 유심히 지켜보다가 벽에 머리를 부딪쳤을 때 스쳤던 생각이 떠올랐다.

이 세대에서 가장 위험하고 냉혹하고 살생을 즐기는 뱀파이어가
아이를 가지려면 어떻게 해야 되지?

# 6
# 리스베스
화낼 줄만 알지 자제할 줄은 전혀 모르니

*

거세게 몰아치는 광풍에 가구며 갑옷, 벽걸이, 조각상 들이 모조리 날아갔다. 질겁한 궁인들은 다행히 재빠르게 안전한 곳으로 피신했다. 몇 분 전만 해도 그렇게 북적이던 접견실에는 무엇이든 붙잡을 만한 것에 필사적으로 매달린 친위대원들을 제외하고 네 사람만 남아 있었다.

타라, 무아노, 모우르무르, 리스베스 여제.

완전히 실패한 마법.

타라는 다른 사람의 마법이 완전히 실패하는 장면을 목격하기는 처음이었다. 기둥에 딱 붙은 타라는 자신의 마법이 빗나갔을 때 다른 사람들이 얼마나 공포에 떨었을지 짐작이 갔다. 용맹하기로 이름난 남자도 심장이 쿵쾅쿵쾅 뛰고 눈이 돌아가고 입안이 바짝 마르고 오금이 절이는 그런 공포라고 할까.

지금은 늑대인간보다 과학자인 모우르무르가 작업복에서 꺼낸 무언가로 누에고치처럼 생긴 보호막을 만들어 온몸을 감싼 채 기둥을 끌어안고 있었다. 야수로 변신한 무아노는 금빛 대리석 기둥에 갈퀴 발톱을 단단히 박고 달라붙어 있었다.

늘 공중에서 지키는 최고 마구스들은 광풍에서 가능한 한 멀리 떨어진 데서 언제든 개입할 태세로 상황을 지켜보고 있었다.

새빨간 드레스에 어울리게 머리털과 눈두덩을 붉게 치장한 오무아의 여제는 강력한 회오리 속에서도 꼿꼿이 서서 격분해 있었다.

타라는 이런 반응이 나올 줄은 예상하지 못했다. 중독되었다는 것을 알리는 홀로그램은 너무 눈에 띄기 때문에 접견을 방해하지 않으려고 여제가 혼자 읽게 쪽지를 건네주었다. 모우르무르 암살 미수 사건이 일어났기 때문에 비공식적 면담이 필요하다는 내용이었다.

비공식적 면담을 요청했더니 정말 비공식적이 되고 말았다. 계속되면 산소 부족으로 숨이 막힐 텐데……. 쪽지를 읽은 뒤 부글부글 끓어오른 여제는 말 그대로 분노가 폭발한 것이었다. 초강력 폭탄이 터진 것이나 다름없었다. 타라는 살아남는다면 앞으로 자신의 마법이 폭발하지 않게 조심해야겠다고 생각했다. 객관적으로 보니 이 정도로 끔찍할 줄이야!

천장의 보석들이 날아다니는 걸 보면서 타라는 행동하기로 결정했다. 흥분하지 말아야 하지만 궁전의 절반이 부서지고 있는데 가만히 있을 수는 없었다.

타라는 마법으로 불러낸 확성기에 대고 갑자기 소리쳤다.

**"이제 그만 멈춰요!"**

하지만 성능이 뛰어난 확성기라 타라는 입에서 튀어나간 소리의 힘에 밀려서 뒤로 자빠질 뻔했다.

불행하게도 요란한 바람소리에 티리의 고함소리가 묻히고 말았다.

타라는 인상을 썼다. 긴 머리털이 심하게 엉켜 빗질도 하기 힘들 것 같았다. 타라는 체인지라인에게 나중에 머리 가죽이 홀랑 벗겨지지 않게 만질 때 조심하라고 지시했다. 체인지라인이 재빨리 타라의 머리를 질끈 묶어주어 머리카락이 더 이상 시야를 가리지 않게 되었다.

"이런! 광풍을 멈춰요! 이러다 궁전과 도시가 파괴되겠어요!"

이미 반쯤 갈라진 천장 위로 구름이 뭉게뭉게 일어나는 것으로 보아 폭풍의 기세가 좀 꺾이고 있었다.

타라는 언젠가 본의 아니게 엄청난 폭풍을 일으켰다가 애꿎은 팅가푸르의 주민들만 한동안 손상된 것들을 복구하느라 정신없이 바쁘게 만들었던 기억이 났다.

하지만 여제의 분노로 인한 이 광풍에 비하면 타라의 폭풍은 어린애 장난에 불과했다.

그때였다. 사람이 떨어졌다. 아니, 정확하게 말하면 몸을 굴려서 가볍게 착지한 남자가 벌떡 일어나 줄행랑치려고 했다. 하지만 마법의 회오리는 기회를 주지 않았다. 바람을 이기지 못한 몸이 뒤로 밀려나기 시작했다. 타라는 눈살을 찌푸렸다. 마법의 회오리가 끌어당기는 힘과 싸우는 검은 옷의 남자가 여제가 있는 곳에서는 허용되지 않는 무장을 하고 있었다. 타라는 마법을 날려서 남자를 체포했고, 그의 필사적인 저항에도 불구하고 한 기둥에 꽁꽁 묶어버렸다. 평범한 궁인이라면 목숨을 살려주겠지만, 타라의 추측대로 모우르무르를 죽이려고 한 킬러라면 사정이 달랐다.

타라는 하는 수 없이 고모를 무력화시키기 위한 마법을 사용해야겠다고 생각했다. 물론 여제를 제압하는 것이 좋은 방법은 아니었다. 상황이 종료되는 즉시 감옥으로 직행할 수도 있었다.

다행히 광풍이 약해지다 잠잠해졌다.

타라보다 강력한 마법사가 있을까. 타라는 그걸 늘 잊어버렸다. 리스베스 여제는 엄청난 힘을 발휘할 수 있지만 목숨을 위협하는 적과 싸울 때를 제외하고 자신의 마법에 힘이 부쳐서 이내 지치는 편이었다.

여러 나라와 행성에서 온 대사들이 복도로 피신해 있는 걸 보면 여제의 정치적 본능이 살아 있다는 것이었다. 그래도 도망칠 겨를을 주었다는 거니까.

복수심에 불타는 한 사람에게 휘둘려서 20여 분쯤 끽소리도 못 내고 있던 이들이 하나둘 정신이 돌아왔다.

모우르무르는 조심조심 고치 안에서 머리를 내밀고 말했다.

"이제 괜찮은 건가? 끝난 건가? 오, 내 조상들의 수염이여, 나한테는 폭발이 일상이지만 여제가 폭발하는 걸 보기는 처음이네. 아주 흥미로워."

접견실은 특수 장치가 되어 있어서 어느 곳에 있든 말소리가 잘 들렸다. 노래 부르는 소질은 없어도 음향 효과에 정통한 난쟁이들의 작품이 틀림없었다.

그래서 여제는 모우르무르의 말을 잘 알아들을 수 있었다. 사실 모우르무르의 말속에는 탄복하는 의미도 있었는데 여제에겐 비꼬는 것으로만 들렸다.

**"오랜 세월을 중독된 채 살았다는 걸 알면 당신도 폭발했을 거예요!"** 이 픽도 회기 낀 리스베스기 요리 길렀다.

모우르무르는 부르르 떨면서 귀를 틀어막았다.

"어이쿠, 소리도 엄청 크게 지르네." 모우르무르가 목소리를 높였다. "누구든 이 고치에서 나가게 나를 좀 도와주겠나? 이렇게 사용하게 될 줄 몰라서 고치 없애는 것을 가져오지 않았어."

타라는 너무 오래 기둥을 붙잡고 있느라 하얘진 손을 주무르면서 비틀비틀 모우르무르를 도우러 갔다. 고치에서 모우르무르를 빼내는 것이 그리 쉽지 않았다. 고치가 두꺼운 데다 끈끈해서 타라는 마법을 사용해야 했다. 아니면 타라도 끈끈한 고치에 들러붙을 것 같았다.

인간 모습으로 돌아온 무아노가 타라에게 다가와 음향 효과에 개의치 않고 말했다.

"맙소사, 네 고모, 정말 좋은 성격 아니라니까!"

"그걸 이제 알았어?" 타라가 대꾸했다.

무아노는 정말 착해서 웬만하면 사람들의 나쁜 면을 보려고 하지 않았다.

아…… 파브리스는 예외! 이상하게도 파브리스에게서는 좋지 않은 면만 보는 경향이 있었다.

모우르무르가 바닥으로 쿵 쓰러졌다. 고치가 마침내 굴복하자 늙은 발명가는 두 소녀의 부축을 받아 엉거주춤 일어섰다.

"아야, 아야." 모우르무르가 앓는 소리를 냈다. "이 발명품에 자동 탈출 기능을 추가해야 된다는 걸 너희들이 나중에 꼭 잊어버리지 말고 상기시켜줘야 해. 근데 나는 왜 아픈 거야? 늑대인간들은 다치는 즉시 낫는 걸로 알았는데?"

자동 탈출 기능? 그게 뭔지도 모르는데, 두 소녀는 잠자코 있었다.

"내 집무실로 갑시다, 당장!" 등 뒤에서 냉랭한 목소리가 말했다.

모우르무르와 타라, 무아노는 깜짝 놀랐다. 모우르무르를 도와주는 사이에 여제가 가까이 와 있었던 것이다.

늘 그렇듯 타라는 고모의 아름다운 모습에 감탄했다. 구혼자들을 면담하느라 어찌나 바쁜지 고모를 못 만난 지(여제도 정무를 보면서 결혼 준비까지 하느라 바빴다) 며칠 되었다. 고모는 빨간 드레스에 머리도 붉은빛이지만 다행히 동공은 타라와 똑같은 쪽빛으로 돌아와 있었다.

"우리는 사실을 알리러 온 것뿐인데 죽이는 건 말도 안 돼요." 타라가 감히 말했다.

"내가 정말 죽일 생각이었다면 너희는 죽었어." 여제가 내뱉었다. "그러니까 바보 같은 소리 집어치워. 너희 잘못이 아니라는 것도 잘 알고 있고. 그래서 집무실로 가서 얘기를 하자는 거야."

여제는 반지를 여러 개 끼고 있어 무거워 보이는 가녀린 손을 들고 구겨버리는 시늉을 했다. 그러면서도 왜 그렇게 화를 내는지 다른 사람들은 눈치채지 않게 조심했다. 게다가 데스트룩투스 주문을 읊어서 쪽지까지 태워버렸다.

접견실의 여러 문으로 얼굴을 들이미는 이들이 점점 많아지기 시작했다. 양탄자를 타고 날아다니는 최고 마구스들이 반짝이는 블를

물고기 떼처럼 들어오고 있었다.

"잠깐만이요, 고모. 아주 수상쩍은 남자를 기둥에 묶어놨어요. 고모만 괜찮으면 진실의 입을 부르고 싶어요. 위험한 사람인지 빨리 확인하리고요. 만약 내 짐작대로 모우르무르 말닝가를 죽이러고 한 킬러라면 들을 얘기가 아주 많을 텐데."

여제의 얼굴이 창백해졌다.

"자객? 내 궁전에? 정말 지긋지긋하구나!"

여제가 성난 걸음으로 다가가자 기둥에 묶인 채 상황을 지켜보던 남자의 표정이 일그러졌다. 타라는 이해할 수 있었다. 여제가 새끼손가락 하나만 까딱하면 머리통을 날려버린다는 걸 알고 있을 테니.

남자는 여제가 질문하기 전에 대답했다.

"예상하신 대로 킬러 맞으니까 진실의 입을 부를 필요 없습니다. 모우르무르 덩컨을 죽이라는 계약을 맺고, 상그라브라고 자기를 소개한 의뢰인의 계좌를 통해 돈을 받았습니다. 하지만 그 이상은 전혀 모릅니다. 의뢰인이 암살할 대상과 반드시 은과 강철을 합금한 화살을 사용해야 한다고 적힌 계약서만 보내왔습니다. 그리고 모우르무르 덩컨이 여제를 만나기 전에 제거하지 못했으니 계약에 따라 미션은 취소되었습니다. 그러니까 제발 풀어주십시오, 아무도 해치지 않았으니……."

모우르무르의 등에서 뽑은 화살을 연구할 필요가 없게 되었다.

"또 그놈의 빌어먹을 마지스터야!" 여제가 킬러의 간청을 들은 체도 않고 외쳤다. "도대체 언제 그놈에게서 벗어날 수 있는 거지?"

킬러는 절호의 기회를 놓치고 싶지 않았다.

"그 말씀을 하시니 말이 통할 것 같습니다. 아주 좋은 조건으로 제가 해결해드릴 수도 있는데……. 상그라브들의 보스를 제거하는 대가로 금화 100만 크레디트-무트를 주신다면 불가능한 일은 아닙니다."

킬러의 파렴치한 태도에 어이가 없는 여제는 친위대에게 놈을 감옥에 처넣으라고 명한 다음 등을 돌렸다. 킬러가 지붕 들보에 숨어 있었는데 알아채지 못한 친위대는 충격에 빠져 있었다. 대원들은 타라가 마법을 풀고 놓아주자마자 킬러를 거칠게 체포했다. 타라는 여제가 폭발하면서 양탄자에 올라탄 최고 마구스들이 피신하는 바람에 킬러가 발각된 것이니 그나마 다행이라고 말하고 싶었지만 돌아오는 대답은 뻔했을 것이다. 그건 이유가 안 된다고.

사실, 친위대의 잘못만은 아니었다. 친위대 외에도 측근들이 늘 주문과 주문 방지에 대한 철통 방어를 하는 옥좌 주변에서 주문이나 단도, 화살 같은 걸 날렸다가는 즉시 체포되기 때문에 리스베스 여제는 테러에 대한 두려움이 없었다. 하지만 자객이 여제 가까이 접근하는 걸 알아채지도 못했으니 어쨌든 친위대는 그 책임에서 결코 자유로울 수 없었다.

친위대에게는 재수 없는 날이었다.

그런데 타라는 리스베스 여제의 눈빛을 보면서 킬러의 제안이 무시되지 않을 거란 느낌이 들었다.

저항 없이 무기를 빼앗긴 뒤 순순히 감옥으로 끌려가는 걸 보면 킬러도 그걸 느낀 것이 틀림없었다.

모우르무르(당분간은 암살당하지 않을 거란 생각에 안도했다), 무아노와 타라는 단호한 걸음으로 전용 출구로 향하는 여제를 따라갔다. 궁인들과 대사들은 이날 저녁의 접견은 이것으로 끝났다는 걸 알았다. 요란한 트럼펫 소리가 100개의 금빛 눈을 가진 주홍빛 공작을 조각한 옥좌 뒤편 문으로 여제의 퇴장을 알렸다. 이따금 타라는 오만한 오무아의 황실과 엠블럼이 잘 어울린다고 생각했다.

그리고 저놈의 트럼펫 소리……. 타라는 안 좋은 기억이 떠올랐다. 에드라킨족의 나라에서 '흡수의 꽃'들이 하는 음파 공격 때문에 곤경에 처했을 때 마지스터의 지령을 받은 붉은 악마가 느닷없이 트럼펫 소리를 내며 등장하는 바람에 하마터면 죽을 뻔했었다. 그 사건이 있고 난 뒤로 타라는 트럼펫 소리가 정말 싫었다.

궁전 내부를 이동하는 공간이동의 문과 벨트컨베이어, 지름길 덕분에 그들은 여제의 집무실 중 하나에 이르는 데 그리 오래 걸리지 않았다. 여제는 별궁과 가장 가까운 집무실로 데려갔는데 쾌적하고 조용해서 오무아의 화려한 분위기와는 사뭇 달랐다.

주홍빛 벨벳을 씌운 가구들은 눈에 확 띄지만 아주 편안하다는 장점이 있고, 금으로 도배를 한 다른 방들에 비해 확연히 금이 적었다. 벽은 금빛 대리석이지만 아주 은은한 금빛이고 조각상이나 생생하게 움직이는 벽화도 없었다. 곳곳에 화분이 놓여 있어서 보석처럼 화려한 나비들이 화분 주위를 맴돌며 꿀을 빨아 먹고 있었다. 마음이 편안해지는 방이었다.

"여기서 잠깐 기다려. 옷 갈아입고 올 테니까." 리스베스 여제가 말했다.

그러면서 여제는 타라를 힐끔 쳐다보며 구시렁거렸다.

"나도 네 거 같은 체인지라인을 갖고 싶은데 유감스럽게도 아직 만들어내질 못하는구나!"

타라는 희망이 가득한 고모의 눈을 보며 '아무리 그래도 소용없어요' 하는 얼굴로 맞섰다. 원하는 것이면 무엇이든 선물로 받는 데 익숙한 리스베스는 그렇게 한 번씩 찔러보곤 했다.

미안하지만 지금은 때가 아니랍니다, 고모. 타라도 체인지라인이 대단한 유기체라고 생각하고 있어서 고모에게 양보할 마음이 전혀 없었다.

어제는 실패했다는 걸 알고 눈살을 찌푸리며 드레스 룸으로 들어갔다. 그러고는 마법을 사용하지 않고 더 편한 드레스로 갈아입었다.

리스베스는 젊게 보이려고 여러 개의 주문과 묘약으로 정성스럽게 관리하고 있었다. 오십 대를 바라보는 나이지만 타라와 비교해도 겨우 몇 살 많아 보일 정도로 젊어 보였다. 타라는 지구의 여자들이 영원히 젊어 보이는 비결을 알 수만 있다면 무슨 짓이든 할 거라고 생각했다.

리스베스는 책상 앞에 자리를 잡고 모두를 둘러보다 모우르무르에게 시선을 멈췄다. 모우르무르는 몇 달 동안 타라의 외할머니, 이사벨라 덩컨의 그 괴팍한 성격을 견뎌왔던 터라 끄떡도 하지 않았다. 어쨌거나 에이스 카드를 쥐고 있는 것은 모우르무르 자신이었다. 여제도 그걸 알기 때문에 한 발 물러섰다.

"최고 마구스 모우르무르 덩컨, 선생이 무엇을 어떻게 발견했다는 건지 말하시오." 리스베스는 성난 목소리로 명했다.

모우르무르는 타라에게 밝혔던 것을 반복하면서 아주 과학적인 설명을 했다. 후계자와 무아노는 대번에 상황을 알아차렸는데 리스베스 여제는 충격을 받은 탓인지 금방 이해하지 못했다.

"그래서 그게 무슨 문제라는 거죠?" 리스베스가 설명을 듣다가 물었다.

노우르부르는 여제에게 서의 한 시간이나 더 설명해야 했다. 오늘은 더 이상 구혼자들을 만나지 않아도 된다는 생각에 홀가분해진 타라가 반쯤 졸고 있을 때 두 사람의 대화는 끝이 났다.

"의심의 여지가 없군." 예민해진 여제가 일어나면서 결론을 내렸다. "여기까지는 알겠는데 대체 이유가 뭐냐는 겁니다. 킬러는 상그라브의 계좌를 통해 돈을 받았다고 했는데 그건 아무 의미가 없어요. 누구든 상그라브라고 자처하면서 은행 계좌를 개설할 수 있고, 돈이 나가는 게 문제지 들어오는 거면 누가 보내든 전혀 개의치 않는 나라들이 있으니까요. 여전히 의문은 남아요. 마지스터의 짓일까, 아니면 뱀파이어들의 음모일까? 그렇다면 이유는?"

모우르무르는 수첩을 뒤적거리다 타라에게 물었다.

"셀렌바를 이용한 마지스터의 음모는 일단 제외하고 생각해봅시다. 타라, 크라살비에 갔다가 네가 치료해준 여성 뱀파이어들이 몇 명이었지?"

타라는 그때 자기가 개구리들로 둔갑시켰던 상황을**16** 시각화했다. 그런데 타라가 시각화한 뱀파이어들은 남성과 여성이 구별되지 않는 것이 문제였다.

. . . . . . . . . . . .

**16.** 피를 먹은 뱀파이어들을 모조리 치료하기 위해서는 반드시 '이빨이 긴 개구리' 단계를 거쳐야 정상적인 뱀파이어로 돌아갈 수 있기 때문에 타라로서는 어쩔 수 없었다.

타라는 기억을 더듬으면서 말했다.

"킬라[17]를 제외하고 내가 치료한 뱀파이어가 누구인지 일일이 다 알 수는 없어요. 그리고 킬라는 나이가 어려서 인간의 피에 중독된 것이 그리 오래되었다고 할 수 없고요. 그 '인피뱀파'를 다 찾는 것은 불가능해서 몇 명이었는지도 알 수 없고요. 하지만 내가 치료한 여성 뱀파이어는 아주 많았어요. 내가 예상한 것보다 훨씬 많았던 건 확실 해요. 그들을 치료하다 내가 죽을 뻔했던 걸 생각하면……."

"뱀파이어 대통령에게 물어보는 건 어떨까?"

모우르무르가 제안했다.

"그건 안 되죠." 여제가 대답했다. "만약 음모라면 드라큘 대통령이 연루되어 있을지도 모르는데. 뱀파이어들도 데미데루스의 직계 혈통들을 위험하게 생각할 수 있습니다. 아니면 내가 모르는 뭔가를 꾸미고 있거나."

등이 뻑뻑한 리스베스는 긴장을 풀기 위해 기지개를 켰다. 짧은 시 간 동안 강력한 마법을 사용한다는 건 사전 준비운동 없이 갑자기 다리를 180도로 벌린 것과 비슷했다. 그래서 온몸이 아팠다.

"선생은 이 일에 끼어들 필요 없어요." 여제가 말했다. "내 정보부가 처리할 거니까."

침묵이 흘렀다. 수십 년 동안 여제가 중독되고 있다는 것도 알아내지 못한 정보부가 과연 단서를 찾아낼 수 있을지…….

---

**17.** 뱀파이어 대통령 드라큘의 딸이며 인간의 피에 중독된 적이 있었다. 엘프 스타일러 아르노와 연인 관계이다.

잠자코 지켜보고만 있던 무아노가 처음으로 입을 열었다.

"그럼 사피르 드라고쉬 선생님에게 물어보면 어떨까요?"

여제가 놀란 얼굴로 무아노를 쳐다봤다.

"사피르 드라고쉬? 뱀파이어?"

"아까 접견실에서 봤어요. 랑코비트에 거주하면서 오무아에는 거의 오는 일이 없는 선생님이죠. 타라, 선생님이 너 만나는 거 봤어. 무슨 일이었어?"

"불안해했어."

무아노는 속으로 말했다. '타라는 알아채지 못했나 본데 감정 억제를 잘하는 뱀파이어들의 특성상 불안해하는 뱀파이어란 공포에 질린 인간이나 격분한 엘프와 다름없는데······.'

"뭘 불안해해?" 모우르무르가 여제보다 먼저 물었다.

"악마들이 오는 걸 불안해했어요." 타라가 대답했다. "마왕이 오지 못하게 막으라고 간청했어요. 드라고쉬 선생님은 우리가 함정에 빠져 다 죽을 거라고 생각해요. 나도 그 말에 전적으로 동의한다고 말했어요."

무아노는 낙관적인 사람들이 좋았다. 하지만 이번만은 타라와 드라고쉬 선생님과 생각이 같아서 철천지원수들을 악착같이 불러들이려고 하는 아더월드 사람들을 이해할 수 없었다.

"고모는 아르칸즈를 불러들이는 걸 철회하지 않을 거야." 타라는 고모에게 들으라는 듯이 날카롭게 지적했다. "이런데도 드라고쉬 선생님에게 뱀파이어의 피 중독 사건을 말하고, 범인일 가능성이 있는 뱀파이어가 있는지 물어보라고?"

여제의 시선을 받으면서 무아노가 대답했다.

"응. 드라고쉬 선생님은 우리의 목숨을 구해준 친구잖아." 무아노는 리스베스 여제를 향해 고개를 돌리면서 덧붙였다. "우리가 폐하의 상황을 말하면 드라고쉬 선생님은 배신하지 않을 겁니다. 은밀히 조사하고 비밀을 지킬 겁니다."

리스베스는 세 사람을 번갈아 쳐다보다 한숨을 길게 내쉬었다.

"아니."

"아니라고요?" 타라는 놀란 얼굴로 물었다. "드라고쉬에게 말하는 걸 원치 않는다는 뜻이에요? 고모는 정보부만 믿는……."

"아니, 네가 드라고쉬에게 물어보는 건 괜찮아." 여제는 타라의 말을 잘랐다. "하지만 그가 비밀을 지킬 필요는 없어. 궁정에서 공식 성명을 낼 거니까. 오무아 국민에게 여제는 불임이 아니라(리스베스의 눈빛이 분노에 차 있었다) 누군가에 의해 중독되었다는 것을 설명할 때가 되었어. 이건 악마들로부터 아더월드를 유일하게 지킬 수 있는 데미데루스의 혈통! 그 혈통을 해치는 것이 목적인 자의 소행이 틀림없다!"

여제는 마치 무기를 들고일어나라고 외치는 것처럼 말을 맺었다. 아주 인상적이었다. 타라는 수세기 전, 마법사들이 그리 많지도 않고, 지금처럼 강력하지 않은 때에는 이런 식의 호소가 통했을지 모르지만 오늘날은 그렇지 않다는 걸 잘 알고 있었다. 마법사들은 누구나 악마와 맞서 싸울 수 있었다.

타라는 제발 그렇게 되길 바라고 있었다. 그리고 무엇보다 자신의 비밀 계획을 더 이상 진행할 필요가 없길 바랐다. 아더월드 사람들의 무의식적 범죄에 직면한 타라는 아직도 자신을 지구인이라고 생각하며 아더월드와 지구를 구할 수 있는 마지막 보루라고 인식하고 있었다.

리스베스는 비트니스족 비서 빈디미스를 불렀는데 어제의 눈빛만 보고도 무슨 명을 내릴지 알아챌 정도로 명석한 젊은이였다.

그런데 이번에는 별안간 부름을 받아서인지 타트르와 파크르(발음을 보면 이름을 짓는 데 별난 취향이 있는 부모인 모양이었다)는 어리벙벙해 있다가 경악했다.

"중독시켰다니……." 첫째 머리 타트르가 말했다.

"극악무도한 범죄입니다." 둘째 머리 파크르가 말을 이었다.

"주문 방지 마법으로도 탐지하지 못하게 독 있는 피를 사용했다는 것은 우리의 안보 시스템에 커다란 구멍이 뚫린 것이다. 즉시 바로잡게 하라. 그리고 'IS'에도 알려라. 누가 무슨 이유로 데미데루스 혈통을 상대로 이런 테러를 했는지 알아야 한다. 빨리 알아야 한다!"

타트르와 파크르는 공식 성명서를 작성하는 데 필요한 요소들을 메모한 뒤에 부리나케 집무실을 나갔다(리스베스 여제가 '즉시'라고 말하면 가능한 한 빨리 흡족할 수 있는 결과를 가지고 돌아와야 하는 뜻인 걸 오래전에 깨달았기 때문이다). IS라고? IS를 소집한다는 건 아주 중대한 사건이라는 의미였다. IS를 아는 사람은 극소수였다. 비밀 첩보부 '인비저블 서비스'에서는 황실의 안전을 위협하는 것은 무엇이든 '제거하는' 임무를 맡고 있었다. '제거한다'는 것은 말 그대로 죽인다는 뜻인데 킬러의 제안이 채택된 것인지도 몰랐다. 타라는 씁쓸한 미소를 지었다. 마지스터의 목에 현상금을 걸어서라도 처치하겠다는 것은 결국 방해하는 자를 가차 없이 없애버리는 마지스터와 다를 바가 없는데…….

"산도르 황제가 폭발할 텐데." 리스베스 여제는 주홍빛 벨벳 안락의자에 앉으면서 중얼거렸다.

타라는 깜짝 놀란 눈으로 여제를 쳐다봤다.

"삼촌이 왜요?"

"국군과 궁전의 안보를 책임지고 있는데 마지스터가 기어이 모든 방어를 뚫었으니 황제가 어떻게 미치지 않겠니? 지난번에는 거의 한 달 동안이나 마지스터가 이용한 지하 통로들을 찾아다녔어. 세 개가 있다는데 두 개밖에 못 찾았지. 그런데 마지스터 아니면 뱀파이어들이 나를 중독시켰다는 걸 알면 엄청난 분노가 폭발할 거다. 황제는 이 치욕을 갚지 않는 한 절대 만족하지 못할 거야."

좀 전에 격분해서 광풍을 일으켰던 여제를 생각하면서 모두 침묵했다.

"말이 그렇다는 거야." 리스베스는 한숨을 쉬면서 말했다. "황제는 연륜이 있고 나보다 신중한 데다 이 사건과 직접적인 관련도 없으니까 그 정도는 아니겠지. 황제도 결혼하면 좋을 텐데…… 제국을 위한 일만 하다 자기 인생을 잊어버린 것 같아."

이번에는 타라가 한숨을 쉬었다. 사랑에 빠진 여자들이 대개 그렇듯 리스베스는 주위에 있는 사람이 모두 행복하길 바라고 있었다. 리스베스는 독신인 사람을 만나면 여지없이 결혼 얘기를 꺼냈다. 그래서 여제가 "결혼했어요?"라고 물으면 사람들은 대충 얼버무리다 얼른 자리를 떠버렸다.

타라는 고모가 정말로 산도르 황제의 사생활에 관심을 갖기 시작하면 무슨 일이 벌어지는지 아직 모르는 삼촌이 불쌍했다.

"결혼 얘기가 나왔으니까 말인데 네 일은 어떻게 되어가니?" 리스베스가 쪽빛 눈으로 타라를 쳐다보면서 물었다. "내가 만나본 구혼자들 중에는 뭐 그리 대단한 남자가 없던데?"

아이를 갖지 못하는 원인이 밝혀진 이 심각한 상황에서도 타라의 결혼 문제를 꺼내다니! 타라는 정말 웃기다고 생각했다. 지금까지 면담한 구혼자들에 비하면 고모의 바리우스 남작이 가장 처지는데…… 이런 게 사랑의 콩깍지?

타라는 심호흡을 했다. 몰려드는 구혼자들에 대한 문제로 싸우기보다 악마들을 오지 못하게 설득하는 것이 더 중요하다고 생각해서 그동안 여제에게 맞서는 걸 피했다. 하지만 이제는 그럴 때가 아니었다.

타라는 고모에게 환한 미소를 지어 보이면서 그 미소와는 어울리지 않는 말을 내뱉었다.

"그렇게 구혼자들이 계속 몰려오면 깊은 대화를 나눌 시간도 없다는 걸 고모도 뻔히 알고 있었어요. 하나같이 잘난 남자들이지만 하는 말이라고는 그저 시커면 장삿속이 들여다보이는 말이었어요. 게다가 내가 두려워서 제대로 쳐다보지도 못하는 사람들을 보면서 이상하다고 생각했어요."

타라가 일어나서 고모 앞을 막아섰다.

"일부러 그런 남자들을 골라서 먼저 만나게 하는 것은 나를 질리게 하려는 의도였어요. 그래야 고모가 염두에 둔 이들이 최고의 후보가 될 테니까요. 내가 잘못 생각한 거예요?"

리스베스는 냉담하게 타라를 응시했다. 타라는 더 압박했다.

"최고의 후보란 셈 선생님이나 아르칸즈를 의미하는 것이고요. 하지만 고모가 무슨 생각을 하시든 나는 늙은 드래곤이나 젊은 악마와 결혼하지 않아요. 대화도 안 되는 남자들과 시간만 낭비하면서 살고 싶은 마음은 추호도 없으니까요!"

리스베스는 엷은 미소를 흘렸다. 후계자가 너무 영리하면 피곤하지만 어쨌든 오무아에는 좋은 일이 아닌가.

빈티미스가 성명서를 작성해서 돌아왔기 때문에 리스베스 여제는 타라의 질문에 대답하지 않아도 되었다. 리스베스는 적합하지 않은 내용 두세 개를 수정한 뒤에 성명서 전문을 AOV[18]에 보내라고 지시했다.

이제 몇 분 후면 아더월드에 이어 다른 행성들이 모두 알게 될 것이다. 오무아의 여제가 인피뱀파의 피에 중독되었는데 지금으로서는 아무도 그 이유를 모른다는 것을.

리스베스가 일어났다.

"아무래도 즉석 기자회견을 열어야겠다. 크리스털리스트들이 나를 놓아주지 않을 것이고, 스쿠프들이 도처에서 나를 촬영할 테니."

리스베스가 타라를 처다보는데 눈빛에 후계자에게 느끼는 애정과 경계심이 담겨 있었다.

"내가 구혼자들에게 알리겠다. 도저히 용납할 수 없는 방법으로 감히 오무아의 여제를 공격한 일로 후계자가 너무 바빠 만날 수 없다

. . . . . . . . . . . . . .
**18.** 오무아의 비디오크리스털 통신사.

고. 그리고 드래곤들과 악마들 쪽에서도 각각 구혼자를 보내기로 결정한 사실을 공개하겠다. 그러면 더 이상의 구혼자는 나타나지 않을 거야. 드래곤과 악마를 상대로 경쟁하겠다고 나설 사람은 아무도 없을 테니."

타라는 안도했지만 내색하지 않았다. 처음 보는 남자가 자신이 얼마나 훌륭한 신랑감인지 지루하게 늘어놓는 소리를 더는 듣지 않아도 되는 건가? 오, 예스! 예스!

"네, 좋아요. 나는 드라고쉬 선생님을 만나서 수사를 부탁할게요. (타라는 인식 카드 밑의 살 속에 박힌 컴폰을 봤다) 어쨌든 한밤중은 피해야지 설명을 다 듣고도 납득이 될 때까지 나를 못 자게 할 테니까요."

리스베스 여제는 위엄 있게 고개를 약간 숙이고 늙은 발명가를 돌아봤다.

"모우르무르 선생?"

"네, 폐하?"

"지금이라도 해독할 수 있는 겁니까?"

"그럴 수는 있지만 만류하겠습니다. 그러면 굉장히 아프실 겁니다, 폐하. 직무를 수행할 수 없을 정도로 아프실 겁니다. 무기력해지고요. 폐하의 몸이 자연스럽게 독을 배출하도록 그냥 내버려두십시오. 한 달에 한 번 그 독을 먹였기 때문에 한 달 이상은 인체에서 살 수 없습니다."

모우르무르는 영리했다. 처음부터 만류하는 이유를 설명했다면 리스베스는 즉시 해독하라고 명했을 것이다. 하지만 직무를 수행할 수 없다는 말부터 한 것은 정말 탁월한 생각이었다. 리스베스는 잠시 망설였지만 결국 물러섰다. 타라는 어떤 방식으로든 모우르무르가 대가를 치를 거란 의심이 들었다.

"그럼 어떻게 하라는 겁니까?" 리스베스가 너무 순순히 물었다.

"지금부터 한 달 동안 폐하의 전담 요리사가 음식을 만들지 못하게 하십시오. 폐하의 음식에 누가 독을 넣는지 모르기 때문입니다. 그리고 고기는 물론이고 피 맛을 감출 수 있는 어떤 음식도 드시지 마십시오. 무엇이든, 심지어 물이라도 삼키기 전에 테스트를 하고 조금이라도 이상하다 싶으면 뱉어내십시오."

타라는 입술을 깨물었다. 축하 연회에서 여제가 음식을 뱉는 장면을 떠올리다 웃음이 터져 나올 뻔했던 것이다.

리스베스는 불안한 표정이었다.

"하지만 전담 요리사들이 없으면 누가 내 음식을 만들지요?"

모우르무르는 늑대의 미소를 지었다. 미소 하나로 평소에 그토록 온화한 얼굴이 소름 끼치게 변하다니!

"결혼할 분이 있는 걸로 아는데요?"

여제는 경계하는 시선으로 쳐다봤다.

"네, 그런데요?"

"남편이 될 사람의 요리 솜씨를 시험해볼 절호의 기회가 될 겁니다, 폐하."

# 7

## 셀렌바의 자수

자신이 살아온 인생이 주마등처럼 지나가는 순간이 오면
좀 더 살지 못하는 것이 못내 아쉽기 마련인데

＊

타라가 완전히 잘못 생각한 것이었다.

뱀파이어 사피르 드라고쉬는 불안한 것이 아니라 공포에 질려 있었다.

느낌이 아주 좋지 않았다. 먹이사슬 꼭대기의 가공할 포식동물에 속하는 뱀파이어가 공포를 주는 게 아니라 떨고 있다니.

하지만 그게 악마라면 아무리 뱀파이어라고 한들 어떻게 두렵지 않겠는가? 사피르의 눈에 악마는 악의 진수였다. 살과 피에 굶주려 모조리 집어삼키는 괴물이었다. 아더월드에서는 아무도 그걸 깨닫지 못한 것 같았다. 그 멍청한 인간, 그 시답잖은 리스베스가 겁도 없이 괴물과의 협약을 거론하고 있었다. 터무니없어도 유분수지 심지어 후계자와의 결혼까지 운운하다니! 수명도 짧고 기억력도 나쁜 인간 주제에! 인간들은 악마들이 어떤 존재인지 전혀 모르고 있었다. 아니, 아무 생각이 없었다. 인간들도 악마를 두려워하고 있는 것이 분명한데. 리스베스 여제가 마왕이 아더월드에 들어오는 걸 허가하기 위해 이론의 여지가 없는 논리로 딱 잘랐지만, 사피르는 여제가 뭔가 거리끼는 기색이 있다는 걸 분명히 느꼈다. 사피르는 아더월드에 악마들을 들이겠다는 여제의 계획에 항의하러 온 뱀파이어 사절단에 끼어 있었다.

리스베스 여제는 뱀파이어 대사 드라빌과의 대화가 격해지는 순간 놀라운 발언을 했었다.

"악마들은 드래곤 대표단과 동시에 도착할 것입니다. 호위대의 수도 똑같을 것이고요. 따라서 악마들에 대한 우리의 첫 번째 방어선은 드래곤들입니다. 악마와 드래곤은 오랜 숙적 관계니까요. 그들이 어떻게 반응할지 시험해볼 수도 있고요. 그리고 나는 악마들을 이곳에서 맞지 않을 겁니다. 아더월드보다 더 중립적인 곳을 생각하고 있습니다. 혹시라도 악마들이 이 궁전과 이 행성을 점령할 목적으로 위장 침투한 것이라면 나는 절대로 그렇게 되도록 보고만 있지 않을 겁니다."

여제가 비공식적으로 뱀파이어 사절단을 맞이한 접견실에 무거운 침묵이 흘렀다. 대표단의 분위기는 좋은 작전이라며 동조하는 쪽으로 흘렀다. 드래곤과 인간이 힘을 합하면 악마보다 강하다는 것은 여러 번 입증되었다. 마왕이 허튼 짓을 했다가는 인질로 붙잡힐 위험이 컸다. 뱀파이어들은 이런 작전이라면 찬성할 수 있었다.

하지만 사피르는 찬성하지 않았다. 전날 슬그머니 타라를 찾아갔던 것도 반대한다는 걸 알리기 위해서였다. 하지만 타라는 불안해하는 것에 대해서는 사피르와 의견이 같았지만 사태의 심각성을 깨닫지 못하고 있었다. 오무아의 후계자가 악마들과 친해져서는 안 되는데, 악마들을 성세하고 무려워하고 증오해야 되는데……

그걸 타라에게 어떻게 이해시키지?

아침 일찍, 타라는 사피르에게 전화를 걸어서 여제가 중독되었다면서 정황을 설명했다. 범인은 셀렌바일 가능성이 컸다. 사피르는 목구멍에서 신물이 올라오는 것 같았다. 스트레스가 얼마나 심한지 작은 동물이 이빨과 갈퀴발톱으로 배를 물어 뜯는 것 같았다.

사피르는 방 안을 정신없이 왔다갔다했는데 타라를 도와준 공로로 오무아에서 황궁 안에 제공해준 스위트룸이었다(황궁에 이런 방이 수천 개도 넘는 걸 생각하면 뭐 그리 대단한 건 아니다). 실내 디자이너들은 사피르가 원하는 대로 방을 꾸며주었다. 시커먼 벽에 수학 기호와 방정식들이 연이어 나타나고 있었다.

마음을 편안하게 해주는 은색의 기호들을 보고 있는데도 사피르는 진정되지 않았다.

아침 식사로 나온 닭의 피가 담긴 잔을 응시하는 사피르의 표정이 침울했다. 배가 고프지 않았다. 불안 때문에 식욕마저 떨어졌다. 은빛 기호들이 수놓인 검은색 마법복을 입은 사피르는 공포에 사로잡힌 얼굴이었다.

사피르는 아무리 노력해도 사틸라를 사랑할 수가 없었다. 왜 그런지 알 수가 없었다. 마지스터의 오른팔로 가공할 사냥꾼이 된 옛 연인 셀렌바의 동생인 사틸라는 언니에게 정말 헌신적이었다. 온화한 성품에 상냥하고 착하고 인내심이 강해서 사피르가 셀렌바에게서 받은 실연의 아픔이 치유되길 기다리고 있었다.

뱀파이어들은 대체로 편집증세가 있었다. 사피르는 그 문제를 모든 각도에서 검토했지만 결론은 늘 같았다.

사피르는 셀렌바를 죽이려고 했었다. 해로운 존재가 되어버린 뱀파이어를 없애려고 했지만 그럴 수가 없었다. 셀렌바를 사랑하기 때문에.

이뤄질 수 없는 광적인 사랑이었다. 그를 아프게 하는 사랑이었다. 쉴 틈을 주지 않는 사랑. 날마다 셀렌바를 생각했다. 밤마다 셀렌바 꿈을 꾸었다. 사피르는 그것이 집착이라는 걸 잘 알고 있었다. 타라의 아름다운 어머니가 죽은 뒤에도 마지스터가 셀레나에게 보이는 집착과 비슷한 것이었다. 하지만 아무리 이성적으로 생각하면서 사틸라와 함께 사는 것이 천 배는 더 행복하다고 속으로 말해봐도 어쩔 수가 없었다.

그는 셀렌바가 돌아올 날을 기다리며 살고 있을 뿐이었다.

"피가 순수하길, 사피르." 뒤에서 목소리가 속삭였을 때 사피르는 불에 덴 것처럼 화들짝 놀라서 돌아봤다.

눈앞에 셀렌바가 문틀에 기대고 서 있는데 문이 사피르에게 알리지도 않고 열어주다니 완전히 예외적인 일이었다.

빨간 가죽옷 차림의 고혹적인 뱀파이어를 보면서 사피르는 다리가 후들거렸다. 그의 집착이 새로운 단계로 넘어간 건가! 이제는 환영까지 보다니.

"오우, 이런 대접을 받을 줄이야!" 환영이 말했다.

어리둥절한 사피르는 손을 세게 비볐다. 아팠다. 이럴 수가!

"셀렌바?" 깜짝 놀란 사피르가 말했다.

"그래요, 나예요. 피부, 송곳니, 갈퀴손톱, 어디 하나 달라진 데가 없는 셀렌바 맞아요." 셀렌바는 놀리는 말투로 대답했다.

사피르는 눈살을 찌푸렸다.

"워워! 나는 싸우러 온 게 아니에요!" 셀렌바는 사피르가 마법을 작동하기 전에 얼른 말했다.

하지만 너무 늦었다. 사피르는 이미 파랄리수스 주문을 날렸다. 옆으로 굴러서 가까스로 공격을 피한 셀렌바는 사피르가 다시 마법을 날리기 전에 달려들어 제압했다. 사피르는 셀렌바의 갈퀴손톱에 목이 베이는 걸 느꼈다.

사피르는 침도 삼킬 수 없었다. 인간의 피를 먹은 셀렌바가 훨씬 강하다는 걸 둘 다 잘 알고 있었다.

사피르는 가능한 한 움직이지 않으려고 애쓰며 물었다.

"나를 죽이러 온 거요, 셀렌바?"

사피르는 더 냉랭한 목소리로 말하려고 했는데 옛 연인의 이름을 발음하는 순간 흔들려버렸다.

어차피 불가피한 것이었다. 셀렌바는 하얀 머리를 살살 흔들며 뒷걸음치더니 긴 갈퀴손톱[19]들을 오므렸다. 그러고는 두 손을 허리에

. . . . . . . . . . . . . . .

19. 고기를 자를 칼이 없을 때(아, 물론 고기를 먹지 않는 뱀파이어는 필요성을 느끼지 않지만) 뱀파이어의 갈퀴손톱은 10센티미터의 칼날처럼 길게 늘어날 수 있어서 편리하다. 따라서 뱀파이어의 무기를 압수할 때는 많은 힘과 인내심, 아주 튼튼한 쇠사슬이 필요하다. 그리고 괴성을 지를 때를 대비하여 귀마개도 필요하다.

대고 관능적인 포즈를 취하고 미소를 보냈다.

"내가 당신을 죽여? 무슨 그런 생각을! 천만에. 당신 때문에 돌아온 거예요. 이제 준비가 됐어요."

"무슨 준비?" 사피르는 뭐가 뭔지 전혀 이해가 안 되는 평행 우주의 공간이라도 통과한 것 같은 심정으로 되물었다.

"무슨 준비냐고? 정말 몰라서 묻는 거예요? 내가 치료를 받고 당신과 결혼할 마음의 준비가 됐다고요! 내가 돌아왔다고요. 당신을 사랑해요. 나는 늘 당신을 사랑했어요. 그리고 마지스터와 헤어졌어요!"

사피르는 털북숭이 트라둑에게 머리를 부딪친 느낌이었다. 트라둑은 보통 몸무게가 적어도 3000킬로그램에 이르는데.

"뭐…… 뭐라고?" 사피르는 중얼거렸다. 하지만 마법을 끄기에는 아직 믿음이 가지 않았다.

셀렌바는 송곳니가 다 드러날 정도로 활짝 미소를 지었다. 사피르는 셀렌바의 말이 일관성 있게 들리지 않았다. 그러면서도 셀렌바의 이가 참 하얗다는 엉뚱한 생각을 하고 있었다.

"아, 알겠어요." 셀렌바는 인내심을 갖고 물었다. "믿지 못하는 게 뭐죠? 내가 치료받겠다는 말? 아니면 마지스터와 헤어졌다는 말?"

"마지스터와 헤어졌다고? 하지만……."

"계속 실패만 하는 남자예요." 셀렌바는 가죽 색깔과 어울리는 긴 손톱을 쳐다보면서 말했다. "타라를 이기지도 못하는 주제에 그 계집애의 엄마를 미친 듯이 사랑하더니 이제는 늑대인간이 된 셀레나에게 깨물린 못난 남자가 되었죠."

사피르는 전혀 모르는 얘기라는 얼굴로 셀렌바를 의심스러운 듯 쳐다보고 있었다.

"하지만 셀레나는 죽었소!"

"셀레나의 영혼은 떠났지만 마지스터가 그녀의 육신을 붙들어놓고 있었어요. 그런데 셀레나가 달려들어서 물어버렸죠."

이렇게 말했는데도 사피르가 별다른 동요 없이 흐릿한 눈으로 쳐다보자 셀렌바는 자세한 설명보다 골자만 말하기로 했다.

"그러니까 잠시 되살아난 셀레나의 육신이 마지스터를 물었다고요. 그래서 마지스터도 늑대인간이 되었고."

충격을 받은 사피르는 다리가 후들거렸다. 하지만 셀렌바 앞에서 약한 모습을 보여서는 안 된다는 생각에 사피르는 무릎에 힘을 주었다. 셀렌바는 상어 같아서 상대가 약하다 싶으면 바로 공격하는 뱀파이어였다.

사피르는 돌아서서 매직컴 앞으로 갔다.

"네?" 컴퓨터에서 상냥한 얼굴이 나타나 물었다. "이 아름다운 날에 무엇을 도와줄까요?"

사피르는 욕설을 내뱉고 싶지만 참았다. 기계들이 친절하지 않다고 생각한 엔지니어들이 최근에 '상냥한 기능'을 추가했다. 하지만 그게 오히려 더 짜증스러웠다.

"즉시 타라 덩컨과 접속하라. 긴급 주파수 6584." 사피르가 지시했다.

몇 초 후, 타라 덩컨의 모습이 나타났다. 욕실에 있는지 입에 하얀 거품이 묻어 있고 눈은 동그래져 있었다. 매직컴은 욕실 거울을 통해 대화를 전하는 건데 타라는 아침을 먹은 뒤에 양치하는 중이었다.

"드라고쉬 선생님?" 타라는 치약 거품을 뱉었다. "무슨 일이에요? 긴급 주파수를 사용했네요?"

긴급 주파수란 친구들과 약속이 된 코드였다. 중요한 일이 일어났을 때 이 코드는 타라의 크리스털 볼 또는 잠들어 있거나 전화를 받을 수 없을 때 타라 가까이 있는 모든 통신 수단에 연결이 되었다.

사피르는 거두절미하고 요점만 말했다.

"마지스터가 늑대인간이 되었답니다."

타라는 깜짝 놀랐지만 내색하지 않았다. 타라는 쪽빛 눈으로 사피르를 쳐다보다 허리를 숙여 재빨리 입을 헹구고 수건으로 닦았다.

"아, 죄송해요. 이를 닦던 중이라서. 비밀에 부쳐야 할 정보로군요. 리스베스 여제께서 크라살비의 대통령을 만나 그 문제를 논의할 예정인데…….그런데 그걸 어떻게 알았어요?"

사피르는 셀렌바가 왼쪽 어깨 위로 얼굴을 내밀었을 때 소스라치게 놀랐다.

"까꿍!" 셀렌바가 경쾌한 목소리로 자신의 존재를 알렸다. "오늘 아침 식사와 저녁 식사 메뉴는 뭘까요?"

타라는 멍하니 쳐다보고만 있었다.

사피르는 타라가 경보 사이렌을 울려서 궁전의 모든 사람을 깨우기 전에 개입했다.

"셀렌바는 마지스터와 헤어졌고, 치료를 받고 싶어 돌아온 거예요."

"그리고 사피르와 결혼하려고." 셀렌바가 활짝 웃으면서 말했다.

타라는 셀렌바의 말을 정리하는 데 시간이 좀 걸렸고, 표정이 어두워졌다. 타라는 이 끔찍한 살인마 때문에 친구들과 같이 겪어야 했던 고통을 잊지 않고 있었다.

"결혼? 당신은 현상금이 걸려 있어요, 셀렌바. 그리고 내가 당신을 치료했을 때 이미 기회를 주었고." 타라는 냉정하게 대꾸했다. "하지만 당신은 또다시 인간의 피를 먹는 것으로 사실상 거부했죠. 내가 왜 당신에게 또 한 번의 기회를 주어야 하는지 모르겠군요."

"음……." 셀렌바가 생각에 잠겼다가 말했다. "내가 아틀란티스의 신전에서 데미데루스를 죽이지 않고, 악마의 사물들을 가로채려는 마지스터의 계획을 막는 것으로 네 목숨과 지구를 구해줬으니까!"

타라는 뾰로통했다. 셀렌바의 말은 틀리지 않았다. 지구를 구할 수 있게 도와준 것도, 그들의 목숨을 구해준 것도 사실이었다.

슬루르크!

셀렌바는 타라의 얼굴을 보면서 웃음을 터뜨렸다. 그러고는 핏빛 눈을 가늘게 뜨면서 물었다.

"마지스터가 셀레나에게 물릴 때 나는 그 자리에 있었어. 하지만 어린 인간, 너는 그걸 어떻게 알고 있지? 마지스터가 너를 찾아와서 알려줬어? 그도 너에게 청혼한 거야? 드래곤과 악마처럼?"

타라는 소스라쳤다.

"무슨 그런 끔찍한 말을! 그리고 내가 어떻게 알았든 대답해줄 이유는 없죠. 당신이 참견할 일이 아니니까!"

'적에게 공짜로 정보를 줄 필요는 없다.' 후계자 교육을 받을 때 여제와 황제에게 배운 것이었다. 타라는 불현듯, 이러한 비밀들을 지켜야 한다는 것 때문에 친구들과도 소식을 끊게 된 것이 아닌가 하는 의문이 들었다.

셀렌바는 얼굴을 찌푸렸다. 타라의 나이는 어리지만 만만한 상대가 아니라는 건 이미 알고 있었다. 셀렌바는 더 이상 따져 묻지 않기로 했다. 아무도 모르는 비밀이라고 생각하면서 셀렌바 자신이 그들에게 얼마나 쓸모가 있는지 보여주려는 것이었는데……. 마지스터가 늑대인간이 된 걸 타라가 이미 알고 있다니. 셀렌바는 한 방 얻어맞은 것 같았다.

"치료를 받으려면 당신은 우리가 모르는 정보를 한 개 이상 털어놔야 해요. 지금 당장 친위대장 크산디아르와 카무플레 국장 세네 센스사스에게 알리죠. 그러면 그들은 당신과 대화할 수 있게 된 걸 굉장히 기뻐할 거예요, 아마."

셀렌바는 성난 얼굴로 팔짱을 꼈다.

"조건 없이는 치료해주지 않겠다? 이렇게 유감스러울 수가! 정말 실망이야. 하지만 또 다른 정보를 줄 수 있지. 여제와 관련된 것인데……. 모우르무르 덩컨이 여제에게 알리기 전에 그놈의 발명가를 제거하려고 했는데 실패하는 바람에 그 소식이 아더월드 전역에 방송되는 걸 나도 봤다. 너희들이 누가 뱀파이어의 피를 이용했는지 범인을 찾고 있다는 거 알아. 내가 범인을 잡을 수 있게 도와주지. 그러면 뱀파이어 정보국의 도움을 받아 음모를 꾸민 뱀파이어를 찾을 필요도, 인간의 피를 먹은 또 다른 뱀파이어를 찾느라 고생할 필요도 없겠지. 여제가 아이를 가질 수 없게 한 장본인은 바로 마지스터니까. 그리고 여제에게 내가 미안해한다는 말도 전해줘. 나는 주인의 명에 이유도 모른 채 복종한 것뿐이니까."

타라는 대꾸하지 않았다. 사피르에게 고갯짓으로 인사를 하고 통신을 끊었다.

셀렌바는 사피르를 쳐다보다 기지개를 켰다. 멋진 몸매로 사피르의 관심을 끌어보려는 속셈이었다.

"어린 인간이 공무에 있어서는 아주 엄격하군." 셀렌바가 말했다. "나를 체포하러 오길 기다리는 동안 우리는 뭘 하죠? 당신과 나?"

셀렌바는 흐느적거리는 관능적인 걸음으로 다가왔다. 사피르는 침을 삼켰다. 그리고 셀렌바가 두 팔로 끌어안았을 때는 부들부들 떨면서 속으로 절규했다. '오, 아더월드의 모든 신이시여! 나는 왜 이 여성을 뿌리칠 수 없는 겁니까?'

사피르는 잠시 그렇게 안긴 채 셀렌바의 은은한 향기를 맡으며 '인피뱀파'의 특성을 나타내는 하얗다 못해 파리한 얼굴을 찬찬히 뜯어봤다. 사피르는 자신보다 셀렌바의 숨소리가 훨씬 빨라지는 걸 느꼈다. 셀렌바는 인간의 피로 인해 빨라진 신진대사 때문에 힘은 강력해졌지만 동시에 수명이 짧아져 있었다. 인간의 피에 감염되지 않은 뱀파이어는 수천 년을 살 수 있는 반면, 인피뱀파는 오륙백 년을 살기도 힘들었다.

셀렌바는 고개를 숙이고 있었다. 사피르가 새빨간 입술에 홀려 키스하고 싶은 유혹을 간신히 떨쳐내고 있을 때 갑자기 문이 벌컥 열렸다. 시커먼 양복 차림의 팔이 넷 달린 크산디아르 친위대장과 주홍빛 머리에 검은 눈, 가슴골이 훤히 드러나 보이는 메탈 소재의 회색 원피스**20**를 입은 세네 카무플레 국장이 들어왔다. 이어서 박살기와 마법으로 무장한 친위대원 여섯 명이 뒤따랐다.

셸렌바는 자신의 유혹에 사피르가 거의 넘어왔다고 느끼고 활짝 웃다가 내뱉었다.

"슬루르크! 우리의 재회를 축하하기에는 너무 늦었군. 걱정하지 마요, 내 사랑. 내가 다 털어놓으면 우린 다시 만날 수 있어요."

셸렌바는 친위대를 향해 돌아서서 두 팔을 내밀었다.

"자, 수갑을 채워. 저항하지 않을 테니까."

세네는 기분 나쁜 미소를 지으면서 셸렌바의 두 손을 움켜잡더니 확 비틀어서 돌려세우고는 등 뒤로 수갑을 채웠다. 켈트릴 금속으로 만든 수갑이 잠기면서 찰칵 소리가 났다.

"앞쪽으로 수갑을 채우면 너무 쉽잖아. 이래야 풀기가 힘들지."

세네는 뱀파이어의 무릎과 발목도 결박한 다음 은빛 금속 그물을 몸에 씌웠다. 잔걸음칠 수밖에 없는 셸렌바는 씁쓸한 미소만 지을 뿐 아무 불평도 하지 않았다. 사피르는 셸렌바가 아무 걱정하지 않아도 될 정도로 강하다는 걸 알지만 그렇게 꽁꽁 묶인 모습을 보니 마음이 아팠다. 사피르의 눈빛을 읽은 셸렌바는 승리의 미소를 억제하면서 속으로 쾌재를 올렸다. '좋았어! 나에게 동정심을 가질수록 빨리 구해주러 올 거야.' 셸렌바는 마치 전의를 잃은 것처럼 고개를 숙여서 하얀 머리털이 얼굴 위로 흘러내리게 했다.

. . . . . . . . . . . . . .

**20.** 크산디아르와 세네 부부는 아더월드에서 순회공연 중인 '블랙 아이 피스' 특별 공연을 보러 갔다가 달려온 것이 틀림없었다. '블랙 아이 피스'는 마법사들로 이루어진 그룹으로 지구의 '블랙 아이 피스' 팝 그룹과 혼동하지 마시길…….

크산디아르는 속아 넘어가지 않았다. 두 뱀파이어가 무슨 짓을 꾸미고 있다는 걸 간파한 친위대장은 대원들에게 포위된 셀렌바를 거칠게 떠밀어서 방 밖으로 내보내고는 사피르를 향해 돌아섰다.

"셀렌바가 당신을 이용하고 있는 실 실바 노르는 선 아니시죠?" 크산디아르는 엄포를 놓았다. "이 자수라는 것도 마지스터의 작전 중 하나가 틀림없어요. 선생이 셀렌바를 사랑하는 건 알지만 함정에 빠지지는 마세요."

사피르는 눈살을 찌푸렸다.

"친위대장이 내 입장이라면 어떻게 하겠소?" 사피르는 명백한 사실을 인정하지 않고 응수했다.

"내 아내 세네는 쾌락 때문에 살인하지는 않습니다. 더군다나 고통을 주는 것에 쾌감 같은 것도 느끼지 않고요. 가당치 않은 비교는 하지 마세요. 뱀파이어 선생……."

기분이 상한 사피르가 대꾸할 겨를도 없이 크산디아르는 방을 나갔다.

혼자 남은 사피르는 뒤에서 계속 기다리는 안락의자에 주저앉았다. 의자가 포근하게 감싸주는데도 긴장이 풀리지 않았다. 도대체 말도 안 되는 일이 방금 일어난 것이었다. 그리고 크산디아르의 예상은 틀리지 않았다. 사피르는 셀렌바를 오랫동안 감옥에서 썩게 내버려두지 않을 것이었다.

그때였다. 갑자기 눈앞의 전광판이 켜지더니 분노의 검은 마스크가 나타났다. 사피르는 심장마비를 일으킬 뻔했다.

잿빛 마법복의 빨간 원을 보고 누군지 알아차린 사피르는 벌떡 일어났다.

마지스터, 상그라브들의 보스.

사피르가 절대로 마주치고 싶지 않은 가장 위험한 존재—악마 다음으로—였다.

"네가 이겼는지 알아?" 마지스터가 외쳤다. "셀렌바는 내 거야! 너는 이제 죽은 목숨이다, 뱀파이어!"

그리고 통신이 갑자기 끊어졌다.

그 순간 갑자기 문이 열리고 누군가 들어왔을 때 사피르는 정말로 심장이 멎는 줄 알았다. 마지스터가 보낸 상그라브라고 생각하고 하마터면 즉사시킬 뻔했는데 흰옷 차림의 엔지니어였다. 아무나 벌컥벌컥 문 열고 들어오는 이 방이 사피르는 이젠 지긋지긋했다.

친위대원 두 명과 함께 들어온 엔지니어가 기구를 들고 있는데 빛이 깜박깜박하면서 삐이 삐이, 소리가 났다.

"이 방이 확실해!" 엔지니어가 중얼거렸다.

그러다 얼굴을 들던 엔지니어는 뱀파이어의 험악해진 얼굴에서 다음과 같은 말을 느꼈다. '여기까지는 참아주는데 조금만 더 자극하면 피를 흘리면서 비명을 지르게 해주지.'

엔지니어의 이마에서 작은 불빛이 켜지는 걸 보면서 사피르는 머릿속에 데이터 칩이 들어 있다는 걸 알아차렸다. 엔지니어의 눈이 뭔가를 읽는 것처럼 움직였다. 궁전에 많은 손님이 기거하기 때문에 상대의 신원을 조회하고 있는 것이었다.

"죄송합니다, 선생님. 아, 드라고쉬 선생님, 선생님의 방인지 몰랐습니다." 뱀파이어의 신원을 확인한 엔지니어가 정중히 말했다. "궁전의 방어 시스템을 뚫고 들어온 이상 신호를 추적하던 중이었습니다. 혹시 누가 보낸 신호인지 아십니까?"

"아주 빨리 알아챘군요." 뱀파이어는 발로 바닥을 톡톡 치는 것으로 엔지니어를 안심시켰다.

"네." 엔지니어는 친위대원 두 명을 앞세우기 위해 약간 뒷걸음치면서 경쾌하게 대꾸했다. "몇 분 전에 통신 신호가 잡혀서 계속 추적하고 있었거든요."

"마지스터였어요." 사피르는 송곳니를 드러내면서 대답했다. "셀렌바가 마지스터를 배신하고 나를 만나러 돌아온 것 때문에 몹시 화가 난 모양이오. 셀렌바가 상그라브들의 보스를 밀고하겠다는데 내 신뢰를 얻기 위한 음모일지도 몰라요. 나와 결혼하고 싶다고 말한 것은 정말 완벽한 미끼니까요."

엔지니어는 입을 다물고 말았다. 그가 맡은 일은 궁전에서 잡히는 비정상적인 신호를 탐지하는 것이지 닥치는 대로 죽이는 인피뱀파와 뱀파이어, 마지스터 간의 삼각관계에 휘말리는 것이 아니었다. 엔지니어는 정신을 차리고 심호흡을 했다.

"마, 마지스터요?" 머릿속에 꽂힌 이름에 너무 놀란 나머지 엔지니어는 말까지 더듬었다.

"친위대장이 방금 셀렌바를 감옥으로 끌고 갔어요. 그런데 내가 결혼을 해야 되겠소?"

엔지니어는 눈만 껌벅이다 한 발짝 물러섰다.

"마, 마지스터요?"

사피르는 미소를 흘리면서 다가서는 것으로 엔지니어를 더 뒤로 물러서게 만들었다.

"정신 좀 차리고 들어요! 마지스터 얘기가 아니라 셀렌바와 결혼 얘기를 하는 거요."

엔지니어는 '내가 뭐, 결혼 상담사도 아니고' 하는 얼굴로 어물어물 대답했다.

"모…… 모르겠습니다. 나는 명을 받고 일하는 겁니다. 그래서…… 즉시 보고해야 합니다. 긴급 사항이라 이만 나가보겠습니다. 조만간…… 다시 뵙지요."

그렇게 말하고는 엔지니어는 마치 신선한 채소를 발견한 크레크레크레[21]보다 빠르게 달아났다. 사피르는 친위대원 두 명까지 나가자 문을 쏘아보며 으름장을 놓았다.

"한 번만 더 나한테 알리지도 않고 들여보내면 땔감으로 만들어주겠다, 알았나?"

금빛 나무 문에 입 하나와 눈 하나, 귀 하나가 나타났다. 눈이 불쾌함을 표시하기 위해 찌푸린 눈살을 드러냈다.

"친위대장과 카무플레 국장은 손님들이 기거하는 방이라면 그것이 스위트룸이든 독방이든 어디든 들어갈 수 있는 우선권이 있습니다." 입이 퉁명스럽게 대꾸했다. "나를 땔감으로 만들든지 말든지 마음대

· · · · · · · · · · · · ·

**21.** 레몬빛 털의 아주 멍청한 크레크레크레는 토끼의 일종으로, 신선한 채소를 발견하는 즉시 엄청난 속도로 달려간다. 우리 안에 채소를 넣고 들판에 놓아두면 얼마 지나지 않아 한 열 마리쯤 되는 크레크레크레들이 덫인 줄도 모른 채 서로 먹겠다고 달려들기 때문에 잡기가 아주 쉽다. 많이 잡히지만 그만큼 왕성한 번식률과 빠른 성장 덕분에 멸종하지 않고 생존하는 동물이다. 포식동물들이 거들떠보지도 않을 정도로 크레크레크레의 고기는 맛이 없다.

로 하세요. 어떻게 해도 나는 그들이 이 방으로 들어가는 걸 막을 수 없으니까요. 그리고 엔지니어도 친위대원들과 같은 인식 카드를 소지하고 있어서 막을 수 없습니다. 하지만 앞으로 인식 카드가 없는 사람이 들어가려고 할 경우는 문으로서 내 소임을 다하겠다고 약속합니다."

사피르는 뚫어져라 응시하다 계속 쳐다보다가는 사팔눈이 될 것 같아서 시선을 돌렸다. 어쨌거나 문의 잘못이 아니었다. 문은 지침에 따라 복종한 것뿐이었다. 그리고 애꿎은 문에 화풀이하고 있다는 것 자체가 정말 딱한 일이었다.

사피르는 의자에 앉아서 깊은 생각에 잠겼다. 앞뒤가 맞는 게 없었다. 셀렌바가 불쑥 나타난 것도, 돌아왔다면서 치료를 받고 싶다는 것도.

사피르가 가장 혼란스러운 것은 결혼하겠다는 말이었다.

왜지? 사피르는 크라살비에서 가장 유명하지도 가장 막강하지도 않은, 그저 평범한 뱀파이어에 불과했다. 게다가 랑코비트에서 최고 마구스라는 지위는 대단한 것이 아니었다. 장관이나 뱀파이어 대통령과 가까이 지내거나 고위층의 누군가에게 접근할 수 있을 만큼 중요한 지위가 아니었다. 사피르는 곰곰이 생각에 잠겼다. '나에게는 있고 다른 이들에게는 없는 게 뭐지……?'

갑자기 사피르가 벌떡 일어나는 바람에 안락의자가 깜짝 놀랐다.

"타라! 그래, 타라가 있잖아!"

혼자 남은 사피르가 빈방에서 외쳤다.

그러다 얼굴을 찌푸렸다. 사피르만 타라와 가까운 게 아니었다. 로빈, 칼, 글로리아 다아빌, 파프니르, 실버, 이사벨라, 마니투 이들은 모두 후계자와 접촉할 수 있었다. 그 순간 머릿속을 스치는 생각에 사피르는 속으로 말했다. '하지만 이들은 셀렌바에게 미쳐 있지 않잖아. 나만 사랑에 빠져 있는 거지…….'

그러다 이번에는 큰 소리로 말했다.

"하지만 그렇게는 안 되지! 셀렌바는 마지스터를 배신할 수 있을지 몰라도 나는 타라를 배신하지 않아."

그 순간 위험한 생각이 벌레처럼 사피르의 머릿속을 헤치고 들어왔다. 아, 배신할 일이 있긴 있었다. 일초의 망설임도 없이 타라를 배신할 일이.

악마들로 하여금 아더월드에 발을 들여놓지 못하게 막을 수만 있다면, 교활하게 우정과 교역을 가장하여 은하계를 침략하려는 악마들을 막을 수만 있다면 타라를 배신할 수 있었다.

그리고 마지스터의 가공할 만한 힘은 악마의 마법에서 얻는 것이었다.

사피르는 욕설을 뱉고 몇 가지 소지품을 챙겨 감옥으로 향했다.

셀렌바를 만나야 했다.

크산디아르를 잘 아는 사피르는 셀렌바를 묶어놓고 고문 전문가가 온갖 기구를 사용하여 심문하고 있을 거라고 생각했다.

그래서 셀렌바가 쇠사슬에 묶이지 않은 채 연초록빛 널찍한 방에 편안하게 있을 거라고는 예상하지 못했다. 친위대원들이 감시할 수 있도록 안팎이 이중 유리문으로 되어 있어서 소파에 앉은 죄수와 책상 앞에 앉아 셀렌바의 진술을 기록하는 스크립트 두 명을 볼 수 있었나.

아더월드에서 스크립트는 아주 존중받는 직업이었다. 분석적 두뇌를 타고난 스크립트들은 용의자가 진술하는 내용을 그대로 기록하는 것이 다가 아니었다. 사실, 진술을 기록하는 것은 필요 없는 일일 수 있었다. 매직컴을 장착한 스쿠프 한 대만 있으면 도표와 도식까지 갖춘 세계의 모든 보고서를 원하는 만큼 복사할 수 있는데. 스크립트들은 용의자의 말속에 숨은 뜻을 판독하기 위해 오랫동안 연구했다. 스크립트를 양성하는 학교는 종족에 관계없이 아직 어려서 적응이 빠르고, 호기심이 많은 아이들을 받아들이며 정부와는 완전히 독립적으로 운영되고 있었다. 특히 스크립트들이 아는 수많은 비밀 중에는 외부에 발설하는 순간, 아마 모르긴 몰라도 아더월드 정부들 절반이 실각할 위험이 있었다. 그리고 대다수 길드들이 스크립트에게 세금을 면제하는 것은 특혜라며 반발하고 있었다.

스크립트들의 봉급은 상당히 높은 편이고, 무상교육을 받았기 때문에 그 대가로 학비를 완전히 상환할 때까지 이익금의 1퍼센트를 학교에 이월했다.

따라서 스크립트 길드의 재력이 엄청나며 회원들은 대체로 비만이라는 것은 군이 말할 필요도 없다.

스크립트들은 파란색 깃털로 강조한 흰색 옷과 끝에 파란 장식술이 달린 모자를 쓰고 다녀서 대번에 알아볼 수 있었다. 죄수를 심문할 때에는 언제나 한 명의 스크립트가 참석했다.

그런데 셀렌바에게 스크립트 두 명이 배정된 걸 보면 크산디아르가 얼마나 경계하고 있는지 알 수 있었다. 이 스크립트들은 뱀파이어의 구어와 몸짓 언어까지 연구한 전문가들이었다.

흰옷을 걸친 진실의 입도 참석해 있었다. 그는 초록빛 눈으로 셀렌바를 뚫어져라 응시하고 있었다(사피르는 진실의 입이 쓸모가 있을지 의문이 들었다. 능력 있는 뱀파이어는 텔레파시를 제압할 수 있는데). 파란 땅신령은 보이지 않았다. 크산디아르와 세네는 셀렌바 맞은편에 앉아 있었는데 이제는 둘 다 옷을 갈아입은 상태였다. 친위대장은 금빛과 주홍빛 군복, 카무플레 국장은 검은색 제복 차림이었다.

냄새로 보아 셀렌바는 차가 아니라 피 한 잔을 마시고 있었다. 사피르는 침을 삼켰다. 피 냄새가 유리문을 통해 바라보는 사피르에게까지 전해졌다. 이상하다는 생각에 사피르는 유리문 위쪽을 쳐다봤다. 공기 정화 장치가 설치되어 있었다. 그래서 사피르도 피 냄새를 맡을 수 있었던 것이다. 육감이 뛰어난 셀렌바가 사피르를 발견하고 미소를 지어 보이고는 진술을 계속했다. 사피르는 속이 뒤집어지는 것 같았다. 아직도 계속 셀렌바에게 휘둘리는 것이 불쾌했다. 아니, 불쾌하다는 표현으로는 부족했다.

사피르는 문 앞을 지키는 친위대원 여섯 명에게 들어가겠다고 손짓했다. 크산디아르가 철통 경비를 위해 수를 세 배로 늘린 친위대원들이 사피르를 통과시켰다.

사피르가 문턱을 넘어서는 순간 셀렌바는 체념하듯 말했다.

"현재 잿빛 요새는 북쪽 국경지대의 작은 마을 티보울 부근에 있다. 여제의 남편이었던 다릴 크라투스가 그 마을 출신이지. 지금도 다릴의 형제가 소유하는 땅이고."

사피르를 포함하여 그 방에 있는 사람들이 모두 소스라치게 놀랐다. 셀렌바가 정말로 마지스터를 배신하고 있었다!

몹시 흥분한 친위대장이 인식 카드에 대고 몇 마디를 속삭였다. 여기서는 아무 움직임도 보이지 않지만 사피르는 짐작하고 있었다. 궁전에 있는 엘프 군단과 최고 마구스 전사들이 상그라브들의 보스를 체포하기 위해 이미 가까운 공간이동의 문을 향해 달려갔으리라는 것을.

그리고 다릴 크라투스의 형제 젠릴에게 그의 영토에 있는 공공의 적 1위의 비밀 아지트에 대해 문의하리라는 것을.

그게 다가 아니었다. 셀렌바는 오무아 제국의 궁정에 마지스터와 접촉하는 최고위층이 있다고 폭로했고, 세네의 표정은 사색이 되었다.

"오무아 정부의 장관 여러 명이 마지스터와 손잡고 일했거나 아직도 함께 일하는 것으로 알고 있어. 돈, 특혜, 다른 무언가를 받는 대가로 말이지." 셀렌바는 나직한 소리로 말했다. "하지만 그들은 항상 마스크를 쓰고 오기 때문에 얼굴은 몰라. 게다가 냄새로 알아내는 능력을 지닌 종족, 즉 나 뱀파이어가 있다는 걸 아는데 바보가 아닌 이상 당연히 주문이나 묘약을 사용하여 냄새가 안 나게 만드니까. 하지만 나는 몇 가지 단서를 갖고 있지."

그러면서 셸렌바가 명단을 공개했는데, 세네와 크산디아르는 부르
르 떨었고, 스크립트 두 명은 무표정한 얼굴로 뱀파이어의 진술을 기
록하고 있었다. 스쿠프들도 모든 장면을 촬영하고 있었다. 날아다니
는 카메라는 네 대였다. 크산디아르는 아무것도 우연에 맡기지 않았
다. 무슨 일이든 결정적인 흔적이 있기 마련이기에 철저히 수사하고
증거를 확보하는 것이 먼저였다.

정보를 마구 쏟아내던 셸렌바가 속도를 늦추면서 말했다.

"어쩌면 내 정보가 함정이 될 수도 있어. 모두를 죽이는 음모를 꾸
미기 위해 고위층 인사들을 의심하게 만드는 것으로 주범에게 쏠리
는 관심을 분산시키려는……."

죽음 같은 침묵이 흘렀고, 카메라 날개 파닥이는 소리만 간간이 정
적을 깨뜨렸다.

"그럴 수도." 세네는 차분하게 말했다. "진실의 입은 뛰어난 텔레
파시 능력이 있지만 강력한 최고 마구스들에 대한 효력은 백 퍼센트
가 아니지. 그들의 텔레파시는 훈련이 잘된 마구스의 벽까지 뛰어넘
을 정도는 아니니까. 그리고 고위층 인사들을 무턱대고 고발하는 것
은 정치적 자살 행위나 다름없는데…… 내 남편은 그렇게 멍청하지
않아."

교활한 미소를 흘리던 셸렌바는 세네가 바짝 다가와서 눈을 뚫어
지게 응시하자 미소가 사라졌다.

"하지만 나는 잃을 게 전혀 없어." 세네는 태연하게 말했다. "우리
티그족은 너무 귀하고 비범해서 내가 몇몇 용의자의 심기를 건드렸

다고 해도 내 일이 다른 사람에게 넘어가는 일은 없거든. 그래서 말인데, 뱀파이어, 지금까지 한 말이 거짓말이거나 속임수일 경우 당신은 그리 오래 살 수 없을 거야. 후회할 시간도 없을 정도로."

셀렌바는 바시스터 말고는 그 누구에게서도 협박받는 걸 좋아하지 않았다.

그래서인지 아주 격한 반응을 보였다.

"깜냥도 안 되면서 괜히 설치지 않는 게 좋을 텐데!" 돌변한 셀렌바가 적대적으로 쏘아붙였다. "너는……."

사피르는 셀렌바가 세네를 향해 더 구체적인 말을 내뱉기 전에 끼어들었다.

"왜 나를 찾아온 거요?" 사피르가 물었다. "하필이면 왜 지금? 악마들과 상관있는 일이오?"

셀렌바는 사피르를 쳐다봤다. 아주 오랜만에 아름다운 뱀파이어의 눈에서 놀라는 기색을 볼 수 있었다. 전혀 예상하지 못한 돌발 질문이었던 모양이다.

잠시 생각하던 셀렌바가 마침내 되물었다.

"악마들? 내 자수가 아더월드에 오는 악마들과 무슨 관계가 있다고 생각하는 거예요?"

그러고는 셀렌바가 깔깔대고 웃었다.

"천만에, 아무 관계 없어요. 아주 진지하게 생각했고 이제 더는 내 시간을 허비하고 싶지 않았어요. 정상적인 삶을 살고 싶어서 그래요. 나를 죽이려는 사람도 없고, 힘을 과시하려고 나를 때리는 사람도 없는 곳에서."

울컥한 사피르는 셀렌바의 빨간 눈을 유심히 살펴보다가 자존심 강한 그녀가 드러내고 싶어 하지 않는 고통을 보았다. 어둠 속에 웅크리고 있는 셀렌바. 이제는 그녀의 아픔을 알 수 있었다. 셀렌바와 마지스터 사이에 무슨 일이 있었는지 모르지만 좀 전에 나타난 상그라브의 반응을 보면 둘이 헤어진 것이 마지스터의 결정이 아닌 것은 분명했다.

모든 것이 점점 더 이상했다.

갑자기 팅가푸르 황궁의 아름다운 정원 쪽으로 난 유리문 하나가 시커메지더니 바람에 휩쓸린 듯 황량한 벌판이 나타났다. 엷은 보랏빛 크리스털 눈에 머리가 긴 바이올렛 엘프 전사가 성난 표정으로 그들을 쳐다보고 있었다. 가슴의 계급장이 장군이었다.

"오, 젤리소르의 충치여!" 엘프가 내뱉었다. "빌어먹을, 놓쳤다! 몇 분만 일찍 왔어도 잡았을 텐데 바로 눈앞에서 잿빛 요새가 사라졌어. 추격 주문으로 붙잡을 겨를도 없이. 빌어먹을 상그라브들! 배신자가 밀고할 거라고 예상한 게 틀림없어. 다 도망친 걸 보면. 비겁한 놈들!"

사피르는 상그라브들을 이해할 수 있었다. 아무도 오무아의 엘프 군단과 맞서 싸우려고 하지 않았다. 오무아 제국과 계약을 맺고 선택된 엘프들은 아더월드 최고의 전투원들이었다. 인피뱀파가 아니어도 가장 뛰어나는 뱀파이어들조차 오무아의 엘프들과는 싸우려고 하지 않았다.

금지된 대륙에서 탄생한 늑대인간들이 발견되기 전까지는 그랬다. 결론적으로 언젠가는 더 강한 적이 나타나기 마련이거늘.

셀렌바가 또 웃음을 터뜨렸다.

"아, 나리가 내가 남긴 쪽지를 찾은 모양이군."

"나리?" 사피르는 불쾌해했다.

"쪽지를 남기고 왔다는 건가?" 세네가 어이없다는 얼굴로 물었다.

"내가 그를 버렸으니까." 셀렌바가 유쾌하게 밀갰다. "연인을 버리면서 쪽지를 남기는 거야 최소한의 예의 아닌가? 면전에서 말했다가 죽는 것보다 낫지."

셀렌바는 마치 비밀이라도 말하는 것처럼 몸을 숙였다.

"당신이 아는지 모르겠는데 마지스터는 뒤통수 맞는 걸 굉장히 싫어하지. 그런데 심복이었던 사냥꾼을 잃었으니 당연히 당황했겠지."

사피르가 다가와서 셀렌바를 뚫어져라 쳐다봤다.

"그래서 그자가 나에게 연락한 거였군."

셀렌바의 얼굴에 경련이 일었다. 연기라면 아더월드의 최고 연기상 '디아망 드 크리스털레오'[22]를 받아도 될 것 같았다.

"그가 당신에게 연락했어요?"

"그렇소."

"어떻게?"

"비디오크리스털을 통해서. 궁전의 정보부에 즉시 발각되긴 했지만……."

"난 당신을 만나러 간다고 하지 않았는데." 셀렌바는 생각에 잠긴

----

22. 아더월드의 '오스카 상'이라고 할 수 있다. 디아망 드 크리스털레오 상은 대체로 엘프 여배우들에게 돌아가는데 엘프는 거의 늙지 않기 때문이다. 이런 이유로 스타 반열에 오르고 싶은 젊은 배우들의 불만을 사고 있다. 그래서인지 이따금 여배우들이 미스터리한 죽음을 맞는 사건이 일어난다.

얼굴로 말했다. "이상하네, 마지스터의 정보원들은 내가 팅가푸르의 황궁에 있다는 걸 이렇게 빨리 보고할 정도로 유능하지도 않고. 게다가 어디로 갈지는 나도 몰랐는데……. 랑코비트에 연락할 때까지는 당신이 크라살비에 있다고 생각했거든요. 하여튼 대단해, 금방 간파하다니!"

사피르는 꿈꾸는 어조로 감탄하는 셀렌바가 마음에 들지 않았다.

"이제부터 마지스터는 당신뿐만 아니라 나도 죽이려고 해." 사피르는 냉랭한 어조로 말했다.

셀렌바가 쳐다봤다.

"그가 뭐라고 했는데요?"

"내가 죽은 목숨이라고."

셀렌바는 동정하듯 고개를 끄덕였다.

"마지스터는 과잉 반응을 하는 게 특기죠. 걱정 마요. 이 세상을 정복하는 데 필요한 계획을 짜느라 바빠서 당신을 죽이려고 쫓아다닐 시간이 없으니까. 화가 나서 내뱉은 것뿐이에요. 그리고……."

그때 친위대원 두 명이 갑자기 동료 대원들을 공격했다. 그 둘은 순식간에 동료 대원들을 제압한 뒤에 박살기로 유리문을 겨냥했다. 스크립트들과 진실의 입은 벌벌 떨고 있었다.


그 시간, 거처에 있던 타라는 갑자기 마치 배에 칼을 맞은 것 같은 통증을 느꼈다.


감옥 취조실에서는 친위대원 둘이 공격하는 순간 크산디아르와 세네, 셀렌바와 사피르는 즉시 방패를 불러낸 다음 나무 탁자 밑에 엎드렸다. 하지만 공포에 질린 두 스크립트와 진실의 입은 살고 싶은 본능조차 잃은 듯 옴짝달싹못하고 있었다.

총성이 울리고 불꽃 다발이 치솟으며 유리문이 산산조각 났다.

# 8
# NA 스피어

간신히 죽음을 면했으니
지금이라도 직업을 바꿔야 하나

*

불꽃 다발이 두 스크립트와 진실의 입 바로 앞에서 멈췄다. 크산디아르와 세네가 제때에 방패를 확장해서 그들을 구해준 것이었다.

조금만 늦었으면 묵사발이 될 뻔했는데.

가슴 바로 앞에서 불꽃 다발을 본 스크립트 중 한 명은 눈이 뒤집혀서 벌렁 나가자빠졌고, 그대로 기절했다.

그러는 사이 셸렌바는 쏜살같이 뛰어나갔다. 박살 난 유리문을 통과하는 셸렌바를 발견한 공격자들이 박살기를 들었지만 너무 늦었다. 갑자기 비틀거리던 둘은 목이 부러진 채 푹 고꾸라졌다.

"오, 벤드룩의 내장이여! 뱀파이어!" 엎드려 있던 크산디아르가 일어나면서 외쳤다. "누가 죽이라고 했소?"

"어휴." 이상한 것을 주워 들고 일어나며 셸렌바가 말했다. "목숨을 구해줬더니 말 한번 곱게 하시네!"

그렇게 내뱉고는 셀렌바가 주워 든 물건의 버튼을 누르자 깜박거리던 불빛이 멈췄다.

"그새…… 뭡니까!"

또 한 명의 스크립트가 얼이 빠진 얼굴로 물었다.

"전혀 모르는 물건인데." 셀렌바가 대답했다. "폭발물 같기도 하고…… 내가 버튼을 제대로 눌렀나……."

세네는 이맛살을 찌푸렸다.

"운이 좋았다, 뱀파이어. 다른 버튼을 눌렀으면 쾅!"

셀렌바는 눈살을 찌푸리며 미심쩍은 얼굴로 물었다.

"이게 뭔데?"

"우리 오무아 연구실에서 시험 중인 신형 수류탄. 여기서는 절대 사용할 일이 없는 시제품인데, 만약 저들이 던졌다면 우리는 속수무책으로 당할 수밖에 없었다. 마법의 방패를 무색하게 만드는 아주 강력하고 치명적인 수류탄이거든."

"와우!" 셀렌바가 말했다. "오무아에 사는 사람들은 아주 스릴이 넘치겠어. 그러니까 내가 수류탄 폭발을 막지 않았다면 우리 모두 므르르 밥 신세가 되었을 거란 뜻인가?"

"그랬겠지."

"진짜 재미있군."

세네는 황당한 표정으로 고개를 끄덕였다.

"마지스터가 당신을 원망하는 것만은 틀림없군."

"당연히 그럴 테지. 마지스터가 가장 두려운 것이 뭐겠어? 내가 자기 비밀을 폭로할까 봐 나를 죽이려고 한 거야."

셀렌바가 수류탄을 쳐들었다가 갑자기 던져주었다. 스크립트는 하마터면 놓칠 뻔했지만 자신도 모르게 펄쩍 뛰어서 가까스로 수류탄을 잡았는데 얼굴이 창백했다.

"휴, 잡았다." 공포에 질린 스크립트가 소리쳤다. "이게 무슨 짓이오?"

스크립트는 두 손으로 수류탄을 들고 부들부들 떨면서 어찌할 바를 몰랐다.

크산디아르가 네 개의 손 중 하나를 내밀더니 잽싸게 수류탄을 낚아챘다.

"내가 갖고 있겠소!"

크산디아르는 아무렇지도 않게 수류탄을 제복 주머니에 넣었다.

스크립트는 후들거리는 다리로 뒷걸음치며 친위대장과 적어도 삼사 미터 이상 떨어져 있어야겠다고 다짐했다. 마법복과 마찬가지로 제복의 호주머니에도 필요한 것은 뭐든 집어넣을 수 있다지만, 폭발물도 괜찮을지는 아무도 모르는 일이었다.

크산디아르와 세네는 배신한 동료의 공격을 받고 쓰러진 대원 넷을 치료하기 위해 레파루스 주문을 읊었다. 애석하게도 그중 한 명은 이미 사망한 상태였다. 그들은 의료진을 불러놓고 기다리는 사이 다행히 나머지 대원 셋의 목숨을 구했다.

"어…… 어떻게 된 겁니까?" 기절했던 첫 번째 스크립트가 힘겹게 일어나면서 물었다.

동료 스크립트는 벽에 붙어 앉은 채로 대답했다. 뱀파이어와 죽은 시신들, 제복 호주머니 안에 수류탄이 있는 크산디아르에게서 가능한 한 멀리 떨어져 있기 위해서였다.

"자네는 기절했고**23**……."

그 순간 주홍빛 옷차림의 여제가 들이닥치는 바람에 스크립트는 더 이상 말을 잇지 못했다.

"**셀렌바**!" 여제가 외치면서 시커먼 마법의 광선을 날렸다. 그 광선을 맞은 뱀파이어가 하필이면 겁에 질린 스크립트가 웅크리고 있는 벽 쪽으로 나가동그라졌다. "너를 부숴버리겠어! 감히 너의 그 더러운 피로 나를 감염시키다니, 그 대가를 치러야지!"

방금 깨어났던 스크립트는 또다시 기절했다. 뱀파이어와 성난 여제의 대결은 생각만 해도 심장이 떨렸던 것이다. 벽에 붙어 있다가 200킬로그램이나 나가는 뱀파이어**24**에게 깔려 죽을 뻔한 스크립트는 친위대장이 앉아 있는 탁자 밑으로 엉금엉금 기어갔다. 그러고는 하루빨리 직업을 바꿔야겠다고 생각했다.**25**

· · · · · · · · · · · · · ·

**23.** '기절했다'는 이 표현의 원문은 '미얌밭에 넘어졌다'이다. 미얌은 주먹만 한 크기에 향이 좋고 아주 달콤한 아더월드의 체리이다. 프랑스에서는 기절한다는 뜻으로 '사과밭에 넘어졌다'는 표현을 사용한다. 아더월드에서 사과가 아니라 미얌인 이유는 지구에 있는 수많은 품종의 사과 중에 일치하는 사과가 없기 때문이다. PS: 아더월드의 과일이나 야채의 크기를 생각하면 과일 속의 벌레 또한 얼마나 큰지 굳이 말하지 않겠다.

**24.** 200킬로그램이면 보통 뱀파이어보다 마른 편이다. 밀도가 높은 난쟁이들과 마찬가지로 셀렌바의 몸은 속력과 힘이 네 배로 커지게 변화시킨 것이라서 체중도 네 배나 더 무겁다. 그래서 리스베스 여제가 엄청나게 밀도가 높은 뱀파이어를 벽 쪽으로 날려버렸을 때 콰당! 부딪치는 소리가 크게 울렸던 것이다. 그랬으니 스크립트가 또다시 기절할 수밖에…….

**25.** 놀랍게도 스크립트는 선원이 되어 믿을 수 없을 정도로 용감하다는 평판을 얻는다. 뱃사람들이 가장 두려워하는 자이언트 문어 크라켄과 맞닥뜨려도 웃으면서 '더 위험한 놈들도 수없이 겪어봤는데 이까짓 것쯤이야!' 하고 말할 정도이다. PS: 스크립트는 완전히 잘못 판단한 것이다. 크라켄과 셀렌바는 본질적으로 다르기 때문이다. 크라켄과는 그래도 타협이 가능하지만…….

그때였다. 갑자기 어디선가 날아온 마법의 광선이 여제의 마법을 막았고, 셀렌바는 바닥에 쓰러져서 숨을 몰아쉬었다.

사피르 드라고쉬가 개입한 것이다. 격분한 리스베스 여제가 두 손으로 마법을 날리려 하는데도 사피르는 끄떡도 하지 않았다. 오히려 마법을 끄고 뱀파이어 자체가 치명적인 무기라는 걸 상기시키면서 누구와도 싸울 의사가 없음을 보여주었다.

"감히 나를 막아?" 여제가 고래고래 소리를 질렀다. "당신이 어떻게……."

"폐하는 셀렌바를 죽이려고 했습니다." 사피르는 아주 차분하게 말했다. "하지만 우리에게는 셀렌바가 필요합니다. 마지스터의 요새 위치를 알려주었으니 셀렌바가 그자를 잡지 못하게 방해한 증거는 전혀 없습니다. 폐하도 보고를 받아 아시겠지만…… 그런데도 또 마지스터를 놓쳤습니다."

리스베스는 심호흡을 했다. 자제하려고 엄청나게 애쓰고 있는 것이었다. 하지만 오무아의 여제가 자제력이 강하지 않다는 걸 모르는 사람은 아무도 없었다.

'이제 내가 뱀파이어 구이로 생을 마감하겠구나' 하고 사피르가 생각할 정도로 긴 침묵이 흘렀을 때, 마침내 리스베스가 번쩍거리는 마법을 껐다. 크산디아르와 세네는 긴장을 약간 풀었다.

여제는 그제야 널브러진 시신들과 온통 아수라장이 된 방이 눈에 들어왔다.

"여기서 무슨 일이 있었던 거야?" 여제가 외쳤다.

크산디아르는 어두운 얼굴로 설명했다. 친위대원 두 명이 배신하는 충격적인 상황이 벌어졌으며, 부하가 많다 보면 사건 사고가 있기 마련인데 그때마다 대원들을 모두 내치는 것은 불가능하다고 덧붙였다. 그리고 돈, 이득, 지위, 협박 등 충성심이 약한 이들을 스파이니 킬러로 번심하게 만들 만한 요소는 항상 존재한다고 밀쟀다. 그럼에도 부하 두 명이 목숨을 잃은 것에 친위대장은 망연자실한 얼굴이었다.

여제는 입술을 깨물었다. 여제 자신도 불가능한 걸 요구할 수 없다는 걸 알고 있었다. 티그족 친위대원 두 명이 무엇 때문에 배신했는지 서둘러서 수사하라고 명했다. 그리고 두 대원의 가족들을 괴롭히거나 동정하지 말라고 당부했다. 가족들이 자칫 원한을 품을 수 있기 때문이었다. 그렇지만 그들을 감시하라고 명했다. 평소에도 경솔한 편은 아니지만 이번에는 정말 신중하고 싶었다.

드디어 샤먼들로 이뤄진 의료진이 들이닥쳤고 널브러진 사상자들을 보며 눈이 휘둥그레졌다. 여제가 냉정을 되찾는 동안 셀렌바는 조심스럽게 소파에 앉았다. 수사관들은 현장을 비디오로 촬영하고 사진까지 찍은 다음 단서가 될 만한 것들을 모두 수거한 뒤에 방을 치웠다. 여제는 산산조각 난 유리문을 포함하여 복원되지 않은 것이 많아서 셀렌바에게 눈길도 주지 않았다. 의료진이 나가자 여제는 스크립트, 스쿠프, 진실의 입에게 잠시 나가 있으라고 명했다. 모두 복종했다.

오무아의 여제는 뱀파이어 앞에 서서 내려다봤다. 리스베스는 셀렌바 못지않게 아름다웠고, 냉혹하고 잔혹한 모습을 보일 줄도 알았다. 두 여성은 막상막하였다. 셀렌바는 아주 신중한 태도를 보였다.

사피르나 크산디아르에게 했던 것처럼 리스베스 앞에서는 연기할 수 없었다.

"좋아." 여제가 호통을 쳤다. "어디 설명을 들어볼까!"

셀렌바는 어깨를 으쓱하려다가 여제의 얼굴을 힐끔 쳐다보고는 그만두었다.

"매달 내 피가 섞인 음식을 먹었기 때문에 폐하의 배란이 멈춘 겁니다. 그래서 임신이 불가능했던 것인데 너무 감쪽같아서 검출이 불가능했을 겁니다."

건방진 설명을 덧붙이려던 셀렌바는 여제가 손톱이 살 속을 파고들어갈 정도로 꽉 쥐는 주먹을 보면서 잠자코 있었다. 셀렌바가 무모하기는 해도 바보는 아니었다.

"왜?" 여제의 입에서 외마디가 튀어나왔다.

이번에는 기어이 셀렌바가 어깨를 으쓱했다.

"나리는……(셀렌바는 사피르의 검은 눈과 마주치자 표현을 바꿨다) 마지스터는 굉장히 폐쇄적인 사람입니다. 실제로 어떤 계획을 세우고 있는지 아무도 모릅니다. 가슴속 아주 깊은 곳에 뭔가 아주 복잡한 것들이 있어요. 엑스티르푸스 주문을 사용해야 그것들이 드러날까, 아무튼 나로서는 알 수 없습니다. 마지스터는 몇 년이 아니라 몇백 년에 걸쳐서 엄청난 일을 꾸미고 있다는 게 내 생각입니다. 그리고 어떤 때 보면 뱀파이어처럼 행동하기 때문에 인간이 아니라고 생각한 적도 있습니다."

셀렌바는 빈정거리는 듯한 미소를 지으며 덧붙였다.

"아니면 드래곤일지도 모르죠. 마지스터는 내가 아무리 물어봐도 말해주지 않았습니다. 왜 내 피를 먹어서 여제를 중독시키는 거냐고 딱 한 번 물었다가 죽도록 맞았어요. 그러고는 내게 피를 먹지 못하게 해서 일주일 동안 배고픔으로 힘들었던 적도 있었죠. 그래놓고서는 또 자기를 귀찮게 하는 사람들에게 나를 보냈어요."

셀렌바는 잠시 생각에 잠겼다가 말했다.

"이제껏 먹어본 것 중 최고의 식사였어요. 마지스터는 행동하는 방식이 아주 독특하죠. 나를 굶긴 후 귀찮은 적들에게 보내 피를 빨아먹게 하니까 마지스터에게는 일석이조인 셈이죠." 셀렌바는 지난 일들을 떠올리면서 한숨지었다. "폐하, 따라서 내 대답은 아마 주관적일 수밖에 없습니다. 폐하에게 자식이 있는 걸 원치 않는 것은 마지스터가 오무아의 옥좌를 원하기 때문일 겁니다. 그런데 왜 그토록 오무아의 옥좌를 원하는 걸까요? 그걸 모르겠어요. 드래곤들과 관련이 있는 게 틀림없습니다. 항상 드래곤들과 상관이 있었으니까요."

여제는 무슨 말인가 하려고 눈빛을 반짝이더니 입을 다물었다.

이윽고 아무 말 없이 여제는 어리둥절해하는 사람들의 눈길을 받으며 방을 나갔다.

"여제께서 당신을 태워 죽이지 않는 걸 보면……." 세네가 한마디 던졌다. "내 생각에는 당신이 방금 좋은 아이디어를 준 것 같군."

셀렌바는 오만상을 찌푸리면서 내뱉었다.

"오, 흉측한 벤드룩의 내장이여! 여제가 무슨 생각을 하는지 알 수만 있다면 기꺼이 내 왼팔을 내어주겠다고요! 최소한의 이득도 얻지 못한 채 정보를 공짜로 넘기는 건 정말 아닌데!"

세네가 웃음을 터뜨렸다.

생각이 많은 사피르는 웃을 기분이 아니었다. 셀렌바가 왜 갑자기 자수를 했는지, 이게 진심인지 아닌지 알아야 했다.

하지만 사피르가 그걸 물어보려는 순간 또 한 사람이 방에서 유형화되었다.

타라 덩컨.

타라는 몹시 피곤한 얼굴이었다. 체인지라인이 해주는 화장을 거절한 게 틀림없었다. 타라는 소매에 오무아의 상징이 찍힌 흰 셔츠에 청바지를 입은 간편한 복장이었다.

타라는 크산디아르에게 굳이 상황을 설명할 필요 없다는 뜻으로 말했다.

"무슨 일이 일어났는지 알고 왔어요. 이상한 일이지만 느낌으로 알았거든요(타라는 무의식적으로 배를 문질렀다). 20분 전에 부하들의 공격을 받았어요, 맞아요?"

"네." 크산디아르는 후계자가 무슨 말을 하는지 어리둥절했다.

"20분 전에 내가 아주 심한 복통을 느꼈어요. 이런 통증을 느낀 적이 딱 한 번 있었는데 그때는 검은 여왕 때문이었죠."

타라는 하루에 한두 번 지구의 달에 가서 라오르의 창과 브롱스의 갑옷을 만난 뒤로 악마의 마법에 훨씬 민감해졌다는 말을 하지 않았다. 그리고 지난번 검은 여왕에게 장악되었던 것이 얼마나 두려웠던지 이번에는 검은 여왕이 다시 나타난 게 아님을 깨닫기까지 꼼짝도 못했다는 것도 말하지 않았다. 충격이 어찌나 컸던지 몸과 머리가 제대로 작동하기까지 10분이나 걸렸다.

방 안에 있던 이들이 모두 놀라서 얼어붙었다. 아더월드 전체가, 타라의 몸을 장악한 검은 여왕이 아마이 마법으로 모조리 삼커비리려고 했던 걸 기억하고 있었다. 타라가 아주 조금이라도 검은 여왕에게 장악된 징후를 보이면 크산디아르는 주저하지 않고 당장 죽인 다음 처벌을 받겠다고 다짐했었다. 미처버린 검은 여왕이 사람들을 괴물로 둔갑시키게 내버려둘 수는 없었다. 친위대장의 불안을 이해하는 타라는 미안한 미소를 지어 보였다.

"괜찮아요. 검은 여왕은 돌아오지 않을 거예요.[26] 그런데 검은 여왕이 떠나면서 나에게 작은 선물을 남기고 간 것 같아요. 악마의 마법이 많은 양으로 사용되었을 때 통증을 느끼거든요. 통증에 따라 악마의 마법이 두 배로 사용되었는지, 네 배로 사용되었는지 알 것 같고……."

타라는 달에 가서 악마의 사물들과 마주했을 때도 통증을 느꼈는데 처음에는 막연히 사악한 마법과 맞닥뜨리고 있어서라고 생각했었다. 아무튼 결과적으로는 제대로 파악한 것이었다. 통증은 경보 신호보다 나았다. 마지스터를 찾는 데 어쩌면 이런 감지기가 더 효과적이지 않을까? 혹시 마지스터가 악마의 마법을 사용하지 않을 때에도 가능할까?

. . . . . . . . . . . . .

26. 영웅들이 항상 하는 말이 있다. 살해, 체포, 고문당하기 직전에 늘 이렇게 말한다. '다 잘 될 거야.' 따라서 검은 여왕은 돌아오지 않을 거라고 말하는 타라도 예외가 아니다. PS: 타라는 잘못 생각하고 있다.

크산디아르는 희망이 가득한 목소리로 감히 물었다.

"그러니까 내 부하들이 악마의 마법에 이용된 거란 뜻입니까?"

타라는 조심스럽게 고개를 끄덕였다.

"단언할 수는 없지만 이 '통증 신호'로 보아 두 대원은 악마의 마법에 이용당한 거라고 생각해요. 그렇게 되면 방아쇠를 당기는 게 그리 어렵지 않으니까. 그 대원들이 죽지 않고 체포되었다면 자기들이 저지른 짓에 대해 듣고 아마 아연실색했을 거예요."

크산디아르는 셸렌바를 노려봤다. 셸렌바는 잠자코 손가락으로 수류탄을 가리켰다.

"나는 당신 부하들이 어떤 무장을 했는지 몰라요(설사 안다고 해도 뱀파이어는 말해줄 생각이 없었다). 방패를 뚫어버리는 수류탄이라는 것도 몰랐고요. 아까 센스사스 부인이 설명하는 걸 듣고서야 알았으니까. 암시장에서 거래되는 가격이 한 개에 무려 금화 만 크레디트-무트나 되는 무기라는 것도."

타라는 휘파람을 불었다. 엄청난 금액이었다. 금화 10크레디트-무트가 있으면 한 가정이 몇 년 동안 일하지 않아도 먹고살 수 있는 돈이었다. 뱀파이어의 말이 맞았다. 계획적인 것이었다. 크산디아르는 아무 말도 하지 않지만 어깨가 축 처졌다. 부하들이 무고하다고 믿고 싶었건만!

"문 앞을 지키는 대원들은 어떤 방식으로 뽑죠?" 생각에 잠긴 타라가 이마를 찌푸리면서 물었다.

"우선 티그족에게 연락해서 용건을 설명하고 가장 민첩하고 뛰어난 병사들이 필요하다고 말합니다. 내 연락을 받은 이들은 모두 소집에 응했습니다." 이렇게 말하면서 크산디아르가 얼굴을 비볐는데 많이 피곤해 보였다.

"뭘 하던 사람들인데요?" 타라가 말했다. "그러니까 내 말은 친위대장이 연락했을 때 그들이 뭘 하고 있었냐고 묻는 거예요."

"그중 둘은 휴직 중이었고, 넷은 연구실에서 일하고 있었고……."

갑자기 타라와 눈이 마주친 친위대장이 크리스털 전광판을 향해 뛰어가서 연구실의 크리스털 볼 번호를 외쳤다. 잠시 후, 머리가 둘인 타트리스족 과학자의 얼굴이 나타났다.

"크산디아르 친위대장님, 무슨 일로……."

"……연락하셨습니까?"

"혹시 거기서 방패를 뚫어버리는 수류탄을 만들고 있습니까? 크기는 작아도 아주 강력하고 불빛이 깜빡깜빡하는 수류탄인데요?"

두 얼굴이 가능한 한 침착하려고 애쓰는 것이 역력했다.

"네, 사실은……." 오른쪽 머리가 우물쭈물했다.

"……여기서 만든 거 맞습니다. 그런데……."

"……하나를 분실했습니다. 그래서……."

"……신고하려던 참입니다."

크산디아르는 한숨을 쉬었다.

"그럴 필요 없습니다. 우리가 찾았으니까."

눈이 휘둥그레진 타트리스족 과학자가 다른 질문을 하기 전에 크산디아르는 전광판에 통신을 끊으라는 손짓을 했다.

"연구실에 있다가 악마의 마법에 감염됐다면 수류탄을 훔치라고 부추겼을 거예요." 타라가 말했다. "악마의 마법은 누군가를 장악했을 때 그 사람의 정신을 빼앗아버리는 것이 아니라 변하게 만드는 거예요. 악마의 마법에 감염된 사람은 복종하지만 지능을 잃은 건 아니라서 아주 위험해지죠. 그들은 수류탄을 만질 기회가 있었던 게 틀림없어요. 그때 훔친 것이고."

타라의 팔뚝이 윙윙거리더니 리스베스 여제의 모습이 나타났다.

"내 집무실로 와, 지금 당장."

리스베스의 불안한 어조에 약간 놀란 타라는 즉시 복종했다. 사실 친위대장에게 몇 가지 더 물어볼 게 있지만 고모의 어조에 따라 여러 가지 뜻으로 해석해야 한다는 걸 터득했기 때문이다. '내 집무실로 와, 지금 당장…… 구혼자들 문제로 할 얘기가 있어' '내 집무실로 와, 지금 당장…… 사소한 것에는 절대 찬성하지 않는 2억의 국민을 관리하는 법적·기술적·정치적 관점에 관한 네 의견이 필요하구나' '내 집무실로 와, 지금 당장…… 후계자와 할 얘기가 있다는 핑계로 따분하기 짝이 없는 장관들을 쫓아버려야겠어.' '내 집무실로 와, 지금 당장…… 위기 상황에 대처해야 하니까 서둘러'.

그래서 타라는 서둘렀고, 몇 분 후 헉헉거리면서 여제의 집무실로 들어갔다.

여제는 황제 앞을 성큼성큼 걸어 다니고 있었다.

타라는 산도르 삼촌을 만날 기회가 좀처럼 없었다. 산도르 황제는 끊임없이 아더월드 방방곡곡을 돌아다니며 임무를 수행하고 있었다. 위풍당당한 풍모에 깔끔하게 땋은 금발은 나무랄 데 없지만 몹시 피곤해 보였다. 너무 많이 걸어서 지쳤나?

"오랜만이에요, 삼촌. 그동안 잘 지내셨어요?" 타라는 생각보다 더 따뜻한 어조로 인사했다. 최근 들어 타라는 피로에 지친 사람들에게 친근함이 느껴졌다.

산도르는 의아한 눈길을 던졌다. 해친 적이 없는데도 타라가 삼촌을 별로 좋아하지 않는 걸 아는데 갑자기 이렇게 다정하게 맞아주어 감동했다.

"괜찮아, 마지막 미션에서 애를 좀 먹었지만. 트롤족이 말한 뱅뱅 밀매꾼들을 잡아서 모조리 죽……(산도르는 타라를 힐끔 쳐다보고 표현을 바꿨다) 소탕했지. 놈들이 더는 문제를 일으키지 않을 거야."

타라는 황제가 하는 말을 믿는 척했다. 진실의 입에게 많이 의존하는 아더월드식 재판은 이런 죄인들을 즉결 처형하기 때문에 오랫동안 감옥에 두지 않았다. 게다가 아더월드에서는 소행이 나쁜 이들을 두고 나중에 벌레 사료[27]가 될 기라는 말까지 있는데.

리스베스 여제는 산도르와 타라가 나누는 인사가 쓸데없이 길다고 생각했는지 갑자기 책상 앞에 가서 앉더니 감정을 터뜨렸다.

"빌어먹을 마지스터, 비열한 놈! 놈이 왜 내게 자식을 갖지 못하게 했는지 알았어요!"

"이유를 알았다고?" 조금 전까지 자신의 철통 안보 시스템에 수차례 구멍이 뚫린 것을 자책하며 격분해 있던 산도르가 물었다. "오, 흉측한 벤드룩의 내장이여! 그 더러운 뱀파이어의 피로 이복동생을 감염시키는 놈이 있을 줄이야 어떻게 상상이나 할 수 있겠어!"

. . . . . . . . . . . . . .

27. 아더월드에서 '트실의 사료'가 될 거라고 하는 이들이 있는데 엄밀히 말하면 잘못된 것이다. 살테렌스 사막의 초록 벌레는 살아 있는 것만 잡아먹기 때문이다.

리스베스는 이복오빠를 응시하다 잠깐 기다리라는 손짓을 했다. 그러고는 허리를 숙이고 책상 밑을 눌렀다. 리스베스 등 뒤에서 찰칵, 하는 소리가 나더니 벽 한쪽에 불이 켜졌다. 여제가 일어나서 칸막이벽을 톡톡 치자 스르륵 열리면서 최첨단 맹꽁이자물쇠 '엥카드나수스'가 달린 금고가 드러났다. 금고에 달린 다섯 개의 눈에서 광선이 번쩍거렸다. 금고는 스캐너로 촬영하는 것처럼 리스베스를 유심히 살폈다. 타라가 처음 보는 장치였다. 무의식적으로 칼에게 물어봐야겠다고 생각한 타라는 요즘 칼과 통화도 하지 않았던 걸 기억하고 가슴이 먹먹했다. 광선이 초록빛으로 변했다.

타라는 고모에게 집중했다. 고모는 궁전 곳곳에 꽤 많은 금고를 갖고 있었다. 이 정도 금고라면 가격이 엄청나서 기밀문서를 넣어둘 때만 사용할 텐데……. 고모가 금고 앞에 다가서서 집게손가락을 내밀자 뾰족한 침에 찔려서 피 한 방울이 떨어졌다. 피를 분석하기 위해서였다. 이어서 나팔처럼 생긴 것들이 고모가 내쉬는 숨을 흡입했다. 모든 것이 신원을 분석하기 위한 절차 같았다.

마지막으로 금고는 산도르와 타라도 스캔 촬영을 하는지 번쩍이는 광선이 그들의 온몸을 훑고 지나갔다. 엥카드나수스 금고는 고모가 누군가에게 강요당하고 있다면 그것도 대번에 간파할 수 있을 정도로 인식 능력이 뛰어난 아티팩트였다.

엥카드나수스 금고가 만족했는지 눈이며 나팔처럼 생긴 돌기들이 오므라들었고 조용히 문을 열어주었다. 리스베스는 몸을 숙이고 비늘 덮인 동물 가죽으로 장정한 고문서를 꺼내 들었다. 고문서를 조심스럽게 펼치는 순간 구름 같은 금빛 먼지가 일었다. 찢어지기 쉬운 종이를 보존하기 위해 사용하는 물질이었다. 굉장히 오래된 문서가 틀림없었다.

"이건 우리가 드래곤들과 조인한 조약이에요."

리스베스가 말했다.

타라의 눈이 동그래졌다. 정말로 굉장히 오래된 문서가 아닌가. 타라는 문서의 양을 보고 놀랐다. 백과사전 두께라니!

타라의 눈을 본 리스베스는 웃을 기분이 아니지만 미소를 지었다.

"조항이 아주 많아. 드래곤들은 트집 잡기를 좋아하는 종족이거든. 너와 셈 선생이 결혼하는 것에 대해 샤름이 무슨 조건을 걸었는지 이걸 보면 알아."

이 말에 타라는 어이가 없었다.

"셈 선생님은 샤름과 결혼하지 않았어요? 그런데 어떻게 나한테 청혼한 건지 이해할 수가 없어요."

"드래곤들은 장기 미션에 투입되었을 경우 일부일처를 지키지 않아도 돼. 셈은 미션 중이기 때문에 드래곤이든 인간이든 원하는 상대와 결혼할 권리가 있어. 첫째 부인의 축복을 받으면서."

타라는 대놓고 싫은 표정을 지었다. 산도르도 타라와 같은 마음이지만 감정을 나타내지 않으려고 애쓰고 있었다.

"나는 샤름을 잘 알아요." 타라가 말했다. "샤름이 '축복'이라고 말했다면 오히려 이런 뜻인 게 틀림없어요. '나 이외의 다른 누군가와 결혼하려면 먼저 나를 넘고 가라.'"

잠시 침묵이 흘렀다. 세 사람 모두 머릿속으로 샤름이 아주 긴 송곳니로 셈의 목을 무는 모습을 상상하고 있었다.

리스베스가 침묵을 깼다.

"셈은 아주 용감한 드래곤이야. 아내이자 드래곤들의 여왕이 찬성하지 않는데도 너에게 청혼했으니……."

"나도 동의하지 않아요." 타라가 야무지게 말했다. "내가 왜 도마뱀…… 아니, 드래곤과 결혼해야 되는지 이제 이유를 말해주시죠. 나랑 같은 종족도 아닌데! 정말 웃기지도 않아요!"

"근데 말이야, 내가 방금 마지스터가 그토록 오무아의 옥좌를 차지하려고 기를 쓰는 이유를 깨달았어!"

리스베스가 의기양양하게 말했다.

타라는 깜짝 놀랐다.

"뜬금없이 왜 마지스터 얘기가 나와요? 내가 드래곤과 결혼하는 것이 마지스터와 무슨 상관이 있다고요? 마지스터가 드래곤들을 없애버리려는 거야 다 아는 사실이지만……."

"네 결혼이 아니라 이 조약에 대해 말하는 거야." 리스베스가 책상에 고문서를 내려놓는 사이에 안락의자는 여제가 다시 앉을 수 있게 재빨리 움직였다. "이 안에 한 가지 잊혀진 조항이 있지. 하지만 드래곤들은 우리랑 달라. 드래곤들은 그 조항을 우리보다 훨씬 소중하게 기억하고 있지. 우리 인간들과는 달리 거의 죽지 않기 때문에 조인한 것을 잊지 않고 있으니까. 오무아의 옥좌를 차지하는 사람이 데미데루스의 직계 후손이든 아니든 황제나 여제가(바로 이 대목이 잊혀진 거야) 드래곤들에게 아더월드를 떠나라고 명하면—물론 그 사이 드래곤들의 행성이 악마들에게 파괴되지 않았을 경우를 말하는 거야—지체 없이 복종해야 된다는 조항에 조인했어. 반론의 여지 없이, 아무 조건 없이. 따라서 마기스티기 권력을 차지하던 드래곤들을 몰아낼 수 있지. 드래곤들은 지구는 물론이고 조약을 맺은 어떤 행성으로도 다시는 돌아올 수 없어. 그렇게 되면 드란보우클리스펜쉬르 행성은 완전히 고립되는 것이니…… 드래곤들은 복종하는 것 말고는 어떤 선택도 할 수 없게 되지."

죽음 같은 침묵이 흘렀다.

"그 조항은 나도 모르지 않아." 산도르가 말했다. "우리 황실 사람들은 누구나 드래곤들과의 조약을 읽었어. 단언컨대 내가 이 고문서를 직접 읽은 건 아니니까 이상한 눈으로 볼 것 없어."

후계자가 된 지 기껏 4년쯤 된 타라도 궁정의 역사를 기록한 문헌(물론 황실에서만 열람할 수 있는)을 통해 이 조항을 알고 있었다. 그리고 황제로서 오무아 제국과 모든 행성, 종족들과 맺은 조약, 협정, 교역이 있든 없든 여러 행성과 체결된 법을 속속들이 알고 있는 것이 잘못은 아니었다.

리스베스는 후회가 막심한 얼굴로 고개를 끄덕였다.

"어머니와 내 잘못이야. 우리는 그 잊혀진 조항을 비밀에 부치고 있었어. 어머니 엘세스가 궁전의 화재로 갑자기 돌아가셨으니 나라도 조항의 일부가 사실과 다르게 알려져 있다는 걸 기억해야 했는데 까맣게 잊고 있었어. 공식적으로는 데미데루스의 직계 후손만 통치할 권리가 있다고 알려져 있지만 실은 데미데루스가 직접 자신의 직계 후손이 아니라도 옥좌에 오를 수 있다고 명시해놨는데…….”

타라도 오래전부터 직계 후손만 옥좌에 오를 수 있다는 규정은 문제가 있다고 생각했다. 드래곤들의 왕이 '스톤헨지의 그 살상 무기'에 에너지를 공급할 목적으로 유전자를 조작해 제레미를 강력한 마법사로 만들어놓은 것처럼 언제 또 다른 강력한 마법사가 나타날지 모르는데.

리스베스는 문서를 조심스럽게 금고 안에 넣고 손을 빼다 창살이 있는 새장처럼 생긴 것에 부딪쳤다. 창살이 부러지면서 안에 들어 있던 금빛의 금속 구슬 같은 것이 떨어져 타라의 발치까지 굴러갔다. 타라가 고모에게 집어주려고 본능적으로 구슬을 만지려는 순간 누군가가 팔을 으스러뜨릴 듯 꽉 잡았다.

“가만히 있어, 절대 움직이지 말고!” 산도르가 귀에 대고 말했다.

황제의 목소리에서 공포를 느낀 타라는 온몸이 굳어버렸다. 발치에 있는 구슬이 그렇게 위험한 건가?

“이제 물러서야 돼. 천천히. 손이 닿지 않았다면 괜찮을 거야.”

타라는 산도르에게 잡힌 팔을 조심스럽게 빼려고 했다. 금빛 구슬은 반응이 없었다. 두 사람은 몇 걸음 물러서다 1미터쯤 떨어졌다. 아무 일도 일어나지 않았다.

리스베스도 공포의 비명을 막으려는 듯 손을 입에 댄 채 뻣뻣하게 굳어 있었다.

“오, 내 조상들이여! 부식됐구나.” 리스베스가 중얼거렸다.

“맨손으로 건드린 거니, 리스베스?” 산도르가 나무라듯 물었다.

“아니에요. 다행히 내 옷소매에 걸려서 떨어진 거예요. 연결 끈이 삭아서 부서진 모양이네. 슬루르크, 6년 전쯤 내가 교체했었는데!"

"근데요, 삼촌, 지금이라도 놓아주셔야 내가 이 손을 다시 쓸 수 있을 것 같은데요?"

산도르는 눈길을 내리다 하얗게 된 타라의 손가락들을 봤다.

"아, 미안하다." 산도르가 얼른 팔을 놓자 타라는 안도의 숨을 내쉬면서 혈액 순환이 되게 손을 주물렀다.

타라가 저린 손가락을 푸는 동안 이복삼촌과 고모는 마치 독사라도 되는 듯 금빛 구슬을 응시하고 있었다.

"이게 뭔지 모르겠지만 이렇게 두려워할 만큼 위험한 거예요? 나는 좋아하려야 좋아할 수가 없겠네요."

리스베스는 금고에서 금속을 씌워 누비질한 장갑과 긴 집게를 집어 들고는 심호흡하고 나서 대답했다.

"NA 스피어라고 하는데 현재는 이거 하나밖에 없어."

"나 스피어? 그게 뭐예요?"

"나가 아니라 N.A.라고 해야 돼. 'Principe Non Aristotélicien', 즉 '아리스토텔레스 학설에 반하는 원리'를 뜻하는 N.A.를 말하는 거니까. 지구의 학자 알프레드 코집스키(폴란드 출신의 미국 논리학자. 일반의미론의 창시자로, 이론에 지나치게 구애를 받아 현실을 부정하기 쉬운 오늘날의 경향에 대해 경고한다—옮긴이)는 아리스토텔레스 의미론이 20세기 지구에는 더 이상 통하지 않는 걸 깨닫고 이런 말을 했지. '아무런 위험을 감수하지 않는다면 더 큰 위험을 감수하게 될 것이다.' 이 스피어가 바로 아리스토텔레스 학설에 반하는 사고에서 비롯된 궁극적인 답이라고 할 수 있겠지."

타라는 고모가 무슨 말을 하는지 전혀 이해하지 못했다.

"그래서 궁극적인 답이 뭔데요?"

"죽음." 산도르가 대답했다. "최종적인 죽음, 모든 것의 죽음."

타라는 스피어라는 금속과 최종적인 죽음의 관계를 이해하기 어려웠다.

"이게 일종의 폭탄이라는 거예요? 아주 강력한?"

"아니, 폭탄이 아니야." 이번에는 고모가 대답했다. "이걸…… 뭐라고 설명해야 되나? 이 스피어는 생명을 부정해. 생명을 거부하기 때문에 이 스피어가 활동하는 영역에서는 생명이 존재할 수 없지. 사라지니까. 살아 있는 것은 모두 사라지거든. 식물, 동물, 곤충…… 전부 다."

고모의 목소리에서 공포가 스며 나왔다. 타라는 두려워하는 삼촌을 거의 본 적이 없었다. 이건 두려움이 아니었다. 인간의 이해를 뛰어넘는 무시무시한 것에 대한 공포였다.

좋아하려야 좋아할 수가 없다는 타라의 생각을 확인시켜주었다.

"이런 걸 도대체 누가 만들었는데요?"

"최근에 우리의 과학과 지구의 과학이 만들어낸 것이지." 산도르가 대답했다. "우리 학자들은 양자물리학 원리를 이용했어. 시공간을 거역하는 원리라는 점에서는 공간이동의 문과 약간 비슷하다고 봐야겠지. 스피어는 작동하면서 일종의 영역을 만드는데……, 아니 영역이라기보다 스피어가 헤아릴 수 없이 많은 입자들을 내보내는데 입자들의 운동이 아주 위험하기 때문에 생명을 소멸시키는 거야. 그 입자들이 지나가면 아무것도 살아남을 수 없는 반면에 자유로워진

입자들은 더 왕성하게 활동하지. 입자들은 범위를 계속 확장하다가 에너지가 완전히 고갈되어야 멈추니까."

"그 범위가 얼마나 되는데요?"

타라는 수백 미터나 수 킬로미터쯤으로 생각했는데 아니었다.

"15광년." 산도르는 체념하듯 대답했다.

타라는 믿기지 않는 얼굴로 입을 멍하니 벌렸는데 경악하는 소리가 저절로 새나갔다.

"15광년이요? 말도 안 돼요!"

"스피어는 지구의 운명을 위한 거야." 리스베스가 말했다.

타라는 가슴이 오그라드는 것 같았다.

"지각단층 때문이에요? 악마들의 침략을 막기 위해서?"

리스베스는 고개를 끄덕였다.

"내가 리스베스에게 악마들에게 NA를 사용하자고 했어." 산도르가 말했다. "악마 하나를 불러들여 선물이라고 믿게 하고 들려 보내 악마들의 나라를 박살 내자고 했지만 거부했지."

타라는 삼촌을 쳐다봤다. 제노사이드(공상과학에서 외계 종족의 집단 학살—옮긴이)라니, 산도르다운 발상이었다.

"그럴 수는 없으니까." 리스베스가 말했다.

그럼 그렇지, 세상의 모든 사람이 피에 굶주려 있는 것은 아니니까……. 하지만 이어지는 말에 타라는 환상에서 깨어났다.

"수천 년 동안 우리를 위협하는 악마들을 제거하고 싶지 않아서가 아니라 악마들의 세계 주변에 있는 다른 행성들의 위치를 모르기 때문이야. 설령 다른 행성들이 15광년 이상 떨어져 있다 하더라도 그중

한 행성이라도 문제를 제기하지 않아야 파괴할 수 있으니까."

리스베스는 장갑을 끼지 않은 손으로 금빛 금속으로 만든 '새장'을 꺼냈다. 안에 스피어와 같은 모양의 받침 같은 것이 있었다.

"이 안에 스피어를 넣을 거니까 멀찍이 떨어져요. 손의 열기나 살아 있는 무언가가 닿으면 스피어가 작동한다는 걸 명심하고. 이번에도 또 굴러떨어지면 얼른 피해요!"

스피어가 1밀리미터라도 움직인다 싶으면 타라는 아주 멀리 달아날 준비가 되어 있었다.

리스베스는 조심스럽게 다가섰다. 집게를 스피어 가까이 가져가서 버튼을 눌렀고, 갈퀴 같은 것들이 튀어나와서 NA 스피어를 포위하자 새장 안으로 이동시키고는 찰칵 소리가 나게 닫았다. 새장 옆면에는 공처럼 생긴 것들이 달려 있었다. 리스베스가 새장 맨 위에 있는 버튼을 집게로 누르자 공들이 열리고 뿜어져 나오는 노란색 안개에 스피어는 완전히 휩싸였다. 그렇게 몇 초가 흘렀다. 리스베스가 움직이지 않기 때문에 타라도 숨죽인 채 꼼짝하지 않았다. 갑자기 새장이 스피어를 빙그르르 돌렸다. 안개가 닿지 않은 곳도 젖어 있었다. 이 과정이 여러 번 반복되었고, 마침내 스피어는 두께가 몇 밀리미터 늘어났지만 완전히 고정되었다.

리스베스가 집게를 만지작거리자 펼쳐지더니 새장에 달라붙었다. 그러자 금빛 금속 창살을 건드리지 않으려고 조심하면서 새장을 엥카드나수스 금고에 도로 집어넣은 다음 손을 약간 떨면서 잠갔다.

칸막이벽까지 다시 닫히자 리스베스와 산도르, 타라는 안도의 숨을 내쉬었다.

"고모, 이렇게 위험한 것을 집무실에 두고 있단 말이에요?" 타라가 물었다. "보물고에 넣어두지 않고요?"

"보물고에는 그 이름에서부터 알 수 있듯 소중한 것이 많아서 수상의 감독을 받는 데다 정기적으로 점검히고 목록을 작성하잖아." 아식도 다리가 후들거리는 리스베스가 의자에 앉으면서 대답했다. "이 방에 있는 금고는 나만 열 수 있고, 이런 것이 존재한다는 걸 아무도 알면 안 되니까."

"하지만 이걸 만든 사람들이 알고 있잖아요." 타라는 눈살을 찌푸리면서 말했다. "그리고 단 한 사람이라도 알고 있으면 그건 비밀이 될 수 없다는 걸 고모도 아시잖아요."

리스베스는 고개를 설레설레 저었다.

"이걸 만든 발명가는 죽었어. 사람들이 가까이 있는 걸 견디지 못하는 아주 고독한 천재였지. 그의 조수인 벙어리 에프리트만 빼고. 그래서 그는 전적으로 혼자 있기 위해 살아 있는 존재들을 물리치는 걸 발명하고 싶었던 거야. 완벽한 인간 혐오자였지. 그는 오랜 연구 끝에 그런 특성이 있는 입자들을 발견했고 NA라고 명명한 다음 크리스털레오를 통해 나에게 만나자면서 자신이 발명한 NA를 금빛 켈트릴 새장 안에 가둬두는 방법을 찾았다고 설명했지."

타라는 켈트릴의 색깔이 은빛으로만 알고 금빛은 금시초문이었다.

"금빛 켈트릴도 그가 발명한 거야." 리스베스가 말했다. "존재하는 금속 중 가장 단단해서 파괴할 수 없지. 금빛 켈트릴 1그램을 만드는 데 비용이 무려 수백만 크레디트-무트가 드는데 과학자가 그걸 만드는 방법과 사용법을 남기지 않았어. 그래서 연구실을 뒤져서 메모해놓은 것들을 모조리 분석해야 했지. 요컨대 내가 달려갔을 때는 그는 죽어 있었어. 더 정확하게 말하면 바로 몇 초 전에 죽은 거야. 바로 내 눈앞에서 그의 시신이 가루가 되었다가 사라졌으니까. NA가 그를 소멸시킨 거야. 우리는 그가 뭘 하려고 했는지 몰라. 우리는 죽지 않았고, 무슨 실험을 했었는지 흔적도 찾지 못했으니까. 아무튼 NA 스피어는 새장 안에 있었고, 가둬두는 방법을 적은 노트만 그 앞에 놓여 있었어. 나는 친위대를 비롯하여 그 누구도 들어오지 못하게 하고 NA와 관련이 있는 것을 모조리 엥카드나수스 금고에 넣어서 갖고 나왔어. 그리고 그 연구실을 파괴해버렸지."

리스베스의 쪽빛 눈이 흔들렸다.

"며칠 동안 많이 두려웠어. 누군가가 발명가의 노트를 읽었을까 봐. 또 다른 학자가 NA를 복제하는 방법을 찾았을까 봐. 하지만 천만다행으로 그 발명가가 자신의 연구를 비밀에 부쳤기 때문에 모든 사람이 금빛 켈트릴에 관한 연구를 하다 사망한 것으로 생각했어. 그래서 나는 무시무시한 살상 무기가 존재한다는 걸 감출 수 있었지."

"그래서 아무도 모른다는 거예요? 발명가의 조수 에프리트가 있잖아요?"

"너와 산도르 황제를 제외하고는 아무도 몰라. 산도르는 황제로서 당연히 알아야 할 의무가 있고, 너는 후계자니까 알려주는 거야. 그리고 그 에프리트는 주인과 함께 소멸되었다고 생각해. 그 뒤로는 나타나지 않았으니까."

타라는 등골이 오싹했다. 이런 끔찍한 걸 아느니 모르는 것이 더 행복할 것 같았다. 15광년 거리 이내의 것은 모조리 소멸시키는 엄청난 파괴력을 가진 무기라는데.

"나만큼 고모도 두려운 거네요." 타라가 말했다. "그래서 묻는 건데요, 왜 NA를 파괴하지 않으셨어요? 아무도 그걸 사용하지 않길 바란다면서요."

"타라, 그걸 파괴할 수 있다면 벌써 오래전에 했겠지. 스피어를 태양 속으로 던져도 NA를 풀어주는 것일 뿐이라면? 유일한 방법은 15광년의 거리에 생명체가 전혀 없다고 절대적으로 확신하는 곳으로 보내버리는 건데 우리는 그런 곳이 존재하는지 모른다는 거야. 그리고 그런다고 과연 끝나는 걸까? 파괴력이 미치는 범위가 더 크다면 어쩌고? 만약 그 입자들이 수천 광년 떨어진 거리의 생명체도 죽인다면? 아니, 난 그런 위험을 무릅쓸 수 없었다."

황제도 고개를 끄덕였다.

"NA가 고모의 최첨단 금고 안에 있어서 다행이에요." 타라는 아주 진지하게 말했다. "그래도 나라면 시멘트로 완전히 봉해버리겠어요. 아무도 접근하지 못하게. 하지만 NA가 일정한 시간이 지나면 새장을 부식시키는 것 같은데 정기적으로 켈트릴을 새로 씌워야 하나요?"

"부식은 발명가가 외막을 강화해야 된다는 걸 알려주는 차원에서 만든 주의 사항이야. 부식은 NA 때문이 아니니까."

"갑자기 생각난 건데요, 악마들에게 NA에 대해 말하면 고모의 머리에서 이 잡겠다고 들쑤시는 짓을 당장 멈출 것 같아요."

여제와 황제는 어안이 벙벙해서 타라를 쳐다봤다.

"트라둑투스에 문제가 생겼나?" 리스베스가 말했다. "이? 머리에서 피를 빨아 먹는 벌레를 말하는 거니?"

"아, 지구에서 '사사건건 트집을 잡는다'는 뜻으로 쓰는 표현인데 무심코 튀어나왔네요. 죄송해요." 타라가 웃으면서 말했다. "오무아 언어로 대응하는 표현이 있는지 모르겠지만, 아무튼 내 말은 아르칸즈가 이런 무기가 존재한다는 걸 알면 림보에 그냥 있지 아더월드에는 발을 들여놓지 않을 거란 뜻이에요."

"과연 그럴까?" 산도르는 한숨을 내쉬었다. "모르긴 몰라도 아마 마왕이 스피어의 존재를 안다면 훔쳐가려고 할 거다. 침략할 필요 없이 우리를 절멸시키기 위해."

아, 그럴 수도 있겠네. 늘 그렇듯 타라는 황제를 설득하길 포기하고 화제를 바꿨다.

"고모, 아르칸즈와의 약속을 취소해야 돼요. 검은 여왕을 경험했으니까 내가 악마의 마법에 장악됐던 걸 알잖아요. 마음대로 힘을 끌어모을 수 있는 아르칸즈가 우리를 정복하기 위해 검은 여왕을 이용하지 않을까요? 1초의 망설임도 없을 거라고요. 고모, 제발!"

여제는 아름다운 이맛살을 찌푸렸다.

"그 문제는 또다시 논하고 싶지 않아, 타라." 리스베스는 타라의 마음을 무시한 채 단호하게 말했다. "이미 내린 결정이다! 그만 나가봐, 나는 약속이 있으니까."

타라는 실망했다. 도대체 왜 아무도 내 얘기를 들어주지 않는 거지? 타라는 여제에게 고함을 지르고 싶었지만 그런다고 통할 것 같지 않았다.

리스베스 여제의 약속은 사피르 드라고쉬와 셀렌바를 만나는 것이 있다. 타라는 녀세의 십무실을 나가다 별실에서 대기하고 있는 두 뱀파이어를 발견하고 셀렌바를 쏘아봤다. 고모가 엥카드나수스 금고에 무엇을 감추고 있는지 알게 된 타라는, 마지스터의 사냥꾼이 집무실 근처에 얼쩡거리는 것 자체가 너무 싫었다. 하지만 금고가 있다는 것도, 그 안에 뭐가 들어 있는지도 절대 셀렌바가 알 수 없을 거라고 생각하면서 마음을 달랬다. 셀렌바는 많이 달라진 모습이었다. 유니폼처럼 입고 다니던 빨간 가죽옷을 벗고 창백한 안색과 빨간 눈에 정말 어울리지 않는 새하얀 원피스 차림이었다. 타라는 속으로 뱀파이어에게 색깔 신택에 내해 충고할 필요가 있다고 생각했다.

　타라는 사피르에게 인사를 하고 산도르 황제와 별실을 나갔다.

　황제가 갑자기 멈춰 서더니 타라를 날카로운 시선으로 쳐다봤다.

　"훈련을 못 한 지 꽤 오래됐지?"

　"하지만……."

　"너무 오래됐구나."

　"하지만……."

　"그동안 못 한 걸 당장 보충해야겠다."

　타라는 그럴듯한 이유를 둘러대기 위해 입에서 튀어나가려는 '하지만'을 간신히 참았다.

　"시간이 없어요, 구혼자들을 만……."

　"아니, 이젠 그럴 필요 없어. 네 고모가 대사들을 통해 아주 정중하게 약속을 전부 취소했다. 마왕이나 미래의 드래곤 왕과 겨루고 싶은 이는 아무도 없을 테니까. 따라서 너는 이제 시간이 아주 많아. 아르칸즈와 셈이 도착할 때까지는. 그리고 너는 활력이 좀 부족해 보이는구나."

타라는 입술을 삐죽거렸다. 날마다 강화된 마법 훈련 외에도 두세 시간씩 친위대원들과 훈련을 하고 있었다. 물론 마법 사용은 금지된 훈련이었다. 게다가 후계자라고 해서 봐주는 것이 없기 때문에 타라는 걸핏하면 경기장의 모래를 뒤집어써야 했다. 친위대원들은 자기들이 후계자의 마지노선이라는 것과 마지노선이 뚫리면 타라 혼자서 싸워야 한다는 걸 잘 알고 있었다. 칼과 마찬가지로 친위대원들은 자기들이 알고 있는 모든 전술을 비롯하여 속임수를 이용한 기습 공격을 가르쳐주었다.

하지만 황제는 고집이 셌다. 타라는 마지못해 받아들여야 했다.

15분 후, 운동복으로 갈아입고 둘은 경기장에서 만났다. 그 틈에 흙 묻은 옷을 벗고 샤워까지 하고 나타난 황제는 상체를 벗은 상태였다(구릿빛으로 태운 근육질의 멋진 몸, 식스팩 복근, 스물다섯 살 젊은이 같은 모습. 와, 진짜 오무아 사람들은 못 말린다니까!). 타라는 꼭 끼는 금빛 운동복이었다. 친위대원들에게 둘러싸여서 산도르와 타라는 인사를 했다. 친위대원들이 황제와 훈련한다는 걸 어떻게 알았는지 모르겠지만 타라는 그들이 후계자를 찾으러 다니다 온 것이길 바랐다. 다행히 타라가 훈련할 때는 궁인들이나 스쿠프들이 없었다. 잠정적인 적에게 후계자가 어느 정도로 방어할 수 있는지 알려줄 필요는 없기 때문이었다.

사람들이 빙 둘러앉아 볼 수 있는 이 경기장에서 맨 처음 훈련했을 때 타라는 모래가 빨간색인 걸 보고 깜짝 놀랐었다(피를 감추기 위해서?). 게다가 모래는 양탄자보다 더 부드러워서 미끄러지기 쉬운데 경기장에 깔아놓은 것은 좀 이상하다고 생각했었다. 그건 타라가 경기장의 모래에 마법이 작용한다는 걸 자꾸만 잊어버리기 때문이었다. 훈련하다 넘어질 때는 모래가 충격을 완화해주고, 미끄러질 때도 고통스러운 마찰이라곤 없었다. 그리고 이동할 때는 모래가 단단해지면서 보통 바닥으로 변했다. 게다가 타라에게 그르룰을 연상시키는 트롤이 책임지고 경기장의 모래를 관리했다. 요컨대 많은 경험을 하면서 타라도 이제는 이상적인 경기장이라는 걸 알게 되었다.

예고도 없이 산도르가 공격했다. 하지만 타라는 가볍게 날아서 공격을 피했다.

그 순간 옆구리에서 통증을 느낀 황제는 깜짝 놀랐다.

산도르는 대견해하는 눈빛으로 타라를 응시하다 또다시 공격했다. 또 한 번 역습을 당한 산도르가 이번에는 타라의 허벅지를 공격하는 데 성공했다.

타라는 통증을 참으면서 아무런 내색도 하지 않았다. 산도르는 계속 공격하면서 타라가 어떻게 피하는지 살폈다. 타라는 나름의 방식이 있었다. 실은 타라만의 방식이 아니라 여러 사람에게서 요령을 터득한 것이었다. 영리한 타라는 황제에게서 터득한 전술을 사용하지 않았다. 훤히 알고 있는 황제에게 써먹어 봐야 소용없기 때문이었다. 산도르가 한 번도 경험해본 적이 없는 것으로 보아 불굴의 전사 실버에게서 터득한 전술이 틀림없었다. 그리고 면허 받은 도둑 칼에게서 배운 것이 분명한 몸 굴리기는 타라가 아주 쉽게 해내고 있었다. 또한 산도르는 번개같이 빠른 타라의 반응이 하프엘프 로빈에게서 배운 것임을 대번에 알 수 있었다. 타라는 마법을 사용하지 않지만 보통 사람보다 훨씬 빠르고 강력했다. 아주 흥미로웠다. 타라에게는 산도르의 정신이 산만해진 걸 알아차리는 놀라운 능력이 있었다. 타라는 허점을 노려서 공격했고, 중심을 잃은 산도르는 바닥에 쓰러졌다. 친위대원들이 환호성을 질렀다.

타라는 잠시 물러서서 환호성에 아랑곳없이 정신을 집중했다. 경기가 완전히 끝나지 않았음을 알고 있는 것이었다. 적어도 상대가 완전히 정신을 잃었거나 엄중한 감시하에 있기 전까지는.

날렵하게 일어난 산도르는 환호하는 친위대원들을 향해 살벌한 미소를 보내고는 타라에게 훌륭한 공격이었다고 칭찬했다.

30분 후, 땀을 비 오듯 흘리면서 녹초가 된 두 사람은 무승부였다. 산도르는 두 번의 공격을 했지만 타라를 쓰러뜨리지는 못했다.

타라가 선생님들에게 배운 첫 번째 규칙은 덩치가 훨씬 큰 상대와 싸울 때 붙잡히지 말아야 한다는 것이었다. 타라의 주특기는 공격을 살짝 피하는 것이었다. 그리고 가능한 한 상대를 아프게 하는 공격으로 지치게 만드는 것인데, 타라는 이를 훌륭하게 해내고 있었다. 타라가 자제하지 않았다면 두 번이나 산도르의 어깨와 무릎뼈가 부러질 뻔했다. 산도르는 아팠지만, 가냘픈 몸매에 어울리지 않게 어느새 강력한 전사가 된 조카를 보면서 흐뭇해했다.

황제는 훈련 수준이 어느 정도인지 알고 싶어 친위대원들과 타라에게 목재 칼로 대결을 벌이자고 제안했다. 다칠 위험은 없지만 충격을 받으면 피부에 붉은 자국을 남기는 칼이었다. 산도르는 무기를 싫어하고 혐오하는 타라이기 때문에 칼 다루는 게 많이 서투를 것으로 예상했다.

하지만 그건 기우였다. 티라가 친위대원들과 그동안 얼마나 열심히 훈련했는지 짐작이 갈 정도였다. 친위대원 중 몇몇은 뛰어난 검객인데 타라로 하여금 칼에 대한 혐오감과 나쁜 습관마저 고쳐준 모양이었다. 전문가들의 도움 없이도 타라는 황제에게 대적할 만한 아이인데…… 산도르는 왠지 씁쓸했다. 하지만 칼싸움에 있어서는 산도르가 한 수 위였다. 이윽고 산도르와 타라의 몸은 온통 빨간 모래뿐만 아니라 칼에 맞은 자국으로 얼룩져 있었다. 타라는 붉은 줄무늬 같다고 생각하면서 잠시 숨을 돌렸다.

황제는 지쳐 있는 조카를 보고 싸움을 중단했다.

"타라, 아주 흡족하구나." 산도르는 목재 칼 두 자루를 내리면서 진지하게 말했다. "내 군대에 들어오면 큰 힘이 될 텐데. 네가 오무아의 후계자라는 게 애석하구나."

오무아 군대가 대부분 타라보다 훨씬 악착같고 재빠른 엘프들로 이뤄진 것을 생각하면 굉장한 칭찬이었다.

타라는 너무 지쳐서 대답할 힘도 없어 정중하게 인사했다. 그러고는 약간 절룩거리면서 샤워를 하러 거처로 향했다. 체인지라인이 깨끗이 닦아줄 것이기 때문에 타라는 굳이 샤워할 필요가 없었다. 하지만 물을 맞으며 씻을 때만큼 개운하지 않았다.

몇 달 전, 마지스터가 비밀 지하 통로를 통해 궁전에 침입했을 때 타라는 궁전의 설계도를 봤었다. 너무 복잡하고 자세해서 오히려 별 것 아닌 것처럼 보였는데, 궁인들과 마주치지 않고 이동할 수 있는 통로가 꽤 많다는 걸 알았다. 그래서 타라는 호위대를 따돌리고 궁인들로 북적이는 복도를 피해 곧장 거처로 갈 수 있었다.

타라는 헝클어진 머리에 땀과 모래범벅이 되었으니 몸에서 어떤 냄새가 날지 상상도 하기 싫었다. 거처의 문이 의무적으로 열리면서 알려주는 말이 뇌에 전달되는 바로 그 순간, 타라의 눈에 칼이 들어왔다.

그리고 로빈.

# 9

# 이상한 청혼

친구라기보다 연인에 가까운 이들을
한자리에서 만났을 때
어떻게 처신해야 하나

\*

타라는 이런 순간을 수없이 상상했었다. 하필 이렇게 몰골이 엉망일 때 들이닥치다니. 요즘은 아주 멋지게 차려입고 다녔는데.

파프니르가 반갑게 달려와 타라를 뜨겁게 포옹했다. 그러다 붉은 모래를 뒤집어쓴 것을 알아차리고는 얼른 물러섰다.

"아우, 냄새! 아무튼 너의 망치가 맑은 소리로 울리기를!"

난쟁이 전사가 던진 솔직한 말 때문에 거북함이 일순간에 사라져, 타라는 웃음을 터뜨렸다. 파프니르는 초록빛 눈을 반짝이면서 빨간 머리털을 흔들었다.

"너의 모루가 맑은 소리로 되울리기를! 그래, 맞아, 파프니르. 나한 테서 냄새나니까 잠깐 기다려." 타라는 설레는 가슴으로 쳐다보는 칼과 로빈에게 눈길도 주지 않고 말했다. "빨리 샤워하고 올게."

그리고는 욕실로 뛰어갔다. 물의 원소가 타라의 말을 들었는지 이미 샤워기에서 물을 쏟아내고 있었다. 체인지라인은 재빨리 타라의 머리를 감겨주고 현란한 손놀림으로 머리를 말려주었다. 몇 분도 되지 않아 깔끔해진 타라는 화장까지 끝내고 오무아의 색깔인 주홍빛과 금빛 티셔츠에 크림빛 바지, 플랫 슈즈를 신고 있었다.

　게다가 구혼자들과의 약속이 없다는 걸 실내 디자이너들이 알고 이미 타라가 좋아하는 색깔로 분위기를 바꿔놓은 상태였다. 벽화는 화려한 로우스와 발로르키데가 만발한 숲과 평화로운 호수가 펼쳐져 있고, 날개 돋친 물고기 블를과 앵무새와 비슷한 보벨도 있었다.

　타라는 친구들과 포옹했다. 칼과 포옹했을 때 타라는 냄새를 맡으면서 잠시 혼란스러웠다. 왜 이렇게 자연스러울까? 둘은 많은 시간을 함께 보냈고, 특히 유령들의 습격으로 곤경에 처한 타라의 목숨을 구해주었을 때 칼이 사용하던 향수 냄새에 익숙해져서일까?

　하지만 로빈이 거의 입술 가까이 입을 맞추면서 크리스털 눈으로 훑어볼 때는 정신이 아득했다. 서로에 대한 이해 부족으로 헤어진 것이지만, 늘 그렇듯 하프엘프의 잘생긴 얼굴을 보면 그동안 보여준 충성심과 열정이 생각나면서 마음이 흔들렸다.

　양다리를 걸친 것처럼 행동하는 내가 양심도 없어 보이겠지? 칼과 로빈, 얘네 앞에서 이제는 몇 주 동안 피한 이유를 고백이라도 해야 하나?

　칼은 로빈 못지않게 속이 불편하고 다리가 후들거렸다.

　슬루르크!

　무아노가 타라 앞에 와서 아주 진지하게 말했다.

"너에게 사과해야 되기 때문에 내가 매직갱을 소집했어."

이러는 것은 전혀 도움이 안 된다고 말하고 싶지만 타라는 잠자코 의자에 앉았다.

"사과? 왜?"

"우리 모두 이런저런 핑계로 너를 저버렸으니까. 나는 복잡한 상황에 처해 있다는 이유였고, 다른 애들은…… 각자 이유를 말하겠지. 하지만 네가 아주 힘든 상황이라는 걸 알았는데 이제 와서 사과한들 무슨 소용 있겠어. 네가 괴로운 시간을 보내고 있을 때 우리는……. 우리를 용서해."

타라는 어찌나 놀랐는지(그 반대로 친구들을 저버린 건 타라였는데) 눈물이 글썽했다. 감상적인 분위기를 너무 싫어하는 파프니르가 재빨리 나서서 변명했다.

"하지만 나는 그럴 만한 이유가 있었어. 우리 난쟁이족이 실버를 받아들이게 만들어야 하는데 그게 정말 쉽지 않았거든. 그래서 며칠 동안 불쌍한 하프드래곤에게 붙어 있어야 했어. 내가 그냥 내버려뒀으면 실버는 한바탕 싸움을 벌이거나 무슨 짓이든 저지르고 말았을 거야. 그때 마침 무아노가 보내준 메시지가 얼마나 고마웠는지 몰라. 실버는 드래곤 공주 아마바쉬로우쉬바의 상속자이기 때문에 드래곤들과 해결해야 할 일이 생겼거든."

"실버가 드란보우글리스펜쉬르로 간다고?" 깜짝 놀라서 울고 싶은 마음이 싹 달아난 타라가 눈물을 닦으며 물었다. "그건 안 돼. 드래곤들은 절대로 실버를 받아들이지 않을 거야. 당장 죽이려고 할 텐데."

"그런 걱정은 하지 마. 실버는 상속 전문 변호사들을 고용했고, 랑코비트의 드래곤 대사관으로 갔어. 대사관은 셈 선생님 관할이고, 선생님은 우리 편이니까 소송을 빨리 진행할 수 있을 거야. 그 바람에 휴가를 얻고 내가 여기 온 거야. 그러니까 네가 화끈한 일을 벌이길 원해. 나의 도끼 두 개가 싸우고 싶어서 안달이니까."

친구들은 웃음을 터뜨렸다. 타라는 갑자기 돌덩이처럼 어깨를 짓누르던 무게가 약간 가벼워지는 것 같았다. 친구들을 보면서 이제야 그동안 얼마나 외로웠는지 깨달았다.

"이제 내 차롄가?" 파브리스가 타라에게 미소를 보내며 말했다.

타라의 절친 금발의 지구 소년 파브리스는 몇 년 사이에 많이 안정되어 보였다. 이제는 아더월드에 대한 두려움과 늑대인간이 되어버린 자신의 현실을 극복한 것 같았다.

"너희들도 알다시피 나는 늘 이성보다 감정이 앞섰어(파브리스가 차가운 시선으로 무아노를 힐끔 쳐다봤다). 두려울 때는 자제하거나 억제하는 것이 아니라 감정에 휩쓸려버려. 무슨 짓이든 할 수 있을 만큼 열렬히 사랑할 때도, 너무 서툴러서 내가 무슨 짓을 하는지도 모르고 주변 사람들에게 상처를 줄 때도 그랬어. 지구로 돌아가서 아버지와 함께 브주아 지롱의 성과 타라, 네 할머니의 저택에 있는 공간이동의 문을 지키면서 많은 걸 배우고 느꼈어. 아버지와 대화하면서 많은 것에 눈을 뜨게 되었거든. 그중에서도 특히 위험은 어디서나 존재한다는 걸 알았어. 그걸 부정하거나 모른 체하는 건 어리석은 생각이라는 것도(아, 무아노, 타라, 칼, 로빈이 똑같은 말을 수없이 했건만 이제야 깨닫다니!). 근데 지구에서 판에 박힌 일상 뒤로 피해 있으려니까 아주 미쳐버릴 것 같았어. 나는 아버지가 부상당했으니 더 이상 공간이동의 문을 지킬 수 없다고 생각했는데 아버지는 불같이 화를 내셨어(이번에는 괴로워하는 표정을 지었다). 아버지에게는 늑대인간의 힘 같은 건 없지만 팔심이 굉장했어. 아버지가 누구의 도움도 필요 없다는 걸 보여줬거든. 나는 몸이 아파서 죽을 지경인데 아버지는 끄떡도 없는 거야. 게다가 랑코비트와 오무아에서 아버지에게 마법사 셋을 붙여주었기 때문에 아버지는 이제 완벽한 보호를 받고 계셔. 그래서 돌아오기로 결심한 거야. 내가 그 사실을 알리려고 연락하려는 순간 무아노의 메시지를 받았어."

무아노와 파브리스는 서로에게 미소를 지어 보였다. 파브리스의 미소는 이렇게 말하고 있었다. '소리를 지르거나 흥분하는 일 없이 아주 평온하게 너를 되찾을 거야.' 무아노의 미소는 이렇게 대답했다. '듣기 좋은 말이긴 한데…… 나를 그렇게 힘들게 했던 네가? 글쎄, 우리 사이가 회복될 수 있을지 모르겠다.'

파브리스의 미소가 약간 일그러졌다.

"물론 나도 알고 있어. 무아노가 결혼 약속을 했다는 거……."

파브리스는 말을 맺지 않았지만 다음과 같은 말이 생략되어 있는 게 분명했다. '그 멍청한 제레미와. 하지만 나는 옛 여친이 멍청한 놈과 결혼하게 내버려두지 않아.'

"파브리스!" 성숙해진 친구를 보게 되어 기쁜 타라가 외쳤다. "우리가 너를 얼마나 그리워했는데!"

"나만큼 그리웠을까!" 파브리스가 말했다. "타라, 너는 둘도 없는 내 친구야. 절친이 곤경에 처했는데 구경만 할 수는 없지, 절대로."

친구들은 미소를 지었다.

"나는 미션 중이었어." 칼이 잿빛 눈으로 타라의 쪽빛 눈을 응시하면서 말했다. "그래서 정말 미안했어(몇 주 동안 연락했지만 통화하지 못했다는 걸 언급하지 않았다). 타라, 너와 관련된 미션이었거든."

"무슨 미션이었는데?"

"여제께서 악마들과 드래곤들의 지각단층 전쟁과 관련된 모든 문서를 찾아달라고 부탁하셨어. 몇몇 문서는 오무아에 내어주거나 팔 생각이 전혀 없는 나라들이 소지하고 있었어. 반항하는 자들에게는 직업적인 솜씨를 발휘해야 했지. 아직 다 끝나지는 않았지만 오늘 아침 여제께서 원하는 문서의 대부분을 전달했어. 바로 그때 무아노의 메시지가 왔는데 사실은 돌아오지 않으려고 했어. 아르칸즈가 도착하기 전에 임무를 끝내고 싶어서……."

타라는 칼의 눈빛을 보면서 깜짝 놀랐다. 면허 받은 도둑이 두려움에 떨고 있었다. 자신 때문이 아니라 타라 때문이었다. 어찌나 겁을 먹었는지 무슨 일을 했다는 건지 제대로 설명조차 못하는 것 같았다.

잠시 후 칼이 로빈에게 미소를 지었다.

"우리는 아주 쥐 잡듯 훑어서 깡그리 훔쳐왔어."

"흡혈귀!" 로빈이 한마디했다.

칼과 로빈은 어리둥절해서 쳐다보는 친구들의 눈길을 받으면서 웃음을 터뜨렸다.

"나도 칼의 파트너로 함께 임무를 수행했어." 로빈이 마침내 차근차근 설명하면서 아름다운 은발을 쓸어 넘겼다. "우리 어머니는 지각단층 전쟁에 관한 고문서 전문가 중 한 사람이니까. 문서가 있을 가능성이 있는 곳들을 찾아갈 수 있었던 건 어머니 덕분이야. 지구를 포함하여 세계 곳곳을 다 뒤지고 다녔거든. 그 과정에서 파브리스한 테 많은 도움을 받았고. 그리고 칼의 말이 맞아. 리스베스 여제께서 는 우리에게 명령이 아니라 부탁하셨고, 타라 너한테 말하지 말라고 당부하셨지. 아르칸즈뿐만 아니라 드래곤의 첩자들이 너를 감시하고 있을까 봐 걱정하셨거든. 그 첩자들이 우리가 전혀 모르는 기술을 가지고 있을 수도 있으니까. 아무튼 그런 의심 때문에 우리는 미션을 완수한 다음에 너에게 말해주기로 했어. 우리가 마지막으로 찾아낸 양피지 문서와 책들은 아주 중요한 것들인데 다른 것들에 비해 손에 넣기가 그리 힘들지는 않았지. 그런데 또 다른 무리가 문서를 지키고 있었어. 칼이 '쥐 잡듯 훑었다'고 말한 건 쥐 얘기를 하고 싶어서 꺼 낸 거야. 내가 책을 많이 읽은 덕분에 무사히 빠져나올 수 있었다며 나를 '도서관의 쥐'라고 놀렸거든. 그리고 내가 '흡혈귀!'라고 한 건 떼거리로 몰려오는 흡혈귀들을 물리쳐야 했거든."

"그래, 그렇게 된 거야." 칼이 말했다.

"그렇다고 해도 너를 혼자 내버려둔 것에 대한 이유가 될 수는 없 어." 무아노가 말했다. "특히 나는 변명의 여지가 없어. 그래서 그걸 해명하기 위해 내가 친구들에게 연락했고, 이렇게 다 모인 거야. 우 리를 원망하지 않았으면 좋겠다. 너도 그렇지만 우리도 네가 너무 그 리웠거든."

타라는 일어섰다. 슬루르크, 슬루르크, 슬루르크! '쌀쌀맞게 대하면 친구들은 당장 뭔가를 꾸미고 있다고 의심할 텐데. 얘들을 속이기에 는 나를 너무 잘 알아. 그렇다고 사실을 말하면 나를 놓아주지 않고 모 두 위험을 무릅쓰겠다고 나설 텐데. 그러면 나만 세상을 구할 수 있다는 영웅 증후군에 시달리지 않아도 되겠지만 친구들의 목숨이 달려 있는데 그럴 수는 없어. 아무 말도 하지 않으면? 그래, 그거야.'

타라가 지금 할 수 있는 건 슬퍼하는 체하면서 친구들을 용서하는 것, 그게 가장 좋은 방법이었다.

"괜찮아." 타라는 다정한 미소를 지으면서 말했다. "너희들은 나를 저버린 적이 없었어. 유령들의 습격, 크라에토비르의 반지, 검은 여왕…… 엄청난 일들이 계속 일어났잖아. 나도 휴식이 필요했어. 몇 주 동안 조용히 지내길 정말 잘한 것 같아." 타라는 라오르의 창과 브롱스의 갑옷이 집중 공격했을 생각을 하면 지금도 떨리지만 태연하게 거짓말을 했다.

거짓말인 줄도 모르고 안심한 친구들은 타라를 에워싸고 얼싸안았다. 키는 작아도 힘이 장사인 파프니르는 다 밀쳐내고 타라 옆에 자리를 잡았다. 친구들의 패밀리어들도 뜨겁게 반겼다. 칼의 여우 블롱딘, 로빈의 히드라 소우르브, 무아노의 표범 쉬바, 파프니르의 장밋빛 고양이 벨제부트, 타라의 페가수스 갈랑.

깔깔대고 웃으면서 기쁨을 나누던 매직갱은 힘차게 울리는 트럼펫 소리에 소스라치게 놀랐다.

"아하, 매직갱이 모이니까 또 무슨 큰일이 일어날 모양인가." 파프니르는 만족스러운 얼굴로 말했다. "더 일찍 왔어야 하는 건데."

"또 무슨 일이지?" 타라가 말하는 사이에 매직컴이 켜지고 타라의 비서 테오드리스 부인이 눈앞에 유형화되었다.

"불쑥 나타나서 죄송합니다만." 타트리스족 부인의 첫째 머리가 말했다.

"……마마는 우리의 메시지를 무시하는 경향이 있다는 걸 확인했습니다."

"……하지만 마마께서 별 세 개의 우선권을 주셨고……."

"……마마가 관심을 가질 거라고 생각하고 크리스털 볼에 메시지를 보냈는데……."

"……답을 주지 않았습니다."

아직도 놀란 가슴이 진정이 안 된 타라는 말했다.

"알았어요. 다음부터는 메시지를 보도록 노력할게요. 됐죠? 근데 또 무슨 일이에요?"

"폐하께서 아르칸즈 마왕의 방문 날짜가 사흘 후로 결정되었다고 알리셨습니다."

타트리스족 부인은 정중하게 인사를 하더니 '어디로 튈지 모르는 후계자'를 불시에 방문한 것에 흡족한 듯 통신을 끊었다.

타라는 침을 삼켰다. 물론 이런 순간이 오리라는 걸 알고 있었다.

타라는 친구들을 향해 돌아섰는데 당혹스러운 눈빛이었다.

"사흘, 너무 짧은데! 석 달, 아니 3년, 아니 300년쯤 후라도 싫은데……."

로빈과 무아노는 시선을 주고받았다. 하프엘프는 헛기침을 하면서 타라 앞에 섰다.

"타라, 무아노와 상의했는데 네 문제를 해결할 방법이 있을 것 같아. 상황에 따라 임시가 될 수도 있고, 결정적인 것이 될 수도 있는 해결책이야. 종족이 달라서 서로에 대한 이해 부족으로 많은 실수를 저질렀지만……."

"쓸데없는 말 장황하게 늘어놓지 말고 본론을 말해!" 무아노가 독려했다.

로빈은 힘겹게 침을 삼키고 말했다.

"타라, 내 아내가 되어줄래?"

타라는 입을 열다가 아무 말도 못 하고 도로 다물었다. 혹시 잘못 들은 게 아닌지 귀가 의심스러웠다. 타라는 눈살을 찌푸리면서 물었다.

"지금 청혼하는 거야? 그리고 그런 걸 어떻게 무아노와 상의해?"

"응, 청혼하는 거야." 로빈이 대답했다. "오해 때문에 우리 사이가 멀어진 건데 너와 다시 시작하지 못할 이유가 없어. 그리고 최근 몇 년 동안 우리에게 일어났던 일을 곰곰이 생각해봤어. 나는 너를 사랑하다가 밀어냈어. 너도 나를 사랑하다가 밀어냈어. 매번 우리가 서로를 이해하지 못했기 때문이었어. 너는 하프엘프인 나를 낯설어했고, 나도 지구인인 너의 반응을 이해하지 못한 적이 많았어. 너를 잘 아는 무아노가 해주는 충고를 들으면서 내가 느끼는 것을 솔직하고 분명하게 말하기로 결심했어. 나는 너를 사랑하고 결혼하고 싶어. 하지만 그게 청혼하는 이유는 아냐."

타라는 어이없는 얼굴로 로빈을 쳐다봤다. 세상에서 가장 이상한 청혼이었다. 청혼하는 장면을 많이 보지 않았지만 영화에서는 대체로 바닥에 무릎을 꿇고 반지를 내밀었고, 여자가 아무 반응이 없으면 눈물을 글썽이던데……

"뭐라고?"

"아르칸즈와 드래곤들로부터 너를 지키기 위해 결혼하겠다는 거야. 그들의 청혼은 둘 다 비정상적이다 못해 흉악한 계약인데 네 고모가 그걸 간파하지 못하는 게 이해 안 돼. 그래서 너와 멀리 떨어서 있는 동안 깊이 생각하다가 아주 객관적으로 그 상황을 보게 되었고, 해결책을 찾을 수 있었어. 나는 어머니와 함께 오무아의 문서들을 공부했어. 오무아의 후계자는 배우자를 선택할 때 어떤 경우에도 황제나 여제에게 복종할 의무가 없어. 데미데루스께서도 직계 후손들이 강압적인 결혼을 할까 걱정되었는지 오무아 제국을 건설할 때 헌법에 그 조항을 명시해놨어. 네가 결혼해야 되는 것은 열여덟 살이기 때문이 아니야. 리스베스 여제는 네가 아더월드, 특히 오무아의 법을 잘 모른다는 걸 이용해서 너를 조종하려는 거야. 그러니까 너는 거부할 수 있어. 드래곤들과 악마들 쪽에 모욕을 주지 않고 피하려면 누군가와 결혼하면 돼. 그것으로 문제는 해결되는 거야."

타라는 로빈이 그 어느 때보다 마음을 헤아리지 못하고 있는 느낌이 들었다. 상황도 이해하지 못하고 있었다. 이번에는 피한다고 해결될 문제가 아니었다. 용감하게 정면 돌파해야 하는 문제였다.

맙소사, 이걸 어쩌지?

"한 가지 걱정은 내가 하프엘프라는 거야." 로빈이 크리스털 눈을 찡그리면서 말했다. "오무아 사람들은 데미데루스 후계자들의 마법은 인간 마법사들과의 결혼을 통해 강화시켜야 한다고 주장하니까."

"아, 그게 문제라면 걱정 마." 칼이 즐거워하는 목소리로 끼어들었다. "내가 도와줄 수 있으니까!"

친구들 모두 칼을 쳐다봤다.

칼은 의아해하는 친구들을 보면서 말했다.

"아주 간단해. 타라, 나랑 결혼하자!"

휴, 결국! 타라는 다리가 후들거려 서 있을 수가 없었다. 타라가 쓰러지려는 순간 뒤에 대기하던 안락의자가 재빨리 움직였다.

"칼, 다시 말해줄래?" 타라는 떨리는 목소리로 말했다.

칼은 아주 정중하게 허리를 숙이면서 말했다.

"네, 마마. 로빈은 자격이 없고, 너는 인간 마법사가 필요하니까 악당들에게서 너를 구하기 위해 내가 너랑 결혼하겠다고."

다른 친구들은 장난이라고 생각했다. 타라는 칼의 잿빛 눈을 보고 굉장히 긴장하는 걸 느꼈다. 칼로서는 강한 의지의 표현이었다. 상황이 복잡해지고 있었다.

"하지만 너는 면허 받은 도둑이야." 친구의 유머가 전혀 마음에 들지 않는 로빈이 퉁명스럽게 응수했다. "위험한 직업 때문에 결혼을 피하는 것으로 아는데?"

"우리 아버지와 어머니도 두 분 다 면허 받은 도둑이셨어." 칼은 어깨를 으쓱하면서 대답했다. "그건 상황에 따라 얼마든지 바뀔 수 있어. 그리고 로빈 네가 알아채지 못한 것 같은데 내가 오무아의 후계자와 결혼하면 보물이 함께 따라오는 거야. 그럼 나는 곧바로 퇴직하면 돼."

파브리스와 파프니르, 무아노는 칼의 욕심스러운 어조에 웃음을 터뜨렸다. 로빈은 웃지 않았다. 타라도 웃지 않았다. 타라가 말하려는 순간 로빈이 손을 들었다.

"잠깐. 우리는 가끔 생각지도 않던 말을 즉흥적으로 내뱉을 때가 있어. 그러니까 칼, 대답하기 전에(로빈은 칼에게 공격적인 눈길을 던졌다) 깊이 생각하기 바란다. 내일 다시 얘기하자."

로빈은 타라에게 다가가서 두 손을 잡았다.

타라가 일어나자 로빈이 근육질의 멋진 몸으로 꼭 끌어안았다. 그리고 타라의 볼에 아주 순수한 입맞춤을 했다.

"내일 다시 얘기하자. 그리고 제안일 뿐이라는 거 잊지 마. 너를 도와주기 위해서. 하지만 너를 사랑해. 그리고 너를 영원히 사랑할 거야."

그렇게 말하고 로빈은 방을 나갔다.

타라는 무릎이 후들거렸다. 그동안 사랑하는 사람의 품에 안겨 있는 것이 얼마나 좋은지 잊고 있었다.

타라는 뒤에 누군가 있는 걸 느꼈다. 돌아보니 칼이었다. 칼이 몸을 숙여 타라의 귀에 대고 속삭였다. "너에게 내 마음을 영원히 바칠게." 그러고는 특유의 미소를 지으면서 칼도 방을 나갔다.

파브리스와 무아노, 파프니르는 웃음을 그쳤다. 칼이 속삭였지만 모두 들은 것이다. 파브리스와 무아노는 인간 모습으로 있을 때도 보통 사람보다 청각이 훨씬 발달해 있고, 파프니르는 타라 옆에 있었기 때문이다.

"내가 헛소리를 들은 건가?" 난쟁이는 거침없이 말했다. "아니면 칼이 방금 너한테 고백한 거 맞아? 거짓말할 수 없는 그 빌어먹을 땅속 초원에서 너희 둘 사이에 무슨 일이 있었다는 거 알아."

당황한 타라는 다시 안락의자에 주저앉았다.

"정말 까무러치겠다." 타라가 힘없는 목소리로 말했다.

갑자기 파프니르가 욕실로 뛰어가더니 물 한 잔을 들고와 타라의 얼굴에 뿌렸다.

깜짝 놀란 타라가 젖은 얼굴로 난쟁이를 쳐다봤다.

"너 뭐 하는 거야?"

"기절하지 못하게 막는 거야. 고마워할 필요 없어, 당연한 거니까."

이런, 난쟁이들이 은유적 표현에 약한데, 타라는 한숨을 내쉬었다. 타라 못지않게 놀란 체인지라인이 얼굴을 닦아주는 사이에 파브리스와 무아노는 포복절도했다.

"파프니르, 너 정말 보고 싶었어."

무아노는 눈물을 닦으면서 말했다.

파브리스는 배를 잡고 웃으면서 난쟁이의 등을 툭툭 쳤다. 난쟁이가 놀라서 쳐다보다 어깨를 으쓱했다. 난쟁이는 다른 종족들의 반응을 이해하기 힘들 때가 많았다. 장밋빛 고양이 벨제부트는 상황을 알아차리고 재미있어하는 울음소리를 냈다. 악마의 세계에서 영혼의 동반자를 따라온 고양이는 불안했다. 악마들이 이 아름다운 행성에 무슨 짓을 할지 두려웠다. 그래서 파프니르가 알아채지 않게 아르칸즈의 음모를 감시하고 저지할 결심을 하고 있었다.

파프니르가 뿌린 물 덕분에 타라는 정신이 번쩍 나서 친구들을 쳐다봤다.

"지옥이 따로 없다!"

파브리스와 무아노는 동시에 고개를 끄덕였다. 타라는 화제를 바꾸기로 했다. 칼과 로빈의 문제는 이제부터 두고 보는 수밖에 없었다.

"무아노, 그 바람에 네 문제에 대해서는 말도 못 꺼냈네. 미안해. 근데 네가 어떻게 하면 되는지 방법을 찾았어."

타라가 설명하는 작전을 들으면서 무아노는 당황했다. 어쩔 수 없는 경우에만 야수를 이용해왔는데 타라의 계획이 약간 '쇼' 같기는 해도 꽤 괜찮은 방법이었다. 파브리스는 소꿉동무에게 윙크를 보냈다. 정말 아주 마음에 드는 방법이었다.

무아노는 타라를 얼싸안았다.

"고마워, 정말 고마워. 아주 기발해. 나는 생각도 못 했는데! 이게 다 네가 권모술수에 능한 여제에게 교육을 받은 덕분이야……. 이럴 땐 정말 유용하네!"

그들 넷은 웃음이 터졌다.

"이제 무아노 네 문제는 해결됐고…… 나는 또 한 가지 계획을 짜고 있어. 셀렌바가 지금 궁전에 수감되어 있거든."

"뭐?" 너무 놀라서 웃음이 싹 달아난 파브리스가 외쳤다. "셀렌바가 여기 있다고?"

"응, 자수했어. 그런데 내가 자기를 치료해주길 바라고 있어. 내가 이해한 바로는 마지스터에 대한 모든 정보를 우리에게 넘기는 대가로. 마지스터가 악마의 마법에 감염시킨 친위대원 둘을 이용해서 셀렌바를 죽이려고 했는데 가까스로 죽음을 면했어."

"말도 안 돼!" 흥분한 파브리스는 방을 왔다갔다하면서 말했다. "셀렌바는 절대로 마지스터를 떠나지 않아. 경험해봐서 아는데 내가 이제껏 만난 존재 중 가장 복잡하고 비뚤어지고 교활한 뱀파이어야. 셀렌바가 여기 있다는 건 마지스터가 원하는 무언가가 여기 있는데 셀렌바 없이는 접근하지 못하기 때문이야."

타라는 고개를 저었다.

"파브리스, 궁인 중 적어도 10퍼센트가 상그라브들이거나 마지스터와 연관되어 있다는 건 이미 오래전부터 알려진 사실이야. 무언가를 훔쳐가기 위해서라면 26시간 감시를 받는 셀렌바와 정체불명의 공모자 중 누가 더 유리할까? 셀렌바는 훔칠 수 없어. 그보다 내 생각에는 셀렌바가 원하는 게 있어. 어쩌면 조용히 살고 싶은 것일지도 몰라. 싸우고 지는 데 진력이 났을 수도 있고. 마지스터는 오래전부터 드래곤들을 파멸시키기 위해 권력을 잡으려고 했어. 하지만 셀렌바는 드래곤들에게 아무 관심 없어. 그리고 특히 가장 설득력이 있는 것은 셀렌바가 치료를 받으려고 한다는 점이야. 이제는 인간의 피를 먹는 뱀파이어로 살고 싶지 않다는 건데, 그건 압도적으로 강력한 힘을 잃고 평범한 뱀파이어로 돌아가는 걸 의미하잖아. 게다가 지금 나에게 셀렌바 문제는 아무것도 아냐. 고모, 악마들, 드래곤들, 그리고 마왕의 제안이 마지스터 못지않게 위험한 계략인지 알아내는 것이 더 큰 문제니까. 그래서 나는 칼과 로빈의 제안을 거절할 거야."

무아노는 깜짝 놀란 얼굴로 타라를 쳐다봤다. 그리고는 눈을 찡그리면서 외쳤다.

"타라, 너 알고 있었구나! 네가 원하지 않으면 억지로 결혼할 필요 없다는 걸!"

타라는 어색한 미소를 지었다.

"로빈은 늘 잊어버려. 내가 지구에서 자랐지만 3년 전부터 통치자 중에서 가장 비뚤어지고 가성 영악하고 가장 냉혹한 리스베스 여제의 훈련을 받고 있는 아더월드 사람이라는 걸. 그래서 나는 도서관을 샅샅이 뒤져서 여제가 언급하지 않았던 것을 찾아냈어. 하지만 나는 연기하기로 작정했지. 고모가 원하는 대로 구혼자들을 만나면서 완전히 속아 넘어간 것으로 믿게 했어. 고모가 악마들의 말을 곧이곧대로 믿을 정도로 제정신이 아니기 때문에 아르칸즈를 오게 하는 걸 그냥 지켜보고 있는 거야. 아르칸즈가 원하는 게 뭔지 반드시 알아야하니까. 아더월드와 림보가 화해하고 자유로운 교역을 하려는 것인지, 아니면 우리를 끔찍한 함정에 빠뜨리려는 것인지 알기 위해서."

무아노는 친구를 다시 봤다. 전에는 무거운 책임을 피하려고 했던 타라였는데 몰라보게 달라져 있었다. 타라는 행성의 평화를 위해 자신을 희생하고 있었다. 이게 처음도 아니고 마지막도 아닐 텐데. 무아노는 가슴이 뭉클하면서도 제국의 후계자라는 타이틀이 하나도 부럽지 않았다.

두 남자의 사랑을 받는 것도 부럽지 않았다. 공개적으로 제레미의 피앙세가 되어버렸으니—아무튼 지금으로서는—어떤 점에서 비슷한 상황이지만, 무아노는 타라가 짠 계획이 통하기를 바랄 뿐이었다.

파브리스는 눈이 동그래져서 타라를 쳐다보고 있었다. 파브리스도 너무 많이 달라진 어릴 적 친구를 보며 놀라고 있었다.

"와우, 음모에 음모! 베티랑 나와 놀던 그 천진난만한 내 친구는 어디로 간 거야?"

"그 친구는 변함없어." 타라가 말했다. "하지만 지금은 그 친구가 살아남으려면 머리를 써야 해. 훨씬 똑똑한 사람들을 상대하고 있거든. 그리고 오늘은 그만 얘기하자. 내 생각에 로빈과 칼이 나를 설득하러 올 것 같은데 너희들이 있으면 일이 복잡해질 거야. 나중에 다시 얘기하자."

"하지만 아르칸즈 문제에 대해 무슨 작전을 짜야 하잖아?" 무아노가 물었다.

"지금은 아냐." 타라는 단호하게 대답했다. "아르칸즈가 뭘 원하는지 정확하게 모르기 때문에 우리는 어떤 행동도 할 수 없어. 악마들이 일곱 개의 행성 중 하나를 폭발시키면서까지 자기들의 행성과 태양을 지구처럼 만들었다는 거 잊지 마. 그 모든 변화를 계승한 아르칸즈는 상상도 할 수 없을 만큼 강력한 힘을 지녀서 어떻게 나올지 대비하는 것이 사실상 불가능해. 기존의 작전은 어떤 것도 소용없을 거야. 따라서 악마들이 이 땅에 발을 들여놓지 못하게 막는 방법밖에 없어. 하지만 그걸 깨닫는 사람이 아무도 없기 때문에 하는 수 없이 기다리는 거야. 어떻게 나오는지 보려고."

무아노는 회의적인 얼굴로 입술을 삐죽 내밀었지만 순순히 따랐다. 잠시나마 무아노와 함께 시간을 보낼 수 있는 것이 기쁜 파브리스, 어머니를 만나야 하는 파프니르도 방을 나갔다. 파프니르의 어머니는 아르칸즈가 아더월드에 오는 문제로 파견된(아더월드의 절반이 역사적인 회담에 참석한 것이 틀림없었다) 난쟁이 사절단과 함께 와 있었다.

타라는 한숨을 내쉬었다. 준비하고 있는 계획을 친구들과 함께할 수 없어서 마음이 불편했는데 이렇게 또다시 모여들었으니 비밀로

하기가 쉽지 않을 것 같았다.

갈랑이 타라의 어깨에 날아와 앉았다. 타라는 잠시나마 페가수스가 무조건적인 사랑으로 걱정과 의혹을 함께해주는 이런 순간이 필요했다.

타라는 한숨을 내쉬면서 수를 세기 시작했다. 10, 9, 8, 7, 6, 5, 4, 3, 2, 정확하게 1에서 문이 손님이 왔음을 알렸다. 밖에 설치된 스쿠프가 보내주는 얼굴은 타라의 예상대로 칼의 얼굴도 로빈의 얼굴도 아니었다.

전혀 모르는 사람의 얼굴이었다.

# 10

## 셈

세상 모든 종족의 여성은
드래곤이든 인간이든 아주 복잡하거늘
그래도 잘 보이려고 하는 이들을
어떻게 하면 단칼에 잘라버릴 수 있을까

*

"이름을 못 들었는데." 타라가 문에게 말했다.

"당연하죠." 문의 입이 대답했다. "이름은 말하지 않고 구혼자 중 한 사람이라고만 했어요."

"이름을 밝히지 않는 구혼자라……. 이상하네."

타라는 문의 스쿠프가 보내주는 이미지를 유심히 살폈다. 숱진 검은 머리의 잘생긴 젊은이(어련할까!)가 기다리고 있었다. 하지만 스쿠프가 수직으로 갈라지는 금빛 동공을 비췄을 때 타라는 누군지 알아차렸다. 타라는 매직컴에게 실내장식을 바꾸라고 지시하고 옷을 갈아입었다. 그러고는 마법을 사용하여 갈랑에게도 옷을 입히자 페가수스가 항의의 울음소리를 냈다. 마침내 타라는 문에게 열어주라고 말했다.

젊은 남자의 모습으로 변신한 셈 선생님이 활짝 웃는 얼굴로 들어왔다. 그가 허리를 굽히며 아주 멋지게 인사한 다음 자기 소개를 하려는 순간 타라가 먼저 말했다.

"셈 사오비로디인트리위부 선생님." 타라는 격식을 차려서 정중하게 인사했다. "선생님을 뵙다니 영광입니다."

젊은이는 눈살을 찌푸렸다.

"어떻게 나를 알아봤니? 이름을 말하지 않고 구혼자 중 한 사람이라고만 했는데."

타라는 손가락을 퉁겨 소리를 내면서 외쳤다.

"컴퓨터, 벽을 거울로 부탁해."

그 즉시 모든 벽이 거울로 변했고 그들의 모습이 비쳤다. 드래곤은 거울을 보면서 눈 때문에 탄로가 났다는 걸 알았다.

"슬루르크!"

"네, 눈을 보고 알았어요." 타라는 흡족한 목소리로 말했다.

"내 몸에서 가장 바꾸기 힘든 게 눈인데 이유를 모르겠어. 수직으로 갈라지는 동공이 문제란 말이야."

타라는 잠자코 속으로 말했다. '그거 잘됐네! 모쪼록 앞으로도 쭈욱……' 타라가 거울을 사라지게 하라고 지시하자 웅장한 분위기의 실내장식으로 변했다.

"일찍 오셨습니다." 타라가 말했다. "드래곤 사절단과 악마 사절단이 동시에 도착할 거라고 생각했습니다만."

드래곤은 천천히 자리에 앉더니 랑코비트의 색깔인 파란빛과 은빛 옷을 가다듬고 나서 다리를 꼬았다.

"타라, 그렇게 형식적으로 나를 맞다니, 섭섭하구나!"

"선생님의 청혼도 형식적이었습니다. 나는 다른 구혼자들과 똑같이 형식적으로 선생님을 맞이하는 겁니다."

타라는 손으로 실내장식을 가리켰다. 셈이 주위를 둘러봤다.

방이 온통 금과 보석으로 치장되어 있었다. 타라도 허리 뒤로 끈을 묶는 주홍빛 드레스, 높이 틀어 올린 머리에 루비 박힌 왕관을 쓰고 키가 더 커 보이게 하이힐을 신고 있었다. 어깨에 앉은 축소한 페가수스도 색을 맞춰 주홍빛 날개에 금빛 옷을 입고 있었다. 아주 인상적이었다. 이렇게 액세서리로 취급되는 걸 페가수스가 별로 마음에 안 들어하는 게 뻔히 보이지만.

드래곤의 금빛 눈이 휘둥그레졌다. 늘 목숨을 구해줘야 하는 어린 소녀나 제자로 보는 것에 익숙한 나머지 타라가 이 정도로 위엄이 있을 줄은 생각도 못 하고 있었다. 타라가 냉혹한 고모, 오무아의 리스베스 여제를 놀라울 정도로 많이 닮아 있었다.

타라도 아름다움으로 상대를 압도하는 능력은 고모 못지않았다.

생각만큼 승부가 그리 쉽지 않을 것 같았다.

타라는 드래곤이 들어오기 전에 약간 높여서 옥좌처럼 변형시킨 안락의자에 앉았다. 드래곤은 속으로 타라의 재간을 높이 평가했다. 타라는 그들이 동급이 아니라는 걸 상기시키고 있는 것이었다. 제국의 여제 후계자 신분인 타라는 셈보다 서열이 높았다.

"내가 왜 청혼했는지 궁금하지?" 셈이 부드러운 어조로 시작했다. "설명해줄⋯⋯."

"아니, 그럴 필요 없습니다." 타라는 그 이유를 충분히 생각했기 때문에 야무지게 대답했다. "왜 그런 청혼을 했는지 정확하게 알고 있으니까요, 셈 선생님. 젊은이의 모습으로 여기 나타난 것 역시 경솔할 뿐만 아니라 모욕적인 행동입니다. 선생님이 드래곤으로서는 삼십 미리는 걸 알고 있어요. 그린네도 선생님은 인산늘이 연장자에게 보내는 존경심을 얻기 위해 주로 늙은 마구스의 모습을 하고 다녔지요. 그러니까 인간의 나이로 계산했을 때의 모습이든, 드래곤 본래의 모습이든 둘 중 하나를 선택해주시면 고맙겠습니다. 이 방은 아주 크기 때문에 드래곤의 모습이라도 상관없습니다. 내가 가구들에게 멀리 비켜 있으라고 하면 되니까요."

이건 소녀가 아니라 통치자 수준의 연설이었다. 불편해진 드래곤은 타라를 쳐다보다 변신했다. 늙은 마구스의 모습도 드래곤의 모습도 아니었다. 그렇다고 계획을 던념하겠다는 것도 아니었다. 갑자기 타라 앞에 멋진 젊은이가 나타나 가장 까다로운 인간을 홀리려 하고 있었다. 이번에는 눈동자까지 완벽하게 변신했다. 드래곤의 특성이 전혀 남아 있지 않았다.

"고맙군요." 타라는 냉랭하게 말했다. "선생님이 나와 결혼하려는 이유는 후손 때문입니다, 틀림없이."

점잔을 빼고 있는 셈은 어울리지 않는 말이 튀어나갈까 봐 꾹 참았다. 셈은 10만 살인데 겨우 열여덟 살에 불과한 어린애가 갖고 놀려고 하는 것에 기분이 상했다.

"뭐라고?"

"선생님은 실버가 아마바쉬로우쉬바와 마지스터의 아들이라는 걸 알았을 때 굉장히 놀라셨어요. 그것은 드래곤과 인간의 교잡이 가능하다는 걸 입증한 거니까요. 5000년 전 데미데루스와 대적했을 때 연약해 보이는 인간들의 마법이 드래곤들보다도, 우리 세계의 다른 종족들보다도 훨씬 강력하다는 걸 알았죠. 그래서 드래곤 왕이 그랬던 것처럼 우리 세계의 여러 종족 전부를 무기로 생각하고……."

"아니, 그렇지 않아." 셈이 말을 가로막았다.

"아니라고요?"

"그래, 아니야. 실버를 보고 생각한 게 아니야. 우리는 아주 오래전부터 드래곤/인간의 교잡을 생각했어. 다만 인간/여성 드래곤의 교잡이 더 낫다고 생각했지. 여성 인간보다는 여성 드래곤이 잡종 아기를 낳는 것이 더 쉬울 테니까. 아마바쉬로우쉬바가 그걸 실현시켰잖아. 하지만 너의 그 믿을 수 없는 엄청난 힘을 확인했을 때 나는 즉시 드래곤/여성 인간의 교잡을 생각해보게 되었어. 그때부터 나는 너에 대한 계획이 있었어."

타라는 어이없는 얼굴로 셈을 쳐다보다 눈살을 찌푸렸다.

"어떻게 그런 말을! 미안하지만 그건 아주 불결한 생각이에요. 나는 그때 겨우 열세 살이었는데!"

드래곤은 방금 자신이 무슨 말을 내뱉었는지 깨닫고는 당황하여 헛기침을 하면서 외쳤다.

"아니, 내 말은 그런 뜻이 아니라 너의 난자만……."

셈은 타라의 눈살이 더 찌푸려지는 걸 보면서 목멘 소리로 말했다.

"내…… 내 말은 네가 아주 예쁘다는 뜻이야. 그래서……."

"네, 고맙군요!"

드래곤은 비아냥거리는 어조를 느끼고 침을 삼켰다. 타라의 방으로 들어가기 전부터 승부가 쉽게 나지 않을 거라고 예상했지만 자신이 이 정도로 서툴게 굴지 정말 몰랐다.

"하지만 나는……." 곤경에 빠진 셈이 어물어물 말했다. "네가 성년이 될 때까지 기다릴 수 있고……."

셈은 곤혹스러운 눈길로 쳐다봤지만 타라는 냉랭했다. 진퇴양난이었다.

"타라, 악마들과 맞서 싸울 힘을 갖는 것이 우리에게 가장 중요한 문제라는 건 너도 알잖아. 하지만 너는 악마들이 우리에게 어떻게 했는지, 그들이 뭘 파괴했는지, 얼마나 흉악한 놈들인지 짐작도 못 하고 있어."

"아뇨, 알아요." 타라는 그동안 거의 양아버지로 생각해온 셈에게 어찌나 화가 나는지 몸속에서 올라오는 마법을 억제하려고 애를 쓰면서 대꾸했다. "그걸 아니까 그나마 선생님이 이 방에 들어오는 순간 두꺼비로 만들어버리지 않았던 겁니다. 악마들이 우리 국민에게 무슨 짓을 했는지 비디오로 봤고, 검은 여왕의 잔혹성과 폭력성을 느끼면서도 알았어요. 악마들이 다시 또 그렇게 나올 경우 나는 어떤 동정도 하지 않을 거예요. 그리고 우리의 힘과 드래곤의 힘, 유전자를 결합시키려는 뜻도 이해해요. 하프드래곤, 하프마법사 아이들, 특히 내 자식들이 내 힘을 물려받을 경우 가공할 무기가 된다는 것도 알아요."

화가 난 타라는 드래곤을 향해 몸을 숙이고 존칭을 생략하면서 내뱉었다.

"하지만 셈, 나는 당신이 우리를 그런 식으로 이용하는 걸 용납하지 않을 겁니다. 분명히 말하는데 나는 당신과 결혼하지 않습니다.

당신은 인간에게 청혼하는 마지막 드래곤이 될 테니까!"

셈은 너무 놀랐지만 무력함을 느꼈다. 턱뼈가 빠진 듯 입을 멍하니 벌리고 있었다. 악의에 찬 타라의 신랄한 말에 셈은 완전히 무너졌다. 그리고 공포가 엄습했는데 타라의 모습이 누군가를 연상시키기 때문이었다.

검은 여왕.

셈이 정신을 차리는 사이에 드래곤이 어떻게 빠져나갈지 궁금한 타라는 잠자코 기다렸다.

"아르칸즈와 결혼하면 안 된다는 거 알고 있지? 마왕도 우리와 같은 목적인 게 틀림없어. 하지만 우리가 교잡으로 드래곤의 힘과 인간의 힘을 결합하려는 것은 이번에야말로 모두를 위해 악마들을 절멸시키기 위한 것인 반면, 악마들은 아더월드를 정복하려는 거야."

한순간 타라는 '아르칸즈와 결혼해서 세상이 평화로워진다면 안 될 것도 없죠'라고 셈을 속이고 싶은 충동이 일었다. 하지만 방금 알게 된 본심이 너무 괘씸해도 아직 타라는 블루 드래곤에 대한 애정이 남아 있었다. 셈은 타라에게 친절했고 세심히 배려해주었다. 그때부터 자기 알들의 가상적 어머니로 생각하고 그랬던 걸까? 이런 생각을 하며 타라가 인상을 쓰자 셈은 자신의 외모 때문이라고 믿고 말했다.

"타라, 지금 내 모습이 마음에 들지 않는다면 말해. 네가 원하는 대로 변신할 테니까."

타라는 셈에게 좋아하는 배우의 모습으로 변신하라고 부추기려다 더는 농담하고 싶지 않아서 대번에 의욕을 꺾어버렸다.

타라는 한숨을 내쉬면서 마음을 약간 누그러뜨렸다. 블루 드래곤

소시지로 만들어버리고 싶은 마음이야 굴뚝같지만 셈과 대립해봐야 얻을 것이 없었다.

"결혼을 앞두고 행복한 단꿈에 젖은 고모와 궁성의 점반에 가까운 이들이 기어코 나를 결혼시키려고 하지만, 내게 가장 중요한 것은 우리 종족과 우리 세계를 지키는 거예요. 따라서 나는 누구하고도 결혼하지 않아요. 하지만 악마들을 이 땅에 들이는 것은 미친 짓이라는 내 의견을 아무도 듣지 않기에(같은 말을 되풀이한다는 걸 알지만 너무 가슴에 맺혀서 말을 안 할 수가 없었다) 나는 아르칸즈를 직접 만나 정말로 원하는 게 뭔지 알아낼 겁니다. 아르칸즈가 오는 목적이 결코 나와의 결혼이라고는 생각하지 않아요. 많은 수의 악마들이 초대받기 위한 좋은 핑계에 불과하겠죠(603명의 사절단! 림보에서 그렇게 많은 악마가 한꺼번에 불린 적이 없는데!). 아르칸즈가 우리와 교역을 원하는 것은 더더욱 아니에요. 아르칸즈는 전 마왕인 아버지 때부터 정복한 행성을 여섯 개나 지배하고 있는데 뭐가 부족하다고……. 아무튼 한 가지 긍정적인 점은 악마들이 여섯 개의 행성을 지구처럼 만들었고, 주민들의 신진대사도 지구인들처럼 만들었다는 거예요. 그래서 악마들은 아더월드에 와도 더 이상 우리를 잡아먹을 필요가 없어요. 그리고 이제는 인간과 유사한 인체를 가졌기에 예전의 악마들처럼 지구의 바닷물을 마시고 취하는 일은 없을 겁니다.[28]

· · · · · · · · · · · · · · ·

28. 악마들에게 지구의 바닷물은 아주 훌륭한 알코올이나 다름없다. 악마들은 한 잔만 마셔도 완전히 취한다. 악마들이 지구를 침략했을 때 패한 것은 바닷물을 먹은 뒤에 한 명의 적이 둘로 보일 정도로 취해서 싸우기가 쉽지 않았던 것이다. '이봐, 네 개의 도끼를 들고 있는 너희 두 놈, 자꾸 움직이지 마, 죽여버릴 테니까' 하고 혀 꼬부라진 목소리로 외쳐대니 악마들이 도끼를 맞고 쓰러질 수밖에.

5000년 전에는 그것이 그들 패배의 중요한 원인이었지만 지금의 악마들은 그렇지 않다는 얘기예요. 리스베스 여제는 모든 종족이 몰살되는 재앙을 막아야 한다는 명분을 내세우며 악마들이 제안하는 평화로운 교역을 거부할 수 없다고 생각하죠. 하지만 그건 악마의 마법으로 인한 악영향을 제대로 가늠하지 못한 거예요."

타라는 독서를 통해 아더월드와 마찬가지로 지구의 역사에도 서로 적대적이었던 나라들이 화해하고 교역했던 예들이 많다는 사실을 알고 있었다. 그리고 지구인들은 닥치는 대로 모조리 파괴하기만을 꿈꾸는 수백만의 몹쓸 집단에게 굴복하지 않고 연합하여 단호히 대처했었다.

충격을 받은 셈은 타라와의 일이 잘되지 않으리란 걸 알았다. 타라가 아르칸즈에게 너무 집중하고 있어서 결혼 계획은 물거품으로 돌아갈 것 같았다.

어쨌든 타라의 말에 일리가 있지 않은가.

셈은 바보가 된 느낌이 들었지만 그래도 타라의 단호한 입장을 듣고 한편으로는 안심이 되었다. 샤름은 셈이 감히 타라에게 청혼한 것 때문에 노발대발했다. 여왕인 샤름을 격노하게 만든다는 건 목숨을 내놓은 거나 다름없는데. 하지만 셈은 좀 더 머물면서 타라의 결정이 확고한 것인지 알기 위해 계속 의무를 다하기로 했다. 그리고 아르칸즈를 한 번 보고 싶기도 했다. 이렇게 되면 타라가 자기도 모르게 블루 드래곤의 목숨을 살려주는 셈이 된 건가.

타라는 화제를 바꿨다.

"하지만 아르칸즈가 아직 오지 않았으니까 나는 셀렌바에게 가야겠어요. 셀렌바가 원하는 대로 평범한 뱀파이어로 변환시키기 위해서요."

"셀렌바? 마지스터의 사냥꾼?"

"전 사냥꾼이죠. 자수했거든요." 타라는 빙긋이 웃으면서 대답했다. 또 한번 전 멘토를 깜짝 놀라게 하는 데 성공한 것이다.

물론 비밀에 부쳐야 하는 정보였다. 하지만 타라는 재빨리 셈에게 자초지종을 설명했다. 드래곤에게는 마지스터보다 악마들에 대한 걱정이 더 크지만 마지스터 역시 과소평가할 상대가 아니었다.

"내가 함께 가도 되겠니, 타라?" 셈이 물었다. "셀렌바와 얘기를 하고 싶은데."

타라는 옥좌 같은 의자에서 일어나 승낙했다.

"안 될 거 없죠, 가시죠."

타라가 나가다 갑자기 셈을 쳐다봤다. 아래위로 쭉 훑어보는 시선에 셈은 어찌할 바를 몰랐다.

"이 모습이 설마 일루전은 아니죠?" 타라가 물었다. "길이가 6미터에 키가 3미터에 이르는 몸집으로는 이 방의 문을 넘지 못할 텐데."

"아니, 이게 인간일 때의 내 모습이야."

"마법 아니에요? 그게 오로지 마법이라면 살루는 벌써 오래전에 드래곤의 모습을 되찾아야 하잖아요?"

"아니, 이건 마법이 아니라 우리의 능력이야. 우리는 마법을 사용하지 않고 어떤 모습으로든 마음대로 바꿀 수 있어. 드래곤 말고 이런 능력을 가진 종족이 샹즐랭인데 뱀파이어들이 몰살시켜버렸지. 뱀파이어들은 모든 종족의 가면을 벗길 수 있는데 샹즐랭들만은 탐지할 수 없었거든. 샹즐랭은 피 몇 방울만 있으면 DNA를 복제할 수 있기 때문에 어떤 모습으로도 변신이 가능하지."

"하지만 멸종되었다면서요?"

"내가 아는 한 그래. 근데 그건 왜 묻니?"

"궁전의 보안 시스템이 미흡해서요. 문은 선생님이 인간이 아니라는 걸 탐지하지 못했고, 탈루디도 마찬가지였으니 강화할 필요가 있어요."

타라는 문을 향해 돌아서서 소리쳤다.

"문?"

문의 눈이 타라를 처다봤고, 입이 미소를 지었다.

"네, 마마?"

"내 방으로 들어오려는 이들이 누구라고 말할 때 그것이 맞는지 DNA 추출로 확인해야겠는데 가능할까?"

눈 위로 나타난 눈썹을 찡그리는 걸 보면 문이 타라의 말을 이해한 것 같았다.

"네." 문은 궁전의 엔지니어들과 들리지 않는 대화를 한 후에 대답했다. "그 기능을 추가하는 건 아무 문제 없습니다."

"좋아. 그럼 즉시 추가해. 앞으로는 신원이 확인되지 않으면 그 누구도 내 방에 들여보내지 마, 알았어?"

문은 정중하게 허리를 굽힐 수만 있다면 기꺼이 그렇게 했을 것 같은 어조로 말했다.

"네, 마마, 새로운 기능을 기꺼이 추가하겠습니다. 신원 조회를 철저히 할 수 없어서 괴로웠는데 정말 좋은 생각이십니다, 마마."

타라는 고개를 끄덕였다. 타라는 문을 친구처럼 대했다. 똑똑한 마법의 석영도 절친한 친구 중 하나인데 문이라고 친구 삼으면 안 될 이유가 있나?

"그래, 문이 많이 맛이." 문이 열리자 셈이 밀했나. "아주 좋은 생각이다, 타라. 너는 정말 영리하고 매력적인 소녀야."

"스톱!" 타라는 온화한 미소를 지어 보이며 말했다. "4년 동안 그렇게 해놓고도 또 칭찬이네요. 이제 그만하시죠. 입에 발린 칭찬은 지겹게 많이 들었으니까."

드래곤은 인상을 썼다. 칭찬도 하지 말라면 대체 무슨 수로 이 아이의 마음을 사로잡지? 사실, 샤름 말고는 누구도 유혹할 마음이 없지만.

출발하기에 앞서 타라는 사피르와 셀렌바가 어디 있는지 확인했다. 타라는 여제와의 면담이 아주 짧게 끝났을 거라고 생각했다. 리스베스 고모는 자신을 더러운 피로 감염시킨 뱀파이어와 오래 마주할 만큼 인내심이 없을 것이기 때문이었다. 타라의 예상대로 셀렌바는 특별 수감소 취조실에 있었다.

타라가 방을 나가자마자 호위대는 후계자와 셈을 에워쌌다. 복도에서 마주친 궁인들이 평소보다 훨씬 정중하게 허리를 굽혔다. 타라는 흥미롭게 지켜봤다. 간편한 복장을 즐기는 타라가 우아하게 차려입는 경우는 아주 드물었다. 그런데 오무아 사람들은 화려한 것을 좋아해서 아름답게 차려입었을 때는 대하는 태도가 확연히 달랐다. 타라는 속으로 미소를 지었다. 조카의 복장을 못마땅해하는 고모의 말을 무시해왔는데 이번만은 타라도 궁인들의 탄성을 듣는 것이 좋았다. 이러다가도 궁인들이 경계하는 눈빛으로 변한다는 걸 타라는 뻔히 알고 있었다. '오케이, 지금은 조용하지만 후계자가 어떤 손가락이든 빛을 번쩍이면 모두 대피해야 돼!'

그때 타라의 눈에 열린 방문 앞에서 주뼛거리고 있는 로빈이 보였다. 지나쳐 가면서 로빈과 시선이 마주친 타라는 눈이 동그래졌다. 예쁘게 꾸민 거실이 보이고 빨간 머리의 아름다운 여자가 로빈에게 미소를 보내고 있었다.

이윽고 알 수 없는 표정의 로빈이 방으로 들어가고 문이 닫히는 순간 타라는 갑자기 질투심이 일었다. 타라는 로빈의 뺨에 입을 맞추는 빨간 머리 여자의 이미지를 떨쳐내려고 애를 썼다. 로빈이 누구를 만나든 상관할 것 없잖아?

타라와 셈 선생님은 어제와 면담을 끝낸 셀렌바가 있는 특별 수감소 취조실로 향했다. 셀렌바는 마지스터의 조직망에 대한 정보를 제공했고, 셀렌바가 지목한 이들을 감시하기 위한 메시지가 전 세계로 퍼져나갔다. 그중 몇몇은 고위층이라 간단한 진술로는 체포하는 것이 불가능했다. 오무아를 비롯한 여러 나라 정보국들은 몇 달 동안 사실 확인과 검증 작업을 하기로 합의했다.

하지만 크산디아르는 흡족했다. 몇몇 궁인들에 대해 의혹이 있어도 셀렌바가 그들의 얼굴을 본 적이 없어서 확인은 불가능했지만 이전보다 안보 시스템을 더욱 강화할 수 있었기 때문이다.

228

사피르는 취조실에서 셀렌바가 진술하는 내용을 유심히 듣고 있었다. 이따금 셀렌바가 의아한 시선을 보낼 때마다 평소에는 무표정한 사피르의 얼굴에 고뇌의 빛이 역력했다.

불과 얼마 전만 해도 차가운 얼굴에 검은색 긴 머리의 뱀파이어는 타라에게 적대적이었다. 타라는 마지스터가 손에 넣으려는 악마의 사물들에 접근할 수 있는 열쇠이기 때문에 림보와 지구 사이의 문이 열릴 위험이 있다고 판단되면 주저 없이 타라를 제거하겠다고 천명한 사피르였다. 그런데 둘 사이에 서로를 존중하는 마음이 생겼고 일련의 사건으로 많이 가까워져 있었다. 후계자가 모두의 평화를 위해 악마의 사물들을 파괴하거나 영원히 찾지 못할 미지의 우주 공간 속으로 보내버린 뒤로는 더더욱 그랬다.

타라는 셀렌바가 그들을 이용하는 것뿐이라는 의심과 희망 사이에서 사피르의 괴로움이 얼마나 클지 짐작이 갔다.

크산디아르의 보고를 듣고 나서 타라가 물었다.

"이제 다 끝난 건가요?"

"아닙니다, 마마. 하지만 마마께서 우리의 합의 조건을 완성하기 위해 죄수를 치료하시겠다면 그렇게 하십시오."

치료를 받고 평범한 뱀파이어로 돌아가면 셀렌바가 더는 막강한 힘을 발휘하지 못하는데 친위대장이 반대할 이유가 있을까.

"그럼 됐어요. 셀렌바, 시작합시다. 시간 끌 필요 없으니까."

창백해진 셀렌바는 긴 소파에 누웠고 잔뜩 긴장해서 눈을 감았다.

타라는 편안하게 앉아서 눈을 감았다. 파란빛이 번쩍이기 시작하자 모두 조심스럽게 물러섰다. 타라의 마법이 후려치자 셀렌바가 고통으로 몸부림쳤다.

뱀파이어는 크라살비에서 치료받았을 때보다 훨씬 고통스러운 비명을 질렀다.

하지만 타라는 놓아주지 않았다. 뱀파이어가 겪을 극심한 고통을 알지만 어쩔 수 없는 과정이었다. 한편으로는 뱀파이어가 겪는 고통을 타라 자신은 느끼지 않아서 다행이라고 생각했다.

타라는 이미 수백 명의 뱀파이어들을 치료한 경험이 있어서인지 셀렌바를 치료하는 것이 놀라울 정도로 쉬웠다. 타라는 인간의 피에 상한 세포들을 원상 복구시켰다. 셀렌바의 피부에 약간 혈색이 돌고, 머리도 서서히 이전의 은빛을 되찾았다. 근육이 풀리면서 우툴두툴한 것도 사라졌다. 몸이 뚱뚱해지고 어깨는 작아지더니 이윽고 인간의 피를 먹은 뱀파이어 대신 마지스터를 만나기 이전의 뱀파이어로 돌아왔다.

셀렌바의 뺨을 타고 피눈물이 흘러내렸다. 사피르가 다가가서 손수건으로 눈물을 닦아주는 순간 셀렌바가 눈을 떴다. 눈은 빨갛다기보다 연한 장밋빛에 가까웠다. 인간의 피를 먹지 않은 뱀파이어들의 눈은 대체로 진홍빛이라서 이국적으로 보였다. 타라는 셀렌바의 동생 사틸라의 눈빛이 연한 장밋빛이었는지 기억나지 않지만 정말 쌍둥이처럼 닮은 것 같았다. 뱀파이어들은 피부와 머리 색깔, 눈빛을 마음대로 바꿀 수 있는데 셀렌바가 치료되는 즉시 사틸라의 부드러운 눈빛을 흉내 낸 것 같았다.

아직은 통증이 온몸에 퍼져서 힘들 텐데도 셀렌바는 엷은 미소를 지었다.

"사피르……." 셀렌바는 주저하는 목소리로 말했다. "고마워요."

"셀렌바, 오무아의 후계자에게 고마워해야지. 나는 아무것도 한 게 없는데."

"하지만 당신이 여기 있잖아요. 나는 용서받아야 할 게 많아요. 일단 마지스터와, 그와 결탁한 자들에 관해 모든 걸 폭로하고 나면 당신 곁에서 지낼 수 있겠죠? 어제와 면담할 수 있게 주선해준 것도 고마워요. 정말 미안하다고 사과하고 싶었는데."

사피르는 미소를 참았다. 셀렌바의 생각대로 그렇게 빨리 해결되지 않을 텐데……

크산디아르가 일등급 포로를 쉽게 놓아줄 리 없었다.

"고마워, 타라." 셀렌바가 아주 진지한 어조로 덧붙였다.

타라는 셀렌바가 끔찍한 통증을 참으면서도 이 상황을 즐거워하고 있는 걸 느꼈다. 이 모든 것이 함정이라고 생각했던 타라는 좀 놀랐다.

"나도 질문이 있는데, 뱀파이어 셀렌바." 셈 선생님이 마치 타라의 생각을 읽은 것처럼 말했다.

타라의 호위대 일원으로 생각하고 인간 모습의 드래곤에게 주의를 기울이지 않았던 셀렌바가 의아한 눈길을 던졌다.

"블루 드래곤 셈나샤오비로다인트라쉬부요." 드래곤이 냉랭한 어조로 자기를 소개하면서 목례조차 하지 않는 것으로 혐오감을 표시했다.

이름을 듣는 즉시 경직된 셀렌바의 얼굴에 경계의 빛이 역력했다. 마지스터는 드래곤을 싫어하는 이유가 있다지만 그 못지않게 셀렌바도 드래곤을 좋아하지 않는 것이 분명했다.

타라는 셈과 셀렌바가 대립하게 내버려두었다. 지켜보는 것도 좋겠지만 아르칸즈가 도착하기 전에 할 일이 아직은 너무 많았다.

설사 아르칸즈가 예정대로 오지 않는다고 해도 시간이 모자랄 지경이었다.

타라가 취조실을 나가고 문이 닫히려는 순간 뒤따라 나온 사피르가 타라를 멈춰 세웠다.

"셀렌바는 나를 만나러 왔다가 붙잡혔고, 마마께서 치료까지 해주었습니다." 사피르가 불안한 얼굴로 말했다. "그리고 아르칸즈가 곧 도착할 겁니다. 유감스럽지만 이 모든 일이 무슨 상관관계가 있다는 생각을 하지 않을 수 없습니다."

타라의 눈이 동그래졌다.

"상관관계? 마지스터와 아르칸즈 사이에? 둘은 이 행성을 정복하려는 경쟁자들인데 왜요? 그들이 무슨 이유로 결탁하겠어요?"

"그건 나도 몰라요." 사피르는 어두운 얼굴로 대답했다. "하지만 나는 셀렌바를 가까이에서 감시할 겁니다. 뭔가 심상치 않은 일이 벌어지는 느낌이에요. 뭔가 잘못되어가고 있는 것 같은데……."

타라는 한숨을 내쉬었다.

"뭔지 알게 되면 긴급 주파수를 이용하세요. 우리는 모든 정보를 빨리 공유할 필요가 있으니까요."

타라는 사피르와 헤어진 다음 거처로 돌아갔다. 방 안팎에서 한 무리의 엔지니어들이 바쁘게 움직이고 있었다. 침실로 피신한 타라는 체인지라인에게 거추장스러운 후계자 복장을 없애달라고 부탁했다. 드레스가 사라지고 청바지와 티셔츠 차림에 플랫 슈즈를 신었고, 왕관에서 해방된 머리가 구불구불 흘러내리자 타라는 안도의 숨을 내쉬었다. 타라의 어깨에서 날아간 갈랑은 실내 디자이너들이 자이언트 강철나무를 본떠서 만든 횃대 꼭대기의 편안한 둥지에 앉았다. 횃대는 타라의 대형 침대 바로 옆에 있었다.

"우와!" 타라는 갑자기 들리는 목소리에 소스라치게 놀랐다. "나는 체인지라인이 옷을 벗긴 다음에 입히는지 몰랐어. 미안해, 타라."

심장이 쿵쿵 뛰는 타라가 고함칠 사이도 없이 블롱딘을 안은 칼이 금빛 벽에서 불쑥 튀어나왔다.

그런데 칼은 전혀 미안해하기는커녕 만면에 미소를 짓고 있었다.

"하긴 네 몸을 처음 보는 것도 아닌데 뭐. 유령들의 습격으로 숨어 있다가 죽으려고 하는 너를 돌봐준 사람이 나였잖아. 하지만 그때는 내가 너를 사랑하지 않을 때였지만 지금은 달라. 네 침실에 숨은 건 미안한데 좀 전에 문을 수리하러 온 건지 기술자들이 떼거리로 몰려와서 어쩔 수 없었어. 나를 알아볼까 봐."

"칼!" 타라가 성난 목소리로 외쳤다. "깜짝 놀랐잖아! 너 어떻게 들어온 거야? 그리고 아까는 왜 안 보였지?"

타라는 갑자기 칼이 방금 무슨 말을 했는지 깨달았다.

"네가 어떻게 내 몸을 처음 보는 게 아냐?"

칼은 손가락을 꼽으면서 대답했다.

"문이 나를 들여보내 주었어. 네가 우리 매직 6총사는 거처를 자유롭게 드나들 수 있게 허락했다는 거 잊었어? 그리고 보이지 않게 하는 주문은 작년에 우리가 배운 것 중 하나야. 아주 어렵고 복잡하지만 시험해보고 싶었어. 그리고 옷 갈아입을 때는 말이야, 둘만 있다고 생각하고 그런 거겠지만 체인지라인이 그렇게 순식간에 네 옷을 홀랑 벗기리라고는 정말 생각도 못 했어."

"체인지라인과 나만 있었으니까 그렇지. 우리를 엿보는 자가 있을 줄 누가 알았겠어?"

로빈이라면 몹시 당황하면서 사과했을 텐데 칼은 희희낙락했다.

"넌 정말 아름다워, 타라. 이렇게 말해서 미안하지만 나는 후회하지 않아. 그리고 너무 순식간이었던 게 정말 유감이야."

칼이 내려놓자 여우는 냉큼 안락의자에 올라앉았다. 블롱딘은 누군가가 안아주는 것이 싫었다. 그러면 털이 곤두서기 때문에 다시 매끈해지려면 시간이 걸렸다.

타라는 얼굴이 화끈거렸다. 칼은 자신만만한 것이 매력이었다. 로빈과 달리 타라의 반응에 눈 하나 깜짝하지 않았다.

"네가 내일쯤 만나러 올 거라고 생각했는데." 타라는 짜증스러운 어조로 말했다.

"내가?" 칼은 굉장히 놀란 얼굴로 말했다. "천만에. 로빈이라면 그렇겠지. 점잖은 기사니까. 하지만 나는 도둑이야. 사랑이나 전쟁할 때 나에게는 규범이라는 게 없어. 선수를 치는 게 이기는 거니까."

"나는 전리품이 아냐." 타라가 발끈했다.

"너는 타라야. 아주 경이로워. 너는 우리의 삶, 우리의 세상, 우리의 미래를 뒤흔들어놨어. 너는 전리품이 아니라 나에게는 은하계야. 그리고 빈 니글 징복할 준비가 돼 있어."

칼은 타라를 빤히 쳐다봤다. 뚫어져라 응시하는 잿빛 눈에 빠져들기 전에 타라가 물었다.

"원하는 게 뭐야, 칼?"

"이거." 칼이 대답했다.

그러고는 입을 맞췄다.

처음에는 부드럽더니 점점 강렬해졌다. 타라는 머릿속에서 불꽃이 일어나는 것 같았다. 칼은 입맞춤하는 게 아니라 아이스크림을 먹듯 맛을 보는 것 같아서 아주 느낌이 묘했다.

그러고는 칼이 다급한 것처럼 꽉 끌어안은 다음 자제력을 완전히 잃기 전에 타라를 놓아주었다.

정신이 몽롱한 타라는 비틀거리면서 손으로 입술을 만졌다. 칼이 분명한데 예전의 칼이 아니었다. 매력적이지만 위험한 남자로 변해 있었다. 그리고 이제는 타라보다 키가 컸다. 만나지 않은 사이에 체격도 좋아져서 예전의 왜소한 칼이 아니었다.

물론 칼은 로빈만큼 미남은 아니었다. 엘프들만큼 잘생긴 사람은 별로 없었다. 하지만 천진한 얼굴, 멋진 잿빛 눈, 시커먼 눈썹, 칼은 매력적이었다. 그렇지만 타라가 매력을 느끼는 것은 외적인 아름다움이 전부는 아니었다. 헤아릴 수 없이 타라의 목숨을 구해주었던 칼은 늘 유머가 넘치고 신뢰감을 주기 때문에 무슨 일이든 믿고 의지할 수 있었다.

그런 것들이 타라의 가슴과 영혼을 흔들어놓고 있었다. 약간 혼란스러웠다. 게다가 좀 전에 우연히 봤던 로빈의 모습, 문을 열어놓고 기다리는 빨간 머리 여자의 방으로 들어가는 로빈의 모습이 머릿속을 떠나지 않았다.

약간 불안해진 칼은 놀리는 표정으로 타라를 쳐다보고 있었다.

"너는……." 둘은 동시에 말했다.

칼은 웃음을 터뜨렸고, 타라는 얼굴이 빨개졌다.

칼이 정중하게 허리를 숙였다.

"레이디 퍼스트."

"너는……, 무슨 말을 하려고 했는데 잊어버렸어."

타라는 머리가 통제되지 않았다.

타라는 다시 말했다.

"너는 입 맞추는 게…… 버릇인 것 같아."

칼이 만면에 미소를 지었다. 칼은 타라가 불안하거나 당황했을 때 공격적으로 나온다는 걸 잘 알고 있었다. 그래서 그걸 믿고 칼은 또다시 타라를 놀라게 했다.

"타라, 나도 여자친구가 좀 있었지. 여자들이 뭘 좋아하는지 금방 알 정도로 충분히. 너와의 키스, 와, 이런 느낌은 처음이야. 불덩어리에 입을 맞추는 느낌이랄까! 한 번 더 할까?"

대단한 배짱이었다. 타라의 긴장을 풀어주려는 의도였다면 성공이었다. 타라는 웃음을 터뜨렸다.

"칼, 넌 미쳤어. 그건 너도 알지? 불덩어리? 아무튼 못 하는 말이 없다니까!"

칼은 가만히 듣고만 있지 않았다. 또다시 입을 맞추는 것으로 말을 못 하게 막아버렸다. 타라는 빠져드는 느낌이 들었다.

둘은 떨어지면서 심호흡을 했다. 타라는 모든 걸 잊었다. 아르간즈, 악마, 드래곤, 마지스터, 악마의 사물. 이게 칼의 능력이었다. 감당하기 힘든 현실을 잠시나마 잊게 한 것이었다. 갑자기 타라는 홀가분해졌다.

타라는 솔직하기로 마음먹었다. 로빈과는 오해가 너무 많았기 때문에 똑같은 일을 반복하고 싶지 않았다.

"나는 너를 사랑하지 않아, 칼." 타라는 칼의 대답이 걱정되지만 차분하게 말했다. "너무 갑작스러워서 나는 뭐가 뭔지 모르겠어. 나는 네가……."

"아니, 넌 나를 사랑해!" 칼이 거침없이 외쳤다. "너 같은 아이는 뭔가 느낌이 없으면 절대로 키스하게 내버려두지 않아. 그랬다면 나는 벌써 한 줌의 재가 되어서 연기만 풀풀 났을 거야!"

타라는 입을 멍하니 벌렸다. 자신의 예상을 완전히 빗나간 대답이었다.

"그래 어쩌면……." 타라는 주저하다 말했다. "네 말이 맞을지도 모르지. 하지만 내 말뜻은……."

"네 말뜻은 내가 너를 사랑하리라고는 상상도 못 했기 때문에 뭐가 뭔지 모르겠다는 거잖아. 그래서 증명해주려는 거야. 나는 너를 구하기 위해서라면 목숨도 내놓을 수 있어, 타라. 그렇게 말할 수 있는 사람은 그리 많지 않다고 생각해. 만약 같은 상황에 처한다면 너도 나를 구하기 위해 목숨을 내놓을 수 있다는 거 알아.”

타라는 어떤 칼이 더 좋은지 알 수가 없었다. 목숨을 구해줬던 것
이 타라에 대한 사랑 때문이라고 아주 진지하게 상기시키는 칼? 아니
면 타라를 안절부절못하게 만드는 장난스러운 칼?

반반씩 섞이면 그보다 좋을 수 없을 텐데.

칼이 다가와서 잿빛 눈을 반짝이며 타라의 쪽빛 눈을 응시했다.

“너는 생각이 너무 많은 게 문제야. 늘 위험에 노출되어 있는 신분
이라서 그에 대처하는 교육을 받은 탓에 남친들에게도 그걸 적용하
고 있어. 처음에는 로빈과 아주 좋았지. 너도 사랑에 빠졌고 로빈도
사랑에 빠져 있었으니까 순조로웠지. 그러다 변화가 생겼어. 네 고모
가 웃는 얼굴 뒤에 감춰진 진짜 얼굴, 음모 속에 도사리고 있는 또 다
른 음모, 우정의 맹세 이면의 배신을 가르치기 시작하면서부터. 로빈
의 낯선 표현 방식을 너는 이성적으로 분석했어. 착하고 충성스러운
로빈은 함정에 빠지고 말았지. 가엽게도 로빈은 너보다 영악하지 않
으니까. 그러다 로빈이 너로 위장한 가짜 악마에게 당했지. 우리끼리
얘기지만 나라도 그랬을 거야. 그런데 너는 아주 교묘하게도 그걸 로
빈과 헤어지는 구실로 삼았어.”

“그렇지 않아!” 당황한 타라가 본능적으로 소리쳤다.

칼은 비웃는 표정으로 타라를 쳐다봤다.

“아니, 맞아! 너는 영리한 사람이 필요했지. 네가 무슨 뜻으로 하는
말인지 그 이면에 숨은 뜻까지 정확하게 알아차리는 누군가가 필요
했어. 그게 나인지 그건 모르겠어. 워낙 임무가 막중하니까. 하지만
나는 너를 사랑하게 되었고 너를 미치게 만들기로 결심했어.”

타라는 유혹 주문도 통하지 않았던 칼이 왜 갑자기 사랑하게 되었는지 물어보고 싶었다. 하지만 그 순간 칼의 말대로 이성적으로 분석하고 있다는 걸 깨달았다.

타라의 생각을 쉽게 읽어낸 칼은 또 다른 미소를 지었다. 씨푸린 미소.

"따라서 계속 그런 식이면 결국 너에게 남자란 없을 거야. 물론 나를 제외하고는."

타라는 심호흡을 했다. 늘 그렇듯 칼이 괴롭히고 있었다. 침착해야지 아니면 지는 거야. 내가 무슨 생각을 하는 거지? 지다니? 이건 게임이 아닌데. 질 것도 이길 것도 없어. 아더월드에서 산 지 얼마나 됐다고 인간관계를 손익으로 따지고 있다니.

"그래, 맞는 말이야." 타라는 차분하게 인정했다. "나는 로빈을 많이 사랑했고, 지금도 여전히 사랑해(칼이 얼굴을 찌푸렸지만 타라는 감정을 억제했다). 누군가를 그토록 사랑했는데 어떤 식으로든 감정이 남아 있어."

"그렇겠지." 칼이 생각에 잠긴 얼굴로 말했다. "나 역시 엘레아노라가 죽은 후로도 계속 사랑했으니까. 그리고 이제는 가슴 한쪽에 엘레아노라를 담아두고 있어. 네가 가슴 한쪽에 로빈을 담아두는 것처럼. 하지만 지금은 나와 너에 대한 거야. 가능성이 전혀 없는 건 아니지?"

타라는 자기도 모르게 귀를 세웠고, 칼의 목소리에서 불안해하는 느낌을 받았다.

타라는 머리를 숙이고 말했다.

"확인해볼 게 있어."

타라는 칼에게 다가서서 입을 맞췄다. 이번에는 타라가 칼을 놀라게 했다. 처음에는 어리둥절하던 칼이 이내 열렬해졌다. 타라는 잘못 생각한 것이 아니었다.

분명히 칼에게는 로빈이 보여주는 신중함과 거리낌이라는 게 없었다. 로빈은 엘프의 뜨거운 피 때문에 타라가 거부감을 느낄까 두려워서 감히 정도를 벗어날 용기를 내지 못했다. 타라 역시 준비가 되어 있지 않았다.

칼은 로빈에 비해 너무 적극적이었다.

로빈의 사랑이 폭죽이라면 칼의 사랑은 태풍 같았다.

둘은 침실에 있었다.

타라는 그만 멈추라고 말할 생각도 하지 않고 정신을 놓고 있었다. 맙소사! 평소의 타라가 아니었다.

그때였다. 문이 딩동댕, 소리를 내더니 눈, 입, 귀가 하나씩 침실 문에 나타났다. 문의 눈은 타라가 어떤 상태인지를 보고 재빨리 사라졌다. 문들은 과묵하다는 평판이 나 있고, 주인이 보고 듣기를 바라는 것만 보고 들었다.

"대답하지 마." 칼이 속삭였다.

타라는 한숨을 내쉬었다. 밖에서 무슨 일이 일어나든 모른 체하고 싶지만 그럴 수는 없었다. 무시해봐야 문제가 더 커질 뿐이라는 걸 잘 알고 있었다.

"난 그럴 수 없어." 타라는 칼의 숨결을 느끼면서 전율이 일었다.

"그럼 내 말을 따라해봐. '나는 지금 시간이 없으니까 귀찮게 하지

마. 나는 방에 없으니까 다른 데 가서 알아봐.'"

그렇게 말하고 나서 칼은 타라가 더이상 반대하지 못하게 입을 막았다. 하지만 그건 좋은 방법이 아니었다. 타라가 뻣뻣해지자 칼은 물러섰다.

신경이 곤두선 칼은 감정이 폭발할 것 같았다. 검은 여왕과 고모 때문에 타라는 연애라는 걸 제대로 해보지 못하고 있었다. 그 여자들은 타라가 정상적인 인생을 살지 못하게 결탁한 게 아닌지 의문이 들 정도였다.

"밤에 와야겠다." 못내 아쉬운 칼이 구시렁거렸다. "아무도 우리를 방해하지 못하게."

타라는 '오, 그래, 그래!'라고 외치고 싶은 마음과 덜컥 겁이 나서 달아나고 싶은 마음으로 나뉘었다.

마지못해서 칼의 품에서 벗어난 타라는 유감스러운 눈빛으로 쳐다보다 시선을 내리고 얼굴이 빨개졌다.

그사이 푹 쉬고 있던 체인지라인이 난감해하는 타라를 느끼고 옷을 매만져주었다. 상기된 뺨과 입술을 제외하고는 타라에게서 흐트러진 모습은 찾아볼 수 없었다.

타라와 칼은 거실로 나갔다. 엔지니어들은 할 일을 다 끝내고 돌아갔는지 아무도 없었다.

칼은 눈살을 찌푸리면서 안락의자에 앉았다. 타라는 문을 향해 '딩동댕' 소리를 들었다는 표시를 했다.

"마마의 동생 마라가 아주 급한 일로 만나기를 청합니다."

마라는 아무것도 아닌 일로 타라를 방해할 아이가 아니었다.

하지만 질풍처럼 들이닥친 마라가 칼 앞에 버티고 섰을 때야 비로소 타라는 기억할 수 있었다. 동생 마라가 칼을 미치도록 사랑한다는 것을……

# 11
## 다모클레스의 검

십 시기른 개늘을 피해
훔친 물건을 갖고 몰래 나가는 기술

*

거센 바람에 휘날린 것처럼 마라의 머리가 엉망으로 헝클어져 있었다. 하지만 마라는 아무 설명도 하지 않았다.

"안녕, 언니." 마라는 칼에게 시선을 고정한 채 인사했다. "칼, 너를 찾고 있었는데 제대로 왔네!"

칼은 일어나서 주먹으로 가슴을 치면서 인사했다.

"브라보, 어린 도둑. 면허 받은 도둑으로서의 첫 번째 테스트를 완수했구나? 너무 어렵지 않았어?"

"지금 장난해? 코흘리개도 할 수 있는 시험이었어! 등 뒤로 두 손이 묶였어도 할 수 있는 일이었다고. 들어봐."

마라는 어떻게 했는지 자세히 설명하기 시작했다.

타라는 동생의 이야기를 들으면서 구불구불한 갈색 머리하며 예쁜 눈이 어머니를 빼닮았다고 생각했다. 크라켄이 우글거리는 웅덩이, 치명적인 주문, 머리끝에서 발끝까지 완전 무장한 병사들이 지키는 귀한 문서를 손에 넣는 일종의 훈련에 대해 말하고 있었다.

마라가 시험에 도전했는데 발각되지 않고—이것이 가장 중요하다—성공한 모양이었다.

둘은 도둑 훈련에 대해 한참을 떠들어댔다.

"원본을 훔치고 그 자리에 가짜를 넣어둘 시간은 있었고?"

칼이 물었다.

마라가 예쁜 코를 찡그리면서 불쾌한 티를 냈다.

"당연하지! 이래 봬도 나는 프로인데 무슨 소리야? 그들은 가짜로 바뀌었다는 걸 절대로 알아차리지 못할 거야. 복사 주문이 사라진다면 모를까. 내 마법이 타라 언니만큼 강력하지는 않아도 아마 몇 년은 끄떡없을걸!"

타라와 마라는 미소를 주고받았다. 처음에는 마라가 타라를 싫어하는 쌍둥이 자르의 편을 들었기 때문에 자매는 사이가 좋지 않았다. 하지만 언니 타라가 진심으로 동생들을 사랑한다는 걸 마라가 알아차리면서 많이 친해져 있었다.

물론 어머니의 죽음으로 충격을 받은 탓도 있었다. 마지스터가 어릴 적 기억을 지워버렸기 때문에 어머니를 잘 모르는 마라는 타라만큼 충격을 받지 않았지만 타라에게 애정을 보내고 있었다.

마라는 칼에게 강철 원통을 내밀었다.

"이 안에 있어. 온도와 습도를 고려한 통이야. 숨겨진 내용이나 은폐 주문이 걸려 있는지 테스트를 받고 문제가 없으면 그것으로 미션은 끝나."

"와우, 대견한데!" 칼이 원통을 받으면서 감탄했다. "여제에게 같이 가져가자. 그러면 너를 우리 팀에 받아들이자는 내 제안이 잘못된 판단이 아님을 인정하실 거야."

그제야 훈련이 아니었다는 걸 알아차린 타라가 외쳤다.

"뭐? 마라 네가 진짜로 문서를 훔쳐왔단 말이야?"

두 도둑이 어리둥절한 얼굴로 타라를 향해 돌아섰다.

"응, 그게 왜? 언니는 뭐라고 생각했는데?"

"그냥 훈련인 줄 알았지!" 타라가 질겁한 얼굴로 분개했다. "네가 그랬잖아, 코흘리개도 할 수 있는 시험이라고!"

"휴, 언니 요즘 난쟁이들과 지냈어? 비유적으로 하는 말을 못 알아듣다니!"

"하지만 죽을 수도 있었잖아! 양피지 하나 훔치자고 그런 미친 짓을 해?"

"우리는 그보다 더 단순한 걸 회수해오라는 미션을 받을 때도 있어." 칼이 말했다. "당근 하나 훔치겠다고 목숨을 건 적도 있다니까."

어이없는 말에 타라는 분노가 싹 달아났다.

"당근?"

"응, 크레크레크레 신을 섬기는 희한한 신앙이 있어. 신도들은 당근을 아주 좋아하는 크레크레크레 신을 위해 세상에서 가장 굵은 당근을 찾아냈지. 그러고는 당근을 화석 식물 상태로 만들어놓고는 신에게 마법의 에너지를 불어넣고 있었어. 근데 말이야, 그것을 훔쳐야겠는데 그놈의 당근이 얼마나 큰지 내가 정말 돌아버리는 줄 알았어."

"그 당근을 왜 훔쳐야 했는데?" 타라가 물었다.

"크레크레크레 신에게 육신을 부여하는 데 성공한 신도들이 그 당근을 먹어야 신의 힘이 강력해진다고, 랑코비트를 불안에 떨게 만들기에 충분한 힘이라고 믿기 때문이었어. 신선한 채소를 줄 때마다 신이 신전을 펄쩍펄쩍 뛰어다니는데 그 뛰어오르는 도약에 따라 미래를 점칠 수 있다는 거야. 그런데 그 당근이 없으면 미래를 알 수가 없잖아. 아무튼 엄청 고생해서 훔치긴 했는데 당근이라 어디 가서 자랑할 수도 없어."

타라는 웃음이 터졌다. 칼은 이렇게 화가 나 있을 때도 웃게 만드니 정말 미워하려야 미워할 수가 없었다.

"하지만 신도들이 그 신에게 다른 당근을 줄 수도 있잖아?" 아더월드에서는 논리적 사고가 통하지 않는다는 걸 알면서도 타라는 물었다.

"안 되지, 그 당근을 먹어야만 신이 강력해진다고 믿으니까. 그리고 신도들의 강력한 마법 에너지도 신이 강력해야만 가능하다고 믿거든."

"그렇구나. 그럼 당근은 어떻게 됐어?"

"랑코비트의 살아 있는 궁전 지하실 어딘가에 감춰놨겠지."

마라와 타라는 시선을 주고받다가 웃음보가 터졌다. 칼도 덩달아 웃었다.

"진짜 재미있는 직업이다. 칼, 그래도 지각단층 전쟁에 관한 문서를 찾는 위험한 일에 내 동생을 끌어들인 것은 무모했어."

"언니, 언니가 하는 일이 훨씬 위험하지." 마라가 부드럽게 말했다.

"그래서 내가 도울 수만 있다면 어떤 것이든 하고 싶었어. 두세 마리의 크라켄이나 무장한 병사쯤은 내 상대가 안 돼. 그리고 정말 재미있었어."

타라는 탄식이 나오려는 걸 꾹 참았다. 친구들은 왜 하나같이(아, 파브리스는 제외하고) 싸움이나 도전을 좋아하는지! 타라는 동생들은 제발 그러지 않길 바랐다. 이미 아버지와 할아버지 그리고 어머니까지 잃었는데.

"그리고 지구에 있는 자르는 우리가 카이로 박물관에서 발견한 문서를 훔치는 중이야. 지구의 이집트는 아주 흥미로운 나라던데, 그지? 아더월드의 마법 문서들을 굉장히 많이 쌓아놓았더라고. 아무튼 몇 시간 후에는 자르가 여기 도착할 거야."

"내 동생 자르?"

마라는 미소를 지었다.

"다른 자르를 안다면 모를까, 맞아, 우리 동생."

"자르가 나를 도와준다고? 하지만 걔는…….'

마라의 시선과 마주친 타라는 말을 멈췄다. 자르와 타라는 사이가 아주 좋지 않았다. 자르는 마라와 마찬가지로 마지스터에게 '조련'되었다. 마지스터는 아이들에게 원하는 것이 있으면 무슨 짓이든 해서 차지하라고 가르쳤다. 마라도 처음에는 타라에게 까칠하게 굴었지만 언젠가부터 태도가 달라졌다.

"자르는 언니를 싫어해서 오로지 언니가 죽어서 후계자 자리를 넘겨주기만 바란다고 생각하지? 그래, 얼마 전까지는 그랬어. 하지만 언니가 후계자로서 겪어야 하는 모든 것을 따져본 뒤로는 자르도 예전처럼 그 자리를 탐내지 않아. 특히 언니가 걸핏하면 죽을 고비를 넘기는 걸 보면서부터.**29** 그리고 자르와 내가 마지스터의 훈육을 받았다는 걸 잊지 마(타라가 그 사실을 잊을 거란 걱정일랑 붙들어매!). 우리는 드래곤을 좋아하지 않고, 악마도 좋아하지 않아. 마지스터는 악마들에게 도움을 받으면서도 굉장히 경계해. 그래서 자르는 아르칸즈의 계획을 막을 수만 있다면 무엇이든 할 거야."

타라는 정신이 멍했다. 동생들이 이 정도로 이번 일에 연루되어 있을 줄은 꿈에도 생각 못 했다.

칼은 타라에게 아쉬운 눈길을 보내며 연락하겠다는 표시를 하고는 미션 성공에 들떠서 재잘거리는 마라를 따라 나갔다.

둘이 나가고 문이 닫히자 타라는 입술을 깨물었다. 칼과 사귄다는 걸 언젠가는 마라에게 고백해야 할 텐데. 타라는 입술을 더 세게 깨물었다.

몇 분 후 컴폰이 진동했다.

칼이었다.

**빨리 다시 만나면 좋겠는데 오늘 밤 어때?**

칼은 왜 문자메시지를 보내지? 크리스털 볼이나 컴폰에 대고 메시지를 구술하면 간단한데.

타라는 구술로 답했다.

"오늘 밤은 글쎄, 너무 빠르지 않아?"

. . . . . . . . . . . . . .

29. 아더월드에서 죽는다는 것은 돌이킬 수 없는 죽음이 아니다. 할리우드의 많은 공포 영화에서 불에 타 죽었다고 생각한 악당이 불사조라도 되는 듯 멀쩡히 다시 나타나는 트릭을 쓰는데 어쩌면 아더월드에서 영감을 받은 것일지도……

메시지가 곧장 날아왔다.

**절대로 너무 빠르지 않아. 인생은 길지만 때로는 짧기도 하니까. 기회를 놓치지 말자.**

칼이 어서 엘레이노리의 죽음에 대한 드라우마를 극복해야 되는데. 칼은 타라가 언제 죽을지 모르기 때문에 서두르려는 것이었다. 타라가 답하려고 할 때 문자가 날아왔다.

**여제의 집무실로 들어가고 있어. 나중에 연락할게. 타라, 넌 뭐 할 거야?**

타라는 미소를 지었다. 벌써부터 내가 뭘 하는지 알려고 하다니. 칼은 로빈과 조금도 닮은 데가 없었다. 타라는 일정의 첫 부분에 대해 거짓말을 했다.

"댄스와 예절 수업, 친위대원들과 훈련, 법과 정치 공부, 어제와 면담, 궁인들과 공식적 접견, 아르칸즈가 도착하는 일 때문에 모인 대사들과 왕을 초대하는 공식 만찬, 한밤중**30**에 잠자리."

**다른 사람들을 만나는 시간은 너무 많은데 나를 만날 시간은 별로 없구나. 자정에 갈게.**

타라는 답하지 않았다. 칼은 정말이지 너무 서두르고 있었다. 타라는 아직 칼을 '남친'으로 보는 것이 익숙하지 않은데 칼은 벌써 밤을 함께 보내려고 하다니!

하지만 타라는 더 이상 칼에게 신경 쓸 여유가 없었다. 위험한 약속을 준비해야 하기 때문에.

. . . . . . . . . . . . . . .

**30.** 아더월드에서 하루는 26시간이기 때문에 한밤중이라도 지구보다 훨씬 늦은 시간이다.

타라는 호위대에게 외출할 거라고 알렸다. 만약 못 나가게 막으면 몇 시간 동안 마비되어 있을 거라고 경고했다. 경호원들은 조각상으로 변하고 싶지 않으면 후계자를 귀찮게 하지 않는 것이 이로움을 잘 알고 있었다. 그래서 그들은 복종했고, 후계자가 계획에 필요한 것을 준비하는 동안 죽을 맛이었다.

타라가 절대로 빠뜨리지 말아야 하는 것은 우주복이었다.

타라가 마지막으로 마법복 호주머니에 우주복을 집어넣고 준비를 끝내자 갈랑이 뿌루퉁하게 부어 있었다. 하지만 페가수스를 데려갈 수는 없었다. 물론 더 작게 축소시켜 우주복 안에 넣을 수는 있겠지만 악마의 마법에 맞설 때 갈랑에게 신경 쓸 겨를이 없기 때문이었다.

몇 분 후, 세 번의 공간이동을 한 뒤에 타라는 지구의 달에 도착했다. 무료하던 티그족 파수꾼들은 타라를 반가워했다. 타라에게 궁전의 주방에서 '슬쩍해온' 고급 사탕과자를 얻어먹는 재미가 쏠쏠했던 것이다. 파수꾼들은 조용한 곳에서 지구를 바라보며 생각할 게 있어서 왔다고 하는 타라의 말을 곧이곧대로 믿어주었다. 아마존 여군들과는 달리 그들은 달에 악마의 사물들이 있다는 걸 모르고 있었다. 타라는 트란스미투스를 사용하여 지킴이들 앞에 이르렀다. 우주의 광선을 먹고 사는 지킴이들이 이번에도 타라에게 옷을 벗으라고 요구했다.

이건 뭐지? 편집중인가? 지킴이들은 타라가 누구인지 이제는 잘 알면서도 매번 똑같은 것을 요구했다. 지킴이들이 눈요기를 하고 싶은 건지, 아니면 타라가 맞는지 확인하려는 건지 알 수가 없었다. 타라가 주문을 읊어서 마법의 장막으로 몸을 감싸자 지킴이들은 그제야 만족하고 타라를 통과시켰다. 타라는 부들부들 떨렸다. 기온이 절대영도 273.15°라서가 아니라 살귀발톱과 송곳니를 드러낸 정령들이 두려워서였다. 지구의 해저 아틀란티스 신전에서 악마의 사물들을 지키다가 더는 할 일이 없어진 무형의 정령 심판관들처럼 이 지킴이들도 상황을 잘 받아들여야 할 텐데.

라오르의 창과 브롱스의 갑옷이 있는 동굴 안은 타라가 설치해놓은 비디오크리스털들에서 아더월드의 방송이 나오고 있어서 생동감이 넘쳐흘렀다. 그런데 시커먼 금속에 새겨진 형상들이 이상할 정도로 미동도 하지 않아 타라는 깜짝 놀랐다. 보통 때는 괴성을 지르며 생난리를 쳤는데…… 타라는 침을 삼켰다. 변화가 있다는 건 위험 신호일 수도 있는데.

두 무기 중에서 나온 시커먼 촉수 하나가 타라 앞에 나타났다. 언젠가부터 악마의 영혼들은 타라를 굴복시키려고 해봐야 소용없다는 걸 알았다. 검은 여왕과의 경험으로 악마의 힘에 면역이 되어 있는지 타라는 자신감이 생겼다. 촉수는 얌전히 기다렸다. 타라는 심호흡을 하고 나서 촉수를 건드렸다. 그 즉시 목소리들이 타라의 머릿속에 울렸다. 그런데 이번에는 귀에 거슬리는 불협화음이 아니었다. 악마의 영혼들은 아주 차분했다.

'우리는…… 우리는……' 악마의 영혼들이 탄식했다. '우리는 죽고 싶다! 하지만…… 하지만…… 영원히 사라지는 것이 아니라…… 비욘드월드로 가고 싶다.'

타라는 정신적으로 솔직하게 대답했다.

'비욘드월드는 마법사들이 가는 곳이다. 너희들이 죽으면 어디로 가는지 나는 모른다.'

악마의 영혼들도 솔직했다.

'가는 길은 우리가 찾을 것이다. 그러니까 우리를 해방시켜주겠다고 약속해. 에너지가 완전히 고갈될 때까지 우리를 사용하지 않겠다고…… 약속해!'

타라는 비욘드월드로 몰려드는 수백만 악마의 영혼들을 보면서 놀랄 엘세스의 얼굴을 상상했다. 이 영혼들의 해방을 장담할 수 없지만 악마들의 속셈을 알기 전에는 아르칸즈와 협정을 체결하고 싶지 않았다.

'나를 도와준다면 약속하겠다. 에너지를 고갈시키지 않을 것이다. 내게 너희들의 도움이 필요할 때 너희의 일부를 한 조각씩만 주면 되니까 완전히 사라지는 일은 절대로 없을 것이다. 그 대가로 과학자들과 나는 악마의 사물들을 파괴하지 않고 너희들을 해방시킬 것이고, 악마의 세계로 돌아가는 일도 없게 하겠다. 동의하는가?'

머릿속에서 무거운 침묵이 흘렀다. 타라는 고통받는 영혼들이 또다시 광기에 빠지는 것은 아닌지 불안했다. 하지만 촉수가 수축되더니 동맹을 조인하는 주먹 모양이 되었다.

'동의한다. 연락하길 기다리겠다.'

타라는 단호하게 대꾸했다.

'아니, 이 달에서는 아더월드가 너무 멀다. 내가 너희를 노예처럼 부리는 자들과 싸우려면 나와 가까이 있을 필요가 있다. 따라서 너희

를 데려가야 한다.'

라오르의 창과 브롱스의 갑옷이 또다시 침묵했다. 이윽고 영혼들이 대답했는데 이성적으로 되어갈수록 표현이 점점 구체적이었다.

'우리를 데려가겠다고? 아더월드로? 그들이 우리를 파괴하거나 이용하려고 들 텐데!'

타라는 크라에토비르의 반지가 발각되지 않기 위해 색깔과 형태를 어떻게 바꿨는지 봤었다. 반지는 심지어 드래곤들이 소유하고 있는 악마의 속바지까지 변형시켰었다. 그리고 악마 형상을 새긴 시커먼 철 반지는 유니콘을 새긴 은빛 반지로 변했었다. 아주 영악한 반지였다. 타라는 그걸 생각하면서 말했다.

'그러니까 악마들이 너희를 알아보면 안 되지!'

타라는 크라에토비르의 반지가 어떻게 했는지 전해주었다. 두 사물이 부르르 떨었다. 갑자기 라오르의 창에 시커먼 섬광이 퍼졌다. 이윽고 창이 점점 작아지더니 만년필 크기로 줄어들었다. 악마의 영혼들이 타라의 생각을 제대로 파악한 것이 분명했다. 잠시 후, 창이 변형되더니 검은 옻칠을 입힌 두툼한 만년필로 변해서 먼지 같은 모래 위에 놓였다. 타라는 미소를 지었다. 저주받은 영혼들이 완전히 미쳐버린 건 아니었던 것이다.

타라의 머릿속에서 갑옷이 중얼거리는 소리가 들렸다. 자기도 작아질 수 있지만 영혼들을 가두고 있는 갑옷은 여러 조각으로 이루어져 있어 혼합될 수 없다는 말이었다. 타라가 뭐라고 힌트를 주자 잠시 후 갑옷이 변형되었다. 목걸이 하나, 팔찌와 발찌들. 이번에는 타라가 미소를 짓지 않았다. 독성 금속으로 뒤덮이고 말았던 크라에토비르의 반지에 대한 안 좋은 기억이 떠올랐기 때문이다.

타라는 목걸이를 사양했다. 악마의 사물들이 죽이려고 했던 걸 잊지 않고 있었다. 눈 깜짝할 사이에 목을 졸라 죽일지도 모르는 목걸이를 지니고 있을 수는 없었다. 갑옷의 영혼들은 반박하지 않았다. 해방시켜주기를 바랄 뿐인 영혼들은 타라가 믿지 못하는 걸 이해할 수 있었다. 목걸이가 허리에 묶는 쇠사슬로 늘어났다. 아주 괜찮은 건 아니지만 목걸이보다는 나았다.

타라는 악마의 사물들이 맨살에 닿는 것을 피해야 했다.

'너희가 내보내는 파동 에너지는 우리 인체에 아주 위험해.' 타라는 저주받은 영혼들에게 설명했다. '그런데 얼마 동안은 훨씬 가까이에서 너희를 지니고 있어야 될 거야. 그때는 파동 에너지를 멈춰야 해. 악마의 속바지를 연구하던 드래곤들이 건드렸다가 몇몇이 불구가 되었거든. 나는 초록빛 비늘에 덮이고 싶지 않아. 전혀.'

타라는 농담한 건데 아주 진지하게 받아들인 악마의 영혼들이 대답했다.

'아무도…… 우리에게 부탁한 적이 없어. 아무도 도와달라거나 우리를 도와주겠다고 말하지 않았어. 늘 우리의 에너지를 빼가고 이용만 했는데. 우리는 너를 해치지 않아. 우리를 도와주면 너를 지켜줄 거야. (영혼들이 타라의 머릿속에서 표현을 찾느라고 머뭇거리다 말했다) 우리는 친구니까.'

보울리미-레마족의 제단에서 희생되어 육신에서 떨어져 나온 영혼들은 대부분 같은 종이 아니었지만 선택의 여지가 없었다. 타라의 조상들은 악마의 사물들을 가둬놓거나 파괴해야 할 흉악한 것으로 여겼다. 타라도 이런 미친 계획을 생각하기 전에는 그랬었다. 크라에토비르의 반지에 이어 검은 여왕을 경험하면서 악마의 마법은 어마어마한 파괴력이 있다는 걸 확인했기 때문에 더더욱 그랬다. 아르칸즈가 아더월드에 오겠다면서 위협하시 않았다면 타라는 악마의 사물들을 도와줄 생각은 아예 하지도 않았을 것이기에 약간 부끄러웠다. 그래서 어떤 방식으로든 최선을 다해 영혼들을 해방시키겠다고 다짐했다.

타라는 모래에 놓인 만년필을 향해 손을 내밀었다. 피부가 닿았을 때 약간 떨렸지만 다른 반응은 없었다.

타라가 이곳을 방문하기 시작한 뒤로 악마의 사물을 만지기는 처음이었다.

타라는 무슨 일이 일어날지 전혀 기늠할 수가 없었다. 만년필이 장악하려고 할까, 아니면 공격할까? 하지만 만년필은 타라의 손에서 꼼짝하지 않았는데 하얀 피부에 유난히 두드러져 보였다. 타라는 체인지라인에게 아무도 보지 못하게 안주머니에 만년필을 넣어달라고 부탁했다.

그러고는 잔뜩 긴장한 채 팔찌와 발찌를 찼고, 스웨터를 들추고 쇠사슬 벨트를 허리에 찼다. 은빛이었던 크라에토비르의 반지와는 달리 라오르의 창은 그대로 검은빛인 데 반해 갑옷은 금빛으로 변했다. 체인지라인이 만들어내는 장신구들이 대체로 금과 보석이기 때문에 일치하는 면이 있고, 오무아 사람들이 좋아하는 금빛을 선택한 것도 마음에 들었다. 타라가 긴소매를 입고 다니기만 하면 발각될 일은 없을 것 같았다.

타라는 악마의 마법에 굴복했을 때 엄습하던 비정상적인 분노를 느낄 거라고 예상했는데, 이 사물들은 악한 감정이 들지 않게 막아주고 있었다. 타라는 행성을 정복하고 싶지도, 사람들을 고문하거나 살육하고 싶은 충동도 일지 않았다.

바람직한 변환이었다.

타라는 정신적으로 영혼들에게 기분이 괜찮은지 물었다. 금발 소녀가 이런 질문을 하는 것에 영혼들은 놀랐다. 그들은 괜찮다면서 자신들을 가두고 고통스럽게 하는 몹쓸 금속으로부터 해방시켜주는 방법을 찾길 고대한다고 대답했다.

타라는 우주복을 다시 입고 지킴이들에게 인사했다.

그런데 지킴이들이 막 떠나려는 타라를 에워싸고 이빨을 드러냈다. 송곳니들에 둘러싸인 타라는 경직되었다.

"왜 그래?" 타라가 작은 목소리로 물었다. "내가 뭘 잊었나? 고맙다는 말? 또 보자는 말? 당신들을 다시 만나서 기뻤다는 말?"

질겁한 지킴이들이 외쳤다.

"창과 갑옷! 그것들은 성전을 나갈 수 없다!"

"오케이." 타라는 한숨을 쉬었다. "처음부터 다시 시작하자고? 내가 누구지?"

"우리에게 악마의 사물들을······."

지킴이들이 기계적으로 대답했다.

"지키게 했던······."

"데미데루스의 직계 혈통."

"데미데루스는 5인의 최고 마구스 직계 혈통들만······."

"접근할 권리가 있다고……."

"명확히 밝혔다."

"그리고……."

지킴이들이 한숨을 내쉬고 나서 말했다.

"옮길 권리가 있다고……."

"그렇지. 근데 내가 뭘 어쨌다고?" 타라가 물었다.

"데미데루스의 직계 혈통이 악마의 사물들을 옮기고 있다……."

"그러니까 아무 문제 없잖아. 내가 제안하겠는데 너무 무료하면 다른 일거리를 찾아봐. 그건 너희들의 몫이야."

침묵이 흘렀다.

이윽고 지킴이들이 물었다.

"몫이 뭔데?"

이런! 구체적으로 말해줘야 되는데 타라는 또 까먹었다.

"너희들이 결정하라는 뜻이야."

"데미데루스의 혈통, 그건 당연히 우리가 결정하는 것이지 당신이 결정하는 게 아니다."

오케이, 오케이. 의사소통하는 것이 가볍게 생각할 일이 아니었다. 타라는 자꾸 복잡하게 만들지 않기로 마음먹고 침묵을 지켰다.

지킴이들이 마지막으로 타라를 뚫어져라 쳐다보다가 마지못해서 비켜섰다.

가슴이 쿵쿵 뛰는 타라는 무시무시한 지킴이 정령들의 송곳니와 갈퀴발톱들 속을 뚫고 나가 동굴에서 멀리 떨어져서야 안도의 숨을 내쉬었다. 촉수 하나가 조심스럽게 타라의 머릿속으로 들어왔다. 악마의 영혼들이 무슨 일인지 궁금했던 것이다. 사실 타라는 지킴이 정령들과 악마의 영혼들이 우호적 관계라는 걸 알면서도 정령들과 실랑이를 벌이는 동안 어찌나 겁이 났는지 사물들이 느낄 혐오감이나 불안을 잊고 있었다. 악마의 영혼들은 타라가 그렇게 공포에 떨자 지킴이들이 더 센지 알고 싶었던 것이다.

타라는 웃음이 터질 뻔했지만 꾹꾹 눌렀다. 악마의 영혼들이 또 어떻게 반응할지 알 수가 없었다.

'사실 나는 너희가 두려워. 하지만 나는 잠재적인 위협보다는 당장 나를 위협하는 것에 집중해야 돼. 이제 너희는 내 친구니까 믿을게.'

만족한 촉수가 물러갔다. 타라는 라오르의 창과 브롱스의 갑옷은 크라에토비르의 반지나 검은 여왕과는 많이 다르다는 걸 알았다. 파괴하고 정복할 생각만 하던 크라에토비르의 반지와 다른 면모를 창과 갑옷에서 알고 싶은 마음이 생겼다.

타라는 달에 있는 공간이동의 문까지 트란스미투스 주문을 읊었다. 티그족 파수꾼 둘은 타라가 이렇게 빨리 돌아가는 걸 보고 깜짝 놀랐다. 타라는 파수꾼들을 뒤로하고 지구로 향했다가 지구에서 다시 아더월드의 팅가푸르로 돌아갔다.

양탄자 중앙에 자리를 잡은 타라는 지구에서 수십 억 킬로미터(아더월드에서는 길이의 단위를 '타트롤'이라고 한다) 떨어진 거리를 무형화되었다가 유형화되는 동안 내내 몹시 불안했다. 혹시라도 은

하계에 위치한 공간이동의 문에서 악마의 마법 감지기가 작동할까 봐 걱정이 되었다. 이 감지기는 마지스터를 잡거나 지구에서부터 이동하는 악마들을 막기 위한 장치였다.

하지만 악마의 사물들은 다리기 뎡부한 내토 과통 에너지를 조금도 내보내지 않아서 타라는 아무 문제 없이 통과할 수 있었다.

팅가푸르로 돌아온 타라는 우주복을 벗어서 침실에 감춰놓고 다음 약속 장소로 향했다.

몇 주 동안 계획했던 일이 드디어 결실을 맺었다. 타라는 은하계에서, 세계에서 가장 위험한 무기 두 개를 설득해서 우호적인 관계가 되었고 이제는 서로 돕기로 약속까지 한 것이다.

게다가 타라는 그 사물들을 몸에 지니고 있었다.

타라는 우쭐대는 성격이 아니지만 자신이 해냈다는 것에 뿌듯함을 느꼈다. 물론 악마의 영혼들이 배신하기 전까지였다. 그럴 가능성은 여전히 남아 있기 때문이었다.

타라의 머릿속은 온종일 커다란 물음표, 즉 '다모클레스의 검'이 매달려 있었다('다모클레스의 검'은 권력자의 머리 위에 매달려 그 목숨을 위협하고 있다는 뜻으로, 권력을 탐하는 자에 대한 통렬한 경고를 뜻한다―옮긴이). 타라는 무엇을 하든 사물들이 장악하고 있는 건 아닌지, 영향을 미치는 건 아닌지 계속 살펴야 했기 때문이다.

타라가 어찌나 산만한지 수업 시간에 선생님들에게 지적을 받을 정도였다. 방심하다가 마법이 새나가는 바람에 하마터면 경호원을 죽일 뻔했고, 아르칸즈에 대해 어떻게 생각하느냐는 한 대사의 물음에 '그게 누구죠?' 하고 엉뚱하게 대답하는 실수도 저질렀다.

타라는 거처로 돌아갈 생각이 없었다. 그래서 멋진 밤이 되도록 모든 준비를 해놓은 체인지라인이 고맙지 않았다. 칼과 밤을 보낼 수 없는 몇 가지 이유가 있기 때문이었다.

악마의 사물들을 머릿속이 아니라 몸에 지니고 있는데.

저녁 식사 때도 긴장이 풀리지 않았다. 리스베스 여제의 '부탁'으로 고문서를 찾는 일에 동참했던 로빈은 파란 눈에 갈색 머리의 아름다운 인간 어머니 메보라와 엘프 아버지 탕딜루스와 함께 랑코비트 사절단 일원으로 참석해 있었다.

목에 히드라를 감은 하프엘프는 식사 시간 내내 타라에게서 시선을 떼지 않았다. 로빈의 시선에 타라는 죄책감이 들었다. 계속 문자 메시지를 보내던 칼이 없어서 다행이었다. 이 자리에 칼이 있었다면 음식이 넘어가지도 않았을 텐데. 로빈을 반기던 아름다운 여자를 생각하면서 죄책감을 털어버리려 했지만 마음이 편치 않았다.

마라와 마찬가지로 로빈에게도 칼과 사귄다는 고백을 해야 하는데……. 타라는 이 삼각관계가 의리와 정의로 뭉친 매직 6총사를 깨뜨릴 수 있다는 걸 깨달았다. 로빈이 알면 칼을 용서하지 않을 게 뻔했다. 로빈을 떼어내는 것이 아프겠지만 아픈 상처는 때가 되면 아물지 않을까.

그냥 내버려두면 상처는 곪고 상황은 더 나빠질 뿐이다.

타라는 셈 선생님과 시선이 마주쳤다. 여전히 스물다섯 살에서 서른 살의 매력적인 남자 모습을 하고서 타라를 주시하고 있었다.

타라는 무심코 엉뚱한 생각을 했다. 이러다 색깔이 햇빛에 퇴색하듯 저 집요한 시선들에 내가 퇴색하는 거 아냐?

타라는 그런 생각을 하다 하마터면 혼자 낄낄대고 웃을 뻔했지만 옆 사람들이 후계자의 정신 건강에 의문을 가질까 봐 꾹 참았다. 타라의 오른쪽에는 타트리스족 수상 테오클리스 부인이 자리하고 있었다. 머리 색깔이 삭삭 금발과 갈색 머리인 테오클리스 부인은 아주 조금씩 먹으며 수많은 손님들을 주의 깊게 살폈다. 그러면서도 거의 모든 이들과 공평하게 대화를 나누고 있었다. 왼쪽에는 빌랭 왕국에서 온 용병들의 대표가 자리해 눈앞으로 지나가는 모든 요리를 맛보면서 흡족한 소리를 내고 있었다.

타라는 드룸므* 갈비구이가 담긴 접시를 보며 심호흡을 했다. 소처럼 생긴 드룸므는 깊은 바다에서 해초를 먹으며 사는 물고기인데 가시가 어찌나 두꺼운지 아더월드 사람들이 갈비뼈라고 부르고 있다. 히믈리아 산에서 자라는 브릴의 싹과 발분 크림소스를 곁들인 드룸므 갈비구이에서 고소한 냄새가 솔솔 풍기지만 타라는 먹고 싶지 않았다. 식욕이 없었다.

커다란 무도회장(오무아 황궁에 있는 여러 개의 무도회장 중 하나)에 수십 개의 식탁이 준비되어 있었다. 이날 저녁 식탁들이 둥둥 떠다니는 것은 아더월드 주위를 도는 두 위성 타딕스와 마딕스에서 온 손님들 때문이었다. 리스베스 여제가 중력을 완전히 없애는 것이 아니라 중력을 약하게 만든 탓에 손님들은 평소와 달리 음식을 먹는 데 애를 먹고 있었다.

반면에 창백한 얼굴에 가냘프고 연약해 보이는 타딕스와 마딕스의 외교관들은 아더월드 행성의 압력으로부터 뼈를 보호하기 위해 매직 버블로 몸을 감싸고 있었다. 타라가 이미 만난 적이 있는 외교관들이었다. 바닥에 닿을 듯한 긴 팔, 양손에 여덟 개씩의 손가락, 해초가 너울거리는 듯한 타딕스족의 초록색 머리와 마딕스족의 빨간색 머리, 게다가 하늘거리는 크림색 옷차림이라서 그런지 이날따라 유난히 두 종족은 하얀 꽃을 연상시켰다. 그래서 건드리면 금방 시들거나 뚝 부러질 것 같았다.

온갖 종류의 디저트가 나오기 직전, 리스베스 여제가 일어나서 모두가 들을 수 있게 큰 소리로 알렸다.

"친애하는 귀빈 여러분, 친애하는 친지 여러분(리스베스는 이미 모두에게 칭호를 붙여서 인사를 나눴기 때문에 반복할 필요가 없었다), 모두 알다시피 수천 년에 걸쳐 우리를 괴롭히는 악마들의 위협이 마침내 여기 있는 내 후계자 덕분에 끝날 것 같습니다."

그러고는 여제가 후계자를 향해 크리스털과 금으로 된 잔을 들자 타라는 겸손한 미소를 지어 보였지만 전혀 동의할 수 없었다. 아르칸즈의 아버지인 전 마왕이 기상천외한 발상으로 악마들의 행성들을 지구처럼 만들고, 모든 악마를 매혹적인 사이비 인간으로 만들었지만, 그 모든 걸 직접 보고 온 타라는 그 악마들은 인간의 탈을 썼을 뿐 검의 이빨을 가진 호랑이에 불과하다는 걸 알기 때문이었다.

하지만 리스베스 여제는 나라에 이익이 되는 일이라면 무엇이든 마다하지 않는 뛰어난 정치가였다.

"우리는 이틀 후에 악마들의 평화 사절단을 맞을 것이며, 새로운 마왕 아르칸즈가 타라에게 청혼했다는 사실을 알리는 바입니다."

모두 타라를 쳐다봤는데 그 시선에 동정의 빛이 서러 있었다. 하지만 반감을 품는 이들도 있었다. 타라의 결혼으로 오무아 제국이 악마들과 동맹 관계를 맺으면 오무아가 어마어마한 이득을 얻는 것인데 모든 나라가 좋아할 일은 아니었다.

반대의 목소리가 나올 줄 예상한 리스베스 여제가 능수능란한 정치기답게 덧붙였다.

"물론 청혼에 대해서는 내 후계자와 우리 정부 그리고 나는 아직 답변하지 않았습니다. 어쩌면 우리와 (여제는 각국의 대사들을 힐끔 쳐다보고 말을 고쳤다) 우리 아더월드와 동맹을 맺게 될 옛 적에 대해 더 자세히 알아야 할 필요가 있기 때문입니다."

많은 이들이 회의적인 눈길을 주고받으며 이 작전은 자살행위라고 생각하는 것 같았다. 타라는 한숨을 참았다. 타라를 샤트릭스들에게 던져주는 것이나[31] 다름없다고 생각하는 것이 분명했다.

"그리고 우리 정부는 평화 협상에 대한 의지에도 불구하고 악마 사절단을 아더월드에서 맞지 않기로 결정했습니다."

대부분 반응하지 않았다. 악마 사절단을 맞는 데 필요한 방어 노선을 구축하기 위해 모인 각국의 대표들은 이미 알고 있었기 때문이다. 하지만 모르고 있던 이들은 갑작스러운 발언에 술렁거렸다. 이번에는 타라 역시 눈살을 찌푸렸다. 고모가 또 무슨 일을 꾸민 거지? 나한테 알려주지도 않고.

. . . . . . . . . . . . . . . .

**31.** 누군가를 늑대(여기서는 샤트릭스)에게 던져준다는 말은 지구에서 흔히 하는 말이다. 실제로 러시아에서는 썰매를 타고 달리다 늑대 떼의 공격을 받을 때 절망적일 경우 제비뽑기에서 진 사람을 늑대에게 던져준다. 늑대들이 그 사람을 뜯어 먹는 동안 다른 사람들의 목숨은 구할 수 있기 때문에⋯⋯. PS: 제비뽑기를 하지 않을 경우는 썰매 맨 뒤에 있는 사람을 던져준다. 그래서 활짝 웃으면서 '맨 뒤에 타세요, 훨씬 편하거든요⋯⋯' 하고 말하는 사람을 의심의 눈초리로 쳐다본다.

"우리는 악마 사절단을 타딕스에서 맞을 겁니다."

정말 굉장한 뉴스였다. 장내가 소란해졌다. 타라는 언젠가 타딕스에 관해 접한 정보를 떠올렸다. 중력과 기압이 약해서 주민들은 마법으로 수십 킬로미터를 늘일 수 있는 돔 안에서 살아야 하며, 건물들은 상상할 수 없을 정도로 높았다.

데미데루스와 최고 마구스들이 지구의 지표에서 수천 킬로미터 아래(더 정확하게 말하면 해저)에 만들어놓은 인공 태양 가까이에 있는, 스파니비아족의 '버섯 도시'가 가장 높은 것이 아니라는 건데…….

생각만 해도 현기증이 났다. 타라의 기억으로는 타딕스 대기가 두 개의 태양에도 불구하고 얼음처럼 차가웠다. 타딕스족은 세대를 거치면서 적응되었고 이제는 불편함을 느끼지 않을 정도로 익숙해져 있었다. 그들이 몸을 감싸고 있는 매직 버블은 중력뿐만 아니라 추위를 차단시켜주는 것 같았다.

몇 달 전 타딕스에서 일어난 사건은 아주 독특한 문화 때문에 벌어진 일이었다. 한 외국인 용병이 도박으로 잃은 돈을 내지 않고 때려 부수는 행패를 부리자 타딕스 정부가 용병을 체포하면서 큰 뉴스가 된 사건이었다.

타딕스족은 모든 행성 중에서 가장 위험한 도박꾼들이었다. 그들은 어떤 인물이 때에 따라 입는 마법복 색깔에서부터 다음 날 날씨에 이르기까지 닥치는 대로 내기를 했다. 그래서 타딕스를 여행하는 사람들은 부자가 되어 돌아오거나 아예 돌아오지 못했다. 돈을 잃으면 빠져나갈 구멍이 없어서 타딕스족의 노예가 되기 때문이었다. 그것이 타딕스로 가는 이들의 계약 조건이었다.

바로 그 점이 아더월드의 거대한 달에서 온갖 종족을 볼 수 있는 이유였다. 반면에 마딕스족은 도박과 관계되는 것이면 그 어떤 것도 무조건 싫어해서 이웃인 다딕스족에게까지 과민 반응을 보이며 악하고 부패한 것이라고 비난했다.

그런데 이상한 건 신체적으로는 마딕스족이나 타딕스족이나 전혀 다르지 않다는 점이었다. 그래서 혼동되는 것이 싫기 때문에 마딕스족은 해초처럼 너울거리는 머리에 빨간 염색을 해서 타딕스족의 초록색 머리와 구별했다.

그런 타딕스로 간다고? 타라는 고모의 말이 믿기지 않았다. 내가 꿈을 꾸는 건 아니겠지? 고모가 드래곤 사절단과 악마 사절단을 세계에서 가장 큰 카지노에서 맞겠다고? 이게 실마 유머?

이렇게 타라가 광고와 뉴스를 통해 얻은 정보를 기억하는 데 정신이 팔려 있는 사이에 리스베스 여제가 말했다.

"우리 궁정과 각국 왕국, 공국, 백작령, 공화국의 사절단 등 아더월드뿐만 아니라 산티보르, 드란보우글리스펜쉬르, 기타 행성의 사절단도 내일 저녁부터 타딕스로 이동합니다. 우리는 거기서 악마 사절단을 맞고 협상을 시작할 겁니다. 귀빈 여러분, 이제 맛있는 요리를 맛보면서 만찬을 즐기시기 바랍니다."

그렇게 말하고는 질문할 겨를도 주지 않고 리스베스 여제가 위엄 있게 자리에 앉았다.

정말 대단한 화술이었다. 참석자들이 이 특별한 결정을 받아들이는 동안 타라는 생각에 잠겼다. 리스베스 여제가 각국 대표들에게

'제안한다'라고 말하지 않은 것은 아주 잘한 것이라고 생각했다. 그랬다면 다들 반론을 제기했을 것이고, 아직도 이유와 방법을 갖고 난상 토론을 벌이고 있을 게 뻔하기 때문이었다.[32] 그런데 어제는 '이미 결정했다'는 식으로 강경하게 말함으로써 반박할 여지를 주지 않았다. 물론 외교상 모든 국가에 제안하는 것이라고 해도 다른 나라들은 반대할 힘이 없다는 걸 타라는 알고 있었다. 고모는 아더월드에서 가장 강력한 제국을 통치하고 있었다. 따라서 고모의 말은 법이나 다름없는 힘을 갖고 있었다. 타라는 고모가 왜 이런 결정을 내렸는지 이유를 알 것 같았다. 악마들을 함정에 빠뜨리려면 타딕스와 아더월드를 연결하는 공간이동의 문들을 봉쇄하면 되는 것이 아닌가. 하지만 고모를 잘 아는 타라는 이 선택을 정당화하기 위한 또 다른 이유가 있을 거라고 짐작했다. 고모의 '코에서 트실을 빼내면' 곧 알게 되겠지.

타라는 시간이 갈수록 아더월드식 표현을 사용하고 있는 자신을 발견하고 속으로 웃었다. 몇 년 전만 해도 '코에서 벌레를 빼낸다'고 했을 텐데 지금은 무의식적으로 그 끔찍한 초록 벌레 트실을 생각하다니('코에서 벌레를 빼낸다'는 표현은 '유도신문해서 입을 열게 하겠다'는 뜻이다—옮긴이).

만찬이 무르익을수록 타라는 점점 들떴다. 어떡하지? 머릿속이 칼

--------

32. 정치인들은 토론하기 시작하면 아주 작은 결정을 내리는 데도 몇 년이 걸릴 수 있다. 정치인들에게는 '결정을 내리지 말고 조목조목 반박하라'는 DNA 인자가 있는 것이 틀림없다. PS: '나노테크놀로지(극미세가공 과학기술)'가 붐을 이루고 있는데 난상 토론이 꼭 나쁘다고만 할 수는 없다.

생각으로 가득 차서 신데렐라처럼 정신이 온통 자정에 쏠려 있었다. 그런데 뭔가 찜찜했다.

이제껏 사랑이라고 확신했던 로빈과는 달라도 너무 달라서 칼을 '님친'으로 생각하기가 아직은 자연스럽지 않았다.

타라는 혼란에 빠졌다.

장난꾸러기로서의 칼, 천재적인 도둑으로서의 칼, 수없이 목숨을 구해준 칼은 다 마음에 드는데 키스하는 칼은…… 왠지 좀 그랬다. 하지만 칼이 껴안았을 때는 아주 자연스럽게 느껴졌다. 마치 두 몸이 서로를 알아보는 것처럼.

하지만 칼에게서 멀리 떨어지는 즉시 온갖 의혹이 몰려왔다. 마치 타라를 괴롭히기만을 기다렸다는 듯이.

만찬이 끝났을 때 여제가 따라오라는 손짓을 보내자 타라는 차라리 마음이 가벼워지는 걸 느꼈다. 자정이라지만 지구의 시간으로 밤 10시에 해당하기 때문에, 여러 종족들과 특히 나이가 지긋한 이들에게는 한창 흥이 올랐는데 너무 일찍 끝난다고 생각하는 중이었다.

여제와 후계자가 떠나자 의자들이 얌전히 제자리에 정돈되었다.

두 여자는 늦은 시간인데도 황궁의 복도와 오솔길, 정원에 있는 이들에게 인사할 때를 제외하고는 아무 말도 하지 않았다.

밤이라서 은은한 빛에 잠긴 황궁은 신비스럽게 보였다. 건축가들과 실내 디자이너들이 투명하게 만든 지붕을 통해 비쳐든 달빛 때문이었다. 환상적인 은빛을 받아서인지 여제의 얼굴빛이 유난히 하얗게 보여 살도 피도 없는 도자기 인형 같았다.

달빛과 조화를 이룬 은빛 방으로 돌아오자 리스베스는 긴장을 풀었고, 타라와 갈랑은 금빛 소파침대에 앉았다.

타라는 그렇게 많던 금이 보이지 않는 것에 조금 놀랐다.

에프리트 둘이 크림색 실크 잠옷으로 갈아입히고, 화장을 지워주자 여제는 시종 둘을 내보냈다. 둘만 있게 되었을 때 타라가 말했다.

"저한테는 미리 알려주지 그랬어요. 고모가 타딕스로 갈 거라고 말씀하셨을 때 사레들릴 뻔했어요. 고모가 타딕스를 선택한 것은 공간 이동의 문들을 봉쇄하면 아더월드를 침략하려는 악마들의 음모를 저지할 수 있기 때문이죠?"

리스베스는 타라를 쳐다보면서 엄숙하게 말했다.

"미리 알렸어야 한다고? 타딕스로 가자는 것은 우리 모두 죽으러 가자는 건데 그걸 너한테 알려?"

타라는 어안이 벙벙했다. 그런 엄청난 선언을 해놓고서 이렇게 답하다니 고모는 정말 금메달감이었다.

리스베스는 타라의 얼굴을 보고 웃음을 터뜨렸다.

"악마들의 침략을 막을 수 있다면 못할 것도 없지. 하지만 그것 말고도 선택할 게 남아 있는데."

타라의 머릿속 톱니바퀴가 돌아가기 시작했다.

"악마들의 생각이 음…… 적대적일 경우를 대비해서 거기에 함정을 준비해놨다는 뜻이에요? 고모, 혹시…… NA를 사용할 생각이세요?"

"아니, 그건 아냐!" 리스베스가 화들짝 놀라며 대답했다. "그건 절대 아니고 그보다는 덜 과격한 걸 해야지!"

타라는 한숨을 내쉬었다. 오, 난 그게 좋은데.

"두 세계 사이에 일종의 인공 단층을 딱 한 번만 열어주고 악마의 사절단을 불러들일 생각이야."

타라는 인상을 썼다. 그런 계획은 자칫 위험이 따를 수 있는데.

"악마들이 단 한 번 열어주는 통로를 영구적인 통로로 만들기는 힘들 거라고 생각해. 하지만 5000년 동안 발전한 그들의 기술력을 무시할 수는 없지." 여제는 후계자의 반응을 놓치지 않고 말했다. "네가 악마들에 대해 작성한 보고서를 보면 특히 그래. 그들은 그 어느 때보다 위험해. 아르칸즈는 우리에 대해 너무 많은 걸 알고 있어. 악마 세계를 통치하는 그의 방식을 들여다보면 정말이지 등골이 오싹해져. 자기들의 세상과 태양을 지구처럼 만들기 위해 수십억의 목숨을 희생시키다니! 극악무도하다는 것 말고는 달리 뭐라고 표현할 길이 없어. 아무리 불가피한 이유가 있더라도 우리는 결코 선택할 수 없는 일이야."

타라는 이맛살을 찌푸렸다. 악마들의 잔인함에 고모가 이 정도로 충격을 받았을 줄은 몰랐는데. 타라는 이 기회에 반대의 뜻을 확실히 했다.

"네, 맞아요. 제가 백 번은 말했을 거예요. 끔찍하게 위험한 악마들이라고. 그런데 왜 그들을 우리 세계에 초대했냐고요? 지각단층을 완전히 봉쇄해버리면 악마들은 우리에게 아무 짓도 못 하는데!"

타라는 몸을 앞으로 숙이면서 악마의 영혼들이 주의 깊게 듣고 있다는 걸 느꼈다.

"터무니없는 생각이에요. 고모는⋯⋯."

리스베스가 말을 가로막았다.

"너도 알다시피 드래곤, 인간, 엘프, 뱀파이어 등 우리에게 맞섰던 모든 종족이 악마들과의 평화 조약에 동의했어."

"그거야 힘의 논리에 굴복했으니까 그렇죠."

"죽음을 원치 않기 때문이야. 하지만 5000년 전에 악마들을 물리쳤다고 우리가 너무 안이하게 생각했지. 네 보고서가 거의 전부라고 할 정도로 우리는 악마들에 대한 정보가 별로 없으니까."

"그들을 연구하기 위해 오라고 한 거예요? 그건 브르리르의 송곳니 길이를 재겠다고 우리 안에 들어가는 것과 같아요. 브르리르에게 잡혔다는 걸 알고 이렇게 말하면서 죽을 수도 있어요. '길이는 20센티미터⋯⋯ 으윽 꽥!'"

타라의 말에 리스베스는 미소를 지었다.

"그거 참신한 표현이구나. 하지만 적들을 잡아다 가면을 벗기는 것보다 비밀리에 준비하게 그들을 내버려두는 게 훨씬 위험해. 이번 아르칸즈의 청혼에 솔직히 놀랐어. 하지만 평화로운 교역에 대한 제안은 그렇지 않아. 어떤 방법으로든 악마들이 여길 오고 싶어 한다는 거니까."

그러고는 고모가 솔직하게 덧붙였다.

"5000년 전에 우리가 악마들처럼 추방되고 학살되었다면 나 역시 복수전을 준비했을 거야. 악마들은 인간의 모습으로 바꾸기 이전부터 어떤 점에서는 인간과 닮은 데가 있어. 복수심을 느끼는 것."

속이 거북해진 타라는 심호흡을 했다.

"그러니까 악마 사절단이 도착하는 플랫폼에 함정을 심어놓았다는 거죠?"

"아니." 고모는 차분하게 대답했다. "그건 대번에 알아챌 수 있어. 더 좋은 방법을 찾았지. 디딕스 진제가 함정이서른."

# 12
# 작전

자기가 〈스타워즈〉의 악당 다스 베이더나 되는 줄 착각하면서
위성을 폭파할 계획을 짜다니

＊

타라는 아연실색했다.

"타딕스를 폭발시키겠다는 거예요?"

"아니."

"그럼……?"

"비슷하지만 조금 달라."

타라는 어안이 벙벙했다.

"타딕스를 통째로 폭발시키면 그 조각들이 마딕스뿐만 아니라 아 더월드와도 충돌할 거야. 그러면 우리 오무아도 파괴될 위험이 있어. 반면 폭탄 같은 것으로 국소적으로 폭파하면 먼지가 엄청나게 일겠 지만 우리 두 세계는 전혀 위험하지 않아. 별만 한 크기의 블랙홀이 만들어질 정도로 강도가 세지는 않을 테니까."

이 설명으로는 국소적인 폭파가 훨씬 간단하면서 훌륭한 계획 같았다. 행성 하나를 통째로 폭발시킬 경우는 엄청난 블랙홀이 만들어지고, 우주 공간에 떠다니는 수백만의 시신들은 블랙홀에 빨려들어 훨씬 위생적이기는 할 것이나. 블랙홀이 흔적도 남기지 않고 깨끗이 빨아들이기 때문이다. 하지만 그 블랙홀이 다른 행성들도 빨아들일 테니 좋은 방법이 아니라는 얘기였다.

타라는 끔찍한 재앙을 떠올리면서[33] 마침내 입을 열었다.

"타딕스의 주민들이 고모가 폭발시키게, 아니 폭파하게 가만히 있겠어요?"

"실은 타딕스족이 제안한 거야."

타라는 현실과는 너무 동떨어진 대화를 나누고 있는 것 같았다.

"미친 거 아니에요?"

"아니, 타딕스는 수천 년 전부터 위험에 처해 있어. 타딕스는 마딕스와 더불어 악마들의 우주선들에 대항하는 마지노선이었지. 우주선을 타고 온 악마들이 단층과 연결되지 않는 행성들을 공격했거든. 그때만 해도 악마들은 타딕스와 마딕스에 아더월드와 왕래할 수 있는 공간이동의 문이 있다는 걸 몰랐으니까. 우리는 늘 촉각을 곤두세우고 있었어. 세월이 흐르면서 우리는 행성을 거대한 요새로 만들 수 있는 병기, 즉 폭발이든 폭파든 마음대로 할 수 있는 병기를 개발하기에 이르렀지. 모든 것은 어떤 버튼을 누르느냐에 달려 있어."

. . . . . . . . . . . . . . . .

**33.** 영화에서는 행성이 폭발하는 장면이 많이 등장한다. 〈슈퍼맨〉에서는 '크립톤' 행성, 〈스타워즈〉에서는 '알데란' 행성이 폭발한다. 할리우드 덕분에 타라는 행성이 폭발하면 어떻게 되는지 상상하는 것이 전혀 어렵지 않다.

맙소사, 행성 폭발이 버튼에 달려 있는 문제라니. 타라는 실소를 금치 못했지만 내색하지 않았다.

"실패하면 우리가 희생된다는 거네요. 그렇다면 왜 그 많은 사절단을 타딕스로 보내는 거죠?"

"아니, 네가 상상하는 것만큼 사절단은 그렇게 많지 않아. 아더월드의 안보를 위해 궂은일을 도맡을 수 있고 희생정신이 뛰어난 독신으로 자발적인 대표들만 원하며, 그에 대해 충분한 보상이 따른다고 분명히 밝혔어." 리스베스 여제는 아주 거만하게 대답했다. "각국 정부는 무슨 일이 일어나든 크게 동요하지 않을 거야. 오무아는 내가 없는 동안 산도르 황제가 통치할 것이고, 산도르는 우리와 함께 가고 싶어 했지만 나는 선택의 여지를 주지 않았다."

타라는 얼굴을 찌푸렸다. 산도르 황제와 찰떡궁합은 아니지만 뛰어난 전사라는 걸 알고 있었다. 이번만은 타딕스에 산도르 황제와 함께 가고 싶었다.

"그 반대로 하는 게 나을 텐데요. 산도르 삼촌을 보내고 고모가 팅가푸르에 남으세요!"

리스베스는 웃음을 터뜨렸다.

"악마들의 교역 조건을 산도르 황제와 협상하게 하라고? 황제는 아마 금전상의 조건에 동의하지 않는다고 설명하다가 토론한 지 10분도 안 돼서 검을 빼어 들고 마왕의 목에 들이댈 거야. 안 돼. 외교술은 황제보다 내가 나아. 아르칸즈를 자극하는 일은 삼가야 해. 서투른 짓으로 전쟁을 일으키고 싶지 않아."

타라는 마지막 질문을 던졌다.

"왜 그렇게 교역에 집착하세요, 고모?" 타라는 조심스럽게 물었다. "악마들의 동정을 살피려는 것은 이해해요. 이 방법에 전적으로 동의하는 건 아니지만. 하지만 내 느낌으로는 그것 말고 뭔가가 더 있는 것 같은데 아닌가요?"

리스베스는 고개를 끄덕이면서 주문을 읊었다. 서류 한 장이 타라의 눈앞에 펼쳐졌다.

0이 잔뜩 있는 서류였다. 타라는 몇 년 전부터 회계에 대한 공부도 하고 있었다. 눈앞에 보이는 문서는 대차대조표였다.

그리고 적자를 나타내고 있었다.

"우리의 수출은 긍정적이지만 보다시피 국가의 금고가 비었어."[34] 리스베스는 형편없는 숫자를 보고 얼굴을 찌푸리는 타라에게 말했다. "점점 늘어나는 비마 인구 때문에 많은 예산이 들어가고 있거든. 마법사들이 많이 도와주고 있지만 비마들의 욕구를 충족시키는 것이 그리 쉽지가 않지. 마법사들에게 필요하지 않은 다리와 여러 가지 시설물 등 많은 걸 건설해야 했어. 하지만 비마들도 나라의 발전에 기여하고 있어서 우리는 달리 도리가 없는 거야. 게다가 얼마 전부터는 옛 금지된 대륙으로 이민을 떠나는 행렬이 크게 늘어나고 있고."

아, 그런가? 사람들이 늑대인간들의 나라로 떠나고 있다고? 타라는 '바보 같다'는 것 이외의 다른 표현이 생각나지 않았다.

"비마들은 마법사가 될 수 없다는 걸 깨달았을 때 체념하면서 우리 마법 행성의 과학을 발전시키는 데 모든 힘을 쏟았지. 하지만 마법을

----

**34.** 모든 국가가 경제 악순환에 빠져 있다.

사용하지 않고도 훨씬 강력한 늑대인간이 될 수 있다는 걸 알게 된 뒤부터 우리 사회에 큰 변화가 일어나고 있어. 네 친구 파브리스도 한몫했고."

타라는 웃지 않았다. 실은 이날 아침 매직컴의 모니터 화면에서 이 서류를 봤다. 비마들이 여섯 달 동안 무려 50만 명이 이민을 떠났다. 많아도 너무 많았다. 갑자기 어떻게 이럴 수 있지? 늑대인간들의 대통령 틸이 그 많은 사람들을 유입하기 위해 무슨 짓을 한 거지?

심란해진 타라는 포커 도박꾼 같은 고모의 얼굴을 쳐다보면서 네 가지 측면에서 생각해보기로 했다. 오무아 사람들을 상대할 때 한 가지만으로는 충분하지 않기 때문이었다.

타라는 비디오크리스털에서 금지된 대륙의 새 이름인 타투말렌쉬바르에서 사는 늑대인간들의 삶을 선전하는 이상한 광고를 본 기억이 났다.

그래도 뭔가 찜찜하더니 문득 깨달았다.

"맙소사, 고모! 한편으로는 막대한 비용이 들어가는 비마들을 내보내는 것으로 실속을 차리고 다른 한편으로는 악마들을 물리치기 위한 무적의 늑대인간 군대를 배치하려는 속셈이었어요? 그래서 오늘 아침에야 내가 이 서류를 받았군요! 몰래 이런 일들을 해놓고서!"

리스베스는 이맛살을 찌푸리면서 고개를 끄덕였다.

"네 표현은 마음에 안 들지만 빨리 알아챘구나. 그래, 맞아. 내가 틸 대통령에게 제때에 모든 준비가 되도록 서둘러서 많은 사람을 유입하라고 부탁했어. 하지만 나 혼자 결정한 게 아냐. 나는 각국 정부에 알렸고 모두 동조했어. 우리는 많은 사람이 필요하고, 비마들 역시 우리에게만 의지하는 것으로 만족할 수가 없으니까. 늦대인간이 되는 것이 비마들에게는 스스로 방어할 수 있는 유일한 기회이기도 하고."

타리는 자기 머리를 때릴 뻔했다.

"어쩐지 모우르무르 삼촌할아버지는 절대로 늦대인간에게 물릴 생각을 하실 분이 아니었는데. 그 배후에 고모가 있었다니! 아더월드에 늦대인간들의 수를 많이 늘리는 것으로 고모는 힘의 균형을 바꾸려는 거예요, 아닌가요?"

"그래도 충분하지 않아." 리스베스는 한숨을 내쉬었다. "림보에는 수십억의 악마들이 있는데……."

"아뇨, 그 수가 얼마나 되는지 우린 전혀 모르죠." 그 점에 대해서는 많이 생각해왔기에 타리가 대답했다.

리스베스는 타라의 말에 대꾸하려다가 눈이 동그래졌다.

"오, 젤리소르의 충치여!" 리스베스가 외쳤다. "그래, 네 말이 맞아! 우리는 악마의 수가 얼마나 되는지 전혀 모르고 있어."

"그들은 강력한 힘을 갖기 위해 수백만 명의 동족을 희생시켰다고 했어요. 내가 본 바로는 아무 거리낌 없이 서로를 죽이는 공격적인 종족들이에요. 그렇게 해서 자기들의 수를 제한하는 것이 틀림없어요. 어떤 면에서는 우리보다 훨씬 젊은 것 같아요. 지구의 인구가 수십억에 이르는 것은 비마들의 번식 속도가 훨씬 빠르기 때문이에요. 하지만 여기 아더월드의 인구는 같은 기간 동안 5억에 불과해요."

"그건 마법이 번식을 억제하기 때문이야." 머리 회전이 빠르게 돌아가고 있는지 리스베스는 천천히 말했다.

"물론 그렇죠. 하지만 악마들 역시 5000년 동안 마법을 써왔고, 그들의 태양은 유해한데도 번식력에 문제가 일어나지 않았다는 점이 이상해요. 그래서 나는 악마들의 수가 수십억이라는 것은 헛소문이라고 생각해요. 우리를 겁먹게 하려고, 협상 과정에서 우위를 점하거나 미끼를 던지기 위한 것일지도 몰라요. 아무튼 나는 그들의 말을 믿지 않아요."

타라는 검은 여왕과 정신적으로 결합되어 있었을 때 여왕이 악마의 영혼들에게서 얻는 힘이 어마어마하게 많다는 느낌이 들지 않았었다. 지구의 인구에는 전혀 미치지 못하는 정도였다. 그때는 너무 골치 아픈 생각이라 그저 떨쳐내려고만 했는데…….

"우리 모두가 바라는 대로 아르칸즈가 정말 평화적인 의도로 오는 거라면?"

"그렇다면……." 리스베스가 탐욕스러운 미소를 지었다. "그들을 죽이는 대신 가능한 건 무엇이든 무조건 많이 팔아야지."

타라는 적자를 나타내는 대차대조표를 떠올렸다. 악마들을 몰살시키겠다고 하다가 경제적 이익 쪽으로 너무 쉽게 태도를 바꾸는 고모를 미심쩍어하며 타라가 물었다.

"아르칸즈와의 협상으로 우리의 재정 곤란이 해결될 거라고 믿으세요?"

"행성이 하나밖에 없는 드래곤보다는 여섯이나 되는 행성에 수출할 수 있는데 당연한 거 아니니? 그리고 아르칸즈가 너와 결혼하면 엄청난 교역의 기회가 열릴 거야. 그 경우라면 악마들의 수가 많으면 많을수록 더 좋겠지."

물론 그런 관점에서라면 타라는 이해할 수 있었다. 그때 컴폰이 진동해서 타라는 소스라치게 놀랐다. 칼이었다. 타라는 자신도 모르게 미소를 지었다. 고모가 의혹의 눈길로 쳐다봤지만 타라는 문자메시지를 보여주지 않았다.

**네 방에 와 있어. 어디야?**

타라는 목소리 기능을 작동하지 않고 문자를 쳤다. 고모의 간섭을 받고 싶지 않았다.

**고모와 얘기 중. 곧 갈게.**

칼이 짧은 문자를 보내는 것으로 보아 사람들과 같이 있는 게 분명했다. 타라는 둘 사이가 비밀에 부쳐지길 바랐다. 로빈과 마라에게 직접 털어놓기 전에 공개되는 것은 정말 싫었다.

타라는 가슴이 두근거렸다. 가슴이 두근기리지 않는다면 죽었나는 거니까 당연한 것이었다. 하지만 관용적으로 그렇게 표현하기 때문이지 사실은 심장이 튀어나갈 것 같았다. 고모가 위성을 폭파할 계획이라고 말했을 때보다 심장이 더 쿵쿵 뛰었다. 누구에게나 더 중요한 것이 있기 마련이니까.

타라가 미소를 지어 보이자 고모도 미소를 보냈다.

"누구니?" 여제는 별 뜻 없이 물었다.

이런, 타라는 바보 같은 미소를 지워버리고 화제를 바꿨다.

"아무것도 아니에요. 아르칸즈가 평화를 목적으로 오는 것이길 진심으로 바라는데…… 고모는 뭔가 알고 있는 거예요? 전 세계가 동시에 죽는 엄청난 일이 발생할지도 몰라서 나라면 정말 피하고 싶을 텐데……."

리스베스는 부드럽게 웃었다. 결혼을 앞두고 불임이 아니라는 걸 안 뒤로 고모는 위기 상황인데도 예전에 비해 확실히 잘 웃었다. 물론 사람들은 여제의 미소 뒤에 뭔가가 있다고 의심했다.

여제의 미소 뒤에는 대체로 강철이나 켈트릴 쇠사슬과 감옥 같은 것이 감춰져 있기 때문이었다. 요컨대 방금 죽음의 선고를 받아놓고도 웃을 수 있다는 것, 타라는 정말 강심장이라고 생각했다. 하지만 아더월드 사람들은 악마들의 침략을 대비해 희생할 각오까지 만반의 준비를 하고 있었다.

"타라, 이걸 봐." 리스베스는 손뼉을 치면서 말했다. "타딕스의 지도야."

거대한 위성이 눈앞에 나타났다. 홀로그램이 어찌나 사실적인지 돔 안의 지면을 이동하는 자동차들까지 보였다. 위성 전체적으로 회색 풍경과 알록달록한 풍경으로 나뉘었다. 수백 타트롤에 걸쳐 띠를 이루는 빨강, 초록, 금빛, 은빛 돔들의 안쪽은 아더월드 원산의 파란 풀이 덮여 있는 반면, 돔 바깥의 지면은 석탄 가스가 많이 함유되고 산소는 아주 적은 대기에서도 살아남을 수 있는 일종의 지의류 식물로 뒤덮여 있어서 회색이었다.

위성은 아더월드보다 중력이 약하기 때문에 지의류 식물들이 가느다란 줄기에 반쯤 매달려 흐늘거리고 있었다. 바람이 불어 줄기가 끊어지면 식물이 어디론가 날아가 버렸다. 이따금 연약한 식물들이 돌연 창처럼 날카롭게 변해서 주변을 황폐하게 만드는 모습도 보였다. 아마도 지의류 식물은 다른 식물군을 제압하면서 위성의 많은 지면을 거의 정복한 모양이었다. 외계인들이 도착해서 영역을 야금야금

차지하기 전까지 타딕스는 온통 지의류 식물로 덮인 위성이었다.

타라의 눈앞에 보이는 지의류 식물이 아직은 좋은 시절을 보내고 있지만, 지면 전체가 돔으로 덮이면 지하 연구실에서 표본식물로 보존되는 신세로 전락할 날이 멀지 않은 것 같았다. 이런 열악한 환경에서 살아남은 또 다른 생명체는 벌레였다. 엄청나게 많은 벌레들이 하나같이 회색인 것은 지의류 식물을 먹고 살기 위해서이거나 서로에게 잡아먹히지 않기 위한 보호색이 틀림없었다. 벌레가 어찌나 우글거리는지 땅이 살아서 꿈틀거리는 것처럼 보였다.

타라는 소름이 돋았다. 벌레라면 아주 질색인데……

회색 풍경 속에서 도시가 별처럼 반짝이고 있었다. 위성의 우중충한 풍경과는 아주 대조적으로 색이 화려하고 생동감이 넘쳤다.

"아더월드를 지켜주겠다고 자기들의 세상을 폭발시킬 각오를 했다는 게 나는 도저히 믿을 수가 없어요. 아주 대단하다는 말밖에 할 말이 없어요." 여전히 충격에서 벗어나지 못한 타라가 말했다.

사실, 대단하다는 표현은 정말 그렇게 생각해서가 아니라 마땅한 표현이 없어서 예의상 한 말이었다.

리스베스는 어깨를 으쓱했다.

"타딕스 인구는 그리 많지 않아. 겨우 100만 명이니까. 우리는 이미 주민들 소개 작전을 시작했고, 아더월드로 들어오고 있어. 생존 장치를 작동시키기 위해 남은 이들만 빼고. 카지노들은 모두 문을 닫았고, 관광객들도 이미 며칠 전부터 돌아가고 있어. 우리가 폭파할 달은 거의 비어 있을 거야. 물론 남아 있는 이들은 자원한 경우야. 우리의 친위대, 타딕스족 대표자들, 각국 정부의 사절단과 수행원들……

다 합해서 우리는 기껏해야 3000명쯤 될 거야."

타라는 얼굴을 펴려고 노력했다. 정말이지 따라가고 싶지 않았다. 왜 항상 이런 상황에 놓이게 될까? 사실 따지고 보면 타라에게 강요하는 사람은 아무도 없었다.

고모는 여러 개의 폭탄을 설치해놓은 장소와 작전을 설명해주었다. 리스베스와 타라는 컴폰에 원격조종 장치를 장착할 것이고, 위성 전체를 즉시 폭발시키려면 두 개의 버튼 중 하나를 선택해서 누르면 되었다. 그러면 아무도 살아남지 못하는 것이었다. 물론 나머지 하나는 국소 폭파를 위한 버튼이었다.

여제는 악마들에 대한 타라의 보고서와 타라가 본의 아니게 검은 여왕의 몸으로 나타났을 때를 면밀히 연구했다. 그 덕분에 오무아의 과학자들은 악마들을 물리칠 병기를 만들 수 있었다.

여제와의 면담이 끝났을 때는 새벽 1시가 다 되어가고 있었다. 그 사이 칼의 문자를 한 백 통은 받았고, 고모의 너무나 위험한 작전을 새기느라고 타라는 머리가 터질 것 같았다.

가장 걱정되는 건 악마의 영혼들이 오무아의 비밀 작전을 들었다는 것이었다. 만약 영혼들이 타라에게서 등을 돌린다면 폭탄을 어디서 어떻게 무력화시킬지 알고 있는데 어쩌지? 타라는 정신적으로 어깨를 으쓱했다. 어쩔 수 없지, 달리 방법이 없는데.

타라는 마침내 마지못해서 놓아주는 고모에게 인사하고 거처로 향했다. 타라는 마주치는 궁인들과 인사하면서도 딱히 무슨 말을 해야겠다는 생각 없이 몇 마디를 주고받았다. 정신이 온통 딴 데 가 있었기 때문이다. 방에서 기다리는 칼과 며칠 후에는 죽을지도 모른다는 생각이 머릿속을 가득 채우고 있었다. 타라의 정신은 두 가지 생각을 계속 오가고 있었다. 칼 때문에 이 정도로 정신이 없을 줄은 정말 몰랐는데 이건 분명히 정상이 아니었다.

갑자기 머리기 걸음을 멈추는 바람에 뒤따르던 경호원들이 하마터면 고꾸라질 뻔했다. 타라는 눈살과 이맛살을 찌푸렸다. 호위대는 타라의 생각이 끝나기를 공손히 기다렸다. 타라가 그렇게 멈춰 선 것은 불현듯 미심쩍은 생각이 들었던 것이다.

혹시 칼이 나한테 주문을 걸은 거 아냐? 칼은 로빈을 아주 좋아하지만 짓궂은 장난도 잘 쳤다. 칼은 로빈이 너무 올곧고 너무 정직한데다 지나치게 경직되어 있다고 생각했다. 그래서 칼의 표현대로 로빈을 '유연하게' 만들려고 노력했다. 타라는 그게 효과가 있었다는 생각이 들지 않았다. 칼의 공격을 받았을 때 로빈이 유연해지기보다는 격분하는 모습을 보였기 때문이다. 도둑 면허는 받았지만 아직 공부를 완전히 마친 게 아닌 칼이 4년제 전문 과정에 등록했다는 걸 타라는 간접적으로 들어 알고 있었다. 무엇에 대한 전문 과정인지는 듣지 못했다. 지금도 이미 '레전드 급'인데 칼은 훨씬 더 뛰어난 전문가가 되기 위해 새로운 기술을 연마할 계획인 것 같았다.

칼이 타라의 마음을 사로잡은 것이 언제부터였을까? 타라는 검은 여왕이었을 때 일어났던 일을 떠올렸다. 아니, 칼은 연기를 하는 게 아니었다. 그때 칼에게 매료되었을까? 두려움과 공포에 떨고 있을 때였는데. 칼과 로빈은 달라도 너무 달랐다. 오늘 밤 무슨 일이 일어날까? 타라는 미리 생각하고 싶지 않았다. 끊임없이 목숨이 위태로운데! 이틀 후에는 타딕스 위성과 동시에 죽을지도 모르는데 이번 한

번만은 미리 불안해하지 말고 그저 되는 대로 처신하고 싶었다.

하지만 악마의 사물들 때문에 그럴 수도 없었다.

타라는 다시 걸음을 떼었다. 호위대는 후계자를 살폈다. 이렇게 방심하는 모습을 보이는 것은 흔치 않은 일이었다. 모든 군주나 후계자들이 그렇듯 타라는 늘 신중하게 주위를 많이 살폈다. 현재의 통치자보다는 자기가 옥좌에 오르는 것이 훨씬 낫다고 생각하는 자들이 있기 마련이기 때문이다. 자칫 방심했다가는 언제 죽을지 모르는 것이 권력자의 자리였다.

더군다나 아더월드는 타라의 지위를 상기시켜주듯 늘 위험이 도사리고 있는 세계가 아닌가. 그들이 타라의 거처로 이르는 복도에 들어서는데 어둠에 잠겨 있었다. 브리양트가 하나도 없었다. 마치 도망이라도 친 것처럼. 호위대가 즉시 후계자를 에워쌌고, 크소리알 대장이 말했다.

"마마, 무슨 일이 일어난 것 같습니다. 더는 가시면 안 됩니다."

타라는 입술을 깨물었다. 그러고는 크소리알이 반응하기 전에 루미누스 주문을 읊었다.

즉시 복도 전체가 어찌나 밝은지 경호원들의 눈에 눈물이 고일 정도였다.

"아, 고맙습니다, 마마." 크소리알이 끈으로 연결한 군인용 선글라스를 나타나게 하고 코 위에 얹으면서 말했다. "우리가 조사하는 동안 여기 가만히 계시겠습니까?"

"손님이 기다리고 있어요." 타라는 얼굴이 빨개지지 않으려고 노력하면서 컴폰으로 칼에게 문자를 보냈지만 응답이 없었다. "칼리반 달 살란, 친구가…… 와 있다고 했는데……. (도대체 무슨 일이지? 복도가 왜 어둠에 잠겨 있는 거지? 그리고 위험하다는 느낌이 아니라 사랑하는 누군가가 죽었다는 느낌이 드는 이유는 뭐지?) 그러니까……."

"약속이 있다는 말씀이죠, 마마?" 크소리알은 너무 밝은 복도에서 눈을 떼지 않은 채 대답했다. 그러고는 큰 소리로 외쳤다. "크마르코! 크폴로!"

호명된 경호원 둘이 열에서 나왔는데 머리에 탈루디를 쓰고 있었다. 세 개의 커다란 눈으로 보이는 것은 뭐든 녹화하는 신기한 동물 탈루디는 무엇보다 일루전도 꿰뚫어보는 능력까지 있었다. 타라는 몸을 자꾸 부르르 떠는 탈루디들을 보면서 경호원들에게 뭔가를 알려주고 있음을 느꼈다.

"뭐 이상한 게 보이나? 위험하거나 위협적인 것은 없는가?" 크소리알 대장이 물었다.

크마르코와 크폴로는 조심스럽게 후계자의 방문 앞으로 전진하면서 사방을 훑어봤다.

"탈루디도 감지할 수 없는 강력한 주문에 걸려 있지 않는 한 무슨 일이 일어났다고 할 만한 특이 사항은 없습니다."

크마르코가 말했다.

"그렇다면 안심이군." 크소리알 대장이 타라에게 들릴 거란 생각을 하지 않고 중얼거렸다.

"이제 들어가도 될까요?" 칼이 여전히 응답하지 않기 때문에 점점 더 불안한 타라가 물었다.

"안 됩니다. 우리 모두 함께 들어갑니다, 마마." 크소리알 대장이 대답했다. "브리앙트들이 왜 사라졌는지, 비상 조명은 왜 작동하지 않는지, 무엇보다 이 모든 정황이 함정이라고 느끼는데 마마를 혼자 거처로 들어가게 할 수는 없습니다."

어떤 의미에서 편집증은 경호원들이 가져야 할 자세이기에 타라는 더는 고집하지 않았다.

거의 1밀리미터씩 걸음을 떼는 것처럼 조심스럽게 전진하는 호위대 때문에 점점 더 불안해진 타라는 짜증이 폭발할 것 같았다. 드디어 그들은 아름답게 조각된 금빛의 두 짝 문 앞에 이르렀다.

경비 장치가 설치된 문 양옆에 달라붙은 탈루디들이 그들을 촬영했다.

갑자기 돌풍이 일면서 금발이 휘날리자 타라는 깜짝 놀랐다. 하지만 경호원들은 끄떡도 하지 않았다.

"이게 무슨 일……."

"마마의 지시를 받고 문에 특수 장치를 새로 보강했습니다." 크소리알 대장이 설명했다. "이 바람이 마마의 몸에서 죽은 세포를 거둬들여 마마의 DNA와 방문자들의 DNA를 분석해서 일치하지 않으면 문이 경보를 울리는 장치이기 때문에 위장은 절대 불가능합니다."

"아, 그렇군요." 타라는 마라가 찾아왔을 때 머리가 헝클어져 있던 이유를 이제야 알았다.

문이 눈을 뜨고 입이 나타났다. 문이 타라를 살피고 나서 두 짝 문이 열렸다.

그 순간 코끝으로 전해지는 금속 냄새에 타라는 가슴이 철렁했다.

후각을 통해 인지되는 '철, 뜨거움, 위험'에 이어 시각을 통해 '빨강, 진홍색, 폭력'이 뇌에 전달되었다.

타라가 비명을 지르자 경호원들이 어느새 손에 마법의 불을 켠 채 뛰어 들이닥쳤다.

거실이 엉망으로 어질러져 있었다.

그리고 칼이 피투성이로 쓰러져 있는데 피가 흥건했다.

# 13
# 칼

남친도 갖고 그 목숨도 살려주려는 노력이
복잡한 미션이 되다니

*

쓰러진 칼 옆에서 파브리스와 무아노가 마법을 사용하면서 어찌할 바를 모르고 있었다. 타라가 비명을 지르면서 달려왔을 때 친구들은 소스라치게 놀랐다. 이어서 로빈과 파프니르, 마라도 뛰어 들어왔다. 이번에는 마라가 비명을 질렀다.

공포 때문에 뇌가 마비된 타라가 데스트룩투스 주문에서 강력한 레파루스 주문으로 바꾸려 할 때 부상자 옆에 꿇어앉아 있던 크소리알 대장이 못 하게 막았다.

"잠깐 기다리십시오, 마마. 먼저 수혈부터 해야 합니다. 피를 너무 많이 흘렸기 때문에 레제네루스로 살려놓은 다음에 레파루스 주문을 써야 합니다. 그리고 뼈를 다시 맞추어야 합니다. 척추가 여러 군데 부러졌고 두 다리도 많이 다친 것 같습니다."

타라는 무아노에게 피를 줄 건지 물어볼 필요도 없었다. 눈 깜짝할 사이에 타라와 무아노의 정맥을 빠져나온 두 줄기의 피가 칼의 몸속으로 들어갔다. 파브리스의 피는 칼을 늑대인간으로 만들까 봐 두려웠고, 로빈은 하프엘프의 피라서 사용할 수 없고, 파프니르의 피도 섣불리 사용할 수 없었다. 인간보다 밀도가 아주 높은 난쟁이의 피는 칼의 몸에 부작용을 일으킬 수도 있었다.

타라는 피와 죽음에 민감한 악마의 사물들을 지니고 있다는 걸 까맣게 잊고 있었다. 그런데 기적처럼 악마의 사물들은 전혀 반응하지 않았다.

공포에 질려서 입술이 하얘진 타라는 복부가 찢어져서 꼼짝도 않는 칼을 보지 않으려고 노력했다. 타라의 파란빛 마법이 칼의 몸에 피를 공급해주는 사이에 크소리알 대장은 찢어진 살과 부러진 뼈를 맞추었다. 칼이 부르르 떤다는 것은 아직 살아 있고 의식이 있다는 표시였다. 칼의 몸이 서서히 회복되고 있었다. 타라는 자신의 피에 함유된 마법의 힘이 칼의 회복을 도와주리라는 걸 알고 있었다. 타라는 크소리알 대장이 이제 피는 충분하다고 말하는 순간 수혈을 멈췄다. 친위대원들은 모든 마법사가 사용하는 레파루스 치료 이외에 응급처치를 배웠다. 타라도 여러 번 그 수업을 들었고 모처에서 훈련을 했다. 첫 고비를 넘기자 타라는 자신의 힘으로 칼을 구할 수 있다는 확신이 생겼다.

몇 분 후, 칼이 잿빛 눈을 떴다. 자기를 들여다보는 타라만 보고 방에 많은 사람이 있다는 걸 알아차리지 못한 칼은 인상을 쓰면서 말했다.

"아무래도 나는 말이야, 호시탐탐 죽이려고 달려들 잔인한 적들이 없는 여친을 찾아봐야 할까 봐!"

몇 분 전 내장이 빠져나올 정도로 중상을 입고 뱀파이어 식당에서 며칠 동안 사용할 수 있을 정도의 많은 피를 흘린 칼인데 무슨 말을 한들 용서가 안 될까.

하지만 불분명한 목소리로 농담처럼 내뱉은 말이라도 친구들을 얼어붙게 하는 발언이었다. 후계자를 죽이려고 했던 게 아님을 확인한 경호원들은 전혀 개의치 않았지만, 로빈과 특히 마라는 소스라치게 놀랐다. 반면에 무아노와 파프니르, 파브리스는 난처한 시선을 주고받았다.

"뭐?" 벌떡 일어난 마라가 칼을 노려보면서 외쳤다. "너와 타라 언니가 사귄다고?"

이상하게도 로빈은 반응하지 않았다. 로빈은 마치 무슨 일인지 전혀 알아채지 못한 듯 친구들을 쳐다보고 있었다.

타라는 마라와 달리 전혀 놀라지 않는 것 같은 로빈을 보면서 가슴이 미어졌다.

생각보다 훨씬 많은 사람들이 있는 데서 칼은 방금 자신이 큰 실수를 저질렀다는 걸 깨닫고 친구들의 분노에 대처할 수 없어 슬그머니 눈을 감았다.

"쯧쯧." 파브리스는 자신도 모르게 혀를 찼다.

로빈은 방금 조용히 기절해버린 칼에게 화를 낼 수는 없기에 파브리스를 쳐다보면서 분풀이라도 하듯 소리쳤다.

"너는 알고 있었구나!"

"위워!" 파브리스는 두 손을 들면서 말했다. "진정해. 나도 아주 최근에야 알았어. 그리고 내가 관여할 일이 아냐. 칼과 타라가 너에게 말하지 않았다면 그럴 만한 이유가 있겠지. 무아노와 나는 다른 사람의 애정 문제에 끼어들고 싶지 않았어. 우리의 문제만으로도 이미 충분히 고통스러웠으니까."

무아노는 꼼짝 않고 칼의 곁을 지키고 있는 타라의 모습에 몹시 당황했지만 아무 말도 하지 않았다. 그때였다. 타라는 주문을 읊지 않고 마법으로 칼을 들어서 타라의 침실 옆방으로 옮겼다.

그들과 달리 주문을 읊지 않고 마법을 실행하는 타라의 놀라운 능력을 보며 모두 입이 쩍 벌어졌다. 파란빛 물결이 침대의 크림색 실크 시트 위에 칼을 아주 조심스럽게 내려놓는 것이 투명한 문을 통해 보였다. 타라의 지시에 따라 내벽들 역시 크리스털처럼 투명해졌다. 그래야 타라가 계속해서 칼을 살필 수 있기 때문이다.

"컴퓨터, 샤름데솔 샤먼[35]을 즉시 오시라고 해!" 타라는 목소리를 높여서 지시했다. "샤먼에게 전해. 칼이 중상을 입었는데 진찰이 필요하며 응급처치로 우리의 피를 수혈해줬지만 어쩌면 추가 치료를

. . . . . . . . . . . . . .

**35.** 샤먼은 교대로 근무하는데 이날 당직인 샤먼이었다. 중상을 입은 환자가 후계자의 방에 있다는 연락을 받고 샤먼이 '하필이면 왜 내가 당번일 때!'라고 투덜거렸다는 것은 그만큼 부담스럽다는 표시였다. 타라의 마법과 관련된 사고는 대체로 대형 사고일 거란 선입견이 있기 때문이다.

받아야 할지 모르겠다고."

그런데 타라가 말을 끝내자마자 샤먼이 들어왔다. 무두질한 가죽 옷에 포콩지르의 깃털 장식을 달고 있어서(문에 설치한 송풍기 바람에 약간 엉켜 있었다) 아메리카인디언을 연상시키는 샤먼이었다. 크소리알 대장이 깜짝 놀라는 타라를 보며 미소를 지었다.

"저에게는 부상자를 보는 즉시 샤먼을 부를 수 있는 재량권이 있습니다, 마마. 그리고 샤먼의 행동이 그리 빠르지 않다는 걸 알고 있거든요." 크소리알 대장이 샤먼을 째려보면서 엄숙한 어조로 덧붙이자 샤먼은 그 말을 못 들은 체하면서 환자가 어디 있냐고 물었다.

타라가 유리벽 너머에 있다고 말해주려고 했지만, 이미 환자를 발견한 샤먼이 마법복 호주머니에서 진찰 도구를 꺼내면서 뛰어갔다.

안심한 타라는 긴장이 풀렸다.

"고마워요." 타라는 크소리알 대장에게 밀착 경호를 시킨 것은 훌륭한 선택이라고 생각했다.

크소리알 대장은 생각이 깊고 신중하고 체계적인 경호원이었다.

크소리알 대장이 말없이 허리를 굽혔지만, 타라는 그의 청회색 눈빛에서 흡족해하는 기색을 볼 수 있었다.

갑자기 이상한 느낌이 들어 타라가 친구들을 쳐다봤다.

"그런데 너희들은 여기 무슨 일로 와 있는 거야?" 타라가 궁금한 얼굴로 물었다. "내가 기다린 건 칼인데."

아차! 타라는 얼굴이 화끈거렸다. 한밤중에 칼을 만나기로 약속했다는 걸 이렇게 말해버리다니.

"우리는 로빈의 연락을 받고 왔어." 무아노가 설명했다. "파브리스와 얘기하는 중이라서 다행이었어. 아니면 자고 있었을 텐데. 로빈이 아주 급한 일이라면서 네 방에서 보자고 했어. 우리에게 해줄 아주 중요한 얘기가 있는데 오지 않으면 후회할 거라면서."

티리는 이찌힐 바를 몰랐다. 이렇게 나 불러 모아서 일을 시끄럽게 만들다니! 정말이지 이럴 때 보면 로빈은 엘프에 훨씬 가까웠다. 타라는 로빈을 향해 시선을 돌렸다.

"네가 마라도 부른 거야? 일을 이렇게 복잡하게 만들려고?"

"마라도 알아야 할 권리가 있어. 마라가 몇 년 전부터 칼을 미치도록 좋아하고 있다는 걸 알 만한 사람은 다 아는데. 너는 나를 배신하면서 네 동생도 배신했어, 타라!"

로빈이 아픈 데를 찔렀다. 다른 때 같았으면 맞대응으로 한 방 먹일 텐데 타라는 폭탄 발언을 내뱉은 로빈에게 아무 말도 할 수가 없었다. 지금은 로빈보다 마라를 달래는 것이 더 문제였다.

"마라, 오늘…… 그렇게 된 거야. 칼도 나도 너를 마음 아프게 할 생각은 없었어."

"나쁜 년!" 잔뜩 화가 난 마라는 주먹을 불끈 쥐고서 욕설을 내뱉었다. "가만 안 둘 거야! 내가 칼을 사랑하는 걸 알면서 빼앗다니!"

"나는 빼앗지……."

하지만 마라는 격분해 있었다. 그들 두 사람 사이에 이런 일이 일어났다면 타라와 칼은 조용히 설명했어야 했다. 실망이 컸겠지만 마라는 바보가 아니었다. 그런데 이렇게 여러 사람 앞에서 자신을 바보로 만들다니! 모욕을 당한 마라는 원한을 품고 있었다.

"나를 키운 사람이 누군지 잊었어? 마지스터는 적에게 어떤 동정심도 가질 필요 없다고 가르쳤어. 자르의 말이 맞았어. 넌 이제 내 언니가 아냐!"

분노가 폭발해서 적대적으로 돌변한 동생을 보며 타라가 아무 말도 못 하는 사이에 마라는 번개같이 방을 나가버렸다. 무거운 침묵이 흘렀다.

"어쩔 도리가 없네. 휴." 무아노가 한숨지었다. "타라를 비난할 사람 누구 또 있어?"

로빈은 팔짱을 끼고 입술만 실룩거릴 뿐 아무 말도 하지 않았다. 예상치 않은 마라의 독기 어린 공격에 흔들렸던 것이다. 로빈은 타라가 처한 상황을 생각하면 도저히 입이 떨어지지 않았다. 로빈에게는 '쓰러진 적은 공격하지 않는다'는 나름의 원칙이 있었다. 타라는 적이 아닐뿐더러 지금 기절하기 직전이었다.

화가 난 파프니르가 구시렁거렸다.

"에이, 그냥 방에서 잠이나 잘걸. 또 사랑 타령이잖아! 타라가 블루 매머드와 사귄다고 해도 난 개의치 않아. 싸움이 벌어졌고 칼이 저 지경이 되었는데……. 내가 궁금한 건 누가 왜 칼을 공격했냐는 거야."

갑자기 심한 비난을 받게 된 타라는 맥이 풀려서 의자에 주저앉았다. 많은 피와 마법을 사용한 데다 죄책감까지 들어 힘이 없는 게 이상할 것도 없었다. 게다가 저녁 식사 때 많이 먹지도 않았다. 그러고 보니 악마의 사물들을 가져오는 준비를 하느라 너무 바빠서 점심도 걸렀다. 칼이 누워 있는 방에서 나온 샤먼이 타라의 창백한 얼굴을 보고 빨리 다가왔다.

"허허." 샤먼이 타라를 진찰하면서 말했다. "환자는 하나가 아니라 둘이군요. 이걸 얼른 마십시오(샤먼이 주문을 읊어서 오렌지 주스 한 잔을 나타나게 했다). 마마의 피를 용해하고 재생시켜야 합니다. 그 다음 이걸 드세요(샤먼의 다른 손에 맛있는 샌드위치가 있었다. 타라는 아무 것도 믹고 싶지 않았나)."

타라가 그렇게 말하려고 했지만, 샤먼이 엄한 눈으로 오렌지 주스를 들이미는 바람에 타라는 억지로 마셔야 했고, 샌드위치도 먹어야 했다.

타라의 혈색이 차츰 돌아오자 샤먼이 만족한 어조로 말했다.

"좋습니다. 이제 모두들 가서 자도록 해요. 중상을 입었지만 환자는 몇 시간 자고 나면 괜찮을 겁니다."

"하지만 우리는 친구를 공격한 사람을 찾아야 해요." 무아노는 샤먼의 차가운 얼굴에 주눅 들지 않고 말했다.

"친구는 정신이 돌아왔어요. 나한테 누가 공격했는지도 이미 말했어요. 물론 범인이 누군지 곧 알게 될 거예요. 내가 범인을 체포하는데 필요한 조치를 취하라고 경호원들에게 알릴 거니까."

샤먼의 위협적인 어조에 약간 놀란 네 친구는 타라를 따라 칼이 있는 방으로 뛰어갔다. 타라는 빈 잔과 반쯤 먹은 샌드위치를 침대맡 탁자에 내려놨다. 타라는 전보다 키도 더 크고 체격도 훨씬 좋아진 칼을 보고 놀라면서 하마터면 죽었을지도 모른다는 생각에 몸이 부르르 떨렸다.

칼이 눈을 뜨고 타라를 봤다. 그리고는 함박미소를 지었다. 그러다 로빈과 눈이 마주치자 표정이 굳어졌다.

"이제 나한테 설명해야지? 로빈, 왜 나를 죽이려고 했는지?"

친구들이 쳐다보자 로빈은 아연실색한 얼굴이었다. 로빈이 눈살을 찌푸리면서 칼을 노려봤다.

　"너 진짜 웃긴다." 로빈이 말했다. "타라의 피 때문에 마법 과다로 머리가 잘못된 거 아냐? 농담이지? 근데 난 전혀 재미있지 않거든."

　"아니, 농담 아냐." 칼은 아주 진지하게 말했다. "내가 이곳에 도착했을 때 새로운 보안 장치를 통과하자 문이 열렸어. 그런데 문이 네가 와 있다면서 타라는 없다고 말해줬어. 난 깜짝 놀라면서 타라가 너를 부른 거라고 생각했지. 우리 관계를 너에게 알리기 위해서. 그런데 네가 갑자기 마법으로 나를 벽에 부딪치게 한 다음 순식간에 내 배를 칼로 찔렀어. 격분하는 건 이해하겠는데 그래도 나를 죽이려고 할 줄은 몰랐어."

　로빈은 거만한 표정으로 허리에 차고 있던 칼을 침대에 내려놨다.

　"내가 먼저 온 게 아니라 너보다 나중에 왔어. 그리고 이 칼을 말하는 거야? 나는 이 칼을 살아 있는 사람에게 사용해본 적이 없어. 장난 하지……."

　로빈은 말이 목구멍에 걸려서 더는 할 수 없었다.

　칼날에 닿은 크림색 실크 시트가 붉게 물들었다.

　로빈이 재빨리 칼을 집었다.

　"말도 안 돼. 하지만…… 이건 내 칼이 아냐! 봐! 내 칼은 자루에 타춤꽃 두 송이가 조각되어 있는데 이건 하나밖에 없어!"

　하지만 엘프의 눈으로만 볼 수 있는 아주 섬세한 조각이었다.

로빈이 칼자루를 친구들에게 보여주는 순간 크소리알 대장이 아그랑디수스 주문으로 확대했다. 분명히 두 송이의 꽃이 조각되어 있었다.

경호원 한 명이 스쿠프를 들고 들어왔다. 날아다니는 카메라가 약간 버둥거렸다. 티그족 경호원의 네 손 중 하나가 눈을 가려서 촬영할 수 없었던 것이다.

"문에 설치해놓는 스쿠프 중 하나입니다." 경호원이 말했다. "실내 촬영은 금지되어 있기 때문에(타라는 거처 안의 촬영을 단호하게 거부했다) 내부 모습은 없지만, 들어가는 사람들은 볼 수 있습니다."

경호원이 잠시 뜸을 들이다 덧붙였다.

"그런데 들어갔다가 나와서 다시 들어간 사람이 한 명 있습니다."

경호원이 부탁하자 스쿠프가 촬영한 것을 비추었다.

거처로 들어가는 로빈. 그다음은 칼. 다시 나오는 로빈. 이어서 도착하는 파브리스와 무아노…….

로빈이 믿을 수 없다는 얼굴로 창백해졌다.

"말도 안 돼! 이건 내가 아니야! 맹세코 나는 한 번밖에 오지 않았어. 나는……."

타라와 시선이 마주친 로빈은 말을 이었다.

"그 시간에 나는 빨간 머리의 여자, 레나 보르다브릴과 있었어. 그녀의 거처는 A 865호니까 물어봐. 확인해줄 거야."

타라의 얼굴이 어두워졌다.

"새로 보강한 장치가 DNA 추출로 신원을 확인했습니다." 스쿠프를 들고 있는 경호원이 하프엘프의 항변을 무시하면서 말했다.

"DNA 장치는 분명히 로빈 망질임을 확인한 다음 후계자의 거처로 들여보냈습니다."

살해 용의자가 후계자 가까이에 있는 것은 위험하다고 판단한 크소리알 대장은 하프엘프의 두 손에 켈트릴 수갑을 채우고 근엄하게 말했다.

"셀렌다와 랑코비트의 로빈 망질, 랑코비트 국적의 칼리반 달 살란에 대한 살인미수로 너를 체포한다. 너는 진실의 입에게 심문을 받을 것이고, 진실은 밝혀질 것이다."

"안 돼!" 화가 난 타라가 소리쳤다. "로빈은 그럴 리 없다!"

"나는 아무 짓도 안 했어!" 발버둥치는 로빈의 크리스털 눈에서 분노의 눈물이 흘러내렸다. "맹세해, 타라!"

타라는 악몽을 꾸는 것 같았다. 이해가 되지 않았다. 타라가 아는 로빈은 화를 낼망정 절대로 칼을 죽이려고 할 리가 없었다. 하지만 엘프들은 특히 여성 엘프가 걸린 문제일 때 난폭하다는 평이 나 있었다. 그것은 여성 엘프의 수가 훨씬 적어서 생긴 현상이었다. 악마들에게 고통을 받았던 종족 중 하나가 엘프 종족인데 악마들과 싸우러 떠날 때 행성에 여자와 아이들을 두고 떠났다. 그러자 악마들이 공격해서 행성을 파괴해버렸다. 그 결과로 원정대를 따라나선 여성 전사들만 살아남을 수 있었다. 이것은 원래 별로 호전적이지 않았던 엘프 종족(이사벨라 덩컨에 따르면 오히려 노래와 춤 그리고 시시껄렁한 시를 좋아하는 종족이었다)이 오늘날 잔혹한 전사들로 변한 이유를 설명해준다. 시를 즐기는 취향을 버리지 않았으면 좋았을 텐데!

5000년 동안 엘프 종족의 여성 출생률이 차츰 높아지고는 있지만 출산율이 워낙 낮기 때문에 여성 엘프의 수는 아주 느리게 증가하고 있었다. 수명이 긴 종족은 멸종 위기에 처하는 추세라서 저조한 출산율이 크게 향상되지 않았다.

불행히도 과학기술도는 이 문제를 해결하시 못했나. 시험관 수성은 마치 중요한 요소가 빠져 있는 듯 순조롭지 않았다. 그 때문에 여성 엘프들은 여러 명의 남편을 가질 권리와 의무가 있었다. 그래서 남성 엘프들은 연적을 죽이는 것이 명백하게 금지되어 있지 않는 한 잔혹할 정도로 소유욕과 질투심을 보였다.

하지만 타라는 하프엘프인 로빈이 강력한 라이벌을 없애는 것을 당연하게 여길 정도로 잔혹하다는 생각을 단 1초도 한 적이 없었다. 로빈의 얼굴은 절반이 엘프의 생김새이지만 행동에 있어서는 분명히 인간적이었다.

타라가 로빈을 오해하면서 사이가 틀어지긴 했지만 그토록 정직하고 충직한 로빈이 살인미수로 체포되다니……. 로빈은 무죄라고 소리치고 있었다.

이건 음모가 틀림없었다. 타라를 겨냥한 것이 분명했다. 본능적으로 일어나 로빈을 지켜주려던 타라는 불현듯 떠오른 생각 때문에 정반대로 행동했다. 친구들은 타라가 호위대장에게 달려들어서 묵사발을 만들 거라고 생각했는데, 로빈의 고함에 아랑곳없이 흥분을 가라앉히고 칼 옆에 앉는 타라를 보며 뜨악했다.

"데려가요." 타라는 크소리알 대장에게 냉랭한 어조로 말했다. 의외의 지시에 곤혹스러운 상황을 맞게 될 거라 예상했는지 호위대장의 표정이 어리둥절했다. "심문해서 사건의 진상을 밝혀야 하니까!"

로빈은 너무 놀라서 고함을 멈췄다.

"타라?" 로빈은 울먹이는 목소리로 소리쳤다. "타라?"

"호위대장, 내가 명을 내린 것 같은데!"

크소리알 대장이 너무 충격을 받고 말문이 막힌 로빈을 끌고 나갔다.

무거운 침묵이 흐르는 가운데 친구들은 질린 얼굴로 타라를 쳐다보고 있었다.

"타라, 나는 로빈을 잘 알아. 로빈은……." 마침내 칼이 말했다.

그때였다. 타라가 느닷없이 실렁수스 주문을 날려서 모두 깜짝 놀랐다. 이제는 아무도 그들이 하는 말을 들을 수 없었다. 하지만 트라둑투스 주문도 차단되었기 때문에 그들은 예전에 무아노가 친구들의 머리에 심어준 공통 언어를 사용해야 했다. 타라는 모두 잘 아는 오무아어를 선택했다.

"……우리 중 누군가를 해칠 수 있는 친구가 아니야." 타라가 칼이 하려던 말을 대신 끝냈다. "그래, 나도 알아. 그런데 몇 시간 전에 친위대원 두 명이 마지스터의 마법으로 추측되는 악마의 마법에 감염되어 동료 대원들을 죽이고 셀렌바를 없애려고 했어. 마지스터나 또다른 적들이 우리를 갈라놓거나 너희들을 죽이려고 했던 게 한두 번이 아냐. 이번에도 술책이야. 로빈에게 칼을 죽이게 함으로써 일석이조의 효과를 노리는 거니까."

무아노가 한마디했다.

"그래도 난 심장 떨려서 혼났어. 네가 로빈을 범인이라고 생각하는 줄 알고!"

"상황이 복잡해." 타라는 힘없는 얼굴로 이마를 문지르면서 말했다. "누군지 몰라도 우리를 아주 잘 아는 자의 소행이야. 뭔가 이상하잖아. 마라를 나의 적으로 만들었고, 로빈을 무력화시키면서 칼에게 중상을 입혔어. 이건 일석삼조의 효과야."

"그런데도 몇 시간 후에 디딕스로 출발하는 거야?" 너세의 성녕을 재방송으로 본 칼이 물었다. "악마들과 관련 있는 일이야? 범인이 우리가 너와 동행하지 못하게 막으려는 걸까?"

칼이 가장 힘든 문제를 건드렸다. 타라는 심호흡을 했다.

"아니, 나는 그렇게 간단한 술책이라고 생각하지 않아. 따라서 너희들은 나와 함께 가지 않아." 타라는 부드럽게 말했다. "미안해. 내가 로빈을 도와주지 않은 것도 그런 이유야. 오무아의 감옥에 갇혀 있으면 로빈을 지켜줄 수 있으니까."

친구들은 마치 다른 사람을 보는 것처럼 타라를 쳐다봤다.

"뭐? 농담이지?" 파프니르가 소리쳤다.

"아니, 농담 아냐."

"타라, 세상의 짐을 혼자 어깨에 짊어지려고 하는 그 못된 버릇이 또 도진 거야?" 무아노가 다정하게 말했다. "너에게는 우리가 필요해. 그건 너도 잘 알잖아."

"하지만 너희들에게 죽음의 선고를 내리고 싶지 않아. 나와 함께하면 그렇게 되니까."

칼은 일어나려다가 인상을 쓰면서 포기했다. 갈라진 배가 아직은 회복되지 않았다는 신호를 보낸 것이다.

"그게 어떻게 죽음의 선고야?"

고통 속에서도 칼은 타라의 아름다운 미소에 가슴이 설렜다. 칼은 타라가 여친이라는 게 믿기지 않았다. 비록 타라가 사랑한다고 말한 건 아니지만 칼은 둘 사이가 깊이 결속되어 있다는 걸 알고 있었다.

"위성 전체가 함정이야." 그들의 대화가 새나가지 않는지 시험해본 뒤에 타라가 설명했다. "아르칸즈가 침략할 의도로 대대적인 사절단을 이끌고 오는 거라면 고모가 모조리 폭파해버릴 거야."

무거운 침묵. 백 마디 말보다 휘둥그레진 친구들의 눈이 엄청난 불안을 더 잘 대변해주었다.

이윽고 칼이 어깨를 으쓱했다.

"바보 같은 짓이야."

타라가 예상하던 반응이 아니었다. 의아해하는 타라의 눈을 보면서 칼이 말했다.

"위성이 폭발해도 네 마법의 힘은 워낙 강력해서 매직 버블로 너를 지킬 수 있어. 네가 원치 않으면 아무것도 너의 매직 버블을 뚫고 들어갈 수 없어. 너의 마법이 우리 세계에서 가장 강력한 건 틀림없어. 하지만 악마의 마법 에너지로 가득 차 있는 아르칸즈도 못지않게 강력해. 내 생각에 위성 전체를 가루로 만든다고 해서 좋은 작전이라고 볼 수는 없어. 네 고모와 오무아 정부의 대표들, 상당수의 악마들이 죽겠지만 그것으로 끝나는 게 아니니까."

타라는 한숨을 쉬었다. 맙소사, 아무려면 고모와 정보국이 그 정도로 바보일까! 타라는 어떤 마법의 장막도 꿰뚫어버리는 특수 수류탄에 대해 얘기했다. '타딕스에 설치한 폭탄은 개량한 것이고, 여러 행성의 살인자 몇 명이 참여할 것이며 대부분은 마법의 유산탄을 사용하여 공격을 저지할 것이다. 유산탄 몇 개만 사용하면 마법사는 갈가리 찢기고 으스러지거나 폭발하는 위험이 있다. 요컨대 인간보다 너강한 악마의 몸도 예외는 아니다.' 타라가 칼과 같은 반론을 제기하자 리스베스가 이렇게 설명했었다.

타라만큼 강력한 마법사도 견뎌내지 못하는 신무기라는 말에 칼은 이맛살을 찌푸렸다. 아직 많이 아프기도 했고, 다른 사람이 자기보다 훨씬 기발한 착상을 했다는 것에 김이 새기 때문이었다.

"그러니까 자살 미션이네." 칼이 말했다. "이른바 '빌우모죽36'."

타라는 미소를 지었다. 이런 상황에서도 우스갯소리로 분위기를 덜 무겁게 만들 생각을 하다니.

"하지만 그 귀염둥이(파프니르는 아르칸즈를 아주 귀엽다고 생각했다. 물론 실버를 따라오려면 한참 멀었지만)가 정정당당하게 승부를 겨루지 않을 거라고 생각하는 이유는 뭔데?" 파프니르는 장밋빛 고양이를 쓰다듬으면서 물었다. "벨을 봐, 악마 세계의 고양이지만 우리 편이야. 아무튼 그렇게 해서 아르칸즈가 얻는 이득이 뭔데? 침략보다는 우리 세계와 교역하는 것이 더 이득 아닌가?"

"네 말이 맞아, 파프니르." 무아노가 말했다. "그게 함정이 아닐 가능성은 반반이야. 따라서 우리는 너와 함께 가지 않을 이유가 전혀 없어, 타라. 그리고 그게 함정이라도 우리는 빠져나올 방법을 찾아

· · · · · · · · · · · · · ·
36. '빌어먹을, 우리 모두 죽는구나'의 줄임말.

낼 거라고 확신해. 늘 그랬던 것처럼. 우리는 마지스터, 반디우 대군, 영혼 약탈자, 배반한 드래곤, 유령들의 습격, 사악한 크라에토비르의 반지, 검은 여왕의 위협에서 빠져나왔어. 그런데도 우리가 악마들이 두려워서 못 간다고? 왜?"

"어, 그게…… 너희들의 목숨을 구하기 위해서."

무아노는 미소를 지었다.

"생색을 내려는 말이 아니라 우리가 더 자주 타라 네 목숨을 구해준 것 같은데……. 물론 네가 우리와 전 세계를 구해준 것도 사실이니까 서로 비긴 거 아닌가? 하지만 네가 먼저 죽고 나면, 넌 더 이상 우리를 구해줄 수 없어. 따라서 우리가 먼저 너를 구해줄 테니까 그 다음에 생기는 위험은 네가 해결해."

지친 타라는 나오려는 한숨을 꾹 참았다. 친구들이 이렇게 나오리라는 걸 잘 알고 있었다. 하지만 타라는 걱정하지 않기로 했다. 하품하는 타라를 보고 파브리스가 웃음을 터뜨리자 모두들 긴장이 약간 풀렸다

"미안해." 타라가 얼굴이 빨개지면서 사과했다. "졸려서 죽을 것 같아."

"우리 그만 갈게." 무아노가 말했다. "회복하려면 칼과 너는 푹 쉬어야 하니까. 실은 나도 피를 뽑아줬더니 피곤하고."

타라는 얼른 얼굴을 들었다. 무아노도 칼에게 수혈해준 걸 까맣게 잊고 있었다.

"미안해, 너도 애 많이 썼는데 내가 그만……."

무아노가 손사래를 치며 일어났는데 짓궂은 미소를 머금고 있었다.

"솔직히 말해서 악마들의 침략에 대처해 악마들과 충돌하게 생긴 위험한 마당에 내 피를 친구에게 조금 준 게 뭐 그리 대단한 일이겠어. 다만 나 같은 현명한 소녀의 피 덕분에 이 고집쟁이가 문제를 덜 일으킨다면 보람이 있어!"

칼의 눈이 동그래졌다.

"오, 난 몰랐네. 정말 생각도 못 했는데. 정신을 잃었기 때문에 너희 둘 다 피를 줬는지 몰랐어. 그럼 혹시 내가 야수로 변할 가능성이 있는 건가?"

무아노는 한쪽 눈을 찡긋거렸다.

"가능성? 칼, 야수가 되고 싶어?"

"응, 무거운 걸 들어야 하는데('훔칠 때'라는 뜻이 함축되어 있다) 마법을 사용하면 안 될 때('경보가 울리기 때문에'라는 뜻이 함축되어 있다) 편리할 것 같아서."

무아노는 웃음을 터뜨렸다.

"가능성 전혀 없음. 미녀와 야수의 후손들만 저주를 받았거든. 너는 내 피를 다 가져가도 갈퀴발톱이나 털 같은 건 나지 않아. 변형되고 싶으면 너도 알잖아, 파브리스한테 물리면 되는 거."

칼은 손을 저었다.

"아니, 그건 달라. 알파 늑대에게 복종해야 된다는데 그건 별로야. 하여튼 고마웠어."

타라가 실렁수스 주문을 풀자 친구들이 하나둘 나가기 위해 일어났다. 타라는 친구들을 문까지 배웅했다. 문을 나서기 전에 파프니르가 타라에게 말했다.

"내가 실버에게 그래놓고서 나를 돕지 못하게 감옥에 가뒀다면, 실버는 아마 내 목을 비틀어버리고 말 거야. 그래도 난 할 말이 없을 것 같아. 그리고 충고하는데 로빈을 위한답시고 그런 식으로 떼어버릴 생각은 집어치워, 타라. 내가 보기에 넌 아직 로빈을 사랑해."

타라는 멍한 눈으로 문을 쳐다봤다. 타라의 눈길을 받은 문이 얌전히 물었다.

"네, 마마? 분부 내리십시오."

"난쟁이 전사가 왜 갑자기 결혼 상담사가 되었는지 모르겠어."

문의 눈이 동그래졌다.

"네?"

타라는 한숨을 내쉬었다.

"아냐, 아무것도 아냐."

타라는 망설였다. 로빈을 만나러 가야 한다는 걸 알지만 너무 지쳐서 자야 했다. 그러면서도 마음 한편으로는 손님용 침실에 칼이 있어서 행복했다. 거처가 넓어도 너무 넓어서 이따금 이 방에서 저 방으로 이동하기 위한 벨트컨베이어를 설치해야겠다는 생각이 들 정도였다. 오무아 사람들의 과시욕은 정말 못 말린다니까! 칼이 누운 방으로 돌아간 타라는 물끄러미 친구를 쳐다봤다. 칼이 지어 보이는 장난기와 애정이 반반씩 섞인 미소에 타라는 다리에 힘이 빠졌다. 칼이 무슨 생각을 하는지 느껴졌다.

"우리가 처음으로 함께 보내는 밤이 이렇게 될 줄은 상상도 못 했어." 타라가 말하는 순간 칼이 끼어들며 질책하는 눈초리로 타라를 쳐다보고 외쳤다.

"타라! 내가 할 말을 그렇게 가로채면 어떡해?"

"그래도 이렇게 되면 안 되는 건데…… 우습게 됐잖아."

"천만에." 칼은 진지하게 말했다. "내가 이런 중상을 당했으니까 그나마 너와 밤을 보낼 수 있게 된 거야. 너도 예상하지 못한 일이지만 설사 내가 원했어도 이런 기회를 얻지 못했을 텐데, 뭐."

타라는 웃음을 터뜨렸다. 낙담한 칼의 마음을 이해할 수 있었다. 일단 위험한 순간이 사라지고 나자 타라도 비슷한 심정이었기 때문이다.

"그리고 마법은 사용하지 마." 타라가 말했다.

"왜?" 칼은 어리둥절해서 묻다가 대번에 알아차렸다. "아, 네 피! 네 마법 때문에 평소보다 훨씬 강력해서 위험할 수 있다 그거지?"

타라는 고개를 끄덕였다. 정확하지는 않아도 거의 비슷했다.

"내 방을 폭발시킬 수 있으니까 조심하라는 거야. 내 마법이 빗나가서 벽이 폭발할 때마다 궁전의 친위대원들이 심장마비를 일으키거든. 그래서 아주 공포에 질려 있지."

"타라, 난 그게 무엇이든 부숴버릴 생각이 전혀 없어." 칼이 점잖게 말했다. "지금 나는 말이야, 손가락 하나 쳐드는 것도 버거워. 그리고 얼마 동안은 꼼짝도 못하고 누워 있어야 하는 게 아주 싫어서 죽겠는 사람이라고."

타라의 얼굴이 어두워졌다.

"칼, 미안해!"

칼은 놀란 얼굴로 쳐다봤다.

"미안해? 뭐가? 내 직업이라는 게 원래 늘 위험이 따르는데. 위험하기는 너도 마찬가지잖아. 우리가 선택한 거니까 감수해야지. 미안해 하지 마. 네 잘못도 아니고 로빈의 잘못도 아니야." 칼이 갑자기 어조를 바꿨다. "입 맞춰도 될까? 아니다, 내가 움직이면 80퍼센트 실패할 테니까 네가 해주길 부탁할게."

타라는 다시 웃으면서 칼을 향해 몸을 숙였다. 그리고 부드럽게 입을 맞췄다. 타라가 본의 아니게 아직 아픈 가슴을 누르자 칼이 신음 소리를 내서 타라는 소스라치게 놀랐다.

"어머, 미안해. 내가 아프게 했어?"

"그럴 리가." 칼이 단호하게 대답했다. "미안하다는 말 그만하라니까. 10분에 두 번이나, 그건 너무 많이 하는 거야. 어서 가서 자. 두 다리로 멀쩡히 걸어 다닐 수 있게 해주려고 애쓴 샤먼의 노고를 내가 단방에 날려버리는 수가 있으니까. 넌 살아 있는 유혹이야, 접근 금지령을 내려야 할 정도로!"

타라는 마지막으로 입맞춤을 한 뒤에 함박미소를 지으며 일어났다. '살아 있는 유혹'이라는 말이 마음에 들었다. 아주 재미있는 말이었다.

침실로 들어간 타라는 욕실로 향했다. 파란색의 거대한 욕실 중앙에 수영장이라고 할 만큼 커다란 욕조에서 아름다운 사이렌이 머리를 빗고 있는데 일루전 효과였다. 타라는 흥얼거리면서 양치를 했다. 눈앞의 거울이 갑자기 타라를 따라 노래를 부르기 시작했다. 깜짝 놀란 타라는 입속의 치약을 삼킬 뻔했다.

"너 뭐 하니?" 타라가 웅얼웅얼 말했다.

"네?" 거울이 물었다.

다라는 입을 헹궈내고 다시 물었다.

"너 뭐 하냐고?"

"마마를 따라 노래하는 건데 왜요? 마마가 흥얼거리니까 기분이 좋아서요. 하지 말까요?"

노래하는 거울이라……. 거울이 마치 주눅 든 듯 가만히 있었다.

"아니, 내가 깜짝 놀라서 그랬어." 공손히 대답을 기다리는 거울을 보면서 타라가 말했다. "어서 불러, 걱정하지 말고."

타라는 잠시 물속에서 긴장을 풀었다. 체인지라인과 공기의 원소기 머리를 말려주었다. 마침내 타라는 침대에 누웠다.

타라는 악마의 사물들에게 손이 닿는 침대 옆 탁자에 내려놓을 거라고 알렸다. 그러면서 자는 동안에도 자신의 마법이 작동하기 때문에 장악하려고 해봐야 소용없을 거라고 경고했다. 영혼들은 친구가 되었는데 친구끼리 장악하는 일은 절대 없다고 항변했다. 그들은 그렇게 다시 한 번 약속했고, 영혼들은 인간들의 구애 행동을 아주 흥미로워했다.

타라는 얼굴이 빨개지지 않으려고 애를 썼지만 쉽지 않았다.

이상하게도 칼이 바로 옆방에 있는데 깊은 잠에 빠져들었다. 컴폰의 자명종 소리에 타라는 눈을 떴다. 자는 동안에도 뇌는 열심히 일했는지 칼과 함께 하고 싶은 것이 여섯 가지나 되었다.

칼은 아직 자고 있었다. 깨우고 싶지 않았다. 타라는 악마의 사물들을 손목과 발목, 허리에 다시 차고, 만년필을 챙겨 넣은 다음 아침을 먹었다. 한편으론 칼이 일어나서 샤워를 했는지, 몸은 괜찮은지 확인하고 싶은 충동과 싸웠다. 그래도 혼자 있게 놔둬야지 불쑥 들어가서 방해하면 좋아하지 않을 거란 생각에 잠시 어쩔까 고민했다.

아, 그렇게 하면 되는데 바보같이! 타라는 벌떡 일어났다. 내가 무슨 생각을 하는 거야? 궁전 안에는 적어도 친위대원이 수천 명은 되는데. 칼을 맡길 사람이 없을까. 타라가 쏜살같이 나가자 호위대가 소스라치게 놀랐다. 타라는 그중 한 명에게 베이비시터 역할을 하라고 지시했다.

네 개의 검을 들고 있는 티그족 경호원이 '이건 또 뭔 소리야?' 하는 얼굴로 쳐다보자 타라는 '베이비시터'는 보모라는 뜻이라고 설명했다. 트라둑투스로는 번역하기 힘든 지구의 표현이었기 때문이다.

타라는 경호원이 지시를 제대로 이해했는지 확인했다.

"목숨을 걸고 칼을 보호할 것, 아주 작은 문제라도 생기면 즉시 연락할 것. 내가 돌아왔을 때 할퀸 상처가 하나라도 있으면 눈을 뽑아 버리겠다, 아니 이건 농담이다. 아니, 정말로 농담이니까 기절시키지 않겠다고 약속한다. 그래, 칼을 잘 보살펴주리라 믿겠다. 아니, 아니 눈을 뽑지 않는다니까. 그래, 아무것도 뽑지 않겠다고 약속한다……."

칼에게 로빈을 만나러 감옥으로 갈 거라고 말하고 나왔으면 더 좋았겠지만 어쩔 수 없었다. 타라는 한결 가벼워진 마음으로 걸음을 재촉했다.

난쟁이들만 농담을 이해하지 못하는 줄 알았더니 티그족 경호원들은 정말로 타라가 눈썹 하나 까딱하지 않고 끔찍한 일을 저지를 수 있다고 생각하는 눈치였다.

정말이지 아더월드 사람들은 괴상했다. 엘세스 전 여제와 리스베스 현 여제에게서 생각보다 훨씬 많은 것을 들은 뒤로는 더욱 그런 생각이 들었다.

타라는 팅가푸르 황궁의 감옥을 잘 알고 있었다. 본의 아니게 여러 차례 감옥을 들락거렸기 때문이다. 마지막으로 들어갔다 나온 뒤에 타라는 감방이 좀 더 쾌적하면 좋겠다고 건의했었다. '맙소사, 타라, 12성 호텔37이 아니라 감옥이야!'라고 어이없어하는 고모와 심의회에 '걸핏하면 잡혀 들어가는 경향이 있는 후계자'를 생각해서라도 편의 시설을 좀 더 갖춰줄 것을 부탁했다.

오무아 정부는 후계자의 건의를 받아들였다. 감방은 더 푹신한 침구로 교체되었고, 식사의 질도 아주 높아졌다. 감옥에 수감되었다고 부실하게 먹어야 할 이유는 없기 때문이었다. 타라는 어느 나라든 가면 거의 매번 감옥을 방문해서 '별'로 등급을 분류하는 버릇이 생겼다. 현재는 랑코비트의 감옥이 가장 훌륭했다. 살아 있는 궁전이 수감자들이 불평하는 일이 없도록 신경을 써주는 덕분이었다. 팅가푸르의 감옥은 개선되고 있는 중이었다.

그래도 감옥은 감옥이었다. 타라는 절망에 빠져 머리를 감싸쥐고 있는 로빈을 보는 순간 가슴이 미어졌다.

---

**37.** 아더월드 사람과 특히 오무아 사람들에게 우리 지구의 5성 호텔은 중간급의 호텔에 불과하다.

창살문 삐걱거리는 소리에 로빈이 흠칫 놀라며 일어났다. 타라를 발견한 로빈의 크리스털 눈이 생기를 띠었다. 그렇지만 로빈이 창살문 가까이 오지 않자 타라는 눈살을 찌푸렸다. 여기서는 마법 차단기 조각상 때문에 누구도 탈출이 불가능했다. 하지만 하프엘프가 창살을 만지려고 하지 않는 이유는 뭘까?

창살에서 지릿지릿, 들릴 듯 말 듯한 소리를 감지한 타라는 이유를 알아차렸다.

"마법이 안 되니까 전기 창살을 만들었나요?" 오무아어로 물으면서 타라는 마법이 차단될 때를 대비해 그동안 언어들을 배우며 머릿속에 새겨두길 정말 잘했다고 생각했다.

"네." 간수가 대답했다. "창살에 전기가 흐르기 때문에 수감자들이 창살문에 너무 가까이 다가와서 우리에게 달려드는 불상사를 막을 수 있습니다. 신중을 기한 조치입니다."

타라는 속으로 말했다. '지난번에 추가한 별을 빼야겠네.'

"이런 기발한 생각을 한 사람이 누구죠?"

타라는 퉁명스럽게 물었다.

"산도르 황제이십니다, 마마. 황제께서는 우리 과학자들이 비마들의 발전기를 모방해서 개발한 융합 발전기를 사용하는 것이 좋겠다고 생각하셨습니다." 간수는 마치 황제가 뒤에 있기라도 한 듯 발굽을 따닥 붙이면서 대답했다.

"아, 그렇군요. 지금은 전기 흐르는 소리가 들리지 않는데 차단했나요?"

"네 그렇습니다." 간수가 정중하게 대답했다. "마마께서는 이제 창살을 만지셔도 위험하지 않습니다.”

“하지만 나는 창살을 만질 생각이 없어요. 수감자를 심문할 건데 그러려면 마법을 사용할 필요가 있으니까 위층 취조실로 데려와요.” 타라는 위엄 있게 말했다.

항변하려던 간수는 타라의 차가운 눈과 마주치자 미래의 여제라는 걸 떠올렸다. 그는 교대 시간까지 얼마나 남았는지 계산하고 승진 가능성을 따져보고는…… 창살문을 열었다. 간수는 만일을 대비해 샤트릭스를 데리고 있는 동료 위병 셋을 불러서 먼저 들어가게 했다.

“나는 아무도 만나고 싶지 않다고 말했다!” 로빈이 내뱉었다. 억울하게 누명을 쓴 피해자의 역할을 하기로 작정한 것 같았다. 로빈의 목을 휘감은 히드라도 절망적인 울음소리를 내고 있었다.

타라가 냉랭한 얼굴로 쏘아보자 하프엘프는 입을 다물었다. 타라는 이러고저러고 말하고 싶지 않았다. 적어도 지금은. 로빈은 등 뒤로 두 손이 묶인 채 끌려나오면서 몸서리가 쳐졌다. 심문하기 위해 마법을 사용하겠다고? 타라의 마법은 반항적인 면이 있어서 대여섯 번 중 한 번은 빗나가는데.

불쌍한 로빈은 지금의 상황에서 아무것도 달라지는 것 없이 심문이 끝날까 봐 불안에 휩싸였다.

로빈은 조용히 취조실로 끌려갔다. 원래는 투명한 벽으로 이뤄진 방이지만 타라는 밖에서 보이지 않게 불투명하게 바꾸라고 지시했다. 그리고 취조실에 혼자 들어갈 것이며, 스쿠프도 도청기도 원치 않는다고 덧붙였다. 간수가 지시에 즉각 복종했지만 타라는 좀 더 신중을 기하기 위해 소리가 새나가지 않게 방음 장막을 작동했다.

로빈은 경계를 늦추지 않았다. 만나지 않은 지 그리 오래된 것도 아니건만 돌변한 타라가 어리둥절할 뿐이었다.

갑자기 긴장을 푼 타라가 예전의 모습으로 미소를 지어 보이자 로빈의 얼굴이 밝아졌다.

"휴, 간수가 불복할 줄 알았는데 다행이다." 타라는 엘프어로 말했다. "이제 됐으니까 어떻게 된 건지 설명해봐."

로빈은 어안이 벙벙했다. 타라는 급속한 변화로 로빈의 고집을 꺾어버렸다.

"너…… 나를 믿는 거야?" 로빈은 어물어물 물었다.

타라는 황당하다는 표정으로 눈살을 찌푸렸다.

"당연히 믿지! 네가 정말 칼을 죽이려고 했다면 심장을 뽑아버리거나 머리를 베어버렸지 배를 찔렀겠어? 아더월드에서는 완전히 죽이는 게 그리 쉽지 않다는 걸 뻔히 아는 네가? 그리고 나는 네가 빨간머리의 여자와 있는 거 봤어. 너도 내가 봤다는 거 알잖아."

로빈은 곰곰이 생각하는 얼굴이었다. 무슨 뜻으로 하는 말인지 이해가 안 된 로빈은 주뼛거렸다.

"내 방에 들어가면서 무슨 이상한 느낌 없었어?"

아. 로빈은 이제야 타라의 질문이 뭔지 알아차렸다. 타라는 로빈의 직감을 묻는 것이었다.

"칼이 죽지 않을 정도로만 공격한 자가 노린 게 뭘까?"

타라와 로빈은 서로를 쳐다봤다.

"너의 피." 로빈이 단호하게 말했다. "킬러는 네 피가 빠져나가는 걸 노린 거야."

314

로빈은 전혀 예상치 않은 일이 일어나고 있는 것에 몹시 당혹스러워하는 얼굴이었다.

"내 힘이 약해지기에 충분할 정도의 많은 피가 빠져나가게 하려고?" 띠리기 말을 빈았다.

로빈은 왔다갔다 걸어 다녔지만 타라의 방음 장막을 벗어나지 않도록 조심했다.

"오, 내 조상들의 뇨르크38여, 함정이야! 얼마나 잃었어? 시간이 얼마나 걸리는데?"

이상하게도 타라가 20여 개의 다른 언어들과 함께 배워서 머릿속에 새긴 엘프어로는 로빈의 말이 금방 이해가 되지 않았다. 곰곰이 생각하던 타라는 대충 무슨 뜻인지 짐작이 갔다.

"내 힘의 20에서 25퍼센트 정도. 우리가 실험실에서 시험해본 결과에 따르면 완전히 회복하는 데 이틀에서 나흘 걸렸어."

로빈이 말을 막으면서 회의적인 시선으로 타라를 쳐다봤다.

"마법의 힘을 얼마나 잃는지 알기 위해 실험실에서 네 피를 뽑았단 말이야? 하지만 그건……."

로빈의 격한 반응에 놀란 타라가 말을 잘랐다.

"꼭 필요한 일이었어. 내가 부상당해 피를 흘렸을 때 마법의 힘을 얼마나 잃는지 알고 싶어서 내가 분석을 요구한 거야. 오무아 제국이 아니라. 그 분석에 참여한 과학자들에게 민투스 주문을 날렸기 때문

---

**38.** 눈치챈 독자들도 있고, 이해하지 못한 독자들도 있겠지만 굳이 밝히지 않는다.
 PS: 트란를쿠르의 드루프와 비슷한 뜻이다.

에 아무도 내 마법의 한계가 얼마나 되는지 몰라. 모두들 내가 사람의 것이라 할 수 없을 정도로 강력하다고 생각해."

타라의 쓸쓸한 어조에 로빈은 가슴이 아팠다. 로빈은 앉아 있는 타라 앞에 쭈그리고 앉았다.

"그래서 어떡하려고? 타라, 난…… 난 모르겠어……. 넌 괜찮아? 난 정말 너를…… 모르겠어."

이건 또 무슨 말이지? 뭘 모르겠다는 거야? 이해하지 못하겠다는 건가?

타라는 가슴이 쿵쿵 뛰었다. 이제는 로빈을 사랑하지 않고 칼과 사귀고 있는데 이렇게 다정하고 세심하게 걱정해주는 로빈을 보자 아직도 느껴지는 감정에 마음이 흔들렸다.

"응, 괜찮아. 너와 칼 사이에서 내가 어떻게 될지 모른다는 것만 빼고. 어쩌면 내일 죽을지도 모르지만."

엘프들의 성향을 생각하면 하프엘프는 당연히 둘째 문장에 놀라는 게 맞는데…… 로빈은 마지막 문장에 목소리를 높였다.

"죽어? 그게 무슨 말이야? 왜 죽어?"

타라는 리스베스 여제가 준비하고 있는 작전을 설명했다. 하프엘프는 하얗게 질렸다.

"너는 가면 안 돼." 공포에 사로잡힌 로빈이 말했다. "그건 미친 짓이야! 아르칸즈는 네 고모 혼자 가서 맞으면 돼. 그러면 무슨 일이 일어나도 너는 군대를 지휘하면서 너의 강력한 마법으로 우리 행성을 지킬 수 있어. 우리 최상의 무기인 너를 희생시키겠다고? 그건 말도 안 돼!"

갑자기 로빈이 고개를 숙이고 뒷걸음쳤다. 타라는 이유가 궁금했지만, 로빈은 냉정을 되찾으려고 애쓰는 듯 등을 돌리고 있었다. 불안한 히드라가 로빈을 진정시키려는 듯 휘파람 비슷한 소리를 냈다.

"그럼 우리는 뭘 하고?" 로빈은 여전히 타라에게서 등을 돌린 채 조심스럽게 물었다.

"아무것도 할 거 없어." 타라가 대답했다. "난 너희들과 함께 가는 걸 원치 않아. 그러니까 너희들은 여기 아더월드에 남아 있어. 파프니르가 나한테 네 목숨을 구하려고 너를 감옥에 가두는 건 바보 같은 짓이라고 했지만 어쩔 수 없어."

"파프니르가?"

"응."

심각한 상황에도 불구하고 로빈은 엷은 미소를 지었다.

"파프니르가 결혼 상담사가 되었어." 타라가 말했다.

"파프니르가?"

"으응."

아직도 믿기지 않는 듯 로빈이 반복하는 사이에 로빈의 목을 휘감은 일곱 개의 히드라 머리가 서로 질세라 소리를 내고 있었다.

"결혼 상담사라니…… 우리가 결혼할 사이도 아닌데!"

타라는 로빈의 목소리에서 당황하고 있음을 느꼈다.

"아무튼 내 기억에 구멍이 난 것이 아닌 한 그래." 타라는 농담처럼 흘려버렸다.

로빈은 흥분한 히드라를 쓰다듬어주면서 깊은 생각에 잠겼다. 타라는 잠자코 하프엘프의 생각이 끝나길 기다려주었다.

격렬하게 싸워야 할 일을 생각하던 타라는 로빈이 차분하게 던지는 말에 깜짝 놀랐다.

"파프니르의 말은 틀렸어. 나는 타라 네가 왜 나를 가뒀는지 충분히 이해해. 어쨌든 모두들 내가 칼을 죽이려 했다고 생각해. 그래서 내가 여기 갇혀 있는 것이고. 아르칸즈가 아더월드를 침략할 야욕으로 온 것이 밝혀져서 위성을 폭파했는데도 놈들이 죽지 않으면 악마 군단이 쳐들어오겠지. 그러면 감옥이 열릴 거야. 전쟁이 일어나면 모두 나가서 싸워야 하니까. 행운을 빌게, 타라."

그렇게 말하고 나서 로빈은 타라의 뺨에 입을 맞췄다.

이번에는 타라의 눈이 동그래졌다. 로빈은 타라가 반응할 겨를도 주지 않고 방음 장막 밖으로 나갔고, 위병들에게 감방으로 돌아가겠다고 말했다.

타라는 한마디도 할 겨를이 없었다. 일단 마음을 가라앉힌 타라는 실망 섞인 한숨을 내쉬었다. 로빈이 이제는 타라를 사랑하지 않는 것이 분명한 것 같았다. 그래서 타라에게 이유를 설명할 기회도 주지 않은 것이었다. 하긴 칼과 사귀는 것으로 헤어졌다는 걸 확인시켜준 타라가 로빈의 마음에 들지 않는 거야 당연했다.

타라는 방음 장막을 사라지게 하고 한숨을 내쉬었다. 로빈은 너무나 이성적이었다. 하지만 타라는 너무 서운해서 감방까지 로빈을 배웅하지 않기로 했다. 로빈의 행동이 훌륭한 교훈이 될 것 같았다.

혼란스러운 마음으로 거처로 돌아온 타라는 문의 송풍기 때문에 머리가 헝클어진 채 거실에 들어갔고, 칼이 있는 방 앞에서 보초를 서는 '베이비시터' 경호원 앞에서 걸음을 멈췄다. 경호원은 차려 자세를 취했다.

"포로…… 아니 환자는 아침을 먹었습니다." 타라가 코앞에 있는데도 경호원이 소리를 질렀다. "할퀸 상처도 전혀 없습니다, 마마."

"아무렴!" 타라의 기분을 즐겁게 해주는 목소리가 외쳤다. "30초마다 들어와서 시트 가장자리를 편편하게 접어 넣고, 베개를 세워주는 바람에 아주 성가셔서 죽는 줄 알았어. 타라, 네가 그런 끔찍한 서비스를 하라고 협박한 거야?"

방으로 들어간 타라는 칼을 보고 미소를 지었다. 편안한 자세로 앉아 있는 칼의 눈앞에 빈 쟁반이 떠 있었다. 그런데 이상하게도 접시들과 잔, 먹다 남은 식사는 침대 발치의 탁자에 놓여 있었다.

"너에게 상처 하나라도 나면 눈을 뽑아버릴 거라고 했거든."

칼은 이맛살을 찌푸렸다.

"경호원이 네 말을 곧이곧대로 믿은 게 틀림없군. 정말 끔찍하게 보호해준 최고의 보모였어."

둘은 웃음을 터뜨렸다. 타라의 머릿속으로 행복 바이러스가 전해졌다. 타라는 웃는 걸 좋아하는데 친구들 중에서 가장 자주 웃게 해주는 사람은 칼이었다.

"너는 좀 어때?" 타라가 침대에 앉으면서 물었다.

"네가 나를 버리고 협박받은 경호원과 단둘만 있게 놔두었다는 걸 알았을 때보다는 훨씬 좋아." 칼이 웃음기 있는 얼굴로 대답했다.

"아프지는 않아?" 타라가 다시 물었다.

칼은 힘없이 타라를 쳐다보다 입을 맞추려고 몸을 숙였다.

"내가 너를 얼마나 사랑하는지 알고 싶으면……."

"스톱!" 타라가 얼굴이 빨개져서 소리쳤다. "그런 말 하지 마. 궁전은 그런 말에 민감해. 나는 멍청한 사이렌이 도처에서 울리는 걸 원치 않아."

칼의 잿빛 눈이 동그래졌다. 타라가 로빈과 사귀었던 걸 상기시키는 게 정말 싫었던 것이다. 칼은 속으로 말했다. '맙소사, 질투심에 사로잡힐 거라고는 꿈에도 생각 못 했는데 내가 그렇게 되다니.'

"'그거 하자'라는 암호**39**, 그거 말하는 거야?"

타라는 인상을 썼다

"응, 고모는 몰려온 구혼자들 때문에 굉장히 짜증이 나 있어. 몇몇 구혼자들이 결혼 생활에 대해 너무 구체적으로 설명했는데 겨우 열여덟 살이 된 소녀에게는 어찌나 적나라한지 금서에 나올 법한 수준으로 야했거든. 솔직히 나는 그냥 넘어갈 수도 있는 일이었는데 궁전 전체가 알게 되었지."

타라는 얼마나 모욕을 느꼈는지, 더 심해진 고모의 감시 때문에 얼

· · · · · · · · · · ·

**39.** 권력은커녕 아무것도 가진 게 없는 로빈과 타라의 결혼을 원치 않는 여제는 타라에게 주문을 걸어서 '사랑을 나누자'라는 말을 입에 담을 때 그 주위에서 요란한 사이렌이 울리게 했다. 그래서 타라와 로빈은 은유나 다른 말을 사용하는 방법을 생각해냈다.
PS: '로미오와 줄리엣' 이후, 아니 훨씬 그 이전부터 사랑하는 커플이 진정으로 원할 때는 그 어떤 주의나 금지로도 막을 수 없다는 것이 분명하건만…….

마나 미칠 뻔했는지 말하지 않았다.

"로빈을 만나고 오는 길이야." 타라는 칼이 위험하게 가까이 다가오는 순간 말했다.

칼은 찬물을 뒤집어쓰기라도 한 듯 흠칫 놀라며 물러났다. 그러고는 베개에 기대 신음소리를 냈는데 아직 몸 상태가 좋지 않은 게 분명했다.

"로빈이 뭐래?"

타라는 주위에 네모난 방음 장막을 작동했다.

"함정이라고 했어." 타라는 칼의 모국어 랑코비트어로 말했다. "네 목숨을 구하려고 내 피를 빼주게 해서 내 힘을 약하게 만들려는 함정이었다고. 피가 내 마법의 힘에 어느 정도의 영향을 주는지 말해주니까 로빈이 굉장히 불안해했어."

유혹할 생각을 잠시 접은 칼은 타라의 말을 곰곰이 생각했다.

"하지만 네 수혈 덕분에 내 마법이 훨씬 강력해졌잖아. 비록 내 몸이 정상 수준으로 올라오려면 시간이 좀 필요하지만."

그렇게 말하고 나서 칼은 한 손으로 쟁반을 날렸는데 타라와 똑같은 파란빛이 번쩍였다.

"네 마법은 초록빛이었는데." 타라가 머리를 쳐들고 말했다.

"응, 하지만 지금은 아냐. 나도 너처럼 주문을 읊지 않아도 될 뿐만 아니라 시험해본 지 한 시간이 넘었는데 여전히 강력해."

타라는 방의 위쪽 벽면에 부딪친 자국이 가득한 걸 발견했다. '아하, 왜 빈 쟁반인가 했더니 칼이 시험하느라고 그랬구나.'

타라의 캐묻는 눈길에 머쓱해진 칼이 쟁반을 서랍장 위로 얌전히 내려가게 하면서 말했다.

"너한테 얘기를 들었는데도 이 정도로 강력할 거라고는 예상하지 못했어. 네 마법을 좀 과소평가했나 봐. 미안해. 벽을 저렇게 만든 것은 내가 수리할게."

"아니, 그냥 내버려둬. 나는 더 엉망으로 만들어놓은 때도 있는데, 뭐. 궁전의 실내 디자이너들이 알아서 할 거야. 그들은 내게 실내장식을 자주 바꾸지 않는다면서 불평이거든. 물론 내가 뭔가를 폭발시킬 때를 제외하고."

갑자기 칼이 그들을 둘러싼 방음 장막 밖으로 머리를 내밀었다. 그러고는 눈이 동그래져서 엉큼한 미소를 흘렸다.

칼은 재빨리 타라를 끌어안고 입을 맞추며 뜨거운 말을 속삭였다. 화가 난 타라는 사이렌이 울릴까 가슴이 조마조마했다.

그런데 놀랍게도 아무 일도 일어나지 않았다.

"이럴 줄 알았지!" 칼이 타라의 얼굴을 쓰다듬으면서 말했다. "네가 만든 방음 장막 때문에 아무도 네 말을 듣지 못해. 그러니까 하고 싶은 말을 마음대로 해도 돼!"

타라는 어처구니가 없었다. 맞아, 내가 왜 그 생각을 못했지? 그때는 마법 조절이 서툴러서 방음 장막이 효과적이지 않았다고 쳐도 지금은 마법이 훨씬 안정적인데…… 타라는 바보가 된 느낌이었다. 칼이 쟁반을 날려버리고 타라 옆에 눕는 순간…… 경호원이 방문을 노크했다.

칼은 한숨을 내쉬었다. 쟁반이 바닥으로 떨어지면서 요란한 소리를 냈다.

"타라, 후계자 사임하면 안 돼?" 칼이 진지하게 물었다. "단 며칠만이라도? 30초마다 방해하러 오는 사람이 아무도 없는 데로 우리 둘이 떠나면 안 될까?"

타라는 미소를 지으면서 혹시 고모가 조카와 남친의 분위기가 수상쩍을 때 간섭하기 위해 또 다른 주문을 걸어놓은 게 아닐까 생각했다.

타라가 일어나서 소리쳤다.

"뭐죠?"

"마마, 폐하께서 즉시 오라고 명하셨습니다."

"또 무슨 일인데요?" 타라는 사뭇 위엄 있게 물으면서 문에게 열어주라고 지시했다. 경호원이 약간 얼이 빠진 표정으로 서 있었다.

"감옥에 수감된 로빈 망질이……."

타라의 심장이 두근거렸다. 경호원은 심호흡을 하고 나시 차려 자세로 말했다.

"로빈 망질이 탈옥했습니다."

# 14
# 탈옥

왜 이렇게 궁전이 커야 할까,
사람들이 걸핏하면 길을 잃고 헤매다
포로가 된 기분에 짜증 나는데

*

"뭐라고?"

격분한 사피르 드라고쉬가 끔찍한 소식을 전해준 친위대원의 멱살을 잡았다.

감옥에 수감된 셀렌바와 로빈 망질이 동시에 사라졌다는 소식이었다.

"어떻게 그런 일이 가능하단 말인가?" 뱀파이어는 노발대발했다. "26시간 감시를 받고 있는데!"

"몇 시간 동안 아래층 감옥에 수감되어 있었습니다. 취조실이 딸린 위층 특별 수감소를 사용할 수 없었기 때문입니다."

사피르는 티그족 친위대원을 답삭 들어 올리고 있음을 알아차렸다. 얼굴이 빨개진 친위대원이 공중에 떠 있었다. 뱀파이어가 심호흡을 하면서 내려놓자 친위대원이 재수 없게 당하지 않으려고 뒷걸음 쳤다. 성난 뱀파이어가 깨물고 싶은 충동에 송곳니를 세우고 있었기 때문이다.

친위대원이 침을 삼키는 것으로 보아 그걸 느낀 것이 틀림없었다. 친위대원은 동료들과 동전을 던져 누가 사피르에게 알릴지 정하기로 했는데 늘 이기다가 하필이면 이럴 때 져서…… 정말이지 운수가 사나운 날이었다. 뱀파이어의 턱뼈는 흡사 아더월드의 상어 크로크-르캥 같았다.

사피르는 곰곰이 생각했다. 취조실이 수십 개나 되는데 모두 사용할 수가 없었다? 그것도 한꺼번에 전부 다? 있을 수 없는 일이었다. 뭔가 잘못된 것이다. 뱀파이어는 문으로 향하면서 부동자세로 서 있는 친위대원에게 내뱉었다.

"가서 봐야겠다."

"저기……." 친위대원은 용기를 내서 감히 말했다. "그보다 먼저……."

그렇게 우물우물 말하면서 친위대원은 송곳니가 삐죽삐죽 나온 뱀파이어의 턱을 가리켰다.

금방 알아차린 뱀파이어는 험상궂은 표정으로 송곳니들을 집어넣었다. 그러고는 친위대원에게 앞장서라는 손짓을 했다.

친위대원은 뱀파이어의 몸에 닿지 않게 조심하면서 앞장섰다. 냉정을 잃은 뱀파이어를 본 적이 있기 때문에 피를 빨아 먹히는 끔찍한 장면은 정말이지 떠올리기도 싫었다. 그걸 본 뒤로 한동안 얼마나 악몽에 시달렸는데.

뱀파이어와 함께 감옥으로 향하는 친위대원은 동료 대원들의 동정 어린 눈길을 느꼈다. 모두들 자기가 걸리지 않은 것에 안도하는 눈치였다. 수필루트* 같은 놈들.**40**

그리 오래 걸리지 않아서 그들은 감옥에 도착했다. 한 명도 아니고 두 명이나 탈옥한 사건을 조사하기 위해 많은 사람이 모여 있었다.

화가 치미는 사피르 드라고쉬는 군대와 궁전의 안보를 책임져야 하는 황제의 자리는 정말 앉고 싶지 않다는 생각을 했다. 무능한 황제로 낙인찍히고도 남을 사건이 벌써 몇 번째인가. 물론 황제의 면전에서는 모두가 입도 벙긋하지 못했다. 비욘드월드로 직행하고 싶다면 몰라도…….

사피르는 단서가 될 만한 것을 찾기 시작했다. 한쪽 구석에는 뒤통수에 커다란 혹이 생긴 남자가 뱅글뱅글 도는 눈으로 수사관들의 질문에 더듬더듬 대답하고 있었다. 하지만 사피르의 관심은 남자가 아니었다. 이상한 냄새……가 뱀파이어의 예리한 후각에 잡혔다. 거기에 더해지는 또 하나의 냄새. 하나는 잘 아는 냄새였고, 또 하나는 자신의 냄새였다.

피 냄새.

이건 분명 셀렌바의 피 냄새였다.

· · · · · · · · · · · · · ·

**40.** 아더월드에서 '수필루트 같은 놈들'이라고 하면 '비열한 놈'과 같은 뜻으로 자주 쓰이는 표현이다. 수필루트는 원래 히믈리아 산의 전사 부족으로 기질이 교활하다는 평판이나 있다. 수필루트 부족은 온몸에 털이 덥수룩하게 나 있는데 희한하게도 머리는 완전 대머리이다. 수필루트 부족은 '수필루트 같다'는 말을 '아주 용맹한 전사'라는 뜻으로 받아들이기 때문에 아무도 진실을 말해줄 엄두를 내지 못했다. 그래서 부족은 다른 종족들에게 자주 언급되는 것에 자부심을 가지고 있다.

불안에 휩싸인 사피르는 셀렌바가 있던 감방으로 뛰어갔다. 바닥에 떨어진 핏자국. 그렇지만 여기서 나는 냄새가 아니었다. 사피르는 사냥개처럼 몸을 숙이고 냄새를 맡았다. 단서를 찾았다.

수시간들은 늑대로 변하는 사피르를 보면서 깜짝 놀랐다. 수감자들의 마법 차단기 조각상에도 불구하고 뱀파이어는 늑대인간들과 마찬가지로 마법을 사용하지 않고 변신할 수 있었다.

즉시 냄새가 강하게 느껴지자 늑대/뱀파이어는 머리를 쳐들고 으르렁거렸다. 모두 경직되었다. 이 울음소리 속에 사냥의 흥분, 작은 동물들을 위한 경고 같은 것이 있었다. 거기 있는 사람들은 아더월드의 토끼 크레크레크레나 작고 온순한 동물들[41]이 이 울음소리를 들으며 얼마나 공포에 떨었을지 짐작할 수 있었다.

온몸이 마비되는 것 같은 공포였다.

갑자기 검은 늑대가 오른쪽 벽을 향해 달려가는 바람에 모두들 황급히 비켜섰다. 어찌나 빠른 속도로 돌진하는지 돌벽에 부딪칠 거라고 생각했는데 늑대는 벽 너머로…… 사라졌다.

늑대/뱀파이어는 벽―아래쪽 벽의 한 부분이 일루전인데 사피르는 알아채지 못하고 피 냄새만 맡았던 것이다―을 통과하자 피 냄새가 훨씬 뚜렷해졌다. 냄새가 이렇게 진동하는 것은 많은 양의 피 때문이었다. 늑대는 완전히 캄캄한데도 속도를 높였고, 희미한 빛이 보였다. 얼마 후, 벽에 부딪쳐서 널브러진 몸뚱이가 보였다. 늑대는 가슴

----

**41.** 아더월드의 작고 온순한 동물만 의미하는 것은 아니다. 작지만 사나운 크라크덴트도 늑대에게는 한입거리밖에 되지 않기 때문에…….

이 철렁한 채 달려갔다.

정말 셀렌바였다. 위험한 상태지만 천만다행으로 심장은 아직 뛰고 있었다. 사피르는 너무 낮은 천장에 부딪치지 않으려고 조심하면서 뱀파이어로 다시 변신했다.

그러고는 레파루스 주문을 날렸다. 마법 차단기 조각상에서 멀리 떨어져 있기 때문에 마법을 사용할 수 있어 다행이었다.

피가 서서히 흡수되고 큼직한 혹도 사라지자 셀렌바가 가물가물 눈을 떴다.

"오, 내 조상들이시여!" 셀렌바는 머리를 만져보면서 말했다. "내가 정상인지 모르겠네. 나를 깔아뭉갠 빌어먹을 크루이크크크를 잡아서 갈기갈기 찢어야 하는데!"

"셀렌바, 어떻게 된 거요?" 사피르는 어찌나 놀랐던지 아직도 심장이 벌렁벌렁했다.

셀렌바는 멍한 표정으로 사피르를 쳐다보다 눈을 찡그렸다. 그러고는 선뜻 대답하지 않고 잠시 시간을 끌었다.

"전혀 모르겠어요. 특별 수감소에 감금하는 것으로 알았는데 합의한 것과는 달리 아주 쾌적하지 않은 감방에 갇혀 있었다는 것, 얼마 후 뭔가가 내 머리를 내리쳤다는 것…… 그것밖에는 기억나는 게 없어요. 아무튼 내가 물어야 할 질문이에요. 어떻게 된 거죠?"

사피르는 셀렌바를 쳐다봤다. 그러고는 눈을 감고 한숨을 쉬었다. 셀렌바가 거짓말을 하고 있었다. '인피뱀파'였을 때는 무슨 말을 할지, 무슨 짓을 할지 예측하기가 힘들었지만, 지금은 분명히 알 수 있었다. 거짓말이라는 것을.

사피르는 주저앉았다. 두려워하던 일이 일어나고 있었다. 셀렌바가 궁전에 있게 해달라며 정상적인 뱀파이어로 살아가게 치료해달라는 이유를 핑계 삼아 사피르와 모두를 함정에 빠뜨리고 있는 것이었다. 사피르는 심호흡을 하고 잠시고 나직한 미소만 지어 보였다. 이제부터는 자신도 연기를 해야 했다. 셀렌바가 전혀 눈치채지 못하게.

사피르는 천장이 낮은데도 점잖게 셀렌바를 안고 일어나다가 천장에 부딪쳐 하마터면 떨어뜨릴 뻔했다. 셀렌바의 키득거리는 웃음소리를 들으며 사피르는 입술을 깨물었다. 셀렌바가 그의 목에 두 팔을 두르더니 하얀 얼굴을 어깨에 기대고는 안도의 숨을 내쉬었다. 그는 설명은 나중에 듣기로 했다.

이제부터 해야 할 일이 있었다.

셀렌바를 함정에 빠뜨려야 했다.

# 15

# 타딕스

결혼하려는 건지 아니면 죽이려는 건지도 모르면서
어떻게 만날 수 있을까,
그야말로 피 말리는 만남이 될 게 뻔한데

\*

노닥거리고 있을 때가 아니었다. 타라는 칼에게 곧 돌아오겠다고
말하고 로미네트처럼 빠르게 뛰어나갔다. 고모가 감옥에서 기다리
고 있었다. 머리부터 발끝까지 온통 검은색 차림인 고모는 기분이 안
좋은 정도가 아니라 폭발 일보 직전이었다.

"어떻게 된 거예요?" 쓸데없이 커다란 궁전을 수없이 저주하면서
헐레벌떡 뛰어온 타라가 물었다.

"나야말로 알고 싶어, 어떻게 된 일인지!" 고모는 신경질적으로 대
답했다. "궁전 안에서 암살범을 붙잡았다고 하더니 이번엔 또 감옥에
있던 암살범이 증발했다고 하니, 정말이지 이거야 원!"

고모 옆에서 크산디아르 친위대장이 움츠리고 있었다. 친위대장은
황제의 지휘하에 궁전의 안보를 책임지고 있었다. 친위대장은 10분

전에 사임 의사를 밝혔다가 여제로부터 거부당했다.

"친위대장이 최선을 다하고 있다는 거 알고 있다. 그동안 나를 시해하려는 자들을 막기 위해 목숨 걸고 싸워왔다는 점은 믿어 의심치 않아. 하지만 시녀가 면했고, 기술력과 마법은 양상뇌었다. 따라서 친위대장은 궁전의 확실한 치안을 위해 더 열심히 우리 연구실과 협력할 필요가 있다."

친위대장은 고개를 끄덕였다. 크산디아르는 이미 연구실과 밀접한 협력 관계를 유지하고 있지만 기계가 이따금 고장이 나는 바람에 고전적인 방식을 신봉하는 경향이 있었다. 인간과 티그족, 엘프들의 눈과 귀를 도처에 심어두는 것이었다. 그리고 아직까지는 의식 있는 존재들의 눈과 귀가 기계보다 훨씬 똑똑하다는 주장이 설득력을 얻고 있었다. 하지만 크산디아르는 여제의 분노를 이해할 수 있었다. 두 번씩이나 정신적으로 장악되었고, 뱀파이어의 피에 중독된 뒤로 여제는 주변을 위협할 가능성이 있는 모든 것에 아주 예민했다. 게다가 지금은 자식을 생각하고 있는 때였다. 크산디아르는 전율이 일었다. 지금도 엄격한 여제인데 보호해야 할 자식까지 여럿이 생길 경우에는 어떨지 정말 상상도 하기 싫었다.

"위병 교대 시간 두 시간 전부터 감시카메라들이 작동하지 않았다는 걸 확인했습니다." 친위대장은 여제의 차가운 눈길을 피하면서 고했다. "하지만 모니터를 감시하는 위병들은 이런 사실을 전혀 알아채지 못했습니다. 영상에 떠 있는 수감자의 옷이 같아서 다른 사람이라는 걸 알아보지 못했던 겁니다(그가 제아무리 뛰어난 기계라도 맹신할 수 없다고 주장한 대로였다)."

타라는 믿기지 않는다는 얼굴로 크산디아르를 쳐다봤다.

"어떻게 그럴 수 있죠?"

"신원 불명의 남자가 기절해 있었는데 자기는 무슨 일이 일어났는지 전혀 모른다고 주장하고 있습니다. 그자가 기억하는 것이라곤 거리를 가다가 무슨 소리가 들리는 순간 충격을 느꼈고…… 깨어나 보니 많은 사람이 고함을 지르면서 수감자를 어떻게 했냐고 다그치고 있더라는 겁니다."

타라는 미소를 억제해야 했다. 불쌍한 남자가 얼마나 공포에 질렸을지 상상이 갔다.

"가능한 테스트는 다 했지만 피해자는 엘프와 아무 관련이 없습니다. 피해자의 머리 뒤쪽에 난 혹으로 보아 기절시킨 뒤에 우리가 끝내 발견하지 못한 궁전의 지하 통로 중 하나를 이용하여 이곳에 옮겨놓은 것으로 추정됩니다. 범인은 감시카메라들을 차단시키고 피해자에게 로빈 망질의 옷을 입혀놓았고, 그사이에 하프엘프는 도주한 겁니다. 그래서 일단 수감자 전원을 다른 쪽 감옥으로 이동시켰습니다. 지금은 수사를 위해 마법 차단기 조각상을 작동시키지 않은 상태지만 사건이 일어난 두 시간 전에는 마법을 사용할 수 없었습니다. 벽에 템푸스 주문을 걸고 이미지들을 복원하려고 했지만 그것도 작동하지 않았습니다. 그리고……."

그때 뒤쪽에서 들리는 냉랭한 목소리에 친위대장은 더 이상 말을 잇지 못했다.

"내 아들이 납치되었다는 게 사실이오? 아들이 수감된 뒤 내가 그렇게 여러 번 면회를 요청했건만 허락하지 않더니 이게 뭡니까?"

탕딜루스 망질이었다. 소식을 들은 랑코비트의 정보국장이 인간 아내 메보라와 함께 달려온 것이었다. 메보라는 얼마나 울었는지 눈이 빨갰다.

"지금 마지스터에 대해 얘기하고 있는 겁니까?" 메보라는 무슨 일인지 모르는 눈치였다. "그 미치광이가 내 아들의 납치와 무슨 관련이 있는데요? 명령을 받았다면 몰라도 내 아들은 누구든 죽이려고 한 적이 없습니다!"

"지금으로서는 우리도 아는 것이 전혀 없습니다, 망질 부인." 여제가 부드럽게 말했다. "추측에 의존할 수밖에 없습니다. 아드님이 살인미수범으로 수감되긴 했지만 우리도 부인과 같은 생각입니다. 우리 역시 로빈 망질이 엘프의 질투심 때문에 칼리반 달 살란을 죽이려고 했다는 걸 믿기 힘듭니다. 그리고 부모의 면회를 거절한 것은 로빈 망질이었습니다. 우리가 음모라고 생각하는 이유는 지금부터 몇 시간 후에는 우리가 타딕스로 출발해야 되기 때문에 이 일이 아르칸즈 왕이 오는 것과 관련이 있을까 걱정하는 겁니다. 아직은 로빈 망질을 어떤 방법으로 납치했는지, 왜 그랬는지 이유를 파악하지 못했습니다. 정황상 의심 가는 것이 많기 때문에 나는 진실 규명을 위해 가능한 한 모든 정보를 동원할 것이고, 아울러 두 분의 지식과 경험을 보태주셨으면 합니다."

크산디아르는 숨을 죽였다. 엘프를 싫어하는 건 아니지만 그래도 다른 나라의 정보국장에게 사건을 파헤치게 하는 것은 썩 내키지 않았다. 그렇지만 여제가 방금 명을 내린 이상 선택의 여지가 없었다. 친위대장은 탕딜루스와 협조해야 했다.

타라 덩컨 333

관대하게 나오는 리스베스 여제에게 놀라며 탕딜루스가 대답했다.

"고맙습니다, 폐하."

"아드님 일입니다." 여제는 단호하게 말했다. "우리의 아이들을 지켜야지요. 반드시 진실을 규명해서 음모를 꾸민 자들에게 응분의 대가를 치르게 하세요, 망질 국장."

"로빈 망질 대신 감방에 있던 남자는 어떡할까요, 폐하?" 친위대장이 물었다.

"서둘러서 심문해야지. 이 사건과 아무 관련이 없는 것으로 밝혀지면 피해자일 뿐이니 즉시 풀어주고, 무고한 사람을 가둔 일로 쓸데없이 여론을 자극하지 않도록 각별히 주의하라. 그렇지 않아도 내가 아르칸즈의 도착과 관련된 추측성 기사가 난무하는 걸 방지하기 위해 소수의 기자만 선별한 일로 크리스털리스트들이 나를 원망하고 있는데. 크리스털리스트들이 보복 차원에서 이 사건을 크게 떠들어대면 골치 아파지니까."

타라는 자책감에 다리가 후들거렸다. 타딕스에 따라오지 못하게 감옥에 가두는 대신 적극적으로 로빈을 변호했더라면 이렇게 납치되는 일은 없었을 텐데!

리스베스 여제는 타라의 창백한 얼굴을 봤지만 내색하지 않았다. 여제는 조카가 느끼는 자책감을 이해했다. 사람들이 자신이 저지른 잘못을 깨닫고 되돌릴 수 있다면 세상의 절반은 과거로 돌아가려 하겠지만 이미 엎질러진 물인데 어쩌랴! 잘못을 타산지석으로 삼을 수밖에!

타라는 눈물을 참았다. 이 많은 사람들 앞에서 나약하게 감정을 드러낼 수는 없었다. 타라는 고모에게 집중하면서 여제의 모든 행동이 면밀히 검토된 정치적 계산에 따른 것이라고 생각했다. 타라는 이러다 자신도 수많은 사람들의 행복을 위해서는 누군가를 희생시켜도 된다고 생각하는 마키아벨리식의 군주가 되는 것이 아닐까 의문이 들었다.

어떤 의미에서는 자신이 로빈에게 저지른 짓이 바로 그것이 아닌가.

그때였다. 갑자기 셀렌바를 안은 사피르 드라고쉬가 벽에서 불쑥 튀어나왔다.

리스베스 여제는 아연실색했다.

"이건 또 무슨……."

친위대장이 헛기침을 하면서 말했다.

"폐하, 감옥에 수감되어 있던 셀렌바도 동시에 사라졌다는 걸 고하려는 순간에 탕딜루스 국장과 부인이 등장하는 바람에 말씀 못 드렸습니다. 원래는 특별 수감소에 감금하고 엄중하게 감시해야 하는데 뭔가 착오가 있었는지 감방에 수감되어 있었습니다."

친위대장에 이어 드라고쉬가 셀렌바를 어떻게 찾았는지 설명했다.

"피 때문이었습니다." 사피르 드라고쉬가 덧붙였다. "셀렌바가 부상당하지 않았다면 찾지 못했을 텐데 셀렌바의 피 냄새가 나를 인도했습니다."

"그럼 로빈은?" 타라와 메보라가 동시에 떨리는 목소리로 물었다.

사피르는 로빈의 어머니와 타라를 향해 고개를 돌렸다.

"로빈의 흔적은 없었습니다. 하지만 지하 통로 끝까지 가보지는 않았습니다. 함정이 있을지 몰라서……. 셀렌바가 부상당한 상태라서 위험을 무릅쓰고 싶지 않았습니다."

사피르가 뱀파이어를 끌어안은 모습에서 그간의 범죄에도 불구하고 그에게는 여전히 셀렌바가 얼마나 소중한 존재인지 알 수 있었다.

여제는 화가 나서 주먹을 불끈 쥐었다.

"즉시 그 지하 통로에 수색대를 보내라. 틀림없이 우리가 잃어버린…… 아니 도둑맞은 궁전의 옛 지도를 갖고 마지스터가 찾아낸 통로 중 하나일 것이다. 반드시 로빈 망질을 찾아야 한다. 스스로 탈옥한 건지, 아니면 납치된 건지, 전자의 경우라면 그 지하 통로를 어떻게 알았는지 밝혀내야 하니까."

여제는 사피르가 방금 내려놓은 셀렌바를 쳐다봤다. 셀렌바는 약간 비틀거렸고 눈빛이 아직은 생기가 없었다.

"뱀파이어, 이 탈옥 사건에 당신이 연루된 것으로 밝혀지면 타딕스에서 돌아오는 즉시 처형을 명하고 아침 식사를 하면서 내가 직접 참관할 것이다."

셀렌바는 괴로운 얼굴을 했다. 음모를 꾸미고 있다기보다는 금방이라도 토할 것 같은 얼굴이었다.

"으윽, 뒤통수를 얻어맞아서 그런지 속이 메슥거려요!" 셀렌바는 억울하다는 표정을 지으면서 엄살을 부렸다.

이게 웃자고 하는 말인지! 마지스터의 사냥꾼으로서 그동안 그토록 공포에 떨게 했던 셀렌바가 이제는 두렵기는커녕 역겨웠다.

"뱀파이어를 심문하라." 여제가 명했다. "뱀파이어가 알고 있는 것은 모두 토설하게 해. 부상당한 것에 개의치 말고! 이상 끝!"

그렇게 명하고 나서 여제는 타라에게 따라오라는 손짓을 했다. 여제가 지나갈 때 메보라와 탕딜루스를 비롯하여 모두 허리를 굽혔다. 타라는 셀렌바를 거들떠보지도 않은 채 오무아의 친위대원들보다 먼저 아들을 찾을 궁리만 하는 로빈의 부모를 보았다. 혹시라도 로빈이 몰래 랑코비트로 도망친 건 아닐까? 어쨌거나 오무아 사람들의 눈에 로빈은 살인미수범이니까. 자책감에 시달리는 타라는 오무아 군대든 부모든 하루빨리 로빈을 찾길 진심으로 빌었다.

타라는 고모를 따라 방으로 들어갔다. 날마다 실내장식이나 가구를 바꾸는 방이었다. 약간 공중에 떠 있는 상태로 짧은 다리를 연신 흔들어대는 가구들이며, 타딕스족이 선호하는 흰색과 초록색으로 장식되어 있는 걸 보면, 고모가 타딕스의 약한 중력에 익숙해지려고 노력하는 것 같았다.

고모가 중력 장치를 해제하자 가구들이 사뿐히 내려와 자리를 잡았다. 방에 들어서는 순간 몸이 둥둥 뜨는 것 같아서 속이 울렁거리던 타라는 안도의 숨을 내쉬었다.

여전히 화를 삭이지 못한 고모는 타라에게 집중하기 위해 소파침대에 앉았다. 로빈, 셀렌바, 탈옥, 지하 통로에 대한 말을 꺼낼 거라고 짐작하던 타라는 고모의 첫 번째 질문에 깜짝 놀랐다.

"그래, 이제 결정은 내렸니? 네 마음이 어디로 향하고 있는지 알 것 같은데? 이 사건 때문에 마음이 또 흔들렸니?"

'고모는 정말 오만 가지 생각을 다 하는구나.' 타라는 어이가 없었다. 하지만 이렇게까지 사생활을 간섭하다니! 물론 타라는 경호원들이 날마다 상급자에게 자세한 상황 보고를 한다는 걸 잘 알고 있었다. 그 보고서는 크산디아르 친위대장에게서 황제에게, 그리고 여제에게 단계적으로 전달되었다.

하지만 막상 많은 사람이 자신의 남친들과의 관계를 자세히 알고 있다고 생각하자 타라는 불쾌감이 밀려와 이를 악물었다.

"칼은 여기 남을 거예요." 타라는 심장이 쿵쿵 뛰지만 차분하게 말했다. "로빈이 사라졌으니 지금으로서는 아무것도 할 수 없어요. 그러니까 내 감정은 아무것도 달라질 게 없어요."

"하지만 아르칸즈가 정말 너와 결혼해서 우리 세계와 교역을 하겠다고 나오면 어떡할 건데?"

타라는 고모를 쳐다봤다. 자신과 똑같은 쪽빛 눈. 로빈이 걱정되는 타라는 자신에 대한 분노와 자책감에 사로잡혀 있었다.

"그건 대답할 수 없어요, 고모. 아르칸즈가 원하는 게 뭔지 그것부터 안 다음 내가 하고 싶은 질문을 할 거예요."

"하지만……."

"고모." 타라는 말을 잘랐다. "여제인 고모가 물으면 누구나 대답하는 것에 익숙하다는 거 알아요. 하지만 나는 방금 말했다시피 대답하지 않을 거예요. 내가 사랑했던 로빈이 사라졌다고요. 내 심정이 어떨지 헤아려주시면 안 되겠어요? 악마들과 대면하면 어차피 알게 될 텐데…… 나를 좀 가만히 내버려두세요, 제발."

리스베스는 더는 묻지 않았다. 자신의 뜻과 관계없이 사랑하지 않는 남자와 결혼했던 리스베스는 차츰 남편 다릴 크라투스를 사랑하게 되었다. 물론 그 사랑은 현재 바리우스를 향한 사랑만큼 열정적이지는 않았다. 여제는 자신과 똑같은 문제로 싸우는 조카를 보면서 한편으로는 안쓰러웠다. 하지만 세계의 평화가 타라의 결정에 달려 있는 만큼 선택의 문제가 아니었다.

리스베스는 배에 손을 얹었다. 그토록 자식을 원했는데 이제 돌아오지 못할지도 모르는 곳으로 떠나야 했다. 리스베스는 신경질적으로 입술을 깨무는 조카를 보면서 타디스의 폭탄은 실제 상황이라는 걸 주지시켜야 할지 고민했다.

리스베스는 아더월드에서 교육을 받으며 자라지 않은 타라가 경우에 따라서는 인정사정없이 잔혹해야 함을 이해하지 못하는 걸 알고 있었다.

"그래, 알았다. 가서 준비해."

갑자기 리스베스가 타라를 다시 멈춰 세우고 묘한 미소를 흘렸다. 타라는 눈살을 찌푸렸다. 고모가 이런 미소를 짓는다는 것은 뭔가 수상쩍은 일이 있다는 건데······.

"안젤리카 기억나니?" 고모가 느닷없이 내뱉었다.

타라의 예감이 맞았다. 타라는 뇌 기능이 정지되는 것 같았다.

"안젤리카? 안젤리카가 누군데요?"

"안젤리카 브란다우드 말이야. 안젤리카의 아버지가 타디스에 딸을 데려가 달라고 요구했어. '빛의 손'을 지니고 있어서 우리가 악마들과 싸워야 할 경우에 큰 도움이 될 거라면서. 물론 너보다는 강력하지 않지만. 그래서 내가 받아들였다."

그 순간 타라의 눈빛에 불안이 가득했다. 이 미션은 재앙이야. 악마들에, 드래곤들에, 이제 안젤리카까지, 대재앙이 될 게 틀림없어!

타라가 항변해봐야 고모가 이미 허락한 것인데 어찌 돌이킬 수 있을까.

게다가 고모는 한 방을 날렸다.

"그리고 나는 분명히 너에게 확인하라고 초대 손님들의 명단을 보냈다. 하지만 넌 그 아이의 이름에 줄을 긋지 않았어."

타라는 얼굴을 찌푸렸다. 고모가 한 수 제대로 가르쳐준 것이었다. 고모가 만나게 하는 구혼자들 때문에 타라는 화가 나서 그 명단을 거들떠보지도 않았다. 사소한 복수를 하려다 도리어 뒤통수를 맞은 격이었다. 오기를 부릴 사람이 따로 있지. 타라가 태어나기도 전부터 한 제국을 통치하고 있는 고모를 상대로?

짜증이 난 타라는 고모에게 인사를 하고 돌아섰다. 여제를 상대로 분풀이를 해봐야 비생산적일 뿐만 아니라 위험했다.

타라는 여제의 방을 나가다 바리우스 남작과 마주쳤다. 알록달록한 색깔로 요란하게 차려입는 남작이 이번에는 검은색 옷차림이었다. 몹시 화가 나 있는 것 같았다.

"타라! 나도 함께 떠날 수 있게 고모를 설득해주면 안 되겠니?"

이런, 나한테 이런 기회가 올 줄이야!

"왜요, 고모가 같이 가지 않으신대요?" 고모가 명단으로 골탕을 먹인 것에 복수할 절호의 기회를 잡은 타라는 천진하게 물었다.

"그렇다니까! 네 고모가 위성을 폭파할 모양인데 위험하다고 나를 데려가지 않겠다는구나!"

어찌나 화가 나 있는지 바리우스는 방금 한 말이 얼마나 웃기는지 깨닫지도 못했다.

"오, 내 조상들의 송곳니여!" 바리우스가 탄식하듯 내뱉었다(타라는 속으로 말했다. 바리우스 집안에 늑대인간이 있다는 말을 들은 적 없는데 웬 송곳니 타령이지?). "내 고모 때문에 내가 아주 돌아버리겠어. 결혼을 앞두고 악마들과 맞서 싸우겠다는 사람이 나를 뭘로 보고! 나를 장난감으로 아는 거야? 내가 이래 봬도 최고의 용병 전사이자 빌랭 왕국에서 가장 큰 영토를 정복한 사람인데!"

분명한 건 바리우스가 혼자 북 치고 장구 치고 다 해서 타라는 그저 적당한 때에 고개만 끄떡이면 되었다.

마침내 바리우스가 숨을 돌리느라 입을 다물었을 때 타라는 치고 들어갔다.

"아시겠지만 고모는 변덕이 심하세요. 그러니까 잘하면 설득할 수 있을 거예요."

바리우스가 믿을 수 없다는 눈길로 타라를 쳐다봤다. 남작은 리스베스가 얼마나 완고한지 잘 알고 있었다. 타라가 천연덕스러운 얼굴로 미소를 지어 보이자 바리우스는 순진한 표정을 짓더니 고모의 방으로 돌진했다.

타라는 슬그머니 사라졌다.

타라와 페가수스는 마라를 만나러 갔지만, 문은 마라가 출타 중이라면서 열어주지 않았다. 타라는 애석하지만 포기했다. 이제는 무아노와 친구들에게 작별 인사를 해야 할 시간이었다. 한편으로는 칼과 조금이라도 더 함께 보내고 싶었다.

하지만 타라가 거처로 돌아가 보니 아무도 없었다.

칼도 친구들도 없었다.

타라는 눈살을 찌푸리며 온 방을 찾아보다 마침내 문에게 물었다.

문은 타라가 다 둘러보고 질문하길 기다리고 있었다.

전할 메시지가 있었던 것이다. 문이 타라 앞에 이미지를 나타나게 했다.

칼이었다.

"타라, 나는 작별을 싫어해. 너는 우리가 타딕스로 가는 걸 원치 않지만 우리가 순순히 따르지 않으리라는 걸 짐작했을 거야. 넌 우리를 잘 아니까. 하지만 너에 대한 고모의 감시가 심해질 건 불 보듯 뻔해. 드래곤들과 악마들에게 약속한 게 있는데 네가 보잘것없는 인간과 사랑에 빠지면 곤란해지니까. 그래서 우리의 행방을 물을 고모 앞에서 네가 곤경에 처하지 않도록 우리는 이렇게 조용히 사라지기로 했어. 그러니까 너는 전혀 모른다고 대답하면 돼."

영악한 미소를 지어 보이는 칼의 이미지에 타라는 자신도 모르게 미소를 보내다 깨달았다. 이런, 이미지에 대고 내가 뭐 하는 거야!

"네가 원하든, 원치 않든 우리는 너와 합류하는 방법을 찾을 거야. 파프니르가 방법이 있대(칼은 난쟁이 전사의 작전이 미심쩍은 듯 눈살을 약간 찌푸렸다). 난쟁이족이 철이 거의 없는 타딕스에 많은 걸 수출하기 때문에 어떻게 할지 방법을 안다면서. 그래서 우리는 배달과 관련된 건데…… 그게 뭔지는 말하지 않을 거야. 그래야 네가 간섭하지 못하니까. 아무튼 네가 이 메시지를 보는 동안 우리는 이미 거기 가 있을 거야."

타라는 한숨을 내쉬었다. 물론 친구들이 이런 일을 꾸밀 거라고 짐작은 하고 있었다.

하지만 친구들이 함께 죽는 일이 없도록 나름대로 최선의 작전을 세워놓았다. 타라는 죽음의 길로 떠나는 자신을 버리지 않고 또다시 끝끼기 지인해주려는 친구들의 마음에 감동했다. 하지만 이번에는 어쩌면 마지막이 될지도 모르는데.

한편으로는 오랜 시간 공들여 세운 작전을 날려버리고 있는 친구들이 야속했다.

칼은 타라가 잠시 생각에 잠길 거라고 예상했다는 듯 말을 중단하고 미소를 지었다,

"그리고 아직 나와 함께 밤을 보내지도 못한 너를 혼자 죽으러 가게 내버려둘 것 같아? 지구의 로맨틱 커플 '보레오와 물리엣42'처럼 멋지게 네 품에 안겨 죽을 수 있을지 모르겠지만."

타라가 웃는 사이에 칼의 얼굴이 다시 진지하게 변했다.

"너를 사랑해, 타라. 친구들이 의례적으로 하는 인사처럼 그냥 가볍게 하는 말이 아냐. 내가 시에는 재주가 없기 때문에 내 감정을 글로 써서 웃음거리가 되기보다는 말로 하기로 했어. 너에게 직접 말하면 훨씬 분위기가 살 텐데 문에게 말하니 기분이 좀 그렇다. 그래도…… 혹시 내가 타딕스에서 너와 합류하지 못하더라도 그 멍청한 악마와 있는 동안 너를 사랑하는 내 마음만은 잊지 마."

음, 타라는 악마에 대해 질투심을 내보이는 칼에게 새삼 놀랐다. 칼은 어쩌면 저렇게 자신만만하고 아주 당연한 것처럼 질투심을 표현

. . . . . . . . . . . . . .
**42.** '로미오와 줄리엣'을 말하는 것인데, 칼은 지구의 이름을 외우는 것이 서툴다.

할까.

칼은 손으로 키스를 날리고는 사라졌다.

"문!" 타라가 말했다.

"네, 마마?"

"방금 네가 전해준 메시지를 지우고 잊어."

문이 하나밖에 없는 눈살을 찌푸렸다.

"무슨 메시지요?"

타라는 '방금 네가 보여준 거 말이야' 하고 말하려다가 용의주도한 칼이 문에게 주문을 걸어 메시지가 전달되고 나면 잊히게 만들었다는 걸 알아차렸다. 타라도 문에게 메시지를 지워버리라는 지시를 내렸지만 실은 간직하고 싶었는데…… 유감스러웠다.

타라는 마라를 만나려고 했지만 동생은 여전히 연락조차 거부했다. 어쨌거나 송별식에서 만나게 될 텐데 설마 죽을지도 모르는 길을 떠나는 언니를 보면서 동생이 용서해줄 거라고 생각했다.

타라는 로빈의 메시지가 오면 잠잘 때든 바쁠 때든 무조건 알 수 있게 컴폰의 알림 장치를 켜놓고, 살아있는 돌에게도 지시했다. 타라에게 직접 연락할 수 있는 번호는 이 두 개인데 살아있는 돌의 번호는 가까운 친구들만 알고 있었다.

로빈이 연락해오길 기다리는 수밖에 없었다. 타라는 몇 분 동안 컴폰을 뚫어져라 쳐다봤다. 마치 그렇게 집중해서 로빈을 생각하면 연락이 올 것 같았다. 하지만 그런 일은 일어나지 않았다.

타라는 한숨을 내쉬었다. 이제는 정말 떠날 준비를 해야 했다. 악마의 사물들은 아주 조용히 있었다. 촉수들이 설명을 청하기 위해 타라의 머릿속을 노크하는 일도 거의 없었다. 증오 못지않게 사랑의 개념을 잘 이해하는 악마의 영혼들이 슬픔에 빠져 있는 타라를 헤아려 주고 있는 것이었다.

타라는 다시 한 번 눈랐다.

타딕스로 떠나기 위한 준비는 아주 간단했다. 타라가 가져가야 하는 것은 몸과 머리(뭐, 이거야 당연한 거지만), 페가수스와 체인지라인이었다.

타라가 얼마나 위험한지 설명하면서 그토록 말렸건만 모우르무르는 함께 가겠다고 고집하면서 거만하게 말했었다.

"타라, 너 농담하니? 위성을 폭파하는 일인데 나더러 그걸 보지 말라고? 말도 안 되는 소리!"

하지만 타라는 모우르무르가 가져가는 기계가 그렇게 많을 줄은 상상도 하지 않았다. 게다가 그 기계들 대부분이 금속성 유기체였다. 마법복 호주머니에 무한정으로 집어넣을 수 있는 기능이 있어도 숨을 쉬어야 하는 것들까지 넣을 수는 없어 공간이동의 문을 이용해야 했다.

따라서 타라가 공간이동의 문에 도착했을 때 산더미같이 쌓인 기계들 때문에(혼자 돌아다니는 기계까지 있었다) 칼리 부인이 정신없이 움직이고 있었다. 칼리 부인은 여제의 사촌인 갈색 머리 옥시아 부인의 직속 감독관으로 궁전 안에 있는 공간이동의 문을 책임지고 있는 티그족이었다.

티그족은 네 개의 손 덕분에 능숙하게 처리했고, 트롤들의 도움을 받고 있었다. 트롤들 중에 타라의 전 보디가드 그르룰이 있었다. 타라와 그르룰은 반갑게 인사했다. 아주 오랜만에 보는 그르룰이었다. 여제의 명을 받고 마라의 경호원으로 자리를 옮겼던 초록 트롤은 사임한 뒤 예전에 크라살비를 향해 가는 도중에 타라 일행을 구해주었던 트롤 그르로그와 '결합'하기로 결정했다. 트롤들은 남녀 트롤의 결합을 '결혼'이라 하지 않고 '그로아크 브룸 브뢰크'라는 표현을 썼다. 이 말은 'X년 동안 나를 책임져야지 아니면 몽둥이로 양미간을 얻어맞을 줄 알라'는 뜻이었다. 그르룰은 일주일이나 걸리는 '그로아크 결합식'을 마쳤다.

타라는 재미있는 개념이라고 생각했다.

그런데 얼마 전 리스베스 여제의 부름을 받고 황궁으로 돌아온 그르룰은 타딕스로 따라가기로 결정한 상태였다.

초록 트롤에게서 오무아 황궁에 와 있는 이유를 듣고 타라는 이마에 주름을 잡으면서 조심스럽게 말했다.

"하지만 그게 얼마나 위험한……."

"알고 있어요." 그르룰이 스쿠프를 피해서 말했다. "그르로그도 알고 있고요. 같이 내린 결정이에요. 나는 마마와 폐하를 보호하려고 온 것이고, 그 일을 하게 되어 행복해요. 이상 끝입니다."

트롤이 '이상 끝'이라고 하면 더 이상 할 말이 없다는 것이었다.

타라가 반박하려는 순간 여제가 웅장한 모습으로 등장했다. 타라는 지구에서 본 영화 〈아스테릭스: 미션 클레오파트라〉가 생각났다.

리스베스 여제의 등장이 클레오파트라의 모습과 아주 비슷했다. 수많은 트럼펫, 무희들, 가수들, 흩뿌려지는 꽃잎, 친위대에 에워싸인 여제는 금과 루비 옥좌에 앉아 있는데 금빛 페가수스들이 끌고 있어서 공중에 둥둥 떠 있었다.

아주 인상적인 광경이었다. 하지만 모든 비디오크리스털 채널이 타딕스로 출발하는 모습을 담고 있기 때문에 후계자가 트롤과 수다 떠는 모습은 화려하게 등장하는 여제의 모습과 너무 비교되었다.

타라는 분명히 여행하기 편한 복장으로 부탁했건만 갑자기 체인지 라인이 오기가 발동했는지 의상을 바꾸었다. 타라는 눈 깜짝할 사이에 회색 레이스가 달리고 몸에 딱 맞으면서도 뒤쪽은 나팔처럼 벌어지는 금빛과 빨간빛의 아름다운 드레스에 하이힐을 신고 있었다. 그리고 긴 금발에 루비와 다이아몬드 왕관을 쓰고 있었다.

타라는 속으로 말했다. '하긴 이 머리가 여행하기에는 훨씬 불편하지 않겠어.'

비행기나 기차를 타고 여행을 떠나듯 가방을 꾸릴 필요가 없었다. 거의 순간 이동을 하는 것인데 짐을 가져갈 필요가 있을까.

갑자기 타라는 팔뚝에서 경련을 느꼈다. 흠칫 놀란 타라는 컴폰을 봤다.

컴폰이 방금 수정되었다. 투명하지만 아주 튼튼한 막이 씌워진 새로운 형상이 팔뚝의 컴폰에 나타나 있었다. 빨간 해골 문양.

타딕스를 폭파시키기 위한 버튼이었다.

지령은 간단했다. 컴폰에게 투명한 막을 벗기라고 지시하고 빨간 해골을 세 번 만지면 쾅, 위성에서 폭탄이 터지는 것이었다. 혹시라도 타라의 입에 재갈이 물려서 말을 할 수 없어도 10초 동안 투명한 막에 손을 대고 있다가 막이 벗겨졌을 때 해골을 세 번 만지면 되었다. 입에 재갈이 물렸을 뿐만 아니라 손까지 묶였을 경우에는 투명막이 부서지도록 팔뚝을 세 번 아주 세게 치면 해골을 만지지 않아도 프로그램이 작동하도록 설정되어 있었다.

정말 모든 경우를 예상한 것이었다. 타라가 한숨을 내쉬면서 순순히 고모의 옆자리에 앉자 덩치 큰 트롤이 그 뒤에 자리를 잡았다. 다행히 이 공간이동의 문은 우주선 전용이었다. 따라서 이 공간이동의 문은 어마어마한 크기의 궁전에서 가장 중요한 부분을 차지하고 있었다. 친위대가 옥좌를 에워쌌고, 양탄자에 오른 최고 마구스들이 그 주위를 둘러싸고 있는데 조금이라도 위험한 징조가 있으면 날아오를 기세였다. 타라는 타딕스로 떠나는 여제의 안전을 위한 경호가 이 정도로 삼엄할 줄은 상상도 못 했다.

타라가 주변을 훑어봤지만 바리우스 남작은 어디에도 없었다. 끝내 고모를 설득하지 못한 모양이었다. 이런, 바리우스가 생존할 가능성이 전혀 없는 건 아닐 텐데.

방에 둘러쳐진 태피스트리들이 굉장히 컸다. 가로 500미터에 세로가 최소한 200미터는 되는 것 같았다. 이동을 가능하게 하는 왕홀도 어찌나 큰지 기계가 아니면 손으로는 작동할 수 없을 것 같았다.

궁인들과 대사들, 지명되었거나 자원한 장관들은 먼저 가서 오무아의 여제와 후계자를 맞기 위해 타딕스로 이미 출발한 상태였다.

반면 여제가 두 조카의 보호자로 지명한 산도르 황제, 마라와 자르는 공간이동의 문 밖에서 타딕스로 떠나려는 일행을 지켜보고 있었다. 몇 분 전 이들이 여제와 작별 인사를 나누고 있을 때 타라는 모우르무르의 많은 기계에 막혀서 움직이지 못했다. 그래서 스쿠프들은 이들 삼남매의 이별을 담을 수 없었다. 통치자라는 것이 얼마나 목숨이 위험한지 안 뒤로 황제라는 지위에 그다지 매력을 느끼지 않는 지르는 이번에는 타라가 실패하거나 말거나 관심 없다는 듯 냉랭하게 쳐다봤다.

타라는 가슴이 미어졌다. 무엇보다 마지막 모험이 될지도 모를 길을 떠나며 친구들이 정말 타딕스에 나타날까 봐 걱정이 되었다. 그리고 노려보는 마라의 얼굴을 보면서 동생과 문제를 해결하는 것이 그리 쉽지 않으리라는 걸 깨달았다. 마라는 타라가 용서를 구하려고 하자 획 돌아서 버렸다.

타라는 눈물을 흘리지 않으려고 입술을 깨물었다. 아더월드 전체의 스쿠프들이 촬영하고 있는데 웃음거리가 될 수는 없었다. 게다가 악마들이 도착하는 장면을 실시간으로 전하기 위해 도처에 열어놓은 공간이동의 문 덕분에 다른 행성들에도 보도되고 있었다.

까딱 잘못하면 수십억이 황실 가족의 불화를 생중계로 목격할 판이었다.

이건 텔레비전 리얼리티 프로그램이나 다름없었다. 타라는 이런 프로그램을 광고할 경우 1분당 비용이 얼마나 될지 궁금했다. 생존자들이 돌아올 가능성이 거의 희박한 뉴스를 전하는 것인데 아나운서들에게 이보다 더 엄청난 특보가 있을까.

여제의 신호에 따라 칼리 부인이 잔뜩 긴장한 얼굴로 출발 지시를 내렸다. 눈 깜짝할 사이에 뒤죽박죽이 되는 느낌을 받으며 그들은 사라졌다.

타라는 대번에 차이를 느꼈다. 타딕스의 공간이동의 문 대합실은 체중이 70퍼센트 줄어드는 현상에 점차적으로 적응할 수 있도록 위성의 약한 중력과 비교해 인위적으로 50퍼센트 올려놓은 상태였다. 타라는 중력이 전혀 없거나 약한 상태에 와 있는 것이 처음은 아니었다. 넘어질 것만 같고 속이 울렁거렸지만 균형 잡는 방법을 알고 있었다. 그래서 여제보다 먼저 우아하게 내린 타라는 둥둥 떠다니며 정중하게 맞아주는 타딕스 정부의 관계자들과 인사를 나누었다.

돔이 어찌나 높은지 현기증이 날 것 같았다. 건물들도 아더월드나 지구의 중력 상태에서는 도저히 오를 수 없는 높이로 우뚝 솟아 있었다. 가구며 바닥, 기둥, 옷, 장식품, 조각상 들이 모조리 흰색인 것은 타딕스 종족들의 형광이 도는 초록빛 머리를 강조하기 위해서인 것 같았다. 그 결과 전체적으로 차가워 보이는 배경 속에 외부에서 온 온갖 색깔의 궁인들과 대사들, 장관들이 한층 두드러져 보였다.

곳곳에 거대한 샹들리에가 휘황찬란한 빛을 뿜어내고 있었다. 크리스털은 이런 빛을 발하지 않기 때문에 타라는 샹들리에의 재질이 무엇인지 궁금할 정도였다. 이 샹들리에들은 줄이라곤 없이 공중에 매달려 있어서 더욱 아름다워 보였다.

금빛이 도는 돔 형태의 투명한 벽을 통해 타딕스족이 보이는데 뭔가를 하면서 서로를 향해 몸을 숙이는 모습이 흡사 아름다운 꽃 같았다. 타라는 한참이 지나서야 음악에 미친 이들답게 타딕스족이 오페라 공연을 하고 있음을 알아차렸다.

생존을 위한 마법의 돔 안은 트라둑투스 주문이 걸려 있어서 다행이었다. 타딕스족의 언어는 명확하지 않고 생기가 없는 소리로 이뤄져 있어서 말이라기보다 휘파람 소리처럼 들렸다.

게다가 언어는 주어와 동사, 목적어의 자리가 바뀌는 구조라서 〈스타워즈〉에 나오는 '요다 선생님'의 말을 듣는 것 같았다. 트라둑투스가 전하는 말은 다음과 같이 들렸다.

"기쁩니다 우리는, 여제와 후계자, 굉장히 아름다운, 맞이하게 되어⋯⋯."

타라는 트라둑투스가 시작과 끝을 뒤죽박죽으로 전해주는 말에 차츰 적응이 되었지만 처음에는 멍한 얼굴로 있었다. 트라둑투스가 타딕스족이 하는 말을 그대로 전하기 때문이었다.

타라는 트라둑투스 주문이 처음부터 어순을 바꾸지 못하는 것이 이상하다고 생각했지만 문제는 마법에서 비롯된 것임을 알아차렸다. 타딕스에서의 마법은 지구보다 강력하지만 아더월드보다는 약해서 트라둑투스가 오류를 일으킨 것이었다. 타라는 바깥의 유독성 대기로부터 보호해주는 금빛 돔을 힐끔 쳐다봤다. 타라는 공상과학 영화를 아주 많이 봤는데 그중에서도 〈토탈 리콜〉의, 마법이 덜 강한 행성에서는 특히 돔을 경계하는 장면이 떠올랐다. 그래서 타라는 모우르무르에게 돔이 위험하지 않겠냐고 물었다. 홀린 눈으로 사방을 둘러보던 모우르무르는 5000년 동안 돔 때문에 일어난 문제는 거의 없다고 대답했다.

발명가를 잘 아는 타라는 소름이 돋았다. 문제가 전혀 없었다고 말해주길 바랐는데…….

"문제가 있긴 있었다는 거잖아요. 어떤 일이었는데요?"

발명가는 소중한 기계들이 망가지지 않았는지 확인하면서 건성으로 대답했다.

"마법의 주문 하나에 문제가 생겨서 생존자들이 다른 돔으로 이동하다가 습격을 받아 떼죽음을 당했지."

"누가 습격했는데요?"

"곤충들. 어떻게 된 건지 정확하게는 모르지만 방어막에도 불구하고 산 채로 뜯어 먹혔다지."

타라는 침을 삼켰다. 아더월드에서는 트실이 그랬다. 방어막에 달려드는 트실 떼를 막다 녹초가 된 마법사들이 끝내 항복하면서 트실의 독에 감염되어 죽었다고 했는데…….

타딕스에 오지 말아야 했나? 하지만 타라는 그럴 수 없었다.

타딕스로 가는 사람들은 출발하기 전에 홀로그램 촬영을 했고, 약간의 피를 뽑았다. 타라는 왜 그러는지 이유를 몰랐는데 아주 중요한 일인 건 분명한 것 같았다.

타라가 이런저런 생각을 하는 사이, 타딕스 정부 관계자들이 여제를 보게 되어 얼마나 행복한지 증명하듯 일제히 허리를 굽혔다가 세웠다. 50명에 이르는 고위 공직자들의 하얀 입에서 시처럼 흘러나오는 아름다운 인사말로 시작된 환영 의식이 두 시간쯤 후에 끝나자 타라는 안도의 숨을 내쉬었다. 약한 중력의 영향으로 다리가 아픈 건 문제가 아니었다. 칼과 친구들이 파프니르의 작전을 실행해서 성공했는지 궁금한데 아직까지 나타나지 않는 걸 보니 안심이 되었기 때문이다.

아더월드를 출발하기 전, 타라는 난쟁이들이 타딕스로 보내는 모든 것을 저지하려고 알렸다. 하지만 오무아는 교역을 제외하고 히믈리아와 협정을 맺은 것이 없어서 간섭할 권한이 전혀 없었다. 반면 난쟁이족은 타딕스족과 대등한 관계로 교역하고 있었다. 그래서 타라는 타딕스족에게 히믈리아에서 오는 물품을 수령하면 안 된다고 알렸는데, 연락을 받은 타딕스족 관료는 여제를 맞이할 준비를 하느라 너무 바빠서 귀담아듣지 않는 느낌을 받았었다.

슬루르크!

타라가 자신을 도와주러 오기 위해 친구들이 꾸미는 작전이 성공하지 않기를 바라기는 처음이었다. 타라는 무의식적으로 허리에 찬 쇠사슬 벨트를 만지작거리다가 자신에게 깜짝 놀랐다. 저주받은 영혼들에게서 위안을 얻고 싶은 건가?

아더월드에서 온 사절단을 유심히 관찰하던 타라는 여제를 비롯하여 모두들 평소보다 덜 아름답다는 걸 알아차렸다. 악마들 못지않게 스파이들을 경계하는 여제가 일루전을 금했기 때문이었다. 특히 뚱뚱하거나 대머리인 장관들이 난색을 표했지만 여제의 명을 어길 수는 없었다.

따라서 모두가 본래의 모습으로 있는 것인데 오히려 더 자연스럽지 않았다. 사절단에 속한 여자들은 평소에 아름답게 꾸미는 것이 습관이 된 탓인지 표정이 아주 어두웠다.

타라는 꼭 몇 시간 후에 죽을 사람들처럼 보여 머리색이 덜 아름답거나 얼굴의 뾰루지 따위는 그리 중요한 게 아니라고 말해주고 싶었다.

아무튼 아무도, 친구들도 포함해서 사절단 속에 숨어들기 위해 일루전을 사용할 수가 없는 것은 분명했다. 타라는 그 점은 다행이라고 생각하면서 컴폰을 봤다. 메시지들이 와 있었다. 하지만 칼이나 로빈에게서 온 메시지는 없었다.

타라는 친구들의 합류를 막기 위해 자신이 행한 조치가 부디 효과가 있어, 그들이 아더월드에 안전하게 있기를 기도했다.

# 16

# 매직갱

이렇게 해야 될까 상황에서 기쁨을 찾을까

*

유감스럽게도 타라의 기도는 이루어지지 않았다.

칼과 친구들은 아더월드에 있지 않고 이미 타딕스에 도착해 있었다.

속이 텅 빈 거대한 쇳덩이들 안에 있었다.

멀미약까지 먹고 우주복 차림으로 동그란 쇳덩이 안에 각각 들어 앉은 그들은 2분이 멀다하고 범퍼에 부딪치다 보니 당구공처럼 내동 댕이쳐지는 느낌이 들었다.

쿵쾅거리며 부딪치는 소리는 나지 않아도 연속적으로 들리는 삐걱 거리는 소리에 신경이 곤두서 있었다.

칼은 출발하기 전에 친구들에게 멀미약을 먹이지 않으면, 쇳덩 이 안의 벽면에 범퍼를 대지 않았으면 어쩔 뻔했냐고 투덜거렸다. 약 을 안 먹었으면 벌써 오래전에 먹은 걸 다 토했을 것이고, 범퍼를 대지 않았으면 철모를 썼더라도 쇳덩이에 부딪쳐서 머리가 깨져 배 속의 토사물과 머리 속의 내용물로 뒤덮였을 거라면서 연신 구시렁거렸다.

칼의 귀에 목소리가 울렸다. 친구들 모두 특수 이어폰을 끼고 있었다.

"그만 좀 해. 아주 훌륭한 생각이었다는 거 알고 있으니까."

"파프니르, 내가 건 최면 때문에 부엉이라 믿고 날았다가 죽을 뻔했다는 거 알아." 칼이 마이크에 대고 말했다. "허공으로 몸을 던졌다가 천 미터 아래로 곤두박질쳤고 뼈도 못 추릴 뻔했어. 그래도 이런 식으로 복수하는 건 아니지."

난쟁이의 웃음소리가 칼의 철모 속에 울려 퍼졌다. 그들은 마법 에너지를 절약하기 위해 트라둑투스 주문을 사용하지 않고 오무아어로 말하고 있었다.

"난 복수하는 게 아냐." 파프니르는 야무지게 말했다. "이게 타딕스로 갈 수 있는 가장 확실한 방법이었어. 타딕스로 운송해야 하는 마지막 철이었으니까. 물품 운반을 전담하는 이들이 따로 없기 때문에 계약대로 난쟁이족이 배달하면 된다는 걸 알고 있었거든. 물론 어딘지 모르는 곳에다 철을 저장할 거라고는 예상하지 못했지만."

작전은 기발했지만 돔 안에다 철을 저장할 거라고 생각한 것이 문제였다. 칼이 쇳덩이 밖에 미립자 집적기를 장착해놨는데 바깥의 대기를 측정한 결과 유독성 공기였다. 칼은 소형 카메라들도 장착해놨는데 알 수 없는 물질에 뒤덮여서 아무것도 보이지 않았다.

무아노와 파브리스, 칼은 히플리아에서 난쟁이들의 창고에 몰래 들어갈 궁리를 하고 있었다. 그런데 파프니르가 숨을 생각 없이 당당히 창고 책임자를 만나 타딕스로 가야 하는데 미리 준비한 네 개의 쇳덩이를 사용하여 떠날 생각이라고 설명했다. 타딕스로 보내야 하는 200개의 쇳덩이와 모양은 똑같지만 속이 텅 비어 있다고 덧붙이면서 도끼 손잡이로 두드려 보았다.

책임자는 합리적인 난쟁이였다. 불같은 성격의 파프니르가 어디를 가겠다고 하면 기필코 간다는 걸 잘 아는지 책임자는 군소리를 하지 않았다. 너무 위험한 작전이라고 생각한 칼은 내심 책임자가 거부하길 바랐건만.

리스베스 여제가 타라의 친구들은 절대 안 된다고 말한 적이 없다면 그들은 괜한 고생만 실컷 하는 것이었다. 물론 어떤 점에서는 허락하지 않은 것일 수도 있었다. 강력한 대장장이 씨족의 딸과 랑코비트 왕비의 조카가 타딕스에서 죽을지도 모르는데 여제가 괜한 외교 문제를 일으키고 싶지 않을 것이 뻔했다.

칼의 경우는 타딕스로 가게 내버려뒀을지도 몰랐다. 하지만 많은 정보원을 둔 여제가 칼이 타라의 새로운 남친이라는 걸 모를 리 없었다. 그런데 후계자를 구하기 위해 목숨을 바쳤다는 게 알려지면 아더월드 전체 텔레크리스털들이 그 충격적인 감동을 몇날며칠 뉴스로 전할 것이었다. 얼마나 로맨틱하냐면서! 따라서 그들 중에서 파브리스만 타딕스로 가는 데 걸리는 문제가 없었다. 하지만 혼자 갔다가 괜한 호기심을 불러일으키고 싶지 않아서 친구들과 함께 가기로 결정한 것이었다.

실은 리스베스 여제는 타라의 친구들에게 신경 쓸 겨를이 없었다. 타라는 악마들과의 협상이 끝날 때까지는 타딕스로 보내는 모든 물품을 중지해야 된다는 내용의 서신을 히믈리아에 보냈다. 하지만 오무아에 복종해야 할 이유가 없다고 판단한 난쟁이들은 타라의 서신에 전혀 관심을 보이지 않았다.

파프니르가 물품 운송을 책임지는 난쟁이와 아주 짧은 대화를 나눈 지 얼마 후 그들은 쇳덩이 안에 편안하게 자리를 잡았다. 이윽고 수속 절차를 마친 책임자의 도움으로 그들은 타딕스에 도착했던 것이다. 타라가 도착하고 나서 얼마 안 됐으니 절묘한 타이밍이었다.

타이밍은 좋았는데, 문제는 위치였다.

타라는 돔 안에 있고, 친구들은 돔 밖에 있기 때문이었다.

타라와 마찬가지로 매직갱도 타딕스에 무시무시한 벌레가 존재한다는 걸 알았다. 벌레 떼를 피할 곳이 없다면 돔 밖으로 나가는 것은 아주 위험했다. 트실에게 물려 감염된 경험이 있는 칼은 외계 벌레의 주둥이가 쇳덩이에 부딪치는 소리에 소름이 끼쳤다. 신비로운 감각 덕분에 안에 먹이가 있다는 걸 알아차린 벌레들이 쇳덩이를 사방으로 흔들어대고 있었다.

그렇게 계속 이리저리 흔들리자 쇳덩이 안의 '먹이'들은 진저리가 나기 시작했다.

트실과 달리, 위성 지표면에 우글거리는 벌레들은 종류가 아주 다양했다. 벌집 같은 것에 우글우글 달라붙어서 유독성 기체를 뚫고 다니는 놈들이 있는가 하면, 홀로 다니거나 떼를 지어 공격하는 놈들도 있었다. 벌레들이 열심히 흔들어준 덕분에 카메라에 덮인 물질이 떨어져 나가면서 칼은 가장 미친 듯이 달려드는 놈들을 볼 수 있었다. 자이언트 개미 떼가 커다란 주둥이를 들이대더니 맛있는 미암(아더월드의 체리)이 들이 있는 껍질인 양 일세히 쇳녕이를 물어뜯었다.

칼은 역겹지만 벌레들에 대한 대비책을 궁리했다. 마법을 사용하지 않고도 어떻게든 버틸 수 있다고 생각했는데 상황이 예기치 못한 방향으로 전개되고 있었다. 구토에 죽도록 시달리는 걸(그래서 칼은 멀미약을 먹게 한 것이었다) 제외하고는 크게 위험할 일은 없을 거라고 예상했건만……

마법으로 이산화탄소 미립자를 산소로 바꿀 수 있기 때문에 공기가 부족할 위험은 없었다. 다만 마법이라면 질색하는 파프니르가 길길이 뛰는 게 문제였다.

하지만 뜻밖의 변수가 계속되면 돔 안으로 들어가서 타라를 지켜줄 수가 없었다.

"마법을 사용해야겠어. 이젠 정말 선택의 여지가 없어."

"하지만 우리가 마법을 사용하면 타딕스족이 대번에 알아챌 거야." 무아노가 반대했다. "쇳덩이 네 개가 점점 다가오다 돔 안으로 들어가려고 하면…… 아야아아아아아아!"

덜컹!!! 무아노가 내지르는 비명에 모두 소스라치게 놀랐다.

거대한 집게발들이 갑자기 물어뜯던 동작을 멈추고 쇳덩이들을 들어 올렸던 것이다.

"다들 무사해?"

무슨 일인지 알아차린 칼이 불안한 목소리로 물었다.

"뭔가에 붙잡힌 것 같아." 무아노가 벌벌 떨면서 말했다. "이러다 우리를 뜯어 먹으려고 여왕개미가 뚫고 들어오는 거 아냐?"

"무아노, 쓸데없이 겁주지 마." 파브리스가 단호하게 말했다. "내 생각에는 개미들의 집게발이 아니라 금속 집게 같아. 잠깐만 뒤쪽 카메라를 움직여서 확인해볼게. (잠시 긴장된 침묵이 흘렀다) 오케이, 충격 때문에 벌레들이 떨어져 나갔어. 피에 굶주린 자이언트 여왕개미가 아니라 내 예상대로 기계들이 돔 쪽으로 움직이고 있어. 오, 탐부일 신43이시여, 고맙습니다!"

그 말에 환호성이 울렸다. 차츰 다른 쇳덩이의 카메라들도 이물질이 벗겨졌고, 무아노와 칼, 파프니르도 천천히 가까워지는 거대한 돔을 볼 수 있었다. 무한궤도 차량이 우글거리는 벌레를 가차 없이 짓이겨버리는데도 자기들에게 치명적이라는 걸 아직 깨닫지 못했는지 벌레들이 떨어지려고 하지 않았다. 매직갱이 들어앉은 쇳덩이들만 옮겨지는 것이 아니라서 무한궤도 차량 수십 대가 오가고 있었다. 사실, 쇳덩이 안의 그들은 벌레들 때문에 시야가 막혀서 모르고 있었을 뿐 커다란 풍선처럼 허공에 둥둥 떠 있었던 것이다.

쇳덩이들이 작은 돔으로 들어가자마자 마법의 장막 속에 갇혔고, 갑자기 폭포처럼 쏟아지는 보랏빛 액체 속에 잠겼다. 무한궤도 차량에 붙어서 돔 안으로 들어왔던 벌레들은 즉시 격하게 꿈틀거리다 분해되었다. 유기체는 모조리 가차 없이 보랏빛 액체에 파괴되었다. 이

---

**43.** 행운의 신이며, 이따금 기적 같은 음식을 만들었을 때 요리사들이 '오, 탐부일 신이시여!' 하면서 감격해한다.

번에는 칼이 쇳덩어리의 완벽한 방수성에 감사했다.

"와, 아주 깨끗하게 씻어버리는군." 파프니르가 감탄했다. "타딕스족 정말 대단하다! 이런 액체가 있으면 광산의 진드기들을 박멸할 수 있겠어. 진드기들이 우리 광산의 버팀대들을 약하게 만들어서 골머리를 앓고 있거든. 자이언트 강철나무의 껍질도 갉아먹을 정도로 지독한 것들인데!"

파브리스가 놀렸다.

"어이, 파프니르, 이런 말을 해서 미안한데 내 생각에 이 액체는 독성이 아주 강해. 진드기 박멸에는 탁월하겠지만 광산의 버팀대들도 남아나지 않을 것 같은데."

칼도 한마디하려는 순간 보랏빛 액체가 한순간에 증발해버렸다. 그러자 집게들이 덜거덕거리면서 쇳덩이들을 들어 올리고는 다시 이동하기 시작했다. 오염 물질이 완전히 제거된 쇳덩이들이 마침내 주요 돔 중 하나로 들어갔는데 다양한 높이의 터널로 다른 돔들과 연결되어 있었다.

"휴, 나는 숨 쉴 수 있는 곳에 놓이길 바랄 뿐이야." 이리저리 굴러다니느라 지칠 대로 지친 무아노는 한숨을 내쉬었다. "벌레들에게서 벗어났으니 이제 타라가 있는 곳을 빨리 찾아야 되잖아!"

"하지만 너무 일찍 만나면 타라가 어떻게 해서든 우리를 보내버릴 구실을 찾을 거야." 파브리스는 아주 이성적으로 말했다. "타라는 우리가 합류하지 못하게 하려고 파프니르, 너네 동족에게 메시지를 보낼 생각까지 했어. 다른 때는 우리의 도움을 원했는데 타라가 이렇게 나오는 건 처음이야."

"혼자서 짐을 지려는 타라의 강박증 때문이야. 자신의 강력한 마법을 믿고서. 마법의 힘이 덜 강력하면 타라가 훨씬 신중했을 텐데. 그 강력한 마법 덕분에 타라는 매번 궁지에서 벗어났어. 죽을 고비도 넘겼고. 그래서 타라는 이제 죽음을 두려워하지 않게 된 거야. 분별력을 잃은 것 같아."

"내 생각에는." 칼이 말했다. "타라가 나…… 아니 우리를 원하지 않는 것은 아르칸즈와 결혼하고 싶어서야."

충격적인 말에 침묵이 흘렀다.

칼은 우주복의 투명한 천을 통해 컴폰을 봤다.

"슬루르크! 환영회가 벌써 오래전에 시작됐을 텐데 이제 곧 악마들을 불러들이기 위한 소용돌이가 열릴 거야. 일단 이 쇳덩이에서 나가야 해!"

갑자기 제일 앞에 있던 파브리스가 딸꾹질을 하는 순간 무한궤도 차량이 다른 돔을 향해 이동하기 시작했다.

"파브리스, 왜 그래?" 무아노가 불안한 목소리로 물었다.

"얘들아. 아주 큰 문제가 생긴 것 같아." 파브리스가 목멘 소리로 말했다.

"무슨 문제?" 칼이 묻는 순간 이번에는 집게들이 칼이 들어 있는 쇳덩이를 파브리스의 쇳덩이 옆으로 옮겨놓았다. 이제는 칼도 큰 문제라는 것이 뭔지 알았다.

용해된 용암 속으로 쇳덩이들이 하나 둘 사라지고 있었다.

네 친구는 비명을 질렀다.

집게들이 쇳덩이들을 떨어뜨렸다.

# 17
# 구출

왜 그렇게 차갑게 돌변하고 싶어진 걸까

*

타라는 긴장이 풀리기 시작했다. 친구들을 잘 알기에 만약 여기 와 있다면 벌써 불쑥 나타났거나, 아니면 느닷없이 등을 톡톡 치면서 이렇게 말했을 것이었다.

"우리가 어떻게 왔는지 알면 깜짝 놀랄걸!"

그런데 아무도 등을 치거나 불쑥 나타나지 않았다. 친구들은 어디에도 없었다. 이것은 타라가 그들은 타딕스에 오지 못하게 한 것이 성공했다는 뜻이었다. 처음으로 칼의 작전을 방해했는데 자신이 성공했다고 생각하니 뿌듯했다.

타라는 벌써 몇 시간째 담소를 나누는 손님들이 기분 상하지 않게 몰래 한숨지었다.

로빈에게서는 여전히 소식이 없었다. 타라는 미칠 것 같았다. 악마들이 이제 곧 들이닥칠 텐데 타딕스족이 조금도 불안해하는 기색이 없는 것도 못마땅했다. 모두가 예식, 일정, 예정된 리셉션에 대해 이야기하고 있었다. 하나같이 축제 기분에 들떠 있다니! 어떻게 이럴 수 있는지 정말 이해되지 않았다.

타라의 정신에 접속한 악마의 영혼들도 여전히 조용히 있었다. 타라는 팔찌들이 상황을 볼 수 있게 드레스 소매를 걷었고, 허리에 찬 쇠사슬 벨트를 아름다운 금빛 벨트로 변형시켰다. 하지만 영혼들은 수천 년 동안 마음속에 품어왔던 인간들을 직접 보는 것으로 만족해했다. 타라는 악마의 영혼들이 탐욕스럽다고 생각했는데 오히려 평온했다.

그게 좀 불안했다. 타라는 몇 주일 동안 영혼들이 더 이상 닥치는 대로 죽이는 일이 없도록 많은 노력을 했다. 타라는 철 속에 갇혀서 고통과 압박에 미쳐 날뛰던 영혼들이 악마들의 목적이 뭔지 알고 괴로워하다 이제는 새로운 환경에만 집중하기 위해 고통을 무시하고 있다는 느낌이 들었다. 마치 현실 속 깊이 자리를 잡은 것처럼. 아주 당혹스러웠다.

그때였다. 고모가 언성을 높였다. 고모의 갑작스러운 반응에 민감해진 타라는 고모가 하는 말에 집중했다.

리스베스 여제는 타딕스 측이 초청한 이들 중 상당수에게 위성이 폭탄으로 변할 거란 정보를 귀띔도 하지 않았다는 걸 알아차렸다. 특히 타딕스족은 악마들을 환영하는 성대한 연회를 준비했고, 유명 성악가들, 무용단, 극단, 오케스트라 단원들까지 초청해놓은 상태였다.

리스베스는 몹시 불쾌했다. 모두에게 명확히 알리라고 했는데 타딕스 측이 못 들은 체하다니! 타라는 마음에 들지 않는 제안을 받았을 때 귀머거리가 되는 이들이 있다는 걸 또 한 번 확인했다.

여제가 원하든 원치 않든 연주회에 이은 리셉션은 열릴 것이다. 타딕스족이 자기들의 나라에서 원하는 것을 하는데 누가 간섭할 수 있단 말인가. 게다가 환영회가 열리는 엿새 동안 타딕스에서 일어나는 모든 일이 전 세계에 중계방송되는데 나라를 공짜로 선전할 수 있는 이 좋은 기회를 놓칠 이유가 없었다.

리스베스는 작전을 털어놓지 않고서는 반대할 명분이 없었다.

하지만 분노의 눈빛으로 봐서는 리스베스가 몇 시간이나 감정을 억제할 수 있을지 의문이었다.

타라는 참석자들을 쭉 훑어봤다. 대사들은 대체로 싸움에 약하고 화술에 능한 편인데 이번에는 전사들로 교체되었다. 난쟁이족 사절단은 불굴의 전사들로 구성되었고, 빌랭 왕국의 사절단은 가장 뛰어난 용병들로 이뤄져 있었다. 그런데 이 용병들이 어찌나 덩치가 큰지 가냘픈 체격의 타딕스족이 사용하는 문이 좁아서 넓혀야 드나들 수 있었다. 허리를 붉은 빛깔로 치장한 호전적인 켄타우로스들, 공격적인 종으로 이름난 유니콘들, 경계하는 표정으로 참석자들을 뜯어보고 있는 셀렌다의 바이올렛 엘프들도 보였다. 틸이 파견한 늑대인간들은 얼마 전까지만 해도 전설로만 듣던 전사들을 보면서 완전히 홀려 있었다.

마법을 사용하지 않는 늑대인간들은 신체적으로 남성이 여성보다 훨씬 강했다. 그래서 사절단에 여성 늑대인간은 없었다. 타라를 발견한 늑대인간들이 다가와 반갑게 냄새를 맡았다. 타라는 그들을 끔찍한 노예 생활에서 해방시켜준 영웅이었고, 앞으로도 영원히 영웅으로 남을 것이었다. 사절단 대장은 새로운 맹세를 다짐했다. 그들은 타라를 보호하기 위해 온 것이었다. 타라는 그들에게 고마움을 표시했다. 지금은 정황상 정치가들보다 충성스러운 지지자들이 곁에 있는 것이 훨씬 나았다.

랑코비트, 메우스, 그 밖의 다른 나라 사절단들도 참석해 있었다. 온갖 색깔의 마법복들이 섞여 있고, 비마들도 몇 명 보였다. 땅신령들과 꼬마도깨비 파보족이 보란 듯이 검을 차고 있는가 하면 다른 종족과는 모습이 확연히 다른 진실의 입들도 있었다. 타라는 타딕스족이 건네는 다양한 술을 기쁘게 음미하고 있는 산티보르 대사를 알아봤다. 온갖 술을 뿌리에 붓고는 나뭇가지를 떠는 화분을 보면서 타라는 한숨을 내쉬었다.

참석자들이 거의 대부분 마법사들인 것은 그럴 만한 이유가 있었다. 타라가 와 있는 것은 공식적인 '피앙세'이기 때문이었다. 그런데 타라의 강력한 힘과 다른 마법사들의 힘을 합해서 소용돌이 통로를 만들어야 악마 사절단을 가능한 한 한 번에 불러들일 수 있었다.

이것은 오랜 토론 끝에 내린 결정이었고, 특히 드래곤들이 주장했다. 악마들을 순간 이동시키는 과정에서 사절단의 절반이라면 괜찮지만, 상반신과 하반신으로 나뉘어 몸의 절반씩만 들어오는 유감스러운 사고를 방지하려면 타라의 강력한 마법이 반드시 필요하기 때문이었다. 그리고 악마들이 무엇을 원하는지 전혀 모르는 상황에서 평화를 바라는 국가의 대사들을 죽이는 사태가 벌어져서는 안 될 일이었다.

바로 옆에 있는 돔 안에 별 문양이 있었다. 악마들이 도착할 일종의 플랫폼이었다.

지금까지는 아더월드의 종족들만 악마를 호출할 수 있었다. 하지만 악마 한 명을 불러내는 대가로 마법사는 수명이 몇 년 단축되는 걸 감수해야 했다.

수명이 단축되지 않는다면 너도나도 악마를 불러낼 것이 아닌가. 데미데루스는 마법의 힘이 커질 수만 있다면 마법사들이 무슨 짓이든 할 수 있다는 걸 잘 알고 있었다. 그래서 5000년 전 데미데루스가 최고 마구스들과 함께 만든 주문은 마법사의 수명 80퍼센트를 빨아들였다. 즉 마법 능력이 뛰어나 수명이 아주 긴 마법사들의 경우는 400년이 단축되는 셈이었다. 따라서 악마를 호출해보고 싶다면 기력이 떨어지는 말년에 하는 것이 나았다. 호출을 받은 악마 쪽에서도 림보의 서클을 나가면서 자기를 방해한 마법사를 후회하게 만들 방법을 궁리하는 일이 종종 일어나기 때문이다. 물론 이따금 마법사가 살아남는 경우도 있지만 대부분 악마를 호출한 것을 후회한다.

그래서 악마를 호출하는 일은 그리 많지 않았다. 완전히 실패한 경우를 제외하고 마법사가 식물인간이 되거나 죽은 경우만 계산하면 악마를 호출하는 데 성공하는 것은 1년에 한두 건이 고작이었다. 그렇지만 지구나 아더월드 같은 전혀 다른 문명에 호기심을 갖는 악마들에게는 반가운 호출이었다. 물론 드래곤들은 악마를 절대로 호출하지 않기 때문에 악마들이 유일하게 전혀 모르는 행성이 드란보우글리스펜쉬르였다.

이런 점에서 드래곤 사절단과 악마 사절단을 동시에 도착하게 하려는 멋진 작전이 수포로 돌아갔다. 리스베스 여제는 위장이나 변장이 아닌 본래의 모습으로 이미 와 있는 드래곤들을 발견하고 화가 치밀었다.

뒤쪽에 근육질의 블랙 드래곤들이 서 있었다. 타라도 블랙 드래곤들을 보면서 몸이 부르르 떨렸다. 블랙 드래곤이라니, 동족이고 뭐고 수틀리면 무조건 죽이는 살상 무기나 다름없는데!

사절단 맨 앞에 블루 드래곤 셈 선생님이 날아다니는 양탄자에 앉아 있었다. 타라는 멍하니 쳐다보면서 저렇게 화려한 색깔의 거대한 양탄자를 짜려면 얼마나 많은 자이언트 거미들이 동원되었을지 생각했다.

갑자기 잘 아는 얼굴을 발견한 타라는 소스라쳤다. 오, 흉측한 벤드룩의 내장이여, 제레미가 여길 왜 왔지? 그리고 제레미 뒤에 키가 훤칠한 금발의 남자를 보고 타라는 눈이 동그래졌다.

쫓기는 마법사 부부가 맡긴 돈으로 아기 제레미를 입양해서 키워 준 지구인 가정의 형 조던이었다. 드래곤 왕은 림보와 지구를 파괴하기 위해 만든 기계에 에너지를 공급할 목적으로 타라와 제레미에게 유전자 조작을 했었다.

조던은 마법이 통하지 않는 '마불통 비마'였다. 조던을 마지막으로 본 것은 지구의 스톤헨지 농가에서였다. 조던은 부모가 하르퓌아에게 공격당해 사망했을 때 입양한 동생이 마법사임을 알고 있다고 말했다. 아더월드에 대해 전혀 모르는 조던을 여기서 보게 되다니. 게다가 마법의 세계에 있는데 조금도 불편해 보이지 않는 것도 이상했다. 이렇게 위험한 때에 조던을 데려온 사람이 누군지 궁금했다. 도대체 누가 왜?

그때였다. 타라는 파보족 꼬마도깨비가 한 비마에게 마법의 광선을 날리는 장면을 목격했다. 마법의 광선은 마치 존재하지 않는 사람처럼 비마를 뚫고 나가버렸다. 비마는 광선을 보지도 못한 것 같았다. 당황친 꼬미도깨비는 동족에게 시험해봤다. 그러사 화가 난난히 난 동족이 달려들었다. 꼬마도깨비 둘이 치고받고 한바탕 싸움이 일어났는데 다른 꼬마도깨비들은 재미있다는 얼굴로 고개만 끄덕일 뿐 간섭하지 않았다. 성격이 변덕스럽기로 이름난 종족인데…….

그러니까 조던뿐만 아니라 여기 참석한 비마들은 모두 '마불통'이었다. 마법사들은 이런 비마를 아주 싫어하기 때문에 아더월드에는 마불통이 거의 없었다. 마불통으로 밝혀진 아이들은 아더월드를 완전히 잊고 평화롭고 행복하게 살아갈 수 있게 민투스 주문을 걸어서 가족과 함께 지구로 보내졌다. 그런 이유로 아더월드의 주민들은 누구나 일반적으로 마법 능력이 나타나는 열세 살에 테스트를 받았다.

타라는 마불통들이 와 있는 이유를 알았다. 악마의 마법을 버텨낼 수 있는 이들만 모여 있는 것이었다. 하지만 위험한 도박이었다. 아무리 마불통 비마들이라도 악마들에게 맞서 대응할 수는 없는데…….

그래서 다시 한 번 마불통들을 유심히 관찰하던 타라는 나름대로 무장을 하고 있다는 걸 알아차렸다. 어쨌든 완전 무방비 상태는 아니었다.

조던이 어두운 얼굴로 주위를 두리번거리고 있었다. 타라가 기억하는 마지막 모습은 하르퓌아들의 공격을 받고 사망한 부모 앞에 조던이 무릎을 꿇고 서릿발같이 차가운 표정으로 부모의 얼굴을 쓰다

듣던 모습이었다. 그때 조던은 부모를 죽인 원수를 찾아서 복수하겠다고 다짐했었다.

조던의 부모를 죽게 만든 범인은 결국 셈 선생님의 창에 찔려서 사망했다. 타라는 범인이 응징을 받았다는 것으로 조던에게 조금이나마 위안이 되었길 바랐다.

슬그머니 다가온 제레미가 타라에게 인사를 했다. 유명 인사가 되다 보니 예의를 지키는 건가? 타라는 제레미와 비슷한 점이 거의 없었다. 영국의 한 농가에서 자란 제레미는 아더월드로 돌아온 뒤 부자가 되자 향락에 빠져 살고 있었다. 울면서 찾아온 무아노는 두서없이 이런저런 말을 하면서 몇 번이나 '함정에 빠졌다'고 했었다. 제레미가 놓은 함정일까? 혹시 상속 문제와 관련된 함정? 랑코비트에 이익을 가져다주는 걸까? 타라는 랑코비트의 왕을 잘 알고 있었다. 너그러운 호인이지만 한 나라의 왕임에는 틀림없었다. 개인보다는 나라의 이익을 우선으로 생각하는 왕이었다. 타라는 제레미를 좋아하지 않지만 그래도 다정한 미소를 지어 보였다.

그 옆에 서 있는 안젤리카는 잘생긴 조던에게 정신이 팔려 있었다. 꺽다리는 마지못해서 타라에게 고개만 까딱하고 돌아서서 조던에게 침을 흘리고 있었다. 스톤헨지에서 조던을 처음 만났을 때부터 홀딱 빠져 있더니 여전했다. 타라는 속으로 피식 웃으면서 행운을 빌어주었다. 안젤리카가 쳐다보거나 말거나 아무 관심이 없는 조던은 진지하게 임무 수행에 열중하고 있었다. 타라를 미워하는 안젤리카가 조던과 가까이 지내고 싶다는 이유로 이런 모험을 감행했을까? 아니, 타라는 안젤리카가 그런 일로 타딕스에 왔다고는 생각하지 않았다.

마침내 상견례가 끝나자 숙소를 보여주는데 맙소사, 삐죽 솟은 탑 안에 있었다. 타라는 바람에 휘어지는 탑들을 보는 것만으로도 현기증이 일었다. 숙소에 올라가 보니 느낌만 그런 게 아니라 정말로 속이 울렁거렸다.

숙소에서 내려온 타라는 타딕스족이 위성의 무게를 늘리기 위한 방편으로 수천 톤의 철을 용해하고 있다는 말을 들었다. 자기압력(magnetic pressure, 어떤 자기장 안에 철을 넣으면 새로 생긴 자기장이 겹쳐서 더 큰 세기를 갖는 자기력의 장이 생긴다. 이를 자기유도, 자기감응이라고도 한다─옮긴이)을 얻는 데 필요한 철의 양을 생각하면 타딕스 정부가 철을 구입하는 데 얼마나 쏟아붓고 있는지 짐작하기도 어려웠다.

그때 갈랑이 머릿속으로 보내준 이미지에 타라가 소스라치게 놀랐고, 주위의 시선이 일제히 후계자에게 쏠렸다. 벨제부트가 보내는 절망적인 메시지가 패밀리어에서 패밀리어로 전해진 것이었다.

타라의 친구들이 마그마 같은 불구덩이 속으로 떨어지기 일보 직전이었다!

타라는 깊이 생각할 겨를이 없었다. 파란색 마법의 빛이 주위의 모든 돔을 에워쌌다.

이어서 타라가 날린 임모빌리수스 주문에 모두들 얼음이 된 듯 동작을 멈췄다. 앞으로 나란히 자세, 공중에 붕 떠 있는 자세……, 심지어 사물들까지 모두 정지되었다.

타라만 자유롭게 페가수스가 보여준 곳을 향해 돌진했다. 그리 멀지 않았다. 두 번째 돔에 바닥에서 솟아오른 마그마 같은 불구덩이가 있었다. 타라는 노동자들이 작업복을 입지 않고도 일할 수 있게 정상적인 환경을 유지시켜놓은 것에는 고마웠지만 강력한 에어컨디셔너에도 불구하고 기계에 다가갈수록 굉장히 뜨거웠다.

타라는 문득 몸이 훨씬 무거워진 걸 느꼈다. 마법과 과학기술 덕분인지 이 돔에서는 아더월드보다 중력을 강화시켜놓아서 한 발을 내딛는 것이 힘들 정도였다.

눈앞에 끔찍한 광경이 보였다. 벌어진 집게에서 떨어지다 타라의 마법 때문에 정지된 쇳덩이들과 마그마 불구덩이까지의 거리는 불과 1미터였다. 쇳덩이마다 마법의 구명 로프가 돔의 지붕 쪽을 향하다 정지된 상태였다. 무아노의 핑크빛 로프, 파브리스의 갈색 로프, 파프니르의 잿빛 로프, 칼의 금빛 로프. 하지만 타라가 임모빌리수스 마법을 작동하지 않았어도 친구들은 어차피 구명 로프로 쇳덩이를 돔의 지붕에 묶을 수 없었을 것이다. 돔의 지붕은 마법의 장막에 둘러싸여 있어서 무엇이든 달라붙는 걸 허용하지 않는 데다 강화된 중력 상태에서는 쇳덩이를 그리 쉽게 들어 올릴 수 없기 때문이었다.

요컨대 타라가 타 죽기 일보 직전에 구하긴 했지만 친구들이 그 불기운을 얼마나 버텨내느냐가 관건이었다.

타라도 위기에 봉착했다. 문제는 불구덩이였다. 타라는 일괄적으로 모든 걸 마비시켜놓은 상태였다. 하지만 쇳덩이들을 불연성 처리가 된 안전한 데로 보내려면 두 가지를 해야 했다. 쇳덩이들을 풀어주고 불구덩이로 떨어지기 전에 잡아야 했다.

타라는 침을 삼켰다. 최근에는 불안정한 자신의 마법에 믿음이 생긴 편이었다. 더군다나 친구들의 목숨이 걸려 있었다. 타라가 땀에 젖은 손바닥을 옷에 뒤스 익, 이런 와중에도 제인지라인은 휴지로 해결하지 않았다고 투덜거렸다. 타라는 유독한 연기를 배출하고 신선한 공기로 대체해주는 환기장치에 감사하면서 심호흡을 했다.

한 손으로 쇳덩이들에 걸린 주문을 풀어주는 한편 다른 손으로는 세시수스 주문을 날렸다. 떨어지던 쇳덩이들이 타라가 만든 네 개의 거대한 손에 붙잡혔다.

쇳덩이들이 아주 무거운 데다 미끄러워서 타라는 조심조심 땅 위로 이동시키기 시작했다.

다른 사람들 모르게 친구들을 구하기 위해 쇳덩이들만 풀어준 상태였다. 그래서 다른 돌들을 마비시키고 있는 임모빌리수스 주문이 타라의 마법 에너지를 빨아들이고 있었다. 그런데다 타라는 칼을 살리기 위해 피를 많이 뽑아주었다는 걸 잊고 있었다.

마법의 힘이 약해지면서 쇳덩이들이 1미터쯤 밑으로 쿵 떨어졌다. 친구들의 패밀리어들이 울부짖는 소리가 갈랑을 통해 머릿속으로 전해졌다.

타라는 하는 수 없이 모험을 감행했다. 임모빌리수스 주문을 포기하고 모든 것을 풀어주는 것으로 에너지를 회수한 다음 강력한 글라시우스 주문으로 불구덩이의 일부를 얼려버렸다. 그 순간 거대한 손들이 사라지면서 쇳덩이들이 떨어졌다.

시커먼 얼음바다에 떨어진 데다 중력이 강하기 때문에 충격이 얼마나 셌는지 쇳덩이들이 거대한 호두처럼 반으로 쩍 갈라졌다. 데굴 데굴 굴러 나온 친구들과 패밀리어들이 불바다가 아닌 걸 보고 넋 나간 얼굴이었다.

"빨리 뛰어!" 타라가 외쳤다. "내가 오랫동안 버티지 못해!"

친구들과 패밀리어들은 뛰는 게 아니라 거의 날아가고 싶었지만, 강화된 중력 탓에 마음대로 발이 움직이지 않았다. 금방이라도 집어 삼킬 것 같은 불길이 바로 눈앞에 내려다보이는데 달아나지 않을 사람이 있을까. 친구들이 필사적으로 위쪽으로 오르는 사이, 타라는 특히 키가 작고 몸의 밀도가 커서 올라오는 것이 유독 힘든 파프니르를 도와주었다. 친구들이 모두 안전해지자 타라는 숨을 헐떡이면서 불구덩이에 날려 얼음바다로 만든 주문을 풀었다.

얼음이 사라지고 치솟은 불길이 쇳덩이들을 집어삼켰고, 눈 깜짝할 사이에 흔적도 남지 않았다.

드디어 파프니르가 입을 열었다.

"다음부터는 꼭 공간이동의 문으로 다니자, 오케이? 그리고 여긴 말이야, 뜨거운 곳에 이골이 나 있는 대장장이인 나한테도 너무 더워."

친구들이 우주복을 벗는 사이, 타라는 굳은 얼굴로 전혀 재미있지 않다는 표정을 지었다.

타라가 목숨을 구해주긴 했지만 친구들이 온 게 마뜩잖다는 표시였다. 어떤 점에서는 칼이 타라를 구하기 위해 스스로 검은 여왕의 장검에 찔린 뒤로 타라는 줄곧 무거운 빚을 진 것 같았는데, 이번 일로 그 빚을 조금이나마 갚은 느낌이었다.

그래서 칼과 사귀게 된 걸까? 자신이 원망스러워 고마움의 표시로 칼과 사귈 생각을 하게 된 걸까? 타라는 진심으로 그건 아니길 바랐다.

친구들 모두 타라에게 고마워했다. 한편 다른 돔에서는 후계자가 사라진 걸 알아차리고 모두 당황했다.

"너희들, 타디스에 오지 말라고 한 내 말이 무슨 뜻인지 몰라!" 타라가 따지듯 소리쳤다. "못 알아들을 정도로 어려운 말 아니었는데? 그리고 로빈은 같이 안 왔어?"

칼이 눈살을 찌푸렸다.

"아니, 아무 소식 없어." 칼은 퉁명스럽게 대답했다.

"다른 질문에 대답하자면 네 말을 분명히 이해했지만 귀여운 놈들과 너 혼자만 있게 둘 수 없었어!" 파프니르는 뛸 때 마구 흔들린 도끼 두 개를 허리춤에 다시 차면서 야무지게 말했다. 그을음이 시커멓게 앉은 벨제부트도 난쟁이의 어깨 위에서 기분 나쁘다는 울음소리를 냈다.

고양이만 그런 게 아니었다. 친구들 모두 타라가 만든 얼음바다에서 뒹군 탓에 시커멓다.

"귀여운 놈들? 맙소사, 파프니르, 악마들이야! 내가 검은 여왕을 상대하는 것과는 달라. 너희들 힘으로는 악마들과 대적하지 못해. 여기서는 너희들이 할 일이 없단 말이야!"

"네가 검은 여왕을 물리쳤다고 그렇게 비교하다니, 그건 아니지!" 이번에는 무아노가 나섰다. "네가 우리를 원치 않는다는 말 알아들었지만 우리는 여기 왔어. 그래서 우리를 보내버리려면 우리를 체포해서 강제로 공간이동의 문에 처 넣어야 할 거야. 그리고 상기시키겠는데 나와 칼은 랑코비트의 시민이며, 파프니르는 히믈리아 시민이고,

파브리스는 지구인이야. 따라서 너는 법적으로 우리에게 명령할 권한이 없어. 우리는 네 신하가 아니에요, **마마!**"

타라는 정곡을 찔렸다. 무아노가 말한 대로 모두 보호막에 싸서 공간이동의 문으로 집어던질 생각을 하고 있었는데. 관심이 집중되면 말을 더듬던 그 수줍음 많은 무아노에게 무슨 일이 일어난 거지? 무아노의 논리 정연한 반박에 타라는 할 말을 잃었다. 하나도 틀린 말이 아니지 않는가.

"그리고 너를 위한 우정으로 돌아가란 말은 하지 마. 진정한 친구란 위기에 처한 친구를 버리지 않으니까. 그런 기대는 하지도 마!"

"슬루르크, 너희들이 내 임무를 어렵게 만들고 있지만 너희들에게 마법을 사용하지는 않을 거야(마법을 사용할 거라고 생각하던 칼은 타라의 말에 안도했다). 좀 이따가 내 마법의 모든 힘을 쏟아야 하기 때문에. 그러니까 일단 내 숙소에 가서 기다려. 사람들이 불안에 떨지 않게 해결할 방법을 찾아볼 거니까." 타라는 그렇게 말하고 나서 친구들이 쉽게 숙소를 찾아갈 수 있게 돔의 지도를 건네주었다.

타딕스 측에서 오무아의 후계자에게 제공한 숙소는 필요하면 언제든 확장할 수 있는 아더월드 황궁의 거처보다는 훨씬 작았지만, 여러 개의 층에 욕실이 달린 침실이 여섯 개나 되었다.

친구들은 순순히 따랐고, 칼은 슬그머니 입맞춤을 하고는 싱긋 웃으면서 지나갔다. 그때였다. 사절단을 이끌고 그르룰이 돔에 불쑥 나타났다. 그르룰이 타라의 마법으로 몇 분 동안 마비되었던 것 때문에 저리는 손을 흔들어대는 사이에 친구들은 재빠르게 다른 쪽 복도로 사라졌다.

타라는 그르룰에게 친구들이 왔는데 문제가 생겨서 마법을 사용할 수밖에 없었다고 차분하게 설명했다.

타라는 아무도 그 말을 믿지 않는다는 걸 잘 알고 있었다. 또 마법 조전에 실패한 후계지기 궁색한 변명을 늘어놓는 거라고 생각할 것이 분명했다. 타라는 그들을 설득할 수도 있지만 지금은 시간도 없고 낭비할 에너지도 없기 때문에 모른 척 넘어갔다. 타라를 잘 아는 고모와 그르룰만 의혹의 눈길을 보냈다. 그르룰은 임모빌리수스 주문을 아주 싫어하기 때문에 더욱 그랬다.

모두들 옷을 갈아입거나 휴식을 취하고 씻으러 방이나 사무실로 들어갔다. 악마들을 불러들이기 위한 약속은 한 시간 후였다.

타라는 숙소 앞에 도착해서야 알아차렸다. 맙소사, 여긴 아더월드가 아닌데! 살아 있는 문이 존재하지 않기 때문에 친구들이 방에 들어가지 못했을 텐데. 메인 컴퓨터가 통제하는 평범한 문이라서 친구들에게 열쇠를 건네야 했는데 바보같이 깜빡했던 것이다.

하지만 문 앞에서 발을 동동 구르고 있을 친구들이 아니었다.

그런데 뜻밖에도 만나고 싶지 않은 안젤리카가 서 있었다.

안젤리카가 모두를 배신하고 에드라킨족의 나라에서 유령퇴치 기계를 갖고 도망친 뒤로 정말 오랜만이었다. 아버지 브란다우드의 지시를 받고 안젤리카는 기계를 훔쳐갔고, 야욕에 눈먼 브란다우드가 하인을 희생시켜서 기계를 작동한 덕분에 습격한 유령들을 섬멸했으니 결과적으로는 안젤리카가 타라의 목숨을 구해준 셈이었다.

그렇다고 배신이 정당화될 수는 없었다. 아무도 기계를 작동하는 방법을 모르고 있을 때였다. 갈색 머리 안젤리카가 '빛의 손'을 지닌 걸 알게 된 것이 그 모험에서였다. 빛의 손은 마법을 사용하지 않고도 모든 걸 박살 낼 정도로 가공할 만한 무기였기 때문에 유령퇴치 기계를 건드릴 수 있는 사람은 안젤리카밖에 없었다.

그래서 안젤리카를 쳐다보는 타라의 얼굴이 굳어 있었다.

안젤리카는 타라를 노려봤다. 마지막으로 봤을 때만 해도 안젤리카의 키가 더 컸는데 이제는 타라가 조금 더 컸다. 명색이 꺽다리인데. 흠칫 놀라는 듯한 안젤리카의 얼굴을 보면서 타라는 속으로 미소 지었다. 다음번에는 안젤리카가 하이힐을 신고 나타날 것이 분명했다. 이렇게 중력이 약한 곳에서 하이힐을 신는 건 아니라고 타라는 말리고 싶었다.

하긴 건방 떨다 발목을 삐끗하는 것도 괜찮지, 뭐. 안젤리카에게 딱 어울리는데.

타라는 그동안 안젤리카에게 예의를 지켜줬지만 더는 그럴 필요를 느끼지도, 그리고 싶지도 않았다.

"안젤리카, 무슨 일이야?" 타라가 느닷없이 내뱉는 말에 수행하던 타딕스족이 깜짝 놀랐다.

아더월드 사람들의 인사법이 거창하게 격식을 차리면서 주거니 받거니 오래 걸린다고 생각한 건 아니지만 그래도 친구끼리 간단한 인사조차 하지 않는 걸 보고 놀란 것이었다.

안젤리카는 기분 나쁜 미소를 흘리면서 목소리를 높였다.

"뭐? '안녕'이라든가 '내 목숨을 구해준 안젤리카, 만나서 반가워' 뭐, 이 정도의 인사말은 해야 하는 거 아냐?"

"너를 보는 게 나한테는 재수 없는 날이거든." 타라는 쏘아붙였다. "나를 구해주는 깃보다 죽이러 틀거나 해지려 한 게 더 많은 너를 보는 게 반갑겠니? 다시 묻겠는데 무슨 일이야?"

안젤리카는 주위의 구경꾼들을 가리켰다.

"뜬금없이 사람들이 관심도 갖지 않는 옛날 얘기를 하고 있어."

타라는 눈살을 찌푸렸다. 얘가 또 무슨 꿍꿍이지?

"난 아무것도 감출 게 없어." 타라는 태연하게 내뱉었다. "네가 무슨 할 말이 있어서 왔는지 모르겠지만 듣고 싶지도 않고. 얼마 후면 악마들과 맞서야 하는데 잔머리 굴리는 너랑 노닥거릴 때가 아니잖아?"

검은 눈이 분노의 빛으로 이글거렸다. 안젤리카는 집안의 권력을 내세우며 미모를 이용해 원하는 걸 얻는 데 실패한 적이 없었다.

그런데 타라는 예외였다. 안젤리카가 싫어하는 사람들 중에서도 타라가 단연 1위였다. 타라는 예쁜 데다 마법 능력이 훨씬 강력했고, 제국의 후계자면서 그건 별로 중요하지 않다는 듯, 권력을 좋아하지 않는 것처럼 행동했다. 그래서 얄밉고 가증스러웠다. 모든 면에서 자기와는 반대였다.

말문이 막힌 안젤리카는 한동안 타라를 노려보다가 한마디도 못한 채 둘러선 사람들을 헤치고 가버렸다.

타라는 안도의 한숨을 꾹 참았다.

"안 됩니다!" 타라는 타딕스 사람들이 숙소로 따라 들어가려고 하자 단호하게 말했다. "고맙지만 나의 구혼자가 도착하기 전에 할 일이 있어서요. 그리고 지금은 내 친구들과 있고 싶습니다. 그르룰?"

"네, 마마?"

"아무도 나를 방해하지 않게 해줘. 식이 시작되기 10분 전에 알려주고. 그동안에 좀 쉬어야지 피곤해서 쓰러질 것 같아."

이렇게 몇 마디로 타라는 조용히 쉬게 해달라는 뜻을 분명히 했다.

모두 허리를 굽혔다. 그르룰 뒤에 정렬한 경호원들의 얼굴은 어둡고 심각했다. 그들 모두 자원했지만 몹시 긴장해 있었다. 타라도 긴장하기는 마찬가지인데 그들은 오죽할까.

미끄럼 장치를 한 문이 바닥 속으로 사라지고 멋진 거실이 드러났다.

타라는 거실로 들어가면서 문에게 아무도 들어오지 못하게 걸어잠그라고 지시했다. 문은 차가운 금속성 소리를 내면서 지시에 복종했다.

칼 같은 천재 도둑에게 이런 문을 열고 들어가는 것은 몇 초도 걸리지 않는 어린애 장난이었을 게 틀림없었다.

그런데 거실이 텅 비어 있는 걸 보고 타라는 깜짝 놀랐다.

친구들이 없었다.

# 18
# 소용돌이
연인은 유혹하려면 멋지게 등장할 줄 알아야 하는데

가슴이 철렁 내려앉은 타라는 침실이 있는 이층으로 뛰어 올라갔다. 그러고는 첫 번째 방문을 벌컥 열었다. 지친 탓에 침대에 주저앉아 있던 칼과 무아노, 파브리스, 파프니르가 소스라쳤다.

"타라!" 칼이 침대에서 뛰어내리면서 외쳤다.

"아이, 깜짝이야! 문을 그렇게 열면 어떡해!" 파프니르가 호통쳤다. "겁먹었잖아! 아니, 무서운 건 아니고…… 하마터면 내 도끼가 날아갈 뻔했잖아!"

타라에게 다가선 칼이 기습적으로 키스하자 파브리스는 휘파람을 불었다. 타라는 칼의 넓은 가슴에 안긴 채 어찌할 바를 몰랐다.

칼이 잿빛 눈으로 타라를 응시했다.

"이제 아프지 않아?" 칼의 상처를 눌렀을까 봐 타라는 걱정이 되어 몸을 빼려고 하면서 물었다.

"응, 전혀." 칼은 타라를 꼭 끌어안으면서 대답했다.

타라는 정신이 나간 것 같았다. 칼에게서는 열정이 느껴졌다. 가슴은 뛰는데 이성을 잃을 정도는 아닌 것 같고, 아무튼 그냥 좋은 느낌이었다.

타라는 분명히 이건 사랑에 빠진 것이 아니라는 생각이 들었다.

슬루르크!

타라는 약간 뒤로 물러섰다. 칼은 잠시 혼란스러워하다 타라를 놓아주었다.

타라는 친구들에게 미소를 지어 보이고 하얀 방석에 쓰러지듯 주저앉았다. 온통 하얗게 도배한 방은 각진 것이라곤 없고 둥글거나 푹신해 보이는 것들뿐이었다. 하지만 사방이 온통 하얘서 그런지 속이 약간 메슥거렸다. 타딕스 측이 친절하게도 손님들이 너무 불편하지 않도록 방 안에 중력을 강화시켜놓았지만 그래도 약간은 거북하게 느껴졌다. 하얀 솜털 식물이 둥근 벽면을 장식하고, 공기 조절 장치에서 나오는 바람에 둥근 화분 속 키 큰 식물들이 흔들렸다. 모든 것이 보이지 않는 끈끈한 액체 속에서 아주 느리게 움직이고 있는 것 같아서 신경에 거슬렸다. 타라는 갑자기 전율이 일었다.

타딕스족이 정말 놀라울 정도로 미스터리하게 느껴졌다. 이 종족의 생각도 풍습도 이해할 수 없는 면이 많았다. 이 종족에게 회식 모임은 아더월드에서처럼 편안하게 즐기는 자리가 아니었다. 예식은 무겁고, 몸짓 하나하나에 의미가 있고, 인사는 행동 규칙에 따른 것이고, 술 마시는 것까지 시간이 제한되어 있었다. 아주 사소한 것이라도 놓쳐서 주의를 받으면 가차 없이 회식에서 제외되었다.

심각한 범죄를 저지른 경우는 사형에 처하는 것이 아니라 수백 년 동안 혈액순환 정지 상태로 만들어놓았다가 모든 기준이 달라지거나 사회기 바뀌었을 때 풀어주었다. 그래서 선과자들은 아는 사람이 아무도 없는 곳에 고립된 채 밑바닥부터 시작해야 했다. 그래서 타딕스 사회에서는 많은 사람들이 허무한 감정과 싸우으니 자살을 택한다는 소문이 돌고 있었다.

"타라, 이 방에 방음장치는 잘되어 있을까? 이렇게 말해도 괜찮은 거야?" 파브리스가 물었다. "사람들이 무슨 일이 있었냐고 많이 물었을 텐데……. 아무튼 나도 이해가 안 되는 게 있어서 너한테 질문할게. 우리가 여기 오는 걸 원치 않는 사람은 너 하나야. 여제도 개의치 않았어. 우리가 와 있는 것에 관심도 없었으니까. 아까는 네가 스트레스가 굉장히 심한 것 같아서 물어보지 않았는데 이젠 설명해봐. 우리가 오는 걸 왜 그렇게 막으려고 했는지? 우리가 폭탄에 대해 알고 있어서? 우리가 죽을까 봐?"

타라는 망설였다. 악마의 영혼들에 대해 말해줘야 할까? 친구들이 미쳤다면서 악마의 영혼들에게 장악되었다고 생각할까 봐 두려웠다. 하지만 다른 한편으로는 위성을 폭파하기 직전의 그 짧은 시간 동안 친구들의 죽음이 마음에 걸리지 않게 떠나게 하고 싶었다. 상반된 감정을 설명하기 힘든 타라는 한참을 고민하다 퉁명스럽게 말했다.

"너희들이 내 약점이니까."

친구들은 충격으로 얼어붙었고, 벨제부트는 비난하는 울음소리를 냈다.

"너희들은 검은 여왕에게 굴복하고 노예가 됐었어(타라는 손가락 꺾는 소리를 냈다). 검은 여왕은 나를 괴롭히기 위해 너희들을 이용한 거였지. 악마의 마법은 끔찍…… 가혹해(타라는 말을 멈추고 팔찌와 벨트를 쳐다봤다. 그리고 만년필을 생각하면서 금속 귀를 세우고 듣고 있을 영혼들의 기분이 상하지 않게 조심했다). 선택의 여지를 주지 않았어. 내가 사람들을 가까이 둔다는 건 인질을 데리고 다니는 것이나 다름없어. 지금까지 우리는 많은 적들과 싸웠고, 운이 따라주었지. 하지만 여기서는 그렇지 않아. 악마들을 상대하는 싸움에서는 너희들에게 행운이란 없어. 진화해서 완전히 변해버린 지금의 악마들과는 상대가 안 되니까. 나는 악마의 마법을 직접 경험했어. 그래서 두렵고, 그래서 너희들이 떠나길 바라는 거야. 악마들이 또 너희들을 이용하면 내가 불리해져. 그러니까 지금 떠나면 좋겠어."

하지만 타라는 다른 선택을 하고 싶은 마음도 있었다. 친구들이 없으면 뭔가가 빠진 것처럼 허전하고 심리적으로 안정이 안 될 텐데.

"이성적으로 생각해." 타라는 말을 이었다. "악마들이 도착하기 10분 전에 고모가 봉쇄하기로 되어 있으니까 그 전에 공간이동의 문을 이용해서 떠나."

타라는 마지막으로 다시 한 번 친구들에게 선택할 기회를 주었다.

"안 돼!" 칼이 팔짱을 끼면서 외쳤다. "그렇게는 못해. '악마들을 상대할 수 있는 사람은 나밖에 없어'라는 식의 연기는 집어치워! 너 이전에도 인간과 드래곤이 힘을 합해 악마들을 물리쳤는데 우리 마법사들의 능력을 깎아내리지 마. 우리는 수석 마법사들이고 머지않아 최고 마구스들이 될 거야. 우리는 수없이 싸웠고 위기에 처한 세계와 은하계를 구했어. 늘 그랬던 것처럼 우리는 함께 새로운 도전에 응할 거야. 우리가 검은 여왕의 노예가 되었다고 했지? 맞아, 그랬지. 하지만 결국에는 검은 여왕도 우리에게 졌어. 우리가 제압했으니까. 우리는 하나잖아, 티리. 모두 함께하는 거야."

"그래. 우리는 어디로도 떠나지 않아." 파프니르가 맞장구쳤다. "우리는 너에게 오려고 불구덩이 속에 타 죽을 뻔했어. 다시 돌아가려고 이곳에 목숨 걸고 온 줄 알아? 그리고 이건 수천 년 동안 온갖 문제를 일으켜온 악마들을 상대하는 일이야. 오랫동안 싸우지 않았더니 나는 몸이 근질근질해서 죽겠어. 나는 무슨 일이 일어나는지 두 눈으로 봐야겠는데 너희들은 어때?"

난쟁이는 친구들에게 동의를 구했다.

파브리스는 미소를 지으면서 말했다.

"당연한 걸 뭘 물어? 이 문제는 이것으로 얘기 끝난 거지?"

타라는 주저앉았다. 고집불통들! 여러 가지 방법이 떠올랐다. 애들을 재워버려? 지금은 잔뜩 경계하고 있어서 마법을 작동하는 순간 대번에 알아챌 텐데. 타라는 친구들과 싸우고 싶지 않았다. 그냥 같이 있어? 그러다 악마의 사물들과 하려는 일을 알아차리면 친구들에게 내가 경계 대상이 될 텐데…….

"좋아." 타라가 말했다. "내 일을 복잡하게 만들기로 작정했다니까 함께하자. 내가 이래서 너희들이 오지 않으면 했던 건데."

타라는 팔찌와 쇠사슬 벨트를 풀고 만년필을 꺼내놨다.

친구들은 타라를 미친 사람 보듯 쳐다봤다.

"이게 뭐?" 무아노가 물었다. "보석, 금빛 벨트, 검은 만년필이잖아.

우리를 오지 못하게 막은 것과 이것들이 무슨 상관이 있어?"

"창, 갑옷, 너희들의 본래 모습을 보여줘!" 타라가 말했다.

창이 점점 커지는 사이에 여러 조각으로 이어진 검은색 금속 갑옷이 나타났다.

칼과 파프니르, 무아노는 펄쩍 뒤로 물러서는 반면에 뭔지 모르는 파브리스는 멀뚱히 쳐다보고 있었다.

"오, 내 조상들의 수염이여!" 파프니르는 본능적으로 도끼를 움켜잡았다. "이건 악마의 사물들, 라오르의 창과 브롱스의 갑옷이잖아! 어디서 찾았어?"

타라가 어떻게 된 건지 설명하는 사이에 친구들은 물리면 즉사하는 전갈이라도 되는 듯 두 사물을 쳐다보고 있었다.

칼은 파랗게 질려 있었다. 악마의 사물들을 지니고 있는 타라와 입을 맞췄다는 생각에 섬뜩했던 것이다.

"그런데 이 사물들이 너를 장악하지 않았다고?" 칼은 불안한 어조로 물었다.

"아니, 나를 장악하려고 했지. 나를 찔러서 죽이려고도 했고. 하지만 성공하지 못했어. 내가 이겨냈거든. 그리고 우리는 의사소통을 하기에 이르렀어."

"하지만 너무 위험해." 무아노가 말했다. "악마의 사물들이 드래곤에게 어떻게 했는지 알잖아. 불구로 만들고……."

예상한 대로 반응하는 친구들을 보면서 짜증이 난 타라는 단호하게 대답했다.

"그렇지 않아. 영혼들이 방출한 에너지는 복수를 하기 위한 나름의 방어였어. 그게 악마든 드래곤이든 상관없이. 영혼들을 가둔 금속이 부패하면서 점점 고통이 심해지기 때문에 증오심이 커졌던 거야. 나는 그 아픔을 달래주려고 노력했어. 강압적인 요구도, 파괴하겠다는 위협도, 이용하려고도 하지 않았어. 이진에는 그 누구도 시도하지 않았던 걸 했을 뿐이야. 물론 지금처럼 절망적이지 않았으니까 그랬겠지만. 나는 사물들에게 도움을 청했어."

타라의 침착한 모습에 친구들도 차츰 긴장을 풀었다.

파프니르가 도끼 두 개를 다시 허리에 차면서 말했다.

"지금까지는 난쟁이들과 인간들의 용맹을 발라드나 상송으로 찬양해왔어. 하지만 이번에 타라 네가 이룬 것에는 오페라를 바쳐야 마땅해."

친구들이 말릴 겨를도 없이 난쟁이는 입을 크게 벌리고 노래, 아니 돼지 멱따는 소리를 내지르기 시작했다.


용기로 무장한 타라～～～
저주받은 영혼들에게～～～
과감히 맞섰네～～～
친구들이 다칠까 봐 혼자～～～서
적들을 모조리 해치우기～～～ 위해
현명한 건지 모르겠～～～지만


천년이 지나～～～도
전 세계 방방곡곡에서 사람들은 노래～～～하리라

주문도 없이 마침내 악마들을 무찌른 타라~~~를

그리하여 시인들은…….

"제발, 그만해, 파프니르! 이러다…….." 칼이 두 손으로 귀를 틀어막으면서 소리를 질렀다.

아뿔싸, 너무 늦었다. 아래층에서 요란한 소리가 들렸다. 타라가 재빨리 불러낸 천으로 창과 갑옷을 덮어씌우기가 무섭게 그르룰이 이끄는 호위대가 무기를 들고 들이닥쳤다.

"무슨 일입니까? 무슨 일이에요?" 그르룰이 외쳤다. "이 방에서 강도 4의 폭발음이 센서에 감지됐어요. 모두 무사합니까? 공격받았습니까?"

"아무 일 없어, 그르룰." 타라는 웃음을 참으면서 안심시켰다. "파프니르가 방금 나를 위한 시를 지었거든."

"강도 4의 폭발음이라니요?" 난쟁이가 쏘아붙였다. "무슨 기계가 난쟁이의 노래와 폭발음도 구별할 줄 몰라요?"

"그게 노래였다고요?" 그르룰은 믿기지 않는 얼굴로 물었다.

"네!" 파프니르는 누구든 난쟁이의 예술적 재능을 의심하는 자는 따끔한 맛을 보여주겠다는 듯 양손으로 도끼를 잡았다. 아무리 덩치가 큰 초록 트롤이라도 키가 겨우 무릎에 닿는 난쟁이에게 큰코다칠 수 있다는 시위였다.

경호원들은 눈치를 보다가 사과하고 하나둘 방을 나갔다.

그르룰은 그제야 방에 있는 사람들이 누군지 알아차렸다.

"오, 매직갱!" 그르룰이 반가워했다. "마마께서 친구들이 왔다고 하셨는데…… 우리와 함께 죽으러 온 걸 환영해요!"

"고맙지만 피할 수만 있다면 잘 피해야죠." 칼이 받아쳤다. "우리는 새싱을 구하려고 왔거든요."

칼이 친구들을 쳐다보자 모두 합창했다.

"또다시!"

트롤은 폭발음으로 들릴 정도로 강력한 소리를 낼 수 있는 난쟁이를 쓱 한 번 쳐다보면서 말했다.

"악마들에게 그렇게 노래를 불러주면 줄행랑치겠어요! 나는 이만 나가볼게요. 시간이 되면 알리겠습니다."

트롤의 목소리에서 '만일을 대비해 귀를 틀어막을 만한 걸 찾아봐야겠다'는 뜻이 느껴졌다.

호위대와 트롤을 내보내고 문이 닫히자 파프니르가 내뱉었다.

"음, 교양 없기는! 어떻게 위대한 예술을 감상할 줄을 몰라!"

타라는 웃지 않을 수 없었다. 위험한 무기를 가져온 것 때문에 모두 흥분해서 난리를 치고 있었는데 파프니르가 노래로 순식간에 분위기를 바꿔버렸으니. 타라는 이따금 난쟁이가 보여주는 것보다 훨씬 영리하다는 생각이 들었다. 비록 지금은 초록빛 눈에서 격분밖에 읽을 수 없지만. 타라는 악마의 사물들을 씌웠던 천을 사라지게 했다. 사물들도 영악했다. 잠깐 사이에 팔찌와 벨트, 만년필로 모습을 바꾸었던 것이다. 무거운 침묵 속에 사물들을 집어 들던 타라가 갑자기 웃음을 터뜨렸다.

타라는 어리둥절해서 쳐다보는 친구들을 보며 미소를 지었다.

"악마의 사물들이 아까 그 소리가 적들과 싸울 때 전술로 사용하는 건지 궁금하대. 그 멋진 소리가 아주 효과적이라고 생각한다면서."

"아하! 드디어 뭘 좀 아는 친구들이 나타났군." 파프니르가 흡족한 얼굴로 말했다. "고맙다고 전해줘. 그리고 난쟁이들은 늘 노래를 부르면서 싸운다고."

"너한테 말을 해?" 무아노가 물으면서 또다시 질겁했다. "검은 여왕이나 크라에토비르의 반지처럼? (무아노는 침을 삼켰다) 우리에게 또 그러는 거 아냐?"

"아니야." 타라가 대답했다. "내 허락 없이는 내 정신을 침범하지 않아. 우리는 의사소통이 필요할 때 서로에게 물어보고 대화해. 그리고 서로에게 예의를 지켜. 서로를 파괴할 수 있다는 걸 아니까. 그렇게 될 경우 나는 비욘드월드로 가지만 자기들은 다시 악마들의 노예가 된다는 걸 알거든. 전혀 위험하지 않아, 지금은."

이 말에 칼이 의아해했다.

"하지만 악마들이잖아?"

"그렇지. 하지만 나는 이 영혼들의 얘기를 듣고 이해가 됐어. 사물속에 갇히게 된 영혼들은 거의 대부분 농부나 노동자, 석공 같은 위험하지 않은 아주 평범한 악마들이었대. 어느 날 갑자기 처들어온 보울리미-레마족이 태양에 무슨 짓을 하고는 전부 학살했어. 악마의 사물들 속에 가두고 에너지를 이용하기 위해서였지. 기억하지? 악마들이 일곱 개의 행성 중 하나를 폭발시켰던 거? 지구나 아더월드와 마찬가지로 악마들도 여러 종족이 있어. 보울리미-레마족은, 엄청 강력해서 군사 협정만 맺고 있는 제7행성을 제외한 여섯 개의 행성을 정복하고 있었어. 그런데 제3행성의 에프리트들이 보울리미-레마족을 배신하고 아더월드와 손을 잡았지. 그 뒤로 우리 아더월드와 체결한 협정에서 보울리미-레마족은 제3행성을 파괴하거나 에프리트들에게 복수하지 않기도 했어. 협성 따위를 대수롭지 않게 여기는 보울리미-레마족이 에프리트들을 해치지 않는 것에 이 영혼들도 놀랐었대. 그래서 나는 보울리미-레마족이 에프리트들과 또 다른 협정을 맺었던 거라고 확신해. 살려주는 대가로 에프리트들을 스파이로 이용하는 게 틀림없어."

방 안에 침묵이 흘렀다.

"그러고 보니 에프리트들에게 아무도 주의를 기울이지 않았어." 생각에 잠긴 무아노가 지적했다. "교통정리, 보수작업 같은 일을 하고 있어서 어디서나 쉽게 에프리트들을 볼 수 있으니까 그런 점에서는 스파이로 손색이 없어. 하지만 에프리트들은 우리에게 해를 끼치는 행동을 전혀 하지 않잖아."

타라는 고개를 끄덕였다.

"지금까지는 그랬지. 그런데 말이야, 아르칸즈가 마지스터로부터 얻는 정보라고 하기에는 우리에 대해 너무 많은 걸 알고 있었어. 내가 림보에서 돌아온 뒤에 작성한 보고서에 그 사실을 적어놨었고, 고모도 그 뒤로 안보를 강화했지. 요컨대 보울리미-레마족이 괴물 같은 모습으로 변한 것은 제7행성에서 살던 종족에게서 영감을 받았던 거야. 촉수, 갈퀴발톱, 송곳니, 기형은 모두 제7행성 종족의 특성이거든. 그래서 내가 이 영혼들에게 지금 새로운 세대의 악마들은 인간의 모습을 하고 있다고 설명해줬더니 깜짝 놀랐어. 악마들이 추구하는 최고의 힘은 신체적 특징에서 나오는 거라면서."

"그런데도 보울리미-레마족의 아르칸즈와 결혼하고 싶어?" 칼이 비난하듯 말했는데 실은 질투심 때문에 눈이 돌아가 있었다.

"지금 나는 수천 년 전에 일어난 일을 말하고 있는 거야. 우리를 납치하려고 했던 아르칸즈를 두둔하려는 것이 아니라고! 아르칸즈는 자기 아버지가 저지른 죄에 대한 책임이 없어. 내 아버지의 죄가 내 책임이 아니듯." 타라가 반박했다. "하지만 네 말도 일부분 맞아. 보울리미-레마족이 검은 태양을 바꾸기 위해 또다시 종족을 몰살하는 극악무도한 짓을 다시 시작했으니까. 그것만으로도 용납할 수 없지. 무고한 영혼들을 희생시켜서 이용하는 진짜 악마의 마법이야. 바로 그래서 사물 속에 갇힌 이 영혼들이 나를 도와주기로 한 것이고. 보울리미-레마족에게 복수하기 위해서……."

무아노는 고개를 설레설레 저었다.

"아니, 이제는 무고한 영혼이라고 할 수 없어."

"뭐?"

"네가 지니고 있는 사물의 영혼들은 억압을 받고 갇혀 있었어. 하지만 수천 년 동안 악마들은 몹쓸 마법을 사용해서 파괴를 일삼았어. 악마의 영혼들도 그 책임에서 자유롭지 않아. 우리가 림보에서 본 것들을 생각하면 등골이 오싹해. 그 괴상망측한 궁전, 닥치는 대로 찢어발기면서 괴성을 지르는 악마들, 재판관, 인간 모습으로 형질 전환……. 아르칸즈가 악마의 사물들을 회수하려고 혈안이 된 것이 다 그래서야. 아주 오랜 옛날에 만든 악마의 사물들이 강력한 힘을 지니고 있을 뿐만 아니라 무고한 영혼들이었기 때문이지."

"아무튼 나는 악마들이 왜 평화를 운운하는지 이해가 안 돼." 파브리스가 진지하게 말했다. "아더월드나 지구에도 감옥에 갇혀서 이용당하는 무고한 영혼이 헤아릴 수 없이 많아. 이제 악마들은 우리를 잡아먹기 위해 침략할 필요가 없어. 인간으로 형질 전환이 되었으니 살과 피를 먹지 않아도 사는 데 아무 지장이 없으니까. 타라, 악마들이 갑자기 이렇게 나오는 이유가 뭘까? 너는 알아?"

타라는 한숨을 내쉬었다. 물론 알고 있었다.

"라오르의 창과 브롱스의 갑옷에 대해 너 정말 자신 있는 거지?" 파브리스는 미소를 지으면서 덧붙였다. "피에 굶주린 괴물로 변하지 않는 게 확실하다면 나는 찬성이야, 타라."

검은 눈의 금발 소년이 평온하게 말하자 다른 친구들도 타라가 악마의 사물들을 지니고 있는 것에 찬성했다. 친구들이 반대해도 달라지는 것은 없지만 타라는 아무 말도 하지 않았다.

타라는 문득, 제레미도 타딕스에 와 있는 것이 기억났다. 중요한 얘기를 하느라 잊고 있었다.

제레미+무아노+파브리스 늑대인간은 누가 봐도 악마들+드래곤들+안젤리카보다 불리한 조합이었다.

그러다 마지스터와 셀렌바도 타딕스에 와 있는 게 아닐까 하는 의문이 들었다. 그렇다면 문제의 절반을 한 방에 해결할 수 있는데. 하지만 지나친 기대였다. 용의주도한 마지스터는 아더월드 어딘가에 숨어 있을 것이 분명했다. 악마라기보다 너무 영악한 인간에 가까운 새 마왕이 마지스터의 마음에 들 리 없었다. 그리고 모두 죽게 되면 아르칸즈는 마지스터가 물리쳐야 할 가공할 적이었다. 마지스터는 바보가 아니었다. 리스베스가 뭔가 대책을 세워놨을 거라고 예상하고 있을 게 틀림없었다. 따라서 마지스터는 악마들과 싸워서 몰락한 세계에서 황제가 되거나 비열한 인간으로 낙인찍혀서 감옥에서 썩을 준비를 하고 있을 것이었다.

감옥······. 그 순간 로빈이 생각난 타라는 친구들에게 소식이 있는지 묻고는 함께 있으면 좋겠다고 말했다.

"로빈은 팅가푸르 황궁의 감옥을 탈출하는 데 성공했을 뿐만 아니라 아직까지 경찰이 찾지 못했어." 칼이 믿기지 않는다는 얼굴로 말했다. "솔직히 질투가 나. 나도 탈옥한 적이 있지만 파란 땅신령들이 도와준 덕분이었어. 도망치는 기술이 전혀 없는 로빈이 어떻게 탈옥했을까?"

"너 좀 지나치다." 무아노는 의리 있게 로빈을 대변했다. "로빈은 하프엘프야. 그리고 랑코비트 정보국장의 아들인데 아무려면 그런 때를 대비한 훈련을 안 시켰겠어?"

"아니, 불가능한 일이야." 칼은 단호하게 대꾸했다. "황궁의 감옥은 가장 경비가 삼엄한 10등급의 감옥이야. 외부의 지원 없이는 절대로 탈출이 불가능해."

"그러니까 네 말은 로빈의 아버지가 도와줬을 거란 뜻이야?"

타라가 물었다.

"그거야 모르지." 칼이 단호하게 대답했다. "그렇더라도 이상한 점이 있어. 그런 탈출이라면 사전 준비가 있어야 가능하니까. 그런데 비밀 통로의 지도는 어디로 사라졌는지 아직 찾지 못했단 말이야. 통로를 유일하게 아는 건축가들은 오래전에 죽었고, 공공의 적 1위인 마지스터 같은 미치광이야 체포될 경우를 대비해 탈출할 방법을 마련해놓겠지만……."

칼은 갑자기 말을 멈췄다. 친구들이 그런데 뭐? 하고 집요하게 물었지만 칼은 더 이상은 말해주지 않았다.

불현듯 머릿속에 스친 생각이 아주 이상해 확인하기 전에는 말할 수 없었다. 그리고 지금으로서는 로빈이 도망친 건지, 아니면 납치된 건지도 모르는 상황인데.

"악마의 사물에 대한 이야기로 돌아가자면 타라, 내가 키스할 때는 그것들을 빼면 안 될까? 보는 눈이 많다는 생각을 하고 싶지 않거든."

그 말에 타라는 웃음이 나왔다. 많이 걱정했는데 친구들이 생각보다 상황을 잘 받아들여주었다. 아직은 경계심이 느껴지지만 타라가 칼의 손을 스치거나 팔찌로 건드렸을 때도 반응이 없었다. 타라는 칼의 눈빛에서 속이려는 것이 아니라 마음 편하게 해주려는 배려를 느낄 수 있었다.

친구들이 타딕스에 남기로 결정했기 때문에 타라는 작전에 대해 설명해주었고, 타라가 나가야 할 시간까지 어제의 작전과 비교해서 다른 점에 대해 논의했다. 타라는 일어났다. 체인지라인은 흰색 바탕에 은빛과 금빛 수를 놓은 아름다운 드레스를 입히고 틀어 올린 머리에 묵직한 왕관을 씌워주었다. 타라는 굽이 높은 구두를 거부하고 켈트릴로 보강한 부츠를 신었다. 그리고 허벅지에 단도 몇 개와 단검을 찼다. '바늘'이라는 이름의 이 단검은 몇 년 전 릴란드릴의 활이 로빈을 새 주인으로 선택하는 것을 지켜보고 있던 한 난쟁이가 타라에게 선물한 것이었다.

난쟁이들은 상대의 눈빛을 보고 범상치 않은 인물을 알아보는 직관력이 뛰어났다.

칼이 갑자기 타라의 드레스 자락을 들추고는 손으로 단검을 더듬었다. 깜짝 놀란 타라는 어찌할 바를 몰랐다. 애가 지금 뭐 하는 거야?

칼이 단검에서 손을 떼고 파프니르에게 눈길을 던지면서 말했다.

"이건 살상 무기인데…… 뭐라고 하더라? 아, OS! 준비해왔구나?"

파프니르는 고개를 끄덕였다.

"응, 그런데 타라는 단검을 사용한 적이 없어. 그런 용도로는."

둘은 공모의 눈짓을 교환했다.

"너희 둘만 쑥덕거리면 어떡해?" 타라가 농담 반 진담 반으로 말했다. "무슨 말인지 우리 같은 풋내기들도 알아듣게 설명해줘야지."

"맞아." 파브리스도 맞장구쳤다. "근데 나한테는 풋내기가 뭔지도 설명해주라."

"풋내기란 규칙을 모르는 초보라는 뜻이지." 무아노가 또박또박 설명했다. "인터넷 용어로는 '누브'라고 하고."

"그리고 OS란 살상 무기라는 뜻이야." 칼이 설명을 이어나갔다. "심장을 맞고 죽기 직전에 할 수 있는 말이 오로지 '오, 슬루르크!'밖에 없다고 해서."

타라는 파프니르에게 의혹의 눈길을 던졌다.

"준비해왔다는 건 무슨 뜻이야? 시장에서 릴란드릴의 활이 로빈을 주인으로 선택하는 걸 지켜보고 있다가 나한테 단검을 선물한 난쟁이는 마력은 없고 휘어지지도 부러지지도 않는다고 했는데?"

파프니르의 얼굴이 약간 붉어졌다. 음지에서 활동하는 이들이라면

다 아는 무기지만 이렇게 대놓고 물어보면 난쟁이들은 난감해했다.

"우리 난쟁이들이 마법을 싫어하는 건 너도 알잖아."

"그거야 알지. 너만 해도 늘 '빌어먹을' 마법이라고 하는데."

"응, 그렇지. 난쟁이들은 마법 능력이 전혀 없는 이들도 사용할 수 있게 살상 무기를 만들어. 아직까지도 마법을 사용하는 난쟁이들은 추방당하니까. 똑같은 무기라도 엘프나 인간 같은 다른 종족이 만든 것보다 난쟁이들이 만드는 무기가 훨씬 강력하고 단단하고 튼튼해. 그래서 우리끼리는 특수 무기라고 하지. 음…… 나 아닌 다른 난쟁이가 만든 무기를 타라 네가 지니고 있는 게 싫었어. 그래서 내가 그 단검을 슬쩍하고 이 단검으로 바꿔놨어. 너는 그 바늘 단검을 뭔가를 자를 때만 쓰지 싸울 때는 한 번도 사용한 적이 없기 때문에 그 차이를 알아채지 못할 거야."

타라는 파프니르의 말이 전혀 이해가 되지 않았다.

"그러니까 이 단검은 특수 무기란 말이지?"

난쟁이는 몸을 비틀면서 잠자코 고개만 끄덕였다. 말해주고 싶지 않은 것이 역력했다. 난쟁이를 대신해서 칼이 나섰다.

"파프니르의 말은 난쟁이들이 자객이나 정부를 위한 무기를 만든다는 뜻이야. 하지만 많이 만들지는 않아. 하나 만드는 데 굉장히 힘들기 때문에. 파프니르가 너를 위해 만든 것은 아주 특별한 거야. 파프니르가 진작 말해줬어야 했는데. 아무튼 이런 무기는 그게 화살이든, 칼이든, 도끼든 절대로 표적을 빗나가지 않아. 누군가를 겨냥하고 이 단검을 던질 경우 곧장 날아가서 심장에 꽂히고, 심장이 여의 찮으면 목에, 목이 가려져 있으면 눈에 꽂히는 식이야. 요컨대 단검이 어떻게 해서든 죽이는 방법을 찾는다는 거야. 공격 횟수가 얼마나 되지, 파프니르?"

"30회." 여전히 난감한 표정으로 난쟁이가 말했다.

칼은 휘파람을 불었다.

"30회? 브라보! 와, 정말 감동이다!"

하지만 이해를 못한 타라가 물었다.

"그건 또 무슨 뜻이야?"

칼은 웃음을 터뜨렸다.

"그러니까 눈앞에 여러 명의 적이 나타났을 때 네가 한 놈에게만 OS를 던져도 다른 놈들을 모조리 찔러 죽인다는 뜻이야."

아아! 정말 놀라운 단검이었다. 열네 살 생일에는 초강력 파괴력을 지닌 장갑을 선물로 주더니, 난쟁이 친구가 지금이야말로 타라에게 특별한 장비가 필요하다고 판단한 것이었다. 제대로 본 것이었다.

타라가 세심한 배려에 고마움을 표시하자 파프니르는 중얼거렸다.

"여러 명의 적에게 포위되었을 때만 사용해. 이 단검이 네 친구들 못지않게 한몫 톡톡히 해줄 거야."

당연하지, 이 단검의 용도를 알았는데.

친구들도 마법복을 갑옷으로 바꾸고 나갈 채비를 했다. 파프니르 역시 실버가 약혼 선물로 준 켈트릴 갑옷을 갖춰 입었다. 그런데 칼이 난쟁이의 키와 몸집이 같아서 갑옷 입은 모습이 고급 통조림통 같다고 놀렸다.

그 말에 파프니르가 달려들었다.

타라는 둘을 뜯어말리면서 어찌나 웃었는지 드레스 솔기가 뜯어질 뻔했다.

　무례한 말이지만 아주 정확한 표현이었다. 위쪽이 약간 네모난 투구 때문에 더 그렇게 보였다.

　파프니르는 이긴 게 아니라 통조림통 속에 들어앉은 기분이라고 투덜대면서도 가까이 있는 놈들을 모조리 때려잡아서 산 채로 저장하는 것이 목적이라고 응수했다.

　웩! 칼은 즉시 사과하면서 난쟁이를 두둔하더니 이내 파프니르에게 사과를 받아들일 겨를도 주지 않고 덧붙였다.

　"암, 그렇고 말고. 네 도끼는 성깔 있는 최고급 믹서인데!"

　칼이 정말 죽도록 맞고 싶어서 파프니르를 저렇게 놀리는 거라면 하는 수 없지. 타라가 싸움에 끼어들지 않기로 마음먹는 순간 오른쪽 귓가를 쌩 지나간 도끼는 미친 듯이 웃으면서 방석 위로 펄쩍 뛰는 칼을 아슬아슬하게 빗나갔다. 난쟁이가 일부러 빗맞힌 걸 알기 때문에 그 대단한 솜씨에 타라는 탄복했다.

　보다 못한 파브리스가 늑대인간으로 변신해서 성난 난쟁이를 붙잡았다.

　그 순간 문을 두드리는 소리가 났다. 파브리스는 파프니르를 놓아주었다. 모두 아래층 거실로 내려갔고, 타라가 문에게 열어주라고 지시하자 문이 바닥 속으로 사라졌다. 타라는 적응이 되지 않았다.

　그르룰이 서 있었다. 여성 트롤이 귀를 세우는 모습에 파프니르가 눈살을 찌푸리자 냄새를 맡아보고는 고개를 끄덕이고 나서 말했다.

　"10분 후에 나가셔야 합니다, 마마."

　타라는 가슴이 쿵쿵 뛰었고, 이번에는 악마의 사물들도 반응을 보였다. 사물들의 느린 진동이 느껴졌다. 초록 트롤이 뭔가를 감지한 듯 눈살을 찌푸렸지만 아무 말도 하지 않았다.

"고마워, 그르룰." 타라는 의젓하게 대답했다.

사실, 악마들은 20분 후에 도착 예정이지만 마법사들이 늑장을 부릴까 봐 리스베스 여제가 10분 일찍 소집한 것이었다.

타라는 늦게 나갈 마음을 먹고 있었다. 악마들이 도착하기 10분 전에 모든 공간이동의 문이 봉쇄될 예정이었다. 따라서 그때부터 스쿠프들이 보내는 영상은 공간이동의 문이 아니라 위성을 통해 전송되므로 뉴스 전파는 시차가 있게 된다. 타딕스는 지구의 달과 마찬가지로 궤도를 따라 도는 행성에서 아주 멀리 떨어져 있지 않기 때문에 시차는 크지 않았다. 거리는 평균 512627타트롤, 따라서 영상은 거의 2초, 음향은 2초보다 조금 더 늦게 전송되는 것이다.

10분 후, 그르룰이 문을 두드렸다. 타라가 환영식장으로 내려가야 할 시간이었다.

타라는 노크 소리를 모른 척하고 시간을 흘려보냈다. 그때 둔탁한 소리가 들렸다. 공간이동의 문들이 봉쇄된 것이다.

타라는 영악한 미소를 지었다. 극적인 등장으로 타라를 악마들과 드래곤들의 먹이로 던져준 이들을 애태울 생각이었다. 타라는 칼과 파브리스에게 각각 오른쪽과 왼쪽에 서게 했고, 칼의 여우 블롱딘과 갈랑, 친구들과 함께 숙소를 나갔다.

그르룰은 어안이 벙벙한 얼굴이었다. 그러다 타라의 의도를 알아차렸다는 듯 초록 트롤이 머리를 끄덕였다. 타라는 무조건 복종하는 인형이 아니라 자유의지를 가진 독자적 존재임을 사람들에게 보여주려는 것이었다.

그르룰은 차려 자세로 랑코비트의 공주 글로리아 다아빌, 일명 무아노와 난쟁이 파프니르 그리고 타라의 양팔을 잡고 으스대는 파브리스 드 브주이 지룡과 칼리반 딜 살단에게 인사를 했다.

모두 전투복 차림이었다. 그르룰은 긴 드레스에 가려져 있지만 타라도 켈트릴로 보강한 부츠를 신고 있다는 걸 알아차렸다.

그르룰은 기뻐하고 있는 자신에게 깜짝 놀랐다. 후계자의 친구들이 와 있는 것에 마음이 놓여서일까? 트롤은 커다란 초록 머리를 흔들었다. 벌써 노망이 났나? 악마들이 공격하면 매직갱이라도 별수 없을 텐데.

타라는 두려웠다. 불청객들을 보고 완전히 무시해버릴 게 뻔한 고모 때문이 아니라(고모가 무아노와 파프니르를 달갑게 여기지 않는 것은 랑코비트와 히블리아가 오무아의 주요 동맹국이기 때문임을 타라도 모르지 않았다) 몇 분 후에 아르칸즈를 만나야 하는데 왜 이렇게 초조한지 알 수가 없어서였다. 아마도 곧 일어날 긴박한 상황 때문이겠지? 정말 만나고 싶지 않은데…….

칼은 타라의 팔을 살짝 잡고 있는 데 반해 파브리스는 으스러뜨릴 듯 움켜잡고 있었다. 타라는 파브리스의 귀에 대고 곧 싸워야 할 텐데 팔 빠지겠다고 넌지시 속삭였다.

파브리스는 미안한 표정을 지으며 손에서 힘을 뺐다.

갑자기 칼이 걸음을 멈추고 돔 안 곳곳에 있는 샹들리에에서 시선을 떼지 못했다.

"오, 내 조상들의 피여! 대체 샹들리에를 뭘로 만든 거야?"

타라가 고개를 들고 쳐다봤다.

"조명이잖아? 환하게 잘 만들었는데 왜?"

칼이 숨막히는 시늉을 하자 파브리스가 등을 두드려주었다.

"미쳤어!"

"칼, 많은 사람들이 우리를 기다리고 있어. 뭐 때문에 그러는지 말을 해야 빨리 가든지 말든지 하지!" 무아노가 핀잔을 주었다.

칼은 무아노 쪽으로 고개를 돌리면서 말했다.

"네가 몰라서 그래! 저 샹들리에들은 크리스털로 만든 게 아냐. 다이아몬드야, 다이아몬드!"

깜짝 놀란 타라는 다시 고개를 들고 위를 쳐다봤다. 수없이 많은 샹들리에!

도둑의 얼굴은 창백해져 있었다.

"이건 내가 이제껏 본 것 중 최고의 과시야! 어쩜 이렇게 부를 과시하느냐고. 저 많은 다이아몬드를 시장에 내놓으면 가격이 폭삭할 텐데! 저렇게 완벽한 보석들이 다 어디서 난 걸까? 그런데 왜 소문이 안 났지?"

"인조 다이아몬드 아닐까?" 보석에 대해 전혀 모르는 파브리스가 물었다

"아냐, 틀림없이 진짜야. 저렇게 많이 만들려면 비용이 엄청나게 들었을 텐데! 여기가 싫어지려고 해. 저 많은 다이아몬드를 금고 안에 넣어둬야지 어떻게 샹들리에를 만드는 데 쓰냐고!"

실망하는 도둑을 보고 타라는 웃지 않을 수 없었다.

식장으로 가는 도중에 마주친 사람들이 수군거렸다. 두 남자의 '에

스코트'를 받으며 걷는 타라의 모습을 뒤늦게 알아본 것이었다.

좋았어! 이게 먹히는구나. 하지만 이 행복도 잠시뿐이었다. 타라는 한숨을 쉬면서 칼과 파브리스에게 팔을 놓게 했다. 친구들은 군말 없이 타라에게서 떨어졌다. 비록 수십 명의 사람들과 진위내, 초록 트롤에 에워싸여 있지만 혼자 맞서야 하는 시간이 다가오고 있었다. 타라는 어깨에 앉은 축소한 갈랑을 데리고 별 문양이 있는 돔을 향해 걸어갔다.

타라를 본 리스베스 여제가 쏘아붙이는 어조로 물었다.

"뜻밖의 손님들이 왔구나? 친구들은 알고 있는 거니?"

"네, 고모."

"음, 돌려보내기에는 너무 늦었어." 여제는 파프니르와 무아노를 향해 곱지 않은 시선을 던지면서 말했다. "뭐, 어쨌든 이 친구들의 마법도 도움이 되겠지. 모두 등록시켜라, 즉시."

여제의 명을 받은 담당자들이 와서 친구들을 세우고 홀로그램 촬영을 하고, 약간의 피를 뽑았다. 타라는 놀라서 쳐다보는 무아노에게 어깨를 으쓱해 보였다. 타라도 정확한 이유는 모르고 있었다.

절차가 끝나자 여제는 별 문양을 가리켰다.

"시작할까?"

타라는 순순히 따르면서 별 문양의 꼭지 중 하나에 자리를 잡았다. 셈 선생님과 여제가 차례로 들어섰다. 이어서 등장한 파란색 작업복 차림의 모우르무르는 별 주위에 초록색 왕방울 눈이 달린 이상한 기계들을 죽 늘어놓더니 하얀 대리석 바닥에 단단히 박았다. 지켜보던 타딕스족은 아름다운 바닥을 훼손하는 모습에 질겁했다. 그리고 마지막으로 타라와 거의 맞먹을 정도로 마법이 강력한 제레미가 꼭지에 들어섰다.

갑자기 뒤쪽에서 으르렁거리는 소리가 들렸다. 타라는 금방 알아차렸다. 파브리스가 제레미를 본 것이었다. 위협적인 소리로 보아 당장이라도 달려들 것 같았다. 이어서 들리는 퉁명스러운 목소리에 타라는 소스라치게 놀랐다.

"파브리스! 지금은 이럴 때가 아냐."

무아노가 개입한 것이다. 제레미도 지구 소년 파브리스가 와 있다는 걸 알아챘는지 눈빛이 불안했다. 창백해지는 제레미의 얼굴을 보면서 타라는 돌아볼 필요 없이 파브리스가 늑대로 변신했다는 걸 짐작할 수 있었다. 2미터가 넘는 키에 금속도 꿰뚫을 수 있는 갈퀴발톱과 송곳니의 늑대인간.

제레미는 심호흡을 했다. 그러고는 마지막 준비를 끝내고 있는 리스베스 여제에게 집중하려고 노력했다.

한편 아더월드에서는 악마들을 상대로 과감하게 맞서서 무찔렀던 최고 마구스 데미데루스가 깨어나 있었다. 아니, 정확하게 말하면 악마들이 또다시 침략해올 경우 조언할 수 있게, 혈액순환을 정지한 상태로 있던 잿빛 시간 속에서 나와 있었다. 데미데루스(5000년 전에 악마를 불러낸 모든 마법사들에게 수명이 단축되는 주문을 걸어놓았다)는 리스베스의 성화에 못 이겨(리스베스는 고래고래 소리를 질러댔었다) 악마를 불러낸 마법사들에게서 수명을 앗아가는 주문을 푸는 방법을 설명해주었다. 데미데루스는 마지못해서 알려주었고, 악마들이 세계를 침략하는 것이 목적이며 속임수를 쓸 경우에만 사용하라고 당부했다. 리스베스처럼 능란한 정치가라면 악마들을 상대로 운을 시험해볼 가치가 있다고 판단했던 것이다.

따라서 몇 분 후에 악마들을 불러들인다고 해서 그들 모두의 수명이 80퍼센트 줄어드는 건 아니었다. 하지만 악마들이 진밀로 공격한다면 그들 목숨을 100퍼센트 잃는 것인데 수명이 줄어들든 말든 어차피 아무 소용없는 것이었다.

리스베스 여제는 에프리트가 거대한 공(gong, 타악기 일종)을 울리는 순간 주문을 읊기 시작했다. 타라는 이맛살을 찌푸렸다. 과학기술과 마법이 혁혁한 발전을 이룬 시대에 구태의연하게 공을 울리다니!

"강력한 정복자 아르칸즈 마왕은 우리에게 오라!" 여제가 읊조렸다. "우리는 평화로운 세계로 기꺼이 그대를 초대하노라. 전사들과 하인들, 외교관을 포함한 603명을 데리고 오라(그들은 합의하에 아르칸즈를 수행하는 악마의 수를 정했다. 타라는 간단하게 600명이 아니라 왜 603명인지 이유가 궁금했다). 아르칸즈 마왕은 우리에게 오라……."

타라는 집중하면서 여제의 주문을 반복했고 이내 파란빛에 휩싸였다. 사람들이 움찔하면서 물러서자 타라는 별 문양의 중심으로 마법의 빛을 투하했다. 둘러서 있던 수백 명의 마법사들이 어느 종족 할 것 없이 모두 마법을 보탰다. 이윽고 소용돌이가 희미하게 형체를 드러내기 시작했다.

쉽지 않았다. 그 많은 악마들이 한꺼번에 들어올 수 있는 통로를 만드는 것은 아주 복잡해서 시간이 오래 걸렸다. 애초에 데미데루스가 동시에 한 명 이상의 악마를 불러들일 수 없게 만들었기 때문이다. 유일하게 마지스터가 실루르의 옥좌가 지닌 악마의 마법을 이용하여 많은 악마들을 불러들이는 데 성공할 뻔했지만 타라가 옥좌를 파괴하면서 지각단층은 굳게 닫히고 말았었다.

에어컨이 가동되고 있는데도 얼굴에서 줄줄 흐르는 땀에 머리카락, 털, 깃털이 젖고 있었다. 소용돌이는 커지지 않았지만 속으로 들어간 마법이 기다리는 이들을 향해 보이지 않는 공간을 뚫고 있었다.

해본 적이 없는 일이라 시간이 얼마나 걸릴지는 아무도 예측할 수 없었다. 모우르무르도 그저 '오래 걸린다'는 말밖에 해줄 수 없었다. 그리고 맞는 말이었다. 벌써 두 시간이나 모두들 애쓰고 있지만 어떤 조짐도 느껴지지 않았다.

그때였다. 갑자기 '펑' 하는 소리가 나더니 지독하게 흉측한 괴물이 나타났다. 뭔가를 산 채로 잡아먹었는지 투명한 배 속에는 소화액으로 서서히 뭉그러지는 고통에 비명이라도 지르듯 아직도 꿈틀거리고 있었다.

모우르무르가 설치해놓은 기계들의 왕방울 눈이 모조리 빨간색으로 변했다. 사람들이 비명을 질렀다.

타라는 아니었다. 어안이 벙벙해서였다.

뭐야, 타라가 마지막으로 본 뒤로 아르칸즈가 또 모습을 바꿨나? 그런데 이런 꼴인데…… 결혼시키겠다고?

"텔플룩 그란딜로 반트리쿨라르 스페쿨?"

트라둑투스 주문이 걸려 있는데도 날카로운 휘파람 소리처럼 들리는 이 생소한 언어를 통역하지 못했다.

괴물이 여제를 뚫어져라 쳐다보더니 국적을 알았는지 완벽한 오무아어로 으르렁거렸다.

"오, 나의 내장이여! 내가 여기 왜 온 거야?"

리스베스는 당황하지 않고 외쳤다.

"당신은 마왕 시르킨즈기 아니잖아요?"

불거져 나온 다섯 개의 눈 위로 털 빠진 눈썹이 활처럼 휘어졌다.

"나는 벤드룩이다. 그대는 누구인고?"

아연실색한 침묵이 흘렀다.

악마를 부르지 않고 악마 신을 불렀단 말인가? 최악의 상황이었다.

모두 공포에 질렸고 그중 절반쯤이 일제히 무릎 또는 무릎 역할을 하는 것을 꿇었다. 반면에 타라 쪽의 마법사들은 너무 놀라서 눈썹 하나 까딱할 수 없었다.

벤드룩은 과연 흉측하다고 할 만했다. 아니, 흉측하다는 말로는 부족할 정도로 혐오스러웠다. 산 채로 살가죽이 벗겨져 곪은 상처에서 흘러나오는 독한 고름 때문에 바닥이 오그라드는 것 같았다. 여러 개의 팔에서 촉수들이 꼬물거리고, 몸뚱이는 아이들이 노란색 진흙덩어리를 아무렇게나 덕지덕지 붙여서 만들어놓은 것 같았다. 네 개의 다리 중 두 개가 너무 짧아 삐딱하게 기울어진 모습을 재미있게 봐줄 수도 있지만, 커다란 입에서 삐죽 나온 송곳니들을 보면 오금이 저릴 정도로 무시무시했다.

리스베스는 침을 삼켰다. 금방이라도 토하거나 기절할 것 같은 제레미는 눈을 어디에 둘지 몰라 쩔쩔매고 있었다. 타라 역시 아무렇지도 않게 쳐다볼 수 있을 만큼 강심장이 아니었다.

"나는 아더월드 오무아 제국의 여제입니다." 리스베스가 대답했다.

"오무아, 내 짐작이 맞았군. 그대의 옷에 수놓인 맛있는 새**44**들을 보고 그럴 줄 알았다. 그런데 나를 부른 이유는?" 악마의 신이 물었다. "친구들과 저녁 식사 중이었는데. 그렇다고 그대를 만난 것이 기쁘지 않다는 게 아니라 나는 오늘 저녁 할 일이 아주 많다."

"유감스럽게도 실수가 있었나 봅니다." 리스베스가 말했다. "미안합니다, 벤드룩 신. 우리는……."

벤드룩이 촉수 하나를 내밀었다. 리스베스는 뒷걸음치지 않으려고 이를 악물고 고무 같은 촉수를 잡았다.

"잠깐, 방금 나를 뭐라고 불렀나?"

"벤드룩 신이라고 했는데요?"

벤드룩이 리스베스를 응시하다가 느닷없이 어찌나 우렁차게 웃는지 심장마비를 일으킬 뻔했다.

"으하하하, 으하하하하, 으하하하! 벤드룩 신! 멋지군, 멋져! 벤드룩 신! 아니, 너무 거창하군! 나를 믿는가?"

리스베스는 침착해졌다. 그 누구라도 면전에서 비웃는 걸 너무 싫어하는 여제였다.

"이렇게 나타난 분에게 말하기가 좀 난처하지만 믿지 않습니다. 벤드룩……."

"이 세계에도 나 같은 신이 있는가?"

"네, 아주 많죠." 리스베스는 냉정했다. "충치가 있는 젤리소르 그

---

**44.** 벤드룩은 오무아의 상징인 100개의 금빛 눈을 가진 주홍빛 공작을 먹어봤는데 맛은 괜찮지만 속이 좀 거북한 게 문제라고 생각했다. 깃털을 다 뽑은 뒤에 먹어야 한다는 걸 아무도 알려주지 않았던 것이다.

리고······."

리스베스는 더는 말할 수 없었다. 벤드룩이 또다시 눈물까지 흘리며 미친 듯이 웃어댔다.

눈이 많다 보니 눈물을 닦는 데 시간이 좀 길렀나. 벤드룩이 미소를 지어 보였다. 다정한 미소라고 보냈을지 모르지만 들쭉날쭉한 데다 많이 썩은 송곳니들을 보면 이빨 관리가 엉망인 상어와 맞닥뜨린 느낌이었다.

"우리는 신이 아니다, 인간아. 하지만 인간들이 우리가 한 일을 잊지 않았다니 그것은 기쁘구나. 우리를 불러낼 때는 맹세를 많이 해야 한다. 그리고 충고 하나 하겠는데 우리를 너무 귀찮게 하지 마라. 불쾌한 일을 당하지 않으려면."

"당신은 신이 아니라 악마다. 우리가 악마들을 물리쳤을 때 당신을 죽일 수도 있었다." 뒤쪽에서 냉랭한 목소리가 외쳤다.

벤드룩은 거대한 몸집치고는 아주 민첩하게 돌아봤고, 적대적인 표정으로 쳐다보는 셈 선생님과 시선이 마주쳤다.

"아, 드래곤! 우리는 제7행성에 살던 자보르족이다. 드래곤들과 전쟁이 일어났을 때 보울리미-레마족이 우리 자보르족에게 도움을 청했었다. 신 나는 일이라고 생각하고 도왔는데 당신 말대로 그 싸움에서 우리 자보르족이 많이 죽었지. 다들 알겠지만 우리 종족은 죽는 경우가 극히 드문데 말이야. 그래서 우리는 그 터무니없는 싸움에서 빠졌고, 그 뒤로는 보울리미-레마족이 우리를 귀찮게 하지 않았다. 모두를 위해 아무에게도 귀찮게 하지 말라고 충고하겠다."

그렇게 말하고는 벤드룩이 사라졌다. 펑! 꿈에서도 보지 못할 그

구역질 나는 고름만 바닥에 남겨놓고서.

기계의 왕방울 눈들이 다시 초록빛으로 돌아왔다.

리스베스 여제는 긴장을 풀기 위해 숨을 들이마셨다가 내쉬었다. 5000년 동안 사람들은 벤드룩, 젤리소르 같은 이름을 부르며 맹세하면서도 그들이 살아 있을 거라고 생각한 사람은 아무도 없었다. 여제의 보좌관 중 한 명이 걸레를 들고 와서 재빨리 고름을 닦았다. 별 문양을 다시 그릴 필요는 없었다. 하얀 대리석 바닥에 문양을 박아 넣은 것이기 때문이었다.

타딕스족이 인상을 썼다. 고름 때문에 아름다운 바닥에 시커먼 자국이 남았으니. 그렇지 않아도 모우르무르가 많은 기계를 박는 바람에 바닥이 약간 훼손됐는데.

리스베스 여제가 말했다.

"이번에 주문을 말할 때는 아르칸즈의 이미지를 보면서 집중하는 것이 좋겠다."

숱 많은 검은색 긴 머리에 초록빛 눈을 지닌 미남의 얼굴이 별 문양 중앙에 나타났다.

매직갱 말고는 아르칸즈를 실제로 본 사람이 아무도 없었는데, 무아노는 림보에 있을 때 크리스털 볼에 많은 영상을 담아왔다. 그래서 아르칸즈의 궁전에서 마주쳤던 수많은 악마들의 사진을 확보하고 있었다. 림보에서 돌아온 뒤 매직갱은 여제에게 영상 자료와 함께 보고서를 올렸고, 리스베스는 잘생긴 아르칸즈의 모습에 깜짝 놀랐다. 타라는 이를 악물었다. 아더월드 사람들은 미남, 미녀를 정말 좋아했다. 그런 점에서 악마들은 목적을 완벽하게 달성한 것이었다.

타라는 집중했다. 거의 검푸른 빛을 띠는 타라의 강력한 마법이 다른 마법사들의 마법에 섞였다. 이번에는 아르칸즈의 사진을 보면서 마왕이 수십억 광년 떨어진 거리를 통과할 수 있게 모두 힘을 합쳤다.

지구의 우주물리학자 스티븐 호킹은 빅뱅이 일어나는 순간 우주가 형성되었으며 우주는 11차원으로 이뤄져 있다는 가설을 제기했다. 타라는 스티븐 호킹이 이 자리에 함께 있다면 몹시 기뻐했을 거라고 생각했다. 그의 가설이 완벽하게 입증된 것이니[호킹 박사의 이론에 따르면 우리가 경험하는 4차원(공간의 3차원과 시간의 1차원)을 뺀 나머지 7차원은 너무 작아 우리가 느끼거나 알 수가 없는 형태로 말려 있다. 우리가 가진 질량으로는 광역 상태를 통과할 수 없다. 블랙홀이나 화이트홀, 웜홀 같은 무수한 터널들을 연결하는 통로를 만들어야 이동할 수 있기 때문이다. 이것은 곧 빛의 시공간 개념 운동을 돌파한 것이 된다. 그런데 여기서 악마들이 도착한다면 불가항력이라고 여겨지는 온갖 장애를 뚫고 시공간을 넘나드는 게 가능한 것으로 입증되기에 그걸 두고 하는 말이다―옮긴이].

엄청난 힘을 쏟으면서 모두 지쳐가고 있었다. 벤드룩을 불러들였다는 것은(물론 벤드룩은 불청객이었지만) 그들이 이미 구멍을 낸 것이었다. 이제는 수백 배나 많은 악마들을 유형화시켜야 했다.

마법이 가장 약한 켄타우로스들이 첫 번째로 기권했다. 이어서 켄타우로스와 마찬가지로 마법보다는 육탄전에 더 능한 유니콘들도 기권했다. 다음은 타트리스족, 엘프족, 셈을 제외한 드래곤들, 인간 마법사들도 빠졌다. 아예 참여하지 않은 난쟁이들은 마법사들을 지켜보면서 동족인 파프니르를 못마땅한 시선으로 쳐다보고 있었다.

타라의 친구들은 열심히 마법을 작동하고 있지만 마법의 빛이 하나둘 꺼지기 시작했다. 마법사들이 살아 있는 한 그들이 쏟아낸 마법 에너지는 별 문양이 만드는 일종의 장막 속에 계속 남는 것이다. 한계에 이른 리스베스가 멈췄고, 몇 분 후에는 셈이 포기했다.

이제 타라와 제레미만 남았다. 타라는 제레미와 경쟁하고 있는 게 아니었다. 칼에게 많은 피를 빼주었기 때문에 아직은 마법이 약한 이유도 있지만 한편으로는 마법 에너지를 아끼고 있었다. 마지막까지 남으려고 안간힘을 쓰며 얼굴이 일그러지는 제레미를 보면서 타라는 미소를 지었다.

그리고 포기했다. 타라는 마법을 멈췄다.

제레미가 타라에게 승리의 미소를 날렸다.

그것으로 충분했다. 타라가 포기한 것은 소용돌이 문이 열리는 걸 느꼈기 때문이었다. 판단은 맞았다. 〈스타 트렉〉 영화에서처럼 갑자기 눈부신 후광 속에 수백 명이 유형화되었다.

아르칸즈가 방금 도착한 것이다.

매력적인 모습의 악마들과 함께였다.

그 순간 이상한 일이 일어났다.

살아 있는 무기로 양성된 지각 없는 블랙 드래곤들이 공격 자세를 취한 것이다.

그리고는 마치 날개와 갈퀴발톱이 뽑혀 나가는 것처럼 괴성을 지르기 시작했다.

악마들은 춤이라도 추듯 일제히 꿇어앉는 자세를 취하더니 주둥이가 납작한 검은색 무기를 빼들었다.

모두 얼어붙었다.

# 19
# 두 가지 미션

꼭 훔쳐야 하는 싯이 있어서
역사적인 만남을 놓쳐야 하다니

*

모든 스쿠프, 거의 전 세계가 타딕스에 주목하고 있었다. 전혀 모르고 있어서 행복하게 살고 있는 지구만 제외하고.

공간이동의 문들이 모두 닫히고 위성으로만 타딕스의 상황이 중계되자 모든 이들은 촉각을 곤두세우며 지켜보고 있었다.

마라 그리고 좀비만 예외였다.

마법사가 죽으면 비욘드월드로 가는 것이 정상인데 죽은 뒤에 좀비가 되는 경우가 있다. 왜 좀비가 되는지 그 이유는 전혀 알려진 바가 없었다. 아더월드에서 '소멸식'이 높이 평가되는 것은 그런 이유였다. 아니면 아더월드는 그야말로 '산송장'들이 우글거릴 것이기 때문이다. 하지만 몇몇 마법사들의 영혼은 비욘드월드로 가지 않고 죽은 뒤에도 육신에 남아 있는 경우가 있었다. 정말이지 부러워할 운

명이 아니었다. '병적 마법'에 걸려 계속 썩어 문드러지다 떨어져 나갔던 신체 부위들이 좀비가 된 본래의 육신으로 되돌아가게 된다. 그래서 나이가 많은 좀비일수록 부패한 육신을 끌고 다니는 것에 지칠 때마다 영혼을 자유롭게 놔주기 위해 소멸식을 바라는 경우가 있었다.

마라 앞에 있는 좀비는 아주 나이가 많지만 나이치고는 놀라울 정도로 유지가 잘되어 있었다. 좀비에게서 나오는 얼음장 같은 냉기가 느껴질 정도로 마라는 가까이 다가갔다. 아, 이 좀비는 냉각 주문으로 부패를 늦추는 방법을 찾은 것이 틀림없었다.

"최고 마구스 반두르, 도와주겠다고 해서서 고맙습니다." 마라는 조심스럽게 경의를 표했다.

데미데루스가 소녀의 뺨에 난 흉한 무사마귀처럼 다시 나타난 좀비를 봤다면 경악했을 것이다. 최초에 5인의 최고 마구스가 있었고, 그중 잿빛 시간 속에 갇힌 데미데루스를 제외하고 모두 사망했다. 그런데 최고 마구스 반두르는 완전히 죽지 않았던 것이다.

5000살 먹은 좀비는 어깨가 떨어져나가지 않게 아주 조심스럽게 으쓱 올렸다.

"나는 여제가 멍청한 짓을 해서 도와주는 것뿐이다. 데미데루스를 포함한 우리 5인의 최고 마구스들이 그 몹쓸 악마들이 돌아오지 못하게 모든 조치를 취해놨더니 뭐, 놈들과 교역을 하겠다? 여제는 산 채로 잡아먹힐 거야."

"하지만 최고 마구스 데미데루스께서는 허락했을 뿐만 아니라 그 작전에 도움을 주셨습니다."

"혈액순환이 정지된 채로 잿빛 시간 속에서 오래 기다리다 노망이 난 게지." 좀비는 큰 소리로 내뱉다가 하마터면 혀가 빠질 뻔했다. 좀비는 혀가 떨어지려는 순간 가까스로 잡았다.

미리는 불편했다. 괴쩍긴 때문도 속이 울렁거리기 때문도 아니었다. 좀비의 끔찍한 모습과는 아무 상관 없었다.

마라가 저지른 짓을 뭐라고 표현해야 할까? 악독한 짓, 아니면 비열한 짓? 위험한 짓? '아주 위험한 짓'이라는 표현이 적당했다.

악마의 마법에 감염되었던 자르와 마라는 몸속에 남아 있는 것까지 완전히 살균되었지만, 이 쌍둥이 남매가 마지스터와 연락할 수 있다는 걸 아무도 모르고 있었다. 둘은 생각만 깊이 하면 머릿속에 새겨진 크리스털 번호를 기억해낼 수 있었다. 마라는 마지스터가 어떤 주문을 사용하여 번호를 머릿속에 심어놨는지 몰랐다. 그 주문 때문에 상그라브들의 보스가 어디에 있는지 알 수 없지만 연락하는 것은 가능했다. 그리고 마지스터와 연락이 가능하다는 말을 외부에 언급할 수 없는 것도 주문 때문이었다.

마라는 자르가 이 번호를 사용한 적이 있다는 걸 알고 있었다. 적어도 한 번은. 마지스터가 어머니 셀레나의 시신을 강탈해갔을 때였다. 마지스터와 자르가 무슨 얘기를 나눴는지 모르지만 동생의 얼굴이 파랗게 질려서 몹시 기분 나빠했다. 통화한 뒤로 며칠 동안은 몹시 괴로워하는 눈치였다. 그러다 어머니가 정말로 사망해서 비욘드 월드로 떠났다는 걸 알았을 때 안도했었다. 타라에게서 아버지와 어머니가 어떻게 지내는지 들었고, 그 뒤로 자르는 마음이 진정된 것 같았다. 마라는 마지스터가 어떤 도움을 청했기에 동생이 그토록 혼란스러워했는지 궁금했다.

칼과 타라가 사귄다는 걸 알고 마라는 격분했다.

너무 화가 나서 마라도 마지스터에게 연락했다.

복수하고 싶어서였다. 타라는 모르고 있었다. 늑대가 몇 달 착한 양들과 지냈다고 달라지지 않는다는 것을. 마지스터의 교육을 받고 자란 마라는 누가 아프게 하면 물어뜯으라고 배운 아이였다.

마라는 오랜 세월 아버지 행세를 한 남자와 통화하면서 부들부들 떨렸지만 내색하지 않았다. 마지스터를 좋아하지 않았다. 아무리 작은 잘못이라도 채찍을 휘둘렀다. 잔혹하고 난폭한 보스였다. 하지만 그로 인해 얻은 것도 있다는 건 부정할 수 없었다. 다른 교육을 받고 자랐다면 지금처럼 강인하지 못했을 것이다. 도둑 대학의 선생님들이 마라의 집중력과 고통을 참아내는 인내력에 혀를 내두를 정도였다.

마라는 원하는 것을 얻으려면 감정을 섞지 말고 냉정하게 그리고 명확하게 설명해야 했다.

하지만 상황은 마라의 예상대로 되지 않았다. 마지스터는 사람들이 원하는 것이 아니라 자기가 원하는 것을 하게 만드는 희한한 능력이 있었다.

마지스터는 타라 덩컨을 죽이는 걸 거부했다.

마라는 협약 조건을 분명히 말했다. 타라의 완전한 죽음을 원한다고.

마지스터는 이상할 정도로 슬프게 대답했다. 타라는 어차피 죽음을 면할 수 없다고. 악마도 드래곤도 전혀 믿지 않는 마지스터의 눈에는 둘 다 적이었다. 따라서 마지스터가 그까짓 복수 따위는 집어치우고 행성의 생존 여부에나 신경을 쓰라고 매몰차게 잘라버렸을 때

마라는 주먹을 꽉 쥐었다.

"너는 산도르 황제가 권력을 잡지 못하게 막아야 해." 마지스터가 말했다. "새 여제가 될 사람은 너야, 그 시시한 전사가 아니라. 산도르는 멍청하기 못해서 행성을 파멸로 이끌 사람이니 내가 너를 반드시 여제로 만들 거다. 그 어떤 놈도 끽소리 못하게 모조리 죽일 거니까."

마라는 반박했다. 타라와 여제가 죽는다면 차기 후계자가 여제가 되는 것은 당연한 수순인데 왜 마지스터를 도와야 하는지 잘 모르겠다고. 그리고 만약 타라나 여제가 궁지에서 벗어나 살아 돌아오면 마지스터를 도와준 것이 헛수고가 되는 거라고.

그러자 마지스터는 마라가 왜 도와야 하는지 이유를 설명했다.

칼도 타딕스에 있으니 타라와 함께 죽을 것이기 때문이라고. 마지스터가 개입해서 강제로 칼을 아더월드로 돌아오게 하지 않는 한.

마라는 칼이 타딕스에 있다는 말을 듣고 심장이 얼어붙는 것 같았다. 부상에서 아직 회복이 안 돼서 떠나지 못할 거라고 생각했는데. 마라는 마지스터에게 그걸 어떻게 아냐고 묻지 않았다. 칼이 마라가 있는 아더월드가 아니라 타딕스에서 타라와 함께 죽는 쪽을 택했다는 걸 알자 뒤통수를 맞았다는 분노와 슬픔이 한꺼번에 몰려왔다.

"몇 시간 후에는 공간이동의 문이 모두 닫히는데…… 그럼 칼이 죽잖아요!" 마라는 마지스터의 금빛 마스크에 대고 소리를 질렀다.

마지스터의 마스크가 흡족해하는 파란색으로 변했다.

"아니, 내가 비상구를 마련해놨다. 작은 우주선이 비밀리에 타딕스로 이륙할 채비를 마치고 대기하고 있어. 필요하면 네가 타고 갈 수도 있다. 일단 이륙한 뒤에는 보이지 않는 장막의 보호를 받으며 궤

도에 머물러 있을 거야. 타딕스에 있는 내 정보원들이 개입하라는 내
지시가 내려지기를 기다리고 있지."

마라는 이해가 되지 않았다.

"개입이요?"

"하긴 아무 소용 없을지도 모르지. 그래도 나는 타라와 여제를 구
하려고 노력할 거다. 내가 정보원들에게 가능하다면 위성을 폭파하
기 직전에 그 둘을 우주선에 태우라는 지시를 내렸거든. 악마들과 싸
우려면 우리에게 타라가 필요해. 리스베스가 모든 걸 폭파하면 그 아
이가 희생되는 건데 어디서 그런 멍청한 짓을! 그런 건 다른 사람들
에게 맡겨야지."

마지스터가 몸을 앞으로 숙이는데 마라는 그 이미지가 몸에 닿을
것처럼 느껴질 정도였다.

"그 둘과 함께 네가 그토록 사랑하는 아이가 탈 자리는 있어. 그러
면 칼리반 달 살란은 살 수 있다. 네가 내 말에 복종한다면."

그러면서 마지스터는 마라가 해야 할 일을 설명했다.

여제의 집무실에 들어가서 오래된 문서를 훔쳐오라는 것.

그리고 셀렌바를 죽이라는 것이었다.

이 마지막 지령에 마라는 소스라치게 놀랐다. 다른 사람들과 마찬
가지로 마라도 마지스터가 미션을 위해 셀렌바를 보낸 거라고 생각
하고 있었다. 하지만 정상적인 뱀파이어로 돌아가겠다며 자수해온

셀렌바가 26시간 철통같은 감시를 받고 있는데 어떻게 마지스터를 도울 수 있는지 그건 의문이었다. 그런데 마지스터가 셀렌바를 죽이라는 것은 뱀파이어가 보스를 떠난 것이 사실이라는 방증이었다. 셀렌바가 이렇게 죽어야 하다니 유감이었다.

마라는 마지스터가 임무를 도와줄 거라며 보낸 좀비에 대해 곰곰이 생각했다. 마라는 차기 후계자로서 마음대로 여제의 집무실에 들어갈 수 있었다. 타라와 마찬가지로 황실 교육도 받았다. 집무실에 들어가서 리스베스 여제가 장관들이나 대사들에게 하는 말을 유심히 들은 적도 여러 번이고 많은 걸 배웠다. 마라는 도둑 대학에서 수업을 받고 있어서 타라가 받는 교육보다는 강도가 약했다. 하지만 여제의 집무실 경비보안 시스템은 칼처럼 10급 수준이라면 몰라도 3급 수준의 마라가 감당할 수 있는 곳이 아니었다. 마라가 타고난 재능을 지녔다고는 하지만 몇 년은 더 수련이 필요했다. 그래서 늘 그렇듯 마지스터가 문제를 해결해준 것이었다. 보초를 서는 친위대원들은 5000살 먹은 노인 좀비를 집무실로 들여보냈다.

그렇게 순순히 들여보내줄 만한 이유가 있었던 것이다.

좀비가 어찌나 영악한 수법을 썼는지 마라는 다음에 장기적인 계획을 세울 때 써먹어야겠다고 마음먹었다. 마라는 대화를 다시 시작했다.

"그런데 왜 살아 있다는 걸 한 번도 말씀하지 않으셨어요?"

좀비의 냉소적인 눈빛을 보면서 마라는 표현을 바꿨다.

"제 말은 왜 아직 이 세상에 계시냐고요?"

좀비가 입을 열려고 하는데 치아 하나가 떨어졌다. 뼈마디 우지끈거리는 소리를 내며 몸을 숙이고 치아를 다시 끼워 넣는데 뼈 부딪치는 소리에 마라는 소름이 끼쳤다.

"나는 악마들에게 살해되어 좀비가 되었어. 어떻게 된 건지 알기까지는 아주 오래 걸렸지. 그래서 복수를 하려면 여러 나라의 연구소에서 개발하는 무기들을 지켜보는 것이 유일한 방법이라는 걸 깨달았다. 그러기 위해 나는 수백 개의 무기 회사를 사들였어. 특히 600년 전쯤에 금고를 만드는 회사 엥카드나수스 Inc를 설립했는데 나의 과학기술과 마법 덕분에 현재 아주 막강한 회사로 알려져 있지. 덕분에 세계 모든 궁전을 드나들 수 있었다. 내 회사의 금고는 아주 완벽하고, 내가 아주 정직하기 때문에 모두 나를 신뢰하게 되었지. 내가 잘라윈 경이라는 좀비로 신분을 세탁했거든. 잘라윈은 나만큼 분해가 된 상태였는데 우리는 협약을 맺었지. 내가 그를 고통 없이 소멸시켜주는 대가로 그의 자리를 차지하기로. 잘라윈은 몇 달 동안 자기에 관한 모든 걸 나에게 알려주었고 약속한 대로 떠났어."

마라는 좀비를 소멸시키는 것이 그리 어렵지 않다는 걸 알고 있었다. 머리를 베어버리거나 부숴버리면 되었다. 머리가 분리되는 즉시 육신이 빠르게 썩기 때문이었다. 궁전의 도서관에서 피살된 좀비처럼 육신이 곧바로 분해되지 않는 경우도 있고, 쓰러지면서 가루가 되는 경우도 있었다. 어떤 공격을 받느냐에 따라 다른 것 같았다.

마라는 도둑 대학뿐만 아니라 암살단 길드에서도 강의를 듣고 있었다. 마라는 오무아 여제의 예리한 눈을 피하기 힘들기 때문에 고모가 이 사실을 알고 있다고 생각했다. 하지만 마라가 함정에 빠지지 않으려고 호신술로 배우고 있다고 생각하는지 지금까지는 신경을 쓰지 않는 눈치였다.

리스베스가 잘못 생각한 것이었다. 마라가 배우고 있는 것은 모두 쓸모가 있어서였다. 한번은 마라가 몰래 많은 궁인들에게 독을 먹여서 급성 위장염[45]을 일으키게 하는 데 성공했었다. 하지만 리스베스 여제나 장관들은 방어가 철저해서 배가 아프지 않아 아주 유감스러웠다. 하지만 궁전의 방어력이 어느 정도인지 시험해볼 수 있었다는 것만으로도 흡족했었다.

좀비의 날카로운 시선을 느낀 마라는 공상에서 돌아왔다.

"네 보스가 연락해서 초강력 무기를 줄 테니 어떤 문서를 빼내올 수 있게 도와달라고 제안했을 때 솔직히 나는 깜짝 놀랐다. 내 존재를 어떻게 알았으며, 나에 대한 정보를 어떻게 알아냈을까? 그리고 악마들을 섬멸할 수 있는 무기가 있다고 하면 내가 뭐든 해준다는 걸 어떻게 알았을까? 나한테 말한 NA 스피어라는 것이 뭐지? 그 무기에 대해서는 어디서도 들어본 적이 없는데. 그래서 조사를 좀 했지. 실제로 사고로 사망한 과학자가 있었어. 하지만 당시 특별한 주목을 받지 않았다는 것에 의문이 생겨서 그 사건을 더 깊이 파헤쳐봤다. 여제가 몸소 왔다 간 직후 연구실이 폭발했고 그 과학자가 만든 것이 모조리 파괴됐어. 그래서 그 과학자가 무슨 연구를 했는지 조사하다 네 보스의 말이 거짓이 아니라는 걸 알았다. 아주 무시무시한 무기를 만들었더군. 그 무기라면 악마들을 섬멸할 수가 있어. 황실의 비밀인 것 같은데 네 보스가 그걸 어떻게 알았는지 정말 궁금하구나."

• • • • • • • • • • • • • •

**45.** 따뜻한 물로 샤워하면서 통증이 가라앉길 기다리는 방법밖에 없다.

마라는 구불구불한 갈색 머리를 흔들었다.

"다른 사람들이 모르는 것들을 알고 있는 것, 그게 마지스터의 힘이죠. 어떻게 아는지는 나도 몰라요. 다만 그런 정보에 관해서는 한 번도 틀린 적이 없다는 건 알아요. 나는 보스에게 필요한 고문서 때문에 온 거고, 최고 마구스께서는 스피어 때문에 온 거예요. 준비되셨어요?"

마라는 좀비의 미소를 보면서 잘될 거라는 예감이 들었다. 좀비가 칸막이벽을 톡톡 치자 스르륵 열리면서 최신형 엥카드나수스 금고가 보였다.

좀비가 다가가자 엥카드나수스에서 광선이 번쩍했다. 즉시 그들은 초록빛 광선에 휩싸였다. 그러자 인식 능력이 있는 금고가 암호를 요구했다.

"열려라!" 좀비가 대답했다.

엥카드나수스 금고가 순순히 열렸다.

"'열려라'가 암호예요?" 마라는 믿기지 않는다는 얼굴로 외쳤다.

"외우기 쉽잖아. 모든 엥카드나수스는 나를 알아보는 즉시 작동을 하지. 나한테서는 DNA와 Co 같은 건 채취할 필요가 없어." 좀비는 금빛 새장 안에서 금빛 스피어를 발견하고 말했다. "아하, 내가 찾는 게 이거로구나. 이걸 꺼낼 때 특별히 주의할 게 있니?"

"살아 있지만 죽은 분이잖아요." 마라가 대답했다. "내가 들은 정보에 따르면 새장을 잡으려면 특수 장갑을 껴야 해요. 생명체의 열기가 닿으면 무기가 작동하기 때문에. 그러니까 위험을 무릅쓸 필요는 없다고 봐요."

좀비는 흡족한 얼굴로 몸을 숙이고 장갑을 집었다. 하지만 장갑을 끼느라고 뒤에서 마라가 두 손에 칼을 쥐고 있는 걸 보지 못했다.

좀비는 머리가 떨어져나가는 걸 느끼지 못했다. 뇌가 분해되려면 시간이 좀 걸리기 때문에 아직은 의식이 남아 있었다. 좀비는 머리를 목에 붙이기 위해 육신에 계속 지시를 내렸지만 아무 소용이 없었다.

마라가 머리와 몸을 분리시키는 것으로 그친 것이 아니었기 때문이다. 호주머니에서 작은 상자를 꺼내 바닥에 내려놓았는데 좀비의 머리가 들어갈 만한 크기였다. 좀비는 눈을 부라리면서 소리를 지르려고 했지만 폐에 공기가 없어서 아무 말도 할 수 없었다. 좀비는 상자 안에 갇혔고 상자가 빛을 번쩍이기 시작했다. 상자가 좀비를 분해하고 있었다. 좀비의 영혼이 비욘드월드를 향해 날아갔다. 이윽고 마법을 잃은 육신도 완전히 분해되면서 가루가 되었고, 공기정화장치에 빨려들었다. 그래서 마라는 굳이 창문을 열 필요도 없었다.

따라서 좀비가 분해되는 과정은 머리가 어떻게 없어지느냐에 달려 있는 것이었다. 마라는 복수의 칼을 갈며 5000년을 벼른 좀비의 기회를 날려버렸다는 생각에 이맛살을 찌푸리면서 금빛 대형 거울에 비친 제 모습을 쳐다봤다. 사랑하는 칼의 목숨을 구하기 위해서였다. 마라는 긴 머리를 가다듬고 거만한 표정으로 내뱉었다.

"어리석은 잘못을 저지른 좀비를 여제의 명으로 처단하였노라."

마라는 고문서를 집어 들고서 도둑의 검은 작업복 위에 걸친 마법복 호주머니에 집어넣었다. 그러고는 금빛 스피어를 쳐다봤다. 아주 예쁘고 마음을 끄는 스피어였다.

마지스터는 스피어에 가까이 가지 말라고 했었다. 아주 위험하다면서.

마라는 위험한 것들에 훨씬 마음이 끌렸다.

마라는 호주머니에서 궤 하나를 꺼냈다. 라듐을 집어넣어도 새어 나가지 않을 정도로 완벽한 궤였다. 마라는 장갑을 끼고, 마지스터가 좀비에게 충고한 대로 조심스럽게 금빛 새장을 궤에 넣은 다음 호주머니에 집어넣었다.

오케이. 마라는 마지스터와 어쩌면 아더월드를 협박할 무기를 쥐고 있는 것이었다.

마라는 엥카드나수스 금고를 닫았다. 금고가 열어줄 때는 신원을 확인하지만 닫을 때는 아니었다. 마지스터는 좀비를 제거한 뒤에 얌전히 돌아오라고 지시했지만 마라는 흔들렸다. 금고 안에 든 보물들을 뒤로하고 금고 문이 닫히는 걸 보면서 마라는 아쉬운 한숨을 내쉬었다. 좀 더 뒤져보고 싶지만 서류를 가지러 왔다고 말하고 들어왔는데 너무 늦으면 친위대원들이 이상하게 생각할 우려가 있었다.

마라는 칸막이벽을 닫고 흔적을 남기지 않았는지 확인한 뒤에 집무실을 나갔다. 여제와 타라가 살아서 돌아오면 당연히 마라가 의심을 받게 되어 있었다. 여제가 없을 때 집무실을 들어갈 수 있는 사람은 극소수에 불과하기 때문이다. 하지만 마라는 결백한 체하는 연기를 잘할 자신이 있었다. 그리고 모든 정황상 범인이 분명해도 순진한 연기만 잘하면 착한 양들이 믿으려고 한다는 것도 잘 알고 있었다.

착한 양들은 재미있었다. 마라는 이 도시가 점점 마음에 들었다.

마라는 태연하게 집무실을 나갔다. 좀비를 제거하는 것이 썩 내키지는 않았지만 재미있었다. 하지만 이제부터 해야 할 일은 그렇지 않았다. 어린 시절 셀렌바와 오래 살았는데도 좀비보다는 뱀파이어가 훨씬 싫었다.

첫 번째 미션을 완수했으니 이제 셀렌바를 제거해야 되는데 어떻게 죽일지 방법을 깊이 생각해야 했다. 뱀파이어가 많이 약해진 상태라고는 해도 만만히 볼 상대는 아니었다. 마라는 입술을 삐죽거렸다.

'실패하면 오히려 내가 죽는데.'

따라서 작전을 잘 짜야 했다. 독을 사용할까? 뱀파이어들의 신진대사는 저항력이 뛰어나서 맹독이 필요했다. 하지만 아무도 치료할 수 없게 뱀파이어를 즉사시킬 수 있는 독은 거의 존재하지 않았다. 화살은? 마라는 활 쏘는 데 재능이 있지만 급소를 명중시켜야 하는 부담이 있었다. 쇠뇌도 마찬가지였다. 셀렌바를 공격했던 대원들은 박살기를 갖고 있었는데도 뱀파이어에게 살해되었다.

음, 쉽지 않다. 마라는 생각에 잠겼다.

그러다가 문득 떠올랐다. '아, 암살단 길드에서 배우고 있는 것. 그래, 그걸 적용하면 되겠어.'

먼저 상대를 연구하는 것이었다.

마라를 포함한 모든 사람이 셀렌바가 왜 자수를 하고 정상적인 뱀파이어로 돌아가려고 하는지 의문을 갖고 있었다. 그래서 마라는 뱀파이어의 약점을 찾기로 했다. 그러면 죽일 수가 있었다. 하지만 의심을 사지 않는 것이 가장 중요했다. 살인을 저지르면 차기 후계자라도 감옥행을 면할 수 없었다.

일단 임무를 완수하고 나면 마라도 마지스터가 늘 하던 식으로 할 것이다. 마지스터는 자기가 원하는 것을 빼앗았다.

마라도 원하는 것을 빼앗을 것이다.

칼을 빼앗을 것이다.

셀렌바가 있는 곳까지 가는 데는 그리 오래 걸리지 않았다. 뱀파이어는 여전히 26시간 감시를 받고 있지만, 자기가 알고 있는 마지스터의 많은 비밀을 대부분 털어놓았기 때문에 이제는 특별 수감소에 있지 않았다. 물론 용감한 친위대원들이 문 앞을 지키고 있었다.

마라는 호위대의 항의에도 불구하고 혼자 셀렌바를 만나러 갔다. 호위대는 여전히 셀렌바를 두려워하지만, 마라는 셀렌바가 이제는 그 무시무시한 사냥꾼이 아니라 평범한 뱀파이어라고 설득했다. 마라는 셀렌바가 두렵지 않았다.

셀렌바는 비디오크리스털을 보고 있었다. 그런 셀렌바를 사피르가 지켜보고 있었다. 마라는 짜증스러운 한숨을 내쉬었다. 혼자 있길 바랐는데. 셀렌바는 평소의 빨간색 가죽옷 대신 안색을 더 창백해 보이게 하는 흰색 원피스를 입고 있었다. 패션에 관심이 많은 마라는 뭐라고 핀잔을 주려다가 입술을 깨물었다. 뱀파이어를 제거할 방법을 찾으러 온 거지 디자인이나 옷 색깔을 논하러 온 게 아니었다.

"안녕하세요, 드라고쉬 선생님." 마라는 낭랑한 목소리로 인사했다. "괜찮다면 셀렌바 브라비쉬와 얘기를 나누고 싶은데요."

두 뱀파이어는 마라를 쳐다보더니 얼른 일어나서 인사했다. 마라는 전율이 일었다. 대부분의 사람들과 달리 마라는 공손한 얼굴에 가려진 포식동물의 속성을 잘 알고 있었다. 셀렌바는 아직 다른 뱀파이어보다 훨씬 날카로운 송곳니를 감추고 살아온 지난 20년간의 타성에 젖어 있을 것이 틀림없었다.

"안녕, 마라. 만나서 반갑구나. 잘 지내지?"

셀렌바와 마라는 서로를 아주 잘 알고 있었다.

마라는 뱀파이어에게 여러 번 채찍으로 맞았다. 물론 마라가 복종하지 않고 반항하거나 보스의 마음에 들지 않는 짓을 할 때 마지스터의 지시를 받고 때린 것이었다. 하지만 마라는 그 상황을 셀렌바가 즐기고 있었다는 걸 느꼈다. 그렇지만 지금 마라의 얼굴에는 원한의 기색이라고는 보이지 않았고, 눈빛도 따뜻했다. 셀렌바가 오히려 약간 당황한 눈치였다.

차기 후계자가 무슨 일로 왔을까?

사피르는 이런 사소한 신경전에는 익숙하지 않았다. 흥미로운 듯 눈살을 찌푸리며 일어나 서둘러서 방을 나가려다 셀렌바를 향해 경고의 눈빛을 보냈다. '그 아이에게 아무 짓도 하지 마. 그랬다간 내가 가만있지 않을 테니까.' 셀렌바는 천사 같은 얼굴로 응수했다. '누가, 내가?'

사피르는 믿는 건 아니지만 방을 나갔다. 셀렌바가 마라를 쳐다보면서 물었다.

"무슨 일로 왔니?"

마라는 의자에 앉아서 셀렌바를 뚫어져라 쳐다봤다.

"방금 마지스터에게 필요한 것을 훔쳐갖고 오는 길이에요. 그런데 당신이 여기 와 있는 이유를 말해주지 않았어요. 더 정확하게 말하면 당신에 대해서는 언급도 하지 않았어요."

뱀파이어들은 사냥감의 박동 소리를 들을 수 있기 때문에 마라는 어조를 차분하게 유지하면서 호흡도 가라앉혔는데 그만 거짓말이 튀어나가고 말았다.

그런데 셀렌바의 반응에 마라는 깜짝 놀랐다. 뱀파이어가 소파에 앉더니 추운 것처럼 몸을 웅크렸다. 그리고는 트라둑의 털 담요를 끌어다 몸을 감쌌다. 마라는 눈살을 찌푸렸다. 뱀파이어가 추위를 탈 수 있나? 마라가 알아본 바로는 뱀파이어들이 체온 조절이 가능한 것으로 아는데. 눈치 빠른 셀렌바가 마라의 표정을 읽고 설명했다.

"정상적인 뱀파이어로 돌아온 뒤로는 내 몸에 적응이 안 돼. 자꾸 너무 춥거나 너무 더워서 보통 괴로운 게 아냐. (셀렌바는 마라를 향해 분홍빛 눈을 들고 덧붙였다) 마지스터가 나에 대해 말하지 않았다니 이상하구나. 사피르한테는 나와 함께 죽은 목숨이라고 했다는데. 나를 제거하라는 미션을 받았니, 마라? 그래서 나를 만나러 온 거야? 내 약점을 알아내려고?"

마라는 쿵쿵 뛰는 심장과 호흡을 간신히 억눌렀다. 슬루르크! 마라는 뱀파이어의 능력을 과소평가한 것이다. 셀렌바가 슬픈 미소를 지었다.

"마라, 내 육신만 변한 거지 뇌는 아냐. 그래도 두려워하지는 마. 너에게 복수하지 않을 거니까. 그래도 생각처럼 미션을 성공하기는 그리 쉽지 않을 거야. 나를 죽이는 대가로 뭘 약속했는데? 꽤 큰 거겠지. 내가 비록 예전만큼 강하지는 않아도 나에게 맞서는 것이 그렇게 녹록하지 않을 테니까."

428

잘난 척이 아니라 확인하는 차원의 말인데 어떤 점에서는 이게 더 무서웠다.

"타딕스에 있는 칼의 목숨을 구해주겠다고 약속했어요. 마지스터의 우주선이 현장에서 대기하고 있다가 상황이 나쁘게 돌아갈 경우 개입할 거예요. 그때 칼을 탈출시켜서 구해주기로."

뱀파이어는 웃음을 터뜨렸다.

"너한테 그런 약속을 했어? 그 말을 믿니, 마라? 마지스터와 내가 너를 이 정도 수준으로 키웠다고는 생각하지 않았는데!"

마라는 뱀파이어에게 달려들고 싶은 충동을 참고 또 참았다. 한편으로는 뱀파이어의 힘이 더 세기 때문이고, 다른 한편으로는 몹시 힘들지만 인내심을 갖고 마음을 다스려야 하기 때문이었다. 칼에게 보여주기 위해서였다. 배신한 걸 알았는데도, 위험한 상황에서도 끝까지 냉정을 유지할 수 있다는 걸 칼에게 보여주고 싶었다.

"교환하죠." 마라가 셀렌바에게 말했다.

"뭐?"

"당신이 여기 있는 이유와 칼을 구하기 위해 뭘 해줄 수 있는지 말해주면 나도 마지스터가 훔치라고 한 것이 뭔지 말할게요."

마라는 중요한 정보를 얻는 거라고 생각했다.

셀렌바는 손사래 쳤다.

"나는 교환할 필요를 못 느껴. 마지스터가 뭘 원하든 관심이 없거든. 그와는 다 끝났으니까. (이러면 마라가 곤란해지겠지) 내가 여기 있는 이유는 그에 대해 내가 아는 모든 걸 말해주는 대가로 정상적인 삶을 살고 싶어서야. 5분이 멀다하고 세상의 주인이 되고 싶어서 안달하지 않는 누군가와 새로운 삶을 살고 싶어서. 오랫동안 마지스터의 야심에 동조했지만, 이제는 다른 선택을 하고 싶어. 따라서 네가 갖고 있는 정보는 말하지 않아도 돼. 나에 대한 정보는 공짜니까. 목적을 위해 수단을 가리지 않는 식의 계획 같은 건 이제 나한테 없어. 나는 상상을 초월하는 음모를 꾸미기 위해 마지스터가 보낸 비밀공작원이 아니니까. 내가 원하는 것은 오직 사피르와 시간을 보내면서 내가 믿고 신뢰할 수 있는 존재, 도움이 되지 않는다는 이유로 나를 버리지 않는 존재를 위해 아드레날린을 남겨두고 싶어."

마지스터와 여제, 킬러들, 도둑들에게서 배운 많은 것들 중에는 상대가 거짓말을 하는지 알아보는 여러 가지 기술이 있었다. 마라는 방에 들어서는 순간부터 셀렌바가 하는 말과 몸짓을 유심히 살피면서 표정, 반사적 반응, 미세한 떨림, 안면근육 경련 같은 것이 있는지 뜯어봤다.

실망스럽게도 마라는 그 어떤 것도 감지하지 못했다. 셀렌바는 진실을 말하고 있었다. 마라가 진실로 느낄 정도로 완벽한 연기였다면 몰라도. 하지만 마라는 뱀파이어가 진지하다는 걸 분명히 느꼈다. 아무튼 마라의 눈에 보이는 셀렌바는 지칠 대로 지쳐서 다 포기하고 다른 걸 찾고 싶어 하는 여성 뱀파이어가 틀림없었다. 분노와 복수심에 불타는 상황인데 셀렌바를 앞에 두고 이렇게 흔들리는 것은 그간 다정하게 대해준 타라와 어머니 셀레나의 영향임을 깨닫고 마라는 경악했다. 아무리 칼을 구하기 위한 것일지라도 셀렌바를 죽일 수는 없었다.

마라는 아무 말 없이 일어났다.

"하지만 내 도움이 필요하면 말해, 마라. 기꺼이 도와줄게. 설령 내가 여기 갇혀 있다고 해도."

뱀파이어의 시선이 마라가 들어올 때 소리를 죽여놨던 크리스털 전광판으로 향했는데 밑 빠졌는지 밀꼭질을 했나. 셀렌바를 낭황하게 한 장면에 시선을 준 마라도 가까스로 비명을 참았다.

아르칸즈를 맞이하는 장면을 중계하는 전광판에서 악마들이 꿇어 앉은 자세로 무기를 겨누고 있었다.

# 20
# 마왕

어쩌면 약혼자가 될지도 모르는 예비 후보가
연쇄살인범인지 어떻게 알아낼까

\*

이 순간에 누구든 조금이라도 움직였다면 대학살이 일어났을 것이다. 하지만 아르칸즈는 오무아어로 아무도 움직이지 말라고 명했다.

그 명령에 긴장된 침묵이 흘렀다. 아르칸즈는 어리석은 짓을 저지르는 자가 없는지 확인하기 위해 잠시 기다렸다가 아더월드의 병사들과 마찬가지로 부하들이 조용한 것을 보고 천천히 일어났다. 그러고는 드래곤들에게 말했다.

"사과합니다. 드래곤들이 보이는 반응에 놀라서 그런 거니까요. 드래곤들은 주의해주시오. 지금은 이런 식의 서프라이즈를 일으킬 때가 아닙니다."

드래곤들은 아르칸즈와 악마들이 공격하지 않는 것에 약간 실망한 눈치였다. 셈 선생님이 나서서 무슨 말인가 하자 드래곤 사절단이 블랙 드래곤들을 강제로 꿇어 엎드리게 했다. 아르칸즈가 명을 내리자 악마들의 무기가 일사불란하게 사라졌다. 마치 군사 훈련을 하는 것 같았다.

타라는 아무 말도 하지 않았지만 드래곤늘의 작전에 감탄했다. 악마들을 떠보려고 덫을 놓은 것이었다. 타라는 드래곤들이 악마들의 행동 방식에 대해 많은 정보를 입수한 거라고 확신했다.

양쪽 다 서로 방어 태세로 명령을 기다리고 있는 것이 전문적인 군대의 성격을 띠고 있었다.

악마들은 긴장을 풀고 기다리는 군중에게 인사했다.

공포 분위기가 지나가자 손에 무기가 아니라 선물을 든 악마들의 멋진 모습에 탄성이 흘러나왔다. 타라는 눈으로 훑어봤다. 아, 정말 영악한 아르칸즈! 인간 모습의 악마들만 데리고 오는 것으로 괴물 모습의 악마를 상기시키지 않으려는 노력이 엿보였다.

윤기 흐르는 머리털, 하얀 치아, 부드러운 입술, 두드러진 광대뼈, 노출시킨 몸, 완벽한 복근, 돋보이는 가슴, 모두 멋진 몸매를 갖고 있었다.

게다가 악마들은 최신 유행하는 옷차림이었다. 디자인이며 색깔, 고급 원단…… 뭐 하나 나무랄 데가 없었다. 여성들은 화려한 색깔의 짧은 원피스나 트임을 준 긴 원피스, 과감하게 가슴을 드러내거나 얌전한 옷차림이고, 남성들은 멋진 디자인의 바지나 꼭 끼는 청바지 같은 사복 차림이었다.

아르칸즈만 회색과 빨간색의 아주 세련된 정복을 입고 있는데 타라에게는 지구의 만화책『캡틴 알바토르』에 나오는 알바토르 선장의 복장을 연상시켰다(일본 애니메이션의 고전 〈캡틴 하록〉은 〈은하철도 999〉로 우리에게 잘 알려진 마쓰모토 레이지의 작품이다. 한국에서는 〈우주해적 하록 선장〉이라는 제목으로 방영되었고, 프랑스에서는 만화 『캡틴 알바토르』라는 제목으로 출간되었다—옮긴이).

이렇게 처음부터 좋은 인상을 주는 악마들을 보면서 타라는 혹시 이것도 다 계획한 것이 아닌지 의문이 들었다. 사람들은 상대의 모습이 우스꽝스러우면 진지하게 받아들이지 않는 습성이 있지 않은가.

눈에 띄는 무기도 없었다. 몸에 딱 맞거나 노출시키는 옷차림을 봐도 무기를 지니지 않은 건 분명했다. 물론 마법복처럼 모든 걸 넣을 수 있는 호주머니를 갖고 있다면 그 안에 탱크나 전함 같은 걸 감추고 있을지도 모를 일이었다. 그런 의심을 하기에는 옷이 주름 하나 보이지 않을 정도로 깨끗했다.

그리고 나이도 열여덟에서 스물다섯 살 사이의 젊은이들이었다. 인간 모습으로 바꾸는 프로그램은 오래전부터 시작된 것이 아니기 때문이었다. 정예 악마들이었다. 타라는 사람들이 뱀파이어들처럼 송곳니를 감춘 야수가 아니라 겉으로 드러난 아름다움만 보고 있다고 생각했다.

이상하게도 그중 스무 명의 악마들이 날개 끝이 은빛인 검정 페가수스를 타고 있었다.

그때 타라를 발견한 아르칸즈가 매력적인 미소를 보냈다.

"타라!" 아르칸즈가 부르는 소리에 타라의 가슴이 뛰었다. "만나서 기뻐, 보고 싶었는데!"

아르칸즈가 별 문양을 나오면서 리스베스 여제를 거들떠보지 않자

두 번째로 밀리는 것에 익숙하지 않은 여제는 입술을 깨물었다. 하지만 아르칸즈가 타라를 만나서 어찌나 행복해하는지 리스베스는 아무 내색도 하지 않았다. 아르칸즈는 부드러우면서 정중하게 금발 소녀의 두 손을 잡았다.

타라는 뒤에서 들리는 으르렁거리는 소리에 당황해서 우물쭈물 대답했다.

"네…… 나도요."

타라는 파브리스라고 생각했는데 이번에는 늑대인간이 아니었다. 칼이 낸 소리였다.

너무 뜻밖이라 타라는 하마터면 집중력을 잃을 뻔했다. 칼이 문제를 일으킬 거라고는 단 한순간도 생각하지 않았는데.

파프니르의 발에 밟힌 칼이 흠칫 놀라면서 난쟁이를 노려봤다. 난쟁이가 차갑게 눈을 치켜떴는데 이렇게 말하는 표정이었다. '뭐? 모든 걸 망칠 작정이야?'

당황한 칼이 입을 실룩거렸다. 사랑에 익숙해 있지 않았다. 아니, 정확하게 말하면 엘레아노라를 미친 듯이 사랑했지만 잃고 난 뒤에 예쁜 소녀들과 좀 사귀기는 했다. 그러나 그들에 비해 타라에 대한 사랑은 차원이 달랐다. 자기 자신도 놀랄 정도로 질투심에 사로잡힌 칼은 속으로 외쳤다. '저게 손이야? 겉만 손이지 더러운 발로 타라의 손을 잡다니!'

칼은 자신에게서 크로마뇽인의 영혼이 느껴졌다. 내 거야! 내 거라고! 타라를 낚아채서 동굴로 데려가고 싶은 충동이 일었다.

하지만 야속하게도 마왕의 겉모습에 완전히 홀린 타라는 마치 둘만 있는 것처럼 아르칸즈를 쳐다보고 있었다. 칼은 이게 영화의 한 장면이길 바랐다. 맙소사, 타라는 저놈이 겉만 인간이지 속은 완벽한 괴물이라는 걸 잊은 건가?

만약 칼이 타라의 생각을 읽었다면 훨씬 더 불안했을 것이다. 아르 칸즈가 초록빛 눈으로 쪽빛 눈을 뚫어져라 쳐다봤을 때 타라는 이상한 느낌이 들었다. 마치 아르칸즈에게 빨려드는 것 같다고 할까. 로빈에게 홀딱 빠져 있었을 때 느꼈던 것과 약간 비슷했다.

하지만 타라는 로빈을 진심으로 사랑할 때 경계 같은 걸 하지 않았다. 반면 눈앞의 '비스무리 인간'은 비록 타라의 목숨을 구해준 적이 있다고 해도 적이었다. 그것도 아주 끔찍한 적이었다.

타라는 아르칸즈의 눈이 얼마나 아름다웠는지 잊고 있었다는 걸 깨달았다. 초록 계통의 다섯 가지 색조를 가진 눈. 초록 물빛과 에메 랄드빛, 비취빛으로 이뤄진 눈자위, 봄에 움트는 새싹 같은 연둣빛 홍채, 신비스러운 짙은 초록빛 동공. 정말 사람을 홀리는 위험한 눈빛이었다.

타라는 무슨 말이든 해야겠는데 생각나는 말이 없었다.

"머리 잘랐어요?"

아르칸즈는 활짝 웃으면서 대답했다.

"알아봐 주다니 고맙군. 변화를 줘봤는데 마음에 들어?"

타라는 입술을 깨물었다. 바보 같은 질문을 왜 했을까? 결국 아르 칸즈에게 흔들린 건가?

"네." 타라는 작은 소리로 대답했다. "뭐…… 마음에 들어요."

짧은 머리가 잘 어울린 탓일까, 아르칸즈는 더 잘생겨 보였다. 완벽한 얼굴의 윤곽이 드러나면서 에메랄드빛 눈이 훨씬 두드러져 보였다. 아르칸즈는 옷차림부터 매혹적인 미소까지, 그야말로 매력적인 왕자님의 진수를 보여주고 있었다.

아니지, 매력적인 악마 왕자님!

악마들의 절반이 리스베스 앞에서 삼각편대를 이루고, 나머지 절반은 타라 앞에서 삼각편대를 이루었다. 아르칸즈는 아쉬운 듯 타라를 놓아주고 두 삼각편대 사이에 서서 손뼉을 쳤다. 사람들이 겁먹지 않게 살살.

그 신호에 악마들이 호주머니에서 선물꾸러미를 꺼내기 시작했다. 아, 타라의 예상이 맞았다. 악마들도 호주머니에 무게와 양에 관계없이 온갖 물건을 집어넣을 수 있는 것이었다.

오무아에 대한 연구를 정말 많이 했다는 표시였다. 리스베스 여제가 좋아하는 것이 뭔지도 알고 있었다. 악마들은 자기들의 행성에서 캐낸 새로운 색깔의 보석, 금, 동물 가죽을 댄 직물 등 처음 보는 희귀한 것들을 잔뜩 선물로 가져왔다. 타라는 놀라지 않을 수 없었다. 악마들에게 이런 예술성이 있다고는 상상도 하지 않았는데. 악마들은 이렇게 외치고 있는 것 같았다. '잘 봐, 우리는 너희들하고 다르지 않아. 우리도 똑같은 걸 좋아하고 미적 감각이 있다고. 어때, 이 정도면 우방이 될 수 있겠지?'

믿기지 않을 정도로 교묘한 술책이었다. 게다가 모두들 긴장이 풀려 있는 모습이었으니.

리스베스 여제는 당당한 모습으로 모든 선물을 받아들이고 있었다. 마침내 선물의 물결이 끝나자 여제는 시종들에게 준비한 것을 아르칸즈 앞에 갖다 놓으라고 명했다.

여제는 타라와 오랜 상의 끝에 악마들에게 줄 선물로 다양한 것들을 선택했었다.

아더월드와 오무아가 새로운 행성들에 보낼 수 있는 품목의 범위를 보여주려는 것이었다. 병충해에 강한 밀을 비롯해 귀한 종자들, 과실수 묘목, 여러 동물의 배아 천 개, 공장과 과학자들이 개발한 신기한 기구들, 신발명품, 과학기술과 마법이 반반씩 섞인 기계들, 통신 시스템(여제는 수익성이 있는 이 새로운 시장에 홀로그래픽 메모리와 수천 개의 TMO[46] 메모리를 갖춘 최첨단 크리스털 폰을 다량으로 보급하겠다는 굳은 의지를 갖고 있었다), 의학적 지식, 자가 치료가 가능한 자동 레파루스 주문(마법사는 스스로 자기 자신을 치료할 수 없기 때문에), 아주 훌륭한 향수, 피부 통증을 완화하는 연고 등. 이렇게 다양한 선물을 내놓은 것은 교역 상대국에서 필요한 것을 선택할 수 있게 배려한 것이었다.

악마들 못지않게 영악한 계산이었다. 아르칸즈는 연신 고개를 끄덕이면서 감탄했다. 1대 1. 보석과 직물로 넘치는 상자들은 화려하지만 무의미해 보이는 반면, 여제가 내놓은 것들은 교역에 응하겠다는 의지를 보여줬으니 이 점에서는 오무아 쪽의 승리였다. 아르칸즈는 타라를 향해 시선을 돌렸다. 어린 인간을 과소평가하지 말아야 했는

· · · · · · · · · · · · · · ·

46. 테트라 매직 옥텟(tétra magic octet)에서 '테트라'는 유럽 개방형 디지털 방식의 주파수 공용 통신 시스템이며, '옥텟'은 바이트와 같은 의미를 갖는다. 마법사들의 긴 수명을 고려해 사진과 비디오를 수백 년 동안 저장할 수 있다. 기술자들이 최초로 개발한 기능이다.

데…….

요컨대 아르칸즈는 타라를 이용하겠다는 굳은 의지 외에도 타라에게 끌리는 마음은 진심이었다. 주위의 미녀 악마들이 많기 때문에 타라가 아름다워서가 아니었다. 타라의 마법이 강력하기 때문도 아니었다. 아더월드에서 스파이 활동을 하는 에프리트들을 통해 전달되는 정보 덕분에 타라가 치열한 싸움 끝에 검은 여왕을 사라지게 했다는 걸 알고 있었다. 악마의 마법을 가진 존재 중 유일하게 아르칸즈보다 강력한 것이 검은 여왕인데.

하지만 타라는 인간 중에서 가장 강력한 마법, 인성, 지성을 모두 갖추고 있었다.

본의 아니게 새로운 세대의 악마 세계를 지배하게 된 아르칸즈는, 5000년 전에 악마들을 무찔렀던 희한한 인간 종족을 더 많이 알려면 타라가 반드시 필요했다. 보울리미-레마족이 패배하지 않았다면 악마의 행성들을 지구처럼 만들 필요도, '보울리미-레마 인간'이라는 새로운 종족을 창조하는 일도 없었을 것이 아닌가.

아르칸즈는 예전의 모습이 좋았다. 인간 모습으로는 괴물 모습의 악마보다 힘이 약했다. 반면에 식탐의 노예가 되기보다는 머리를 훨씬 많이 사용하고 있었다.

아르칸즈는 타라에게 미소를 지어 보였다. 타라는 모호한 미소를 보냈다. 아르칸즈는 타라가 당황하고 있음을 느꼈다.

"우리의 옛 적들이여, 우리를 친절하게 맞아주셔서 고맙습니다." 아르칸즈는 흡족한 얼굴로 외쳤다. "앞으로도 아름다운 행성 아더월드를 자주 방문할 수 있기를 기대합니다."

여제는 무언의 비난에 대해 아무런 내색을 하지 않았다.

"다른 행성들도 방문할 기회가 있을 겁니다." 여제는 태연하게 응수했다. "이곳은 우리의 두 위성 중 하나입니다. 여러분을 편안하게 모시고 협약을 논의하기 위해 기분 전환이 가능한 이곳을 선택했지요."

아르칸즈는 정중하게 허리를 굽혔다.

"우리는 기꺼이 협상할 준비가 되어 있습니다. 이제 선물 교환이 끝났는데 다음 일정은 무엇입니까?"

아르칸즈는 매력적, 아니 매혹적이었다. 타라는 고모가 아르칸즈의 아름다운 미소를 견디기 힘들어하는 걸 느꼈다. 어떤 악마가 이렇게 잘생긴 남자로 만들었는지는 몰라도 실력이 대단했다.

아르칸즈는 약한 중력에도 불구하고 편안해 보였다. 고양이처럼 움직임이 가벼웠다. 물론 엘프나 뱀파이어들은 원래 중력의 영향을 받지 않는 편이지만, 많은 인간 마법사들은 불편함을 감수하고 있었다. 하지만 아르칸즈는 그것과는 다른 뭔가가 있는 것 같았다.

타라는 문득 의문이 들었다. 혹시 아르칸즈에게 균형 감각 유전자를 이식시킨 걸까? 아름다움도? 지성도? 타라는 잔혹성 유전자만은 빠뜨렸기를 바랐다.

환영 의식을 담당하는 타딕스 측 책임자가 다음 일정을 열거했다. 먼저 음식 맛을 보는 악마 감정가들이 식당으로 가서 그들에게 맞는 음식인지 확인해야 했다. 손님들에게 독을 탄 음식을 먹이는 멍청한 짓 따위는 하지 않겠지만, 악마들이 좋아하는 음식인지, 알레르기를 일으킬 우려는 없는지 확인해야 했다. 그다음 만찬회가 열리고, 여성 성악가 여러 명과 오케스트라 협연 콘서트가 예정되어 있었다. 회의는 그다음 날부터 협상이 될 때까지 계속될 예정이었다.

아니면 전쟁?

물론 책임자는 전쟁이란 말을 하지 않았다. 그리고 아르칸즈도 그런 생각을 하지 않는 것 같았다. 여지는 남아 있을지도 모르지만, 지금으로서는 악마들이 아더월드를 침략할 수 없었다. 지각단층이 닫혀 있고, 아직은 열 수 있는 능력도 없기 때문이었다. 아무튼 모두 그렇게 되길 바라고 있었다.

"고맙습니다." 아르칸즈가 대답했다. "전부 다 마음에 듭니다."

아르칸즈는 모두를 향해 정중하게 인사했다.

그런데 놀랍게도 이번에도 모든 악마들이 동시에, 일사불란하게 인사를 했다. 타라는 속이 뒤틀리는 것 같았다. 뭐지? 자기들끼리 정신적인 접촉이 가능한 건가? 빨리 알아내야 하는데. 악마 군단은 그렇지 않아도 대처하기가 힘든데. 매순간 정신적 교감이 일어난다면 무적의 군대나 다름없었다. 황제와 함께 또는 황제를 상대로 모의 전투를 치르면서 타라는 승리를 하는 데 의사소통이 얼마나 중요한지 잘 알고 있었다.

타딕스족이 초록빛 머리를 신경질적으로 흔드는 것으로 보아 같은 생각을 하고 있는 것이 분명했다. 그렇지만 악마 군대는 숙련이 잘되었는지 한 치의 흐트러짐이 없었다. 만찬 시간까지 모든 악마는 여러 돔으로 흩어져서 무조건 휴식을 취하거나 산책하기로 합의가 되어 있었다. 하지만 '산책하는 악마들'은 여간 신경이 쓰이는 것이 아니었다.

여제는 외교상 강대국들이 '공식적으로' 제안하기 껄끄러운 사안

들을 통과시키기 위해 실무자들끼리 회의실 밖에서 협상한다는 걸 알고 있었다. 그런데 이런 대규모 집회에서 휴게 공간을 따로 마련하지 않은 것은 불찰이었다. 그래서 즉시 아더월드인 한 명이 악마 한 명씩을 인솔하는 것으로 결정이 났다. 반면 드래곤들은 악마들에게서 멀찍이 떨어져 있었다. 어떤 외교 마찰도 용납하지 않겠다는 여제의 입장이 단호했기 때문이다. 가령 고의든 실수든 딸꾹질로 악마에게 불을 뿜고는 "오, 미안해요, 마왕을 태워버렸네요. 정말 유감입니다!" 하는 식으로 어물쩍 넘어가려는 사고를 미연에 방지하기 위해서였다.

아르칸즈와 수행원들이 사라지자 타라는 친구들이 있는 쪽으로 돌아섰다. 타라를 뚫어져라 쳐다보는 칼의 눈빛에 수많은 감정이 억제되어 있었다.

"아르칸즈를 사랑하지 않아." 타라는 무언의 질문에 대답했다. "계속 경계하고 있으니까 걱정 마."

고개를 끄덕이는 칼의 얼굴은 무표정했다. 하지만 타라는 칼이 믿지 않는다는 걸 느꼈다.

"팔찌, 만년필, 벨트는 어때, 가만히 있어?" 칼이 물었다.

물론 타라는 잊지 않고 있었다. 사물들은 악마들이 도착했을 때 아무 반응도 하지 않았다. 악마들도 사물들을 감지하지 못한 것 같았지만 타라는 아르칸즈가 손을 잡았을 때 팔찌가 접촉을 피해 멀찍이 떨어지는 걸 느꼈다.

"괜찮아." 타라가 대답했다. "라오르의 창과 브롱스의 갑옷은 무슨 일이 일어나는지 지켜보고 있는 게 틀림없어. 우리 모두와 마찬가지로. 악마들이 이곳을 침략을 위한 전초기지로 만들려고 할 경우는 준비가 돼 있다고 했어."

악마들이 괴성을 지르며 달려들지 않은 것에 약간 실망한 파프니르기 도끼를 내리면서 물었다.

"이제 어떡할 건데?"

"새 손님들이 왔다는 걸 알고 숙소를 마련했습니다." 등 뒤에서 가냘픈 목소리가 말했다. "숙소가 마음에 들기 바랍니다."

파프니르가 빙그르르 돌아서 도끼를 휘두르자 방금 말한 타딕스족은 숨이 멎을 뻔했다.

켈트릴 강철 도끼와 맞닥뜨린 타딕스족은 얼굴이 사색이 되어 있었다.

파프니르는 인상을 쓰면서 도끼를 허리춤에 찼다.

"미안해요." 난쟁이가 사과했다. "깜짝 놀라서 그만……. 다친 건 아니죠?"

타딕스족은 하얗고 긴 손을 부들부들 떨면서 괜찮다는 표시를 했다. 팬츠를 착용한 늑대인간 모습의 파브리스—속옷 서랍장에서 비취빛 바다에서 뛰어오르는 돌고래 무늬가 있는 걸 골라서 입었는데 팬츠 차림이라 품위가 좀 떨어지긴 하지만—는 이렇게 연약한 종족을 물어뜯으면 피가 나긴 할까, 의문이 들었다. 피가 흰색일까? 아니면 투명할까? 한숨을 쉬면서 인간으로 변신한 파브리스는 또다시 강한 의문이 들었다. '왜 이런 생각을 하지? 배가 고파서? 배 속에서 꼬르륵 소리도 안 나는데. 혹시 물어뜯고 싶거나 쉽게 흥분하는 늑대인간의 본능 때문에? 만약 악마들에게서 새나오는 악마의 마법에 반응하는 것이라면?' 파브리스는 불길한 예감이 들었다. 아르칸즈와 그의 악마들에게서 굉장히 많은 양의 악마의 마법이 느껴질 거라고 생각했는데 아주 미미했다. 마지스터처럼 악마들도 마법을 숨기는 데 성공한 것 같았다.

매직갱에게서 멀찍이 떨어져 있는 제레미는 천천히 움직이는 군중을 헤치고 재빨리 빠져나갈 궁리를 하고 있었다. 파브리스에게서 가능한 한 멀리 있겠다는 생각밖에 없기 때문이었다. 미소를 짓고 있지만 늑대의 송곳니를 감추고 있는 파브리스였다. 파브리스가 계속 늑대인간으로 변신해 있던 것은 제레미에게 겁을 줘서 무아노에게 다가오지 못하게 하려는 의도였다. 파브리스는 여전히 무아노를 사랑하고 있었다.

그런데 무아노에게 다가온 것은 제레미가 아니었다. 파란 피부의 낯선 남자가 정중하게 인사하면서 허물없이 이야기를 나눴다. 서로 아는 사이가 분명했고, 무아노는 남자를 호의적으로 대했다. 파브리스는 한숨을 쉬었다. 무아노는 인간이자 야수라는 정체성이 괴로워서 자신이 얼마나 아름다운지 모르고 있었다. 무아노도 타라 못지않게 자석처럼 남자들을 끌어당기는 힘이 있는데.

무아노는 친구들에게 파란 땅신령 친구를 소개했다. 그는 〈아바타〉의 나비족이나 스머프보다 훨씬 더 파란색이었다. 키는 큰 편이었다. 그리고 재미있는 이름이었다. 글루블. 음식물이 기도로 들어가는 느낌이라고 할까. 남자는 실버처럼 혼혈이었다. 한 마법사가 산티보르족과 의사소통을 할 수 있는, 땅신령이 아닌 인간을 만들고 싶어서 인위적으로 만든 피조물이었다. 마법사는 인간을 밴 임신부들의

444

배 속에 땅신령의 여러 DNA를 섞어 넣은 다음 어떤 아기가 태어나는지 기다렸다. 글루블의 형제자매들은 대부분 사망하거나 기형으로 태어났다. 문제의 마법사는 다행히 발각이 되어 감옥에 갇혔다. 글루블은 인간 부부에게 보내졌는데 아주 어릴 적부터 텔레파시 능력이 나타났다. 진실의 입이 지나가는 순간 어린 소년은 그가 하는 말을 알아들을 수 있었다.

따라서 그 마법사는 그토록 바라던 것을 성공한 것이었다. 진정한 텔레파시 능력자로서 진실의 입들과 대화할 수 있고 또 한시적으로 직접 진실의 입이 될 수 있는 새로운 인종, 정확하게 말하면 하프땅신령을 만들었으니.

깜짝 놀라는 주위 시선을 보면서 글루블은 그렇다고 사람들의 머릿속을 읽을 수 있는 건 아니고 진실의 입이 직접 머릿속으로 메시지를 보낼 때만 가능하다고 설명했다.

타라는 매력적이라고 생각했다. 하지만 낮에 너무 오랫동안 마법을 사용했기 때문에 친구들 모두 지쳐 있었고, 타라도 연신 하품이 나왔다. 만찬 시간까지 30분이라도 잠을 자두어야 했다. 아니면 정신을 집중해야 할 때 졸지 몰랐다. 만찬 자리에서 코라도 곤다면 외교적 실례일 뿐만 아니라 큰 망신이었다.

숙소로 향하던 타라 일행은 복도 입구에서 기다리는 모우르무르를 만났다.

"저것들은 용도가 뭐예요?" 파브리스는 별 문양 주위를 에워싸고 초록빛을 깜박이는 기계들을 가리키면서 물었다.

"여제는 악마들을 믿지 않아(그게 여제뿐이랴!). 어쩌면 마왕이 지금 여기 있는 수만큼의 다른 악마들을 들어오게 하려고 마법을 사용할지 모른다고 생각하고 있어. 내 보물들은 그걸 막기 위한 거야. 기계들이 별 문양의 에너지를 봉쇄하면 악마들은 마법을 사용할 수 없지. 만약 기계들의 방어를 통과할 경우는 즉시 경보가 요란하게 울리니까. 100타트롤 이내의 거리에서 소용돌이가 열리는 즉시 기계의 초록빛도 빨간빛으로 변하고. 내가 별 문양 안에 서 있었기 때문에 우리를 지키는 데 필요한 모든 조치를 할 수 있었지. 시간이 그렇게 오래 걸린 것도 너희들이 소용돌이를 향해 보내는 마법의 일부를 이용하여 호환성 있게 만들어야 했기 때문이야."

노인 발명가는 아주 흡족한 표정이었다. 타라는 이제야 그들 중 마법이 가장 약한 모우르무르가 왜 별 문양에 한 자리를 차지했는지, 그리고 악마들을 불러들이는 것이 왜 그렇게 복잡하고 시간이 오래 걸렸는지 이해가 되었다.

"물론 그 흉측한 벤드룩이 올 줄은 예상 못 했어." 모우르무르는 헝클어진 백발을 비벼대면서 말했다. "진짜 끔찍한 괴물이야!"

모두 고개를 끄덕였다.

그 순간 타라의 시야에 잘 아는 여자의 실루엣이 들어왔다.

안젤리카.

가증스러운 안젤리카가 악마와 무슨 얘기를 나누는데 악마가 열심히 듣고 있는 모습이었다. 타라는 이를 악물었다. 또 무슨 짓을 꾸미려고?

모우르무르가 방어를 위해 설치해놓은 것에 대해 계속 설명하는 사이에 안젤리카와 악마의 대화가 끝났다. 타라는 얇은 파란색 셔츠

446

를 통해 드러나는 근육질 가슴에 손을 얹는 안젤리카를 보면서 기절할 뻔했다. 저런 건 아주 가까운 사이에서나 하는 행동인데……. 악마는 미소를 지었고, 둘은 함께 어디론가 걸어갔다.

"다리, 너 무슨 생각 하는 거야?" 칼이 물었다.

"응?" 한마디도 듣지 않고 있던 타라가 말했다.

"현재 스코어 5대 1." 칼이 이죽거렸다. "우린 네가 악마들을 겉으로 내보이는 것만큼 위험하지 않다고 생각하는지, 아니면 피에 굶주린 괴물들로 생각하는지 정말 궁금해. 우리들은 결론이 났어. 피에 굶주린 괴물이라는 쪽이 다섯, 하나는 악마들을 '귀엽다'고 생각하는 우리의 친구 파프니르."

"그게 뭐?" 난쟁이가 따졌다. "귀엽잖아! 특히 아르칸즈는 아주 귀여워. 타라, 아르칸즈가 너를 진짜 많이 사랑하는 것 같아."

"난 모르겠어." 타라는 진지하게 대답했다. "아르칸즈와 본의 아니게 얼마 동안 지냈다고 사람들이 나를 악마 전문가라고 생각하는 것 같아. 함께 지냈던 너희들까지도. 하지만 나는 악마들이 뭘 원하는지, 뭘 하려는 건지 전혀 모르겠어. 나한테는 그저 타 종족일 뿐이야!"

칼은 어깨를 으쓱했다.

"어쨌든 빨리 어디로 들어가든 말든 결정하자. 그리고 타라 네 생각에는 안젤리카가 악마에게 뭘 원한 거 같아?"

괜히 면허 받은 도둑이 아니네! 눈치 빠른 칼이 무엇 하나 놓치는 게 없다는 생각을 해야 했는데. 타라는 한숨을 쉬었다.

"전혀 모르겠어. 안젤리카나 그 악마의 머릿속에 들어갔다 나온다면 모를까. 그래도 이해는 안 되겠지만."

하지만 칼과 타라는 눈길을 주고받았다. 이미 여러 번 그들을 죽이려고 했던 갈색 머리 계집애를 가까이에서 감시해야겠다는 무언의 눈짓이었다. 빛의 손이라는 강력한 힘을 지닌 안젤리카는 이제 무시하지 못할 존재였기 때문이다.

모우르무르는 컴폰이 울렸을 때 소스라쳤다. 타딕스족과 어디선가 만나기로 약속했는데 늦은 모양이었다. 타라는 어떻게 되는지 보려고 버튼을 누르고 싶어서 안달하는 발명가가 불안했다. 누군가가 제발 모우르무르더러 위성 폭파를 지시하는 버튼에 대해서는 외부에 입도 벙긋하지 말라고 귀띔해주면 좋을 텐데.

타라가 친구들에게 숙소에 다 함께 들어가서 눈을 붙이자고 제안하려는 순간 타딕스족 책임자가 급히 와서 정중하게 말했다. 리스베스 여제의 지시로 친구들의 숙소는 타라의 방에서 멀리 떨어진 곳에 마련했다고.

칼은 이맛살을 찌푸렸지만, 타라는 현명한 결정이라고 생각했다. 아르칸즈가 도착했으니 이제는 칼과 단둘이 시간을 보낼 수 없었다.

그래서 타라는 혼자 숙소로 들어갔고 경직된 어깨를 풀기 위해 샤워를 했다. 약해 보이는 철제 다리의 의자들이 타라가 지나가게 비켜주었는데 마법으로 움직이는 것이 아니라 생명력을 불어넣은 로봇이었다. 처음으로 로봇 의자에 앉은 타라는 체중 때문에 넘어지거나 부서질까 봐 겁이 났지만 생각보다 튼튼했다. 이윽고 금속성 목소리가 2톤의 무게를 견딜 수 있도록 만들어진 것이니 체중이 실리지 않게 발꿈치를 들고 있을 필요 없다고 말했다. 너무 영리한 로봇 의자가 못마땅해서 타라는 인상을 찌푸렸다. 아더월드의 편안한 안락의자가 그리웠다. 그래도 개들은 말은 안 하는데.

체인지라인이 부드러우면서 하늘거리는 파자마를 입혀주었는데 방이 약간 서늘해서 타라는 커다란 침대에 갈랑을 데리고 누웠다. 그리고 사물들을 탁자에 풀어놓자 자는 사이에 둥둥 떠오르지 않게 침대의 안전벨트가 채워졌다. 타라가 깊은 잠에 빠져드는 사이 페가수스는 솜털 같은 날개로 포근히 감싸주었다.

한 시간 후, 침대가 타라를 깨우는 동안 침대 양쪽 끝으로 안전벨트가 쏙 들어갔다. 은은한 불빛에 방이 서서히 훤해지기 시작했다.

타라는 눈을 뜨면서 깜짝 놀랐다가 미소를 지었다. 납치되지 않으면 누군가 침입하는 등 이상한 일이 일어나기 일쑤였는데 아무 일도 없었다. 마치 정말 심각한 일이 시작되기 전에 잠시 휴식을 주는 것처럼. 타라는 기지개를 켜면서 몸을 일으켰다.

그러다 귀에 익은 목소리가 부드럽게 속삭였을 때 타라는 얼어붙었다.

"타라?"

# 21

# 미스터 X

오이가 이렇게 진가를 발휘하다니

\*

잠이 덜 깬 상태에서 본능적으로 마법을 작동한 타라는 방이 완전히 밝아졌을 때 눈이 휘둥그레졌다. 갈랑은 언제든 개입할 기세로 타라의 어깨 위쪽으로 날아올랐다.

타라는 방에 슬그머니 들어와 있는 침입자를 향해 얼굴을 들었다. 아직은 뇌가 덜 깨어 있지만 두 개의 신경이 작동하면서 눈앞에 보이는 잘생긴 얼굴에 대한 정보를 전달해주었다. 타라의 혀끝에서 이름이 맴돌았다.

"로빈?"

하프엘프는 미소를 지어 보이지 않았다. 피곤하고 불안해 보였다.

"너는 위험을 무릅쓰고 있어. 알려줘야 할 게 있어서……."

침대에서 뛰어내린 타라는 두려움에 떠는 로빈의 품으로 달려가서 힘껏 끌어안았다.

타라는 마법을 끄는 걸 잊었기 때문에 하마터면 로빈을 태워 죽일 뻔했다.

로빈이 타라를 짧게 안아주고는 물러났다. 타라는 정신이 먹먹하 며 머릿속에서 여러 가지 의문이 교차했다.

"로빈! 얼마나 걱정했는지 몰라. 수배 중인데…… 여길 어떻게 온 거야?"

목숨을 구해주려고 해도 말을 안 듣고 쫓아오질 않나, 아무 때나 불 쑥불쑥 드나들질 않나, 친구들 때문에 짜증이 났는데 이번에는 정말 기뻤다. 타라는 안도의 한숨을 내쉬었다.

"내가 여길 어떻게 왔는지 지금 그게 중요한 게 아니야." 로빈이 대 꾸했다. "그래, 알아. 칼에게 아무 짓도 하지 않았는데도 내가 여전히 수배 중이라는 거. 내 말 잘 들어, 훨씬 중요한 건……."

팅가푸르의 감옥을 어떻게 탈출했고, 지금 은하계에서 가장 이목이 집중된 타딕스에는 또 어떻게 왔는지 알고 싶은 타라가 말을 잘랐다.

"우리는 네가 걱정돼서 미칠 뻔했단 말이야. 다시 묻겠는데 어떻게 탈옥했어? 여기까지 어떻게 왔고? 살아 있다는 소식이라도 보내줬어 야지? 너 혹시 미션 중이야? 고모가 너를 의도적으로 탈출시킨 거야? 일종의 음모야? 아니면 랑코비트와 오무아의 합동 작전이야?"

타라가 쏟아내는 질문에 로빈은 머리를 세차게 흔들었다.

"랑코비트나 오무아의 합동 작전은 아냐. 음모라고 할 수 있겠네. 아주 끔찍한 소문을 들었어. 우리 둘 다 죽이려는 음모가 있다는 소 문이야." 하프엘프는 심각하게 말했다. "아르칸즈와 네가 결혼하기 직전에 고용된 킬러가 너를 죽일 거야."

타라는 침대 가장자리에 털썩 주저앉았다. 갈랑이 바로 옆에 내려앉았다. 타라는 고모의 충고에 따라 타딕스족과 악마들에게 강한 인상을 주기 위해 페가수스를 평소처럼 많이 축소하지는 않았다. 그래서 갈랑은 타라의 어깨에 앉을 수 없었다. 하지만 무슨 일이 있다는 걸 느끼고 불안해하면서 타라에게 감정을 전했다. 킬러? 암살단 길드에서 보낸 킬러? 불길한데…….

타라도 전적으로 같은 생각이었다. 암살단 길드에 대해 자세히 알아본 적이 있는 타라는 고모가 왜 그런 집단을 내버려두는지 이해할수가 없었다. 타라가 사람들을 죽이는 범죄 집단이 아니냐고 물을 때마다 고모는 킬러들도 쓸모가 있다고 대답했었다. 타라는 오무아 사람들의 도덕성에 대해서는 정말 회의를 느꼈다.

그런데 킬러들이 노리고 있다면 살아남을 가능성이 거의 없었다. 하지만 타라는 이해가 되지 않았다. 아더월드에서 타라는 악마들을 물리치려면 꼭 있어야 하는 '인간 무기'인데…….

타라는 창백해졌다.

"로빈, 우리가 너무 위험하기 때문에 제거하려고 악마가 킬러를 고용했을까?"

"우리? 난 아니지, 너라면 몰라도. 다른 방법이 없겠지. 악마들과 싸울 때 너는 우리의 가장 가공할 만한 무기니까. 악마들도 그걸 잘 알고 있어. 게다가 그들은 지구에 있는 악마의 사물들에 접근할 수 없어서 예상보다 훨씬 약할지도 몰라. 체스에서는 여왕이 가장 강력한 말이야. 너는 검은 여왕이니까……."

"아니, 나는 하야니까 하얀 여왕이야." 타라는 약간 몸서리치면서 말했다.

"그래, 하얀 여왕. 너를 제거하면 그건 곧 승리를 의미해."

"그래서 너는 악마들뿐만 아니라 킬러도 경계해야 돼. 하여튼 내 인생은 이렇게 복잡하지 않으면 안 되는 건가 봐."

로빈은 하얀 안락의자에 앉으면서 피곤한 듯 한숨을 내쉬었다.

"나는 해결할 일이 아주 많아. 정말 지친다."

하지만 타라는 오무아 궁전의 감옥에 갇혀 있던 하프엘프가 어떻게 이런 음모에 대해 들었는지 알고 싶었다. 감옥에 갇히기 전에 알았다면 말했을 텐데. 그래서 타라는 질문했다.

"감옥에 있을 때 바로 옆 감방에 킬러가 있었어." 로빈이 은빛 머리를 가다듬으면서 대답했다. "모우르무르 덩컨을 암살하기 위해 고용된 킬러라는데(아, 타라는 누군지 알고 있었다) 엄청 말이 많았지. 나는 누가 칼을 공격하고 나를 함정에 빠뜨렸는지 조용히 생각하고 싶었는데 그자가 넋두리를 늘어놓다가 어떤 소문에 대해 떠벌렸어. 엄청난 금액을 제시받은 청부 살해에 대한 말을 하다 내가 감옥에 갇혀서 운 좋은 줄 알라는 거야. 아니었으면 나는 죽었을 거라면서. 그자가 말하는 청부 살해가 너와 나에게 관련된 일이라는 걸 깨닫는 데 시간이 좀 걸렸어. 황궁의 공원을 산책하는 시간에 나는 시비를 거는 척하면서 그자를 붙잡았지. 간수들은 가벼운 말다툼이라고 생각했지만 나는 그 암살에 대해 자세히 말해주지 않으면 목을 부러뜨리겠다고 협박했어. 그자는 제국의 후계자와 그 애인에 대한 청부라고 자백했어. 하지만 의뢰인이 우리 둘을 엮어서 죽이라고 했다는 건 우리가 헤어진 걸 모르고 있다는 거지."

타라는 이맛살을 찌푸렸다. 보이지 않게 극중 사건과 인물들을 마음대로 조종하는 '데우스엑스마키나('신의 기계적 출현'을 뜻하는 라틴어. 초자연적인 힘을 이용하여 위급하고 복잡한 사건을 해결하는 수법—옮긴이)'의 출현도 아니고 이게 무슨 시추에이션? 타라는 강한 의문이 들었다. '왜 죽이려는 걸까'보다는 '나를 죽이는 것으로 이득을 보는 사람이 누구지?'라는 의문이 들었다. 갑자기 애거사 크리스티의 탐정 영화 속에 들어와 있는 것 같았다. 그런데 유감스럽게도 이 작가의 추리소설들을 읽으면서 타라는 한 번도 범인을 찾은 적이 없었다.

타라는 고개를 갸웃하면서 물었다.

"소우르브는 어디 있어?"

로빈은 타라가 갑자기 경계 태세를 갖추고 있다는 걸 알아채지 못했다.

"문 앞에 보초를 세웠어. 누가 오면 정신적으로 알려달라고. 왜?"

타라는 긴장을 풀었다. 분명히 로빈이었다. 패밀리어만 영혼의 동반자와 정신적으로 접속되기 때문에 아르칸즈나 다른 누군가가 보낸 스파이는 아니었다.

"그냥 물어본 거야."

자세히 살펴보니 하프엘프는 평소보다 멋져 보이지 않았다. 옷차림이 영 추레한 것이 로빈에게 어울리지도 않았다. 납치한 자들이 로빈의 체격에 맞는 옷을 찾지 못했나? 아무튼 이상했다.

갑자기 로빈이 애인(물론 타라는 이제 애인으로 생각하지 않지만)과 단둘이 한 방에 있는 걸 깨달은 것처럼 이상한 미소를 흘렸다.

타라가 반응할 겨를도 없이 로빈이 늑대처럼 달려들어서 입술을 포갰다.

그런데 마치 탐색하는 것 같은 이상한 키스였다. 부드러우면서 달콤했다. 그리고는 이번에도 타라가 정신을 차릴 사이노 없이 재빨리 끝내고 물러섰다.

타라는 보조개가 팰 정도로 환한 미소를 지으면서 말했다.

"네가 키스할 때는 나는 오이를 말하지 않아도 되는 거였지?"

그 순간 하프엘프의 크리스털 눈에 당황하는 빛이 역력했다.

"오이가 뭐……." 깜짝 놀란 로빈이 말을 잇지 못했다.

눈앞에 타라가 버티고 서 있었던 것이다. 체인지라인은 순식간에 타라에게 금빛과 빨간빛의 갑옷을 입히고 머리를 땋아서 틀어 올렸다. 타라의 두 손에서 시퍼런 빛이 번쩍거렸다. 하프엘프는 미처 피할 겨를도 없이 강력한 마법에 밀려서 벽 쪽으로 뒷걸음쳤다.

"딱 걸렸어!" 타라는 냉랭한 목소리로 외쳤다. "누구야, 당신?"

하프엘프는 말하려고 했지만 마법이 가슴을 짓누르고 있어서 아무 말도 할 수 없었다. 타라가 압박을 약간 풀어줬지만, 손을 움직일 수 없는 하프엘프는 벽에 붙어서 옴짝달싹하지 못했다.

"타라! 왜 이래? 나야, 로빈!"

"아니, 당신은 로빈이 아냐! 로빈은 당신처럼 키스하지 않거든. 그리고 우리의 암호도 모르잖아. 내가 그렇게 멍청한지 알아? 나는 바보 취급 받는 걸 아주 싫어한다. 그리고 경고하는데 나를 바보 취급하는 놈들은 한 놈도 빠짐없이 죽거나 감옥에 들어갔지. 자, 다시 질문하겠다. 누구냐?"

발이 바닥에 닿지 않는 높이의 벽에 붙은 로빈은 발버둥치면서 타라에게 믿어달라고 애원했다. 하지만 타라는 단호했다.

"나는 이 마법을 언제까지고 유지할 수 있다." 타라는 태연하게 말했다. "그래도 난 전혀 힘들지 않아. 계속해서 더 압박할 수도 있어."

타라가 마법으로 점점 더 압박하자 로빈의 흉곽에서 으드득 소리가 났다. 하프엘프는 타라의 시선과 마주쳤다. 확신을 갖고 밀어붙이는 타라를 속이거나 분노를 누그러뜨릴 방법이 전혀 없었다. 로빈은 자포자기한 얼굴이 되었다. 상황이 좋지 않게 흘러가고 있었다.

"그만해! 좋아, 항복!"

"미안하지만 항복할 필요 없어. 당신은 이미 내 포로니까, 아무개 씨!"

"미스터 X!" 로빈이 신경질적인 어조로 내뱉었다. "그 마법 좀 약하게 해줘. 뼈가 다 부러지기 전에. 빌어먹을, 계집애 손에서 나오는 마법이 왜 이렇게 센 거야!"

타라는 대꾸도 않고 마법의 강도를 약간 줄였다. 여자인 데다 어리기까지 하면 강력한 마법 능력을 지니는 것에 큰 '핸디캡'이라도 되는 것처럼 말하는 걸 처음 듣는 것도 아닌데.

타라는 진짜 한심한 사람들이라고 생각했다.

로빈의 얼굴이 양초 녹듯 흘러내리더니 어디서나 볼 법한 아주 흔한 얼굴로 바뀌었다.

"뇨르크가 뭐지?" 타라는 방금 본 끔찍한 이미지를 떨쳐내기 위해

뜬금없이 물었다.

벽에 달라붙은 정체불명의 남자는 어찌나 놀랐는지 몇 초 동안 아무 말도 못 했다. 이윽고 믿기지 않는다는 목소리로 대답했다.

"그건 생식기를 뜻하는 말이다. 오, 트로이구[47]가 나를 파멸시키는구나! 우리 종족의 욕설인데 그걸 어디서 들었어?"

"팅가푸르의 감옥 취조실에서 내가 심문했을 때 당신이 내뱉은 말이다. 그때부터 엘프어에 대한 자료를 조회했지만 그런 단어는 없었어. 그때부터 의문을 가지면서 머릿속에 넣어뒀다. 로빈은 한 번도 그 말을 사용한 적이 없었거든. 그리고 방금 당신이 키스했을 때도 로빈이 아니라는 걸 알았어. 너무 달랐거든(타라는 암호 '오이'에 대해서는 설명하지 않았다. 칼의 예상대로 오이는 연인들의 대화에 나올 가능성이 없는 단어이기 때문에 위장한 가짜인지 확인하는 암호로 아주 편리했다. 칼에게 고맙다는 말을 해야겠다고 머릿속에 새겨두었다). 하지만 당신은 성공할 수도 있었어. 소우르브를 문 앞에 세워두었다고 말했을 때까지만 해도 의심하지 않았으니까. 자, 두 번째 질문, 왜 키스를 했지?"

미스터 X는 아주 엉뚱한 답변을 했다.

"너를 모르겠으니까. 너와 접촉하면 머릿속을 읽을 수 있을 거라고 생각했는데 장벽에 막혔어. 유일하게 한 소년만 읽을 수 없었는데. 빌어먹을! 우리에 대한 면역력이라도 개발한 건가?"

....................

**47.** 불쾌할 정도로 많은 송곳니와 다양한 갈퀴발톱을 가진 여신인데, 자기 마음에 들지 않는 사람들의 생각을 완전히 바꿔버리는 짓궂은 버릇이 있다. 아무튼 누구나 자기가 좋아하는 놀이는 있기 마련이다.

타라는 그 '소년'이 제레미라고 확신했다. 그 미친 드래곤 왕이 타라와 제레미의 유전자를 조작하면서 누구도 머릿속을 침투할 수 없도록 뭔가를 집어넣은 것이 틀림없었다. 텔레파시 능력이 있는 진실의 입들은 타고난 것이었다. 그럼 악마들은……? 타라는 아더월드 사회를 철저히 연구한 악마들이 진실의 입들에 대해서 알고 아무도 악마들의 머릿속을 뒤지지 못하게 일종의 정신적 장벽을 갖추고 있는 거라고 생각했다.

방금 들은 말을 타라가 제대로 이해한 거라면 결론적으로 눈앞의 남자는 텔레파시 능력자였다. 타라는 경계하지 않았던 자신을 저주했다. 취조실에서 로빈을 만났을 때도 '너를 모르겠다'는 말을 했었다. 타라는 그 말이 로빈의 감정을 표현한 거라고 생각했는데 그게 아니었던 것이다.

"텔레파시 능력이 있는 건가?"

미스터 X는 고개를 끄덕였다.

"웬만큼. 우리가 복제하는 사람이 하지 않았을 행동이나 말을 하면 사람들은 대개 무의식적으로 경계하는데 우리는 그때 아주 중요한 것들을 알아낼 수 있지. 그게 우리의 능력이야."

"그건 속임수야!" 타라가 소리쳤다. "진짜 로빈은 어디 있어? 왜 칼을 공격했어? 나한테서 원하는 게 뭐야?"

미스터 X는 타라를 쳐다보다가 돌연 태도를 바꾸고 존대했다.

"모든 질문에 대답하겠으니 제발 나를 내려주십시오. 다리가 아파서 죽을 지경입니다. 아무 짓도 안 하겠습니다. 내 가면을 벗기다니 몇 년 동안 한 번도 들킨 적이 없었는데. 예리한 관찰력에 경의를 표합니다. 브라보!"

"당신을 안락의자에 앉게 해주겠지만 내 마법은 당신 주위에서 작동하고 있다는 거 명심해. 무슨 짓을 해도 소용없다."

"약속하겠습니다." 미스터 X가 대답했나.

잠시 후, 바닥에 내려선 남자는 안도의 숨을 내쉬면서 얌전히 의자에 앉았다. 그러고는 주위를 에워싸는 마법의 파란빛을 애써 모른 체했다. 타라 역시 남자가 약속을 지키든 말든 전혀 개의치 않았다. 어차피 믿지도 않았고, 허튼짓을 하게 두지도 않을 거니까.

미스터 X가 또 엉뚱한 말을 했다.

"괜찮으시면 먼저 마지막 질문에 대답하겠습니다. 그게 납니다."

타라는 눈살을 치켜떴다.

"그게 나라니?"

"아까 말한 사람이요."

"좀 더 구체적으로 말해! 아까 말한 사람이라니?" 타라는 버럭 화를 냈다.

미스터 X는 재빨리 대답했다.

"킬러, 청부 살해, 나는 당신을 살해하러 온 겁니다."

타라는 눈썹 하나 까딱하지 않았다. 어쨌든 겉으로 보기에는 그랬다. 타라를 죽이려고 했다면 잠들어 있을 때 기회를 노렸을 것이다. 타라의 강력한 마법은 자는 동안이라도 타라를 건드리는 것은 누구를 막론하고 새까맣게 태워 죽이는 경향이 있는데, 이자는 타라의 마법에 대해 알고 있었다는 건가? 아무튼 이자는 타라를 죽이려고 한 건 아닌 것 같았다. 타라는 이야기를 좀 더 들어보기 위해 인내심을 갖고 잠자코 기다렸다.

미스터 X는 자신의 말에 아무런 반응이 없는 것에 약간 실망한 듯했으나 이내 어떻게 의뢰를 받았고 돈을 얼마나 받았는지 줄줄이 실토했다. 하지만 의뢰인의 신원에 대해서는 전혀 아는 바가 없으며, 실행 날짜와 몇 가지 조건은 메시지로 전달받았다고 밝혔다. 로빈을 납치할 것, 로빈 행세를 할 것, 칼을 공격해서 중상을 입힐 것, 그다음 타라를 따라 타딕스로 갈 것, 아르칸즈와 결혼할 때 타라를 죽일 것.

타라는 뻣뻣해졌다. 그중에서도 '로빈을 납치했다'는 말이 귀에 꽂혔다. 갑자기 마법의 장막이 점점 죄어오면서 미스터 X는 숨이 막혔다.

"로빈을 어떻게 했어?" 타라는 격분했다. "어디 있는지 당장 말해! 아니면 당신을 아주 짓이겨버릴 테니까."

타라가 힘을 약간 빼자 미스터 X의 얼굴이 빨개졌다가 땀에 젖었다. 이어서 요란하게 딸꾹질을 여러 번 한 뒤에 겨우 숨을 돌렸다.

"이럴 필요 없어요. 그는 아더월드에 있다고 말하려던 참인데." 미스터 X는 마침내 말했다. "나만 아는 곳에 가둬놨습니다. 내 부하 두 명이 지키고 있는데 그들에게 문제가 생길 경우를 대비해 사흘 후에 자동으로 폭발하는 장치를 설치해놔서 내가 가지 않으면 그는 죽어요."

타라는 파랗게 질렸다. 영악한 놈! 사실이든 아니든 타라는 이제 미스터 X를 죽일 수 없었다. 물론 필요한 경우에는 살육을 서슴지 않는 아더월드 사람들과는 달리 타라는 아무도 죽이지 않았다. 살기 위한 정당방위로 어쩔 수 없었던 경우를 제외하고는.

타라는 마지스터식으로 압박하는 수밖에 달리 방법이 없었다. 타라는 마법의 껍막을 더 죄었고 미스터 X는 완전히 겁에 질렸다.

"당신을 죽이지는 않아도 고통을 줄 수는 있지." 부드러워서 더 무서운 목소리로 타라가 말했다. "너무 고통스러워서 로빈이 있는 장소와 구출하는 방법을 말해줄 테니 제발 살려달라고 사정하게 될 거다. 이 장막은 당신의 살가죽을 아주 천천히 벗길 수 있지. 그리고 난 뜨겁게 할 수도 있어."

그렇게 말하면서 타라가 즉시 장막의 온도를 높이자 미스터 X의 얼굴이 공포로 손을 조금만 움직여도 손바닥이 쩍쩍 갈라질 정도였다.

"나는 적이 아닙니다, 타라 덩컨." 미스터 X가 다급하게 말했다. "로빈을 풀어줄 방법이 있습니다. 도와주려고 온 거니까 나를 고문하지 마세요. 당신의 목숨을 구하려고 온 거라고요. 그리고 가능한 한 아더월드도!"

타라가 장막에 가하는 힘을 약간 늦추자 미스터 X가 정상으로 돌아왔다. 미스터 X는 뚫어져라 쳐다보는 타라의 시퍼런 눈빛에서 필요하면 1초의 망설임도 없이 다시 시작할 거란 의지를 읽었다. 손에서 피가 나고 있지만 미스터 X는 털어놓기 시작했다.

"처음에는 의뢰인이 아더월드 사람이라고 생각했습니다. 당신은 많은 사람들의 계획을 방해했고, 당신의 강력한 마법을 두려워하는 사람도 많으니까요. 하지만 의뢰인이 원하는 것을 자세히 들을수록 내가 잘못 생각한 게 아닌지 의문이 들기 시작했습니다. 단순한 암살이라고 하기에는 모든 것이 너무 지나친 면이 있어서 덜컥 겁이 나 거절할 생각도 했어요. 하지만 아더월드에 킬러가 나만 있는 것도 아니고…….의뢰인이 다른 킬러를 고용할 텐데 그럴 바에는 내가 도전해보기로 했습니다. 그래서 계약을 받아들인 겁니다."

"그래서 로빈을 납치했다?"

"그게 첫 번째 조건이었습니다."

타라는 이를 악물었다.

"그다음은?"

"로빈의 모습으로 변신했어요."

"그 모습은 일루전이 아니었다. 그랬으면 당신은 절대 문을 통과할 수 없었어. 내 방의 문을 어떻게 속였지? DNA를 채취하기 때문에 절대로 속일 수 없는데. DNA를 조작하는 주문이 있다면 몰라도. 그런 일이 어떻게 가능한지 도저히 이해가 안 된다."

미스터 X는 어쩔 수 없다는 듯 고개를 설레설레 저었다.

"내 종족의 이름을 밝히면 이해가 될 겁니다. 다만 뱀파이어들에게는 절대로 말하지 않겠다고 약속해야 합니다."

"나는 어떤 약속도 하지 않는다. 정당한 이유가 있다면 하겠지만 아직 아무것도 모르는 것에 약속할 순 없지. 시간을 끌어볼 수작이라면 집어치우고 전부 다 말해!"

미스터 X는 항변하려고 했지만 타라의 얼굴에서 인내심이 한계에 달해 있다는 걸 보았다. 이러다 타 죽으면 약속 따위가 무슨 소용 있단 말인가.

"나는 샹즐랭이에요." 미스터 X는 절대로 말해서는 안 될 극비를 알리는 것처럼 말했다.

"그래서?" 타라가 응수했다.

미스터 X는 황당한 얼굴로 타라를 쳐다봤다.

"뱀파이어들이 아너월드를 정복하려고 했을 때 우리가 막았다는 이유로 우리 종족을 몰살했어요. 뱀파이어들은 결코 용서하지 않았습니다. 지금도 샹즐랭을 발견하는 즉시 죽여버리니까요."

"미안하지만 당신은 킬러야." 타라는 신랄하게 말했다. "나는 뱀파이어들이 킬러를 살해하는 걸 이해할 수 있다. 아무튼 샹즐랭이라 문을 속일 수 있었다는 당신의 말을 어떻게 믿지?"

샹즐랭이 약간의 동정이라도 기대했다면 큰 오산이었다. 로빈을 납치하고 협박했다는 사실만으로도 이미 타라의 마음을 얻을 수 없는데. 타라는 당장이라도 하프엘프를 구하러 달려가고 싶었다. 공간 이동의 문이 모두 봉쇄되었기 때문에 지금은 아무것도 할 수 없지만.

"우리 종족은 완벽하게 복제할 수 있으니까요." 샹즐랭이 대답했다. "육체적으로는 구별하는 것이 불가능합니다. 머리카락 한 올, 털한 올, 피부 한 조각만 먹으면 복제할 수 있습니다. (미스터 X는 잠시 말을 멈췄다) 단 상처가 있는 부위는 안 됩니다. 그 영향으로 우리도 아플 수 있기 때문에. 레파루스와 마법의 미용 크림 덕분에 아더월드 사람들이 상처를 지니고 있는 경우가 거의 없어서 다행이지만……."

타라가 몸을 숙였는데 꽉 쥔 주먹에서 위험한 마법의 빛이 번쩍거렸다.

"그럼 키스를 하는 것으로도 복제가 가능한가?"

"네." 샹즐랭은 대답했다. "하지만 아까 내가 했던 것보다는 더 강한 키스여야 해요. 그리고 그 키스는 정신적인 장벽을 통과할 수 있는지 알고 싶었던 거지 복제하려는 것이 아니었습니다. 내가 당신을 복제할 생각이었다면 머리카락 하나를 훔치는 것으로 충분하니까요."

"그럼 그 모습을 얼마나 오랫동안 유지할 수 있나?"

"우리가 원하면 영원히 유지할 수 있습니다." 샹즐랭이 대답했다. "하지만 삼가려고 합니다. 가능한 한 우리의 진짜 모습을 찾고 싶어 하니까요."

타라는 샹즐랭의 몸을 가리켰다.

"지금 그 얼굴이 당신의 진짜 모습인가?"

샹즐랭은 음험한 미소를 흘렸다.

"아닙니다. 우리는 가족들과 있을 때를 제외하면 절대 진짜 모습을 드러내지 않습니다. 내 아내와 아기는 내가 어떻게 생겼는지 알아요."

타라는 샹즐랭을 유심히 쳐다봤다. 어떤 의도가 있어서 한 말이 아니라 충동적으로 고백한 것이었다. 미스터 X는 다른 얘기로 넘어갔다.

"그래서 우리는 스파이나 킬러 같은 직업을 훌륭하게 해냅니다. 하지만 우리 종족은 살아남은 수가 적고, 뱀파이어들은 도처에 있기 때문에 우리는 모습을 드러낼 수가 없습니다. 뱀파이어들이 거의 없는 지구로 이주한 샹즐랭도 몇 명 있습니다. 나 역시 지구에서 교육을 받은 다음 아더월드에 와서 스크립트 길드 학교를 다녔지요."

타라는 깜짝 놀랐다. 스크립트?

"그런데 내가 돈도 좋아하지만 스릴, 추격 같은 것에 쾌감을 느끼는 걸 깨닫고 스크립트 연수를 접고 암살단 길드에 들어갔지요. 스크립트 교육을 위해 나에게 들인 돈을 학교 측에 상환해야 했고요. 최고가 되기 위해 열심히 노력했고, 오늘에 이른 겁니다. 하지만 내가 계약을 깨고 표적의 목숨을 살려주기는 이번이 처음입니다."

미스터 X의 표정으로 보아 자기 자신도 믿기지 않는 것 같았다.

"거기까지는 그렇다 치고 칼을 빈쯤 죽인 이유는?"

"그것도 계약 조건이었어요. 길드에서는 조건이 도저히 이해가 되지 않을 경우 계약을 꺼리지만 제시한 금액이 워낙 엄청나서 버릴 수가 없었지요. 나도 당신의 피를 빼게 해서 힘을 잃게 만들라는 것이 쉽게 납득이 가지 않았습니다. 그러다 갑자기 그 이유를 알아차렸지요. 뭔가를 해야 되는데 당신의 힘이 절정인 상태에서는 도저히 할수 없기 때문에 당신의 힘을 약하게 하려는 속셈이라는 것을. 그런다음에 당신을 제거하려는 것이었어요."

"하지만 왜 힘이 약해져 있을 때 바로 나를 죽이지 않았지?" 타라가 반박했다.

"나도 그 점이 이상했어요. 이해되지는 않았지만 계약대로 칼에게 중상을 입혔는데 당신이 칼에게 수혈을 해주었죠. 여기까지는 작전대로 됐지요. 당신은 내가 칼을 공격했다는 걸 전혀 믿지 않는 눈치였기 때문에 당연히 나를 지켜주기 위해서라도 타딕스로 데려갈 거라고 생각했어요. 그런데 나를 지켜주기는커녕 감옥에 보냈어요."

"로빈을 보호해주고 싶었으니까!" 로빈으로 변신한 당신일 줄은 꿈에도 몰랐지. 타라가 소리쳤다. "그런데 어떻게 황궁의 감옥을 탈출했지?"

"아주 간단하죠." 샹슬랭이 거만하게 대답했다. "우리는 벼룩부터 드래코-티라노사우루스에 이르기까지 마법을 사용하지 않고 마음대로 변신할 수 있으니까요. 하지만 나는 훨씬 쉬웠죠. 파리로 변신해서 철창을 나와 감시카메라들까지 날아간 다음 손이 필요하기 때문에 다시 브리앙트로 변신해서 카메라들을 차단해놓고 철창으로 돌아가서 얼굴을 바꿨지요. 그러고는 완벽한 알리바이를 만들기 위해 자해한 겁니다. 그런데 내가 인간의 모습을 하고 있을 때 친위대원들이 뱀파이어 셀렌바를 데려온 거예요."

미스터 X는 침을 삼키면서 갑자기 공포에 질린 얼굴이 되었다.

"뱀파이어와 한 공간에 있을 수는 없었어요. 나는 재빨리 다시 파리로 변신해서 차단된 감시카메라 위로 날아갔죠. 셀렌바가 알아챌까 봐 조마조마해서요. 그때 이상한 일이 일어났어요. 벽 아래쪽에서 통로 같은 것이 열리고 마스크를 쓴 괴한이 튀어나오더니 철창을 열고 들어갔죠. 괴한은 우격다짐으로 셀렌바를 기절시키고는 들쳐 업고 통로로 사라져버렸어요."

타라는 입을 멍하니 벌렸다. 상그라브? 마지스터가 셀렌바를 데려가려고 상그라브를 보낸 건가? 셀렌바는 마지스터와 무슨 일이 있었는지에 대해서는 입을 다물고 있었다. 마지스터에게 불복한 게 사실인가? 상황이 많이 달라지고 있었다. 드라고쉬 선생님에게 알려줘야 하는데…….

"그래서 나는 감시카메라에서 다시 철창 안으로 날아갔고 재빨리 변신하고는 반쯤 기절한 상태로 바닥에 누워 있었어요. 그런데 갑자기 들이닥친 뱀파이어 사피르가 귀신같이 셀렌바의 냄새를 맡고는 미친 듯이 벽을 뚫고 사라졌죠. 그러고는 잠시 후, 상그라브가 셀렌바를 버리고 갔는지 사피르가 셀렌바를 안고 돌아왔어요."

"근데 왜 셀렌바가 거짓말을 했을까?" 생각에 잠긴 타라가 중얼거렸다. "셀렌바는 자기를 때린 사람을 보지 못했다고 했는데. 왜 사실대로 말하지 않았는지 이해가 안 되네."

상즐랭은 타라의 말을 못 들은 체했다. 셀렌바가 왜 거짓말을 했는지 모를 뿐만 아니라 상관하고 싶지도 않았다.

"수사관들은 나에 대한 신원 조사를 한 뒤에 풀어줬어요. 사실 내가 명의를 도용한 상인은 마침 한 달 전부터 안개 대양 부근의 아르카디아에서 휴가를 보내고 있었기 때문에 운이 좋았던 거죠. 수사관들은 아무것도 찾지 못했고, 내가 멀쩡해졌기 때문에 그냥 감옥에서 내보내주었어요. 그래서 나는 궁전으로 다시 돌아와 타딕스로 가기로 된 꼬마도깨비 중 한 명을 가둬놓고 이번에는 그의 명의를 도용했죠. 그러고는 당신이 혼자 있는 때를 기다렸던 겁니다. 내 생각에 의뢰인은 타라 덩컨, 당신이 아르칸즈의 아내가 되는 걸 원치 않는 또 다른 악마입니다!"

타라는 고개를 끄덕였다. 미스터 X의 말을 들으면서 타라는 깊은 생각에 잠겨 있었다. 악마들의 세계에 여러 파벌이 있다는 건 이미 알고 있었다. 특히 검은 태양의 불을 양식으로 삼았던 악마들 본래의 모습을 되찾으려다 살해된 디아블로의 '블루파'와 행성을 지구처럼 만들고 악마들을 변형시키는 것에 혈안이 된 아르칸즈의 '옐로파'가 대표적이었다. 타라가 본 바에 따르면 두 파벌은 격렬하게 대립하고 있었다. 정통을 고집하는 블루파에게 인간들과 동맹을 맺고 인간과 결혼하는 것은 본래의 모습으로 돌아가지 못한다는 의미였다.

타라는 '비스무리 인간 악마들'이 다른 파벌의 악마들에게 얼마나 건방지게 구는지 똑똑히 봤었다. 나이가 어리면 적어도 연장자들에게 머리를 숙이고 예의를 갖추는 것이 도리이거늘.

타라는 고모를 만나서 얘기해야 했다. 아르칸즈에게도 알려줘야 했다. 악마 종족 중 누군가가 이런 암살을 계획했다면 아르칸즈가 당하는 거야 불 보듯 뻔하기 때문이었다. 그리고 리스베스의 눈앞에서 타라가 살해된다면 여제는 아마 즉석에서 버튼을 누를 것이고, 그러면 모두 비욘드월드로 떠나는 것이었다.

타라는 잠자리에 들면서 풀어놓았던 악마의 사물들이 부르르 떨고 있음을 느꼈다. 폭발이 일어나면 자기들도 파괴될 텐데 그렇게 해방되면 또다시 갇히게 될까 두려워하는 것이었다. 타라는 팔찌와 발찌, 벨트를 차고 만년필을 집어넣으면서 사물들을 이젠 적이 아니라 친구로 대하고 있는 자신에게 놀랐다.

타라가 컴폰을 작동하자 샹즐랭이 깜짝 놀랐다. 타딕스족이나 정체불명의 스파이들이 들어도 무슨 말인지 알아듣지 못하게 리스베스와 타라는 암호를 사용하고 있었다. 실물 크기의 여제 모습이 눈앞에 나타났다. 여제는 장관들과 궁인들을 대동하고 나가려는 중이었다. 타라는 나중에는 말할 기회가 없기 때문에 지금밖에 시간이 없었다.

"코드 바이올렛." 타라가 말했다.

여제는 갑옷 차림의 타라가 살해 위협을 받고 있음을 알리는 암호를 전하자 바짝 긴장했다. 여제는 수행원들을 모두 물러가라고 명했다.

"코드 바이올렛?" 여제는 혼자 있게 되자 컴폰을 가까이 들고 속삭였다. "아르칸즈가 공격했어? 버튼을 작동해야 되는 거니?"

"아니, 아니에요! 버튼은 건드리지 마세요. 다른 문제가 생겼어요.

아주 심각한 문제요."

타라는 짤막하게 상황을 설명하면서 문제의 인물에 대해 최소한의 언질만 주면서 어떤 종족인지는 언급하지 않았다. 많이 초췌해진 리스베스는 유심히 들으면서 긴긴히 구체적인 질문을 했다.

"그래, 네 말에 일리가 있어. 아르칸즈와 얘기를 해야겠지. 마왕의 목숨을 살려준 거니까 고마워하겠지. 우리의 희망 사항인지 모르겠지만. 이제 곧 만찬과 콘서트가 시작되니까 빨리 만나자, 타라(리스베스는 타라 뒤쪽으로 보이는 미스터 X를 응시했다). 도망치지 않을까? 지키고 있을 사람이 필요하지 않겠니?"

하지만 타라는 미스터 X에 대해 나름대로 계획이 있었다.

"우리 편이라고 생각해요. 우리 주변에서 무슨 일이 일어나는지 감시하라는 미션을 주고 풀어줄 거예요. 군중 속에 섞여서 눈에 띄지 않는 것이 특기니까 멀리서 지켜볼 수 있을 거예요."

여제는 내키지 않는 표정을 짓고 있다가 타라에게 일임했다.

"좋아, 그건 네가 알아서 해."

여제와 타라의 통화가 끝났다. 샹즐랭이 희망이 가득한 얼굴로 말했다.

"정말 나를 풀어줄 겁니까?"

"내가 방금 한 말 들었나?" 타라는 놀란 척하면서 물었다(귀머거리도 아닌데 무슨 소리?).

"여제에게는 그렇게 말해놓고 나를 죽일 수도 있겠군요……."

타라는 한숨을 내쉬었다. 아더월드 사람들의 고질적인 강박증을 잊고 있었다. 타라는 주문을 읊지 않고 머릿속으로 마법의 장막을 없애는 것으로 샹즐랭을 놀라게 한 다음 레파루스를 날렸다. 피가 흐르던 손이 낫자 샹즐랭의 눈이 동그래졌다. 샹즐랭의 얼굴로 보아 타라가 데스트룩투스 주문으로 죽일 거라고 생각한 모양이었다.

"당신이 일을 잘하고 있는지 확인하기 위해서라도 아마 의뢰인이 접촉을 시도할 것이다. 배후에 있는 악마가 누구인지 아는 것이 무엇보다 중요하다. 협정이 체결되면 첫 번째 결혼식은 타딕스에서 열릴 것이고, 두 번째 결혼식은 신부 측의 행성에서, 세 번째 결혼식은 신랑 측의 행성에서 열기로 합의되어 있다. 따라서 의뢰인은 당신이 여기서 일을 벌일 것으로 알고 분명히 나타날 거다. 그러니까 당신의 임무는 의뢰인을 찾아서 정체를 밝혀내는 것이다."

"네, 나를 믿으세요." 샹즐랭이 진지하게 약속했다.

"그들 중 하나로 변신할 수 있겠지?" 갑자기 묘안이 떠오른 타라가 물었다.

"네, 할 수야 있지요. 그런데 악마들은 침투할 수가 없어서 내 정체가 이내 발각될 위험이 있습니다. 검은 마법을 사용하기 때문에 내가 정신을 건드려볼 때마다 장벽에 막혔거든요. 그들이 마법을 사용해서 악마를 복제했다고 내게 다그칠 텐데 샹즐랭이라는 게 밝혀지는 날에는…… 그건 못 할 것 같습니다."

"아, 내가 그들 중 하나라고 말한 건 두 발 동물이 아니다. 장밋빛, 애처롭게 보이는 큰 눈망울, 보드라운 털을 가진 네 발 동물을 생각한 건데."

샹즐랭의 눈이 동그래졌다.

"악마 세계의 고양이를 생각한 겁니까?"

"물론. 벨제부트는 파프니르와 의사소통을 하지만 악마들은 패밀리어가 없고, 텔레파시 능력도 없어서 당신은 발각되지 않을 텐데……."

샹즐랭이 빙긋이 미소를 지었다.

"정말 묘안입니다."

타라는 한숨이 나오는 걸 참으면서 속으로 말했다. '왜 사람들은 내 머리가 나쁘다고 생각하지? 어이가 없어서.'

타라의 목소리와 표정이 굳어졌다. 마지막으로 꺼내기 껄끄러운 문제를 짚고 넘어가야 하기 때문이었다.

"이제 마지막 질문이다. 이 일은 사흘 안에 이뤄질 가능성이 거의 없다. 그리고 혹시 상황이 여의찮아서 당신이 잘못돼도 나에게는 책임이 없다. 하지만 나는 로빈을 무사히 찾아야 해. 이건 협상이 아니다."

"내 아지트와 위성으로 통화를 하고 있어요." 샹즐랭이 진지하게 말했다. "로빈을 지키고 있는 내 부하들과 날마다 정해진 시간에 연락하고 있습니다. 내가 연락하는 한 로빈에게 음식을 줍니다. 내가 제시간에 연락하지 않으면 그때부터 사흘 후 자동으로 폭발하게 됩니다. 부하들이 있든 없든 폭발을 막을 수 없습니다."

타라는 이를 악물었다.

"죽지 않는 게 좋을 거다." 타라가 내뱉었다. "네가 죽으면 비욘드 월드를 샅샅이 뒤져서 영원히 지옥으로 보내줄 테니까! 내가 거기서 한 달 동안 지내다 와서 잘 알거든."

샹즐랭은 약간 불안한 표정으로 조심스럽게 일어나다 얼굴을 찌푸렸다. 레파루스 치료로 손의 통증은 사라졌지만 짓이겨질 뻔했던 몸은 아직 후유증이 있었다.

"소우르브를 데리고 온 건 맞아?" 타라가 물었다.

샹즐랭은 머뭇거렸다.

"아닙니다. 로빈과 어찌나 단단히 결속되어 있는지 히드라가 꿈쩍도 하지 않아서 못 데리고⋯⋯."

타라는 볼 때마다 로빈의 목을 감고 일곱 개의 머리로 요란을 떨던 히드라가 왜 문밖에서 조용히 있는 건지 이제야 이해가 되었다.

타라는 체인지라인에게 예복으로 갈아입히라고 지시했다. 체인지라인은 갑옷을 사라지게 하고 검은색과 흰색의 아름다운 드레스를 입혀주었다. 드러낸 등과 어깨, 쏙 들어간 배, 예쁜 엉덩이, 몸을 조각상처럼 보정해주는 드레스였다. 눈이 휘둥그레진 샹즐랭은 휘파람으로 타라의 미모에 경의를 표한 다음 변신했다. 잠시 후, 그는 키가 아주 작은 초록색 꼬마도깨비로 변해 있었다.

미스터 X는 조심스럽게 방을 나갔고, 타라가 다른 데로 경호원들의 관심을 돌리게 도와줄 때 그들의 가랑이 사이로 빠져나갔다.

타라는 한숨을 푹 내쉬고 나서 시간을 봤다. 만찬을 겸한 콘서트가 시작되고 있었다.

타라의 '쇼'가 시작되는 시간이기도 했다.

# 22

# 마라

어떻게 하면 부수선을 히지하이크할 수 있을까

\*

　마라는 단검을 닦았다. 쓰러진 셀렌바의 시신에서 흐른 피가 흥건했다.

　마라는 마지스터의 시커먼 홀로그램 실루엣을 향해 고개를 들었다. 마지스터가 잠자코 쳐다보고 있었다.

　마라는 긴장이 풀렸다. 마지스터가 원하는 대로 했다. 마라는 자신이 칼로 찔러서 쓰러뜨린 뱀파이어를 가리키면서 당돌하게 물었다.

　"머리를 베서 드릴까요? 더럽겠지만 나는 괜찮아요."

　마지스터가 흠칫 놀라는 것 같았다.

　"어떻게 죽었니?"

　마지스터가 물기 어린 부드러운 목소리로 물었다.

　"셀렌바는 이제 정상적인 뱀파이어가 되었기 때문에 예전의 강력한 사냥꾼이 아니었어요." 마라는 부러져서 늘어진 자신의 팔과 깊이 찔려서 피로 얼룩진 배를 드러내면서 말했다. "정상적인 삶을 살고 싶다며 이런저런 말을 늘어놓기 시작했죠. 나를 차기 후계자로만 봤지 자기를 죽이려고 온 암살범이라고는 생각 못 했기 때문에. 그래서 내가 보스를 위해 뭔가를 훔치고, 셀렌바를 죽이면 그 대가로 보스가 칼을 구해주기로 약속했다고 말했어요. 그리고 방심한 틈을 타서 공격했죠."

마지스터가 뻣뻣해졌다.

"셀렌바에게 그걸 말했다고?"

마라는 팔이 부러진 걸 잊고 어깨를 으쓱했다가 이내 후회했다.

"뱀파이어들은 거짓말을 금방 알아내기 때문에 내가 자기편이라고 믿게 해야 쉽게 해치울 수 있으니까요. 셀렌바는 타딕스로 가고 싶으면 우주선을 빌리면 되니까 보스의 도움은 필요 없다고 했어요. 하지만 악마들이 와 있기 때문에 지금은 모든 우주선 운행이 금지되어 아무도 타딕스에 접근하지 않을 것이며, 설사 타딕스에 간다고 해도 칼을 우주선에 태우려면 중개인이 있어야 한다고 말했어요. 나는 그 말에 동조하는 체했어요. 그래서 셀렌바는 내가 공격하리라고는 전혀 예상하지 못했죠. 그 대단하던 뱀파이어가 그렇게 힘이 약해졌을 줄이야! 물론 나한테는 다행이었지만. 필사적으로 방어하는 셀렌바와 몸싸움을 하다 내가 먼저 심장에 칼을 꽂았으니까요. 아니면 내가 당했을 거예요."

마라는 통증 때문에 인상을 쓰면서 약간 비틀거렸다. 마지스터는 마라가 기절하기 직전이라는 걸 알았다.

"아주 잘했다, 마라 덩컨." 마지스터는 형식적으로 말했다. "너는 계약을 완수했다. 네가 훔친 것을 이 주소로 가져오면 우주선을 타고 떠나도 돼. 내 정보원들은 네 지시에 따라 움직일 것이다."

마지스터는 통신을 끊었다. 마라는 잠시 시신을 쳐다보다 트란스미투스를 작동했다. 사피르가 셀렌바의 시신을 발견하기 전에 사라지고 싶었다.

마라가 공간이동의 문을 향해 가고 있을 때 경보가 울리기 시작했다. 거처의 문 앞에 세워둔 호위대가, 차기 후계자는 사라지고 뱀파이어가 죽었다는 걸 알고 얼마나 공포에 떨지 상상이 갔다.

공간이동의 문에 도착한 마라는 마지스터가 알려준 주소를 입력했다. 두 번째 문은 자동으로 다른 공간이동의 문으로 데려갔는데 어딘지 전혀 모르는 곳이었다. 마라를 기다리고 있는 상그라브는 체격으로 보아 마지스터는 아니었다. 상그라브는 한마디도 하지 않고 손을 내밀었고, 마라는 고문서를 넘겨주었다. 상그라브가 레파루스 주문으로 마라를 치료한 다음 다른 주소를 입력했다. 이윽고 마라는 우주선 대합실에 와 있었다.

눈빛이 차가운 여자가 마중 나와 있다가 우주선 선실을 가리켰는데, 회색 방이었다. 낮은 침대와 램프 하나가 덩그러니 놓여 있고 욕실이 딸린 작은 방이었다. 그러고는 몇 분 후에 이륙할 거라고 알려주었다.

마라는 고개를 끄덕이면서 여자를 따라 조종실로 들어갔다. 타라와 파브리스가 봤다면 영화 〈2001 스페이스 오디세이〉에 나오는 우주선이라고 했을 법한—검은색이 아니라 회색이라는 것만 빼고—네

모난 덩어리 모양의 우주선이 아더월드의 하늘로 날아갔다. 기껏해야 두 시간 후에는 궤도에 진입할 것이다. 마라는 비디오크리스털을 켰다. 스쿠프들이 콘서트에 가는 타라의 모습을 촬영하고 있었다. 마라는 미소를 지었다. 그리고 상황을 지켜보기 위해 편안하게 앉았다.

# 23
# 콘서트

음악 내놓은 해석에 따라 의미가 달라지는데
어떻게 해야 오해를 사지 않을까

&ast;

 타라와 호위대는 스쿠프들의 추격을 받으면서 매직갱을 데리러 갔다. 친구들 모두 예복 차림이었다. 심지어 파프니르까지 하얀 가죽 원피스 차림인데 광산보다 지상에서 보내는 시간이 더 많아서인지 구릿빛으로 탄 피부와 빨간 머리가 도드라져 보였다.

 하지만 환하게 웃던 칼은 타라가 로빈이 억류되어 있다는 소식을 속삭였을 때 미소를 잃었다. 타라가 자세하게 말해주지 않았는데도 칼의 잿빛 눈에 불안한 빛이 역력했다.

 타라는 여제를 향해 가면서 마지못해 친구들과 헤어졌다. 연주회장의 중력은 타딕스족에게는 정상이지만 아더월드 사람들에게는 너무 약해서 적응하기가 힘들었다. 타딕스족은 아픈 사람이 없도록 많은 약을 나누어줬지만 효과가 금방 나타나는 게 아닌지 얼굴이 시퍼런 사람들이 몇몇 있었다. 타라는 튼튼한 체질이라는 것에 다시 한 번 감사했다.

악마들이 등장하면서 장내가 술렁거렸다. 여제는 질서를 위해 검은색과 흰색, 금색 표시로 좌석을 배정했다. 악마들은 아더월드 사람들 못지않게 세련된 차림이었다. 대부분 아더월드에서 한창 유행하는 턱시도를 입고 있었다. 악마들은 타딕스족 안내원이 가리키는 좌석 번호를 찾아 자리를 잡았다. 중력이 약하기 때문에 마법을 사용하지 않아도 의자며 테이블, 타딕스족이 붕붕 날아다니면서 손님들에게 아페리티프를 대접하기 시작했다.

커다란 연주회장은 별빛이 무대를 방해하지 않도록 불투명한 회색이었다. 좌석은 푹신했고, 마법으로 모두가 정면에서 무대를 볼 수 있게 만든 아주 이상적인 연주회장이었다. 확대 주문이 걸려 있는 덕분에 타라는 제레미와 시무룩한 조던, 글루블, 산티보르족 '화분 식물' 대사, 안젤리카를 볼 수 있었다. 그런데 안젤리카는 이번에도 흰색과 보라색이 섞인 머리의 악마와 이야기를 하고 있었다. 타라는 깜짝 놀랐다. 가증스러운 계집애가 이어서 옆에 있는 아르칸즈와도 대화를 나누고 있었다. 늘씬하게 빠진 갈색 머리 꺽다리는 몸에 딱 맞춘 검은색 레이스 드레스를 입고 있었다.

아르칸즈가 대화를 끝내자 안젤리카는 뾰로통한 얼굴로 갈색 머리를 쓸어 넘겼다. 아르칸즈는 뒤쪽에 검정 새틴 장식 끈이 달린 검은색 턱시도에 흰색 나비넥타이, 흰색 벨트를 차고 있었다. 아르칸즈가 타라를 향해 미소를 지어 보이며 양탄자를 타고 왔다. 아르칸즈의 좌석은 타라의 왼쪽이었다.

478

아르칸즈가 옷차림에 찬사를 보내자 타라는 초연하게 물었다.

"안젤리카가 무슨 말을 해요?"

아르칸즈는 지겨웠다는 투로 대답했다.

"무슨 말을 하는 건지 잘 모르겠어. 그 어린 인간이 뭐라고 하는데 이해하기가 힘들어서……."

타라는 숨이 멎을 뻔했다. 안젤리카가 무슨 짓을 꾸미고 있는 거지? 껑다리는 자기 아버지처럼 권력에 욕심이 많았다. 아르칸즈의 권력이 대단한 것은 누구나 다 아는 사실인데. 곧 이어서 오른쪽 빈 좌석에 셈 선생님이 와서 앉았는데 모습이 훨씬 나아져 있었다. 특히 동공에 신경을 많이 쓴 모양이었다. 이제는 드래곤도 악마 못지않게 근사했다. 타라는 아무 표정도 짓지 않고 속으로 한숨을 쉬었다.

둘이 경쟁을 하고 있어서 타라는 검은 비누칠을 한 말뚝 꼭대기에 걸어놓은 상품이 된 느낌이었다.

셈 선생님은 다정하게 인사했다. 드래곤은 마왕을 대화에서 따돌리려고 타라와 친한 사이라는 걸 이용했다. 외할머니, 가족, 친구들의 안부를 물으며 재미있는 일화를 꺼냈다. 살해 위협을 받고 있는 상황이 아니었다면 능숙한 유머를 발휘하는 드래곤에게 타라가 높은 점수를 줬을 텐데. 첫 번째 요리가 나오자 여제는 술잔을 들고 일어섰다. 재미있는 정보를 입수한 여제의 재치였다. 인간으로 변환하기 이전의 악마들은 바닷물에 취했지만 현재의 악마들은 아쿠알릭이 아니었다. 그 사실을 모르는 타딕스 측이 큰돈을 써서 지구에서 특별히 수입한 바닷물을 내놓았는데, 이것을 알고 여제는 기왕에 준비한 바닷물을 술인 양 건배를 들었던 것이다. 악마들이 술이 아니라면서 정중하게 잔을 내려놓자 한바탕 웃음이 터져 나왔다. 여제 덕분에 딱딱한 분위기가 한층 화기애애해졌다. 악마들이 대부분의 음식에는 만족감을 표시했다. 물론 문화적 차이로 인한 거부감(이상하게도 악마들은 무슨 맛이든 관계없이 녹색 채소를 잘 삼키지 못했다)이나 끔찍한 경험으로(아더월드의 몇몇 향신료를 꺼려하는 악마들이 있는데 그중에는 심각하게 탈이 난 적도 있었다) 못 먹는 악마들도 있었다. 그래서 악마들에게 위험한 음식과 먹어도 되는 음식에 대한 목록을 작성해야 했다. 리스베스 여제는 결국 아더월드 사람들이 아주 좋아하는 금빛 탄산음료 불라즈 한 컵을 들고 다시 일어섰다.

모두의 시선이, 연주회장을 굽어볼 수 있도록 약간 높은 데에 자리한 여제에게 향했다. 금빛 수를 놓은 실크 드레스에 블랙 다이아몬드가 박힌 금빛 왕관을 쓴 여제가 말했다.

"여러분, 영원한 평화와 교역을 위해 우리 모두 축배를 듭시다. 보울리미-레마족을 환영합니다!"

타라를 포함한 모든 이들이 축배를 들었지만, 셈 선생님만 이를 악물었다. 아르칸즈는 고개를 숙이고 불라즈를 마신 뒤 목소리를 확대하는 주문으로 화답했다.

"아더월드와 이 세계의 국민들이여, 고맙습니다. 여러분을 실망시키지 않도록 노력하겠습니다. 축배를 듭시다."

아르칸즈는 드래곤들이 축배를 들지 않는 걸 알아채지 못한 척했지만 타라는 마왕의 초록빛 눈이 약간 찡그려지는 걸 봤다.

"그리고 우리 종족의 이름에 대해 말씀드리고자 합니다. 여러분이 확인하시는 바와 같이 모습이 달라졌기에 이름도 바꾸기로 했습니다. 우리 종족의 이름 보울리미-레마는 '검은 태양의 종족'이라는 뜻입니다. 하지만 우리의 태양 역시 바뀌었기 때문에 '친구'를 뜻하는 '크랑크족'으로 개명하였습니다. 여러분의 친구이자 동맹국이 되는 것이 목적이기 때문입니다. (아르칸즈가 타라를 향해 고개를 돌리고 다정하게 쳐다보면서 덧붙였다) 그리고 그대와의 결합!"

아르칸즈의 말이 끝나자 우레 같은 박수가 터져 나왔다. 타라는 예의상 불라즈를 마시는 시늉만 하고 한 방울도 삼키지 않았다. 불라즈를 마시고 취해서 무아노가 곤경에 처한 걸 아는데 똑같은 실수를 저지를 수는 없었다.

아르칸즈가 자리에 앉고 모든 좌석이 무대 쪽으로 향하는 동안 불빛이 약해졌다. 요리가 나오기 시작할 때 오케스트라와 함께 여성 성악가들이 등장했다.

무대 배경은 기계로 조종되지만, 이번에는 아더월드 사람들도 공연 기획에 참여했다. 10만 석 규모의 원형극장(50만 석 규모의 극장도 있기 때문에 가장 큰 것은 아니었다)에 안개가 피어오르는 사이에 장중한 북소리가 울리기 시작했다. 쿵 쿵 쿵 쿵. 긴장이 고조되기 시작하고, 원형극장의 절반을 차지하는 무대에 엄청나게 큰 바위들이 굴러 나왔다. 마법사들은 거리의 제약을 받지 않기 때문에 배우들과 무용수들, 여성 성악가들을 마치 눈앞에 있는 것처럼 볼 수 있었다. 지구의 대양을 상징하는 호수를 만들어놓고 물 속에 잠긴 아틀란티스를 그대로 재현한 무대였다.

타라는 자이언트 거미들이 연기를 잘한다는 걸 알고 있었다. 아더월드에서 활동하는 유명한 록 그룹들 중에는 자이언트 거미 그룹도 여럿 있었다. 하지만 아직까지는 아더월드의 대다수 주민이 인간이고, 거미들을 본능적으로 싫어하기 때문에 (거미 중에서도 특히 전갈 꼬리를 가진 영리한 자이언트 거미들은 숲에서 만나는 이들이 문자 수수께끼를 알아맞히지 못할 경우 잡아먹는 괴벽이 있어서 혐오한다) 거미 가수는 인간이나 엘프, 뱀파이어 가수들에게 밀리기 일쑤였다.

그런데 이번에는 놀랍게도 자이언트 거미 가수가 무대에 올라와 있었다. 악마들이 깊은 인상을 받았는지 자이언트 거미에게 집중했다. 거미들이 지각단층 전쟁에 참여했었는데 악마들이 모를 리 없었다. 고문서에서 이미지로 보는 것과 지성으로 반짝이는 여덟 개의 초록 눈빛과 독이 가득한 주둥이를 가진 자이언트 거미를 직접 눈으로 보는 것은 차원이 달랐다.

분위기를 달구기 위해 자이언트 거미 가수는 음역을 높이기 시작했다. 숨을 가다듬지도 않고 높은 음역대로 올라갈수록 장내에 침묵이 흘렀고, 폭발적인 고음으로 끝났을 때 관객들은 기립 박수를 치며 환호성을 질렀다. 아더월드 사람들의 반응에 약간 놀란 악마들도 덩달아 박수를 칠 때였다. 한 여성 악마가 관객들을 향해서, 자이언트 거미와 마찬가지로 낮은 음부터 시작하여 음역을 높여갔다. 타라는 음역대가 5옥타브까지 가능한 인간이 있다는 말은 들었지만, 90퍼센트는 2옥타브에 그친다는 걸 알고 있었다.

음악을 전혀 배우지 않은 여성 악마의 청아한 목소리가 자이언트 거미와 마찬가지로 도저히 불가능한 고음으로 올라가고 있었다. 그 순간 또 하나의 음이 여성 악마의 고음에 섞였다. 두 음이 선의의 경쟁을 하면서 끝없이, 도저히 믿기지 않는 고음으로 올라가는 동안 관객들은 숨을 죽였다. 마침내 두 음이 정확하게 같은 순간에 끝났다.

환상적인 퍼포먼스에 한동안 정적이 흘렀다. 이윽고 관객들의 감성이 폭발하면서 자이언트 서미와 여성 악마를 널틸히 완호했다. 음치에 가깝기 때문에 더욱 감동한 타라도 떠나갈 듯 갈채를 보냈다. 흥분이 차츰 가라앉자 자이언트 거미와 여성 악마는 관객들을 향해 우아하게 인사했다.

타라는 아르칸즈의 영리함에 탄복했다. 한순간에 악마들을 무시무시한 적에서 음악 애호가로 바꿔놓다니! 이어서 인간 여성 성악가들이 무대에 올랐는데 아주 침통한 표정을 짓고 있었다. 방금 일어난 퍼포먼스에 도저히 경쟁이 되지 않는다는 걸 깨달은 것이었다.

그것이 동기부여가 되었는지 오케스트라의 지휘자(칼리 부인처럼 팔이 여섯 달린 티그족)가 네 개의 지휘봉을 들자 관악기와 현악기, 호른의 폭발적인 하모니로 〈지각단층 전쟁을 위한 오페라〉 연주가 시작되었다. 무대에 올라 있던 인간 여성 성악가들이 오케스트라 연주에 맞춰 노래를 부르는 사이 무대 연출을 위한 빛이 효과음까지 내면서 관객들 쪽으로 분출했다.

모두가 잘 아는 오페라였다. 물론 악마들만 빼고.

악마들은 음악 때문이라기보다는 아마도 마법사들의 파괴 주문과 흡사한 빛이었기 때문에 공격이라고 믿은 모양이었다.

용수철 튕기듯 일제히 일어난 악마들이 무기를 꺼내 들고 무대를 향해 쏘아대기 시작했다.

이러면 대량 학살인데…….

# 24

## 숨어 있는 파벌

악마라서 문제가 생겼다는 걸 어떻게 이해시키나

*

　오케스트라 연주가 시작되었을 때 아연실색한 얼굴로 귀를 틀어막던 아르칸즈가 고함을 질렀다. 수차례 레이저 광선을 맞고 쓰러지던 자이언트 거미의 수많은 발이 엉키면서 오케스트라 단원들 일부를 깔아뭉갰다. 다행히 카흠보움들과 달리 타츠보움(촉수들과 빨간 눈만 달려 있지 않으면 타라의 눈에는 그저 원뿔 모양의 버터 덩어리처럼 보였다)들은 극도로 긴장한 상태에서도 폭발하지 않았다. 아니었으면 오케스트라 단원들 대부분이 '쇼크사'했을 것이다. 폭발은 안 해도 타츠보움들은 움직임이 느려서 표적이 되기 십상이었다.

　하지만 악마들은 사격을 멈추지 않았다.

　타츠보움들이 여기저기 인공 호수나 물구덩이에 나뒹굴고 있었다.

　악사들과 성악가들이 광선을 피하기 위해 사방으로 달아나는 모습을 보면서 친위대가 악마 사수들을 향해 즉각 응수했다. 사방에서 레이저 광선이 빗발치는 가운데 이번에는 관객들이 비명을 질렀다. 악마들의 반격에 관객들이 광선을 맞은 것이었다.

타라는 아르칸즈가 악마의 마법을 작동하는 걸 느꼈다. 몸에 지니고 있는 사물들이 반응을 보였지만 악마들이 알아챌 정도는 아니었다. 마왕의 마법에 악마들이 마비가 되었지만, 타라는 이미 대비하고 있었기 때문에 친위대원들은 무사했다.

악마들의 반격이 멈추자 친위대가 천천히 일어났다. 주위에 수십 명이 널브러져 있었다. 익사하게 생긴 오케스트라 단원들을 구출하러 모두 달려갔다.

얼굴이 하얘진 아르칸즈는 악마들을 마비시킨 마법을 사라지게 한 다음 리스베스 여제를 향해 돌아섰다. 최고 마구스들이 여제를 보호 장막으로 에워싸고 있었다.

"정말 죄송합니다, 오무아의 폐하. 내 신하들이 놀라서 그런 것이니 부디 제 사과를 받아주시기 바랍니다."

타라는 아르칸즈가 악마들을 제압하는 방법에 놀랐다. 600명 모두 무기를 뽑아 든 건 아니었다. 많은 악마들이 탁자나 의자 뒤에 숨었지만 적어도 300명에 이르는 악마들을 한꺼번에 마비시키더니 아주 간단하게 풀어주었다. 정말 놀라운 솜씨였다. 여제와 최고 마구스들의 얼굴로 보아 그들도 많이 놀란 것 같았다.

리스베스 여제는 최고 마구스들에게 보호 장막을 없애라는 손짓을 했다.

"그대가 사과를 했다고 죽은 이들이 살아나지는 않아요." 여제는 차갑게 응수했다.

아르칸즈가 놀란 표정으로 타라를 쳐다봤다. 타라는 속으로 말했다. '그런데 놀리는 것 같은 저 표정은 뭐지? 실성했나?'

"죽여요?" 아르칸즈가 답변했다. "우리는 아무도 죽이지 않았습니다!"

리스베스 여제는 눈살을 찌푸리면서 무대 위에 널브러진 시신들을 가리켰다.

"저게 왜요?" 아르칸즈는 태연하게 반응했다.

그 순간 황급히 달려와서 부상자들을 살피던 샤먼들이 고개를 들었는데 몹시 황당한 얼굴이었다.

"죽지 않았습니다!" 한 샤먼이 외쳤다. "그냥 잠들어 있습니다!"

리스베스 여제가 쳐다보자 아르칸즈는 싱긋 웃었다.

"우리는 이제 여러분이 알고 있던 그 호전적인 종족이 아닙니다." 아르칸즈는 차분하게 설명했다. "나는 신하들에게 절대로 치명적인 무기로 대응하지 말라는 명을 내렸습니다. 우리는 친구가 되고 싶은 이들을 죽이지 않습니다. 우리의 무기는 기절시키는 것이라서 모두 잠들어 있는 거지 죽은 게 아닙니다. 그리고 부상을 입히는 사고를 방지하기 위해 마법도 금지시켰습니다."

샤먼들이 모두 잠들어 있다고 확인해주었을 때 타라는 안도의 숨을 내쉬었다. 그렇지만 시시각각 사건이 벌어지는 아더월드를 통치해야 한다는 것이 참담하다는 생각을 했다.

악마들이 광선을 맞고 움직이지 않는 동지 셋을 살피는 동안 아르칸즈가 말했다.

"반면에 여러분은 내 신하들을 죽였습니다."

486

리스베스 여제는 냉소를 지었다.

"우리 친위대원들에게도 똑같은 명령을 내렸는데 그거 참 희한합니다. 아더월드에서는 무기를 거의 사용하지 않습니다. 그보다는 주문이 더 정확하다고 평가하니까요. 우리 대원들이 날린 것은 데스트룩투스나 카르보니수스가 아닙니다. 단순한 파랄리수스로 마비를 시킨 것이니 우리가 같은 생각을 했군요."

실제로 쓰러졌던 악마들이 움직이기 시작하더니 정신이 없는지 머리를 흔들었다.

우발적 사건에 대한 책임을 물어 리스베스를 압박하려다 실패한 아르칸즈는 입술을 깨물었다. 호전적으로 나올 거라고 예상하고 함정에 빠뜨린 건데 또다시 인간들을 과소평가한 것이었다. 하지만 아르칸즈는 불운에 굴하지 않고 속으로 말했다. '하는 수 없지, 첫 번째 테스트에 불과한데.' 아르칸즈는 여제를 함정에 빠뜨릴 기회는 또 있을 거라고 확신했다.

그사이 여성 성악가들은 모두 무대를 떠났다. 악마들은 너무 요란한 음악을 자제해달라는 요청을 하면서 다시 좌석에 앉았고, 장내가 정리되자 공연이 시작되었다.

오케스트라의 환상적인 하모니, 약한 중력을 이용하여 관객들의 머리 위로 붕붕 날아다니는 배우들의 과장된 몸짓, 장중한 음악과 노래에 맞춰 무용수들이 보여주는 묘기에 가까운 춤사위……. 멋진 공연이었지만 타라는 너무 긴장해서 제대로 감상할 수 없었다. 그때 어떻게든 바짝 다가앉으려고 온갖 궁리를 하던 아르칸즈의 뜨거운 체온이 느껴졌다. 듣는 귀가 너무 많아서 타라는 선수를 치기로 했다.

체인지라인에게 만들어달라고 부탁한 부채를 흔드는 척하면서 아르
칸즈의 귀에 대고 속삭였다.

"좀 덥네요. 시원한 곳으로 잠깐 나갈까요?"

많은 이들이 타라가 뭘 하는지 보려고 그로시수스 주문으로 확대
해서 지켜보고 있었다. 타라가 일어나자 그룰룰이 이끄는 호위대가
따라나섰다. 아르칸즈는 따돌림을 받게 되어 자존심이 상한 셈을 향
해 승리의 미소를 날리면서 타라와 함께 나갔다.

타라는 연주회장 옆의 공원으로 그들을 이끌었다. 타라가 트롤과
호위대에게 멀리 물러나 있으라고 손짓하자 아르칸즈도 수행원들을
물러나 있게 했다. 공원에 홀쭉한 나무들이 울창했고, 나무만큼 키가
큰 각양각색의 꽃들이 만발해 있었다. 가장 신기한 것은 꽃송이 위에
서도 꽃이 피고, 그 안에서도 꽃이 피고 있었다. 타라는 그게 숙주의
양분을 흡수하는 기생식물이라는 걸 모르고 있었다.

조명을 낮춰 어둡게 만들었는데도 반짝이는 새들이 지저귀면서 이
나무에서 저 나무로 이동하는데 날개를 파닥이며 날아가기보다는 날
개 끝을 더 많이 사용하는 것 같았다. 어둠 속에서 바람 소리도 들렸
다. 금빛 돔이 거의 투명해서 별들과 우주를 회전하는 아더월드가 보
였다. 새소리와 바람 소리 말고는 아무 소리도 나지 않았다. 타라는
조화롭고 평온한 분위기를 연출하기 위해 인위적으로 심은 울창한
나무며 꽃들이 어찌나 아름답고 자연스러운지 저절로 형성된 자연

공원 같다고 생각했다.

중력이 약한 곳에 익숙하지 않은 타라와 아르칸즈는 조심하면서 걷고 있었다. 갑자기 아르칸즈가 발을 차면서 붕 날아오르는 바람에 타라는 깜짝 놀랐다. 아르칸스가 아름다운 꽃 한 송이를 손에 쥐고 내려왔는데 향기가 아주 좋았다. 그는 타라 앞에서 몸을 숙이고 꽃을 바쳤다. 타라는 고맙다고 말했다. 그리고 시들어가는 꽃을 보는 것보다 꺾지 말고 살아 있게 두는 걸 더 좋아한다고 말하고 싶은 걸 참았다. 타라는 얼굴을 숙이고 향기를 맡았다.

그때 로맨틱한 음악이 흘러나왔다. 잠깐, 갑자기 웬 음악?

타라는 미심쩍은 표정으로 눈살을 찌푸렸다. 로맨틱한 감상에 젖어들게 하는 이 음악은 어디서 나는 거지? 타라는 방금 설치한 음향 장치를 감추려고 꽃나무 뒤에 숨어 있는 실루엣 둘을 발견했다.

타라는 어이없는 얼굴로 하늘을 쳐다보며 속으로 외쳤다. '그래도 고모, 이건 좀 아니죠!' 타라는 아르칸즈를 힐끔 봤지만 생각에 잠긴 마왕은 알아채지 못했다.

둘은 하얀 흔들의자 앞에서 멈춰 섰다. 습기와 구경꾼들을 피할 수 있도록 닫집이 씌워져 있었다.

타라는 이것도 고모의 목수들이 조금 전에 부리나케 설치한 것이 틀림없다고 생각했다.

아르칸즈는 타라 옆에 앉아서 초록빛 눈으로 쪽빛 눈을 응시했다.

"타라, 걱정이 있는 것 같은데 무슨 일이야?" 아르칸즈가 타라의 손을 잡으면서 부드럽게 물었다.

"누군가가 나를 죽이려고 킬러를 고용했어요!" 타라는 손을 빼면서 속삭였다. "그런데 당신 쪽의 누군가인 것 같은데…….."

아르칸즈가 흠칫 놀라더니 씁쓸한 미소를 지었다.

"나는 왜 네가 나와 단둘이 로맨틱한 시간을 갖고 싶어 한다고 생각했을까? 멍청하기는!"

이번에는 타라가 흠칫했다. 아르칸즈와 함께 나가는 타라를 보면서 상처받은 칼의 눈빛이 떠올랐던 것이다.

"로맨틱한 시간을 갖기 위해서가 아니었어요. 나는 당신을 잘 몰라요. 아니, 당신에 대해 전혀 모른다는 표현이 맞을 거예요. 지난번에 나를 억류하려고 했던 거 설마 잊은 건 아니죠?"

"그렇게 말하면 섭섭하지. 그다음에 만났을 때는 크라에토비르의 반지를 파괴하는 것으로 네 목숨을 구해줬는데……. 타라, 정말 사랑해. 우리도 이제는 인간이라서 사랑을 알아. 내 경우는 절대로 나를 사랑하지 않을 여성에게 빠진 것 같지만."

아르칸즈는 잠시 타라의 반응을 기다렸다.

아무 말도 하지 않자 마왕은 체념한 듯 말을 이었다.

"타라, 내가 여기 왜 왔다고 생각해?"

"아주 좋은 질문이에요." 타라가 대꾸했다. "여기 왜 왔어요, 아르칸즈? 나를 사랑하기 때문에 왔다는 말은 설득력이 전혀 없어요. 당신과 같은 종족의 아름다운 여성이 주위에 수없이 많은데…… 난 그 말을 믿지 않아요."

"잘못 생각한 거야." 아르칸즈는 자신 있게 말했다. "너는 내가 여기 와 있는 첫 번째 이유인데."

"그럼 두 번째 이유는?"

"평화로운 교역으로 쓸데없는 대립을 종식시키자는 것이 우리 국민의 뜻이야. 선입견을 갖고 넘겨짚으려고 하지 마. 우리는 평화롭게 왔다가 평화롭게 떠날 거야."

"평화에 대해 모두 당신과 같은 생각은 아닐 거예요. 성제불닝의 의뢰인이 고용한 킬러의 미션은 로빈을 죽이고, 당신과 결혼하기 직전에 나를 살해하는 거예요. 로빈을 죽이는 건 이해가 안 돼요. 나와 헤어진 지 좀 됐는데……."

마왕의 초록빛 눈이 흔들렸다.

"그걸 어떻게 알았지? 그리고 왜 그 일이 우리와 관련이 있다고 생각하지?"

타라는 사실을 말하려다 참았다.

"훌륭한 정보국이 있으니까요. 특히 청부 살인과 관련된 불법 자금의 흐름은 우리 정보국의 감시망을 피할 수 없죠. 내가 표적이라는 소문이 돌기 때문에 더욱더 그랬죠. 여러 정보를 종합하여 조목조목 진위를 확인한 결과예요. 킬러는 돌려났어요."

아르칸즈는 혐오하는 눈빛으로 타라를 쳐다봤다.

"돌려놓다니 고문이라도 한 건가? 우리를 야만족으로 취급하더니!"

"아니, 우리가 흔히 쓰는 표현이 그래요." 타라가 외쳤다. "킬러를 설득해서 정체불명의 의뢰인이 아니라 우리를 위해 일하게 했다는 뜻이라고요!"

아르칸즈는 얼굴이 빨개져서 사과했다.

"아, 미안해. 나는 머리를 꺾어……."

타라는 손을 들어서 아르칸즈의 말을 막았다.

"괜찮아요. 그래서 곰곰이 생각하다가 이 일의 배후에 블루파가 있는 게 아닐까 의문이 생겼어요."

아르칸즈는 깜짝 놀랐다.

"블루파······."

아르칸즈는 말을 맺지 못하고 골똘히 생각하다 한숨을 쉬었다.

"오, 흉측한 벤드룩이여! 그 추측이 맞는다면 차라리 좋겠는데······ 최근에 블루파가 많은 문제를 일으켰기 때문에······."

타라는 아르칸즈의 반응이 이해가 되지 않았다. 골칫거리인 블루파의 소행이면 좋겠다는 건가? 블루파를 제거할 기회로 삼기 위해서?

"블루파는 악마의 마법으로 우리 모습을 바꾸기 이전, 수천 년 전의 옛 모습으로 돌아가고, 검은 태양으로 복원시키길 바라지. 이제는 돌이킬 수 없는 일이라는 걸 깨닫지 못하고. 수세기 동안 다양한 실험을 거쳤고, 불안정한 별들을 지금의 상태로 유지하기 위해 얼마나 힘을 쏟고 얼마나 많은 마법을 소모했는데."

아르칸즈가 갑자기 뭔가에 홀린 듯한 눈빛으로 타라를 쳐다봤다.

"나는 우리의 시스템이 완전히 구축되길 원해. 만약 우리 시스템이 통제 불가능하게 되면 대재앙이 일어날 거야."

타라는 아르칸즈의 고민을 들으면서 배신이 문제가 될 수도 있겠다고 생각했다.

불장난은 자기가 하고서 지금 불이 났다고 놀라는 건가? 어느 세상이든 어쩌면 다들 이렇게 똑같은지!

"아니, 블루파의 소행은 아니라고 봐." 아르칸즈가 말했다. "블루파는 이렇게 복잡한 음모를 꾸미기에는 물적 자원이나 인적 자원이 너무 없어. 그리고 블루파에 대처하는 방법은 아는데 유감스럽게도 나의 진짜 적에 대해서는 절망적이라서⋯⋯."

타라는 한숨을 쉬었다. 아르칸즈가 두려워하는 반대파가 또 있는 건가?

타라는 마음도 정신도 지쳐 있었다. 이런 건 열여덟 살 나이에 경험하지 않으면 좋았을 텐데. 타라는 솔직해지기로 했다.

"아르칸즈, 정치와 국민의 관계, 이런 거 다 떠나서 솔직해져요. 우리는 당신과 평화로운 교역을 이루고 싶어요. 교역할 행성이 여섯 개나 되는데 우리에게 손해날 일은 아니죠. 전쟁도 원하지 않아요. 하지만 전쟁에 대한 기억은 당신들만큼이나 우리의 머릿속에서도 지워지지 않았어요. 그리고 나는 이제 열여덟 살이에요, 아르칸즈. 나는 누구하고도 결혼하고 싶지 않아요. 내가 원하는 인생을 살고 싶어요. 내가 무엇을 하기 위해 태어난 사람인지 내가 직접 찾고 싶어요. 나를 위해 준비된 틀 속에 갇혀 복종하면서 사는 삶이 아니라요. 마왕으로서 수많은 국민을 책임지고 있는 당신이 이해할지 모르겠지만. 어쩌면 철천지원수일지도 모르는 사람에게 이렇게 솔직히 털어놓는 나를 순수하다고 생각한다면, 지금이야말로 우리가 서로를 이해하고 평화롭게 살 수 있는 방법을 나에게 말해줄 때라고 생각해요."

아르칸즈의 눈이 커졌다. 타라가 이렇게 솔직하게 말할 거라곤 전혀 예상하지 못한 눈치였다.

"나와 결혼을 원치 않니?"

"네."

"그럼 왜 이 만남을 받아들였지? 블루 드래곤, 또 다른 구혼자들도 만나고 있으면서?"

"고모의 명이니까요. 고모이자 여제의 명인데 복종해야죠. 그리고 아까 말한 대로 우리는 평화로운 교역을 원해요. 나는 셈 선생님을 포함한 모든 구혼자들에게 청혼을 거절한다고 대답했어요."

아르칸즈는 괴로운 표정을 지었다.

"타라, 너는 혼자가 아니야. 나도 그렇고."

"당신도?"

아르칸즈는 타라를 뚫어져라 쳐다보다 갑자기 긴장을 풀었다. 검정 턱시도 차림의 아르칸즈가 긴 다리를 쭉 폈다.

"나도 자유롭지 않아. 나도 복종해야 하니까. 아더월드에 '트라둑 똥 밭에서 뒹굴다'라는 표현 있지?"

타라는 웃지 않을 수 없었다.

"'트라둑 똥 밭에 빠졌다'라고 하는데 그건 깊은 우울증에 빠져 있다는 뜻이에요."

"아 그렇군. 타라, 나는 정말 너를 사랑해. 너의 모든 것에 매료되었어. 하지만 나도 너와 꼭 결혼하겠다는 마음은 없어. 나는 젊고, 내 인생이 이제 막 시작되었는데 많은 여성을 만나고 싶고, 내가 사는 세상 못지않게 너의 세상은 어떻게 돌아가는지 알고 싶어. 그런데 내가 아버지와의 내기에서 이겼다는 게 문제야. 이기고 싶지 않은 아버지와의 내기였지. 실은 내가 마왕이 되게 아버지가 교묘하게 조작한 거였으니까. 마왕이라는 것은 군사령관이라고 보면 돼."

타라는 뻣뻣해졌다.

"전쟁하려고요?"

"네가 솔직하게 나왔기 때문에 나도 솔직하게 말하는 거야, 타라. 우리 세계에 블루파와 옐로파만 있는 게 아니야. 'O파'라고 불리는 파벌이 있는데 나이 든 군인들로 구성되어 있고, 음지에서 활동하면서 우리 종족을 단련시켜 침략 준비를 하고 있지. 그 유명한 우생학 프로그램도 그들의 업적이야. 우리 행성을 지구처럼 만든 배후에는 그들이 있어. 그래서 아버지는 나를 왕으로 만들기 위해 의도적으로 나와의 내기에서 졌던 거야. 가면을 벗고 자유롭게 전쟁 준비를 하면서 작전을 짜기 위해서. 그런데 네가 방금 알려준 얘기를 듣고 그들이 마침내 행동 개시를 했다는 걸 알았어. 그들은 내 아버지보다 나를 덜 두려워하지. 인간들을 경멸하고, 우리를 경멸하는 자들이야."

아르칸즈의 얼굴이 굳어졌다.

"그들은 잘못 생각한 거야."

타라는 슬그머니 컴폰을 봤다. 시간이 너무 빨리 흘러서 연주회장으로 돌아가야 했다.

"알려줘서 고마워." 아르칸즈가 따뜻한 손으로 타라의 뺨을 만지면서 말했다. "내 수행원 속에서 너를 제거하려는 자를 찾아 의뢰인의 정체까지 밝혀볼게."

"나이 든 군인들이라면서 누군지 몰라요?" 타라는 의아해했다.

"우리와 말하는 자들, 어떤 식으로든 정치를 지배하는 자들만 알아. 그리고 우리와 함께 움직이는 자들 중에도 여러 명이 실은 O파에 속해 있는데 누군지는 몰라. 지난번 우리 행성에 왔을 때 너는 아더월드의 국민 대다수가 지구와 아더월드에서 전쟁한 경험이 있다고 말했어. 우리 국민도 비슷해. 하지만 우리는 단결이 되지 않아. 인간 마법사들이 승리를 거두자 우리를 배신하고 아더월드와 결탁했던 에 프리트족이 그 증거야."

"그럼 O파가 최고 마구스들의 후손들을 제거한 거예요?"

"그래, 맞아." 아르칸즈가 대답했다. "그들이 우리에게 많은 잘못을 저지르게 했어. 최고 마구스들과 그 후손들에게 복수하는 것은 정말 어리석은 짓인데."

타라는 동의했다.

"그러다 존재조차 모르던 타라 네가 나타나자 O파는 우리에게 꼭 필요한 마법을 회수하기 위해 마지스터를 이용하여 네가 악마의 사물들을 파괴하게 만들었어. 마지스터는 우리를 방문할 때마다 자기도 모르는 사이에 O파의 영향을 받았던 거야."

타라는 부르르 떨었다. 이번에는 추워서가 아닌데 체인지라인이 즉각 폭신한 검정 캐시미어 숄로 어깨를 감싸주었다.

"네가 우리 세계를 찾아오면서 나는 마침내 너를 만날 수 있었어. 너는 내 마음과 영혼을 빼앗았어. 크라에토비르의 반지 시제품이 너를 농락하다 죽이려고 했을 때 도와줄 수 있어서 정말 기뻤어. 그런데 그때 너는 악마의 사물들이 파괴되면 마법이 우리에게 돌아온다는 걸 알아차렸지. 네가 그루이그의 검과 크라에토비르의 반지를 아무도 찾을 수 없는 우주 공간으로 보내버린 것은 정말 천재적인 발상이었어. O파는 아주 싫어했지……."

타라는 한숨을 내쉬었다. 모든 일이 또 내 잘못 때문에 비롯된 것인가.

"그러던 중 네 고모가 후계자의 공개 구혼을 선언했고, O파는 나를 구혼자 후보로 결정했지."

"하지만 그들이 당신과 나를 결혼시키려는 이유가 뭐죠?" 타라는 야무지게 의문을 제기했다. "확실한 킬러를 고용하면 나를 간단하게 세서말 수 있잖아요? 당신도 세서말 수 있고요?"

아르칸즈는 타라의 논리에 소스라치듯 놀랐다.

"그건 쿠데타지. 또 그럴 수는 없을 거야."

타라는 잠자코 다음 말을 기다렸다. 이따금 속내를 털어놓게 자극하는 것으로 침묵보다 좋은 건 없으니까.

갑자기 일어난 아르칸즈가 타라가 일어나게 손을 잡아주었다. 타라는 무슨 말을 할 거라고 기대했지만 아르칸즈는 묵묵히 연주회장으로 발길을 옮겼다. 슬루르크, 침묵의 효과가 없었다. 타라는 아르칸즈가 꺾어준 꽃을 들고 따라갔다.

어둠 속에서 기다리던 양측 수행원들이 합류하는 순간 타라는 물었다.

"또 그럴 수 없다니요?"

음향 장치가 '삐익' 소리를 내며 그쳐서 타라가 미소를 짓는 사이 그들은 공원을 나와 하얀 돌을 놓은 오솔길로 접어들었다.

"쿠데타가 일어난 적이 있었어." 아르칸즈는 신중하게 대답했다. "아버지의 옥좌를 차지하려다 실패한 무리가 있었거든. 하지만 그 무리의 쿠데타도 아버지가 물러난 이유 중 하나였어. 그 쿠데타로 아버지의 입지가 약해졌으니까. 국민들은 약한 왕을 원하지 않아."

"흠, 힘의 논리로군요. 악마 세계와 마지스터가 잘 통하는 이유가 이제야 좀 이해되네요."

아르칸즈는 피식 미소를 지었다.

"들어가기 전에 마지막으로 하나만 더 물어볼게요. 킬러는 우리가 결혼식을 올릴 때 행동할 생각이에요. 그런데 우리가 결혼할 생각이 없다고 밝히면 어떻게 될까요?"

"문제는 바로 그 점이야." 아르칸즈는 아무도 듣지 못하게 하려고 뜨거운 포옹으로 타라를 안으면서 대답했다. "의뢰인을 함정에 빠뜨리려면 우리의 결혼을 선언하고 킬러에게 접선하길 기다리는 게 좋을 것 같은데 어떻게 생각해?"

일단 타라는 신중하게 결정하기로 했다. 경험으로 터득한 결론이었다.

"그 문제는 고모와 상의해볼게요. 내일 저녁 교역 협상이 끝난 뒤에 다시 얘기하기로 하죠."

"그래, 좋아. 솔직하게 말해줘서 고마워, 타라. 너는 방금 쓸데없는 유혈 전쟁으로부터 우리 두 세계를 구한 거야."

아르칸즈는 타라의 손에 입을 맞추고 나서 팔을 잡았고, 둘은 발을 맞추며 연주회장으로 들어갔다. 스쿠프들이 벌떼처럼 몰려와서 잘생긴 마왕과 오무아의 후계자를 촬영했다. 아르칸즈는 한창 공연 중인 무대에 아랑곳 않고 일제히 돌아보는 관객들을 가리키면서 타라에게 속삭였다.

"저렇게들 우리만 계속 쳐다보고 있으면 멋진 장면을 놓칠 텐데. 이럴 바에야 우리가 무대에 올라가서 공원에서의 환상적인 모습을 연기해주는 건 어때?"

어쩔 수 없이 타라는 웃음을 터뜨렸다. 아르칸즈는 유머 감각이 있었다.

둘은 자리에 가서 앉았다. 리스베스 여제가 눈짓을 보냈지만 타라는 약속된 신호에 따라 컴폰을 두 번 톡톡 치는 것으로 나중에 얘기하겠다는 표시를 했다.

연주회가 끝난 뒤 악마들과 아더월드 사람들은 모두 자리를 떠났고, 타딕스 측은 다음 날 있을 첫 번째 회담 준비로 분주했다. 타라와 매직갱, 그르룰은 타라의 숙소로 향했다. 야광 화살표가 나타나서 길을 알려주었다. 공간이동의 문 부근에 있던 야광 화살표는 도망치듯 사라졌다. 출입 금지 구역이었기 때문이다. 그들은 순순히 빙 돌아가는 길로 접어들었다. 타딕스족은 돔 안에 탑과 모퉁이로 이뤄진 아주 복잡한 건물들을 지어놓았고, 흰색 일색의 복도들은 모두 비슷비슷했다. 야광 화살표들이 더없이 고마울 따름이었다.

면허 받은 도둑의 검은색 정장으로 차려입은 칼은 타라에게 바짝 붙어서 불만 섞인 어조로 말했다.

"나는 질투하지 않아."

"오, 그래서?" 파브리스가 어이없다는 투로 말했다. "이상하네, 근데 왜 네 얼굴이 푸르뎅뎅했을까!"

칼이 째려보자 파브리스는 킥킥거렸다.

파브리스는 뻔뻔한 도둑을 골려먹는 게 즐거웠다.

"내 말은……." 칼이 거만한 표정을 지으며 대꾸했다. "타라가 신분상 도리를 지켜야 한다는 걸 이해한다는 뜻이야. 그리고 사실 나는 질투할 권리도 없고."

사실은 파브리스가 제대로 본 것이었다. 칼은 질투심에 사로잡혀서 얼굴이 일그러져 있었다. 타라와 아르칸즈가 나가는 걸 보면서 너무 괴로워서 공연을 보는 둥 마는 둥했다. 게다가 둘이 돌아왔을 때는 보기 불쾌할 정도로 친해 보였다. 그리고 아르칸즈가 속삭이는 말에 타라는 웃음까지 터뜨리지 않았던가.

칼은 그 모습이 너무 싫었다.

그래서 타라와 조용히 애기할 수 있기를 바랐지만, 타라의 숙소 앞에서 기다리는 주홍빛 정복 차림의 친위대원들을 보면서 때가 아니라는 걸 알았다.

실제로 리스베스 여제가 기다리고 있었다. 아직 옷을 갈아입지 않은 여제는 검은색 실크 드레스 차림인데 원래는 100개의 금빛 눈을 가진 주홍빛 공작이지만 이번만은 온통 금빛으로만 수를 놓아서 검은빛과 금빛의 대조가 두드러져 보였다.

타라는 보고했다. 고모는 이미 알고 있지만, 친구들은 로빈에게 일어난 일을 알고 경악했다. 그리고 아르칸즈가 해준 말에는 모두 당황했다.

"우리가 멍청했어." 여제가 중얼거렸다.

"네, 그런데 타라는 결혼 선언에 찬성인 것 같아요." 타라와 단둘이 있지 못해서 언짢은 칼이 나지막한 소리로 구시렁거렸다.

"악마의 세계에도 여러 정파가 있다는 걸 생각하지 못했구나. 아더월드도 그렇고, 드래곤들의 세계도 예외가 아니었어. 권력 다툼 때문

에 우리와 전쟁이 일어날 뻔했는데 악마들의 세계라고 다르겠어? 우
리 세계처럼 그들에게도 마지스터 같은 작자가 있을 수 있겠지!"

그들의 머리 위로 마지스터의 그림자가 드리워졌다.

"하지만 아르칸즈가 마지스터 같은 악마라면 어쩌려고요?" 칼이
로빈에 대한 걱정 때문에 신경질적으로 일어나면서 말했다. "아르칸
즈는 아버지와 내기를 한 것이며, 자기는 악마가 아니라 인간이라며
타라의 편이라고 믿게 했어요. 아르칸즈가 타라를 속이려는 수작인
게 뻔해요. 그리고 타라, 자기 국민들 사이에 내분이 있다는 말을 어
떻게 사실이라고 믿을 수 있어?"

"내가 킬러에 대해 말하지 않았다면 아르칸즈는 고백하지 않았을
거야." 타라는 로봇 의자에 앉으면서 말했다.

리스베스 여제는 흥미로운 시선을 던졌다.

"네가 어떻게 그런 고백을 이끌어냈는지 궁금하구나. 아르칸즈가
범인인지, 아니면 그 사실을 알고 동조했는지 어떻게 알고? 킬러의
목숨을 그의 손에 넘겨준 셈인데 결국 그건 로빈의 목숨이잖아?"

타라는 망설였다. 직감이었다는 걸 어떻게 설명하지? 직감이란 설
명하기가 아주 복잡한데. 타라는 아르칸즈가 도와주고 싶다면서 국
민들에게 문제가 있다고 말했을 때 진심이라고 느꼈다.

"킬러는…… 킬러예요." 타라는 어깨를 으쓱하면서 말했다. "오래
살고 싶었다면 그 직업을 선택하지 않았겠죠. 킬러는 위험을 알면서
받아들인 거예요. 나는 아르칸즈의 도움을 받고 싶어요. 그래서 우리
가 악마들과의 전쟁을 피할 수 있고, 정체불명의 O파에게 살해되는
걸 피할 수만 있다면 나는 위험을 무릅쓸 각오가 되어 있어요."

리스베스 여제는 고개를 끄덕이며 속으로 말했다. '그래, 나라도 이렇게 할 거야.'

여제가 일어났다.

"그래, 알았다. 이 모든 것이 끔찍한 음모가 아니길 우리의 신들에게 빌어보자. 모두 일어나, 타라는 쉬어야 해. 내일 아침에 타라가 아르칸즈와 결혼하는 게 아니라도 내 후계자에 대한 평판은 지켜주고 싶다. 아르칸즈의 말이 맞아. 의뢰인을 잡으려면 마왕과 네 결혼을 발표해야 될 것 같다."

여제는 단호하게 말하면서 칼을 쳐다봤는데 안중에도 없는 눈빛이었다. 칼은 이해했다. 기분은 좋지 않지만 이해했다. 칼은 타라를 다정하게 포옹한 다음 소스라치게 놀라는 여제의 시선에 아랑곳없이 방을 나갔다. 파프니르와 무아노, 파브리스도 타라에게 인사했다.

아르칸즈와의 결혼을 공식적으로 발표한다고? 타라는 방문이 닫히자 이맛살을 찌푸렸다.

밤새도록 악몽에 시달릴 텐데. 타라는 함정에 빠진 느낌이 들었다.

아르칸즈가 모두를 농락하고 자기가 원하는 쪽으로 유도하려는 수작일지도 모른다는 의문이 들었기 때문이다.

악마의 마법을 지닌 아르칸즈가 더 강했다. 하지만 타라에게는 그 못지않게 강력해지기 위해 동맹을 맺은 악마의 사물들이 있었다. 많이 긴장하면 야수로 변신하는 무아노처럼 타라도 강력하게 변신할 수 있었다. 아직은 검은 여왕으로 변신하지 않을 생각이었다.

무아노와 변신을 생각하던 타라는 문득 랑코비트의 공주에 대해 뭔가를 깨닫고 골똘히 생각하다 잠이 들었다.

502

머릿속이 그토록 복잡한데 평온한 밤이 될 리 없었다. 온종일 너무 많은 사건이 있어서였을까. 자기 배 속에서 어떻게 분해되는지 친구들에게 보여주겠다며 타라를 잡아먹으려고 달려드는 흉측한 벤드룩에게 밤새 쫓기는 악몽에 시달렸다.

그래서 침대가 벨소리로 깨웠을 때 고마웠다.

어찌나 시달렸던지 샤워를 하고 간단하게 아침을 먹은 뒤에야 정신을 차렸다. 체인지라인이 흰색 블라우스에 파란색 정장을 입혀주었다. 타딕스족이 실내 온도를 약간 서늘하게 유지해놓기 때문이었다. 그리고 타라의 긴 머리를 목덜미까지 틀어 올렸고, 엷은 화장으로 얼굴의 윤곽과 쪽빛 눈이 드러나게 했다. 크리스찬 루부탱 디자인의 파란색 구두와 빨간색 립스틱이 잘 어울렸다. 타라는 이제 준비가 끝났다.

타라는 이번만은 갈랑을 본래의 크기로 바꿔주기로 했다. 방이나 복도가 아주 넓어서 드래곤들이 본래의 크기로 다니는데 하물며 페가수스가 무슨 문제가 될까. 페가수스는 너무 좋아서 고맙다는 소리를 냈다. 어제 도착한 날개 끝이 은빛인 검정 페가수스들은 암컷이었다. 갈랑은 압도적인 크기로 깊은 인상을 줄 수 있어서 기뻤다.

"바람둥이." 타라가 놀렸다.

갈랑이 훌쩍이는 소리를 냈다. 그리고 타라에게 한 이미지를 보냈다. 이번에는 타라가 훌쩍일 차례였다. 바람둥이 페가수스가 보내는 이미지가 어찌나 민망한지 타라가 둘을 결합하는 끈을 황급히 끊어버린 게 한두 번이 아니었다.

그렇게 준비를 끝냈을 때 파프니르가 와서 문을 두드렸다. 난쟁이는 친구와 얘기를 하고 싶었다. 난쟁이도 파란색 가죽옷 차림인데 춥거나 더운 것에 별로 영향을 받지 않기 때문에 근육질 팔을 드러내놓고 있었다. 어깨에 올라앉은 벨제부트가 야옹거리자 파프니르가 바닥에 내려놨다. 고양이는 여기저기 냄새를 맡다가 타라 앞에서 멈췄다. 타라는 기계적으로 고양이를 안고 쓰다듬어주었다.

"타라, 너에게 부탁할 게 있어." 파프니르는 몸을 약간 비비 꼬면서 말했다.

"당연히 들어줘야지, 뭔데?"

"이 위성을 폭파해도 너만은 틀림없이 살아남을 거야. 나는 죽겠지만 몸이 완전히 없어지지는 않겠지. 그러면 내 머리 타래를 잘라서 우리 엄마에게 전해줄래? 우리 가족에게는 내 유품이 될 거니까. 그러면 내 몸의 일부는 우리 조상들 곁에서 쉬게 될 거야."

타라는 울컥하면서 목이 꽉 막혔다. 타라가 쓰다듬어주던 손길을 멈추자 고양이는 다시 해달라는 듯 머리를 들이댔다.

"알았어, 하지만⋯⋯."

"고마워." 감정에 휘둘리고 싶지 않은 파프니르가 말을 끊었다. "아 참, 실버가 전해달라는 말이 있어. 네가 누구를 선택할지 궁금하다면서 악마와 드래곤 중에서는 그래도 드래곤이 낫대."

난쟁이는 타라 쪽으로 몸을 숙이고 속삭였다.

"우리끼리니까 하는 말인데 난 드래곤을 좋아하지 않아. 물론 실버는 빼고. 그래서 나는 네가 악마를 선택해도 괜찮아. 엄청 귀엽게 생겼잖아."

타라는 웃음을 터뜨렸다.

"실버만 없으면 아르칸즈를 너한테 넘길 수 있는데. 그러면 나는 걱정거리를 덜게 돼서 좋고!"

파프니르는 활짝 웃으면서 의자에 앉아 손에 들고 있던 마법복 호주머니에서 갑옷을 꺼냈다(난쟁이는 싸움이 일어나길 바라고 있었다. 전날은 아르칸즈가 모두를 마비시키는 바람에 아무것도 할 수 없어서 얼마나 실망했던지!). 250살인 파프니르가 처음으로 하는 연애였다(난쟁이족은 아직 소녀로 여기는 나이지만). 그렇지만 파프니르의 생각에 실버는 앞으로 여자를 만날 기회가 많을 거 같았다. 타라가 농담으로 던진 말이지만 파프니르는 왠지 아르칸즈에게 관심이 갔다.

친구들이 하나둘 도착했다. 타라는 난쟁이 친구에게 고양이를 돌려주었다. 먼저 와 있는 걸 보고 놀란 칼이 이유를 묻자 파프니르는 타라에게 부탁한 것을 얘기했다. 감동한 칼이 고개를 끄덕였다. 그러자 무아노와 파브리스도 비장한 얼굴로 타라에게 파프니르와 같은 부탁을 했다. 잠시 후, 타라는 졸지에 친구들의 머리카락을 잘라서 아더월드로 가져가겠다는 약속을 하기에 이르렀다.

분위기가 어찌나 무거운지 타라는 정말 우스꽝스러운 짓이라고 말할 엄두가 나지 않았다.

게다가 리스베스 여제가 폭탄을 터뜨리면 그들 중 한 사람은 꼭 살아남을 거라고 굳게 믿다니 정말 낙관적인 친구들이었다.

그 순간 칼이 갑자기 숨이 막힐 정도로 타라에게 키스를 하자 민망한 친구들은 고개를 돌려버렸다. 하지만 파프니르는 두 눈 부릅뜨고 지켜보다가 실버는 키스를 잘하는데 이건 어린애들의 뽀뽀라고 놀렸다.

얼굴이 빨개진 타라가 난쟁이를 두들겨 패줄지, 아니면 칼과 다시 제대로 보여줄지 망설이고 있을 때 다행히 자동문의 벨소리가 울렸다. 타딕스족이 회의실로 안내하겠다고 알렸다.

많은 이들이 이미 도착해 있었고, 협상이 어떻게 진행될지 궁금한 모습들이었다. 각국 대표들이 모두 참석했는데, 리스베스 여제만 협상에 나서지 않고 있다가 제안이 너무 한 국가의 이익에 치중될 때는 중재할 권한이 있었다.

타라 일행도 자리를 잡고 앉았다. 좌석은 벽을 따라 층을 이루고 있고, 드래곤들과 켄타우로스, 유니콘들을 위한 양탄자가 깔려 있었다. 돈을 몽땅 잃고 타딕스족의 '자원봉사자'들로 나온 불쌍한 도박꾼들이 채권자들에게 갚을 돈을 벌기 위해 음료수와 음식을 나르고 있었다.

악마들은 검정 페가수스를 데리고 왔다. 타라는 악마 세계의 고양이를 데리고 나타났다면 이해가 되겠는데 왜 페가수스를 데리고 왔는지 의문이 들었다.

조련이 잘된 페가수스들이 마치 반쯤 잠든 것처럼 가만히 있었다. 그런데 희한하게도 하나같이 꼬리는 땋아 늘이고 갈기는 모조리 깎인 상태였다. 어디서 봤더라? 타라는 생각이 날 듯 말 듯하면서 정확하게 기억나지 않았다.

검정 페가수스들보다 자기가 훨씬 크다는 걸 확인하고 기뻐서 난리가 난 갈랑 때문에 타라는 정신이 하나도 없었다. 갈랑이 울음소리를 트럼펫처럼 울리자 암컷 페가수스들이 흥분하는 반면에 수컷 페가수스들은 거칠게 콧숨을 내뿜었다.

드래곤들은 블랙 드래곤들과 함께 와 있었다. 살상 무기나 다름없는 블랙 드래곤들이 짧고 날카로운 울음소리로 악마의 마법을 싫어한다는 표시를 했다. 자칫 심각한 상황이 벌어질 수도 있다고 판단한 리스베스 여제가 블랙 드래곤들을 모조리 내보내라고 명하자 드래곤들이 몹시 불쾌해했다. 아르칸즈는 잠자코 있지만 즐거워하는 것이 역력했다. 현재까지는 공격적으로 행동하는 드래곤들보다 악마들이 처신을 잘하고 있었다. 오랜 숙적인 드래곤들이 일부러 자극하고 있다는 걸 완전히 간파한 아르칸즈는 이를 악물고 예의를 지키고 있는 것이었다.

셈 선생님도 점잖게 예의를 지켰다. 다른 드래곤들이 격렬히 항의했지만 그저 조용히 지켜볼 뿐이었다. 샤름이 블루 드래곤을 빼앗지 않은 걸 고맙게 생각한다는 메시지를 타라에게 보냈는데도 셈은 아직 공식적으로 청혼을 철회하지 않고 있었다.

가구들이며 바닥이 온통 흰색인데 이날은 돔마저 하얗게 불투명해져 있었다. 타라는 사방이 하얀색이라 지겹기 시작했는데 다양한 색깔의 드래곤들과 양탄자가 있어서 그나마 다행이라고 생각했다.

파란색 정장을 세련되게 차려입은 아르칸즈는 타라의 의상과 잘 어울렸다.

사절단들이 앞에 놓인 컴퓨터를 클릭하며 준비가 되었다는 표시를 하자 조명이 약해지면서 회의실 중앙에 첫 번째 제안에 대한 숫자와 도표들이 홀로그램으로 나타났다.

흥미진진한 하루였지만 파브리스는 무아노와 달리 몹시 지루했다. 그래서 이따금 재미삼아 제레미를 노려봤다. 늑대인간의 시선과 마주칠 때마다 흠칫흠칫 놀라는 제레미를 골려먹는 게 재미있었다.

악마들은 준비가 되지 않은 것처럼 행동했다. 교역을 원한다면서도 협상이 수월하지 않게 이런저런 조건을 제시했다. 타라는 아르칸즈가 정정당당하게 일을 처리하고 있다는 느낌이 확고해졌다. 아더월드를 정복하려고 온 거라면 아더월드 사람들이 제안하는 것에 모두 찬성하면 될 터인데. 하지만 아르칸즈를 비롯한 외교관들이나 장관들은 치열하게 협상에 임하고 있었다. 리스베스 여제도 타라와 같은 이유로 흐뭇하게 지켜보고 있었다.

얼마 후, 타라는 아르칸즈의 측근 중에서 흰색과 보라색 머리의 잘생긴 젊은 남자를 집중적으로 관찰하기 시작했다. 전날 안젤리카와 애기하던 남자였는데 타라는 대번에 알아보지는 못했다. 어떤 제안을 두고 아주 영리하게 협상을 지연시키는 것이 그 남자였다. 그러면서 너무 반대하는 모습으로 보이는 걸 피하기 위해서인지 사사건건 간섭하지 않는 교활함도 보였다. 하지만 타라는 유심히 지켜보다 그가 행동하는 방식을 알게 되었다. 정말 교묘했다. 그 남자를 제대로 이해하려면 객관적으로 바라볼 필요가 있었다.

처음에 타라는 아르칸즈가 유리한 조건을 얻기 위해 그에게 모든 걸 일임했다고 생각했다. 하지만 마왕이 그 남자에게 못마땅한 듯 눈살을 찌푸리는 걸 보면서 그게 아님을 알아차렸다. 남자는 해결책을 찾기보다 문제를 일으키는 것으로 악마 쪽이나 아더월드 쪽을 곤혹스럽게 만들고 있었다.

어느 순간에는 남자가 갑자기 쳐다봐서 숨이 멎을 뻔했다. 눈가와 눈꼬리에 금빛이 도는 보랏빛 눈. 아름다운 눈빛이었다. 하지만 타라의 시선을 느끼자 재빨리 피하는 보랏빛 눈에서 적대감을 읽을 수 있었다. 타라는 속으로 미소를 지었다. 첫 실마리를 잡은 것이었다. 타라는 슬그머니 타딕스족 공무원에게 남자의 이름을 물었다. 공무원이 컴폰을 클릭해서 악마들의 명단을 살펴보고 나서 대답했다.

가브리엘.

타라는 왜 악마들이 지구 이름을 선택했는지 의문이 들었다. 예전의 악마를 완전히 지우고 정말 인간이 되고 싶은 건가?

푸짐한 식사가 나왔지만 그들은 협상을 멈추지 않았다. 모든 행성이 스쿠프들의 중개를 통해 진행 상황을 지켜보고 있었고, 참석자들의 컴폰에는 수많은 미디어의 반응이 전달되고 있었다. 모두 행복에 들떠 있었다. 까다로운 이들은 경계를 늦추지 않았지만(특히 군대는 신중했다), 대다수는 감격스러운 역사적 순간이라고 평가했다.

타라는 세상이 황폐화되고 친지들이 잡아먹히는 위협을 직접 경험한 적이 없었다. 사람들이 안도하는 모습에서 수세기가 흐른 지금까지도 여전히 기억 속에 남아 있는 걸 보면 인간들을 비롯한 많은 종족이 그 위협에 얼마나 고통스럽게 살아왔는지 헤아려볼 수 있었다.

저녁이 되자 타딕스 측은 온종일 협상하느라 지친 이들을 위해 축하 행사로 카지노 파티를 준비했다. 게이머들은 마음대로 사용 가능한 칩을 제공받았다. 악마들과 인간들이 칩을 수북이 쌓아놓고 있었다.

타라는 재빨리 샤워를 하고 옷을 갈아입고 돌아와서 게이머들 틈에 끼었다. '왕싸가지'(타라는 보랏빛 눈의 가브리엘이 너무 버릇이 없어서 별명을 붙였다) 가브리엘은 특히 도박을 좋아하는 것 같았다. 타딕스족은 가브리엘을 만족시킬 수만 있다면 더 이상 바랄 게 없었다.

카지노에는 마법 방지 감지기가 곳곳에 설치되어 있어서 마법을 사용하면 대번에 발각되었다. 인간들만큼이나 잃는 것보다 따는 걸 좋아하는지 악마들은 마법을 사용할 수 없다는 것에 몹시 실망하는 눈치였다. 한 악마가 룰렛 회전판에 마법을 행사하려는 순간 도처에서 경보가 울렸다. 아르칸즈는 즉시 그자를 퇴장시키는 것으로 모두에게 본보기를 보여주었다.

가브리엘은 어떤 시스템으로 작동하는지 완전히 파악하고 있는 것 같았다. 천천히 시작하던 가브리엘이 주사위 게임에 이어 블랙잭 게임, 절단기 게임**48**까지 연달아 따내자 타딕스족 딜러의 낯빛이 어두워졌다. 하지만 가브리엘은 딜러가 속임수를 쓴다는 말을 하지 못하게 적당한 때에 한 번씩 잃어주는 치밀함도 보였다. 타라는 왕싸가지가 카드를 조작하는 거라고 확신했다. 어떻게 하는지는 전혀 모르겠지만.

타라는 도박을 좋아하지 않았다. 이미 목숨을 걸고 도박을 하고 있지 않은가. 물론 종류가 다른 도박이지만. 곁을 떠나지 않는 아르칸즈와 둘러보다 열심히 칩을 쓰고 있는 모우르무르를 발견하고 흥미롭게 지켜봤다.

• • • • • • • • • • • • •
**48.** 테이블에서 불쑥 나온 절단기에 카드가 싹둑싹둑 잘리면 지는 아더월드의 게임이다.

모우르무르 발명가는 하루 종일 악마의 마법이 작동하는지 알기 위해 도구를 들고 다녔다. 악마의 사물들을 지니고 있는 타라는 도구를 들이댈까 봐 조마조마했다. 악마의 사물들도 무슨 일이 일어나는지 흥미롭게 지켜보고 있었다. 촉수 하나가 타라에게 질문을 했었다. 창과 갑옷은 악마들의 모습이 달라진 것에 깜짝 놀랐다. 그들이 살던 시대의 악마들은 닥치는 대로 유린하고 모조리 잡아먹는 야만족이었다. 그런데 타딕스에서 본 아르칸즈와 수행원들은 예의 바르고, 세련되고 상냥하여 사물들은 어리둥절할 뿐이었다. 하지만 악마들이 마법을 사용하는 걸 느낄 때는 몹시 고통스러워했다. 아르칸즈가 그렇게 신신당부했는데도 몇몇 악마들이 머리 손질이나 옷을 매만질 때, 음료수를 시원하게 하거나 필요한 것이 있을 때 무심코 마법을 사용했다. 그때마다 악마의 사물들은 격분했다. 타라는 정신적인 힘을 사용하여, 호주머니 안에서 커지려고 하는 창을 막아야 했다. 숙소에 두고 나온 보석을 나타나게 하려고 영혼의 힘을 사용한 여성 악마를 찔러 죽이려고 했던 것이다.

타라는 호기심이 가득한 눈으로 쳐다보는 사람들의 시선을 느끼고 황급히 화장실 쪽으로 빠져나갔다. 그들은 타라가 왜 호주머니를 향해 속삭이는지 궁금했던 게 틀림없었다. 타라는 창에게 이성적으로 돌아올 때까지 방에다 두겠다며 협박하는 것으로 진정시키는 데 거의 10분이 걸렸다.

"타라, 괜찮아?" 칼의 목소리였다. 금방 돌아오지 않아 걱정이 되어 화장실까지 찾아온 모양이었다.

타라는 숨어 있던 칸에서 나왔다. 하얀색 넓은 화장실 곳곳에 소독

기구가 설치되어 있고, 머리 위로 다이아몬드 샹들리에들이 환하게 비추고 있었다.

"칼, 여긴 여자 화장실이야."

"그게 뭐?"

"너는 여자가 아니……."

갑자기 칼이 키스로 타라의 입을 막아버리고는 속삭였다. 아르칸즈가 타라를 놓아주지 않고 따라다녀서 미칠 뻔했다는 말이었다. 타라는 잠시 모든 걸 잊었다. 칼이 키스할 때 정말 좋았다. 로빈의 키스도 좋았는데.

두 남자를 동시에 사랑하다니 미친 건가, 아니면 비정상인가?

타라는 대리석 바닥에 울리는 뾰족구두 소리에 마지못해 칼에게서 떨어졌다. 칼은 피식 웃으며 여우와 함께 보이지 않는 장막으로 몸을 숨겼다. 잠시 후, 화장실 문을 열고 들어온 안젤리카가 타라를 뚫어져라 쳐다봤다.

"네가 하도 급히 뛰쳐나가서 아픈 줄 알았는데."

안젤리카의 목소리에서 '네가 병이 나서 사경을 헤매고 있길 바랐는데' 하는 뜻이 느껴졌다.

"아니." 타라는 대꾸하면서 소독기구 밑에 두 손을 댔다. 그러자 기구가 파란빛으로 깨끗이 씻어주고는 삑, 소리를 냈다.

안젤리카는 늘씬한 몸매가 드러나게 딱 맞는 정장에 타라의 예상대로 굽이 14센티미터나 되는 하이힐을 신고 있었다.

"가브리엘과는 무슨 사이야?" 타라가 물었다.

타라는 거울에 비친 갈색 머리 꺽다리를 뚫어져라 쳐다봤다. 당황하는 얼굴이었다.

안젤리카는 얼른 고개를 돌리면서 건성으로 대답했다.

"네 멍청한 난쟁이 친구의 말대로 그 악마가 귀엽게 생겼잖아."

타라는 벽에 기대고 서서 만일을 대비해 두 손에 마법을 끌어올릴 준비를 했다.

"귀엽기만 해? 잘생겼지. 아주 친한 것 같던데."

"가브리엘을 우습게 보지 않는 게 좋을 거야." 안젤리카는 짜증스러운 얼굴로 한마디하고는 이죽거렸다. "우리가 호의적인 사이는 아니라도 공통된 욕망은 있지."

O파의 플랜 B인가?

안젤리카는 혀끝으로 입술을 핥으면서 공통된 욕망이 뭔지를 알려주었다.

"하기야 얼음 성녀인 네가 그걸 어떻게 알겠냐?"

타라의 눈이 동그래졌다.

안젤리카는 타라의 반응을 놓치지 않았다.

"몰랐어? 네 별명인데. 네가 하프엘프와 선을 넘지 않았다는 걸 알 만한 사람은 다 아는 사실이야. 하프엘프가 아더월드의 술집을 다니며 한탄을 쏟아냈거든. 그래서 네 침대에 제일 먼저 들어가는 남자를 알아맞히는 내기도 벌어지고 있는데……."

타라는 안젤리카를 좋아하지 않지만 이젠 정말 정나미가 뚝 떨어졌다. 무엇보다도 칼이 보이지만 않을 뿐 옆에서 다 듣고 있는데. 타라는 진정하기 위해 호흡을 가다듬었다.

"그러니까 아더월드에서 내 성생활에 관심이 있다는 거네?" 타라는 문 쪽으로 향하면서 내뱉었다. 그러고는 돌아서서 빙긋이 웃으며 덧붙였는데 말속에 가시가 있었다. "그런데 어쩌냐, 너에 대해서는 아무도 관심이 없어서."

타라는 그렇게 한마디 날리고 당당하게 화장실을 나왔지만 손이 부들부들 떨렸다. 로빈이 타딕스에 없는 건 정말 운 좋은 거라고 생각했다. 당장 하프엘프를 태워 죽였을 텐데!

바로 옆에서 웃음소리가 나면서 칼이 나타났는데 뛰어왔는지 숨을 헐떡였다. 칼은 희희낙락했다.

"휴, 네 말이 마음에 안 들었나 봐. 꺽다리가 화장실을 다 때려 부수는 줄 알았어. 근데 있잖아, 그 계집애가 들어오는 걸 보고 내가 몰래 두루마리 휴지를 싹 없애버렸는데…… 큭큭큭."

타라는 놀리는 거라고 생각했는데 칼은 안젤리카에게 친 장난을 말해주면서 정말 환하게 웃고 있었다. 휴지야 꺽다리가 마법으로 불러내면 되는 거지만 그래도 고소했다.

"안젤리카가 말한 거 사실이야?" 타라는 감정을 추스르면서 물었다. "내 별명?"

"그뿐만 아닌데." 칼이 대답했다. "걸어 다니는 재앙, 구원자, 초신성, 피해야 할 소녀, 트러블메이커, 폭군 킬러, 구세주(너를 좋아하는 늑대인간들이 지칭하는 말), 둔갑 제조기(네가 팅가푸르 사람들을 개구리로 둔갑시켰을 때 생긴 별명), 검은 여왕(한동안 그 모습으로 아더월드에 깊은 인상을 남겼잖아), 그리고 얼음 성녀. 하지만 너를 얼음 성녀라고 부르는 이들은 그리 많지 않아."

타라는 입을 멍하니 벌리고 칼을 쳐다봤다. 타라는 전혀 모르고 있었다. 잡지를 읽을 시간도 없거니와 정보국에서 궁정에 관련된 것을 검열하기 때문에 타라에게 안 좋은 소식은 전달되지 않았다.

"그래서 내가 로빈에게 그렇게 술 마시고 다니는 건 좋은 생각이 아니라고 여러 번 말렸어." 칼이 실눙했다. "니희기 헤서졌을 때였어. 화가 난 로빈은 제정신이 아니었지. 너에게 많은 실수를 저질렀다는 건 아는데 어떻게 회복해야 하는지 몰랐어. 그래서 술에 화풀이를 했지. 술에 잔뜩 취한 로빈이 갑자기 탁자 위로 올라가서 걸어가다……."

타라는 웃음을 터뜨렸다.

"떨어졌어?"

"그 아래가 강물이라면 멋진 다이빙이었을 텐데…… 하필이면 난쟁이들에게 떨어진 거야. 물론 떨어질 때의 충격은 덜했지만 난쟁이들이 발끈했지. 그래서 파프니르가 좋아하는 싸움이 적어도 20분쯤 벌어졌어. 난쟁이들도 로빈만큼 취해 있었기에 다행이지 큰일 날 뻔했어."

방금 전까지만 해도 자존심이 상하고 우울하던 타라는 칼의 입담에 단박에 다 잊고 웃을 수 있었다. 타라는 칼에게 고마워하는 미소를 보내면서 덧붙였다.

"말한다는 걸 잊었는데 정장 차림의 네 모습, 아주 멋있어."

"내가 옷거리가 좀 좋지." 칼이 폼을 잡았다.

타라는 또다시 웃지 않을 수 없었다. 타라는 활짝 웃어 보이고는 카지노로 들어갔다.

이윽고 이날 일정이 끝나고 모두 숙소로 돌아갔다. 타라는 평온한 밤을 보낼 수 있었다. 어찌나 평온한지 이번만은 킬러가 와서 의뢰인의 이름이나 얼굴에 대해 보고해주길 바랄 정도였다.

다음 날도 협상은 큰 진전이 없었다. 토론, 확인 그리고 아르칸즈가 뭔가를 승인할 때마다 점점 신경질적으로 반응하는 왕싸가지. 회의가 끝났을 때 문제점으로 지적된 것들은 대체로 매듭을 지었다. 이제까지 나온 제안들은 법률가들이 밤새도록 살펴볼 것이고, 협상은 다음 날 계속될 예정이지만 쉽게 끝나지 않을 것 같았다.

타라는 킬러가 부하들에게 로빈을 살려두라는 연락을 보내고 있음을 알고 있었다. 둘째 날 저녁, 리스베스와 아르칸즈는 두 세계에 산적한 모든 문제를 끝내려면 적어도 열흘은 더 걸릴 거라고 선언했다. 타라는 깨닫지 못했지만, 그들은 아더월드가 수세기 동안 체결한 경제적·정치적 교역과 거의 맞먹을 정도의 성과를 며칠 사이에 이뤄낸 것이었다. 범인 인도, 정치적 망명, 관광, 법률 준수, 상품 애프터서비스까지 거론된다면 협상 목록은 끝이 없을 것 같았다.

이날 회의를 마치려는 순간 왕싸가지 가브리엘의 발언에 모두 깜짝 놀랐다.

"우리 세계에서 나는 천상의 폴로 선수입니다. 팀을 구성해서 아더월드 선수들과 시합을 하고 싶습니다."

"네, 좋습니다." 리스베스 여제가 흔쾌히 답변했다. "지금부터 몇 달 후 승인 절차가 모두 끝난 뒤에 합시다."

가브리엘은 여제를 신발 안에서 발견한 해로운 벌레라도 되는 것처럼 쳐다봤다.

"몇 달 후에는 안 됩니다. 지금부터 경기를 준비합시다!"

# 25
# 천상의 폴로 경기

자기 미래가 걸린 문제인데
정말로 협상에 나서는 것이 나을까

＊

방금 희한한 제안을 던진, 흰색과 보라색 머리에 매혹적인 보랏빛 눈의 별난 악마에게 스쿠프들이 몰려갔다. 가브리엘은 뱀파이어보다 더 차갑고 하얀 얼굴이었다. 아름다운 보랏빛 눈이지만 생기라든가 기쁨 같은 것이 느껴지지 않았다.

타라는 검정 페가수스들이 왜 낯이 익었는지 방금 깨달았다. '맬릿'이라는 스틱에 걸리지 않도록 갈기를 깎고 꼬리를 땋은 것이었다. 악마 세계의 페가수스들은 폴로 경기를 위한 동물이었다.

아르칸즈가 일어났는데 잘생긴 얼굴이 약간 일그러져 있었다. 그런데 이상하게도 가브리엘 옆에 있으면 아르칸즈가 덜 잘생기고 덜 완벽해 보였다.

"왜 그렇게 폴로팀과 페가수스들을 데려가겠다고 하는지 궁금했는데 시합을 하고 싶어서였습니까?" 아르칸즈는 한숨을 쉬면서 물었다.

스쿠프들이 즉시 전날 카지노에서 도박을 즐기던 가브리엘을 녹화한 모습들을 실물 크기로 보여주었다. 주변의 악마들이 들뜬 눈빛으로 손에 금빛 불라즈 컵을 들고 있었다.

가브리엘이 웃음을 터뜨렸다.

"하늘을 날아다니는 폴로 경기는 아주 재미있어요. 여기서는 감시를 받지 않고서는 아무것도 할 수가 없으니(가브리엘의 얼굴에서 미소가 사라졌다). 그리고 나는 도전을 아주 좋아해요. 내기가 아니라 친선경기를 하자는 겁니다. 그저 즐기기 위해서. 이 지겨운 곳에서 적어도 열흘을 더 지내야 하는데 기분 전환을 우습게 생각할 일은 아닌 것 같은데. 어제저녁에도 식사만 해서 얼마나 따분하던지……."

이건 아르칸즈에 대한 공개적인 도전이었다. 아르칸즈도 그렇게 느낀 것 같았다. 하지만 마왕은 침착함을 잃지 않았다. 아르칸즈는 잠자코 미소를 지은 채 가브리엘의 보랏빛 눈에 불안한 기색이 돌 때까지 응시하고 있었다. 아르칸즈를 잘 아는 가브리엘은 자신의 경기 제안을 단칼에 거절할 것이라고 생각했다. 그래서 아르칸즈가 리스베스 여제를 향해 돌아서서 말할 때 가브리엘은 깜짝 놀랐다.

"폐하, 응하시겠습니까?"

당황한 타딕스 측 대표가 입을 열려는 여제의 말을 재빨리 가로막고 나섰다.

"우리는 아직……."

이번에는 가브리엘이 말을 끊고 들어왔는데 목소리가 약간 강경했다.

"수명이 짧아지는 대가를 치르면서 우리를 불러낸 마법사들을 통해 폴로 경기 비디오크리스털을 여러 개 얻을 수 있었습니다. 그중에는 중력이 약한 타딕스에서 열린 경기도 있었지요. 따라서 여기도 폴로 경기장이 있다는 거 알고 있습니다."

아, 가브리엘은 타딕스 측 대표에게 거짓말할 기회를 주지 않았다. 타딕스족은 흥정과 토론을 좋아해서 궤변에 걸려들면 위와 아래, 파랑과 빨강을 구분할 수 없게 된다는 말이 있을 정도였다. 그런데 정말 타딕스 측 대표가 아무 말도 못 하고 있었다. 가브리엘은 그런 핑계에 걸려들 얼간이가 아니라 발톱을 세우고 찢어발길 준비가 되어 있는 맹수나 다름없었다.

"물론 여러분이 우리와 대결하길 꺼린다는 걸 이해할 수 있습니다. 우리가 신체적으로 우세하니까요. 하지만 이런 장점이 약한 중력에서는 약점이 될 테니 우리는 대등한 경기를 펼칠 겁니다."

타라는 고모가 속으로 얼굴을 찌푸리고 있음을 느꼈다.

타라와 여제는 위험한 상황이라는 걸 직감했다. 아더월드로 가는 공간이동의 문을 다시 열어야 하는 상황이 발생할 수 있었다. 그렇게 되면 폭파에 동의하지 않는 이들을 불러들이는 사태로 악화될 수도 있었다.

타라는 고모에게 텔레파시를 보내려고 애를 썼다. '거절, 거절, 거절, 고모를 이용하려는 거예요, 거절해요!'

하지만 리스베스 여제는 호기심이 많았다. 함정이라는 걸 뻔히 알면서도 빠져주는 것이 오히려 문제를 쉽게 해결할 수도 있었다.

여제의 선택은 함정에 빠져주는 것이었다.

타딕스 측 대표가 '경기장이 침수되었다' '시설이 너무 낡아서 경기장을 보수 중이다' '자이언트 벌레가 지난주에 잔디를 갉아먹었다'는 등의 거짓말을 둘러대기 전에 여제가 대답했다.

"좋습니다. 경기를 치를 준비가 된 팀에게 알리면 내일 아더월드에서 이동할 수 있을 테니 경기는 모레 합시다. 그러면 모두 약한 중력에서 훈련해볼 기회가 있을 겁니다."

타라는 태연한 척했지만 이맛살을 찌푸렸다. 폴로는 오무아 사람들이 좋아하는 스포츠 중 하나라서 많은 경기를 관람했었다. 타라가 직접 경기를 뛰어본 적도 여러 번 있는데 아주 재미있었다. 반칙을 범했다고 타라가 제명될 때까지는. 문제가 된 부분은 갈랑 덕분에 타라의 경기력이 너무 유리해 불공평하다는 것이었다. 페가수스는 지구의 침팬지와 동등한 지능을 가진 것으로 평가된다. 그런데 갈랑은 다른 페가수스들보다 훨씬 영리해 타라가 이끌어주지 않아도 전술은 물론이고 공격의 각도에 대한 예측력이 뛰어나 눈 깜짝할 사이에 전진할 수 있었다. 게다가 타라 역시 무술과 검술 훈련 덕분에 눈과 손이 빨라서 쉽게 득점할 수 있었다.

운동신경과 공간 감각이 좋으면 127센티미터의 맬릿으로 8.5센티미터의 공을 치는 것이 그다지 어렵지 않았다. 그리고 패밀리어와의 환상적인 호흡 때문에 다른 선수들보다 유리했다.

타라는 후계자라는 것에 개의치 않고 다른 선수들과 똑같이 대해주는 것이 좋았기 때문에 경기를 뛰지 못하는 것이 못내 아쉬웠다. 경기가 끝나고 나올 때마다 멍투성이가 되었지만 '오무아 공작' 팀을 사랑했다. 오무아 공작 팀은 타라가 팀에서 빠지자 피나는 훈련을 했지만 현저히 떨어진 경기력 때문에 공식 경기에 나갈 수 없었다. 팀 코치 파투롱 선생님은 에이스 타라가 빠진 것이 아쉬울 수밖에 없었다. 그 전에 랑코비트의 샹프렝 선생님이 그랬던 것처럼.

또 한 가지 문제는 지구의 폴로 경기의 미친기기로 7분 30초 동안 진행되는 피리어드마다 선수들은 페가수스를 교체해야 하는데(아더 월드나 타딕스는 1분이 지구보다 길다) 페가수스의 능력에 따라 승패가 좌우되기 때문에 아주 중요했다. 하지만 갈랑 이외의 다른 페가수스에 오른다는 생각은 한순간도 해본 적이 없는 타라는 거부했었다. 아무리 힘이 좋은 갈랑이라도 어느 순간에는 지칠 것이기 때문에 폴로 연맹은 동물 보호 차원이라는 명분으로 고집을 꺾지 않는 타라를 제명 처분했다.

파투롱 선생님이 타라를 팀에 잔류시키기 위해 이의 신청을 했지만 폴로 연맹은 거부했다. 타라는 고모가 개입했을 거란 의심이 들었다. 많은 사람들 앞에서 후계자가 구경거리가 되는 것이 싫을 뿐만 아니라 경기에서 패하거나 목이 부러지는 부상을 당할까 봐 불안했을 게 분명했다.

가브리엘이 앞에 와서 허리를 굽히는 바람에 타라는 생각을 멈췄다. 은빛 술이 달린 빨간 안장과 굴레가 뚜렷이 드러나는 검정 페가수스가 옆에 얌전히 있었다. 역시 조련이 잘되어 있었다. 갈랑이 코를 벌름거리면서 관심을 끌자 검정 페가수스는 귀를 젖혔다. 갈랑보다 훨씬 덩치가 작았다.

타라는 갈랑의 하얀 머리를 쓰다듬어주었다.

"마마, 폴로 경기를 좋아하는 걸로 알고 있습니다만." 가브리엘이 억지 미소를 지었다. "우리 함께 경기할 수 있을까요? 나와 함께 체력 소모를 좀 하는 게 어떻겠습니까?"

타라는 눈살을 찌푸렸다. 뭐? 같이 경기를 하자고? 뭔가 꿍꿍이가 있는 게 틀림없었다. 마지막 말속에 함축된 음흉한 의도도 마음에 들지 않았다.

타라는 태연하게 대답했다.

"내가 완전히 초보는 아니지만 국가 대표로 나설 실력은 아닙니다. 그리고 내 페가수스는 패밀리어라서 아무래도 유리하기 때문에 폴로 연맹에서는 형평성을 이유로 나를 제명시켰죠. 따라서 나는 진정한 시합을 하기에 적합하지 않습니다."

가브리엘은 고개를 저었다.

"내가 알기에 바로 마마는 훌륭한 선수예요. 에이, 그러지 말고 같이 합시다!"

타라는 어이가 없었다. 인간을 잡아먹는 끔찍한 악마가 아니라 여자친구에게 떼쓰는 소년 같은 말투였다. 장난스러운 젊은 남자의 모습을 하고 있지만 뒤에서 조종하는 실체는 분명히 악마였다. 폴로 경기 제안을 받아들인 것 자체가 어떤 함정에 빠진 것이기 때문에 타라는 철저히 파헤쳐보고 싶은 마음이 생겼다. 그러려면 그 속에 뛰어들 필요가 있었다. 타라는 경기를 하기로 마음먹었다. 가브리엘이 마음에 들지 않지만 어떻게 나올지 궁금해 한 가지 제안을 했다.

"친선경기겠죠? 내가 속하는 팀은(타라는 팀의 중립성을 강조했다) 나 때문에 승리할 확률이 적기 때문에 나는 에이스가 되지 않을 겁니다."

"당연히 친선경기입니다. 누가 이기든 개의치 않습니다. 중요한 건 함께 경기하는 거니까요. 스포츠를 통해 서로를 잘 아는 기회를 가져보자는 취지입니다. 원하시면 우리 팀에 들어와도 됩니다. 우리 선수 한 명을 그쪽으로 보내면 되니까요."

가브리엘이 제안을 덥석 물었다. 오, 예, 타라는 마지못해 받아들이는 것처럼 말했다.

"좋아요. 그 팀에 들어가서 경기를 하죠. 그쪽 선수들에게 방해가 될 게 틀림없지만 한번 해볼게요. 나 때문에 지더라도 당신의 행성에서 나를 원망하는 일은 없길 바랍니다."

타라는 스쿠프들 앞에서 당당히 말했다.

아르칸즈는 고개를 설레설레 저었다. 아르칸즈의 몸이 타라 쪽으로 기울어지는 것은 거부하라고 외치는 몸짓이었다. 하지만 가브리엘과 다른 악마들이 뚫어져라 응시하고 있어서 아르칸즈는 선택의 여지가 없었다. 그도 어쩔 수 없이 받아들여야 했다.

"좋아요." 아르칸즈는 퉁명스럽게 말했다. "이렇게 중요한 협상을 하는 와중에서도 즐거운 시간을 가질 필요를 느꼈다니까 기분 전환을 합시다. 피곤하면 안 될 테니 저녁 파티에 참석하지 말고 팀을 데리고 가서 훈련을 시키세요. 그리고 경기와 관련된 이들은 단 한 명도 협상에 참석하지 말고 경기에 집중하기 바랍니다. 아더월드 최고의 선수들을 만나게 되는데 특히 부상당하지 않으려면 훈련이 필요할 테니까요. 어서 가보세요!"

가브리엘이 입술을 실룩거렸는데 그 잘생긴 얼굴이 일순간에 험악한 인상으로 변했다. 아르칸즈는 가브리엘을 자신이 판 함정에 스스로 빠지게 하면서 교묘하게 협상에서 제외시켰다.

"그럼 타라는? 우리와 함께 훈련을 해야 하는데……."

'타라'라니? 언제부터 친한 사이라고? 아르칸즈는 그냥 넘기지 않았다.

"마마라는 호칭을 써야지요! 그리고 후계자가 제안한 경기가 아니니까 결과에 대한 책임을 전가하지 마세요. 경기에서 패하더라도 다른 사람 탓을 하면 안 된다는 거 명심하시고요!"

가브리엘은 아르칸즈의 말이 불쾌하다는 듯 못마땅한 시선으로 쳐다보다가 굴복했다. 그의 측근들을 비롯해 폴로 경기 관련자들이 모두 퇴장했다. 아르칸즈는 무표정했지만, 타라는 화가 나 있는 걸 느꼈다. 아르칸즈는 여제를 향해 고개를 돌렸다. 몸에 딱 맞는 검정 투피스에 금발을 땋아 올린 여제는 멋진 몸매와 아름다운 얼굴이었다.

"고맙습니다, 폐하." 많은 행성에서 지켜보고 있다는 걸 의식한 아르칸즈는 스쿠프들과 여제를 번갈아 보면서 말했다. "함께 경기를 할수 있게 허락해주신 것은 멋진 선물입니다. 모쪼록 이 친선경기를 계기로 우리 국민과 가까워지길 기대합니다."

리스베스 여제는 고개를 끄덕였다.

"나도 같은 생각입니다. 하지만 우리 두 세계의 평화와 번영을 이루기 위한 협정에 조인하는 것이 가장 중요한 일이니 너무 많은 시간을 빼앗아서는 안 될 것입니다. 솔직히 말하면 위험하기 때문에 내 후계자가 경기에 나서는 것이 내키지 않습니다."

아르칸즈는 전적으로 동의한다는 뜻으로 고개를 끄덕였다. 하지만 장관들과 보좌관들이 이날 결정된 것들을 의논하기 위해 기다리고 있기 때문에 아르칸즈는 타라와 얘기를 나누고 싶어도 그만 일어서야 했다. 아르칸즈는 자유롭지 않았다.

저녁 식사 전에 샤워를 하기 위해 모두 헤어졌다. 밀폐된 공간에 이리 종족이 북적이다 보니 돔의 곳곳에 환풍기가 설치되어 있는데도 냄새 때문에 죽을 지경이었다.

아르칸즈와 수행원들이 복도로 사라지자 타라는 칼과 친구들을 향해 돌아섰다.

아더월드에서 폴로 리그 1의 팀들 중 하나인 랑코비트 천사 팀의 열렬한 팬인 파브리스가 놀란 얼굴로 물었다. "폴로 경기를 하겠다고? 그것도 전혀 모르는 팀에 들어가서? 다들 정신 나간 거 아냐?"

"가브리엘이 자기 팀으로 들어오라고 제안하지 않았다면 아마 내가 그쪽 팀으로 가겠다고 말했을 거야." 타라가 설명했다. "내 생각에 가브리엘의 팀은 아더월드 팀을 완패시키려고 고도의 훈련을 받은 선수들이 틀림없어. 전쟁에서는 패했었지만 폴로 실력이 어느 정도로 훌륭한지 보여줄 속셈이겠지. 수천 년 동안 이를 갈았을 악마들이 우리에게 첫 번째 참패를 안겨줄 만한 것으로 이 폴로 경기보다 더 좋은 게 뭐가 있겠어? 근데 우리를 완패시키는 것이 목적이라면 그가 왜 나를 자기 팀에 넣으려는 건지 이유를 모르겠어."

"혹시 그렇게 뛰어난 선수들이 아닌가?" 파브리스가 말했다. "네가 없으면 자기들이 이길 수 없다고 생각하는 건지도 모르고."

"실력이 어느 정도인지 당장 확인할 방법이 있어." 늘 대뜸 핵심을 찌르는 파프니르가 말했다. "가서 훈련하는 걸 보면 돼!"

친구들이 일제히 파프니르를 쳐다봤다.

"그게 왜?" 난쟁이는 어깨를 으쓱했다.

"기막힌 생각이다, 파프니르!" 칼이 외쳤는데 난쟁이의 둔한 머리에서 어떻게 그런 생각이 나왔는지 믿기지 않는다는 얼굴이었다.

파프니르는 칼을 째려봤다. 도끼 휘두르는 걸 좋아한다고 해서 멍청한 건 아니기 때문이었다. 파프니르는 좋은 생각을 할 때마다 이 정도로 똑똑한 애가 아닌데 하는 얼굴로 쳐다보는 친구들에게 짜증이 났다.

매직갱은 컴폰에서 지도를 조회한 다음 훈련장이 그리 멀지 않은 곳에 있다는 걸 확인했다. 그들은 돔과 돔 사이를 연결하는 지하철을 탔고, 두 개의 돔을 지나 몇 분 후에 도착했다. 이 돔은 아더월드의 하늘처럼 청보랏빛이었다. 그들이 체류하는 중앙 돔보다 크지만 주민은 없고 화려한 식물이 눈에 띄었다. 도처에 보이는 수영장, 약한 중력 때문에 느리게 떨어지는 인공폭포 외에는 모두 운동장이었다. 지구나 아더월드에서는 상상도 할 수 없는 대규모 스포츠 단지였다.

중앙에 있는 운동장이 폴로 경기장이었다. 파란 잔디, 공중과 지상에 각각 여덟 개씩으로 이루어진 열여섯 개의 골대, 면적이 두 배 이상 넓은 것은 달리는 말보다 페가수스들이 훨씬 빠르게 날아다니기 때문이었다. 따라서 경기장의 세로 길이는 지구의 275미터가 아니라 600미터, 가로 길이는 145미터 대신 400미터였다. 경기의 재미를 더하기 위해 선수들은 포인트를 얻어서 경기를 유리하게 풀어갈 수 있다. '케르'라고 불리는 이 포인트는 바로 득점이 되는 것이 아니라 보너스를 받는 것이었다. 케르는 다섯 개까지 받을 수 있었다. 1) 경기중 페가수스와 기수를 한 번 교체, 2) 벌칙 취소, 3) 케르를 갖고 있는 쪽에 유리하게 5분 휴식, 4) 4분간 연장 경기, 5) 상대 골대 앞에서 슛.
가령 케르를 다섯 개 얻으면 골대 앞에서 슛을 쏠 수 있고, 벌칙이 취
소되고, 5분간 휴식할 수 있으니 케르를 잘 이용할 줄 알아야 우세한
경기를 할 수 있었다.

순수성을 고집한 선수들은 케르를 얻으려 하지 않고 골문으로 공
을 넣어서 득점하는 걸 더 좋아했다. 각 팀에서 가장 실력이 떨어지
는 선수가 공 가로채기를 전담하여 성공하면 케르를 얻을 수 있다.

타라는 그 역할을 하게 될 거라고 생각했다.

나머지 규칙은 지구의 폴로 경기와 같았다. 한 게임은 4피어드에
서 8피어드로 구성되며, 여기서 피어드는 '처커'라고 한다. '엄
파이어'라고 하는 심판이 지구처럼 두 명이 아니라 네 명인 것은 잔
디가 아니라 공중에서 진행되기 때문이었다. 잔디에서나 공중에서
상대편 골문으로 공을 쳐서 넣으면 점수를 얻는 것이었다. 공이 10미
터 높이에 이르면 마치 보이지 않는 지표에 있는 것처럼 자동으로 굴
러가기 때문에 선수들은 붕붕 날아다니면서 마치 잔디에 놓인 공처
럼 정확하게 몰고 갈 수 있었다. 반칙 행위는 지구와 다르지 않았다.
공이나 다른 페가수스의 진로를 방해하는 것은 충돌 위험이 있기 때
문에 반칙이다. 반면에 자신의 맬릿으로 상대편의 맬릿 또는 공을 막
거나 어깨로 부딪쳐서 막는 행위는 허용된다.

악마들이 훈련하고 있었다. 타라와 친구들은 경기장이 내려다보이
는 편안한 의자에 앉았다. 그들이 앉자마자 팝콘, 핫도그, 샌드위치,
음료수가 눈앞에 나타났다. 타딕스족이 관중석에 음식을 준비해놓
은 모양이었다. 배가 그리 고프지 않은데도 그들은 맛있게 먹었다.

타라는 국가 대표팀과 훈련한 경험이 있어서 친구들보다는 악마들의 수준을 제대로 평가할 수 있었다. 잠시 지켜보던 타라는 나직하게 휘파람을 불었다.

지상도 아니고 동물을 타고 날아다니며 하는 경기에 전혀 흥미가 없는 파프니르가 물었다.

"재들이 그렇게 잘하는 거야?"

"아주 뛰어나." 타라는 선수들의 실력을 보면서 정신이 멍해졌다.

슬루르크! 악마들은 수준급 선수들이었다. 여성 넷과 남성 넷이 혼성팀을 이루어 대결하는데 그중 한 팀을 가브리엘이 이끌고 있었다. 누가 가장 실력이 뛰어난지 말하기 어렵지만 타라가 확인한 것은 아더월드의 세계적인 선수들의 수준을 뛰어넘는 것 같았다.

"우리가 완패하는 거 아냐?" 파브리스는 얼굴에 흘러내린 금발을 넘기면서 못마땅한 표정으로 물었다.

"모레도 저렇게 한다면 틀림없이." 타라가 대답했다. "하지만 내가 저들과 함께 경기하면 내 실력이 형편없으니까 아더월드 팀이 이길 거야."

공이 날아가자 날개를 파닥이던 검정 페가수스들의 근육이 팽팽해졌다. 중력이 약해서 공이 정상적인 행성보다 훨씬 높은 10여 미터까지 올라가기 때문에 공중에서 그다음 동작을 하기가 그만큼 수월했다.

공중에서 하는 경기는 의자에 편안히 앉아서 관람하기도 좋았다.

훈련이 아주 잘된 페가수스들이었다. 처음에는 그 유연성에도 불구하고 약한 중력에 적응하는 것이 그리 쉽지 않아 보였다. 페가수스는 날아오르려면 힘차게 날갯짓하는 습성이 있어서 여러 번 돔의 벽면에 부딪치는 아찔한 상황이 발생했다. 그때마다 선수들은 머리를 부딪치지 않으려고 안간힘을 써야 했다. 선수들이 헬멧을 착용하고 있어서 다행이지만, 공중 곡예를 하는 듯한 모습에 타라와 친구들은 깔깔대그 웃었다.

하지만 이내, 페가수스들은 움직임을 줄이면서 새로운 환경에 적응했다. 타라는 수많은 스쿠프들이 촬영하는 것을 보며 매직갱만 악마들의 훈련을 염탐하는 것이 아니라는 걸 알았다.

스쿠프들이 찍은 영상은 지금쯤 리스베스 여제가 선별한 아더월드 팀의 코치에게 전해지고 있을 것이 틀림없었다. 차츰 관중이 늘어나더니 어느새 빈 좌석이 거의 보이지 않았다.

"좀 찜찜한 작전이긴 한데…….." 파브리스가 말했다. "네가 의도적으로 지면 안 될까?"

타라는 한숨을 내쉬었다. 파브리스가 이해를 못 하고 있었다.

"안 돼. 어떻게든 내가 속한 팀이 이기게 해야지. 그게 악마의 팀이든 아니든. 이건 스포츠고 경기니까. 스포츠에서 속임수를 쓰면 아마 죽을 때까지 나쁜 평판이 따라다닐 거야. 보울리미-레마족(타라는 새 이름이 기억나지 않았다)은 그걸 아주 잘 알고 있어. 우리에 대한 연구를 많이 한 것 같아. 지금은 내 평판을 떨어뜨리는 게 가브리엘의 목적이야. 나를 죽이려는 게 아니라."

"너를 죽여?" 파브리스는 깜짝 놀랐다.

"응. 어쩌면 킬러를 사주한 의뢰인이 가브리엘일지도 몰라. 아더월드와 지구를 침략하는 데 가장 방해가 되는 사람이 나라고 생각하는 게 분명해. 킬러에게 내 힘을 약하게 하라고 시킨 걸 보면. 내 생각에 가브리엘은 내일 무슨 짓을 할 거야. 내 피를 분석한 결과 피가 빠져 나가면 그 양에 따라 이틀에서 나흘이 지나야 재생이 돼. 그런데 이 번에 칼에게 많은 피를 빼줬어. 실험할 때보다 훨씬 많이. 내일은 아직 힘이 완전히 돌아오지 않아. 경기는 모레니까 그때는 내가 완전히 회복될 수 있어. 그래서 내일 나는 협상에 참석하지 않고 악마들과 훈련할 생각이야."

잠자코 듣고만 있던 무아노가 드디어 입을 열었다.

"하지만 그건 가브리엘에게 너를 죽일 기회를 주는 거야. 타라! 너 또 혼자서 문제를 해결하려는 그 병이 도졌구나! 너를 내버려둔다는 건 말도 안 돼! 악마들과 함께 저렇게 격렬한 훈련을 하겠다고? 우리 는 폴로 경기를 많이 봤어. 선수들도 페가수스와 마찬가지로 충돌을 피하려고 최선을 다하지만 사고가 일어나! 작년에 페가수스가 골대 와 충돌하면서 뱃대끈이 끊어지는 바람에 선수가 죽었던 일 기억 안 나? 페가수스는 죽고, 선수는 목이 꺾이고 등이 부서졌는데 레파루스 로 목숨을 살리지 못했어. 그런데 훈련을 하겠단 말이야? 네가 우리 의 가장 확실한 병기라는 거 잊었어? 그리고 넌 나의 절친이고, 친자 매 이상으로 사랑하는데?"

무아노는 어찌나 흥분했는지 얼굴에 털이 나오고 손이 길어지더니 갈퀴손톱이 나타났다.

"워워, 진정해." 타라가 말했다. "한 가지 잊은 게 있어, 무아노. 갈 랑은 저 악마 세계의 페가수스들보다 훨씬 영리해. 나는 저들이 두렵 지 않아. 내가 추락하면 체인지라인이 지켜줄 거야. 그리고 저들은 나에게 악마의 마법을 사용할 수 없어. 허튼수작을 부리면 사물들도 나를 지켜줄 거고, 내 마법도 그 정도는 방어할 수 있어. 나를 믿어, 멍은 좀 들겠지만 큰 위험은 없을 거야. 그리고 가브리엘과 아르칸즈의 관계를 알아야 해. 연막을 치는 건지, 아니면 정말로 가브리엘이 아르칸즈와 대립하는 사이인지. 후자라면 둘이 관계를 어떻게 이용할지 방법을 알아내야지."

무아노는 타라의 말을 곰곰이 생각하면서 차츰 진정되었다. 타라는 깊이 생각하고 내린 결정이었다. 그저 손놓고 있었던 게 아니었다.

"미안해." 원래의 모습으로 돌아온 무아노는 후회했다. "너무 걱정돼 내가 예민하게 반응했어."

타라는 일어나서 심호흡을 하고 무아노와 파브리스를 향해 고개를 돌렸다.

"그리고 너희 둘 사이가 왜 그렇게 됐는지 이제 좀 알 것 같아."

뜬금없는 말에 무아노와 파브리스는 무슨 말인지 모르겠다는 얼굴로 타라를 쳐다봤다.

타라는 손가락으로 무아노를 가리키면서 말했다.

"아르칸즈와 얘기하다가 깨달았어."

무아노의 눈썹이 치켜 올라갔다. 악마와 무슨 관계가 있다는 거지?

"평소의 너는 굉장히 상냥해." 타라가 설명했다. "근데 야수의 거친 성향이 우세해지면 너는 변신하지 않아도 겉모습만 무아노지 훨씬 덜 상냥하고 공격적으로 변해버려. 요컨대 겉모습은 네가 분명한데 표현 방식은 야수란 말이야. 그런데 파브리스는 쉽게 속기 때문에 네가 공격적으로 나올 때마다 맞대응을 해. 그러다 너에게 다정하지 않았다는 생각에 자책하지만 어떻게 행동해야 할지 몰라 혼자서

끙끙 앓다가 어리석은 결정을 내리지. 너는 또 그것 때문에 흥분해서 파브리스를 공격하고. 그래서 너희 둘은 계속 아웅다웅했지만 사실 은 아주 잘 어울리는 커플이야. 내 생각에 너희 둘은 여전히 서로 사 랑하고 있어. 파브리스가 강력한 마법 능력을 갖기 위해 마법서 연구 를 했든, 마지스터를 따라갔든 그건 다 무아노 너보다 힘이 더 세고 싶어서였어. 오직 너를 지키겠다는 생각에서. 그러다 늑대인간이 되 면 너와 힘이 동등해진다는 걸 깨달았어. 파브리스는 늘 두려움, 마 법 능력, 혼란에 대해 말했지만 실은 무아노 너, 오직 너 때문에 그런 거였어. 파브리스가 그토록 싫어하던 아더월드에 와 있는 건 너를 잃 고 싶지 않은 거지. 다른 남자의 품에 안기는 너를 상상도 하기 싫은 거지. 네가 지구에 오길 바랐던 건 네 가족과 헤어지게 하려는 것이 아니라 지구에서는 네 마법이 약해지니까 자기의 마법과 비슷한 수 준이 될 거라고 생각했던 거야. 파브리스는 마법 능력이 너희들보다 많이 떨어진다고 생각했기 때문에 늘 그게 콤플렉스였어. 파브리스 는 마법과 상관이 없는 지구에서 자랐으니까. 나도 지구에서 자랐지 만 파브리스와 나는 경우가 다르잖아."

말이 길어져서 타라는 호흡을 가다듬어야 했다. 그 틈에 무아노가 말했다.

"나도 알아!"

훈련 중인 악마들을 배경으로 관중석을 왔다갔다 걸으면서 말하던 타라가 걸음을 멈췄다.

"안다고, 언제부터?"

"파브리스가 왜 그렇게 나에게 서툰지 오래전에 깨달았어. 내가 말해봤는데 파브리스가 트라둑49처럼 고집이 보통 세야 말이지. 엄마 말씀으로는 잘못을 저지른 사람에게 나무라기보다는 스스로 깨닫고 교훈을 얻게 내버려두는 것이 오히려 쉽게 해결된대. 경험보다 나은 건 없으니까. 그래서 지금로 띠리기지 않겠다고 하고 에이진 기였어. 파브리스가 잘못했다는 걸 스스로 깨닫게 하려고. 그리고 만약 깨닫지 못하면 나와는 어울리지 않는다는 거니까 서로 잘 헤어진 것이고."

무아노의 말을 듣고 있던 파브리스가 눈살을 찌푸리면서 고개를 돌렸다가 표정이 밝아졌다.

"잠깐, 그 말은 나를 용서해주고 우리가 다시 시작할 수도 있다는 뜻이야?"

무아노는 약간 뜸을 들이는 것으로 파브리스를 애태우다 활짝 웃으면서 말했다.

"물론이지, 이 바보야!"

파브리스는 당장 무아노를 열렬하게 포옹했다. 기다려도, 기다려도 계속되는 포옹에 타라는 얼굴을 찌푸렸다. 자신이 로빈이나 칼의 품에 안겨 있을 때도 저렇게 바보같이 보였을 것 같아 왠지 씁쓸했다.

칼은 타라와 의자 하나를 사이에 두고 앉아서 말없이 지켜보고 있다가 윙크를 보냈다. 칼도 무아노와 파브리스의 재결합이 기뻤다. 그리고 마음의 상처는 한순간에도 치유가 될 수 있기 때문에 이번에는

. . . . . . . . . . . . . . .

**49.** 트라둑은 악취가 나는 것 외에도 고집이 세기로 유명하다. 트라둑이 원치 않을 때 움직이게 하려면 기중기나 도르래 같은 걸 이용하거나 욕을 퍼부어야 할 정도로 꿈쩍도 하지 않는다. 특히 움직이는 것에 불만이 있을 때는 사람들을 향해 똥을 갈긴다. 그러면 똥 벼락을 맞은 이들은 모두 역한 냄새가 진동하기 때문에 악취에 있어서는 피장파장이 된다.

잘되길 바랐다.

그들이 악마들의 경기를 보는 사이에 무아노와 파브리스는 재결합을 자축하기 위해 손을 잡고 일어나다 멈춰 섰다.

제레미와 조던이 훈련을 지켜보는 것이 아닌가. 타라는 형제가 왜 악마들의 훈련을 보러 왔는지 이유가 궁금했다. 악마들을 불러들이기 위해 소용돌이를 열 때는 여유가 없었기 때문에 이 기회에 타라는 제레미를 유심히 살폈다. 갈색 머리에 검은 눈의 제레미는 전보다 키도 크고 체격도 좋아진 모습인데 살이 많이 쪄서 뱃살이 불룩했다. 불라즈를 좀 덜 마시는 것으로 체중 조절을 할 필요가 있어 보였다.

제레미가 손을 흔들면서 다가오더니 파브리스를 본 척도 않고 무아노에게 말했다.

"안녕, 내 사랑스러운 피앙세. 요즘은 자주 못 보네!"

제레미가 입맞춤을 하자 무아노는 뻣뻣해졌다. 파브리스가 입술을 실룩거렸다. 제레미는 무슨 벌레 보듯 파브리스를 쳐다봤다.

"어이, 늑대! 너 한번만 더 짜증 나게 굴어봐. 경고하는데 조던 형의 무기 중 절반이 은이라는 걸 명심해. 까불면 우리 형이 가차 없이 네 목을 베어버릴 거니까."

감히 위협하는 제레미 때문에 어이가 없는 파브리스는 순간 얼어붙었다. 무슨 말을 하려던 무아노가 갑자기 온몸을 부들부들 떨고 있었다.

"슬루르크!" 파브리스는 야수의 이빨과 갈퀴발톱이 나오지 못하게 안간힘을 쓰면서 말했다. "타라, 무아노의 약 갖고 있어?"

무아노는 점점 더 몸을 떨면서 입에 거품까지 물고 있었다. 그래도 이건 좀 너무 심한데…….

"아니." 타라는 질겁한 표정을 지었다. "너희들이 늘 갖고 다녔잖아!"

"처를 삼키지 않게 무아노를 붙잡아야 돼!"

파프니르는 한 술 더 떴다.

타라는 난쟁이에게 눈을 흘겼다. 난쟁이도 과장이 심했다.

떨림이 경련으로 바뀌는데 어찌나 격렬한지 무아노의 등이 부서질 것 같았다. 타라와 칼, 파브리스는 무아노를 꽉 붙잡고서 진정시키려고 애를 썼다. 그들의 노력에도 불구하고 쉽지 않았다. 무아노가 변신하지 않았기에 망정이지 야수였다면 꼼짝 못하게 붙잡고 있지 못했을 것이다. 충격을 받은 제레미가 샤먼을 불렀을 때 무아노의 발작이 차츰 수그러들기 시작했다. 잠시 후, 무아노는 멍한 눈을 떴고, 주위의 친구들을 보고 한숨을 내쉬면서 마비된 근육을 풀었다.

"슬루르크, 내가 또 발작을 일으켰어?" 무아노가 힘없이 물었다.

"응." 타라는 재빨리 말을 지어냈다. "여기 도착한 뒤로 벌써 세 번째야, 무아노."

제레미가 그들을 멀뚱히 쳐다보고 있는 사이에 샤먼이 황급히 달려왔다. 샤먼은 무아노를 진찰하고 나서 심한 스트레스로 인한 발작이라는 것 말고는 특별한 점을 찾지 못했다고 말했다. 물론 저주받은 조상으로 인해 흥분하면 야수로 변하는 것도 이 발작의 원인일 수 있겠지만 정확하게 아는 사람이 아무도 없다고 덧붙였다. 제레미는 거의 정신을 잃을 정도로 심한 경련을 일으키는 무아노를 보고 충격을 받은 듯했다. 결혼할 여자가 랑코비트 왕실의 공주라고만 생각했는데 살점을 뜯어 먹고 뼈다귀로 이를 쑤시는 야수이기도 하다는 걸 실 감하고는 덜컥 겁이 났다.

"이 저주가 자식들에게도 유전됩니까?" 제레미가 물었다.

샤먼은 고개를 끄덕였다.

"틀림없이. 아버지에게서 아들에게로, 어머니에게서 딸에게로 유 전되니까요." 샤먼이 무아노를 힐끔 쳐다보면서 대답했다.

"이런 발작이 일어난 지 오래됐어?" 제레미가 어두운 얼굴로 물었 다. "나랑 있을 때는 한 번도 이런 적 없었잖아!"

"약을 먹었으니까." 무아노가 고백했다. "약만 먹으면 꽤 오래 견 딜 수 있어. 하지만 이따금 특히 오랫동안 야수로 변신하지 않을 때 는 몸이 발작하게 내버려둬야 해."

이렇게 영악할 수가! 그토록 정직한 무아노가 너무나 천연덕스럽 게 거짓말을 하자 타라는 친구를 다시 봤다.

샤먼이 난처한 표정으로 말했다.

"이 저주의 증상에 대해 자세히 아는 게 없어서 내가 해줄 수 있는 치료가 없어요. 레파루스로는 더 악화시킬 수 있으니 휴식을 취하고 마음을 편안하게 가져야지 흥분은 금물이에요. 경기장 분위기는 도 움이 안 되니까 조용한 데로 가서 푹 쉬어요. 내일 폴로 팀이 들어오 게 공간이동의 문을 열 예정이니 아더월드로 떠나는 것이 좋겠어요."

"안 돼요." 무아노가 말했다. "난 여기 있어야 해요. 타라에게는 내 가 필요해요. 하지만 오늘은 푹 쉴게요. 파브리스, 늑대인간이니까 나를 안아서 숙소로 데려다 줄래?"

제레미는 이맛살을 찌푸렸지만 잠자코 파브리스의 품에 안겨서 멀어저가는 무아노의 모습을 물끄러미 쳐다봤다.

제레미가 조던을 향해 몸을 숙였다.

"무아노와 결혼 못 할 것 같아. 피가 좋지 않아. 부모님이 잘못 생각한 거야! 이 결혼은 안 돼!"

제레미가 큰 소리로 말한 게 아니지만 타라와 칼은 귀가 아주 밝았다. 둘은 재미있어하는 시선을 주고받았다. 하지만 제레미가 고개를 돌렸을 때 타라는 재빨리 표정을 바꾸고 심각한 얼굴로 쳐다봤다.

"글로리아 다아빌과의 결혼 약속은 없었던 걸로 할게." 제레미는 마치 가족의 장례라도 치르는 것처럼 침통한 얼굴로 타라에게 말했다. "배반자 드래곤이 악마들을 물리치기 위해 타라 너와 나를 강력한 무기로 만들었기 때문에 나는 이 유산을 물려줄 수 있는 여자와 결혼해야 돼. 그런데 무아노에게 병이 있다면 많이 사랑하지만 위험을 무릅쓸 수 없어. 네가 전해줄래? 결혼할 수는 없지만 친구 사이로 남자고. 부탁해, 무아노가 충격을 많이 받을 거야. 나와 결혼을 약속해서 몹시 기뻐했는데!"

타라는 웃지 않으려고 입술을 깨물었다. 그러고는 무아노를 위로하겠다고 진지하게 약속했다.

지금쯤 무아노는 파브리스와 재결합을 자축하고 있을 텐데. 타라는 둘의 행복을 진심으로 빌었다.

갑자기 돔을 둘러싼 전광판들에 불이 들어오자 깜짝 놀란 선수들이 하마터면 충돌할 뻔했다. 두 팀 선수들이 탄 페가수스들이 내려앉았고 모두 올려다봤다. 전광판에 리스베스와 아르칸즈의 모습이 나타났다.

여제와 마왕이 미소를 짓고 있었다. 타라는 짜증이 밀려왔다. 악마들의 훈련을 지켜보고, 한순간의 실수로 결혼할 위기에 처한 친구를 구하는 사이에 고모와 아르칸즈가 또 무슨 짓을 꾸민 거지?

"오무아 정부에서 마왕의 청혼을 받아들였음을 알리게 되어 기쁩니다." 리스베스 여제가 성명을 발표했다. "내일, 공간이동의 문을 열기 전에 우리 두 세계의 결합을 조인하고 더욱 돈독해지기 위해 내 후계자 타라틸랑넴 덩컨과 아르칸즈의 결혼을 축하합시다."

물론 타라는 예상했던 일이지만 당사자와 한마디 상의도 없이⋯⋯ 이럴 순 없었다. 칼이 벌레 씹은 얼굴로 타라를 돌아보면서 말했다.

"기분 참 더럽네⋯⋯."

# 26

## 배신

불쑥 찾아온 불청객들을 어떻게 쫓아버리나

*

타라는 미친 듯이 고모의 숙소로 돌진했다. 화면에 비친 배경을 보고 아르칸즈와 함께 공동성명을 발표한 장소가 고모의 방이라는 걸 알았다.

"안 돼요!" 타라는 두 사람이 눈에 보이자마자 소리쳤다. "대체 어떻게 된 거예요? 그런 성명을 발표하다니!"

타라는 고모의 숙소까지 가는 데 시간이 좀 걸렸었다. 크리스털 볼과 컴폰이 계속 울려댔고, 속이 부글부글 끓는데도 마주치는 사람들로부터 축하를 받느라고 계속 멈춰 서야 했다. 타라의 눈이 완전히 새파래졌고, 두 손에서 마법이 지지직거리는 걸 보면서 축하 인사를 짧게 끝내고 피하는 이들도 있지만, 몹시 화가 나 있다는 걸 눈치채지 못한 이들은 뛰어오는 타라와 충돌할 뻔했다.

고모의 숙소까지 안내하는 화살표들이 빨간빛을 띠고 있어서 타라의 기분을 대변해주는 것 같았다. 뒤따라온 칼과 파프니르는 가능한 한 눈에 띄지 않으려고 벽에 붙어 있었다.

여제의 얼굴에서 미소가 사라졌다.

"타라, 그렇게 무장을 하고 내 앞에 나타나면 안 되지!"

고모가 뭐라는 거야? 타라는 빈손…… 아니 파란빛을 보면서도 너무 흥분해 있어서 의식하지 못했다.

"무장이라니요? 나는 무장한 게 아니에요. 하지만 곧 그래야 할 것 같네요. 고모가 내 인생을 망가뜨리고 있으니까요. 고모 마음대로 하게 가만히 있지 않을 거예요!"

타라가 위험하다고 판단한 마법이 예고도 없이 시퍼런 빛을 발사했다.

리스베스와 아르칸즈가 제때에 몸을 숙였기에 망정이지 정통으로 맞을 뻔했다.

격분해 있던 타라는 그제야 고모의 말이 이해가 되었다. 어떤 점에서는 무장한 상태였다. 타라는 마지못해서 마법을 거두었다.

아르칸즈와 리스베스는 조심스럽게 허리를 폈다.

"우리끼리의 싸움은 전혀 도움이 안 되니까 진정해, 타라." 마왕이 등 뒤쪽 벽에 생긴 시커먼 자국을 보면서 말했다.

결혼 발표가 나자 타라만 달려온 게 아니었다. 바로 몇 분 전 블루드래곤도 들이닥쳐서 길길이 날뛰었다. 친위대원 둘이 나서서 셈 선생님을 붙잡고 있었다.

씩씩거리는 타라를 보자 기세가 오른 셈이 친위대원 둘을 뿌리치면서 고함쳤다.

"다 돌지 않고서야 어떻게 이럴 수 있어! 타라와 이 악마의 결혼을 발표하다니! 리스베스, 당신은 뚜쟁이지 여제 자격이 없소! 어린 소녀를 괴물에게 팔아넘기다니! 돈 때문에! 당신의 영혼은 아마든보다 훨씬 비열하오!"

모두 멍하니 있었다. 아무도 리스베스에게 이런 식으로 대놓고 퍼부은 적이 없었다. 첫 남편이 죽은 뒤로는 말이다. 타라는 셈 선생님이 이 정도로 험악하게 나올 줄은 상상도 하지 않았다.

리스베스의 눈이 가늘어지더니 마법이 시커먼 아우라로 몸을 에워쌌다.

"지금 뭐라고 했소, 드래곤?"

"당신의 행동이 늙은 뚜쟁이 같다고 했소. 왜요, 내 말이 틀렸습니까, 인간?"

드래곤의 말이 어찌나 악의에 차 있는지 리스베스는 뼛속까지 사무칠 것 같았다. 칼은 한마디도 놓치지 않고 있었다. 이 싸움을 잘 지켜볼 수 있는 자리에 앉아서 구경하고 싶었다. 그래서 칼은 슬그머니 앞으로 나가 타라를 싸움터에서 가능한 한 멀리 잡아끌었다. 타라의 날씬한 몸이 닿자 기분이 좋았다.

칼은 부르르 떠는 타라의 몸짓을 느꼈는데 추워서가 아니라 웃지 않으려고 참는 것이었다. 칼은 아르칸즈의 눈치를 보다 불쾌하게 만들지 않기 위해 마지못해 타라를 놓아주었다.

이때부터 상황이 악화되었다. 리스베스와 드래곤은 아르칸즈와 다른 사람들이 지켜보든 말든 차마 입에 담지 못할 욕설을 날리기 시작했다.

얼마 후, 더는 듣고 있을 필요가 없다고 판단한 타라가 슬그머니 빠져나가자 파프니르와 칼이 따라 나갔다. 아르칸즈는 죽을 맛이라는 표정으로 같이 나가고 싶은 눈길을 던졌지만 이를 악물고 싸움터에 남았다.

친구들은 눈이 동그래졌다.

"오, 내 조상들의 수염이여, 어찌나 속이 시원한지 내가 드래곤을 좋아하지 않지만 이번만은 안아주고 싶었어!" 파프니르는 충격에서 벗어나지 못한 얼굴로 말했다.

"모두 속으로만 생각하던 걸 대놓고 내뱉은 것뿐인데 뭐!" 칼이 말했다.

필시, 황궁의 검열 부서에서 타라에게 악마들을 불러들이는 것과 관련해 뭔가 숨기는 게 또 있는 것이었다. 타라는 이제부터라도 개인 정보팀을 조직하기로 결정했다.

"도대체 뭘까?" 뭘 숨기고 있는지 궁금한 타라가 말했다.

"네 고모가 말한 것과 달리, 악마들을 불러들이는 것이나 네가 아직 어린데도 마왕에게 청혼할 기회를 준 것에 대해 모든 사람이 동의한 건 아냐. 랑코비트 정부는 강력하게 항의했어. 타라 네가 지구의 달에서 많은 시간을 보냈기 때문에 너만 몰랐던 거지. 특히 티타니아 왕비는 리스베스 여제의 결정을 아주 못마땅하게 생각하셨어."

타라는 감동한 얼굴로 미소를 지었다. 티타니아 왕비는 모성애가 아주 강했다. 하지만 이번만은 고모를 변호해야 했다.

"고모는 오무아를 위해 최선을 다하고 있는 거야. 물론 나였다면 악마들을 불러들이는 선택을 하지 않았겠지만."

"오무아를 위해서인지, 아더월드를 위해서인지 글쎄 나는 잘 모르겠다." 칼이 강조했다. "아무튼 랑코비트 정부의 거부 움직임과는 반대로 가결되었고, 악마들은 아더월드의 위성에 들어왔어. 그런데 내 생각에 여제는 원하는 것을 이루기 위해 여러 나라 정부를 상대로 뭔가 드러내서는 안 될 정치적 약점을 이용한 것 같아. 지금 이렇게 일사천리로 진행되고 있는 걸 보면. 하지만 악마들이 우리를 공격하고 최악의 경우 침략한다면 여러 종족들이 여제에게 책임을 물을 거야. 어쩌면 목숨을 내놓으라고 할지도 모르겠어."

타라는 창백해졌다. 칼이 그냥 하는 말이 아닌 것 같았다. 타라는 같은 방식으로 행동하지 않겠지만 어떤 점에서는 고모를 이해했다. 한 나라를 통치한다는 것은 그리 쉬운 일이 아니었다. 과도한 책임감에 짓눌리는 데다 통치자의 업적은 결과가 중요하므로 일일이 도덕성을 고려한 정치는 사실상 할 수 없었다.

타라는 눈을 감았다. 늘 그렇듯 이러지도 저러지도 못하는 처지에 놓였다.

"때로는 어린 소녀로 돌아가고 싶어. 책임감, 테러, 딜레마 같은 걸로 고민하지 않게."

눈을 다시 뜨던 타라는 칼의 반짝이는 눈과 마주쳤다. 동의하지 않는 눈빛이었다.

"난 싫은데." 칼의 목소리에서 장난기가 느껴졌다. "아니다, 너와 인형 놀이를 하면 아주 재미있을 것 같다. 의사 놀이는 어때? 싫어? 재미없을까?"

타라는 웃지 않을 수 없었다. 칼이 또 타라의 불안한 마음을 풀어주었다. 정말 타고난 재능이었다.

"빌어먹을!" 파프니르가 발끈했다. "그런 얘기는 다른 방으로 가서 너희 둘이만 하든가! 내 머리털이 곤두서려고 하니까!"

머쓱해진 타라는 칼을 안아줄 수 없지만 눈빛으로 고마움을 표시했다.

칼이 미소를 지어 보였다. 이해했다는 표시였다.

결혼 발표가 났기 때문에 타라는 숙소에 틀어박혀 있는 것 말고는 할 일이 없었다. 타라는 모든 연락을 받지 않았고, 찾아오는 사람도 만나주지 않고 전기로 열고 닫히는 문까지 마법으로 완전히 걸어 잠갔다. 제레미의 마법이라면 모를까 누구도 문을 열 수 없었다. 심지어 아르칸즈도 타라가 원치 않으면 문턱을 넘을 수 없었다. 한 가지 아쉬운 점은 칼과 밤을 보낼 수 없다는 거였다. '얼음 성녀'라는 별명이 생각보다 자꾸 신경이 쓰였기 때문이다.

타라는 축하연에 참석하지 않았다. 이상할 정도로 잠을 푹 잤다. 아침을 먹고 샤워를 한 뒤 타라는 마침내 메시지를 읽거나 듣기로 했다.

와우, 메시지가 엄청나게 많이 와 있었다. 대부분 고모가 보낸 것이었다. 하지만 고모에게 맞설 생각이 없기 때문에 일단 피하기로 했다. 타라는 폴로 운동복으로 갈아입은 뒤에 트란스미투스를 이용하여 갈랑과 함께 사라졌다가 잠시 후 경기장에 도착했다. 칼과 파프니르, 무아노와 파브리스(재결합의 기쁨을 나누느라 정신이 없어서 소식을 모르던 둘은 칼과 파프니르를 통해 알았다)는 오지 말라는 타라의 당부가 있었지만 경기장으로 곧장 달려갔다.

악마들도 이미 와 있었다. 가브리엘이 밋밋한 미소로 타라를 맞아주었다. 아침에 보는 왕싸가지는 전날보다 자신이 없는 것 같고 덜 공격적이었다. 타라는 생각하기도 끔찍하지만 결혼 발표 때문에 가브리엘이 조심하는 것이라고 생각했다.

가브리엘은 무표정한 얼굴로 말했다.

"마마, 선수들을 소개하겠습니다. 이쪽은 마마와 내가 속한 팀의 선수들인 우리엘, 아리엘이고, 저쪽은 상대팀 선수들인 에트리엘, 모리엘, 로리엘, 카비엘입니다."

아리엘과 에트리엘은 금발에 파란 눈, 모리엘은 빨간 머리에 초록빛 눈의 아름다운 여성 악마들이었다. 우리엘과 로리엘은 갈색 머리에 파란 눈, 카비엘은 밝은 밤색 머리에 갈색 눈빛의 잘생긴 남성 악마들이었다. 남녀 악마들이 공손하게 인사했다. 타라와 마찬가지로 그들은 승마용 바지와 부츠를 신고 있었다. 타라는 전날 악마들의 훈련을 지켜보는 사이에 누군가 숙소에 가져다 놓은 폴로 경기 장비를 갖추고 있었다.

가브리엘이 타라가 속한 팀의 주장이고, 상대팀 주장은 카비엘이었다. 그들은 타라가 폴로 경기 규칙을 잘 아는지 점검했다. 가브리엘은 타라가 중요한 규칙을 알고 있다는 걸 확인하고 나서 안심하는 눈치였다. 그다음 팀의 공격과 방어 전술을 보여주었다. 오무아 대표팀에서 하던 것과 크게 다르지 않기 때문에 타라가 잘 알아듣자 가브리엘은 만족스러운 표정을 지었다.

이어서 가브리엘은 타라가 페가수스를 탄 자세를 보기 위해 선수들에게 질주 회전과 비상 회전 기술을 실시하게 했다. 타라가 페가수스를 타는 기술은 아주 훌륭했다. 맬릿을 다루는 솜씨도 뛰어났다. 타라의 실력은 형편없기는커녕 수준이 높았다. 팀에 골칫거리가 될 폭탄이 아니라 에이스였다. 가브리엘은 타라가 페가수스의 갈기를 자르는 걸 원치 않자 맬릿이나 손에 걸리지 않게 땋아주고는 흡족한 듯 고개를 끄덕였다.

마침내 가브리엘은 타라를 경기에 뛰게 했다. 그리고 잠시 후, 폴로 연맹이 왜 타라를 제명했는지 이유를 알았다. 페가수스와 타라는 한 몸처럼 움직였다. 갈랑과 선수들의 페가수스는 상대가 되지 않았다. 타라는 위치 선정이 좋고, 상황 판단이 빠른 데다 페가수스에게 손이나 다리로 지시를 내릴 필요가 없었다. 페가수스는 타라와 동시에 반응하면서 정말 환상적인 호흡을 보여주었다.

가브리엘은 환한 미소를 지었다. 완벽했다. 스쿠프들이 몰려와서 악마들과 경기하는 후계자를 촬영하고 있었다.

경기장에 점점 많은 이들이 모여들고 있었다. 정오가 되자 협상을 잠시 쉬는 시간인 데다 아더월드의 폴로팀을 맞기 위해 공간이동의 문이 열리는 시간이라 너도나도 경기장으로 향했다. 여제와 친위대, 타딕스족, 드래곤들도 속속 도착했다. 페가수스들을 방해할 위험이 있는 블랙 드래곤들만 제외되었다.

타라는 몹시 즐거웠다. 타딕스에 온 목적, 정치, 친구들, 개인적인 문제들…… 모든 걸 잊었다. 공, 맬릿, 골대, 그게 전부였다. 이런 것들이 얼마나 그리웠는지 깨닫지 못하고 있던 타라는 경기에 완전히 취해 있었다. 다리로 전해지는 갈랑의 강한 힘, 두 다리와 오른팔을 따라 느껴지는 전율, 질주, 비상, 회전, 따돌리기.

타라는 득점을 하는 골게터가 아니라 팀의 4번 선수였다. 그렇지만 공이 10미터 높이로 올라가는 순간 페가수스들이 황급히 이동하면서 타라에게 오픈 공격 찬스가 왔다. 갈랑도 알아채고 공중에 있는 골대를 향해 질주했다. 갈랑은 다른 페가수스들보다 회전 속도는 느려도 힘이 좋고 민첩해 직진으로 날아갈 때는 누구도 따라잡을 수 없었다. 눈 깜짝할 사이에 둘은 공중에 이르렀고, 타라는 맬릿으로 공을 힘껏 후려쳤다. 상대편 페가수스들이 날개를 한껏 펼치고 전속력으로 날아왔지만, 공은 이미 골문으로 날아갔다. 골인!

관중석에서 함성이 터졌다. 모두 기립해서 앞다투어 휘파람을 불고, 고함을 지르며 환호했다. 타라를 향해 전속력으로 질주해온 가브리엘이 손바닥을 마주쳐주었고, 우리엘과 아리엘도 함박미소를 지으며 하이파이브를 했다. 한순간에 악마들과 아더월드 사람들이 하나가 되어 행복에 젖었다.

그때 공간이동의 문이 열렸다.

그리고 폭발음이 울려 퍼졌다.

연쇄 폭발이 일어나면서 돌들이 흔들리고 사람들이 여기저기서 비명을 질러댔다. 악마들이 순식간에 새떼처럼 사라졌다. 동시에 모우르무르의 기계들이 이상한 소리를 내기 시작했고, 경보가 요란하게 울렸다. 타라는 사방을 둘러봤지만 악마들과 함께 사라졌는지 아르칸즈가 보이지 않았다.

타라는 칼과 친구들 옆에 착륙했다.

"무슨 일인지 알아?" 타라가 외쳤다.

"아니!" 칼도 소리쳤다. "폭발이 연쇄적으로 일어났어. 좀 떨어진 데서 소리가 났는데 공간이동의 문 부근인 것 같아. 그 돔에 문제가 없어야 할 텐데. 아니면 거기 있던 이들 모두 죽을 위험에 처해 있을 거야."

"모두 방독면을 써." 타라가 말했다.

친구들은 얼른 방독면을 불러내서 패밀리어들까지 씌워주었다.

사람들이 출구로 몰려가고 있지만 타라는 더 빨리 가는 쪽을 택했다. 즉시 트란스미투스 주문을 읊었다.

그리고 타라 일행은 공간이동의 문 대합실에서 유형화되었다.

그야말로 아수라장이었다.

악마들이 즉각 공격했다.

다행히 타라는 아주 견고한 방패를 불러냈고 두 악마의 광선은 팅겨나갔다.

타라는 본능적으로 대응했다. 타라의 마법은 악마들의 방패를 통과했고, 악마들이 픽픽 쓰러졌다.

사방에서 광선을 쏘아대고 있었다.

대합실에 남은 친위대원은 그리 많지 않았다. 연습 경기가 없었다면 아더월드의 폴로팀을 맞기 위해 여제와 함께 있었을 텐데. 적은 수의 대원들이 그럭저럭 방어하는 사이에 악마들은 무언가를 설치하면서 움직이는 것이면 무엇이든 광선을 쏘아대고 있었다.

가브리엘이 준비한 폴로 경기는 기분 전환일 뿐이라고 하더니 악마들에게 완전히 당한 것이었다.

타라는 친위대원의 몸에 난 구멍을 보면서 이번에는 악마들이 그저 마비시키는 광선을 쏜 것이 아니라는 걸 알았다.

악마들은 다치는 대로 죽이기 위해 쏘아대고 있었다.

"브롤크 드 슬루르크, 불행하게도 내 예상이 맞았어." 타라가 중얼거렸다.

타라 일행은 창고 같은 곳에서 유형화되었고 악마들을 즉시 제압했기 때문에 다른 악마들은 그들에게 관심이 없었다. 악마들은 공간이동의 문 중앙에 설치한 기계에 태피스트리들과 왕홀을 거무스름한 초록색 밧줄로 연결하느라고 정신없었다.

여제가 타고 왔던, 페가수스들이 끄는 옥좌가 보였다. 타라와 친구들은 재빨리 그 뒤에 숨어서 지켜봤다.

악마들이 설치하는 시커먼 기계에 에너지를 공급하는 엔진이 보이는데 타라는 악마의 마법이라는 걸 알아차렸다. 농축시킨 초강력 마법 같았다. 타라는 정신적으로 악마의 사물들과 접속했다.

'저 기계를 자세히 봐.' 타라는 창, 만년필을 꺼내고 소매를 걷어 올리면서 물었다. '저 기계에 대해 뭐 아는 거 있으면 말해줘.'

'악마의 마법을 사용하는 기계야.' 갑옷이 대답했다.

'아주 강력해.' 창이 덧붙였다.

'그래도 우리보다는 약하지.' 갑옷이 말했다.

타라는 눈을 굴리면서 이런 일이 있을 줄 이미 예상했다고 대꾸하려다 그만 두었다.

'내 말은 저 기계가 악마의 마법을 사용해 뭘 하려는 건지 물은 거야?'

'우리 시대보다 기술이 많이 발전했어.' 갑옷이 한숨지었다.

'그런데 저건…… 군대 수송 기계 같아.' 창이 말했다.

타라는 심장이 멎었다. 아니, 계속 뛰지만 박동이 한두 번 건너뛴 것 같았다.

'군대 수송?'

'응, 창의 말에 동의해. 보울리미-레마족은 에너지원 부근에 저런 기계들을 설치하고 훔친 에너지를 사용하여 군대를 불러들여. 우리 종족을 정복하고 몰살할 때도 저런 기계를 사용했어.'

타라는 호흡을 가다듬었다.

악마들이 정말로 침략하려는 것이었다.

타라가 있어야 할 곳은 여기가 아니었다. 친구들에게 알려줄 겨를이 없이 타라는 재빠르게 주문을 읊었다.

잠시 후, 그들은 별 문양이 있는 중앙 돔에 와 있었다.

500명은 될 듯한 악마들이 분주히 움직이고 있었다. 박살이 난 모우르무르의 기계들과 친위대원들이 사방에 널브러져 있었다.

타라가 방금 공간이동의 문 대합실에서 본 것들과 같은 기계들이 원을 에워싸고 있는데 밧줄로 연결되어 있었다.

악마들이 마법을 소모하면서 주문을 읊고 있었다. 하지만 그중 100여 명은 아더월드와 타딕스의 군대를 막기 위해 분산 배치되어 있었다.

타라 일행이 나타나자마자 악마들이 일제히 광선을 쏘아댔다. 다행히 타라가 방패를 거두지 않았기에 망정이지 아니었으면 그 자리에서 새까맣게 타 죽을 뻔했다.

"소용없다!" 악마들 중 한 명이 외쳤다. "이곳으로는 아무도 유형화될 수 없다. 우리가 모든 걸 봉쇄했다!"

그래서 방어군도 드래곤도 없이 악마들만 있는 것이었다!

그런데도 타라와 친구들이 유형화되었다는 것은 누군가의 실수가 있었다는 것이었다. 서로 책임을 전가하는지 장교와 부하의 얼굴이 붉으락푸르락했다.

타라는 어떻게 한 건지 모르지만 아무튼 성공해서 기뻤다. 어쨌든 지금은. 이러다 체포되거나 사살되면 성공한 걸 기뻐할 수는 없을 테니…….

타라 일행은 방패로 방어하면서 의자들, 조각상 같은 것들 뒤로 피신하기 위해 뒷걸음쳤다.

타라가 마법을 작동하자 갑자기 온몸이 별처럼 번쩍거리기 시작했다. 하지만 악마들은 주문을 중단하지 않고 계속 읊어댔다. 이상한 잿빛 덩어리가 별 문양의 한복판이 아니라 돔 위에서 유형화되고 있었다. 아르칸즈와 가브리엘에게 농락당했다는 것에 격분한 타라는 공중으로 붕 떠오르면서 기계들을 향해 마법을 발사했다.

그런데 타라의 마법이 튕겨 나왔다.

악마들이 반격했다. 타라와 친구들은 응수하면서 알아차렸다. 별 문양을 에워싼 악마들은 방어력이 우수한 반면에 머리 위쪽에서 쏘는 악마들은 공격을 피하는 데 급급하다는 사실을.

놈들이 타라와 칼, 무아노, 파브리스의 마법과 파프니르의 도끼가 가차 없이 해치운다는 걸 모르는 것이었다.

타라는 일단 드래코-티라노사우루스 형상의 거대한 대리석 뒤에 숨어 있다가 악마가 가까이 다가오지 못하게 이따금 마법의 빛을 흔들었다. 그러면서 동태를 살피며 악마들이 뭘 하는지 파악했다. 악마 병사들은 주문을 읊는 악마들을 공격하지 못하게 하려고 엄호하고 있었다. 타라의 마법은 강력해서 벌겋게 단 칼이 버터를 뚫듯 악마들의 방패를 뚫을 수 있어야 하는데 끄떡도 하지 않았다. 타라는 여러 번 시도했지만 별 문양을 에워싼 악마들을 건드리지도 못하고 있었다.

다른 방법을 써야 했다.

부글부글 끓어오르는 타라는 바닥에 대고 마법을 발사했다. 하지만 악마들도 그걸 예상했는지 바닥이 강화되어 있었다. 타라는 칼과 파브리스, 무아노, 이번에는 파프니르의 도움까지 받으며 계속 마법을 발사했지만 소용이 없었다. 악마의 마법이 그들보다 훨씬 강력했다. 타라는 이를 악물었다. 꺼내고 싶지 않은 카드였지만 이제는 선택의 여지가 없었다.

'창! 갑옷! 너희들이 필요해!'

'우리의 힘을 완전히 고갈시키지 않겠다는 약속 잊지 마.' 악마의 사물 둘이 말했다.

'약속했잖아. 꼭 지킬게.' 타라가 대답하며 큰 소리로 덧붙였다. "살아있는 돌?"

"아름다운 타라, 예쁜 타라." 살아있는 돌이 호주머니에서 나오면서 대답했다.

"악마들의 방패를 부수려면 네 힘이 필요해."

"힘을 원해? 힘을 줄게."

"그런데 나는 노출되어 있어야 해. 우리를 보호해줄 수 있지?"

"내가 보호할게. 걱정 말고 맘껏 예쁜 타라의 마법을 발사해."

"고마워, 살아있는 돌!"

살아있는 돌이 머리 위에 자리를 잡자 타라의 몸이 번쩍이기기 시작했고, 눈이 새파랗게 변했다.

타라의 마법에 악마의 검은 마법이 더해지면서 검푸른 빛이 되었다. 친구들은 타라가 뭘 하는지 알 수 없지만 무슨 일이 벌어지고 있음을 느꼈다.

타라는 악마들이 자기들의 마법에 당하는 사상 초유의 공격을 하려는 것이었다.

타라는 붕 떠올랐다. 즉시 위험을 느낀 악마 병사들이 광선을 쏘아댔지만 살아있는 돌이 멋지게 방어했다.

"살아있는 돌! 지금!" 타라가 두 주먹을 내밀면서 외쳤다.

타라의 두 손에서 강력한 마법이 마치 존재하지 않는 것처럼 악마들의 방패를 뚫고 나갔다. 여섯 명의 악마들이 완전히 분해되었다. 머리 위쪽의 잿빛 형체가 흔들렸다.

"야호!" 칼이 외쳤다. "타라, 놈들을 다 쓸어버려!"

광선이 빗발치듯 날아오자 타라는 대리석이 약한 걸 알고 조각상을 다이아몬드보다 훨씬 강한 돌로 보강시켜놓은 타딕스족이 고마웠다. 지금은 조각상이 친구들을 구해준 것이었다.

광선이 날아오는 동안 흐트러진 갑옷을 매만지면서 파프니르가 말했다.

"아무래도 네가 쟤들을 건드렸나 보다. 너는 쟤들의 방패나 박살 내버려. 그다음은 내가 끝내줄 테니까. 준비됐지?"

"파프니르, 자신 있어?"하고 대꾸하면서 타라는 악마들의 공격을 격퇴하기 위해 이를 악물었다.

"농담해? 여기 온 뒤로 따분해서 죽을 뻔했는데. 칼과 너, 파브리스와 무아노, 너희들의 닭살 돋는 애정 공세 때문에 나의 실버가 얼마나 그리웠는지 알아? 드디어 나도 즐길 기회가 온 거야."

"쟤들은 500명이야!"

"쟤들한테는 안됐지만 하는 수 없지."

타라는 고개를 흔들었다. 오, 못 말리는 파프니르. 그 옆에서 무아노와 파브리스의 실루엣이 뿌옇게 되더니 야수와 늑대인간의 모습으로 나타났다.

"우리 둘도 준비됐어!"파브리스가 말했다.

"칼, 우선 네가 제일 취약하니까 내 옆에, 아니 내 아래쪽에 있어, 지금은."

칼은 마법을 작동하고 고개를 끄덕이면서 윙크를 보냈다.

"나 아래쪽에 있는 거 좋아해. 내가 살아있는 돌과 함께 너를 엄호할게!"

"셋 센다! 하나, 둘, 셋!"

칼과 살아있는 돌이 만드는 방패의 보호를 받으면서 타라는 악마의 사물들이 보내주는 마법과 함께 발사했고, 이번에는 악마들의 방패에 충격을 준 것 같았다. 타라의 검푸른 마법과 악마의 마법이 충돌을 일으키는 소리가 점점 커졌다. 뭔가가 굴복하고 있는 것이 틀림없었다. 타라 아니면 악마들의 방패. 타라는 잠시 쉬었다가 마법을 좀 더 강화했다. 마법이 마치 살아 있는 것처럼 포효하기 시작했다.

폭발 같은 것이 일어났고, 질겁한 악마들이 지켜보는 가운데 놈들의 방패가 굴복했다. 타라가 환호성을 지르는 사이에 야수와 늑대, 난쟁이가 팔짝팔짝 뛰었다.

다른 악마들은 하던 일을 끝내기 위해 주문을 계속 읊었고, 타라를 공격하던 악마들만 대항하고 있었다. 야수와 늑대, 난쟁이가 밀을 베듯 악마들을 쓰러뜨리는 반면에 타라는 광선을 쏘아대는 악마들을 향해 가차 없이 마법을 날렸다. 몇 분 사이에 스무 명이 널브러졌다. 하지만 악마들의 수가 압도적으로 많았다. 입구를 지키는 악마들이 무슨 신호를 보내는데 봉쇄된 출입구 너머에서 아더월드의 종족들이 들어오려고 한다는 신호인 것 같았다. 타라는 친구들과 마찬가지로 드래곤들일 거라고 생각했다. 문틈 사이로 이따금 불길이 보였기 때문이다.

그런데 맙소사! 타라와 친구들은 너무 늦게 깨달았다. 굉음과 함께 돔과 주위에 있는 모든 걸 박살 내면서 거대한 우주선이 유형화되었는데 바닥에 착륙하는 것이 아니라 그들의 머리 위에서 멈췄다. 이어서 수십 대의 우주선이 나타났다. 20대쯤 되는 우주선에서 철갑옷을 착용한 병사들이 끝없이 내려오면서 발포했다.

타라는 주문을 읊었다.

그들은 사라졌다.

# 27

# 가브리엘과 아르칸즈

특히 장전된 무기를 가진 쪽은
평화의 개념이 다른 법인데

\*

잠시 후, 타라 일행은 폴로 경기장이 있는 돔에서 유형화되었다. 그들은 중앙 돔 주위에 집결하는 우주선들을 볼 수 있었다. 꽤 많이 몰려와 있었다.

"우리를 침략하려는 거야." 격분한 야수가 으르렁거렸다. "타라, 왜 이동했어? 원군을 요청하면 이길 수 있었는데."

하지만 크림색 털의 늑대 파브리스가 옆에서 털북숭이 머리를 흔들었다.

"우리의 갈퀴발톱과 송곳니로 방탄 갑옷을 상대할 수 있다고? 안돼, 우리 모두 죽었을 거야. 타라의 판단이 옳았어."

파브리스는 옷을 입히라는 주문을 읊으면서 다시 변신했다. 못마땅한 야수는 계속 구시렁거리면서 변신했다.

모두 눈이 동그래졌고, 칼은 눈을 꼭 감았다.

"어이쿠, 너 지금 알몸인데……." 칼이 '친절하게' 알려주었다. "난 괜찮지만 파브리스가 내 눈을 뽑아버릴까 겁나니 얼른 가려줄래?"

무시노는 시선을 내리더 얼굴이 새빨개졌다. 이내 마법복이 몸을 가려주었다.

"아, 미치겠다." 무아노가 기어드는 목소리로 말했다. "야수에게 휘둘리다 보면 내가 원래 털가죽이 없다는 걸 자꾸 잊어. 미안해."

"걱정 마." 칼이 말했다. "이제 눈 떠도 돼?"

"응, 물론이지!"

타라는 고개를 쳐들고 우주선들의 동태를 지켜보다 고모에게 연락했다. 홀로그램으로 나타난 고모는 약간 얼이 빠진 얼굴이었다. 타라와 마찬가지로 고모도 검정 켈트릴 갑옷 차림인데 가슴에 100개의 금빛 눈을 가진 주홍빛 공작 문양이 있었다.

"아, 천만다행이다. 타라, 너 무사하구나! 너를 얼마나 찾아다녔는지 몰라! 컴폰을 왜 안 받아?"

타라는 컴폰이 울리는 걸 알아채지도 못했다.

"중앙 돔에서 악마 병사들과 싸우다 우주선들을 보고 일단 피신했어요. 고모는 어디 계세요?"

"나는 부근에 있는 한 돔에 있어. 우리는 공간이동의 문에 접근하려고 했지만 악마들이 장악하고 있어. 이런 짓을 꾸미고 있다는 걸 들키지 않으려고 그들이 돔 하나를 독차지하고 있었는데 우리가 눈치채지 못했던 거야. 전부 다 공간이동의 문을 열게 만들려는 계략이었어. 지금은 놈들이 타딕스를 지배하고 있어! 그리고 블랙 드래곤들이 있는 돔을 폭발시켜서 모조리 죽었어. 부상당한 블랙 드래곤들마저 벌레들에게 잡아먹혔고."

타라는 눈을 감았다. 공간이동의 문 주위를 에워싼 이상한 기계들을 봤을 때부터 왠지 예감이 좋지 않았다. 그런데 엎친 데 덮친 격으로 더 나쁜 소식이 있었다.

"놈들이 두 세계 사이의 소용돌이를 열었어. 우주선들을 들어오게 하려고 우리의 에너지까지 이용하고 있어."

10년은 더 늘어 보이는 고모가 약간 비틀거렸다.

"정말 믿고 싶었다." 고모가 중얼거리듯 말했다. "아르칸즈는 그렇게 보였는데…… 너무 잘생겨서…… 내가 의심했어야 했어. 하지만 너무 중요한 일이라서 시도할 필요가 있었어……."

"아르칸즈와 가브리엘이 어디 있는지 아세요?" 타라가 물었다.

"아니, 둘 다 못 봤어. 중앙 돔에 있지 않을까?"

"아니, 없었어요."

그때 질겁한 타딕스족이 리스베스 여제에게 메시지를 내밀었다.

"폐하, 악마들이 타딕스를 장악하고 있습니다."

"오래 못 가!" 성난 여제가 외쳤다. "아더월드의 우주선들이 지금쯤 이륙했을 거야. 스쿠프들이 이곳 상황을 전송했을 테니까. 길어야 두 시간 후에는 도착해."

"악마들이 우리 우주선들을 파괴하면 어떡하고요?"

"글쎄, 모르겠다." 여제는 불안한 얼굴로 대답했다. "놈들이 우주선들을 출동시킬 줄은 상상도 못 했어. 하지만 상황이 이렇게 됐으니, 타라, 우리가 할 일이 뭔지 알지? 세 시간만 기다리다 그때부터는

558

각자 상황에 따른 결정을 내리도록 하자."

타라는 컴폰을 쳐다봤다. 빨간 해골이 반짝이고 있었다. 타라는 뭘 해야 할지 알고 있었다.

"알았어요." 타라는 녹멘 소리로 대답했다.

그때였다. 전광판들이 켜졌다.

가브리엘이었다.

그리고 그 옆에 안젤리카가 있었다.

가브리엘은 검은색과 회색 갑옷 차림인데 흰색과 보라색 머리와 아주 대조적이었다.

첫 마디부터 놀라웠다.

"우리는 평화 협상을 하러 왔소."

타라는 어이가 없었다. 애들이 평화가 뭔지 알긴 아는 거야?

"우리는 이제 수천 년 전에 당신들이 물리쳤던 괴물이 아닌데 당신들은 여전히 우리를 위험한 침략자로 여기고 있습니다."

지금 도대체 뭐라는 거야, 저자가?

"우리의 전 왕 아르칸즈는……."

잠깐, 잠깐…… 방금 '전 왕'이라고 했나?

"여러분을 동등한 입장에서 대하는 것이 아니라 구걸하는 수준으로 협상에 임했소. 우리는 그것이 부당하다고 판단했소. 따라서 여러분의 조건이 아니라 우리의 조건으로 협상을 재개하고 싶소. 우주선들을 출동시킨 것은 우리가 약자의 위치에 있는 게 아님을 보여주기 위해서요. 폐하가 중앙 돔으로 오겠다면 환영하겠소. 우리는 진심으로 협상이 재개되길 바라오."

타라는 한 표현에 주목했다. '구걸'이라는 말이 귀에 꽂혔다. 하지만 구걸이라는 건 절망적인 상황에서 다른 선택의 여지가 없을 때 쓰는 표현이다. 악마들에게 구걸시킬 사람이 누가 있다고 저러지?

가브리엘은 자기를 촬영하는 스쿠프에게 빙긋이 웃어 보이고는 덧붙였다.

"우리 팀에서 폴로 경기를 훌륭하게 한 것에 경의를 표하는 타라와 함께 폐하를 기다리겠소. 아, 그리고 폐하의 우방인 드래곤들에게 우리 병사들에 대한 공격을 중단하라고 전해주시오. 계속 공격하면, 뭐라고 한다더라? 아, 드래곤들을 핸드백이나 벨트로 만들어버릴 테니까."

가브리엘의 이미지가 사라졌다.

그러고는 이내 또다시 나타나서 모두 깜짝 놀랐다.

"아, 내 정신 좀 봐. 아더월드에 도움을 청할 생각이라면 뜻을 이루지 못할 것이오. 이것이 현재 스쿠프들이 보내는 영상이라서……."

악마들이 편집한 영상을 보면서 모두 아연실색했다. 교활한 편집 때문에 타딕스에서 무슨 일이 일어났는지 아더월드에서는 아무도 알수가 없었다. 이 영상을 보면 협상이 순조롭게 진행되고 있고, 사람들은 평온하게 맡은 바 일을 열심히 하고 있는 모습이었다.

악마들은 모든 걸 예상하고 철두철미하게 준비한 것이었다. 타라와 여제의 팔목에서 핏빛 눈처럼 깜박이는 빨간 해골만 빼고.

고모의 홀로그램이 타라를 향해 돌아섰다.

"나는 가서 항복할게." 여제는 후계자에게 말했다. "가브리엘이 진심이라면 이 실패를 만회할 기회가 있을지도 몰라. 어쨌든 놈들이 수석으로 우세해. 그리고 아너월드에 연락할 방법이 없어서 원군도 요청할 수 없게 됐으니 나를 잡는 건 시간문제야. 하지만 너는 모습을 드러내지 마. 알아들었니, 타라? 가능한 한 오래 숨어 있어. 그리고 아무도 믿지 말고. 사랑한다."

그렇게 말하고 고모는 컴폰을 껐다. 타라는 '사랑한다'는 작별 인사가 끔찍하게 싫었다. '사랑한다'는 말을 끝으로 어머니를 잃었다.

칼이 타라를 안아주면서 위로해주었다.

"괜찮을 거야. 유령들이 습격했을 때를 기억해봐. 그때도 해냈잖아? 악마들을 상대로도 우린 해낼 수 있어. 레지스탕스를 조직해서 놈들을 힘껏 걷어차 버리자."

"그러려면 도움이 필요할 거야!" 뒤쪽에서 누군가가 말했다.

타라와 친구들은 획 돌아보다 굳어버렸다. 잘 아는 젊은이가 서 있었다.

아르칸즈.

잘생긴 악마가 무기가 없다는 걸 보여주기 위해 두 손을 들었다. 악마의 마법을 지니고 있는데 무기가 없다는 것이 무슨 의미가 있을까. 아르칸즈는 옷이 갈기갈기 찢어지고 부상당한 상태였다.

"나는 방금 쿠데타의 희생양이 되었다." 아르칸즈는 힘없는 목소리로 말했다.

그렇게 말하고는 눈이 뒤집히면서 기절했다.

의식이 돌아온 아르칸즈의 눈에 들어온 것은 자신을 들여다보고 있는 타라의 아름다운 얼굴이었다.

　"여기가…… 마법사들의 천국이라는 비욘드월드인가?"

　"아마 지옥일 거예요." 타라는 눈살을 찌푸리면서 말했다. "작전이 뭔지 모르겠지만, 당신은 방금 기절했어요."

　"나는 기절해본 적이 없어." 아르칸즈는 조심스럽게 말했다. "너에게 얻어맞고 충격을 받은 적은 있어도 의식을 잃은 적은 전혀 없어. 느낌이…… 아주 안 좋은데……."

　"당연히 그렇겠죠. 하지만 이제 깨어났으니 저거에 대해 설명하는 게 좋을 겁니다."

　아르칸즈는 타라가 손가락으로 가리키는 쪽을 올려다봤다. 중앙 돔 위로 거대한 우주선 10대가 보였다.

　"군대 수송 우주선들이야." 아르칸즈가 순순히 말했다.

　타라는 야무지게 말했다.

　"고맙지만 그건 나도 알아요. 내 말은 이유를 설명하라는 거예요. 이게 무슨 일이죠? 모른다는 말은 하지 마요. 당신의 수행원 모두가 가담하고 있으니까!"

　아르칸즈는 부인하지 않았다.

　"내 충복들이 내가 믿는 것만큼 충성스럽지 않은 것 같아. 그들이…… 변절했어."

　"전부 다?" 아르칸즈가 별로 좋아하지 않는 목소리가 비아냥거렸다. "미안하지만 그건 좀 믿기 힘든 말이다, 악마."

블루 드래곤의 거대한 머리가 타라의 머리 위에서 내려다보고 있었다. 노란 눈이 차갑게 쏘아보고 있었다.

"물론 다는 아니오." 아르칸즈가 대꾸했다. "내 근위대가 죽었으니 그들만은 나에게 충성했다는 뜻이니까요. 다른 희생자들도 있었는데 아더월드 측의 병사들이 죽인 게 아니라는 것도 압니다. 하지만 도망친 병사들도 있는 게 분명해요. 치밀하게 계산된 작전입니다."

아르칸즈의 목소리에서 괴로움과 분노가 느껴졌다.

"당신이 희생자라는 건 무슨 소리인가?" 블루 드래곤이 물었다. "당신도 공모했을 게 뻔한데 우리가 그 말을 어떻게 믿지?"

아르칸즈는 눈살을 찌푸렸다.

"내 동지들이 타딕스를 장악했소. 여러분은 아더월드에 이곳의 상황을 알릴 방법이 없어요. 스쿠프들이 보내는 영상은 조작된 것이고, 모든 통신은 감시받고 있으니까요. 모두 체포되는 건 이제 시간문제예요. 그리고 내가 그들과 공모해서 얻는 것이 뭔지 설명 좀 해주겠소? 가브리엘의 술수에 당한 겁니다. 모든 사람을 경기장으로 불러들이기 위해 폴로 경기를 제안한 거니까요. 그렇게 해서 공간이동의 문을 지켜야 할 방어선이 무너지자 가브리엘은 가장 위험한 블랙 드래곤들부터 제거한 겁니다. 그리고 원군이 오지 못하게 차단했고요. 이제는 여제가 늘 말하는 대로 아더월드의 종족들을 대표하는 오무아의 여제와 최고의 조건으로 협상하기 위한 모든 카드를 가브리엘이 쥐고 있어요. 나는 제외됐어요. 가브리엘이 새 마왕입니다. 따라서 이제 나는 가브리엘의 신하가 되었고요."

타라는 한숨을 쉬면서 이마를 문질렀다. 눈가에 다크서클이 지고 있었다. 아르칸즈가 알아보지 못했던 주근깨가 콧잔등에 있었다. 아르칸즈는 타라의 주근깨마저도 매력적이라고 생각했지만 아무 말도 하지 않았다.

바로 옆에 있던 칼이 물었다.

"그럼 이제 어떡하죠? 타딕스에 심각한 문제가 생겼다는 걸 아더월드에 알리기 위해 드래곤들과 합세해서 공간이동의 문을 탈환해야 되는 건가요?"

아르칸즈가 기절한 후에 그들은 멀리 떨어진 다른 돔으로 이동했고, 타딕스족이 건설 중인 새 건물 중 하나를 거처로 정했었다. 카지노 건물인데 구석구석 숨을 곳이 많았다. 그들은 타라의 살아있는 돌과 컴폰으로 시도해봤지만, 타딕스 내의 통신망만 가능하고 아더월드와는 통신이 불가능했다. 악마들이 행성 간의 통신을 완전히 두절시켜놓은 것이었다. 아더월드에 연락할 방법이 전혀 없었다.

좀 전에 공원을 지나오면서 꽃을 보다 타라는 갑자기 좋은 생각이 떠올랐다.

타라는 미소를 지었다. 그 미소가 어찌나 영악하고 묘한지 아르칸즈는 타라를 다시 보게 되었다. 타라는 무아노에게 달려가서 뭐라고 한참을 설명했다. 타라가 말할수록 공주의 얼굴이 회의적으로 변했다. 잠시 후, 무아노는 컴폰을 사용해서 누군가와 통화하더니 타라를 끌어안았다. 그러고는 야수로 변신해서 파브리스와 함께 전속력으로 달려갔다. 아르칸즈는 무아노가 어디로 그렇게 달려가는지 궁금했다.

이윽고 타라는 그들에게 이제 곧 싸워야 할 거라고 말했다.

그리고 가능한 한 오래 버텨야 한다고.

아르칸즈는 끝내 타라에게 어떻게 할 생각인지 묻지 못했지만 무슨 작전이 있는 거라고 짐작했다.

불행히도 싸우고 싶은 것과 싸울 기회가 있는 것은 엄연히 달랐다. 특히 서로 돔들을 차지하고 대치 상황에 있는 달에서는.

악마들은 레지스탕스가 조직되는 걸 원치 않기에 혈안이 되어 그들을 찾기 시작했다. 그래서 한 시간쯤 후부터 타라와 칼, 파프니르, 아르칸즈, 셈은 악마 병사들과 쫓기고 쫓는 고양이와 쥐 놀이를 시작해야 했다. 타딕스족은 왜소한 체형을 고려해서 문이며 가구 등을 작게 만드는 경향이 있는 데다 온통 하얗기 때문에 카지노 건물 밖에서는 숨는 것이 쉽지 않았다. 반면에 카지노 건물 안은 로코코풍으로 실내를 아기자기하고 화려하게 꾸며놓은 덕분에 구석구석 숨을 곳이 많았다. 큼직한 배관들이 설치된 지하실도 곳곳에 있었다.

그들은 가능한 한 금속 뒤에 숨었다. 악마들이 돌벽을 뚫고 내부를 살필 수 있는 '열 탐지기'를 갖고 있기 때문이었다.

이런 상황에서는 레지스탕스 투쟁이 유일한 방법이었다.

타라는 게릴라전에 대한 공부를 했었기 때문에 배후 공격을 받을 가능성이 없는 좁은 공간에서 적들을 제압해야 성공할 확률이 높다는 걸 알고 있었다. 그리고 다행히 그들만 침략자들과 싸우는 것이 아니라 여기저기서 산발적으로 전개되는 많은 전투 때문에 악마들은 그들을 체포하는 것이 쉽지 않았다.

셈 선생님은 드래곤의 모습을 유지하고 있지만 인간들과 함께 빠져나가기 좋게 몸을 가능한 한 작게 만들었다. 그래도 송곳니와 갈퀴 발톱은 위협적이었다.

셈 선생님은 위기에 처해 있을 게 뻔한 여제를 도와주러 가야겠다고 말했다. 타라와 친구들이 여제보다는 실전에 강하다고 판단한 것이었다. 셈 선생님은 말을 끝내자마자 그들과 헤어져 어둠 속으로 사라졌다.

타라는 칼과 함께 '인피뱀파'로 변신했다. 아르칸즈는 잠자코 있었지만 그의 눈빛은 이 새로운 모습의 타라가 매혹적이라고 말하고 있었다.

타라는 벨제부트도 변신시켰는데 뱀파이어 고양이가 아니라 몸길이가 2미터에 이르는 사나운 장밋빛 표범이었다. 파프니르는 빛깔만 빼면(파프니르는 장밋빛에 적응이 되지 않았다) 고양이의 새로운 변신이 난쟁이 전사와 딱 어울린다며 금빛으로 바꿔놓았다.

빛깔을 바꿔놓은 것에 화를 내며 으르렁거리던 벨제부트는 수염이 갈색이 되자 그제야 적응이 되는지 병사들과 '노는' 것이 아주 재미있다고 생각했다. 악마 세계의 고양이는 부상을 당해도 재생 능력이 있어서 죽는 것이 거의 불가능하기 때문이었다.

가브리엘의 병사 중 한 명은 아주 불쾌한 경험을 했다. 표범의 공격을 받고 쓰러진 병사는 숨이 끊어지는 순간 중얼거렸다. "어쩐지 낯이 익다 했더니 빌어먹을 고양이……."

벨제부트는 옛 주인들을 제거하는 것에 전혀 거리낌이 없어 보였다. 신이 난 파프니르와 벨제부트는 웃음을 터뜨리고 있었다. 타라가 '인피뱀파'로 변신시킨 칼이 자신의 몸을 대신하는 뱀파이어의 호전적 기세에 눌려 잔뜩 겁먹은 얼굴로 어찌할 바를 몰라했기 때문이다.

그래도 송곳니와 갈퀴손톱은 꽤 무시무시해 보이지만 장갑차와 맞닥뜨렸을 때보다는 덜 무서웠다.

타라의 체인지라인이 박살기와 굉음을 내는 여러 가지 무기를 제공했다. 로켓포 공격을 받은 악마 병사들이 장갑차 포탑에서 기침을 하면서 튀어나왔다.

악마 병사들은 아주 신중했다.

타라는 마법과 포탄, 갈퀴손톱을 모두 사용해서 공격을 퍼부었다. 뱀파이어 모습의 타라는 난폭하고 거칠었다. 가장 힘든 것은 악마들의 피를 빨아 먹고 싶은 충동을 억제하는 것이었다. 정말 냄새도 좋고, 아드레날린이 가득 찬 피는 따뜻하고 맛있을 것 같았다. 칼의 핏빛 눈에서도 같은 욕망이 느껴졌다.

타라와 칼은 동시에 갑옷 차림의 두 병사를 때려 눕혔다. 인피뱀파에 적응이 되자 도저히 욕망을 참을 수 없는 칼은 타라에게 입을 맞추고 나서 또 다른 병사에게 달려들었다. 흥분한 타라는 웃으면서 칼을 따라갔다. 몸속 뱀파이어의 눈에는 병사들이 침략자가 아니라 그저 사냥감으로 보였기 때문이다.

아르칸즈는 무기보다 훨씬 강력한 악마의 마법으로 대항하는 병사들을 마비시키고 있었다. 동족인데 죽일 수는 없었다.

타라는 잠시 숨을 돌리면서 컴폰을 봤다. 시간이 흐르면서 악마들에게 저항하는 조직이 차츰 줄어들고 있었다.

그리고 악마 병사들은 마법을 거의 사용하지 않고 오직 무기로 공격하고 있었다. 악마의 영혼들을 아끼기 위해서인가? 이상했다. 마불통 비마들은 큰 도움이 되지 않았다. 마비시키는 광선을 맞고 맥없이 픽픽 쓰러졌던 것이다.

고모가 오무아에서 출발하기 전에 설명해준 대로 타딕스에는 사람이 많지 않았다. 관광객과 타딕스 주민들을 소개했기 때문에 도박 빚을 탕감받는 대가로 봉사를 받아들인 노예들과 드래곤들을 비롯해 자원해서 타딕스에 들어온 3000여 명이 전부였다.

악마들이 아더월드와의 통신망만 차단했기 때문에 타딕스 내에서는 컴폰으로 통화할 수 있었다. 하지만 한 시간쯤 후 타라는 컴폰이 꺼져 있다는 걸 알았다.

악마들이 레지스탕스들 간의 내통을 막기 위해 국내 통신망까지 끊어버린 것이 틀림없었다.

그래서 무아노도 타라에게 연락할 수가 없었다. 타라는 예상만 할 뿐 확인할 길이 없어 무아노가 어떻게 됐는지 궁금했다.

지하 통로에 숨어서 동태를 살피던 타라 일행은, 악마 병사들에게 체포되어 머리 위로 손, 발, 촉수 들을 들고 있는 무리를 보았다.

다시 조심스럽게 이동하려는데 어디에 숨어 있었는지 갑자기 악마 병사들이 달려들었다. 매복이었다.

앞장서서 전진하던 타라가 붙잡히는 사이에 친구들은 재빨리 달아났다.

너무 지친 타라는 깊이 생각할 거를이 없었다. 무기로 위협하는 악마에게 잡히지 않은 손으로 단검을 뽑아 놈의 허벅지를 찔렀다.

그런데 너무 정신이 없어서 타라는 한 가지 잊은 것이 있었다.

평범한 단검이 아니라 ∩S를 뽑아 든 것이었다. 신바람이 난 단검이 비명을 질러대는 악마 병사의 허벅지를 빠져나와 목을 벤 다음 다른 병사들을 향해 날아갔다. 악마 병사들은 무슨 일이 일어나는지도 모르는 사이에 단검이 갑옷을 뚫고 들어갔다. 눈 깜짝할 사이에 악마들이 모두 널브러졌다. 친구들은 단검이 아직 숨이 끊어지지 않은 병사들까지 깔끔하게 제압한 다음 타라의 허벅지에 묶인 칼집으로 돌아오길 조용히 기다렸다.

타라는 허벅지를 보면서 가슴이 철렁했다.

"이런, 깜빡했어(타라는 파프니르와 시선이 마주쳤다). 파프니르, 이 단검, 네가 왜 특수 무기라면서 그렇게 자신했는지 이제 확실히 알겠어. 정말 내가 겁이 날 정도로 무시무시하다!"

파프니르는 살육 현장을 흡족하게 쳐다봤다.

"음, 아주 잘했어. 저 악마들이 이제는 난쟁이의 솜씨가 얼마나 대단한지 알겠지."

칼은 시체들을 감추기 위해 잡아끌면서 말했다.

"글쎄, 한 놈이라도 살았어야 소문을 내든지 말든지 할 텐데 다 죽어버렸으니 어쩌나······."

또다시 복병이 나타날까 봐 그들은 더 천천히 전진했다.

얼마 후, 타라 일행은 온갖 무리가 한 장소에 집결되어 있는 걸 보았다. 많은 이들을 거대한 광장에 몰아놓고 기계와 병사들이 포위하고 있었다. 전투를 벌인 것이 분명한 성악가들이 수갑을 차고 있었다. 자이언트 거미 가수도 옴짝달싹 못하게 포박되어 있었다.

모두 악마들에게 저항하다 잡혀온 것 같았다. 꽁꽁 묶여 있는 것으로 보아 거미 가수는 용감하게 대항한 모양이었다. 온몸이 불에 타거나 찔린 상처투성이었다. 살아남은 샤먼들이 바쁘게 뛰어다녔고, 마법사들은 레파루스 주문을 읊고 있었다. 타라가 우주선에서 내려오는 걸 보았던 덩치 큰 악마 병사들은 철갑옷 차림으로 침묵을 지키고 있었다.

가면을 쓴 악마 병사들을 보면서 타라는 문득 영화 〈스타워즈〉 속에 있는 느낌이 들었다. 갑자기 눈앞에 다스 베이더가 나타날 것만 같았다.

타라 일행은 좀 더 자세히 상황 판단을 하기 위해 재빨리 나가서 드래코-티라노사우루스 조각상 뒤에 숨었다. 그리고 소리가 나지 않게 그로시수스 주문을 읊었다. 체포되어 수갑을 찬 모우르무르의 파란 작업복이 누더기가 되어 있었다. 그을음을 뒤집어쓴 것으로 보아 악마 병사들에게 폭발물을 던지면서 결사적으로 대항한 것 같았다. 조던과 제레미도 붙잡혀 있었다. 제레미는 중상을 입은 조던을 내려다보면서 뜨거운 눈물을 흘리고 있었다. 조던은 마불통이라서 마법으로 치료할 수 없었다.

"왜 한 곳에 몰아넣었을까?" 파프니르가 속삭였다. "동시에 감시하는 게 힘들어서 그러나?"

"함정일 거야." 칼도 나직한 소리로 대답했다. "우리를 잡으려고 공격하길 기다리는 건지 몰라. 그럼 어떻해야 되지, 타라?"

하지만 타라는 다른 데 관심이 있었다. 가슴을 졸이며 무사하길 바랐는데 파브리스와 무아노도 체포되어 있었다.

인간 모습의 두 친구가 거미줄에 걸린 먹이처럼 꽁꽁 감겨 있었다.

갑자기 고개를 들던 타라는 깜짝 놀랐다. 아까 아르간즈에게 우주선들을 가리켰을 때도 뭔가 이상했는데 너무 정신이 없어서 그냥 넘어간 것이 있었다. 지금 다시 보면서 타라는 파랗게 질렸다.

"칼, 저기 우주선이 몇 대야?" 타라가 작은 소리로 물었다.

"아홉 대." 칼이 대답했다. "내 생각에 두 대는 순항 우주선이고, 나머지는 군대 수송 우주선인 것 같은데 왜?"

"도착했을 때는 몇 대였지?"

"적어도 스무 대쯤······."

칼이 다시 한 번 하늘을 쳐다보다 욕설을 내뱉었다.

"맞아. 적어도 열 대가 안 보여. 놈들이 지금 무슨 짓을 하고 있는 걸까? 아더월드를 공격하고 있는 거 아냐?"

"열한 대의 우주선으로?" 칼이 말했다. "아니, 그건 승산이 없어. 한 곳을 정하고 착륙해서 파괴하거나 함락한 다음 다시 이륙해야 될 텐데 그사이 우리의 최고 마구스들은 가만히 구경만 하겠어? 박살을 내 버리지!"

타라가 긴 머리를 젖히자 칼이 빨간 눈으로 뚫어져라 쳐다봤다.

"따라서 타딕스를 폭발시키는 건 아무 소용 없겠어."

뒤에 있던 아르칸즈가 깜짝 놀랐다.

"뭐라고?"

칼과 타라는 시선을 주고받았다. 아르칸즈가 같은 편이 아니라는 걸 까맣게 잊고 방심했던 것이다.

"네." 칼은 태연하게 어깨를 으쓱하면서 말했다. "그게 방법 중 하나였어요."

아르칸즈는 눈이 휘둥그레졌다.

"달을 폭발시켜? 아더월드의 두 달 중 하나를? 미친 거 아냐? 왜?"

"아아, 폭발이 아니라 폭파예요." 타라는 컴폰의 빨간 해골을 보여주면서 말했다. "여제도 같은 걸 갖고 계시죠. 그리고 당신들이 이런 행동을 하는데 우리가 달을 폭파한다는 게 미친 짓이에요? 그것이 악마들의 정복을 막을 수 있는 유일한 방법이라면 못할 것도 없죠!"

"아니, 정복은 우리의 목적이 아니야." 아르칸즈가 말했다. "그건 아니었어!"

칼이 우주선들을 가리켰다.

"미안하지만 난 이제 당신 말을 믿지 않아요."

아르칸즈는 피가 날 정도로 입술을 깨물었다. 타라가 갑자기 맛있는 사탕이라도 되는 듯 응시하자 아르칸즈는 주머니에서 손수건을 꺼내 얼른 피를 닦았다. 송곳니로 목을 깨물려는 타라가 두려워서가 아니었다. 뱀파이어 모습의 타라가 검은 여왕을 너무 많이 닮았기 때문이었다.

"상황이 이렇게 돼서……." 아르칸즈가 혼잣말처럼 중얼거렸다. "뭐라고 설명해도 믿지 않겠지만……."

아르칸즈는 더는 말할 수 없었다. 갑자기 울리는 비명소리에 모두 소스라치게 놀랐기 때문이다. 무아노가 잘 묶여 있는지 확인하던 병사가 무슨 일인지 따귀를 갈겼던 것이다. 그런데 무아노 혼자만의 몸이 아니라는 것이 문제였다. 몸속에는 야수도 살고 있었다. 게다가 야수는 예의가 없는 걸 아주 싫어했다. 야수로 변신한 무아노가 꽁꽁 묶인 줄을 끊어버리고 한 번의 발길질로 병사를 날려버렸다. 무아노가 따귀를 맞는 순간 늑대로 변신한 파브리스는 갈퀴발톱으로 거미줄을 끊어버리고 다른 병사들에게 달려들었다.

제압하려는 악마 병사들을 상대로 야수와 자이언트 거미, 닥치는 대로 죽이는 늑대가 싸움을 벌이자 포로들이 고함을 지르면서 들썩거렸다. 갈퀴발톱과 송곳니로 공격하는 진짜 동물들을 제압하는 것은 쉽지 않다. 무아노와 파브리스가 첫 번째로 할 일은 쓰러진 병사들의 무기를 빼앗는 것이었다. 자이언트 거미는 장갑차 중 하나에서 떼어낸 포탑을 머리에 얹더니 허둥대는 악마 병사들에게 포탄을 발사했다.

이번에는 타라가 마법을 작동했다. 무아노의 등 뒤에서 공격하려던 악마 병사는 무슨 일이 일어났는지 모른 채 초록색 파리로 둔갑했다. 늘 그렇듯 타라의 마법이 빗나갔기 때문에 병사 주위에 있던 포로들까지도.

"후퇴!" 타라가 외쳤다. "지하로 놈들을 유인하자. 칼, 아르칸즈와 함께 포로들을 구해주고 자이언트 거미까지 모두 도망치게 해. 그러면 놈들이 다시 체포하러 뛰어다닐 테니까 그만큼 시간을 버는 거야!"

그때였다. 위장하고 있던 악마 병사들이 모습을 드러내고 바로 광선을 쏘아댔다. 가브리엘이 이끄는 병사들이었다.

배를 맞은 파프니르가 비명을 지르면서 쓰러졌다. 이어서 칼이 푹 고꾸라졌다. 친구들을 구해야 하지만 타라는 그럴 겨를이 없었다. 갈랑에게 칼과 파프니르를 보호하라고 지시한 다음 발을 차면서 붕 떠올랐다. 타라는 마법으로 중력을 더 약하게 하면서 멋지게 날았다. 살아있는 돌과 악마의 사물들이 보내주는 힘을 받아 타라가 날린 마법이 빛의 물결을 이루었다.

그때 갑자기 머리 위에서 거대한 우주선이 나타났고, 아르칸즈가 고함을 질렀다.

타라는 사실 마법을 절제하면서 사용하고 있었다. 마법이 돔의 영역을 벗어날까 두려웠기 때문이다. 이제는 고모가 이 위성을 폭파시키지 않기를 바라면서 악마들을 제압해야 했다.

타라가 마법을 완전히 자유롭게 놓아주면 그 강력한 힘이 어느 정도일지 누구도 예측할 수 없었다. 이번에는 타라의 손에서 뱀파이어의 눈처럼 새빨간 빛이 발사되었다.

타라는 모두를 쓰러뜨렸다. 친구들, 포로들, 악마 병사들이 쓰러졌다. 가브리엘과 아르칸즈만 예외였다.

이 둘은 병사들보다 훨씬 강력한 악마의 마법이 보호해주었기 때문이다. 가브리엘이 타라처럼 붕 날아오르면서 마법을 발사했는데 검정 잉크빛이었다.

"네가 계획을 좌절시켜?" 가브리엘이 소리쳤다. "동생이란 놈이 어떻게 이럴 수 있니?"

타라는 너무 놀라 공중에서 떨어질 뻔했다. 높은 데 있어서 잘못 들은 건가? 동생? 아르칸즈가 어떻게 동생이야? 아르칸즈에게 형이 있었다고?

"그건 내가 할 말이에요!" 아르칸즈가 응수했는데 초록빛 눈이 분노로 이글거렸다. "내가 기다려달라고 했잖아요! 설득하겠다고! 시간이 필요했다고요!"

"하지만 우리는 시간이 없다! 나는 너를 계속 지켜봤어. 너는 거짓말을 했고, 비굴하게 굴복했어!"

"모든 걸 망치라고 한 사람이 도대체 누굽니까? O파의 사주를 받은 거예요?" 아르칸즈가 소리쳤다.

"우리 아버지!" 가브리엘이 웃었다. "아버지가 허락한 거야!"

엄청난 충격을 받은 아르칸즈의 얼굴이 파랗게 질렸다.

"뭐라고요? 거짓말!"

"동생, 아니 이복동생아, 거짓말이 아냐. 아버지를 만나면 물어봐. 지금 이 상황을 몹시 기뻐하고 계시니까."

타라는 아연실색했다. 도대체 이건 또 무슨 얘기야? 그렇지만 이복형제간의 싸움에 끼어들고 싶지 않았다(그래서 가브리엘과 아르칸즈가 전혀 닮은 데가 없었던 것이다). 타라가 꾸미는 작전에 아무런 도움이 안 되는데.

타라는 조금씩 하강하고 있었다. 이 돔에 있는 악마 병사들을 모조리 쓰러뜨렸지만 다른 돔에도 많은 악마들이 있었다. 그래도 공간이동의 문이 있는 이 돔에 있어야 도망쳐서 아더월드에 알릴 기회가 있었다.

그리고 부상당한 파프니르와 칼부터 치료해야 했다.

이미 5미터나 하강한 타라가 더 내려가는 순간 이름 부르는 소리가 들렸다. 슬루르크! 이복형제가 서로에 대한 비난을 멈추고 타라를 쳐다보고 있었다. 타라는 머쓱한 미소를 지었다.

"왜요?"

"슬그머니 사라지려는 건가?" 가브리엘이 보랏빛 눈을 반짝이면서 물었다.

"천만에!" 타라는 얼른 바닥에 내려서면서 받아쳤다. "두 사람 얘기가 길어지기에 너무 지루해서 좀 쉬고 있는데 뭐 잘못됐나요?"

가브리엘은 타라의 말을 믿는 척했다.

"뱀파이어로 변신하니까 아주 멋지군. 마음에 쏙 들어."

타라는 대응하지 않았다.

가브리엘 옆에 있는 아르칸즈는 기가 꺾이고 낙심한 얼굴이었다. 아르칸즈는 아버지가 자기를 지지해줄 것으로 믿었는데 사기가 완전히 떨어진 것이었다. 그때 갑자기 가브리엘 앞에 홀로그램이 나타났다. 싸움을 벌였는지 더럽혀진 갑옷 차림의 악마 병사였다. 타라는 병사가 서 있는 장소를 보면서 가슴이 철렁 내려앉았다.

아더월드였다. 더 구체적으로 말하면 리스베스 여제의 집무실. 엥카드나수스 금고에서 연기가 나고 있었다. 금고가 파괴된 것이었다. 곳곳에 널브러진 시신들은 팅가푸르 황궁과 엥카드나수스의 방어가 뚫렸다는 걸 알려주고 있었다.

타라는 악마들이 뭘 찾으러 갔는지 알고 있었다.

재앙이었다. 어떻게 알았지? 문득 고모가 해준 말이 떠올랐다. NA 스피어를 만든 과학자의 조수였던 에프리트! 모든 에프리트들과 마찬가지로 최고 입찰자에게 팔려온 용병이었다. 과학자가 죽을 때 에프리트는 분해된 것이 아니라 자기 나라로 돌아가서 NA 스피어에 대해 알려준 것이 틀림없었다.

그래서 악마들은 기분 전환을 핑계 삼아 폴로 경기로 관심을 돌려 놓고 한편으로는 NA를 훔쳐서 침략할 준비를 한 것이었다.

전 세계가 악마들의 극악무도한 짓에 처절한 응징을 할 것이다.

"보고하라!" 가브리엘은 만면에 미소를 지으면서 명했다.

악마 병사가 마른 입술을 적시면서 뭐라고 중얼거렸다. 가브리엘이 호통쳤다.

"더 크게! 무슨 말인지 모르겠다!"

"찾지 못했습니다."

가브리엘이 소스라치게 놀랐다.

"뭐라고?"

"있었던 건 분명한데 없습니다. 우리 감지기가 반응하는 걸 보면 아주 최근에 없어진 것 같습니다."

"찾아라!" 가브리엘이 소리쳤다. "모든 것이 그것에 달려 있다!"

병사가 경례를 하는데 이마에 땀이 흥건했다. 병사의 영상이 사라졌다.

가브리엘이 인상을 쓰면서 타라 앞에 서더니 뚫어져라 쳐다봤다.

"그걸 어쨌어?"

타라는 무슨 말을 하는지 전혀 이해가 안 되는 얼굴을 했다. 반은 사실이었다. 고모가 아더월드를 출발하기 전에 스피어를 다른 데로 옮겨놨을까? 뭔가 잘못되고 있는데.

"뭘 어쨌냐는 거예요?" 타라는 순진한 얼굴로 응수했다.

타라는 가브리엘이 발끈할 거라고 예상하면서 그의 얼굴이 아니라 어깨를 쳐다봤다. 가브리엘이 충동적으로 나올 거라고 계산한 행동이었다. 가브리엘이 때리려고 손을 날렸지만 이미 대비한 타라는 살짝 피하면서 머리로 옆구리를 받아버렸다. 그 일격에 가브리엘이 허리를 구부리면서 휘청거렸다. 뱀파이어로 변신한 타라가 인간보다 훨씬 세고 민첩하다는 걸 가브리엘이 잊은 것이었다.

"망할 계집!" 가브리엘이 욕설을 내뱉었다. "기다려, 뜨거운 맛을 보여주겠다!"

가브리엘이 악마의 마법을 날렸지만, 타라는 준비가 되어 있었다. 타라는 살짝 피하면서 약한 중력을 이용해 아르칸즈가 꽃을 따러 오를 때처럼 붕 떠올랐다.

공중에서는 취약하기 때문에 타라는 그리 오래 머물지 않았다. 성난 가브리엘이 온갖 마법으로 공격했지만, 타라는 끄떡없이 방패로 충격을 막아냈다.

하지만 악마의 마법이 방패를 뚫고 들어오면 죽을 수 있었다. 그래서 타라는 그동안 훈련으로 몸이 잘 기억하고 있는 기술을 이용해서 펄쩍펄쩍 뛰거나 교묘히 따돌리는 것으로 공격을 피했다. 가브리엘도 빨랐지만 타라는 더 빨랐다. 갑자기 가브리엘이 멈춰 섰다. 그의 마법은 타라의 방패를 맞고 튕겨나갔지만, 타라의 공격은 두 번이나 성공했다. 멀쩡한 타라를 보면서 가브리엘은 자존심에 상처를 입었다.

자존심 때문에 어떤 결정을 내리면 대체로 원하는 결과를 얻지 못하는 법이거늘.

가브리엘은 아르칸즈를 향해 손을 내밀었다.

그리고 아르칸즈의 마법을 빼앗았다.

아르칸즈는 대응하지 않았다. 이복형이 힘을 빼앗아가게 가만히 있었다. 아버지의 배신에 충격을 받은 아르칸즈는 급격히 무너져버렸다. 타라가 정말 마음에 들었고, 사랑에 빠졌다는 걸 알고는 두 은하계의 서로 다른 종족 간 대립을 평화적으로 해결할 수 있다고 생각했다. 하지만 그의 형은 동생만큼 인내심이 없었다. 그래서 아르칸즈는 이번 방문에서 형을 림보에 있게 하려고 노력했다. 그런데 가브리엘이 아버지의 조종을 받고 있었다니······.

게다가 유감스럽게도 옛 보울리미-레마족의 기질을 고스란히 물려받은 가브리엘은 원하는 것은 어떻게든 빼앗아야 직성이 풀리는 성격이었다.

가브리엘이 작은 별처럼 번쩍거리더니 시커먼 마법이 살아 있는 연기처럼 그를 에워쌌다. 타라는 침을 삼켰다.

가브리엘이 음흉한 미소를 지으면서 손가락으로 타라를 가리켰다. 모두 의식을 잃었고, 타라 혼자였다.

타라는 가브리엘의 마법이 더 강력하다는 걸 알고 있었다. 포기할 수 없기 때문에 싸우려고 했지만 진다는 걸 알고 있었다.

타라는 졌다. 타라와 함께 아더월드도 패하는 것이다.

가브리엘이 드디어 마법을 날렸다.

그리고 머리 위로 보이는 우주선이 폭발했다.

# 28

## 글루블

전투에서는 알코올이 생각보다 훨씬 중요한 역할을 하는데

*

　무아노와 파브리스는 타라의 지시를 받고 일행과 헤어질 때 야수와 늑대로 변신해 있었다.

　둘은 그게 좋은 생각이 아니라는 걸 이내 깨달았다. 늑대인간과 야수가 위험하다는 걸 아는지 악마 병사들이 조직적으로 공격을 펼치면서 평범한 인간을 붙잡고 포박하는 것으로 만족하고 있었다. 세 번째 거리 끝에서 세 번째 공격을 받은 뒤에 무아노와 파브리스는 다시 인간의 모습으로 변신했다. 빨리 달리는 것이 오히려 의심을 사기 때문에 인간의 모습으로 천천히 다니기로 작전을 바꿨다.

　"이게 낫겠어." 파브리스는 미소를 지으면서 말했다. "공격을 받으면 우리는 질주 본능이 있잖아!"

　무아노가 깔깔대고 웃었다. 파브리스와 화해한 뒤로 기쁨과 행복

을 되찾았다.

둘은 달콤한 밤을 보냈다. 부드럽고 환상적인 밤이었다. 무아노는 한 가지 바람밖에 없었다. 타라에게 빨리 얘기하고 싶은데 전쟁 중이라 할 수 없었다.

무아노는 파브리스의 입술에 뜨거운 입맞춤을 하고, 활짝 웃었다.

"사랑해, 내 강아지."

파브리스는 슬픈 표정으로 눈살을 찌푸렸다.

"저기…… 무아노?"

"응?"

"'내 강아지'라는 표현은 하지 말지? 그건 좀 아닌 것 같아."

무아노는 깔깔대고 웃다가 재빨리 손으로 입을 막았지만 초록빛 눈은 웃고 있었다. 옆에서 쉬바가 한숨지었다. 어제부터 무아노가 너무 느끼하다고 생각한 쉬바는 영혼의 동반자와 정신적 끈을 끊어버렸다. 표범의 세계에서는 '사랑 놀이'가 훨씬 간단했다. 마음에 드는 수컷이 있으면 새끼를 낳을 때까지 같이 지내다 수컷이 다른 데로 떠나도 새끼를 데리고 그냥 살아가면 되었다. 쉬바는 언제 또 헤어질지 모르지만 꽤 오랫동안 파브리스까지 봐주어야 할 거란 예감이 들었다.

갑자기 정신적인 끈을 연결한 쉬바가 동반자의 머리에 뒤덮인 장밋빛 구름을 뚫고 악취가 나는 병사들이 있다고 알렸다. 표범의 예민한 후각이 철갑옷들이 풍기는 시궁창 냄새를 맡았던 것이다.

놀란 무아노는 즉시 파브리스에게 손가락으로 5와 1을 표시했다. 파브리스는 말없이 고개를 끄덕였다. 함정. 파브리스는 준비가 되어 있었다.

둘은 인간의 모습으로 싸울 생각이 없었다. 천천히 두 손을 머리에 얹고 걸어나갔다.

악마 병사들이 총을 겨눴다. 무아노와 파브리스는 가능한 한 위험하지 않은 평범한 인간인 것처럼 행동했다. 둘은 림보의 행성들에 사진이 배포되어 얼굴이 알려져 있을 테니 악마들에게는 경계 대상일 게 틀림없었다.

그런데 다행히 악마 병사들은 너무 예민해져 있는 탓인지 둘의 얼굴에 주의하지 않았다. 병사들이 다가와서 수갑을 채웠다.

파브리스와 무아노가 겁먹은 것처럼 부들부들 떨자 악마 병사들은 경계를 늦췄다.

큰 실수.

엄청난 소리로 포효하면서 변신한 무아노와 파브리스는 수갑을 박살 내버리고 병사들에게 달려들었다. 악마 병사 여섯이 표범까지 합세한 셋에게 꼼짝없이 당했다.

파브리스와 무아노는 재빨리 시체들을 치우고 인간의 모습을 되찾았다.

둘은 윙크를 하면서 활짝 웃었다.

파브리스는 무아노보다 마법 능력이 약해서 아무런 도움이 되지 않을 거란 두려움을 극복한 뒤로 마음이 편안해져 여유롭게 말했다.

"이제는 좀 즐길까?"

무아노는 고개를 끄덕이면서 눈을 반짝였다.

"꿈만 같아서 무슨 말을 해야 할지 모르겠어." 무아노는 파브리스의 손을 잡으면서 말했다. "언제 죽을지 모르는 위험한 상황인데도 아주 즐거워. 고마워, 파브리스."

"나도 고마워."

파브리스는 무아노의 입술에 키스했다.

쉬바는 시두르라는 메시지를 보냈다. '에이, 애정 표현은 나중에 하지. 지금 미션 중이잖아.'

무아노가 표범의 생각을 전하자 파브리스는 웃음을 터뜨렸다.

"맞는 말이야. 고마워, 쉬바. 너도 키스해줄까?"

하얗게 질리는 표범의 얼굴을 생각하며 둘은 가면서도 웃음을 참을 수 없었다. 아무튼 쉬바 덕분에 둘은 미소 띤 얼굴로 수월하게 글루블을 만나러 갈 수 있었다. 악마 병사들이 사랑에 빠져서 손을 꼭 잡고 다니는 연인들을 경계하지 않았기 때문이다(사실 병사들은 도처에서 폭탄이 터지고 있는 이런 때에 데이트하는 멍청한 것들이라고 생각했다. 그러다 갑자기 달려드는 야수와 늑대에게 목숨이 끊어지는 순간에야 비로소 깨달았다. '아, 어쩐지 역겹더니!').

글루블은 타딕스의 산업시설 단지가 있는 돔에 있었다. 타딕스에서 가장 큰 돔으로, 모든 것이 자동화되어 있었다. 감독하는 이들만 몇 명 있고, 모든 행성과 관광객들에게 공급하는 제품은 로봇이 만들고 있었다. 현재는 가브리엘의 병사들이 이 단지의 생산 작업을 중단시키지 않았기 때문에 신중한 진실의 입들이 이곳에 숨어 있었다. 진실의 입들은 방해가 많아서 집중력이 떨어지는 군중 속보다 여기서 악마들을 탐지하는 것이 훨씬 수월했다.

타라가 무아노에게 악마들이 컴폰을 도청할지도 모르니 글루블에게 당장 연락해 직접 만나라고 했을 당시는 아직 국내 통신망이 차단되지 않았다. 무아노는 재빨리 글루블과 약속을 잡았다.

"이런, 맙소사!" 파란 광채가 나는 글루블이 깜짝 놀랐다. "괜찮아요? 다쳤어요? 피가 나잖아요!"

무아노와 파브리스는 악마 병사들을 제압할 때 피가 묻었지만 씻을 시간이 없었다.

"아, 이거요? 우리의 피가 아니에요." 무아노는 아무렇지도 않게 대답했다. "파브리스, 내가 대사님을 만나는 동안 망을 봐줄래?"

파브리스는 고개를 끄덕이면서 변신했다. 글루블이 놀라운 눈길을 던질 때 늑대는 조용히 어둠 속으로 질주했다.

"공주님을 유혹할 생각이었는데 단념해야 되겠군요." 글루블이 조심스럽게 말했다.

무아노가 깜짝 놀라서 쳐다보자 글루블이 싱긋이 웃었다.

"그렇게 말해줘서 고맙습니다만 파브리스는 내가 너무나 사랑하는 남자예요."

"긴 이빨과 대적할 자신이 없습니다. 이길 가능성이 없으니까요." 글루블은 한숨지었다. "세상에서 가장 행복하길 바랍니다."

"사실 내 행복은 대사님에게 달려 있습니다." 영리한 무아노가 말했다.

글루블은 마치 허공에 대고 말한 것처럼 경직되더니 이내 무아노를 쳐다봤다.

"금방 오실 거예요."

잠시 후, 둘이 숨어 있는 방에 알코올의 기쁨을 발견했던 산티보르의 '화분 식물' 대사가 불쑥 나타났다. 대사가 무아노에게 뭐라고 속삭이는데 무아노는 만나서 기쁘다고 말하는 느낌을 받았다. 글루블이 그 느낌을 이내 확인해주었다.

"대사께서 이렇게 위험한 때에 만나러 와줘서 기쁘다고 말씀하십니다. 현재 상황에 대해 자세히 설명해주길 바라십니다. 엄청난 혼란과 공포의 이미지들이 보이는데 악마들이 뭘 하고 있는 겁니까?"

"악마들이 하는 말을 듣지 못하시나요?" 무아노는 의아한 눈길로 물었다.

"네." 대사는 글루블을 통해 대답했다. "우리는 악마들의 말을 이해하지 못해요. 악마들이 텔레파시 침투를 차단하기 위해 유전자 코드를 바꿨기 때문이죠."

"그래서 대사님을 만나러 온 겁니다. 우리는 대사님의 도움이 필요합니다."

타라가 부탁한 말이었다. 타라는 진실의 입들이 다른 사람의 느낌을 공유하며, 행성 간 먼 거리에도 불구하고 동족끼리 의사소통이 가능하다는 걸 알았을 때 이 정보를 머릿속에 새겨두었다. 그러다 악마들이 아더월드 사람들에게 침략 사실을 알리지 못하게 타딕스 통신망을 차단했을 때 달의 심각한 사태를 어떻게 알릴까 고민하던 중 술과 화분 식물 대사가 기억났던 것이다. 무아노는 예의를 지켜서 술에 얽힌 일화는 상기시키지 않고 아더월드 사람들에게 이 소식을 알려줄 수 있는지 물었다.

화분 식물이 몸을 떨었다. 글루블의 컴폰이 작동하기 때문에 행성 간의 통화가 두절되었다는 걸 모르고 있었던 것이다. 그래서 상황을 지켜보기로 하고 다른 행성에 연락할 생각도 하지 않았던 것이다.

"아더월드에 있는 다른 진실의 입들에게 연락할 수 있습니까?" 무아노가 물었다. "우리가 지금 악마들과 전쟁을 하고 있다는 걸 아더월드 국민에게 알려야 해요."

화분 식물이 몸을 부르르 떨었다.

"대사님께서는 감정과 느낌을 공유하는 것은 쉽다고 하십니다." 글루블이 전했다. "하지만 'SOS, 침략당했으니 원조 바람!' 같은 메시지를 보내는 것은 어려울 수도 있습니다."

아무런 성과 없이 타라에게 돌아갈 수 없는 무아노가 간청하듯 물었다.

"그래도 시도는 해보시겠죠?"

글루블은 미소를 지었다.

"당연히 시도하실 겁니다. 아더월드를 구하는 일이라면 누구 못지않게 앞장설 분입니다. (글루블은 농담하듯 덧붙였다) 그리고 공주님은 산티보르의 아주 중요한 고객인데요!"

화분 식물이 몸을 숙였다. 무아노도 정중하게 허리를 숙였다. 이윽고 화분 식물이 한쪽 구석으로 이동해서 몸을 떨기 시작했다.

잠시 후, 무아노는 글루블에게 나직하게 물었다.

"왜 저러세요?"

글루블은 눈살을 치켜올렸다.

"글쎄요, 아주 힘들기 때문에 전달하는 동안에는 나에게 접속하지도 듣지도 말라고 당부했어요."

온몸을 떠는 것 말고는 식물에서 별다른 징후는 없었다. 지켜보는 무아노는 침이 말랐다.

그렇게 두 시간이 훌쩍 넘어가는 사이에 악마들이 통신망을 완전히 차단했다. 무아노는 컴폰이 꺼졌을 때 알아차렸다. 글루블은 기다리는 동안 돌아가는 사태를 물었고 무아노는 상황을 설명했다. 글루블은 건낼 악마 사찰단과 타딕스 측 내표들와 함께 산업단지를 방문했던 대사의 의견에 따라 이 돔에 숨어 있게 되었다고 말했다.

그때 늑대가 전속력으로 달려왔다.

뒤쫓아온 수많은 악마 병사들이 광선을 쏘아대고 있었다.

글루블은 어둠 속으로 사라지는 반면에 화분 식물은 옴짝달싹하지 않았다.

악마 병사들이 화분 식물에게 인식 능력이 있다는 걸 알면 체포할 텐데. 그저 악마들이 모든 손님들의 신체적 특징을 모르길 바라는 수밖에 없었다.

무아노는 병사들을 교란하기 위해 공포에 질린 소녀 흉내를 내면서 달아났다. 그게 통했다. 병사들은 진짜 화초라고 생각했는지 진실의 입에게 눈길도 주지 않고 무아노를 뒤쫓았다. 몸이 가볍고 재빠른 무아노는 진실의 입에게 시간을 벌어주기 위해 병사들을 아주 멀리 유인했다. 무슨 수를 써서라도 진실의 입을 보호해야 했다.

병사들이 포위했다. 무아노는 미소를 감추고 얌전히 두 손을 내밀었다. 파브리스가 갑자기 달려드는 사이에 이번에는 무아노가 야수로 변신했다.

불행히도 이번에는 병사들의 수가 많았다.

게다가 공간이 협소해서 마비시키는 광선을 피해 도망칠 수가 없었다. 야수와 늑대는 어떻게든 버티려고 했지만 여러 번 광선을 맞았고 결국 꼼짝할 수가 없었다. 성난 병사들은 포로가 움직이면 수축되는 튼튼한 줄로 꽁꽁 묶었다. 무아노와 파브리스는 눈썹 하나 까딱할 수 없었다. 어차피 마비되었으니 크게 달라질 것도 없지만.

병사들은 둘을 한 광장으로 끌고 가서 거칠게 꿇어앉혔다. 더 강력한 포로들이 꽁꽁 묶여 있는데 연주회장에서 노래했던 자이언트 거미 가수도 끼어 있었다.

야수의 갈퀴발톱에 상처가 난 병사는 무아노가 잘 묶여 있는지 확인하러 왔다. 마침 그때 마비가 풀리자 무아노는 포박한 줄이 어떤지 시험해보려고 몸을 움직였다. 맙소사, 줄이 수축되면서 무아노는 인간의 모습으로 바뀌었다.

그러자 병사가 비열하게 무아노의 몸을 더듬었다. 극도로 예민해진 무아노가 냉소적으로 쏘아보자 병사가 갑자기 따귀를 날렸다. 아주 거칠게 두 번씩이나.

따귀를 맞고 화가 치민 무아노가 반격하려는 순간 격분한 파브리스가 그토록 질긴 줄을 끊어버렸다. 파브리스가 성공했다는 건 무아노도 하면 된다는 것이었다. 잠시 후, 포효하면서 달려든 야수는 병사를 침대에 눕지도 못하게 묵사발을 만들어버렸다.

야수와 늑대는 수적 열세에도 불구하고 격렬하게 싸웠다. 파브리스가 자이언트 거미를 풀어주는 사이에 무아노는 단검에 등을 찔릴 뻔했다. 하지만 단검으로 찌르려던 병사가 검푸른 마법을 맞고 푹 쓰러지자 무아노는 타라가 근처에 와 있는 걸 알아차렸다. 무아노는 마법이 날아온 방향으로 미소를 보낸 다음 다른 악마들에게 달려들었다. 타라가 있다면 걱정할 필요가 없었다.

그때 뭔지 모르는 것에 충격을 받고 무아노는 쓰러졌다. 잠시 후, 눈을 뜨고 주위를 둘러보니 모두 쓰러져 있었다. 공중에 세 사람이 떠다니고 있었다. 아르칸즈와 가브리엘, 타라.

그들이 머리 위로 무시무시한 회색 우주선 한 대기 돔을 향해 대포를 겨누고 있었다.

타라는 바닥으로 내려섰다. 가브리엘은 타라를 향해 마법을 날리려고 했다. 뭔가 시커먼 것이 가브리엘을 에워싸더니 손가락으로 타라를 가리켰다.

그리고 우주선이 폭발했다.

마라가 타고 있는 소형 우주선 선장이 욕설을 내뱉었다. 위성의 궤도에 진입했을 때 달 주위를 에워싸고 있는 초대형 회색 우주선들을 발견했다.

"브롤크 드 슬루르크! 저게 뭐지?"

마라는 눈이 동그래져서 선장에게 뛰어갔다.

"악마들이 타딕스를 침략하고 있어요!" 마라는 공포에 질렸다.

선장이 또 한번 욕설을 뱉었다.

"여길 도망쳐야 합니다! 명령에 복종하고 싶지만 악마의 우주선들이 있다는 말은 듣지 못했어요!"

"우리가 보일까요?"

"아니, 우리를 찾으려고 우주 공간을 촬영하지 않는 한 볼 수 없어요. 그리고 우리가 있다는 걸 아무도 모르는데 그럴 이유도 없지요."

마라는 생각에 잠겼다.

"아더월드에 알려야 해요. 내가 침략자라면 제일 먼저 행성 간 통신망부터 끊었을 텐데."

선장이 고개를 흔들었다.

"안 돼요. 우리가 메시지를 보내면 저 우주선들이 당장 알아챌 거예요. 나는 죽고 싶지 않아요!"

소형 우주선 안에는 마라 외에 세 명이 있었다. 선장, 부조종사, 여성 대포 사수. 마라를 우주선으로 안내했던 여성 사수는 우주선이 도착했을 때부터 조종석에서 꼼짝도 않은 채 너무 가까이 다가오는 것은 무엇이든 발포할 태세였다.

마라는 한 손으로 부조종사에게 파랄리수스를 날리고, 다른 손으로는 총부리가 납작한 권총을 꺼내 들고 선장을 겨누었다.

선장이 멍하니 마라를 쳐다보는 사이에 부조종사는 신음소리를 내면서 쓰러졌다.

"나는 명사수니까 허튼짓하지 마세요." 마라는 목소리를 깔았다. "비록 내가 짝사랑을 하고 있지만 비겁하지는 않아요. 나는 아더월드를 정말 사랑하는 오무아 제국의 차기 후계자입니다. 따라서 아더월드를 구해야 합니다. 60만 타트롤의 거리를 최대 속력으로 달려와도 두 시간 내에 올 수 없어요. 따라서 아더월드의 우주선들이 여기까지 오는 데 두 시간이 필요해요. 메시지부터 보낸 다음에 철수합시다."

소녀와 말이 안 통하자 선장은 두 손을 부들부들 떨었다.

"놈들에게 대번에 발각됩니다! 몇 초면 우리의 소형 우주선은 박살이 날 거예요. 지금 바로 아더월드로 돌아가서 알립시다."

"안 돼요." 마라는 굽히지 않았다. "우리는 지금 시간이 없어요. 사랑하는 사람이 저기 있고, 지금 위험에 처해 있어요. 도움이 필요하단 말입니다. 이 메시지를 보내요, 지금 당장!"

선장은 선택의 여지가 없었다. 그는 메시지를 보냈다. 거의 동시에 조종석에서 찌지직거리는 소리가 났다.

"무슨 소리죠?" 마라가 물었다.

"놈들이 전파를 방해하고 있어요. 놈들의 로봇이 우리의 신호를 포착하고 즉시 방해하는 겁니다."

"어쨌든 메시지는 간 거죠?"

선장의 얼굴이 일그러졌다.

"모르겠습니다. 이제는 우리가 살길을 찾아야겠어요. 부조종사도 저렇게 됐으니……."

그들의 소형 우주선 앞에서 적군의 초대형 우주선 두 대가 천천히 회전하더니 다가왔다. 그러고는 대포 한 방을 쐈고, 소형 우주선이 요동쳤다.

"명중시키지 못했어요." 선장이 하얗게 질려서 주저앉아 있는 마라에게 설명했다. "이제 우리만큼 빠른지 보자고요. 그러지 않길 기도하세요."

마라 쪽 사수가 대포로 응사했는데 악마들의 우주선 방패에 부딪쳐 산산조각이 났다.

악마들의 우주선은 멀쩡했다. 마라는 그 안에서 배꼽을 잡고 있을 악마들이 눈에 선했다.

이때부터 쫓고 쫓기는 긴 추격전이 시작되었다. 소형 우주선이 더 빨랐고, 날아오는 포탄을 용케 피했다. 때마침 깨어난 부조종사가 합세해서 초대형 우주선들과 싸웠다. 문제는 소형 우주선이 더 빠르긴 해도 아주 많이 빠르지는 않다는 점이었다. 바짝 추격해온 초대형 우주선 두 대가 대포를 발사했다. 약간의 실수라도 하면 죽는 것이었다.

집중 포화를 받은 지 두 시간쯤 지났을 때 뒤쪽 엔진 중 하나가 파손되면서 사수가 부상을 당했다. 더는 빠져나갈 방법이 없어서 항복해야 했다.

선장은 항복한다는 표시로 엔진을 껐다.

선장은 회전의자를 돌리고 마라를 쳐다봤다.

"끝났어요. 놈들을 너무 자극하지 말기 바랍니다."

초대형 우주선이 모든 걸 집어삼킬 기세로 점점 가까워졌다. 그런데 갑자기 믿기지 않는 일이 일어났다.

초대형 우주선이 폭발했다.

# 29
## 세계 전쟁
어떻게 해야 자원이 다른 여친에게 깊은 인상을 남길까

\*

파괴 광선을 맞고 폭발하는 우주선을 멍하니 바라보던 타라는 시선을 내렸다. 가브리엘과 아르칸즈는 사라지고 없었다. 타라는 그들을 추적하지 않고 포로들을 향해 달려갔다. 깨어난 무아노를 발견하고 재빨리 일으켜주었다. 파브리스와 칼, 파프니르는 아직 의식이 없지만, 다른 포로들과 마찬가지로 조금씩 몸을 움직이고 있었다.

하늘에서는 치열한 전투가 벌어지고 있었다. 어디선가 갑자기 나타난 아더월드의 연합군 우주선들이 악마들의 우주선들을 공격하고 있었다. 악마 우주선 선장들은 수백 대의 우주선들을 상대할 수 없다는 걸 깨닫고 도주하기 시작했다. 아더월드 연합군 속에 드래곤 전투 비행중대도 있었다.

연합군 우주선들은 충분한 거리와 속도를 유지하면서 빛의 속도로 위성의 궤도에 도달하기까지 두 시간이 걸렸다.

그중 한 우주선이 돔 부근에 착륙했다. 금속 빛깔의 뭔가가 내려오더니 빨판처럼 반구형 지붕에 찰싹 달라붙었다. 잠시 후, 돔이 열리고 드래곤, 무장한 키마이라, 늑대 병사 수백 명이 아직 비틀거리는 악마 병사들을 덮쳤다.

늑대 병사들이 주변을 샅샅이 살피면서 정찰을 끝내자마자 거물들이 등장했다. 선두에 선 드래곤 여왕 샤르맘니쉬라쉬바가 타라에게 우아하게 인사했다. 전투군대를 이끌고 온 산도르 황제는 즉시 엘프 병사들에게 리스베스 여제를 찾으라고 지시했다. 상황을 모르는 여제가 혹시라도 위성을 폭발시킬까 봐 막으려는 것이었다.

타라는 산도르 황제 옆에 서 있는 반가운 얼굴을 보면서 왜 왔는지 의아했지만 무작정 달려가서 끌어안았다. 마라는 한순간 버둥거렸지만 결국은 마지못해서 가만히 있었다.

"제때에 도착해서 천만다행이구나." 산도르 황제는 미소를 지었다.

타라는 황제를 와락 안았다. 무뚝뚝한 황제는 약간 당황하다 미소를 지으며 타라의 포옹을 받아주었다.

"얼마나 끔찍했는지 삼촌은 상상도 못 하실 거예요." 타라는 기쁨의 눈물을 흘리면서 말했다. "무슨 사이코드라마를 찍는 것 같았어요. 배신, 음모, 상황 급변, 정신을 차릴 수 없을 정도로 온갖 일이 벌어졌어요! 결국 산티보르족 대사가 메시지를 보냈군요?"

"처음에는 파란 땅신령이 통역해주는 말을 정말 이해하지 못했어. 달에 중대 사태가 벌어졌다고 주장하는데 우리에게 전달되는 영상을 보면 협상이 아주 순조롭게 진행되고 있었거든. 그러던 중 마라가 보낸 메시지를 받았지. 적군 우주선 20대가 타딕스를 공격하고 있는데 악마들의 우주선이라는 거야. 그래서 즉시 우주선에 군대를 승선시키고 이륙했지. 산티보르족 대사는 우리와 함께 있는 진실의 입과 접속을 끊지 말라고 했어. 자신의 뇌를 양분히여 계속 정보를 보내겠다면서(아, 그래서 화분 식물이 두 시간 넘게 몸을 떨고 있었던 건가?). 한쪽으로는 마법사들의 말을 듣고 우리에게 정보를 보내고, 다른 한쪽으로는 동족들과 접속한 거야. 파란 땅신령은 그건 정말 대단한 공적이라며 감탄을 금치 못했지. 우리는 위성 궤도로 진입하면서 20대가 아니라 10대의 적군 우주선들이 타딕스를 에워싸고 있는 걸 발견했다. 그런데 보이지 않게 위장한 소형 우주선 한 대가 적군 우주선들과 숨바꼭질을 하고 있는 거야. 소형 우주선이 나포되기 직전에 우리가 구출했는데 그 안에서 발견한 사람을 보고 얼마나 놀랐는지……."

산도르 황제가 마라를 쳐다보면서 말했다.

"마라, 이제는 설명해야지? 어떻게 된 일인지 정말 듣고 싶구나."

마라는 뾰로통하게 입술을 내밀었다. 하지만 드래코-티라노사우루스 조각상 뒤에서 나오는 칼을 발견하자 얼굴이 밝아졌다. 재빨리 뛰어간 마라는 아직도 눈이 뱅글뱅글 도는 칼의 겨드랑이 사이로 머리를 집어넣고 부축해주었다. 칼이 걸음을 멈추고 반들거리는 빨간색 뭉치를 호주머니에 집어넣은 다음 레비투스 주문을 읊었다. 축 늘어진 파프니르가 칼 뒤에 나타났다. 칼이 업기에는 난쟁이가 너무 무거웠던 것이다. 칼이 이미 치료를 했지만 피를 많이 흘린 난쟁이는 깨어나지 못하고 있었다. 샤먼들이 달려와서 난쟁이를 맡았다. 칼은 마라의 부축을 받으며 다가와서 타라를 응시했다. 살아 있어서 기쁘다는 눈빛이었다.

타라는 칼과 함께 변신했다. 둘은 정상적인 인간으로 돌아오자 안도했다. 돔에 피 냄새가 진동해서 먹고 싶은 충동을 참기 힘들었기 때문이다.

파브리스와 무아노는 서로 도와주고 있었다. 셈 선생님이 여제와 함께 나타났는데 옆에서 그르룰이 부축하고 있었다. 부상당한 블루 드래곤을 보고 이번에는 샤름이 달려왔다.

"떠나야 해! 지금 당장!" 리스베스 여제가 외쳤다.

다급한 목소리에 모두 놀랐다. 타라는 한숨을 쉴 뻔했다. 아직 끝나지 않았단 말인가?

"떠나? 왜?" 산도르 황제가 돌격할 기세로 물었다.

"가브리엘! 그자가 나를 죽이려 할 때 아르칸즈가 내 컴폰에 타딕스를 폭발시킬 버튼이 있다고 말했어요. 가브리엘이 미친 듯이 웃어대더니 그걸 이용해서 우리의 연합군 우주선들을 폭파하겠다고 큰소리치고는 마법으로 내 컴폰을 뽑았어요(여제는 아직도 피가 나는 팔뚝을 가리켰다). 아무에게도 연락할 수 없게 나를 가둬놓고 당장 죽이지 않겠다고 했어요. 위성과 우주선들이 폭발할 때 같이 죽게 두겠다고. 하지만 아르칸즈가 떠나면서 문을 완전히 잠그지 않아서 도망칠 수 있었어요."

그때였다. 타라의 팔뚝에서 빨간 해골이 깜박거리기 시작했다.

"서둘러요!" 타라가 소리쳤다. "놈들이 폭탄을 작동했어요. 삼촌, 우리가 타고 갈 우주선이 어떤 거예요?"

산도르 황제는 돔 위에 있는 금빛 우주선을 가리켰는데 거리 때문인지 작아 보였다.

"저건데 왜?"

타라는 어떻게 말 건지 실명할 시간이 없었다. 새빨리 뱀파이어로 변신한 다음 마법으로 멀리 떨어진 돔들까지 감각의 영역을 확장하고 냄새를 맡았다. 수천 명의 살아 있는 존재들이 여기저기 있었다. 악마, 켄타우로스, 유니콘, 진실의 입, 인간, 엘프, 늑대, 장밋빛 고양이. 공원에 있는 동물들의 냄새도 났다. 새, 나비, 개구리……. 타라는 악마의 사물들과 살아있는 돌의 도움을 받아 그들 모두(행성의 벌레들만은 데려갈 수 없었다. 너무 위험해서)를 무형화했다.

잠시 후, 깜짝 놀란 우주선의 승무원들이 탄성을 질렀다. 비행 갑판 위에 전투용 왕복선들을 갖춘 거대한 군함이 나타났던 것이다. 3000명에 이르는 사절단들, 체포된 악마들, 첫 번째 우주선에서 내린 늑대 병사들, 완전히 겁먹은 수많은 동물들을 모두 수용할 수 있는 크기였다. 타라는 무형화시킨 이들을 모두 탑승시켰다.

산도르 황제는 컴폰에 대고 큰 소리로 엔진에게 즉시 위성에서 멀리 떨어지라고 지시했다.

군함이 천천히 선회했다. 돔 위에 있던 금빛 우주선이 이륙하려는 순간 타라 일행은 전속력으로 우주선과 연결된 승강기에 올랐다.

"우주선 후미에 방패!" 산도르 황제가 컴폰에 대고 명했다.

우주선 후미의 스쿠프들이 영상을 전달했다.

그 순간 위성이 폭발했다.

바깥으로 팽창되다 즉시 안쪽으로 향하는 이상한 폭발이었다.

그 덕분에 그들이 목숨을 구한 게 틀림없었다. 폭발하면서 튕겨 나온 파편들에 부딪친 우주선들이 크게 요동쳤다. 위성과 더 가까이 있던 군함 뒤쪽 일부가 파손되었기 때문이다. 금빛 우주선이 즉시 끌어당겼고, 다행히 인명 피해는 없었다.

폭발하는 과정을 지켜보면서 모두 환호성을 지르려고 할 때였다. 금빛 우주선마저 위성 쪽으로 끌려가고 있었다. 금빛 우주선과 우주선이 견인하는 군함만 위험에 처해 있었다. 연합군 우주선들은 적군 우주선들을 격파하기 위해 멀리 흩어진 상태라 위성이 끌어당기는 힘을 피할 수 있었다.

금빛 우주선이 속력을 내보지만 견인하는 군함이 계속 끌려가고 있었다. 사령관이 후방 추진력을 최고로 올리라고 지시했다. 우주선이 요란한 금속 소리를 내며 위성이 끌어당기는 힘에서 벗어나기를 시도했다. 아래쪽에서 군함이 뒷걸음치고 있었다.

"사령관!" 타라가 외쳤다. "내가 신호를 보내면 군함을 놔줘요!"

"하지만 그러면 탑승원들이 ……." 사령관이 반박했다.

"내가 책임집니다! 시키는 대로 하세요, 아니면 우리 모두 죽어요!"

타라는 정신을 집중했고, 온몸이 마법의 빛으로 번쩍거리자 모두 물러섰다. 칼만 움직이지 않았다.

칼은 타라 옆에 남았다. 무한한 사랑과 경탄과 평온이 가득한 칼의 잿빛 눈을 보면서 마라는 가슴이 먹먹했다. 그리고 이 순간 깨달았다. 죽더라도 곁에 있겠다고 마음먹을 정도로 칼이 타라를 사랑한다는 것을. 칼이 원하는 것은 타라와 함께 있는 것, 그게 전부였다. 마라는 질투에 사로잡혔던 자신이 얼마나 어리석고 못나고 한심한지 깨달았다. 눈물이 주르륵 흘러내렸다. 마라는 지금 칼이 타라를 쳐다보는 것처럼 자신을 사랑해주는 남자를 찾겠다고 다짐했다.

타라는 무형화한 수많은 이들을 비행 갑판 위 한쪽으로 이동시키고(너무 많기 때문에 이들을 유형화시킬 수 없었다) 군함만 분리했다.

"지금!" 타라가 외쳤다.

견인을 담당하는 승무원이 파손된 군함을 놓아주었다. 군함이 앞으로 펄쩍 튀어나가는 순간 상황 파악이 안 된 수많은 이들이 비명을 지르면서 이제 죽는 거라고 절망했다. 하지만 타라가 눈앞에 유형화되는 순간 안도의 숨을 내쉬다 기절하는 이들이 있는가 하면, 살아났다는 고마움에 마법의 빛으로 번쩍이는 타라에게 환호를 보내는 이들도 있는 것 같았다. 다들 무형화되어 있어서 보이지는 않지만.

하지만 아직은 위험 지역을 벗어난 게 아니었다. 파손된 군함이 위성 중앙에 형성된 끓어오르는 구멍 속으로 빨려 들어가서 으스러졌다.

두 번이나 엄청난 힘을 쏟으면서 녹초가 된 타라가 다시 인간의 모습으로 변신하면서 중얼거렸다.

"블랙홀이 만들어질 거라고 생각하지 않았는데."

"아니, 당연한 거야." 말은 이렇게 하면서도 너무 놀란 고모가 눈이 휘둥그레져서 말했다. "기도나 하는 수밖에."

기도? 아니, 타라는 이것으로 끝낼 생각이 아니었다.

"제레미!" 타라가 외쳤다. "제레미 델렝비르 발 드레구스!"

"타라?"

불안한 군중이 제레미가 지나가게 비켜주었다. 제레미의 두 손에

형의 피가 묻어 있었다.

"네 마법을 작동하고 내 손을 잡아." 타라가 말했다. "빨리!"

칼이 눈을 치켜떴지만 제레미는 순순히 시키는 대로 했다.

타라와 제레미가 손을 잡는 순간 스톤헨지에서처럼 마법이 결합되었다. 배반자 드래곤이 이런 힘을 얻기 위해 둘의 유전자를 조작한 것이었다. 둘의 마법을 결합시켜 세상에서 가장 강력한 힘을 만들기 위해서였다. 타라의 지시에 따라 제레미는 힘을 합했다. 잠시 후 둘이 우주선에서 무형화되었다.

그리고 블랙홀 속으로 뛰어들었다.

칼이 비명을 질렀다. 고막이 터질 것 같은 비명 소리에 마라는 귀를 틀어막았다.

블랙홀이 주춤거리는 것 같았다. 중심에서부터 부글부글 끓어오르면서 빠르게 돌던 블랙홀의 속도가 떨어졌다. 점점 더 느려지다 안정이 되었다. 이윽고 끌어당기는 힘이 약해졌다.

손을 잡은 타라와 제레미가 나타났는데 둥둥 떠 있었다. 둘은 눈을 감고 있었다.

그리고 미소를 짓고 있었다.

둘이 바닥에 내려섰고 눈을 떴다. 칼을 발견한 타라가 품에 안겼다. 타라가 죽은 줄 알고 불안에 떨던 칼은 그제야 안도했다.

"다시는 이런 짓 하지 마." 칼은 떨리는 목소리로 말했다. "이 나이에 벌써 심장마비 타령이나 하며 살고 싶지 않으니까."

"위성은 블랙홀로 변하지 않았습니다." 방사선 책임자가 침착하게 말했다. "안정이 되었습니다. 이제는 위험한 상황에서 벗어난 것 같습니다."

모두 감격의 눈물을 흘렸다. 그리고 서로 얼싸안았다. 그중에서도 악마 포로들이 죽음을 면한 것을 가장 기뻐했다.

이것으로 적군 우주선들도 아더월드 연합군의 사정권을 벗어났기 때문에 산도르 황제는 아쉬운 얼굴을 했다. 실은 워낙 취약한 상황이라 제대로 공격할 수도 없었지만.

그들이 환호성을 지르고 있을 때 전광판이 켜졌다. 통신 장교가 보고했다.

"적군 측에서 홀로그래피 메시지를 보냈습니다, 황제 폐하."

"대형 전광판에 띄워라." 산도르 황제가 명했다.

리스베스 여제와 타라는 황제 옆으로 갔다.

화면에 홀로그래피 영상이 뜨고 아르칸즈의 잘생긴 얼굴, 그 뒤로 가브리엘의 얼굴이 나타났다. 하지만 무표정하게 정면을 응시하는 세 번째 얼굴이 보일 때 모두 경악했다.

안젤리카. 사실, 타라는 타딕스로부터 모든 이들을 무형화시킬 때 안젤리카가 보이지 않는다는 걸 알았다. 따라서 가브리엘 뒤에 있는 사람은 안젤리카가 분명했다.

그렇다면 의문은 하나였다. 인질인가, 공범인가?

아르칸즈가 말을 시작했기 때문에 타라는 질문할 겨를이 없었다.

"진심으로 사과를 드립니다. 이번에 우리 내부의 견해차가 심각한 수준이라는 걸 경험했습니다. 하지만 여러분이 내 이복형제의 음모를 아주 지혜롭게 좌절시켰기에 나는 아주 만족하고 있습니다. 정복하겠다는 명분으로 행성 전체를 소멸시키는 행위는 지탄받아 마땅하기 때문입니다. 따라서 나는 정권을 다시 장악했습니다."

모두 아르칸즈가 무슨 말을 하는지 모르겠다는 표정으로 전광판을 쳐다보고 있었다. 타라는 아르칸즈가 하는 말을 조금은 이해할 수 있었다.

그때 가브리엘이 끼어들어서 말했다.

"어떻게 알았습니까? 내가 NA 스피어를 훔친다는 걸 어떻게 알고 우리 특수부대를 보내기 직전에 빼돌린 겁니까?"

가브리엘의 충격적인 말에 아연실색한 리스베스 여제는 깊이 생각도 하지 않고 대답했다.

"NA 스피어? 그건 내 집무실에 있다!"

가브리엘은 마치 세상에서 가장 재수 없는 머저리를 본다는 듯한 시선으로 여제를 쳐다봤다.

"과학자 밑에서 일하던 에프리트가 우리에게 알려줬지요. 에프리트는 NA 스피어가 있는 곳을 아주 구체적으로 알려주었죠. 게다가 NA 스피어는 아주 독특한 냄새가 나기 때문에 어디에 있는지 정확히 알 수 있어요. 우리 우주선 여섯 대가 팅가푸르에 착륙했고 수천의 병사를 잃으면서까지 그 스피어를 훔쳐오기 위해 궁전을 공략했는데…… 여제 집무실에는 없었단 말이오!"

"하지만…… 하지만 그게 어떻게 없을 수가…….” 리스베스 여제는 어물어물 말했다.

그러자 마라가 주뼛거리며 나섰다.

"음…… 찾는 게 이거예요?"

마라는 특수 장갑을 끼고 금빛 스피어가 들어 있는 새장을 궤에서 꺼냈다.

리스베스 여제와 산도르 황제, 타라는 뒷걸음쳤다. 산도르 황제는 부드러운 목소리로 말했다.

"마라, 알았으니까 그걸 당장 바닥에 내려놓고 멀리 떨어져. 생명체의 열기에 반응하니까. 직접 만지지 않아도 넌 너무 오래 지니고 있어서 위험해."

갑자기 공포를 느낀 마라는 순순히 복종했다. 황제는 강철로 보강한 특수 장갑을 끼고 스피어가 들어 있는 새장을 궤에 넣었다.

"그게 뭡니까? 수류탄이에요?" 파브리스가 물었다.

"15광년 이내에 있는 모든 생명체를 예외 없이 파괴하는 살상 무기야."

파브리스는 소리가 나게 침을 삼켰다. 그리고 창백해졌다. 죽음 같은 정적이 흘렀다. 사람들이 본능적으로 뒷걸음쳤다.

"네가 방금 우리 모두를 구했구나." 산도르 황제가 마라에게 말하면서 덧붙였다. "사령관?"

"네, 황제 폐하."

"사령관의 개인 엥카두나수스를 빌려야겠소, 지금 당장."

사령관이 벌떡 일어났고, 황제와 함께 나갔다.

가브리엘의 홀로그램이 그들을 향해 몸을 숙였는데 화가 나서 어쩔 줄 모르는 얼굴이었다.

"너는 어떻게…… 어떻게 알았니? 네가 타라 덩컨의 동생이구나. 동생이 감췄다? (가브리엘이 아르칸즈를 돌아보며 윽박질렀다) 네가 알려준 거지? 네가 우리 종족을 배신해, 아르칸즈?"

비난에 격분한 아르칸즈가 대꾸하려는 순간 마라가 말했다.

"아니, 당신들과는 상관없는 일이에요. 나는 칼이 이 달에서 죽을 위기에 처했기 때문에 굉장히 화가 났어요. 내가 칼을 사랑하기 때문에……. 나는 칼을 구하고 싶었어요. 마지스터가 고모의 집무실에 있는 고문서를 훔치고 셀렌바를 죽이면 우주선과 승무원들을 내주겠다고 했어요(마라는 깜짝 놀라는 타라를 못 본 체했다). 그래서 그런 거예요."

"네가 셀렌바를 죽였어?" 여제는 깜짝 놀랐다.

"아뇨. 마지스터를 믿게 하려고 죽인 척한 거예요. 연출이었죠. 셀렌바는 우리에게 거짓으로 자수한 게 아니었어요. 잘 지내고 있을 거예요. 지금쯤 아마 사피르 드라고쉬와 한창 아기를 갖기 위해 노력하고 있을 거예요. 나는 엥카드나수스 금고 안에서 NA 스피어를 발견하고 무기라는 걸 알기 때문에 가져온 것뿐이에요."

아연실색한 침묵이 흘렀다.

아르칸즈는 눈살을 찌푸렸다.

"그러니까 사랑스러운 꼬마아가씨가 이 세계를 정복하려는 내 이복형의 무모한 작전을 좌절시킨 건가?"

마라는 인상을 쓰면서 고개를 끄덕였다.

아르칸즈가 껄껄대고 웃었다.

정말 재미있어하는 호탕한 웃음이었다. 그 웃음은 이내 포복절도

하는 웃음으로 바뀌었다. 어찌나 웃는지 얼굴이 빨개지고 눈물까지 흘렀다.

얼굴이 뻘게질 정도로 격분한 가브리엘의 이미지가 사라졌다. 안젤리카도, 마지막으로 그들을 응시하다가 사라졌다.

어찌된 상황인지 차츰 알아차린 몇몇 사람들이 킥킥거리더니 아르칸즈와 함께 웃음을 터뜨리기 시작했다. 이윽고 우주선 안의 모든 이들이 배꼽을 잡고 웃었다. 타라는 어찌나 웃었는지 배가 아팠다. 산도르 황제와 리스베스 여제는 거의 울먹이는 수준이었다.

진정되기까지 오래 걸렸다. 마침내 아르칸즈가 호흡을 가다듬었다. 그는 손수건으로 눈과 얼굴을 닦고 물을 조금 마셨다.

"잘된 거야, 타라?"

타라가 쳐다봤다. 아르칸즈는 적이지만 신의라는 것이 있었다. 이상한 일이지만 타라는 어떤 점에서는 아르칸즈를 좋아하고 있었다.

"네, 아르칸즈."

"정말 미안해. 일어나지 말아야 할 일들이었는데. 내 이복형의 어리석은 오만 때문에 서로를 이해할 수 있는 이 좋은 기회를 망쳐버렸어. 정말, 정말 애석한 일이야. 이제 우리는 우리 세계로 돌아가. 모든 일이 잘 해결되길 바랄게."

"잠깐, 알고 싶은 게 있어요." 타라가 말했다. "킬러를 고용한 사람, 당신과 결혼하기 직전 나를 죽이고, 로빈을 죽이려고 하던 의뢰인이 누군지 알아냈어요?"

아르칸즈는 미안한 표정으로 고개를 끄덕였다.

"나에게는 형제뿐만 아니라 누이들도 있어. 무슨 이유로 그런 건지 모르지만 누이들은 내가 타라 덩컨을 정복할 수 있게 도와주려고 그랬다는 걸 나도 얼마 전에야 알았어."

타라는 깜짝 놀랐다.

"그래서요?"

"누이들을 변호하자면 지구와 아더월드에서 인기가 많은 영화와 드라마들을 즐겨 보거든."

타라는 무슨 말을 하는 건지 이해가 되지 않았다.

아르칸즈가 계속했다.

"그 드라마들이나 영화에서 남자 주인공이 여자 주인공의 목숨을 구해주면 여자가 품에 안기잖아."

타라는 이제야 무슨 얘긴지 알 것 같았다.

"잠깐, 누이들이 로빈과 칼을 제거하는 것으로 그다음에 노리는 사람이 나라는 걸 당신이 알게 하려고 킬러를 고용했단 말이에요? 결정적인 순간에 당신이 킬러를 죽이고 내 목숨을 구해주면 내가 당신 품에 안길 거란 생각에서요? 그 모든 것이 당신들이 오기 전에 내 힘을 약하게 하려는 음모가 아니라?"

"정말 미안해." 아르칸즈는 거듭 사과했다. "톡시는 그게 아주 로맨틱하다고 생각한 모양이야(아르칸즈 옆에 한 얼굴이 나타났는데 장밋빛 머리의 아름다운 여성 악마가 장난기 넘치는 표정으로 싱긋 웃고는 이내 사라졌다). 누이들은 결혼하기 직전에 나한테 말해줄 생각이었대. 내가 네 목숨을 구해주면 우리 둘이 잘될 거라고 믿었기 때문에. 그리고 집안이 아주 복잡하다는 사실은 따로 말하려고 했는데……."

타라는 재미있는 생각이 나서 미소를 지어 보였다.

"복잡한 집안이 어디 한둘인가요. 이해해요."

둘은 적이지만 서로의 가치를 인정해주는 용감한 적장들처럼 인사했다.

아르칸즈는 둘만 있는 것처럼 타라에게 말했다.

"미리 너에게 용서를 빌게. 하지만 나는 선택의 여지가 없었어."

이상한 인사였다. 타라가 다른 질문을 하려는 순간 아르칸즈가 전광판 화면에서 사라졌다. 하나둘, 우주선들마저 사라졌다. 악마들이 방금 이 세계를 떠난 것이었다.

갑자기 타라는 로빈을 까맣게 잊고 있었다는 걸 깨달았다. 빨리 서두르지 않으면 로빈을 잃는데.

타라는 군중을 향해 외쳤다.

"미스터 X? 어디 있어요? 당신 부하들에게 알려야 해요. 로빈을 죽이지 말라고!"

한 샤먼이 크리스털 볼을 들고 타라에게 다가왔다.

"한 악마 병사가 나를 찾아와서 미스터 X라는 자가 죽거나 마마가 미스터 X를 찾으면 이걸 전하라고 했습니다. 불행히도 그는 중상을 입었는데 내가 치료를 끝내려고 했을 때 사라졌습니다."

타라는 부들부들 떨면서 홀로그램을 봤다. 상즐랭이었다.

"타라 덩컨, 이걸 본다는 것은 내가 죽었다는 것입니다. 따라서 로빈도 죽게 될 겁니다. 아더월드와 통신이 끊긴 지 이틀이 되었기 때문에 내 부하들은 로빈 망질을 죽이는 자동 폭발 장치의 타이머를 작동하고 그 집을 떠났을 겁니다. 나는 악마들을 염탐했습니다. 가브리엘이 가장 위험합니다. 나라면 그자를 죽이라는 킬러를 고용하겠습니다. 그리고 우리 길드에도 보고서와 함께 당신에 대한 메시지를 남겼으니 '오이'라고 말하면 받아볼 수 있을 겁니다(샹즐랭은 윙크를 보냈다). 요컨대 이것이 그 집으로 가는 지도입니다. 조심하세요. 그리고 내 아내와 아들에 대한 걱정은 하지 마세요. 내 가족은 안전한 곳으로 피했으니까요."

샹즐랭은 자기를 촬영하는 스쿠프에게 미소를 보내고 나서 크리스털 볼을 껐다.

타라는 말할 필요가 없었다. 산도르 황제가 아더월드로 빨리 돌아가기 위해 속도를 최고로 올리라고 명했다.

"그런데 미스터 X가 무슨 말을 한 거니?" 여제가 물었다. "왜 '오이'라고 말하라는 건지 누가 설명 좀 해줄래? 다 아는데 나만 모르는 건가?"

로빈이 걱정되면서도 '오이' 때문에 하마터면 웃음이 터질 뻔한 타라는 모든 걸 설명해야 했다. 그 옆에서 칼은 냉소적인 미소를 머금은 채 호주머니에 손을 넣고 계속 뭔가를 만지작거리고 있었다. 모두들 자신에게 일어났던 일을 얘기했고, 놀라운 수훈을 세운 산티보르족 대사에게 갈채를 보냈다. 그사이에 궁금해서 더는 참을 수 없는 타라가 마침내 칼에게 호주머니에 뭐가 있는지 물었다.

칼의 얼굴에서 미소가 사라졌다.

"엄청나게 바보 같은 짓을 한 것 같아." 칼이 어찌할 바를 모르는 얼굴로 말했다.

그러고는 호주머니에서 빨간 머리 타래 두 개를 꺼냈다. 타라는 입을 벌린 채 멍하니 쳐다봤다. 그러다 손으로 입을 막고 쪽빛 눈만 깜박거렸다.

"너 설마 내가 생각하는 그건 아니겠지?"

"맞아." 칼이 힌숨을 내쉬었다. "나는 미리와 다리를 맞있고, 파프니르는 배가 뚫린 채 쓰러졌어. 놈들이 위에서 쏘아대고 있더라고. 그래서 너를 봤는데 완전히 지는 분위기인 거야. 나는 파프니르가 죽었다고 생각했어. 나도 부상당했지만 죽을 정도는 아니라서 파프니르의 소원을 들어주고 싶었어. 그래서 파프니르의 어머니에게 가져가려고 머리 타래를 잘랐는데……."

타라는 목구멍에서 올라오는 웃음을 간신히 참고 있는데 무아노가 폭소를 터뜨리자 파브리스까지 덩달아 웃음이 터졌다. 타라도 더는 참을 수 없었다.

"맙소사, 파프니르의 머리를 잘랐단 말이야? 걔가 가장 자랑스러워하는 게 머린데! 250년을 기르고 일주일에 적어도 한 시간은 손질할 거야. 내가 무슨 말 하는 거야, 하루에 한 시간은 될 텐데! 너를 죽이려고 할 거야!"

5분 후, 걱정이 현실이 되었다. 머리를 잘린 것에 화가 나서 양손에 도끼를 들고 뛰어오던 파프니르는 머리 타래를 들고 있는 칼을 발견했다.

난쟁이가 내지르는 고함소리에 모두 돌아봤다. 칼은 머리 타래를 타라에게 던지고 로미네트보다 더 빠르게 줄행랑쳤다. 뒤쫓아가는 파프니르의 어깨에는 다시 작아진 벨제부트가 필사적으로 매달려 있었다.

파프니르가 두 도끼를 내려놓기까지는 많은 시간이 필요했다. 난쟁이는 칼을 선실에 몰아넣고 문을 걸어 잠그는 데 성공했다. 타라가 마법으로 머리를 다시 붙여주겠다는 약속을 하고 나서야 칼의 머리도 빡빡 밀어버리겠다고 펄펄 뛰는 파프니르를 간신히 말릴 수 있었다. 일단 참기는 했지만 난쟁이는 칼의 머리를 밀어버리겠다는 말을 취소할 생각이 없었다.

'머리 붙이기' 작업은 무아노의 감독하에 실시되었다. 마침내 파프니르의 머리는 원래의 상태로 돌아왔다. 약간 짧아졌지만.

그런데도 난쟁이는 불평이 많았다. 특히 머리에 윤기가 덜 나는 것 같다고 계속 투덜거렸다. 아더월드로 돌아가는 내내 칼은 몸을 움츠렸다.

우주선이 너무 커서 수도에 착륙할 수 없었다. 한시바삐 로빈을 구해야 하는 타라와 친구들은 조종사 두 명과 함께 소형 왕복선으로 갈아탔다.

여제는 그 지역에 소개령을 내렸고, 소형 우주선은 대공원에 착륙했다. 그 과정에서 애석하지만 작은 건물 두 채를 무너뜨렸다.

우주선에서 재빨리 뛰어내린 타라와 친구들은 중력이 약한 환경에서 지내다 며칠 만에 땅에 발을 디디며 다리가 무겁다는 걸 느꼈다. 타라는 샹즐랭이 보낸 지도를 보며 서둘렀다. 마침내 로빈이 갇혀 있는 노랗고 파란 집이 보였다. 타라가 메시지에 적힌 대로 자물쇠의 번호를 누르자 문이 열렸다. 그들은 거실을 지나 지하실로 곧장 내려가는 동안 아무도 마주치지 않았다.

샹즐랭으로부터 소식이 끊기자 부하들이 그 집을 떠난 것이었다.

집은 텅 비어 있었다. 타라는 메시지에 언급된 폭탄 세 개의 뇌관을 제거했다.

문제는 마지막 문장이었다. 샹즐랭은 이렇게 말했다. '미안하지만 마지막 함정에 로빈 밍길의 목숨이 달려 있는데 거기에 설치한 폭탄은 뇌관을 제거할 수 없습니다. 마법으로는 로빈을 구할 수 없기 때문에 창조적인 노력이 필요할 겁니다. 마법을 취소하는 강력한 주문이 안팎으로 걸려 있는 데다 그 주문이 함정의 장치들을 작동하고 있습니다. 행운이 있기를.'

'함정의 장치들'? 여러 개의 함정이 있다는 말인가?

타라는 최악의 경우까지 생각하고 있었다. 그래서 타라는 팅가푸르에서 지뢰 제거 팀을 부르지 않았다. 무슨 일이 생겨서 매직갱 이외의 사람들까지 희생시키는 위험을 무릅쓰고 싶지 않았다.

타라는 절망하지 않았다.

칼이 탐지기를 문틈으로 밀어 넣어 불청객을 대비한 함정이 없는지 확인했다. 이어서 타라가 문을 조심조심 열었을 때 드러나는 광경은 충격적이었다.

핼쑥하게 야위고, 눈과 입이 막힌 로빈이 둥근 방 한가운데 의자에 앉아 있는데 쇠사슬에 묶여 있었다. 그리고 50개의 쇠뇌가 로빈을 에워싸고 있었다.

큰 화살의 날카로운 금속 침 50개가 로빈을 겨누고 있었다.

바닥 전체에 반짝이는 선이 설치되어 있어서 접근이 불가능했다. 천장을 쳐다보니 공중에도 선이 설치되어 있어서 누군가 건드리면 쇠뇌 화살이 날아오게 되어 있었다.

이 방에서 마법을 사용할 수는 없지만 센서 장치는 분명히 마법이었다.

그들은 뒷걸음치면서 지하실이 더 있는지 살펴보러 나왔다.

하지만 동일 평면이라 더 이상의 지하실은 없었다.

마법을 사용하면 센서들이 감지하고 화살이 일제히 날아갈 텐데……. 이렇게 짧은 거리에서는 막는 것이 불가능했다. 힘으로는 이 무시무시한 화살을 막아낼 수 없었다.

"슬루르크슬루르크슬루르크!" 타라는 혹시라도 센서가 소리에 반응할까 봐 나직한 소리로 말했다. "누구 좋은 생각 없어? 칼, 네가 한번 말해봐. 정말 아무 방법이 없을까?"

이런 상황에 처한 로빈을 구출하려면 이 분야의 전문가인 칼이 가장 적격이었다.

"로빈은 쇠뇌들에 둘러싸인 금고와 같아." 칼이 대답했다. "금고를 털 때는 대개 박살기로 부수거나 화살로 공격하거든. 그런데 말이야, 타라, 진짜 문제는 따로 있어."

파프니르가 친구들을 쳐다보면서 한숨을 쉬었다.

"나 있잖아? 내가 누구냐?"

뜬금없는 말에 친구들이 파프니르를 쳐다봤다.

"너? 너는 여자고 난쟁이지." 파브리스가 말했다. "아주 예쁜 난쟁이. 아름다운 빨간 머리를 가진 전사."

파프니르는 답답하다는 얼굴을 했다.

"그래, 난쟁이! 터널을 파고……."

칼이 입가에 환한 미소를 머금으면서 손가락을 튕겼다.

"땅속을 침투하는 너의 능력! 아, 내가 왜 그 생각을 못 했지? 마법을 사용하지 않아도 너라면 로빈을 빼내올 수 있겠다!"

"그래, 바로 그거야!" 파프니르는 자신 있게 말했다. "오케이, 기다려. 내가 하프엘프를 데리고 나올 테니까."

친구들은 가슴을 졸이며 바닥 속으로 사라지는 난쟁이를 쳐다봤다. 칼은 속이 울렁거렸다. 이유를 알 수 없지만 돌이나 땅속을 파고 들어가는 난쟁이를 보면 메슥거렸다. 타라는 무슨 일이 일어나는지 보려고 살그머니 문을 다시 열었다.

공기의 흐름을 느꼈는지 로빈이 의자에서 약간 움직였다. 그 순간 쇠뇌들이 찰칵하는 소리를 내자 로빈은 그대로 경직되었다.

그때였다. 갑자기 로빈이 바닥으로 꺼져들기 시작했다. 쇠사슬, 옷, 의자, 눈과 입을 막은 밴드까지 전부 다 사라졌다. 소스라치게 놀란 로빈이 공포의 비명을 질렀다. 납치범들이 다른 방법으로 죽이려는 거라고 확신한 것이었다.

비명소리 때문인지 벗어나려고 미친 듯이 버둥거리는 몸짓 때문인지 알 수 없지만 쇠뇌들이 작동했다.

50개의 화살이 하프엘프를 향해 빗발치듯 날아갔다.

이번에는 타라가 비명을 질렀다. 하지만 파프니르는 이미 로빈을 무형화시켰고, 화살들은 공기 속을 지나가듯 로빈의 몸을 통과했다. 몇 초 후, 로빈이 완전히 사라졌다. 그 모습이 어찌나 인상적인지 사막에서 모든 걸 휩쓸어버리는 움직이는 모래를 연상시켰다. 타라는 체인지라인에게 하프엘프에게 입힐 두건 달린 망토를 준비해달라고 부탁했다.

몇 분 후, 파프니르가 알몸의 로빈을 업고 바닥에서 나왔다. 둘이 완전히 나오자마자 타라는 달려갔다. 로빈이 아주 크게 숨을 쉬는데 얼굴이 창백했다.

타라가 망토를 입혀주자 로빈이 미소를 지어 보였다. 만약을 대비해 늑대인간으로 변신해 있던 파브리스가 로빈을 부축했다.

"친구들." 하프엘프가 숨을 몰아쉬면서 말했다. "며칠 동안 너희들을 얼마나 기다렸는데 왜 이렇게 늦게 왔어?"

"악마들과 전쟁이 일어났어." 칼이 쾌활하게 대답했다. "왜? 우리가 그리웠어?"

"말로는 표현할 수 없을 정도로." 로빈이 대답했다.

그러고는 눈길을 돌려 파브리스의 품에 안겼다. 타라가 주문을 읊자, 몇 초 후, 그들은 궁전에 도착했다. 이어서 궁전 안의 공간이동의 문을 이용해서 타라의 거처로 갔다. 다른 왕복선에 올랐던 마라는 이미 와 있었다. 마라는 칼의 시선을 피하고 있었다. 이래저래 꼬여버렸기 때문에 마라는 어떻게 해결할지 몰라 눈치만 보고 있었다. 칼은 반감이 없지만 약간 경계하면서 마라를 쳐다봤다. 칼이 용서하기 전까지는 마음고생을 좀 할 것 같았다. 로빈 때문에 정신이 없는 타라는 다정하게 마라의 뺨에 입을 맞췄다. 마라에 대해 원망하는 마음이 없었다. 인류 역사상 사랑 때문에 일어난 어리석은 일은 수 없이 많았다.

614

친구들은 로빈을 소파에 눕혔다. 그들이 도착하는 즉시 연락을 받고 달려온 샤먼이 하프엘프를 진찰했다. 생명에는 지장이 없지만 탈수 증세가 심하고 많이 지쳐 있다고 진단했다. 샤먼은 영양을 보충해 주는 주문을 읊은 다음 수액 링기를 꽂아주고 일어났다. 그러고는 상태를 보러 모레 다시 들르겠다고 말했는데 크게 걱정하는 기색이 없어서 타라는 안심했다.

갑자기 거실의 비디오크리스털들이 켜졌다. 매직갱은 고개를 들고 눈앞에 나타난 은하계 지도를 쳐다봤다.

겁에 질린 크리스털리스트들이 어찌나 빠르게 뉴스를 전하는지 처음에는 뭐라고 하는지 이해가 되지 않았다.

영상이 명확해졌을 때 한숨이 터져 나왔다.

"오, 내 조상들의 수염이여! 저게 뭐야?" 파프니르가 경악했다.

"악마들이잖아!" 칼이 외쳤다. "악마들이 돌아왔어!"

이번에는 아르칸즈 혼자가 아니었다. 공포에 사로잡힌 크리스털리스트의 보도와 우주 공간의 영상이 한 가지 사실을 알려주고 있었다.

타딕스를 포위하고 있다가 없어졌던 악마 우주선들이 우주 공간에서 뭘 하고 있었는지 이제야 알았다. 악마들이 여러 공간이동의 문에 올라타고 있는 영상이었다. 악마들은 이제 가고 싶은 세계는 어디든지 갈 수 있는 것이었다.

지금까지는 네 개의 행성이 아더월드의 두 태양 둘레를 돌고 있었는데 이제부터 림보의 행성 여섯 개가 더 늘어난 것이다.

아르칸즈가 이제껏 실현되지 않은 과학과 마법의 위업을 달성한 것이었다. 아르칸즈는 타라의 세계에서 인력을 수입했었다. 흉측한 벤드룩과 그 동지들의 행성에서도 수입했지만 만족스럽지 않았다.

"빌어먹을." 칼이 자신 없는 목소리로 중얼거렸다. "경주용 양탄자 대 우주선이 싸우는 격이니 나는 저자에게 상대가 안 되네……."

공포에 질린 타라는 슬그머니 칼의 손을 잡았다.

저런 미친 짓을 해결하는 길은 한 가지밖에 없었다.

세계 전쟁이었다…….

11권에서 계속……

# 아더월드의 용어 해설

🐟 **아더월드_** 아더월드는 지구 표면적의 1.5배에 이르는 마법 행성으로 태양 주위를 공전하며, 하루 26시간, 1년 454일, 14개월로 이루어져 있다. 위성으로는 두 개의 달 마딕스와 타딕스가 아더월드의 주위를 돌고 있으며, 춘·추분에 조수간만의 차가 몹시 크다.

아더월드의 산들은 지구의 산보다 훨씬 더 높으며, 채굴되는 광물은 대체로 마법의 폭발성이 있어서 추출하는 것이 상당히 위험하다. 지구(육지 29%, 바다 71%)보다 바다가 차지하는 비율은 적으며(아더월드: 육지 45%, 바다 55%), 그중 두 개의 바다는 민물이다.

아더월드를 지배하는 마법은 동물상, 식물상과 마찬가지로 기후에도 영향을 미친다. 그로 인해 계절을 예측하기가 아주 힘들다(아더월드에서는 한여름에도 폭설이 내려 1미터나 되는 눈에 덮일 수 있다!).

아더월드의 7계절 분류: 계절 1 카일로스(지역에 따라 −30~−50℃까지 내려간다), 계절 2 보탄트(지구의 봄 날씨와 유사하다), 계절 3 트레보, 계절 4 파이초, 계절 5 플루초, 계절 6 모인초, 계절 7 살탄(우기).

아더월드에는 인간, 난쟁이, 거인, 트롤, 뱀파이어, 땅신령, 꼬마도깨비, 엘프, 유니콘, 키마이라, 타트리스, 드래곤 등 수많은 종족이 살고 있다.

## 🌞 그 밖의 다른 행성

🐉 드란보우글리스펜쉬르_ 드래곤들의 행성. 지능이 높은 거대한 파충류인 드래곤은 마법 능력을 타고나서 어떤 형상으로든 변신할 수 있으며, 대체로 인간으로 변신해 있다.

마법사들 편에 서서 림보의 악마들과 싸우고 있다. 세계의 영토를 점령하기 위해 악마들과 대립하면서 드래곤들은 지구의 마법사들과 충돌하는 순간까지는 알려져 있는 모든 세계를 정복했다. 끊임없이 악마들과 싸워야 하는 드래곤들은 지구인 마법사들과 전쟁을 벌인 뒤에 지구인들과 동맹을 맺는 것이 유리하다는 결론을 내렸다. 지구를 지배하겠다는 계획은 포기했지만, 마법사들이 지구를 지배하는 것도 인정할 수 없는 드래곤들은 지구의 마법사들에게 아더월드에서 더 많은 마법사를 양성하고 훈련시키자고 제안했다.

수년 동안 드래곤들을 경계하면서 고심한 끝에 지구의 마법사들은 결국 그 제안을 받아들이고 아더월드에 정착했다.

드래곤들은 드란보우글리스펜쉬르를 비롯해 지구, 아더월드, 마딕스와 타딕스 등 많은 행성에 살고 있으며, 특히 인간들의 일에 사사건건 참견한다. 드래곤들이 가장 끔찍하게 싫어하는 적은 림보에 사는 악마들이다.

🪽 **림보_** 악마의 세계로 악마들의 영역. 림보는 서클이라고 불리는 여러 세계로 나뉘어 있으며, 서클에 따라 악마들의 능력과 학식이 차이 난다. 제1, 2, 3서클의 악마들은 거칠고 아주 위험하다. 제4, 5, 6서클의 악마들은 마법사들과 정해진 조건 내에서 서로 도움을 주고받는다(마법사는 필요한 것을 악마에게서 얻을 수 있으며 악마의 경우도 마찬가지다). 제7서클은 마왕이 군림하는 서클이다.

림보에 사는 악마들은 저주받은 태양이 제공하는 악마의 에너지를 먹고 산다. 다른 세계로 가기 위해 림보를 나갈 경우엔 영리한 존재의 살과 정신을 먹어야 한다. 전 세계를 침략하던 중 갑자기 나타난 드래곤들과의 전쟁에서 패배한 뒤로 악마들은 림보에 갇히게 되었고, 마법사나 마법 능력이 있는 존재의 긴급 요청이 있어야만 다른 행성으로 갈 수 있게 됐다. 악마들은 이런 활동범위 제한을 견디기 힘들어서 끊임없이 해방될 방법을 모색하고 있다.

악마들이 지구를 침략하려는 이유는 아쿠알릭, 즉 바닷물에 중독되어 있기 때문이다. 악마들에게 바닷물은 알코올과 같은 작용을 하는데 림보에는 바다가 없다. 게다가 지구의 바닷물 맛을 특히 좋아하기 때문이다. '모든 인간을 죽이고 짠물을 실컷 마시겠다'는 것이 악마들의 신조다.

🌿 **산티보르_** 텔레파시 능력이 있는 식물성 존재 진실의 입들이 사는 얼음 행성.

🌿 **지구_** 인간과 비밀 임무를 맡은 마법사들이 살고 있다.

## ☀ 아더월드의 나라들과 종족

🌿 **간디스_** 거인들의 나라로 수도는 제오폴. 세력 있는 그로아르 가문이 통치하며 흑장미 섬과 황무지 늪이 있다. 나라의 문장은 '주문 방지' 돌로 쌓은 벽에 아더월드의 태양이 올라앉은 형상이다.

🌿 **랑코비트_** 인간이 지배하는 가장 큰 왕국으로 수도는 트라비아. 왕국의 문장은 은빛 초승달 아래 금빛 뿔의 하얀 유니콘이다. 베어 왕과 티타니아 왕비가 통치하고 있으며, 타라와 어머니 셀레나의 조국이다. 약 8천만의 주민이 살고 있고, 뱀파이어들을 받아들이는 드문 나라 중 하나다.

🌿 **멘탈리르_** 보우 대륙 동쪽의 광활한 평원이며 유니콘들과 켄타우로스들의 나라. 유니콘은 생김새와 크기가 말과 같고, 이마에 나선형 뿔이 하나 있으며 발굽은 갈라져 있고 털은 흰빛이다. 지능이 떨어지는 유니콘도 간혹 있지만, 대부분은 영리하며 그 지능은 드래곤들의 지능에 견줄 수 있다. 유니콘의 이 특성을 어떤 종족의 지능이나

동물의 지능으로 분류하기는 힘들다.

켄타우로스는 반은 남자나 여자의 형상, 반은 말의 형상을 하고 있는데 두 종류가 있다. 상반신은 인간, 하반신은 말의 형상을 한 켄타우로스와 상반신은 말, 하반신은 인간의 형상을 한 켄디우로스. 켄타우로스가 어떤 마법에 걸려 있는지는 알 수 없으나 소금이나 향유 같은 생필품을 얻기 위해서가 아니면 다른 종족들과 섞이기를 싫어하는 까다로운 종족이다. 사납고 거칠어서 영역을 침범하는 이방인들을 발견하면 가차 없이 화살을 쏘아댄다. 켄타우로스의 샤먼 부족은 평원에서 하얗고 파란 맹독성 개구리 플로프들을 잡아 그 등을 핥는 것으로 미래를 점친다고 전해진다. '찌르레기 대전'이 벌어지는 동안 켄타우로스들이 엘프들에게 몰살되었다는 것은 이 방법이 100퍼센트 믿을 만한 것이 아님을 말해준다.

🦋 **살테렌스_** 살테렌스들의 나라로 수도는 살라. 나라의 문장은 파란색 투명한 소금을 물고 곧추서 있는 커다란 벌레. 왕은 없고 위대한 카샤라고 불리는 족장과 재상 일파봉이 통치하며 여러 부족으로 나뉘어 있다. 노예제도를 주장하는 종족으로 사자와 표범의 잡종인 두 발 동물이다. 침투할 수 없는 사막에서 숨어 지내면서 마법의 소금광산을 개발한다.

🦋 **셀렌다_** 엘프들의 나라로 수도는 세보른. 문장은 대각선으로 시위를 메긴 두 개의 활 위로 보이는 은빛 보름달.

엘프들은 마법사들과 마찬가지로 마법에 재능이 있다. 겉모습은 인간이며 뾰족한 귀와 고양이의 눈처럼 동공이 수직으로 움직이는 크리스털 눈, 은발이 특징이다. 아더월드의 숲과 평원에서 살며 가공할 만한 사냥꾼이다. 엘프들은 전투와 싸움, 상대를 유인하는 온갖 종류의 게임을 좋아하기 때문에 그들의 에너지를 적절히 이용하기 위해 경찰국이나 국가정보국에 고용된다.

하지만 엘프들이 옥수수나 마법의 귀리를 경작하기 시작하면 아더월드의 종족들은 불안해한다. 그건 엘프들이 전쟁을 시작할 거란 뜻이기 때문이다. 실제로 전시에는 사냥할 겨를이 없기 때문에 엘프들은 곡식을 재배하고 가축을 기르며, 일단 전쟁이 끝나면 예전의 생활로 돌아간다.

또 다른 특성으로 아이들이 걸어 다닐 수 있을 때까지 남성 엘프들은 배에 달린 육아낭 같은 작은 주머니에 아기를 넣고 다닌다. 여성엘프는 남편을 다섯 명 이상은 가질 수 없다. 엘프는 거의 죽지 않기 때문에 아이들이 별로 없다. 하프엘프 로빈은 혼혈이라는 이유로 엘프들에게 따돌림을 받고 있다.

🦊 **스몰컨트리_** 땅신령, 꼬마도깨비 파보, 요정, 고블린의 나라로 수도는 스몰빌. 문장은 원 안에 도안한 꽃, 새, 거미. 땅신령은 파란색, 꼬마도깨비는 초록색, 고블린은 회색, 요정은 여러 가지 색이다.

땅신령은 작달막하고 단단한 체구이며 오렌지색 털이 나 있다. 돌을 먹고 살며, 난쟁이들과 마찬가지로 광부들이다. 땅신령의 오렌지색 털은 고성능 가스 탐지기이다. 털이 곤두서면 별 탈이 없지만, 털이 내려앉는 순간부터 땅신령은 광산에 가스가 있다는 걸 알아채고 도망치기 때문이다. 또한 알 수 없는 이유로 인해 땅신령들만 '진실의 입들'과 교감할 수 있다.

스몰컨트리의 익살꾼인 꼬마도깨비 파보들은 키디코이라는 막대 사탕을 만들어낸 이들이다. 착시 현상을 일으키거나 일시적으로 보이지 않게 할 수도 있으며 금을 좋아해 비밀주머니에 숨겨둔다. 그 주머니를 찾아낸 자는 두 가지 소원을 빌 수 있고, 귀한 금을 회수하려면 반드시 그 소원을 들어줘야 한다. 하지만 꼬마도깨비들은 반대로 해석하는 데 선수여서 예측 불허의 결과가 일어날 수 있으므로 소원을 비는 것에는 항상 위험이 따른다.

요정들은 꽃을 가꾸면서 작지만 효과적인 마법을 날리며, 고블린들은 요정과 움직이는 것은 무엇이든 잡아먹으려고 한다.


🐾 **오무아_** 인간이 지배하는 가장 큰 제국으로 수도는 팅가푸르. 제국의 문장은 100개의 금빛 눈을 가진 주홍빛 공작이다. 타라의 고모인 여제 리스베스틸랑넴 탈 바르미 압 산타 압 마루와 삼촌인 황제 산도르 탈 바르미 압 마르치 압 브레비스가 통치하고 있다. 제국을 설립한 최고 마구스 데미데루스의 후손들이다. 오무아에는 약 2억의 주민이 살고 있다. 다른 나라들과 교역하고 있으며, 셀렌다를 제외하고 가장 많은 수의 엘프 군단을 거느리고 있다.


🐾 **크라살비_** 뱀파이어들의 나라로 수도는 우를라. 나라의 문장은 천문관측기 위에 무한을 상징하는 누운 8자와 별이 올라앉은 형상이다.

뱀파이어는 총명하고, 인내심이 많으며, 학식이 깊다. 수명이 아주 길고, 수학과 천문학에 몰두하며, 대부분의 시간을 명상하는 데 보내면서 삶의 의미를 추구한다.

아더월드의 뱀파이어는 동물의 피를 먹고 살기 때문에 가축을 키운다. 브르르르아아아, 모오오오우우우, 지구에서 수입한 말, 염소, 양 등. 하지만 몇몇 피는 금지되어 있다. 유니콘이나 인간의 피를 먹으면 미치게 되며, 수명이 절반으로 줄고, 햇빛을 쐬면 치명적인 알레르기가 일어나기 때문이다. 반면에 뱀파이어에게 물리면 독이 퍼지게 되며, 뱀파이어에게 물린 인간은 그들의 노예가 된다. 게다가 독성 피가 전이되면 뱀파이어가 되는데 이 경우의 뱀파이어는 파괴적이고 악독하기 때문에, 저주에 희생된 뱀파이어는 동족으로 구성된 특별수사대는 물론 아더월드의 모든 종족에게 쫓겨 다닌다.

**크랑카르_** 트롤들의 나라로 수도는 크리아. 나라의 문장은 나무 꼭대기에 몽둥이가 걸려 있는 형상이다. 트롤 외에 식인귀, 오크, 고블린 들이 살고 있다.

트롤은 거대한 몸집에 납작한 이빨이 있는 초록빛 털북숭이로 채식주의 종족이지만, 고기를 흡수할 경우 식인귀가 될 수 있다. 식인귀가 되면 크랑카르에서 쫓겨난다. 먹고살기 위해 나무를 마구 죽이며(이것이 엘프들의 울화를 치밀게 한다), 쉽게 자제력을 잃어버리는 성향이 있어서 한번 성질이 나면 닥치는 대로 짓뭉개버리기 때문에 평판이 나쁘다.

🦋 **타트란_** 타트리스, 카흠보움, 타츠보움의 나라로 수도는 시티빌. 문장은 양피지 위에 놓인 직각자, 컴퍼스, 크리스털 볼.

타트리스는 머리가 둘인 특성을 가지고 있다. 관리 능력이 뛰어난 데다 신체적 특성 덕분에 행정관이니 정부 고위층에서 일하고 있다. 오로지 일을 중요하게 여기면서 헛된 꿈을 꾸지 않는 현실주의자들이다. 또한 꼬마도깨비 파보들이 즐겨 놀리는 대상 중 하나이며, 이 장난꾸러기들은 유머가 결핍된 종족이라는 소리를 듣지 않기 위해 수세기 동안 끈질기게 타트리스 종족을 웃기려고 애쓰고 있다. 게다가 파보들은 웃기는 데 성공한 자들 중 1등에게는 상까지 수여하고 있다.

카흠보움은 빨간 눈과 촉수들이 있는 노란색 덩어리 모습을 하고 있으며 주로 도서관 사서로 일한다. 타츠보움은 촉수로 놀라운 멜로디를 연주하는 음악가들이다.

🦋 **파트로크_** 에드라킨족이 사는 나라로 수도는 키크로크. 나라의 문장은 바람의 원소에 올라앉은 불새. 에드라킨족은 강력한 마법사들이며, 생김새는 인간과 비슷하지만 귀가 뾰족하고 털로 덮여 있는 육식동물에 가깝다. 머리털은 두상의 절반 정도까지만 자라며, 코는 거의 보이지 않는다. 다른 종족을 싫어하지만 의무적으로 여러 나라와 교역하고 있다. 에드라킨족은 아더월드를 정복하기 위해 네 번이나 침략을 시도했다.

🦋 **히믈리아_** 난쟁이들의 나라로 수도는 미나트. 대장장이 씨족이 통치하고 있다. 나라의 문장은 광산 지하의 전쟁용 모루와 쇠망치.

키와 몸통 폭의 길이가 똑같은 단단한 체구가 난쟁이들의 신체적 특징이다. 아더월드의 광부, 대장장이로 활동하고 있으며, 뛰어난 금속 가공업자, 보석 세공인도 거의 난쟁이들이다. 성격이 몹시 까다로운 것으로 알려져 있고, 마법을 싫어하며 아주 길고 복잡한 노래를 즐겨 부른다. 또한 돌을 통과하거나 돌을 용해시키는 특별한 재능을 지니고 있는데 마법과는 다른 차원의 힘이다.

## ☀ 아더월드와 주변 행성의 동·식물상 및 속담

**가즈즈_** 사슴뿔이 달린 네 발 짐승으로 털이 빨간색(트롤들의 나라에서는 초록색)이다.

**간다리_** 대황에 가까운 식물이며, 꿀처럼 단맛이 난다.

**갬볼_** 마법에 흔히 이용되는 파란 이빨의 설치류 동물. 그 살가죽과 피에 마법이 침투하지 못할 정도로 땅을 깊이 파고 들어간다. 건조시키면 딱딱해졌다가 가루처럼 변하며, '갬볼 가루'는 힘든 마법을 실행할 수 있게 한다. 몇몇 마법사들은 갬볼 가루를 식용하는데, 그 가루가 환각 증세를 일으키기 때문이다. 갬볼 가루 복용은 아더월드에서 엄격하게 금지되어 있으며 위반할 경우 엄중한 처벌을 받는다.

🐾 **그라옥스**_ 아더월드의 신기한 동물. 돼지처럼 생긴 보라색 동물인데 납작한 주둥이는 확성기로 변할 수 있으며 울림통 역할을 하는 커다란 갑상선종 같은 것이 있다 짝짓기 계절에 그라옥스는 괴성을 질러서 암컷을 유혹하는데 그 소리가 어찌나 큰지 주위에 있는 동물은 모두 귀가 먹을 정도이다. 그 때문에 짝짓기 기간에 아더월드의 동물들이 대이동을 한다. 하지만 짝짓기 기간을 제외하면 보이지도 않게 아주 조용히 지낸다. 학자들은 암컷이 수컷에게 달려가는 것은 괴성에 유혹된 것이 아니라 아가리를 닥치게 하려는 것으로 보고 있다.

🐾 **글로우톤**_ 털북숭이 동물. 길게 늘어나는 특성이 있어서 목을 조르는 밧줄로 사용한다.

🐾 **글루릅스**_ 머리가 아주 갸름한 초록색과 갈색의 도마뱀으로 호수와 늪 근처에서 서식한다. 식욕이 왕성하며, 물속에서 숨을 쉬지 않고 몇 시간을 견딜 수 있어서 목을 축이러 오는 순진한 동물을 잡아먹는다. 물가의 은신처에 굴을 파놓고 살며, 호수 바닥의 구멍 속에 먹이를 숨겨놓는다.

🐾 **글리이르**_ 새지만 날지 못한다. 포식동물들을 피하기 위해 트라둑과 같은 방식으로 생존한다. 냄새로 가장 끈질긴 흡혈파리 떼도 물리칠 수 있는 식물 예록을 먹고 산다.

🐾 **늑대인간_** 드래곤들의 왕이 납치해서 금지된 대륙에 정착한 아나자시족. 마음대로 늑대로 변신하며, 인간 모습일 때도 힘과 민첩성과 유연성이 굉장히 뛰어나다. 늑대인간은 깨무는 것으로 감염시킬 수 있다. 지구의 늑대인간들과는 달리 아더월드의 늑대인간들은 보름달에 의존하지 않고 언제든 변신할 수 있다. 타라 덩컨이 해방시켜준 늑대인간들은 아더월드 사람들의 마법 공격을 두려워하고, 금속 중에서는 은에만 약하다. 늑대인간을 죽일 수 있는 방법은 목을 베는 것이다. 알파 늑대들이 다스리고 있다.

🐾 **드래코-티라노사우루스_** 뱀과 공룡의 잡종. 드래곤의 사촌이지만 지능은 많이 떨어지며, 날개가 작아서 날지 못한다. 가공할 만한 포식동물로 움직이는 것뿐만 아니라 움직이지 않는 것조차 닥치는 대로 잡아먹는다. 오무아 제국의 따뜻하고 습한 숲에서 살며, 이 지역은 관광 개발이 불가능하다.

🐾 **드룸므_** 소처럼 생긴 물고기로 바다 깊은 곳에서 해초를 뜯어먹고 살며, 가시가 어찌나 두꺼운지 갈비뼈라고 한다. 아주 맛있고, 붉은 참치와 맛이 비슷하다.

🐾 **디스쿠타리움/데비자투아르(사용하는 국민에 따라 다르다)_** 지구와 아더월드, 드란보우글리스펜쉬르, 악마들의 림보와 관련

된 모든 책, 영화, 예술 작품에 관한 정보를 조회
할 수 있다. 디스쿠타리움에서 나오는 목소리
는 어떤 질문에도 답변을 못 하는 경우가 거의
없다.

🐾 **로미네트_** 아더월드에서 가장 빠른 동물. 어찌나 빠른지 실제
로 존재하는지도 확실치 않다. 사진이나 영화에도 등장한 적이 없다.
털북숭이라는 것만 어렴풋이 알 수 있을 뿐 어찌나 빠른지 제대로 보
기가 힘든 동물이다. 그래서 아더월드에서는 '와, 로미
네트를 본 줄 알았네' '로미네트보다 더 빠르
네'와 같은 표현을 쓴다. 약간 히스테릭한 카
나리아만 로미네트를 발견할 수 있다.

🐾 **로우스_** 향기가 아주 좋은 커다란 장미의 일종으로, 사시사철
꽃을 피운다. 꽃을 꺾어도 몇 달 또는 몇 년 동안 시들지 않고 싱싱하
다. 랑코비트 왕국 티타니아 왕비 가문의 문장에 이 로우스 문양이 있
다. 이 가문의 조상이 로우스가 시들기 전에 사랑을 찾지 못하면 영원
히 야수의 몸으로 살아야 하는 저주를 받은 데서 유래한다. 이 조상을
사랑한 여자 마법사가 오무아의 로우스를 선택했는데 다행히 생명력
이 아주 강한 품종이었다. 아니었다면 무아노는 태어나지 못했을 것
이다.

🐾 **로크 새_** 공중에서 사는 자이언트 새로, 커다란 독수리 콘도르

와 비슷하다. 인공위성을 궤도에 올려놓거나 아더월드에
서 마딕스와 타딕스로 여행할 때 이용한다. 다행히 아더
월드의 태양 빛을 먹고 살기 때문에 배설하지 않는다.
로크 새의 똥이 머리 위로 떨어질 일은 없다.

🐾 **마누릴_** 마누릴의 하얀 싹은 즙이 많아서 아더월
드 사람들이 즐겨 음식에 곁들여 먹는다.

🐾 **모오오오우우우_** 뿔은 없고 머리가 둘 달린 고
라니. 머리 하나가 먹을 때 다른 하나는 포식동물들을
감시한다. 이동할 때는 게처럼 옆으로 걷는다.

🐾 **무슈티크_** 벌처럼 쏘아서 아더월드 사람들의 피
를 빨아 먹는 공격적인 곤충. 흡혈파리보다 크기가 더
크며, 트라둑이나 브르르르아아아에 앉아 있다가 살 속
을 파고드는데 치명적인 독을 분비하기 때문에 아주 위
험하다.

🐾 **므르르르_** 초록색 귀가 달린 오렌지빛 고양이. 같은 능력
을 가진 빨간 생쥐 뿌익을 잡기 위해 공간이동을 할 수 있다.

🐾 **므르모움_** 나무들이 숲 모양으로 거대한 군락을 이루고 있
어서 따기가 아주 힘든 과일이다. 므르모움나무는 접근하는 것이 있

으면 괴상한 소리를 내면서 땅속으로 파고들기 때문에 붙여진 이
름이다. 아더월드에서 산책을 하다 보면 므르모움나무 숲이 통째
로 사라지고 벌판만 남는 아주 놀라운 광경을 목격할 수 있다.

**미암_** 크기가 복숭아만 한 빨간 체리.

**발로르키데_** 꽃이 아주 화려한 기생식물. 이름은 개화
하기 전의 노란빛과 초록빛의 봉오리에서 따온 것이다. 성
장 속도가 아주 빨라서 몇 계절 만에 나무 한 그루를 죽일 수
있으며, 뿌리로 이동해서 그다음 나무를 공격한다. 그래서
아더월드의 나무들은 발로르키데들이 들러붙지 못하게 부
식시키는 물질을 분비하는 것으로 생존 경쟁을 벌이고 있다.

**발분_** 거대한 고래로 붉은색이며 지구의 고래보
다 두 배로 크다. 발분은 잊지 못할 멜로디의 노래를
부르며, 젖이 아주 풍부하다. 발분의 젖으로 만든 버
터와 크림은 영양가가 높은 인기 식품이어서 물에
사는 트리톤과 사이렌들과 육지에 사는 거주자들 사이에 무
역 교류의 대상이 되고 있다. 노래를 아주 잘 부를 때 '발분처럼 노래
부른다'는 말로 칭찬한다.

**뱅뱅_** 붉은색 나무로 인간이 이 식물에서 추출한 빨간
가루를 먹을 경우 행복을 느끼다가 황홀경에 빠져 죽음에 이

른다. 트롤들은 이빨이 아플 때 복용한다.

**버디 드라이어_** 바람의 원소를 이용한 무형물로 욕실에서 주로 사용한다.

**베에에_** 아름다운 흰털 양. 마법 행성의 변화무쌍한 계절에 적응력이 뛰어나서 몇 시간 만에 털이 빠지거나 털을 자라게 할 수 있다. 그래서 털 깎는 시기에 사육자들이 그 특성을 이용해 날씨가 갑자기 몹시 더워졌다고 하면 베에에들은 즉시 털을 홀랑 벗어버린다. 아더월드에서 '베에에처럼 순진하다'는 표현을 쓰는 것은 여기서 유래한다.

**벤드룩_** 림보의 여러 신 중 하나로 알려진 벤드룩은 생김새가 어찌나 흉측한지 다른 신들조차 그 끔찍한 모습에 두려움을 느낄 정도다. 벤드룩은 내장이 몸 밖으로 나와 있어 먹을 때 소화되는 과정을 구경할 수 있다.

**벨루르 목재_** 내구성이 좋고, 아름다운 금빛 색깔 때문에 아더월드에서 실내 바닥재로 많이 사용한다. 겉보기에는 차가운 느낌이지만 양탄자처럼 푹신하다.

**보벨_** 앵무새와 유사한 아더월드의 화려한 새로 마법사들의 마음을 사로잡는 마법 능력이 있다.

**보우둘 필터_** 파란색 자루처럼 생긴 유기체. 아더월드의 항구에서 온갖 쓰레기를 먹어치우는 것으로 맑고 깨끗한 물을 유지해준다.

**본데르의 돌_** 마이크를 사용할 필요가 없을 정도로 소리를 증폭하는 특성이 있는 아더월드의 돌.

**부이브르_** 야행성의 날개 돋친 도마뱀으로 길이가 30미터에 이르며, 물고기를 먹는 동물이다. 부이브르의 이마에 박힌 보석에는 독을 중화시키는 성분이 있고, 도마뱀의 부위들은 주로 묘약의 재료로 사용된다. 최초의 부이브르는 알에서 태어난 것으로 전해지고 있지만 생물학적으로 도저히 불가능한 일이다.

**북극 젤레_** 흰털의 작은 동물로 혈액 속의 동결 방지 성분 덕분에 영하 80도의 기온에서도 살 수 있다. 젤레는 두 봄을 보내고 나서 정확하게 플루초 1일에 죽는데 그 털이 희귀하기 때문에 사냥꾼들은 기온이 영하 20도로 오르는 북극으로 젤레를 잡으러 간다. 그러나 젤레가 구멍 속에 숨어서 죽는 습성이 있는 데다 털이 새하얗기 때문에 찾기가 힘든 것이 문제다. 빙산 속에 숨어 있다가 구멍 가까이 접근하는 것은 모조리 잡아먹는 '크로크라'라는 일종의 바다 표범들 때문에 구멍마다 손을 집어넣는 것은 아주 위험하다.

**불비_** 아더월드에 사는 회색과 보라색의 다람쥐. 옆구리부터 발가락까지 이어지는 비막을 이용하여 이 가지에서 저 가지로 날 수 있다.

**불사르딘_** 공격을 받으면 몸이 팽창하는 특성을 가진 일종의 정어리. 껍질은 칼이 들어가지 않을 정도로 아주 질기다. 아더월드에서 파괴되지 않는 것을 보면 '불사르딘 같다'고 말한다.

**불새_** 깃털에 불이 붙어 있지만 신기하게도 털이 재생된다. 아더월드의 불에 타지 않는 나무에만 둥지를 틀며, 물을 떨어뜨리면 불새를 죽일 수 있다.

**붉은 트르르_** 썩지 않는 목재. 부서지거나 맥주에 부식되지 않기 때문에 집과 술집에서 주로 사용한다.

**브롤부레_** 난쟁이들이 사용하는 욕설로 세상에서 가장 비겁하고 지저분한 콧물 흘리는 찌질이를 가리킨다. 난쟁이들은 비겁한 것을 경멸하며, 광산에서는 까딱 잘못 재채기를 했다가는 수백 톤에 이르는 바위가 무너져 내릴 위험이 있어서 감기에 걸리는 걸 질색하기 때문에 생긴 욕이다. 따라서 가장 심한 욕이다.

**브롤크_** 브롤크 드 슬루르크로도 쓰이며, '제기랄' '빌어먹을'

같은 욕설이다.

🐾 **브룩스** _ 드래코-티라노사우루스의 똥만 먹고 사는
도마뱀.

🐾 **브룸므** _ 일종의 빨간 무로 아더월드 사람들이 즐겨 먹는다.

🐾 **브르르르아아아** _ 거인들의 나라 간디스에서 생산하는 엄청나
게 큰 소. 털은 숱이 아주 많아서 거인들이 그 털가죽으로 옷을 지
어 입는다. 몹시 공격적이어서 움직이는 것이 있으면 뭐
든 덤벼든다. 제 그림자를 쫓다가 녹초가 된 브르르르아
아아를 보게 되는 것은 그 때문이다. 흔히 고집불통인
사람을 '브르르르아아아 같다'고 표현한다.

🐾 **브르리르** _ 흰빛과 금빛이 어우러진 고양이과 동물로
다리가 여섯 개. 특히 브르리르를 사랑하는 오무아 제국의
여제는 이 동물들이 궁전에 갇혀 있다는 생각을 하지 않도
록 주문을 걸어놨다. 그래서 브르리르들에게는 가구와 침
대의자가 나무와 편안한 바위로 보인다. 브르리르에게는
궁인들이 안 보이며, 궁인들이 쓰다듬어주면 바람에 털이
살랑살랑 흩날리는 것이라고 생각한다.

🐾 **브르맥주** _ 첫 모금에 몸이 부르르 떨리기 때문

에 붙여진 이름이다.

🦅 **브리양트** _ 요정의 사촌으로 아더월드의 조명 기구. 대륙에 따라 날개 달린 작은 요정 형상, 날개 돋친 뱀 형상 등 여러 가지 모습이 있다. 어둠 속에서 100와트 밝기의 빛을 발하며, 거리의 가로등이 되기도 하고 투명한 스탠드나 램프의 모습으로 아더월드의 모든 가정을 밝혀준다.

🦅 **브릴** _ 브릴의 싹 요리는 아더월드에서 아주 인기가 높다. 브릴은 히믈리아에 있는 마법의 산골짜기에서 자라며 난쟁이들이 그 싹을 수확해서 아더월드의 상인들에게 비싼 값으로 판다. 게다가 히믈리아에서는 브릴을 잡초로 여겨 먹지 않기 때문에 난쟁이들은 이 불로소득에 즐거운 비명을 지른다.

🦅 **브볼** _ 아더월드의 참새로, 위험이 닥치면 포식동물의 모습으로 위장하는 능력이 있어서 공격자를 달아나게 한다. 가령 포콩지르들이 공격할 경우 브볼들은 포콩지르의 천적인 에글롱의 모습을 만든다. 정말 에글롱인 줄 알고 포콩지르들이 줄행랑치면 브볼 떼는 흩어진다.

🦅 **블라즈** _ 청소하는 푸프푸프와 비슷하지만 블라즈는 날아다니며 아더월드의 자이언트 거미들을 공포에 떨게 한다.

🐾 **블루르_** 새빨간 꽃이 피며, 감기에 걸려 막힌 코가 뻥 뚫릴 정도로 향기가 진하다. 아더월드의 많은 꽃들과 마찬가지로 마법 덕분에 일년 내내 꽃이 피며 특히 겨울에 블루르꽃을 많이 사용한다. 그리고 이 꽃향기에 나비들이 모여들기 때문에 나비를 좋아하는 난쟁이들이 이 꽃으로 유인하여 십여 마리의 나비들이 수염을 뒤덮을 때도 있다. 가장 많은 나비를 유인한 난쟁이에게 상금을 주는 대회가 매년 열린다. 아더월드에서는 많은 주부들이 막힌 하수구를 뚫는 데 블루르를 사용한다.

🐾 **블루룹스_** 갈색 가죽배낭 같은 모습으로 흙 속에 숨어 있다가 접근하는 곤충을 잡아먹는 식물. 어린 블루룹스들이 흰개미처럼 어미 블루룹스에게 물과 먹이를 공급하며, 다 크면 둥지를 떠나 다른 데에 뿌리를 내리고 흙 속으로 파고 들어간다. 아더월드에서는 궁지에서 헤어날 방법이 전혀 없을 때를 가리켜 '블루룹스 둥지에서 헤맨다'고 표현한다.

🐾 **블루투르_** 썩은 고기를 먹는 회색과 노란색 새로 무엇이든 소화할 수 있다. 블루투르가 죽어도 몇 달 동안 창자는 살아 있어서 먹은 것을 계속 소화시킨다. 블루투르의 창자는 독을 신선하게 보존하는 데 사용된다.

🐾 **블를_** 대부분 물속에서 생활하다 번식기에 물 밖으로 나오는 날개 돋친 물고기. 색이 아름다워 수영장 장식용

으로 쓰인다.

🐝 **블리르_** 아더월드의 금빛 자두. 지구의 자두와 아주 흡사하며 더 달콤하다.

🐝 **비마_** 비마법사를 축약한 것으로 마법 능력이 없는 인간들을 가리킨다.

🐝 **비즈즈즈_** 빨간색과 노란색의 커다란 벌. 지구의 벌 들과는 달리 비즈즈즈는 독침이 없다. 독극물을 분비해 잡아먹으려고 달려드는 포식동물을 독살하는 것이 비즈즈즈의 방어 수단이다. 비즈즈즈들이 아더월드의 마법 꽃에서 생산하는 꿀은 그 어떤 꿀에도 비길 데 없는 맛이다. 아더월드에서는 '비즈즈즈 꿀처럼 달콤하다'는 표현을 자주 사용한다.

🐝 **빠그락-땅콩_** 벌어질 때 나는 독특한 소리 때문에 붙여진 이름이다. 이 땅콩에서 짜내는 기름은 향이 좋아 아더월드의 유명한 주방장이나 숙련된 가정주부들이 주로 애용한다.

🐝 **빨간 바나나_** 색깔을 제외하고는 지구의 바나나와
똑같다.

**뿌익_** 이 장소에서 저 장소로 순간 이동할 수 있
는, 꼬리가 둘 달린 빨간 쥐. 천적은 같은 능력을 지닌
초록색 귀의 오렌지색 뚱보 고양이 므르르르이다.

**사카트_** 맹독성의 공격적인 빨갛고 노란 곤충으로
아더월드에서 특히 좋아하는 꿀을 생산한다. 미식가들인
난쟁이들만 사카트의 애벌레를 먹을 수 있다. 다른 종족
이 먹었을 경우에는 애벌레의 딱지가 인간이나 엘프의 소
화액에 용해되지 않아 배 속에서 벌떼를 분봉할 위험이 있다.

**샤먼_** 아더월드에서 의사 역할을 하는 치료사. 마법사는 누구나
다쳤을 때 레파루스 주문으로 상처를 아물게 할 수 있지만, 이 주문만
으로는 치료할 수 없는 병도 많기 때문에 꼭 필요한 존재이다.

**샤트릭스_** 일종의 하이에나. 검은색이며, 독이
든 이빨을 사용하는 아주 공격적인 동물로 밤에만
사냥한다. 길들일 수 있어 오무아 제국에서 샤트릭스들
을 문지기로 이용한다.

**샤포트_** 눈이 커다란 암사슴의 일종으로, 불쌍하게 보이는 특성
이 있어서 사냥꾼들이 눈물을 흘리다 대체로 사냥을 포기한다. 아더
월드 람들은 매혹적인 사람을 보면 '샤포트 같다'고 말한다.

**세르팡 밀리에르_** 황무지 늪 근처에 서식하는 뱀. 납작한 비늘 덕분에 진흙 속에서도 이동할 수 있다. 물속에 집어넣으면 빠져버린다.

**소포르_** 향기로운 꽃들이 탐스러운 식물. 최면 작용을 하는 꽃가루로 곤충과 동물을 함정에 빠뜨린다. 곤충이나 동물이 잠들면 꽃가루를 뿌려서 번식을 도와주는 매개체로 삼는다. 얼마 후 깨어난 곤충이나 동물이 다른 소포르 군락지를 지나가면서 꽃가루를 옮기기 때문이다. 소포르는 위험한 식물이 아니지만, 매개체들을 잠들게 하기 때문에 다른 포식동물에게 쉽게 노출되어 위험에 처하게 된다. 소포르 군락지 주변에서 육식동물이 자주 보이는 것은 그 때문이다.

**수필루트_** 아더월드에서 '수필루트 같은 놈들'이라고 하면 '비열한 놈'과 같은 뜻으로 자주 쓰이는 표현이다. 수필루트는 원래 히믈리아 산의 전사 부족으로 기질이 교활하다는 평판이 나 있다. 수필루트 부족은 온몸에 털이 덥수룩하게 나 있는데 희한하게도 머리는 완전 대머리이다.

**스너피_** 생김새는 여우와 비슷하지만 두 발로 걸어 다니며 누더기를 걸치고 옆구리에 배낭을 달고 다닌다. 닭이나 스파슌을 훔치기 때문에 아더월드의 농부들이 아주 싫어한다. 제 몸을 복제하는 특성이 있어서 감옥에 갇혀도 탈옥할 수 있다.

**스쿠프_** 아더월드의 기술로 생산되는 날개 달린 작은 카메라. 스쿠프는 지능을 가지고 있어서 촬영한 영상을 크리스털리스트에게 전송한다.

**스크로뉴플루프 _** 수달과 토끼를 뒤섞어놓은 듯한 생김새. 스크로뉴플루프는 아주 어리석은 사람이나 아주 멍청한 경우를 가리킬 때 흔히 사용하는 욕이다.

**스트리둘_** 지구의 메뚜기에 해당된다. 몹시 파괴적이라 구름같이 떼를 지어 이동할 때는 삽시간에 농작물을 휩쓸어버린다. 스트리둘은 아주 풍부한 점액을 생산하기 때문에 마법에 널리 사용된다.

**스파슈니어_** 닭장처럼 스파슌을 가두어두는 우리.

**스파슌_** 금빛의 자이언트 칠면조인데 시종일관 울음소리를 내면서 거드럭거리고 다니는 통에 사냥하기가 아주 수월하다. 흔히 '스파슌처럼 어리석다' 또는 '스파슌처럼 거드름피운다'고 표현한다.

**스팔렌디탈_** 일종의 전갈이며 스몰컨트리가 원산지이다. 땅신령들은 스팔렌디탈을 길들여서 말처럼 타고 다니며, 가죽이 아주 질기기 때문에 유용하게 사용한다. 새를 좋아하는(미각적 의미에서) 땅신령들은 스몰컨트리의 서식 동물을 절멸시킴으로써 곤충을 포함한 다른 동물에게 생태적 지위를 열어주었다. 천적들에게서 해방된 스팔렌디탈들은 위험없이 자라면서 그 개체 수가 점점 더 늘어났다. 땅신령들 때문에 스몰컨트리는 결과적으로 자이언트 전갈, 자이언트 거미, 자이언트 다족류에게 점령되었다.

**스플루프_** 엘프들의 나라 셀렌다의 숲에 서식하는 빨간 도가머리의 은빛 새. 스플루프의 알은 아주 맛있지만 건드리기만 해도 잘 깨진다. 길들일 수가 없는 새라서 알을 얻기 힘들고, 값도 아주 비싼 편이다.

**슬루룹_** 멘탈리르 평원이 원산지인 식물이며, 그 즙은 신기하게도 후추를 친 쇠고기의 깊은 맛이 난다. 고기 맛이 나는 것은 초식동물인 유니콘 떼의 공격을 피하기 위해서다. 하지만 이 독특한 맛을 발견한 아더월드 사람들이 슬루룹 즙으로 요리하는 습관이 생겼다.

**아스토펠_** 장밋빛 작은 꽃으로 냄새를 맡으면 며칠 동안 후각을 마비시킨다. 특히 초식동물을 비롯한 모든 동물의 공격을 막기 위해 꽃향기로 후각을 마비시키는 능력이 발달되어 있다.

**에글롱_** 날 수 있는 포식동물로 포콩지

르를 잡아먹는다.

🐾 **에프리트_** 지각단층을 둘러싼 전쟁이 일어났을 때
인간들 편에 서서 아마들과 싸웠던 악마 종족. 감사의 뜻
으로 데미데루스는 마법사의 호출을 받는 에프리트에게
아더월드로 오는 것을 허락했다. 아더월드에 온 에프리
트들은 자기들의 능력을 인간을 돕는 데 사용하기로 결
정했고, 대부분 하인, 전령, 경찰로 일하고 있다.

🐾 **엠엠로움_** 아더월드에서 재배하는 과일로 즙이 아주 많고, 달콤
한 살구와 바나나를 섞은 맛이다. 엠엠로움나무는 침입자가 다가오
는 즉시 땅속으로 사라지는 능력이 있다.

🐾 **예륵_** 초식동물들이 도저히 먹을 엄두를 내지 못하게
썩은 냄새를 풍기는 식물. 후각이 없는 새, 글리이르만 먹을
수 있다.

🐾 **원소_** 불, 물, 흙, 공기 등 여러 종류의 원소가 존재한
다. 성질이 포악한 불의 원소를 제외하고 원소들은 대체
로 다정하며 일상생활에서 아더월드 사람들을 도와준다.

🐾 **위베른족_** 드래곤들의 시중을 드는 자이언트 도마뱀
으로 금빛 비늘이 덮여 있고, 회전하는 엉덩이 덕분에 두 발로 걸어

다닐 수 있다. 드래곤보다는 덜 영리하며, 유머
감각은 전혀 없다. 드래곤의 세포 실험 과정에
서 태어났으며, 드래곤의 먼 사촌으로 볼 수 있다.

🐾 **유니콘**_ 갈라진 쌍발굽과 이마에 뿔이 하나 달린 말.
멘탈리르 평원에서 자라는 지혜의 풀 덕분에 아주 영리한
동물이다.

🐾 **자이언트 강철나무**_ 마법을 사용하지 않고서는
파괴할 수 없다. 키가 무려 300미터까지 자랄 수 있으
며 야생 페가수스들이 둥지를 짓는다.

🐾 **자이언트 거미**_ 스팔렌디탈과 마찬가지로 스몰컨
트리가 원산지이다. 땅신령들이 말처럼 타고 다니며, 그 거미줄은
아주 질긴 것으로 유명하다. 여덟 개의 다리와 여덟 개의 눈,
전갈처럼 독침이 있는 꼬리가 달려 있는 것이 특징이다. 아
주 영리하며, 잡아먹기 전에 먹이에게 수수께끼를 내는 것
이 취미이다.

🐾 **젤리소르**_ 림보에서 숭배하는 신. 입김이 어찌나 센지 향기가
나는 천으로 주둥이와 얼굴을 가려야만 신전으로 들어갈 수 있다. 악
취 때문에 젤리소르의 신전에서는 파리도 살 수 없다. 다른 신들과 회
의가 있을 때는 실내 공기를 고려해 송곳니를 깨끗이 닦고 들어가야

644

하며, 젤리소르 옆에서는 담배를 피울 수 없다.

👉 **주르스탈_** 텔레크리스털이 방송하는 아더월드의 뉴스이며, 마법사아 비마는 크리스털 볼과 그리스딜 전광판으로 받아 본다.

👉 **진비지블_** 보이지 않게 모습을 감출 수 있는 카멜레온. 오무아 황실과 여제를 위해 일하는 살아 있는 녹음기이자 스파이이다.

👉 **진실의 입_** 아더월드에서 가까운 얼음 행성 산티보르 원산의 식물성 존재. 텔레파시 능력이 있어서 어떤 거짓말도 탐지할 수 있다. 말을 못 하기 때문에 진실의 입들의 생각을 읽어낼 수 있는 파란 땅신령을 통해 의사소통한다.

👉 **진흙먹보_** 간디스의 황무지 늪에 사는 털북숭이 동물이며 진흙에 들어 있는 영양소와 곤충, 수련을 먹고 산다. 진흙먹보들의 원시족은 아더월드의 다른 거주자들과 거의 접촉이 없다.

👉 **차우프_** 아더월드에서 가장 어설픈 동물. 머리에 나 있는 노란색 깃털과 트럼펫 모양의 빨간색 코, 코끼리와 하마를 섞어놓은 모습의 잿빛 털북숭이로, 여섯 개의 다리가 서로 걸리는 바람에 3미터도 못 가서 넘

어지기 일쑤이다. 그래서 차우프를 노리던 포식동물들이 깔려 죽는 일이 자주 일어난다.

🐾 **첼프_** 림보의 동물로 액체가 가득 찬 풍선 형태를 하고 있다. 포식동물을 피하기 위해 날아가거나 겁이 날 때 액체를 투하하는데 냄새가 몹시 고약하다. 림보에서 '오늘 아침에는 첼프 향기가 나네요?' 하고 말하면 칭찬이다. 악마들이 첼프 향기를 좋아하기 때문이다.

🐾 **친파프_** 콜라, 사과, 오렌지 맛이 나고, 콜라처럼 거품이 생긴다. 상쾌하게 해주고 활력을 주는 청량음료.

🐾 **카멜레_** 하트 모양의 식물로 잎은 식용한다. 계절과  장소에 따라 색이 변한다. 카멜레 잎만 섭취하고도 생존한 여행자가 많아서 '여행자의 식물'이라고 불린다. 치즈 샌드위치 맛과 비슷하다.

🐾 **카멜린_** 환경에 따라 색이 변하는 특성에서 이름이 유래  한 희귀종 식물. 멘탈리르 평원에서는 파란색이고, 살테렌스 사막에서는 금빛이나 흰색이다. 꺾거나 옷감으로 짜도 그 특성은 유지되기 때문에 활용 가치가 높다.

🐾 **칵스_** 근육을 풀어주는 효능이 있는 약초로, 달여 마시며 잠자기 직전에만 복용하라고 되어 있다. 근육에 영향을 준다고 하

여 아더월드에서는 '몰몰'이라고도 부른다. '이런 칵스 같은 놈!'이라고 말하면 아주 흐늘흐늘한 사람을 가리킨다.

🐾 **간타루프**_ 공격적인 식충식물이며, 수목 곤충과 설치류 동물을 잡아먹는다. 꽃잎의 색은 다양하지만 항상 눈에 거슬리는 빛깔이며, 날카로운 가시를 사용하여 마치 작살로 찍듯이 먹이를 잡는다. 크기는 큰 개만해서 꺾기가 힘들고, 아더월드의 특선 요리에 들어가는 재료로 사용한다.

🐾 **칼로르나**_ 숲에 피는 매혹적인 꽃. 달콤한 장밋빛과 흰빛 꽃잎으로 아더월드의 초식동물과 모든 동물에게 특선 요리를 제공해준다. 멸종을 피하기 위해서 칼로르나는 세 개의 꽃잎을 포식동물의 접근을 감지할 수 있는 탐지기로 만들었다. 커다란 눈 모양의 이 꽃잎들 덕분에 칼로르나는 재빨리 모습을 감출 수 있다. 그런데 불행히도 호기심이 많은 칼로르나는 그 꽃잎들을 세우고 있다가 포식동물을 제때에 피하지 못하는 경우가 종종 있다. 호기심이 많은 사람을 보고 '칼로르나 같다'고 말하는 것은 바로 그 때문이다.

🐾 **케빌리아**_ 광채가 나는 투명한 보석. 다이아몬드와 비슷하지만 훨씬 반짝거리며, 파란빛, 초록빛, 장밋빛, 노란빛, 빨간빛 등 빛깔도 훨씬 짙다. 케빌리아는 아더월드에서 가장 귀한 보석이다. 엄청난 가

치를 지니고 있다는 표현을 할 때 아더월드에서는 '케빌리아 같은 영향력이야'라고 말한다.

🐟 **켈트릴_** 가볍고 아주 단단해서 갑옷과 보호대를 만드는 데 사용하는 은빛 금속. 난쟁이들이 만들어서 엘프와 인간에게 아주 비싼 값으로 판다.

🐟 **크라켄_** 시커먼 다리들이 위협적인 자이언트 문어. 엄청난 크기 때문에 아더월드의 바다에서 발견되지만, 민물에서도 살 수 있다. 뱃사람들에게는 위험한 존재로 널리 알려져 있다.

🐟 **크라크덴트_** 트롤의 나라 크랑카르 원산의 장밋빛 털북숭이 동물. 앞뒤가 분간되지 않지만, 세 배 크기로 늘어나는 입을 갖고 있어 무엇이든 거의 한입에 덥석 집어삼키므로 상당히 위험하다. 아더월드를 방문한 많은 관광객들이 "어머 어쩌면 이렇게 귀여울까!" 하고 감탄하다가 목숨을 잃었다.

🐟 **크레크레크레_** 레몬빛 털의 설치류 동물로 생김새는 토끼와 비슷하다. 빛깔이 화려한 아더월드의 환경을 이용해서 포식동물들을 아주 쉽게 피한다. 고기는 맛이 없는데도 굶주린 여행가나 사냥꾼이 먹기도 한다.

아더월드에서는 크레크레크레를 사로잡아서 사육한다.

🐾 **크렐**_ 아더월드의 금빛 미모사나무. 놀랍게도 지나가다가 건드리는 동물이나 사람들의 감정을 색깔로 반영한다.

🐾 **크로그로세이유**_ 갈증을 풀어주는 청량음료. 아더월드 사람들이 즐기는 탄산음료 중 하나다.

🐾 **크로쉬엥**_ 살테렌스 사막의 재칼. 크로쉬엥은 무리를 지어 사냥한다.

🐾 **크로아**_ 두 가지 색의 개구리. 크로아는 글루룹스들의 주식이며, 신경을 거스르는 독특한 울음소리 때문에 쉽게 찾을 수 있다.

🐾 **크로우즈**_ 향기가 짙은 야생 장미의 일종으로 꽃의 색깔이 다채롭다.

🐾 **크로크-르캥**_ 아더월드의 바다 포식동물인 일종의 상어. 날카로운 이빨을 무기로 주저치 않고 크라켄을 공격한다. 크로크-르캥은 아더월드의 바다에서 크라켄과 함께 뱃사람들에게 위협적인 존재이다.

🐾 **크루이크크크**_ 빨간 상아가 돋친 파란색 잡식성 포유류 동물. 성질이 포악한 것으로 알려져 있으며, 고기가 맛있어서 사육한다. 야생 크루이크크크 떼는 삽시간에 밭을 황폐하게 만들어놓는다. 그래서 아더월드의 농부들은 곡물을 지키기 위해 크루이크크크 퇴치 주문을 사용한다.

🐾 **크르룩**_ 바닷가재와 게의 잡종으로 집게발 열 개가 달려 있다. 아더월드 사람들이 즐겨 먹는다.

🐾 **크리크리**_ 보랏빛과 노란색의 메뚜기. 이 곤충들이 수풀 속에서 울기 시작하면 어찌나 요란한지 잠을 잘 수가 없다.

🐾 **키디코이**_ 장난꾸러기 꼬마도깨비 파보들이 만들어낸 막대사탕. 겉을 빨아 먹으면 속에서 예언 글귀가 나타난다. 이 예언은 항상 실현되지만 그 순간에는 당사자가 이해하지 못하는 경우가 대부분이다. 모든 국가의 최고 마법사들은 그 기능을 이해하기 위해 신비한 키디코이를 연구하고 있지만 성과를 얻지 못했다. 파보들이 그 비밀을 잘 지키고 있기 때문이다.

🐾 **키마이라**_ 아더월드 군주들의 고문관 역할을 하며, 사자 머리에

염소의 몸, 드래곤의 꼬리로 이뤄져 있다.

🐾 **타로데르_** 자는 동물의 살 속에 유충을 넣어서 번식하는 벌레. 타로데르에게 물리면 통증이 심하므로, 유충이 몸 속으로 퍼지기 전에 즉시 소독해야 한다. '타로데르 같다'고 하면 들러붙는 사람을 가리키는 모욕적인 말이다.

🐾 **타오르미_** 얼굴이 개미처럼 생긴 쥐인데 깨물면 굉장히 아프다. 개미집처럼 생긴 타오르미 굴 하나가 이동할 때 숲 전체가 쑥대밭이 될 수 있다. 타오르미는 아더월드의 동물이 좋아하는 꿀을 생산하지만, 그 꿀을 얻으려면 목숨을 걸어야 한다.

🐾 **타춤_** 노란색 꽃이며, 꽃가루는 아더월드의 후추로 사용된다. 자극성이 아주 강해서 타춤의 냄새를 맡으면 어떤 상태의 코든 뻥 뚫린다.

🐾 **타크_** 초록색 또는 회색 쥐로 항구 주변에서 많이 발견된다. 타크들이 며칠 만에 배를 갉아먹기 때문에 선원들이 아주 싫어한다.

🐾 **타트롤_** 지구와 아더월드는 측량 단위가 서로 다르다. 타트롤은 킬로미터, 바트롤은 미터에 해당한다. 1트롤은 3미터, 1바트롤은 1미

터 50센티미터, 1타트롤은 1킬로미터 500미터.

🐾 **탈루디_** 눈이 셋 달린 모자 모양의 작은 동물이며 무
엇이든 녹화하는 능력이 있다. 촬영한 것을 보려면 머리에
쓰면 된다.

🐾 **테오디르_** 드래곤들이 즐겨 마시는 일종의 샴페인. 인간들은
부동액 맛을 느낀다.

🐾 **토예_** 마늘과 양파의 맛이 섞인 식물로 아더월드 사람들이 향신
료로 사용한다.

🐾 **토쿨린_** 보석으로 이뤄진 꽃이며 수시로 색이 변한다.
보석-꽃은 아더월드에서 가장 아름다운 꽃이며, 위험한 파
트로크 섬에서만 재배되기 때문에 구하기가 몹시 힘들다.

🐾 **톨리스_** 아더월드의 아몬드.

🐾 **트라둑_** 살코기와 털가죽을 얻기 위해 켄타우로스들이 키우는
동물. 악취를 풍기는 특성이 있어서 포식동물들로부터 자
신을 보호한다. 그러나 트라둑의 냄새를 맡지 않기
위해 콧구멍을 막을 수 있는 늑대 크르르렉은 예외
다. 아더월드에서 '병든 트라둑 같은 악취가 난다'

라는 표현은 모욕으로 받아들여진다.

🐾 **트란를쿠르의 드루프_** 트란를쿠르는 여신들이 유난히 좋아하는 신이며, 드루프는 남성의 생식기관을 말한다.

🐾 **트리_** 작은 새로 아더월드의 숲에서는 루비 빛깔이고, 트롤들의 숲에서는 초록 빛깔이다. '트리이이이이'하면서 우는 독특한 울음소리를 따서 붙인 이름이다.

🐾 **트리크로크_** 표적을 정확하게 찾는 마법의 무기로세 개의 치명적인 침이 달려 있다. 공격자가 표적을 죽이고 싶은가, 잠들게 하고 싶은가에 따라 세 개의 침에 독이나 마취제가 생성된다.

🐾 **트실_** 살테렌스 사막의 벌레. 모래 속에 숨어서 동물이 지나가기를 기다리다 동물에 들러붙어서 살갗이든 딱딱한 껍질이든 뚫어버린다. 그 알들은 혈관을 침투해서 숙주의 몸속에 퍼진다. 100시간이 지나면 알들이 부화하며, 새로 태어난 트실들이 숙주의 몸을 먹는다. 아더월드에서는 트실로 인한 죽음이 가장 끔찍한 죽음 중 하나다. 이런 이유로 살테렌스 사막을 여행하는 사람은 거의 없다. 일반적인 트실에 대한 해독제는 존재하는 반면에 금빛 트실에 대한 해독제는 없어서 공격을 받으면 죽음을 면할 길이 없다.

**페가수스_** 날개 돋친 말. 지능은 개의 지능에 가깝다. 발굽은 없지만 갈퀴발톱이 있어서 어디든 쉽게 올라앉을 수 있다. 야생 페가수스는 키가 무려 300미터까지 자라는 자이언트 강철나무에 거대한 둥지를 짓고 산다.

**포콩지르_** 아더월드의 포식동물로 날개를 회전시키는 놀라운 능력이 있다. 이름은 자이로스코프에 올라앉은 것 같은 모습에서 유래한다.

**푸프푸프_** 발이 여섯 개 달리고 커다란 뚜껑이 있는 작은 상자로 아더월드의 청소기이다. 바닥에 떨어지는 모든 쓰레기를 집어삼킨다. 마법과 과학기술로 만들어진 푸프푸프는 안드로메다은하의 블랙홀과 연결되는 작은 공간이동의 문을 통해 쓸모없는 쓰레기를 자동으로 배출한다.

**프르루트_** 아더월드의 식충식물로 하이에나와 포식동물을 유인하기 위해 짐승의 썩은 고기 냄새를 피운다. 동물이 다가와서 촉수에 닿는 순간 꿀꺽 삼킨다. '트라둑처럼 악취가 난다'는 표현과 함께 '프르루트처럼 악취가 난다'는 표현도 많이 쓰인다.

**플로프_** 맹독성의 하얗고 파란 개구리로 멘탈리

르의 평원에서 볼 수 있다.

**피크크크**_ 이름이 가리키는 대로 피크크크는 흡혈
파리처럼 피를 빨아 머고 시는 이디월드의 곤충이다.
피크크크의 독침에 쏘이면 트라둑이나 모오오오우
우우, 베에는 몸속의 피를 다 토해낸다. 다행히 피크
크크는 늪 주위에 서식하면서 알을 낳는다.

**하르퓌아**_ 욕설로만 의사를 전달하는 여자 모습의
새. 매우 더러우며 산에서 생활한다. 갈퀴발톱에 있는 독
은 해독제가 존재하지 않기 때문에 마법사들이 독을 사용
하기 위해 많이 찾는다.

**호프호프**_ 아더월드의 신기한 동물. 지구의 캥
거루처럼 펄쩍펄쩍 뛰는데 어디서나 시종일관 그렇
게 뛰어서 전진한다. 그래서 언제, 어디로 뛸지 종잡
을 수가 없다. 아더월드에서는 몹시 흥분해서 펄펄 뛰
는 사람을 보면 '호프호프처럼 돌았다'고 한다. 지구
의 춤과 혼동하면 안 된다.

**흡혈파리**_ 물리면 통증이 몹시 심하다. 많은 동
물이 긴 꼬리를 발달시켜서 흡혈파리를 죽이는 데 사
용한다.

**히드라**_ 아더월드에는 머리가 세 개, 다섯 개, 일곱 개 달린 히드라가 있으며, 강이나 호수에서 산다.

# 랑코비트의 덩컨 가문 가계도

## -5015년 파이초 25일 (아더월드력)을 기준으로 작성-

마니투 덩컨 & 마젠티 발 아르젠몽 레틸라
(4850 DA ~ ∞)    (4849 DA ~ 4928 DA)

메넬라스 트리 브란릴 & 이사벨라 덩컨
(4805 DA ~ 4994 DA)    (4910 DA ~)

레벤탈 덩컨 & 테일러 압 잔
(4901 DA ~ 4998 DA) (4876 DA ~)

셀레나 덩컨 브란릴 & 단비우 탈 바르미
(4977 DA ~)    압 산타 압 마루
(4973 DA ~ 5002 DA)

배반자(라고 불리는) 바리우스 덩컨
(4952 DA ~)

타라틸랑넴 탈 바르미
압 산타 압 마루 탈 덩컨
(1991 DT/5000 DA ~)

자르틸랑넴 탈 바르미
압 산타 압 마루 탈 덩컨
(5003 DA ~)

마라틸랑넴 탈 바르미
압 산타 압 마루 탈 덩컨
(5003 DA ~)

DA= 아더월드력
DT= 지구력

# 오무아 제국의 탈 바르미 압 산타 압 마루 가문 가계도

-5015년 파이초 25일(아더월드력)을 기준으로 작성-

'불의 주먹' 데미데루스, 오무아 제국의 시조
(-2984 DT~)

5000년 이후의 후손

**오무아 여제**
리스베스틸랑넴 & 다릴 크라투스
탈 바르미 압      (4950 DA~5005 DA)
산타 압 마루
(4970 DA~)

**전 오무아 황제**
단비우 탈 & 셀레나 덩컨
바르미 압      (4977 DA~)
산타 압 마루
(4973 DA~5002 DA)

**오무아 여제의 이복오빠,
이복형제 단비우를 계승한
현 오무아 황제**
산도르 탈 바르미 압 마르치
압 브레비스 (4958 DA~)

타라틸랑넴 탈 바르미
압 산타 압 마루 탈 덩컨
(1991 DT/5000 DA ~)

자르틸랑넴 탈 바르미
압 산타 압 마루 탈 덩컨
(5003 DA~)

마라틸랑넴 탈 바르미
압 산타 압 마루 탈 덩컨
(5003 DA~)

DA = 아더월드력
DT = 지구력

Photo, Didier Pruvot ©Editions Flammarion

## 소피 오두인 마미코니안
### Sophie Audouin-Mamikonian

아르메니아 왕위 계승자인 소피 오두인 마미코니안은 파리의 아사스 대학에서 법학을 전공했으며, 두 딸을 둔 어머니이다. 할머니와 어머니에게 러시아의 독특한 이야기를 들으며 자란 그녀는 열두 살 때 복막염을 앓으면서 꼼짝할 수 없게 되자 시간 죽이기 요량으로 처녀작 「샹들리에, 황금 불사조」를 썼으며, 15,000여 권의 공상과학 소설을 읽은 독서광이기도 했다. 15년이라는 오랜 작업 끝에 1권이 출간된 『타라 덩컨』의 주인공 소녀는 두 딸의 성격을 합해서 만들어낸 캐릭터라고 한다. 캐나다, 일본 등 26개국에서 번역된 『타라 덩컨』 시리즈는 2015년 12권으로 완결될 예정이다. 그 외 작가의 주요 작품으로『뚱보들의 저녁식사』, 『인디아나 텔러』 시리즈 등이 있다.

## 옮긴이 이원희

프랑스 아미앵 대학에서 「장 지오노의 작품 세계에 나타난 감각적 공간에 관한 문체 연구」로 석사학위를 받았다. 현재 전문 번역가로 활동 중이며 역서로는 아민 말루프의『사마르칸트』와『마니』, 앙리 지델의『코코 샤넬』, 생텍쥐페리의『야간비행』, 칼릴 지브란의『예언자』, 다이 시지에의『발자크와 바느질하는 중국소녀』, 장 크리스토프 뤼팽의『붉은 브라질』, 안니 뒤페레의『파티』, 기욤 프레보의『시간의 책』(전 3권), 피에르 보테로의『에윌란의 모험』(전 3권) 등 다수가 있다.

Illust 스튜디오 가게 studiogage.com